本书获得国家社会科学基金资助
本书获得中央高校建设世界一流大学学科和特色发展引导专项资金资助
本书获得中央高校基本科研业务费资助

中国当代文学影视改编的民族性问题研究

韩元 著

中国社会科学出版社

图书在版编目(CIP)数据

中国当代文学影视改编的民族性问题研究/韩元著. —北京：中国社会科学出版社，2021.10
ISBN 978-7-5203-8921-1

Ⅰ.①中… Ⅱ.①韩… Ⅲ.①中国文学—电影改编—研究 Ⅳ.①I207.35

中国版本图书馆 CIP 数据核字（2021）第 163221 号

出 版 人	赵剑英
责任编辑	陈肖静
责任校对	刘 娟
责任印制	戴 宽

出　　版	中国社会科学出版社
社　　址	北京鼓楼西大街甲 158 号
邮　　编	100720
网　　址	http://www.csspw.cn
发 行 部	010-84083685
门 市 部	010-84029450
经　　销	新华书店及其他书店
印　　刷	北京明恒达印务有限公司
装　　订	廊坊市广阳区广增装订厂
版　　次	2021 年 10 月第 1 版
印　　次	2021 年 10 月第 1 次印刷
开　　本	710×1000　1/16
印　　张	24.25
插　　页	2
字　　数	362 千字
定　　价	138.00 元

凡购买中国社会科学出版社图书，如有质量问题请与本社营销中心联系调换
电话：010-84083683
版权所有　侵权必究

目　录

序论 …………………………………………………………………（1）

第一编　民族主义:当代抗战题材小说的影视改编

第一章　红色经典抗战题材小说的影视改编 …………………（3）
第一节　红色经典抗战题材小说创作与影视改编概况 ………（3）
第二节　从文学到影视:民族国家意识的一脉相承 …………（7）
第三节　从小说到影视:"乡绅"形象的衍变 ………………（24）
第四节　女性主义与民族主义:红色经典抗战小说及改编
　　　　影视剧中的妇女与民族国家 ……………………（36）

第二章　莫言《红高粱家族》及其影视改编文本研究 …………（55）
第一节　时空叙述与文本主旨的变迁 …………………………（57）
第二节　人物形象与文本民族性变迁 …………………………（61）
第三节　伦理观念的变迁 ………………………………………（68）

第三章　小说《生存》与电影《鬼子来了》的比较 ……………（82）
第一节　民族性格的弘扬与国民性批判 ………………………（84）
第二节　民族主义与乡村日常生活 ……………………………（88）

目录

第二编 历史叙述与民族认同：当代历史题材小说的影视改编

第四章 当代历史小说与改编影视剧的民族文化书写
——以几部清史题材作品为例 …………………（105）
- 第一节 凌力与二月河清史题材小说的文化内涵与创作风格……（107）
- 第二节 清史题材正剧与宫斗剧：政治文化与大众文化 …………（116）
- 第三节 清史题材文艺作品的文化价值观问题评析 ………………（123）

第五章 当代历史小说影视改编中的历史意识问题
——以革命历史题材为例 ………………………（130）
- 第一节 历史意识与悲剧精神 ……………………………………（130）
- 第二节 改编影视剧中民族英雄的世俗化、喜剧化 ………………（136）
- 第三节 改编影视剧中悲剧冲突的简化 …………………………（139）
- 第四节 改编影视剧的"大团圆"结局 ……………………………（150）

第三编 民族文化与身份认同：跨族群写作的影视改编

第六章 全球化背景下跨族群华语写作及其影视改编作品的民族性分析 …………………………………………（157）
- 第一节 文化"杂交"状态的书写与文化认同问题 ………………（160）
- 第二节 跨族群写作的身份认同问题 ……………………………（173）
- 第三节 跨族群写作文化症候的解决之道 ………………………（182）
- 第四节 文化边缘地带的批判与反思 ……………………………（194）

第七章 汉族作家的蒙古族题材创作与其影视改编文本的比较
——以《狼图腾》《东归英雄传》为例 …………（200）
- 第一节 《东归英雄传》及其影视文本中的民族意识与文化认同 …………………………………………………（201）

第二节 《狼图腾》及其改编电影中的民族意识与文化认同 …… (210)

第四编 中华民族性格、民族精神及国家形象构建：西部文学的影视改编

第八章 西部文艺作品中的中华民族性格全息图谱 …… (231)
第一节 勤劳、节俭 …… (235)
第二节 韧、忍与抗争性 …… (240)
第三节 固土重迁与流动性 …… (250)
第四节 保守与创新 …… (258)
第五节 要面子与自私 …… (264)
第六节 家族本位 …… (283)
第七节 乐天知命 …… (290)

第九章 民族性格与民族精神、国家形象的构建 …… (302)
第一节 民族性格与民族精神 …… (302)
第二节 民族性格与国家形象 …… (304)

第五编 民族审美心理与中国当代文学的影视改编

第十章 民族审美心理与中国当代文学的电影改编 …… (313)
第一节 "中和"精神与影视剧的"大团圆"结局 …… (313)
第二节 "天人合一"思想与电影中的"意境"与"仪式" …… (318)
第三节 民族传奇叙事与"抗日神剧" …… (335)

结语 中国当代文学影视改编的民族性与世界性 …… (342)

主要参考文献 …… (358)

后记 …… (365)

序　论

　　本书研究内容为中国当代文学及其影视改编文本的民族性问题。在导入正式内容之前，有必要先对民族性的概念进行辨析与界定，作为全书的理论起点与逻辑框架的依据。

　　汉语中的"民族性"一词在英文中对应的是"Nationality"。正如民族的概念在西方有着多种多样的解释，迄今没有一个统一的权威的界定，"Nationality"在英文中也有着多种含义，在《牛津英语辞典》中它的解释对应着中文的意思分别为：民族的特质或性格；民族主义或民族情感；属于一个特定民族的事实、特定国家的公民或臣民的身份；作为一个民族的分别而完整的存在、民族的独立；一个民族、一个族群团体。[①] 由此可见，英文中"Nationality"可以说几乎包涵了有关民族话语的所有范畴，这个词在英语的各种具体语境下可以与 Nation（民族），National Character（民族性格），People（人民），Ethnic Group（族群团体）等通用。在上海译文出版社1993年出版的《英汉大辞典》中对其解释分别为：国籍；民族主义；独立国地位；民族性；民族风格，与牛津辞典的解释大致相同。

　　民族性与民族。英文中 Nationality 也指未建立独立国的民族，所以也对应着汉语中的"民族"一词。汉语的"民族"是自19世纪末才开

---

　　① 参见［美］本尼迪克特·安德森《想象的共同体》，吴叡人译，上海人民出版社2016年版，第2页。

始出现在中国的社会文本中，是从英文"Nation"翻译而来的，而英文"Nation"来自拉丁文，本源的意义是"生育、种族、部落"等。这个词在西方历史上经过了漫长的演变，也存在各种混乱的解释。霍布斯鲍姆认为"Nation"的现代意义是在1884年出现的，之前是指"聚居在一省、一国或一帝国境内的人群"，有时也指"外国人"[①]。现代意义上的"民族"也有各种解释，本尼迪克特·安德森在出版于1983年的《想象的共同体》一书中将"民族"界定为"想象的政治共同体"，这个说法在学界比较有影响力。英国历史社会学家安东尼·D. 史密斯对民族的解释比较具体详尽："民族可以被定义为一个被命名的人口总体，它的成员共享一块历史性的领土，拥有共同的神话、历史记忆和大众性公共文化，共存于同一个经济体系，共享一套对所有成员都适用的一般性法律权利与义务。"[②] 这个定义中突出了构成民族认同的几个核心要素，比如共同的神话、历史等。《中国大百科全书》中对民族的解释是"人们在历史上形成的有共同语言、共同地域、共同经济生活以及表现于共同文化上的共同心理素质的稳定的共同体"[③] 这个解释是比较通行的，也符合汉语语境中对"民族"意义的理解，其中"共同心理素质"在徐迅看来就是"民族性格"。而共同的文化不仅是民族认同的重要纽带，也是体现民族性的重要介质。

民族性与民族主义。在英语中，"Nationality"也有民族主义的意思。在有的学者关于民族主义的研究中，也经常用民族性指代民族主义。在戴维·米勒《论民族性》（The Nationality）一书中，"民族性"一词即指民族主义，作者介绍说为了避免"民族主义"这个概念中的太多不确定的内涵可能会起到的误导作用，他倾向于使用"民族性"这个概念。书中的"民族性"包括民族认同、民族性伦理、民族自决三个内容，其实也即"民族主义"的内容。在书中，有时民族性也指

---

① 参见 [英] 埃里克·霍布斯鲍姆《民族与民族主义》，李金梅译，上海人民出版社2000年版，第17页。
② [英] 安东尼·D. 史密斯：《民族认同》，王娟译，译林出版社2018年版，第21页。
③ 转引自徐迅《民族主义》，东方出版社2015年版，第23页。

民族认同，比如他认为把民族性与其他个人认同的集体来源区分开的有五个要素：由共享信念和相互承诺构成、在历史中绵延、在特征上积极的、与特定地域相连、通过其独特的公共文化与其他共同体相区分。①关于民族主义（Nationalism）的其他定义则比较繁多，比较典型的有安德森的定义："当某一自然领土上的居民们开始感到自己在共享同一命运，有着共同的未来，或当他们感到被一种深层的同道关系联系在一起时，民族主义便产生了。"大英百科全书的观点是："民族主义是一种思想状态，是每个人对民族国家怀有至高无上的世俗的忠诚"。在马克思和列宁看来，民族主义是一种狭隘的民族意识，是一种对自己民族的偏爱。②霍布斯鲍姆认为民族主义是先于民族的，徐迅也认为"民族主义建立了民族共同体，建立了现代国家制度，这就是民族主义史。民族主义的贡献就在于，它发明了'民族'的存在，即'臆想的共同体'。或者说，民族主义给予'民族'以现代的定义，这个'民族'具有传统、价值观念和信仰，拥有优越的品质和尊严，而且承担着神圣的历史使命。以'民族'为共同体的自觉认识就是如此地被民族主义创造出来。"③从这些论述中，可以看出民族主义与民族的密切关系。并且民族主义与爱国主义经常混同，因为民族国家的词汇本就是一体的。在安德森看来，民族主义激发了对民族的无私的爱与牺牲精神，这从一些关于母国、故乡等的词汇中可以看出来，这种纯粹的爱与牺牲精神就是爱国主义精神。20世纪上半叶处于民族危机中的中国民族主义思想的核心内容就是对爱国主义的倡导。

民族性与国民性、民族性格。在上述"Nationality"的英文解释中包含着"National Character"的意思，而后者在汉语中通常翻译为国民性或民族性格。而国民性批判正是中国近代以来启蒙知识分子的一个重要文化主题与任务。在中国近现代启蒙话语中，国民性一词基本指代负面的民族性格。当代社会学家沙莲香一直致力于研究中国民族性格，她

---

① 参见［英］戴维·米勒《论民族性》，刘曙辉译，译林出版社2010年版，第27页。
② 以上定义参见徐迅《民族主义》，东方出版社2015年版，第46—48页。
③ 徐迅：《民族主义》，东方出版社2015年版，第50页。

的研究体系中统一使用了"民族性"一词来指代民族性格，是不带任何褒贬意义的词汇。并且她还区分了客观视角下的"国民性"与"民族性"的区别，"民族性、国民性是相对于个性的概念；国民性又是在以国家为单位考察国民特点时使用的；民族性格则相对于人格概念"①。当代翻译引进的国外关于民族性格研究的著作也多将 National Character 译为"国民性"，比如社会科学文献出版社 2012 年出版的美国艾历克斯·英格尔斯所著《国民性：心理——社会的视角》一书。其中的"国民性"概念与沙莲香的"民族性"概念内涵一致，与五四话语中的"国民性"有别。马克思、恩格斯虽然没有对"民族性"问题进行全面系统的论述，但是在相关著作中提及的"民族性"一词显然是指 National Character 的意思。恩格斯在《英国状况》中，将德国人的民族性和英法两国进行比较，认为"德国人是信仰基督教唯灵论的民族，他们经历的是哲学革命；法国人是信仰古代唯物主义的民族，因而是政治的民族，他们必须经过政治的道路来完成革命；英国人的民族性是德国因素和法国因素的混合体"。② 马克思在《神圣家族》中也曾经批判过唯心主义的民族论调："满心蹉跎地将本民族放置于其他民族之上并且还幻想着其他民族能伏倒在自己面前，这纯粹是一种漫画般的、基督教的唯心主义，这只能证明它仍然深陷在德意志民族性的泥坑里。"③ 这些论述中的"民族性"与汉语中的"民族性格"接近。

民族性与民族风格。"Nationality" 在英语中也有民族特质、民族风格的意思，在上述的《英汉大辞典》的释义中，就有一项是"民族风格"，而且其例句是 "Nationality in art"（艺术中的民族性）。中国现当代文论和文化研究中所指的"民族性"即指文艺作品或文化的民族风格。毛泽东同志在《新民主主义论》中指出新民主主义的文化是民族

---

① 沙莲香：《中国民族性（贰）》，中国人民大学出版社 1990 年版，第 2 页。
② 转引自陈锐《马克思主义对德国民族性的思考》，《当代世界与社会主义》2003 年第 5 期。
③ 转引自安宝洋《马克思恩格斯的民族性思想及其时代价值》，《贵州民族研究》2014 年第 11 期。

的，即是指文化的民族性，"它是我们这个民族的，带有我们民族的特性"。① 习近平同志所提出的文艺的"中国特色、中国风格、中国气派"也是文艺的"民族性"问题。②

中国当代文论及当代文学评论中关于文艺的民族风格意义上的民族性问题的研究已经非常详尽了。这里民族性一般即指文艺作品体现出本民族的精神气质、伦理价值、风俗人情、审美情趣等，是本民族文艺区别于其他民族的鲜明的特质，凝聚着民族的历史传承与文化积淀。当代学者关于文学、电影民族风格/民族性问题的探讨一般有几种路径：一是评论某部具体文学或影视作品的民族风格或者某一个作家作品的民族性风格，这方面的作品比较多，不再一一列举；二是讨论一段时间内的文学或影视作品的民族性建构或民族性发展。张俊才等著的《现代中国文学的民族性建构》对文学的民族性内涵进行了界定并对民族性与世界性的关系、现代史上的民族文学运动及民族形式讨论进行了回溯，重点还是落在对现代文学史上一些作家作品的民族性建构分别进行专章介绍，类似于作家作品论。牛运清等著的《民族性·世界性：中国当代文学专题研究》，主要是对当代具有鲜明民族特色及中外视野的作家作品的专题研究，基本也是属于作家作品论的形式。关于影视民族性问题研究的专著有《新世纪国产电视剧的中国特色：有关中国电视剧"民族性建构"问题的探索》，对 2000 年以来的国产电视剧的某些类型如"主旋律"电视剧、历史剧的民族性进行个案分析并与韩剧、美剧进行对比。三是在全球化语境下从宏观角度探讨文学、电影的民族性问题。比如王一川的《当前文学的全球民族性问题》，对"全球民族性"的概念进行阐释并具体提出了五种呈现"景观"。童庆炳的《当代中国文化和文学：在民族性和开放性之间》，指出了文化进化主义和文化相对主义的局限，提出了"开放型的民族性"文化立场。金丹元、赵辉的《全球化与民族性：关于电影的审美思考》，指出中国电影美学中的民

---

① 毛泽东：《毛泽东选集（第二卷）》，人民出版社 1991 年版，第 706 页。
② 参见《习近平：在中国文联十大、中国作协九大开幕式上的讲话》，http://www.xinhuanet.com/politics/2016-11/30/c_1120025319.htm。

序论

族特色体现了民族文化审美的强大生命力，在应对好莱坞式的全球化挑战中具有重要意义。

本书所指的"民族性"将是一个宽泛的概念，即包括上述英文"Nationality"所对应的大部分含义：民族主义、民族性格、民族风格等，也包括从这几个含义中引申出来的相关的民族性主题，包括民族精神、民族认同等，而不单单是聚焦于中国传统文论指涉的民族形式、民族审美等狭义的"民族性"范畴。因为笔者认为这样一个宽泛的"民族性"框架才能全面地反映出一段时间内民族文艺与"民族"相关的所有内涵。实际上，不同时代背景与文化背景下文艺作品与民族国家的互动是一个非常复杂微妙的过程，单一的"民族性"释义难以穷尽其繁复与幽微，需要从"民族性"的多义背景下进行多维透视。所以解码这一复杂的互动关系仅靠传统的文艺理论是不够的，还需要社会学、历史学、心理学、民族学等相关理论支撑，这些理论将构成本书的主要理论支撑。

在将"民族性"研究的内涵与外延进行拓展之后，本书还试图将中国当代文学（主要是当代小说）与当代电影进行关联，不再单一、孤立地审视文学或影视的民族性问题，而是将二者作为一个整体以"民族性"为主线来进行宏观的审视，通过改编这一线索，来审视不同媒介、不同创作者、不同时代背景、不同文化语境下，小说源文本的民族性是如何在其影视互文本中发生迁移流转的。这也是本书对上述当代文学、影视已有民族性研究的一个突破。

当代文学与影视之间的关联实际上是非常密切的，可以说互为"互文本"，彼此指涉，互相成就。这个关联就是我们常说的文学的影视改编。从新中国成立以来，中国电影就经常取材于文学资源，或改编自现代文学经典，或改编自同时期的文学作品，"十七年"的革命文学作品不仅是当时电影的重要改编文本，而且是其他媒介文艺形式的重要来源，并且在新时期以后被不断翻拍，成为重要的影视 IP。其中，红色经典抗战小说得以跨时代、跨媒介改编，一个重要因素就是其民族性特色，包括民族主义思想及其具有民族风格的艺术形式。新时期以后，当代文学的影视改编依然是高潮不断，20世纪80年代文化反思、文化寻根语境下，当代文学在被改编为影视作品的过程中，仍然有一条"民族性"主线清晰可见，有的导演借助诗意小说或民俗小说的改编表达自己对中国文化审美精神的理解与认同，比如吴贻弓的《城南旧事》、谢晋的《芙蓉镇》等都是改编自同名小说，表现了传统文化的审美意境。而第四代、第五代导演如吴天明、陈凯歌、张艺谋等则借助西部文学发力，通过一系列改编电影表达了对民族精神、民族性格的认同与反思。20世纪90年代以后，历史小说改编逐渐形成热潮，代表性作品就是二月河的清史系列小说的改编。新世纪以来，历史剧上映的热度几乎一直没有消减过，革命历史剧与古装历史剧交相辉映，轮流展演，其中很多革命历史剧是改编自"十七年"革命历史小说或20世纪90年代以后的新历史小说，而古装历史剧则都是由当红网络小说改编而来。无论是历史小说还是历史影视剧都是对民族历史发展、民族历史生活及民族历史人物的艺术再现，而拥有共同的历史与祖先、共同的英雄神话传说恰是形成民族认同的重要条件之一，所以在历史小说及由其改编的历史影视剧中渗透的历史精神、民族文化也与民族性问题密切相关。值得提及的是，当代少数民族作家创作的小说或者表现少数民族生活的小说也有许多被改编为电影或电视剧，具有广泛的社会影响力，比如阿来的《尘埃落定》、姜戎的《狼图腾》都是在当时引起过轰动的作品，前者被汉族导演改编为电视连续剧，后者被法国导演改编为电影。首先，少数民族文艺作品中所体现的民族文化是多民族统一的国家文化的重要组成部分，其民族意识与民族认同、民族艺术风格也是中华民族性的有机成分。其次，文本在经过不同族群的导演演绎之后其中所体现的民族身份认同与文化认同会发生一些微妙的变化。与此相似的是跨国"离散"作家的作品改编，比如张翎、严歌苓的小说。后者的作品尤其受导演偏爱，多数被改编为电影、电视剧。但是跨国族作家的身份认同必然与本土导演的身份认同存在很大差别，所以在这样的一种改编过程中，也存在如上面少数民族作品改编一样的身份认同与文化认同的迁移问题。最后，作为不同的媒介形式，它们的受众群体也有差异，小说与

序论

电影、电视两种文艺形式所体现的民族审美心理、审美情趣在具有共性之外，还具有明显的差异性，而且因为创作者的艺术追求不同，这种差异也会更明显，所以从民族艺术风格上去探讨当代小说与其改编影视剧之间的异同也将是一个有意义的命题。

立足民族性问题研究中国当代文学影视改编，也是本书对当代文学影视改编研究的一个创新之处。文学的电影改编，历来是研究的热点。一般分为两个层面，一是从理论上探讨改编技巧、两种艺术的美学差异等，二是针对具体作品改编进行比较分析。从理论建树上看，国外的研究起步较早且已经比较成熟，代表性的理论家有美国的乔治·布鲁斯东、罗伯特·斯塔姆、琳达·柯斯坦滋卡希尔，法国的安德烈·巴赞等，他们的主要理论建树有：1. 总结了从文学转变为电影的几种模式，比如琳达在《电影中的文学》一书中指出，从文学到电影有三种翻译方式：文学的翻译——尽可能地接近原著；传统的翻译——保留原著的一切特色，但会更新电影制作者视为必需的细节；激进的翻译——用极端和革命的方式重构原著，使电影成为一项独立的作品。安德烈·巴赞在《非纯电影辩——为改编辩护》一文中也有近似的分类。2. 分析了电影和文学原著之间在叙述和美学上的差异及产生差异的原因。除此之外，他们对世界经典电影及其文学原著也进行了详尽的比较分析。

国内学术界对当代文学影视改编的研究近几年由于研究对象的不断丰富而出现了繁荣的局面，研究视域主要集中在如下几个方面：1. 对当代文学电影改编的叙事问题包括视角、节奏、修辞等进行全面的论述，如陈林侠所著的《从小说到电影——影视改编的综合研究》，孙柏所著的《摆渡的场景：从文学到电影》，赵庆超所著的《文学书写的影像转身——中国新时期电影改编研究》等对该问题都有涉及。2. 分析电影改编的社会语境及文本本身的文化内涵。如傅明根的《从文学到电影——第五代电影改编研究》，分析了第五代导演的电影中的意识形态内涵。上述陈林侠的著作对当代改编电影中表现出来的"物欲""权欲""情欲"等主题进行了文化学的批评。3. 对某一类型文学或单一文本的影视改编进行比较分析。如王宗峰所著的《凡圣之维：中国当代

"红色经典"的跨媒介研究》主要论述了"十七年"革命历史小说两次影视改编的社会背景及其"卡里斯马"系统的变迁。姚丹的《"革命中国"的通俗表征与主体建构》对小说《林海雪原》及其后来的改编文本生成的历史背景、思想内涵、审美特征进行了梳理与分析，史料翔实。张颐武的《共同的想象 共同的追寻》一文分析了20世纪90年代小说与电影的互动关系。周政保的《试论张艺谋的艺术观——从小说到电影》一文分析了由小说改编而来的电影中体现出来的导演张艺谋的审美选择和艺术个性。此外较多的文章是针对某部影片与原著之间的异同进行比较分析。

综上所述，已有的相关研究为本书提供了理论基础和参照视野。但目前关于当代文学影视改编的研究中尚未有对文学文本与影视改编文本的民族性问题进行全面系统阐释的，所以聚焦民族性问题，将是本书对当代文学影视改编研究的一个突破。此外，由于学者关注的视点不同，涉及的改编样本偏于某一类型，对文学改编电视剧关注不够，不能反映中国当代文学影视改编的全貌，本书不仅将文学的电影改编文本纳入研究视野，而且将其电视剧文本也同样进行比较分析，比如小说《红高粱家族》的互文本既有电影《红高粱》，也有电视剧《红高粱》。同样，红色经典抗战小说既有电影互文本，新时期以后更多的是其电视剧互文本，比如小说《敌后武工队》，不仅有电影版本，新时期以后还存在多个电视剧版本，长期以来，这些作品的电视剧文本没有得到很好的研究，所以将当代文学原著所有的电视剧版本也完全纳入研究视域中，也是本书对文学的影视改编研究领域的一点贡献。

如上所述，本书的主题是广义的"民族性"问题，所以本书在对文学及其影视文本进行分析的时候，重点不在改编艺术及改编过程的研究上，而是对不同媒介文本呈现的"民族性"内涵进行分析，以探究媒介形式、创作者理念、时代文化思潮对文艺作品民族性内涵及其表现形式的影响。同样，本书的逻辑主线也是"民族性"主题的不同层面，以主题来划分章节，同一主题下，可能会汇集当代不同时期的作品。在每一章中，在具体的文本分析中，会有文本变迁的时间线索。比如，红

序 论

色经典抗战小说及其不同的影视互文本之间就有着较大的时代差异，按照民族主义的主题框架来收纳这些作品，同时在这一大框架下再分析不同时代背景下小说与影视文本中的民族主义异同，可能更有利于体现本书"民族性"研究的主旨，有利于逻辑主线的凸显。在研究文本的选择上，本书同样以鲜明的"民族性"内涵与形式作为选择标准，所以有些当下的都市题材作品未能进入本书的研究范围，当然由于本人精力有限，可能存在遗漏部分代表性作品的现象。

本书研究内容分为以下几个部分：

第一编　民族主义：当代抗战题材小说的影视改编。

本编聚集抗战题材文学作品的影视改编，探寻特殊时代背景下中国"民族主义"话语在文艺作品中的呈现。本编以红色经典抗战小说的影视改编为主体，阐述了从源文本到改编文本一脉相承的民族国家意识，即家国思想、乡土情结以及"同仇敌忾"的民族意识和爱国主义精神。此外，通过"乡绅叙事"与"女性叙事"两个不同的角度，来比较原著小说与由其改编的影视剧由于时代差异及媒介差异而表现出民族性叙事的微妙变迁。而红色经典抗战题材小说较之后来的影视剧文本在艺术上一个鲜明的特色就是其现实主义手法，从而使其具有了社会史的意义。这些小说真实地反映了抗战对现代化转型中的农业中国的政治经济及伦理文化观念都产生了深远的影响，揭示了抗战胜利的根本原因：广大农民在战争的苦难中接受党的宣传教育并受惠于根据地的民生政策，克服了文化因袭的重荷，有了明晰的民族国家意识，形成了坚定的抵抗精神，成为抗战胜利及后来革命最终胜利的坚实基础。而这些，恰恰是当下作为娱乐文本的"抗日神剧"所缺失的。本编还包括新时期以后的一些属于"新历史"范畴的抗战题材小说的影视改编，包括莫言小说《红高粱家族》、尤凤伟小说《生存》的影视改变，分析小说的生命、生存主题是如何演变为民族性主题的。

第二编　民族历史：当代历史题材小说的影视改编。

本编立足民族历史与民族认同的关系，以几部清史题材小说的影视改编为样本，分析凌力与二月河历史书写中的统一的民族国家认同及其

"雅"与"俗"的风格区分，以及这种风格区分与时代思潮的脉动关系；通过上述两位作家作品的影视改编文本，分析历史影视剧在呈现民族文化方面存在的问题，比如宫斗剧对权谋文化的渲染，对中国传统文化的歪曲等。这些问题是不利于表现民族文化的正面积极因素，从而不利于民族认同的形成的；以"悲剧精神"为切入点，分析革命历史小说影视改编版本的历史意识问题，即变历史悲剧为喜剧的创作倾向。这种倾向使民族英雄的形象从崇高变为诙谐，将复杂的历史冲突简单化、娱乐化，不利于民族历史的真实呈现和民族情感的凝聚、民族反思精神的形成。

第三编　民族文化与身份认同：跨族群写作的影视改编。

本编主要探讨跨族群写作及其影视改编作品中民族文化认同与身份认同的异同。共分为两个部分，第一部分是海外华人、香港作家及境内跨族群的少数民族作家的创作及其影视改编作品，以分析基于不同的混杂的文化身份与地位而导致的文化认同的差异。在小说文本中存在不同程度的"文化症候"，在改编的影视剧中得到解决之道，即：以中华文化为主体认同，以儒家伦理为价值准则，以血缘亲情为凝聚力，以"团圆""和合"精神来迎接"游子"归来，构建团结统一的中华民族共同体，展现中华民族文化的包容与自信。同时，跨族群写作的小说与改编的影视剧相比，能够具有跨文化的反思与批判精神，具有一定程度"超然物外"的客观性，从而在文化呈现上具有深度与维度。第二部分则探讨另一种跨族群写作的影视改编的民族性，即由纯粹的汉族作家写作的少数民族题材作品，而这些作品在被改编成为影视剧后，由于影视导演的民族身份与小说作者又有差异，所以不同的文本又表现出不同的民族性与文化认同。

第四编　中华民族性格、民族精神及国家形象构建：西部文学的影视改编。

本编拟选取西部文学及其影视改编文本来研究其中体现的民族性格与民族精神。本文聚焦的西部文学范围兼顾地理与文化概念，主要是西北黄河流域一带包括陕西、山西的一部分反映民族精神、反思民族文化的作品,以及一些在地理上虽然不是严格西部的小说,但却表现出鲜明的民族性及民族文化色彩,同时被改编成影视后地域发生挪移变为"西部"的作品。比如《老井》《黄土地》《平凡的世界》《百鸟朝凤》等作品。这些作品全面客观地表现了中华民族性格的全息图谱,包括:勤劳节俭;韧、忍与抗争性;固土重迁与流动性;保守与创新;要面子与自私;家族本位;乐天知命。当然,在文学原著与改编文本之间在民族性格的表现上还是略有差异的。本编也将分析这种差异。

从上述西部文学及影视对民族性格全面、动态、客观的展示中,我们可以把握到其中正面、积极的因素,这些因素恰是与我们民族精神重合与同构的。总体而言,西部文艺作品对中华民族性的表现是在肯定与认同的基础上进行反思的,体现了创作者对民族、人民、土地的深情。这种正面、积极的国民性格的塑造有利于树立正面、积极的国家形象。本编也将分析国民性格与国家形象构建之间的关系,从而探讨上述文艺作品尤其是改编影视剧对外传播积极国家形象的意义。

第五编　民族审美心理与中国当代文学的影视改编。

不同的民族有不同的审美心理结构。中华民族在长期的历史发展中形成了自己独特的审美心理,比如追求和谐与圆满的审美情感,重直觉、意象的审美思维方式,"神游物外"的浪漫主义想象等。本编试图探究上述中华民族审美心理是如何在当代文学作品向影视作品转换的过程中发生作用的,也即在影视文本与原著文本之间艺术表现形式的差异有多大程度是受到民族审美心理影响的。本编包括三个部分,第一是"中和"精神影响下影视剧的"大团圆结局"。这种结局与原著的悲剧结局有明显区别,有的符合中国人传统的文化理想与价值追求,从而具有抚慰心灵、平衡情感的意义,比如一些反映亲情和睦、家庭团圆的属于伦理范畴的大团圆结局。有的则是掩盖矛盾、回避问题,缺乏反思精神。第二是分析"天人合一"思想与电影中的"意境"与"仪式"。电影在创造意境和仪式感方面具有先天的优势,所以在当代文学的电影改编过程中,有相当一部分电影较之原著具有鲜明的意境建构或仪式感,表现出深厚的中国文化底蕴。第三是分析"抗日神剧"在民族传奇故事影响下的浪漫主义风格，从民族审美心理的角度探究严肃的写实的抗战题材文学是如何在当下演变为"抗日神剧"的。

　　结语　中国当代文学影视改编的民族性与世界性。本部分是全书内容的总结，立足文艺作品的民族性与世界性之关系，梳理了当代文学及其影视改编文本的民族性构建历史，从而发现文艺作品的民族性既有传承性，又体现当代性；在部分作品的影视改编中，有的由于创作者受西方文化"影响的焦虑"，在民族性构建方面出现了误区，有的则是表现了传统文化中负面的内容，不能体现民族性的时代特色，所以文艺作品要坚守民族本位、表现文化自信，同时要传承优秀民族文化，引导受众审美心理与时俱进。此外，当代文学的影视改编过程中也体现了文艺的民族性与世界性的密切关系，当代文学通过影视改编走向世界并获得广泛声誉的多是原著或电影既有鲜明的民族特色又体现了普遍的人类情怀与价值，具有世界意义、人类意义的。在全球化和多媒介融合的背景下，文学和电影可以互相借鉴、互相提升，构建积极的民族形象，并实现有影响力的国际传播，为文化强国的建设做出应有的贡献。

第一编

民族主义：当代抗战题材小说的影视改编

第一章 红色经典抗战题材小说的影视改编

第一节 红色经典抗战题材小说创作与影视改编概况

20世纪30年代日本帝国主义的侵略给中华民族带来了沉重的灾难，有关抗战的创伤记忆成为国民的集体无意识，不断反映在此后的文艺作品中，并与时代变迁中的各种民族主义思潮纠结在一起，成为一个敏感话题。今天，荧屏上的"抗日神剧"又成为一个热点现象，因部分作品的严重失实甚至世俗化、庸俗化的取向而广受诟病，由此带来了一个新命题：在民族情绪高涨、文艺创作娱乐化的时代背景下，文艺作品究竟该如何叙述抗战历史，才能在呈现审美价值的同时，实现真与善的社会价值？因为与行之未远的民族创伤、民族记忆相勾连，有关抗战历史的文学叙述注定是不能以娱乐精神和神话风格为起点的，现实主义应该是其最合适的创作精神和创作方法。在新的时代语境下，重读一批创作出版于20世纪四五十年代的抗战题材小说，也就是我们称之为红色经典的那部分小说，如《吕梁英雄传》《敌后武工队》《苦菜花》《平原枪声》等，我们会发现这正是一批有助于反拨当下荧屏将抗战历史虚化、神化之风的现实主义的力作。人民文学出版社2005年再次出版这批书时也在"出版说明"中强调"这些作品坚持社会主义现实主义创作原则"。

从创作时间、作家经历及作品生产机制上看，它们都具有现实主义创作的基础。首先，这些作品多构思、初创于抗战后期或抗战胜利后10年左右的时间，放到当时的背景下看，基本属于现实题材作品。《吕梁英雄传》开始创作于1945年，初以报刊连载的形式发表，1952年首部完整版正式出版。《敌后武工队》构思于1945年，执笔于1949年，正式出版于1958年。《苦菜花》的雏形《母亲》初稿完成于1955年，之后修改定稿的《苦菜花》首次正式出版于1958年。《平原枪声》初稿完成于1954年前后，1959年正式出版。这些作品的正式出版时间范围在1949至1959年间。其次，这些小说的作者都参加过抗日战争或自幼耳闻目睹并体验抗战带来的社会变化，其作品自然有生活、接地气。《吕梁英雄传》的作者之一马烽16岁就参加了抗日游击队。《敌后武工队》的作者冯志本人就曾是武工队小队长。《苦菜花》的作者冯德英则有着一个热心抗战事业的母亲，自幼接触革命工作，感知抗战时期乡村社会变革。《平原枪声》的作者之一李晓明也是自1938年即参加革命工作。最后，上述作品的素材多来自当时一手的个人经历或二手访谈、时事新闻报道，因而在战争情节、人物形象和社会风貌等方面能做到"细节的真实"，多有纪实风格，而没有后来某些抗战题材剧的传奇色彩。正如冯志在小说前言中所说："书中的人物，都是我最熟悉的人物；有的是我的上级，有的是我的战友，有的是我的'堡垒'户；书中的事件，又多是我亲自参加的。"[①] 这些作家也都以"现实主义"作为自己的创作原则，基于现实中的人与事的感动、激发而非政治先行的目的而有了动笔创作的念头。比如冯志说过"我所以要写敌后武工队这部小说，是因为这部小说里的人物和故事，日日夜夜地冲激着我的心"[②]。在马烽、西戎于1949年为《吕梁英雄传》写的"后记"中，可以看出，小说创作的出发点是为了在《晋绥大众报》上介绍民兵英雄们对敌斗争的事迹，作为新闻报道的初衷也就决定了其写实风格。冯德英在谈到《苦菜花》的社会影响力的原因时说是因为它"真实"，"把

---

① 冯志：《写在前面》，载《敌后武工队》，人民文学出版社2005年版，第2页。
② 冯志：《写在前面》，载《敌后武工队》，人民文学出版社2005年版，第1页。

抗日战争的复杂性写出来了"①,而当时对他影响最大的就是"文艺复兴的那种批判现实主义的文艺传统"②,"文艺一定要反映生活,要反映生活的真实性"③。

这批以华北抗日根据地斗争生活为题材的红色抗战题材经典小说因为多种因素受到影视工作者的青睐,不断被改编成影视作品,影响力可谓家喻户晓。其中,冯德英的小说《苦菜花》的影视文本分别有1965年上映的同名电影,2004年上映的同名电视连续剧。马烽、西戎的小说《吕梁英雄传》的影视文本有1950年电影《吕梁英雄》,2004年的电视连续剧《吕梁英雄传》。李晓明、韩安庆小说《平原枪声》的影视文本有2001年的电影《平原枪声》及2010年的电视连续剧《平原枪声》。冯志的小说《敌后武工队》的影视文本则有1995年的同名电影,1999年、2005年的同名电视剧,以及2013年上映的带"神剧"色彩的《武工队传奇》。李英儒小说《野火春风斗古城》的影视文本有1963年同名电影及2005年的同名电视连续剧。刘知侠的小说《铁道游击队》的影视文本则有1956年的同名电影,1985年的同名电视连续剧,1995年电影《飞虎队》,2005年同名电视连续剧,2011年的电视连续剧《铁道游击队战后篇》,以及2015年出品的具"神剧"风格的电视剧《飞虎队》、2016年上映的同样具"神剧"风格的由成龙主演的电影《铁道飞虎》。

从上面的改编时间,我们可以发现抗战题材影视剧集中出现的几个时间段,第一个是"文化大革命"前十七年,第二个是1995年到2005年前后,第三个则是2010年至今。这样的一个时间规律恰好和中日关系的走向及民族情绪的起伏接近吻合。中日战后关系的交恶一直持续到1978年的《中日和平友好条约》的缔结,之后的"20世纪70—80年代的中日关系进入了堪称'蜜月期'的历史上最好时期"。④ 可以看得出,这一时期的抗战影视剧比较少见。"1993年以后,中日关系逐渐出

---

① 参见俞春玲《〈苦菜花〉及其他——冯德英访谈实录》,《新文学史料》2015年第4期。
② 参见俞春玲《〈苦菜花〉及其他——冯德英访谈实录》,《新文学史料》2015年第4期。
③ 参见俞春玲《〈苦菜花〉及其他——冯德英访谈实录》,《新文学史料》2015年第4期。
④ 参见金熙德《缔约30年来中日关系的演变轨迹》,《日本学刊》2008年第6期。

现了重新调整的波动局面……中日间在历史、台湾、安全、领土与海域、经贸与经援等五大领域频频发生摩擦。1995—1996 年，中日关系陷入复交以来的最低谷。"① 2001 年以后，中日间又因日本首相参拜靖国神社的问题再次陷入更冷的低谷。同时，这个时间段内正好包括中华民族抗战胜利 50 周年、60 周年这样的重要节点，所以这一时期出现了较多的改编抗战剧。2010 年以来，中国与周边国家的领土纷争不断出现，其中钓鱼岛问题是个焦点，民众的爱国热情因为有了互联网等新媒介的广泛传播而不断酝酿发酵，此时，由文学改编的抗战剧又开始增多起来，有些与其他抗战剧一起被称为"抗日神剧"。

作为原著的互文本，改编后的影视作品因为不同时代背景下的创作者、受众、文本形式及政治文化思潮与原著相比发生了变化，所以相对原著，在有所传承的同时，也发生着"替换、添加、缩减、置换与复化"②。而这些改编之作的不断问世，又使得原作的主题、情节及人物形象以新的叙述、新的意义反复进入人们的视野，正如蒂费纳·萨莫瓦约所说："互文性的特殊功劳就是，使老作品不断地进入新一轮意义的循环。"③ 能够不断地被改编也正是构成经典的一个重要质素，"文学经典正是这样一些作品，它们被感兴趣者、在阅读中有所受益者成千上百次地模仿、分类、解码、评价、复制、批评、搏斗、熟知、拥有。法国学者勒菲弗尔宣称'文学作品的内在价值并不能充分保证它的存活，改写在保证它存活的重要程度上至少与作品的价值旗鼓相当。当一个作家不再被改写，他（她）的作品就会逐渐被人遗忘'"④。本章将比较原著小说《吕梁英雄传》《敌后武工队》《苦菜花》《平原枪声》等与其不同时期的电影、电视剧的互文本，以此分析不同时代背景下政治文化思潮如何影响小说的民族主义叙事。

由于改编文本都是基于红色经典抗战小说，而且都是经受审查机制

---

① 参见金熙德《缔约 30 年来中日关系的演变轨迹》，《日本学刊》2008 年第 6 期。
② 参见李玉平《互文性　文学理论研究的新视野》，商务印书馆 2014 年版，第 74—75 页。
③ ［法］蒂费纳·萨莫瓦约：《互文性研究》，邵炜译，天津人民出版社 2003 年版，第 114 页。
④ 李玉平：《互文性：文学理论研究的新视野》，商务印书馆 2014 年版，第 211 页。

才能播出的影视作品，所以它们在基本的政治立场、民族立场及伦理价值取向上与原作是保持一致的，即肯定党在抗日战争中的核心领导地位，以二元对立的叙述模式揭露日本侵略者的罪恶从而肯定抗战的正义性，弘扬爱国主义精神，揭露战时社会中的不义和失德行为，弘扬传统伦理道德。但是，由于时代背景的不同，改编文本和原著的区别不仅是篇幅长短或形式的不同，而是在人物形象和故事情节上都有或微妙或显著的差异，并由这差异来传达了意识形态叙事的差异。总的来看，20世纪50年代、20世纪60年代的电影在内容上较为接近原著，但强化了阶级斗争色彩。20世纪80年代和20世纪90年代早期的电影和电视剧也较为忠实原著，在阶级斗争色彩弱化的同时，悲歌慷慨的民族主义意识强化。2005年前后的电视剧开始较原著发生显著偏移，改编的尺度较大，出现传奇性、娱乐性的风格，同时民族主义意识通过对民族文化的自恋和自信展示出来。2010年之后的电视剧传奇色彩进一步加强，甚至发展为"抗日神剧"的叙事风格。

第二节 从文学到影视：民族国家意识的一脉相承

近现代以来中华民族的外来危机促进了民族主义思潮的发展及民族国家观念的初步形成。"民族"和"民族主义"的概念在晚清时期由日本传入中国，知识分子开始将"民族"与"国家"联结起来，形成初步的民族国家意识。"历史上中国从来不曾有过'民族国家'的观念。在中国文化中，'中国'就是天下，是世界的中心……19世纪鸦片战争的炮火迫使中国进入了基本上由民族国家组成的充满竞争的国际社会。帝国主义列强的入侵和瓜分，存亡危急，现代思想和意识形态的引进，社会政治运动，民族革命，等等，锻造了中国民族主义的自我意识，中国人才被迫以陌生的国家观念取代了传统的天下观念，使中国人凝结为一个民族的整体。"[①] 在上层知识分子精英阶层，民族主义是一整套理

---

① 徐迅：《民族主义》，中国社会科学出版社2005年版，第221页。

论建树,在下层百姓,则是一种朴素的民族意识和民族情绪。

不论是红色经典抗战小说,还是后来以之为基础进行改编的抗战影视剧甚至"抗日神剧",渗透其中的强烈的民族国家意识在不同时期都是一脉相承,贯穿始终,展现了中华民族的爱国主义传统和顽强的民族精神、民族气节。这种民族国家意识在上述作品中的具体体现就是家国思想、乡土情结以及"同仇敌忾"、抗击外侮的民族意识。

一、家国思想。"家国同构"是中国传统文化一个重要思想,"家"与"国"有着相同的治理模式和相同的血缘伦理基础,因而有着相同的情感认同,在这个统一体的差序格局中,较小的单位要服从较大的单位的利益,国家利益在个人利益之上,这种集体主义的价值观成为一代代士人的自我道德追求,所以在中国历史叙事中多有为国尽忠的知识分子的可歌可泣的事迹。

在抗战题材文艺作品中,普遍存在的"家仇"+"国恨"的叙述模式就是叙述者"家国同构"思想的一个体现。在这些作品中,正面主人公的家庭都是破碎不全的,破碎的原因或是因为阶级压迫,或是因为异族侵略。所以正面主人公的反抗精神和革命意志因为家族的血海深仇而有了血缘情感的基础,具有不易被撼动的坚定性,同时,中国传统的"还报"思想也使基于血族复仇的革命和抗争具有了伦理的正义性。小说和电影《野火春风斗古城》中正面人物的家庭没有一个是完整的:杨晓冬没有父亲,金银、银环没有母亲,韩燕来只有兄妹两人,周伯伯更是单身一人,金环的丈夫早死,只有一个孩子。小说《苦菜花》及影视剧《苦菜花》中,"母亲"的残缺不全的家庭结构是一样的,残缺的原因也都是来自地主王唯一家的迫害。小说《平原枪声》中马英的姐姐和父亲都死于苏金荣之手,所以他从小就经常表示"要给姐姐和爹报仇"。后来返乡后他把这种家仇跟国恨结合起来,针对家族的仇人同是也是勾结日本人的汉奸苏金荣展开了坚决的斗争。

新世纪以后的电视剧则进一步强化了"家仇国恨"模式,"仇恨"的程度甚至远超原著,反映了时代激进的民族主义情绪及影视艺术追求戏剧性冲突的效果。比如小说《敌后武工队》中只是侧面交代了刘太生的母亲被日本人和汉奸杀害，魏强家则没有这样的家仇，而1999年版的同名电视剧则将主人公魏强的身世也设置了"血海深仇"：第一集开篇就是汉奸刘魁胜带着鬼子去魏强家抓了他的母亲和妻儿，其妻不堪受辱，跳井自杀，其子被鬼子枪杀。团长见了魏强，把其子的长命锁给他，对他说：这国恨和家仇我们一定要报，要让敌人加倍偿还。2005年版的同名电视剧将"家仇"范围进一步扩大，并突出了人物强烈的还报意识：刘太生的爷爷被日本人杀害，他马上不顾组织纪律去刺杀日本人，梁邦的弟弟和母亲死于日本人之手，他最后火烧敌人弹药库之前说的就是：家仇国仇一起报。

　　红色经典抗战小说和后来的影视剧在表现"家仇"的根源上有些区别，前者是阶级压迫和民族压迫并重，到了20世纪60年代的电影中偏重阶级压迫，而新世纪的影视剧则淡化阶级对立，侧重表现民族压迫。比如《苦菜花》不同时代不同文本中"母亲"一家和地主王唯一家的仇恨就有微妙的不同。原著小说中家仇的起因是娟子伯父的儿媳妇被王唯一的儿子王竹强奸，娟子家人复仇，然后又被地主迫害至家破人亡。这样的仇恨中固然有地主和贫民两个阶级的对立，但始于强奸的冲突其实更多伦理的色彩，淡化了阶级的对立。所以到了20世纪60年代的电影中，两家的冲突变为纯粹的始于土地问题的阶级对立：娟子父亲因为被地主抢去一亩地，前去理论，被地主打伤致死，儿子德刚逃亡并表示"我走到天涯海角也要回来，回来给爹报仇。"电影中强化的是阶级仇恨，所以较少表现日军的侵略，到处死地主王柬之后影片就戛然而止。新世纪的电视剧中两家矛盾又渊于伦理冲突："母亲"年轻时为反抗地主王唯一的淫威逃离王家，返乡后其女娟子又险些遭到王唯一的强暴。该剧中伦理冲突压倒了阶级对立，同时强化了民族对立情绪，反映了新世纪以后文艺作品淡化阶级斗争叙事、强化民族主义叙事的倾向。

　　抗战题材文艺作品中的"家国同构"思想还表现在弘扬为民族国家利益牺牲个人和家庭利益的集体主义精神。尽管中国传统士人有家国同构的思想，但对于习惯以家、族为本位的传统农民来说，为了一个"想象共同体"的利益而牺牲家庭和个人利益还是一个相当的挑战。传统的乡土社会是以血缘伦理为纽带,以家、族为基本单位,有固定的人际关系和稳定的村落空间。抗战爆发前,中国大部分的村落都是这样一种超稳定的结构,正如石岛纪之指出的:"太行地区许多村落的历史达千年以上……大体来讲,家族的观念很浓厚,血缘关系、宗族关系、辈分关系像网络一样盘根于这个社会。"[1] 在这样封闭落后的宗法社会中,可想而知,近代以来以革命知识分子为主倡导的民族主义及20世纪20年代以城市资产阶级、小资产阶级、无产阶级为主体的国民革命的影响都是非常微弱的,"1936年,北京周边地区农村还可见'仍有农民认为现在还是大清朝'状况的存在"[2]。《吕梁英雄传》中康家寨的部分村民因为亲人被鬼子抓走,而被迫同意敌人的维持计划,就是基于血缘亲情的本能反应。然而,日军的入侵和抗日战争的全面爆发改变了这一切。在石岛纪之看来,长期战争给中国带来巨大的破坏,然而也有"建设"和"变革"的一面,这就是"通过抵抗日本的侵略,也促进了中国民众的民族主义思想水平,尤其是它在农村地区的渗透及中国国家、民族的统一"[3]。在詹姆斯·贝特兰的书中也提到,中国人民正是从北方的山区里最早发起了抵抗侵略的战争,华北人民过去对谁来统治表面上保持着麻木不仁的态度,然而日本人的侵略和占领改变了这一切,"日本人残忍野蛮的行径,恰恰帮了八路军和八路军的政工人员的忙"[4]。在外敌入侵、灾难重重的乡土社会促进中国民众民族主义思想水平,将他们从一盘散沙的状态凝聚为抗日民族统一战线坚定力量的正是中国共产党。中共利用民族国家的口号,对广大农村各阶层尤其是农民进行了艰苦的发动和动员工作,使原本松散的,以家庭、家族为本位的乡土社会

---

[1] [日] 石岛纪之:《抗日战争时期的中国民众:饥饿、社会改革和民族主义》,李秉奎等译,中国社会科学出版社2016年版,第56页。

[2] [日] 石岛纪之:《抗日战争时期的中国民众:饥饿、社会改革和民族主义》,李秉奎等译,中国社会科学出版社2016年版,第186页。

[3] [日] 石岛纪之:《抗日战争时期的中国民众:饥饿、社会改革和民族主义》,李秉奎等译,中国社会科学出版社2016年版,第201页。

[4] [英] 詹姆斯·贝特兰:《不可征服的人们——一个外国人眼中的中国抗战》,李述一等译,求实出版社1988年版,第284页。

的民众转而以国家民族为重，从血缘伦理亲情上升为民族大义、同胞之谊，从安土重迁转向离乡从军、奋勇杀寇。可以说，抗战时期是我们民族精神、爱国主义表现最集中最动人的时期，也是乡土社会家国观念、政治思想发生较大变化的时期。

在红色经典抗战小说中，我们看到，党的宣传正是在毁于战争或阶级压迫的破碎的家的基础上，重新树立起一个完整的国族概念和全新的有关共产主义的美好愿景。党在1935年8月1日发表的《为抗日救国告全体同胞书》倡导的就是一个完整的国家民族观念："同胞们！中国是我们的祖国！中国民族就是我们全体同胞！我们能坐视国亡族灭而不起来救国自救吗？"[①] "为祖国生命而战！为民族生存而战！为国家独立而战！为领土完整而战！为人权自由而战！"[②] 在当时严酷的战争环境下，"覆巢之下安有完卵"，每个家庭和个人的利益与国家民族休戚相关，现实的血的教训使农民比较容易接受有关民族主义的思想。小说《苦菜花》中，共产党员德松在群众大会上喊的口号就很切实地反映了个人和国家之间的关系："要想不当亡国奴，过太平日子，就得有人保卫祖国，不打走鬼子就别想安稳一天！有种的跟我来！参加八路军去！"[③]

在红色经典抗战小说中，普遍表现了发生在主人公身上的家国矛盾、艰难选择及最后的毁家纾难、取义成仁。《苦菜花》中的母亲就是这样一个典型：将对子女的爱先是扩展到并无血缘关系的同志，为他们做鞋、做衣服，"她爱每一个战士，爱整个八路军"[④]，受尽敌人的磨难后，"母亲比过去更爱她所爱的人。这种爱早已超出爱子女爱姜永泉的范围，现在更扩大了……对革命同志，她从不吝啬自己的一切"[⑤]。母亲为了这种大爱将子女送入革命队伍，牺牲了长子，并为掩护军工厂又忍痛牺牲了幼女。《野火春风斗古城》中的主人公杨晓冬则是为了抗日

---

① 参见《中共中央文件选集（第十册）》，中共中央党校出版社1991年版，第520页。
② 参见《中共中央文件选集（第十册）》，中共中央党校出版社1991年版，第524—525页。
③ 冯德英：《苦菜花》，人民文学出版社1959年版，第106页。
④ 冯德英：《苦菜花》，人民文学出版社1959年版，第128页。
⑤ 冯德英：《苦菜花》，人民文学出版社1959年版，第285页。

工作牺牲了自己的母亲。在这里，宗法社会中母慈子孝的传统让位于民族大义了。小说中金环为了革命工作既能舍弃自己的丈夫，也能舍弃自己的幼子，她给儿子取名为"离"，这是一个具有隐喻意义的名字，暗喻为了国家民族的完整统一，个人要舍得"离开"自己的家。《苦菜花》中的农妇花子、党员娟子在敌人利用血缘亲情让村民认领自己亲人以识别八路军的时候，都没有认领自己的丈夫，而是认领了需要掩护的八路军战士，夫为妻纲的伦理关系升华为革命大爱了，正如小说中描写："姜永泉只好接受她那不是妻子的，可比妻子伟大高尚的亲吻！一个老革命战士老共产党员，深切地感到，是人民，是母亲，在保护着他！"① 更多的普通农民则是牺牲个人来成就民族大义，《敌后武工队》中的普通农妇快嘴二婶，接受了党关于国家民族的教育，宁死也不说出武工队员的下落，"死亡靠近了她，她并没有让死亡吓得想出卖良心。'一个人为国家要宁折不弯，别做墙头草。'这是徐政委在公民誓约大会上讲的话；在庄严宣誓的时候，那'不向敌人泄露秘密；不给敌人带路……'的条条誓词，都让她一下回想起来，'我举手宣了誓，要说了不做，那算什么人？……'"。②《吕梁英雄传》中的农民张忠老汉为了掩护民兵引开敌人壮烈牺牲，比起乡绅二先生想要牺牲几个民兵换全村人性命的念头，境界高下立现，前者是民族大义，后者是宗法亲情。

以红色经典抗战小说为基础改编的影视剧与小说原著在强调集体主义的家国观念方面是一脉相承的，甚至在后来一些旨在回归传统伦理的抗战剧中还有所强化。比如 2010 年版电视剧《平原枪声》中的建才和小说原著不同，表现出了很大的个体情感追求的自由度，鬼子用尽酷刑不能使他叛变，但他却为了自己的爱人安危而叛变了。剧中他被抗日队伍处决的下场就宣判了他的个人追求是错误的。正如马英对他教育："没有大家，你和子芳的小家放哪儿？都和你一样，中国早就落小鬼子手里了。"

---

① 冯德英：《苦菜花》，人民文学出版社 1959 年版，第 415 页。
② 冯志：《敌后武工队》，人民文学出版社 2005 年版，第 344 页。

中共为农民提供的有关共产主义的美好愿景是通过在根据地开展的"减租减息"等土地政策落到实处的。这是事关民生的重要问题，也是后来能广泛发动起务实甚至有小农意识的农民革命热情的关键要素。在前述石岛纪之的书中提到，"在农民的传统心态中，有'人生有命，富贵在天'的命运思想，浓厚的因果报应思想……他们认为地主的土地是从祖先手中接过来的，对地主的土地下手是丧'良心'。另外，还有寻求安定生活的'太平观念'、等待世道变化的'变天'思想，都在农民心里根深蒂固地存在着。农民的这些传统心态，成为共产党领导抗日战争和社会改革的一大障碍"。① 1939年到1942年，在各级党组织的细致调研和组织宣传的基础上，华北各根据地兴起了减租减息的群众运动，召开群众大会，斗争恶霸地主，"让他们认识到是他们养活地主，启发他们的阶级觉悟"。② 为了克服一般农村青年安土重迁、"好男不当兵"的传统观念，"根据地实施抗日宣传、慰劳战士、优待抗属（士兵的家人）等政策。比如没收汉奸的土地财产分配给抗属，组织代耕队帮助抗属耕种收获，减免抗属应承担的赋税，在各种庆祝会、纪念会上对抗属进行表彰，组织妇女制作慰劳品赠送士兵等"③。通过上述一系列政策实施和群众运动的开展，不仅使农村阶级关系发生变化，而且极大提升了农民入党、参军的积极性，壮大、稳定了抗日的队伍。

红色经典抗战小说用了相当多篇幅形象且真实地反映了党在根据地实施的各项民生政策、开展的各项群众运动，有力解释了党在广大农村赢得民心取得抗战胜利及最终赢得政权的原因。《吕梁英雄传》开篇就介绍"新政权为了团结各阶层共同抗日，实行了减租减息政策，使家家有活路，人人有饭吃，好发挥出一切力量齐心抗日，保卫家乡"。④ 书中

---

① ［日］石岛纪之：《抗日战争时期的中国民众：饥饿、社会改革和民族主义》，李秉奎等译，中国社会科学出版社2016年版，第56—57页。
② ［日］石岛纪之：《抗日战争时期的中国民众：饥饿、社会改革和民族主义》，李秉奎等译，中国社会科学出版社2016年版，第157页。
③ ［日］石岛纪之：《抗日战争时期的中国民众：饥饿、社会改革和民族主义》，李秉奎等译，中国社会科学出版社2016年版，第80页。
④ 马烽、西戎：《吕梁英雄传》，人民文学出版社1952年版，第2页。

还介绍为了稳定民兵的军心,春耕时民兵的地由变工队帮忙种;抗属康大婶平时经常得到抗日政府和村里群众的帮助、慰问,所以康大婶不断念叨:"抗属真光荣呀!给你叔捎上道信,把这事都告诉他。叫他安心打日本!"① 《苦菜花》中记叙:"抗日民主政府实行了减租减息、增加工资、合理负担的政策。并没收汉奸卖国贼的财产土地,分给那些最贫苦的人们。当他们那长满茧的手,颤动地拿着新发的盖有民主政府的大红印的土地照时,两眼流出感激的眼泪,心是怎样地在跳啊!世道变了,是的,社会变了。但最使他们感动的是,能好坏使肚子饱一些,能说一句从祖辈不敢也不能说的话:'啊!这块土地,是我们的!'"② 这段文字真实地反映了当时农民在抗日政府新的土地政策实施后心态的变化。

基于国家民族思想的树立和保卫已有胜利成果的务实思想,小说中农民的参军热情高涨,几乎每部小说都有一个村民踊跃参加抗日武装的高潮场面。《苦菜花》中鬼子扫荡之后,在共产党员姜永泉的发动下,要参军的青年在"台子上排了长长溜",王老太太赶着剩下的唯一一个健康儿子去报名,要他不要舍不得家。《吕梁英雄传》中康家寨村民在斗倒了汉奸劣绅分了粮食和土地后,为了防止敌人报复,共产党员老武发动大家参加民兵,马上得到了村里青年的热烈响应。《敌后武工队》结尾在处决了汉奸刘魁胜后,县委领导号召大家参军以取得最后的胜利,立即就有几百个青年报了名。这样的场面也是史料中记载的1945年根据地出现的空前的参军运动浪潮的反映。

在改编的抗战剧中有的涉及了根据地的民生政策,尽管所占篇幅不重,有的如2004年版电视剧《苦菜花》因为更侧重宅斗及情感纠葛等娱乐元素,对包括根据地民生政策和民主运动等方面史实几乎没有涉及。因此,与后来的影视剧相比,红色经典抗战小说全面真实反映了抗战时期华北农村的社会风貌及党在根据地的各项民生政策,更具有社会

---

① 马烽、西戎:《吕梁英雄传》,人民文学出版社1952年版,第276页。
② 冯德英:《苦菜花》,人民文学出版社1959年版,第121—122页。

史意义，更能体现现实主义美学价值。

二、乡土情结。日军的入侵和抗日战争的全面爆发使乡土社会所附着于上的土地被占领，而土地不仅是家和村落形成依附的基础，是乡村经济关系、政治关系的关键要素，更是家国情结和民族意识附着其上的地理空间。"民族主义感情屡屡通过对过去的崇拜而表现出来，而这个过去，自然要体现在一块领土上。对于民族主义来说，领土就是承载民族过去的载体"[1]，"世界上一切社会和文化都感到，扎根在属于自己的一块土地上才有安全感和认同保证。一切人类共同体都需要一块可以保证他们生活并通过它能表明自己存在的地理区域。"[2] 所以，我们在红色经典抗战题材小说中，经常可以看到叙述者用大量篇幅对当地风貌物产进行描写，表达出一种深厚的故土家园依恋情结和对家园被破坏的愤怒之情。比如《苦菜花》开头"楔子"部分对昆嵛山一带动人田园风情的描写，《吕梁英雄传》对吕梁山"土地肥美，出产丰富"的赞美，《敌后武工队》对"五一"扫荡前后冀中平原乡土风情的对比。上述这些作品的作者本身就出生于作品所反映的乡土社会中，所以这些充满诗意画意的田园风光的描写在实现政治使命和民族主义使命的同时其实还表达了作者本人对自己家乡的热爱和赞美，比如冯德英就是在昆嵛山长大的，自称是"昆嵛山的儿子"，所以小说《苦菜花》的开头用大量篇幅介绍昆嵛山一年四季的美景及与"山"有关的方言俗语，尽管后面马上突兀地出现了关于贫富对立的描写，旨在引到政治主题上，但有关乡土风情的大量描写，比如"种种野花卉，一阵潮润的微风吹来，那浓郁的花粉青草气息，直向人心里钻。无论谁，都会把嘴张大，深深地向里呼吸，像痛饮甘露似的感到陶醉、清爽"[3]，这样的文字其实是渗透着作者个人的审美体验和情感，并不能完全从政治与民族的视角去解读。

---

[1] [西]胡安·诺格：《民族主义与领土》，徐鹤林、朱伦译，中央民族大学出版社2009年版，第55页。
[2] [西]胡安·诺格：《民族主义与领土》，徐鹤林、朱伦译，中央民族大学出版社2009年版，第12页。
[3] 冯德英：《苦菜花》，人民文学出版社1959年版，第1页。

第一编 民族主义：当代抗战题材小说的影视改编

在改编的抗战影视剧中，依然具有乡土风光的镜头表现，但是个体的乡恋和审美体验逐渐隐退，从乡土扩展到领土，有关乡土的美好叙述就完全成为唤起保卫国土意识的起兴手法。所以电影中的乡土风光更多承载了表达民族主义思想或者阶级斗争意识的叙述功能。比如1995年版电影《敌后武工队》，作为影像文本，其乡土意识主要是通过主题曲表达出来的，在电影开头，鬼子突袭冀中平原的东王庄，伴着敌人残杀及村民反抗的场景，突然一个悲哀低沉的男声唱起了主题歌："叫老乡，白洋淀上芦花香，是个好地方，春种秋收，有鱼又有粮，冬天暖来夏天凉，是个好地方；叫老乡，你快去战场上，快去把兵当，莫等鬼子来到咱家乡，老婆孩子遭了殃，快去把兵当；叫老乡，当兵要找武工队，多多打胜仗，平原山冈处处是战场，你我胜似天兵神将，多多打胜仗。"伴着关于白洋淀美好风光的歌曲，镜头中同时呈现的却是惨杀的场景，无论如何不会让人产生审美体验，唤起的其实是仇恨和歌曲后半部分想要表达的反抗及守土意识。而原著小说中并没有如上的文字，只是用了对比的手法描述了"五一"扫荡前冀中平原的风土人情，因为文字叙述的历时性关系，当读者读到美好风光的叙述时，还是会唤起审美体验的。1950年的电影《吕梁英雄》表现山西吕梁山一带风情是通过人物叙述、风光特写和歌曲，也存在上述影片中将风光叙述与政治主题相结合的倾向，比如在影片开头，火车上一位解放军战士介绍"我和一排长的家在山西北部，那儿的地形很好，山连着山，水连着水，打起游击来挺方便的，共产党领着我们在那儿打了8年的仗……"这里的山西山水是作为党的游击战争的便利条件被叙述的。后面村民们在文艺晚会上所唱的地方小调，其歌词的叙述功能同上面《敌后武工队》的主题歌非常类似，也是先介绍地方景美物产丰饶，话锋一转，自从鬼子来了后，百姓遭殃，然后是共产党带领群众斗争，守卫乡土。这里的乡土风光既是作为对比，也是作为起兴，重点落在后面关于党的领导和抗战的正义上。值得提及的是，该电影的导演吕班本人就生长于山西，后来又在太行山一带从事抗战宣传工作，所以《吕梁英雄》这部电影也渗透了吕班本人对家乡山水的无关政治的热爱之情，比如在电影中不断闪回的山西的白云和山景，就给人以旷远之感，还有蓝天白云下相爱的青年男女哼唱的轻松欢快的山西小调，以及伴着村民们欢快热烈的麦收场面响起的同样充满热情的表达丰收及支援抗战的歌曲，扑面而来的田园乡土风情给受众以美的享受和热情的感染力。

20 世纪 60 年代的电影《苦菜花》通过镜头语言能基本如实反映胶东昆嵛山自然风光，但因为该片主旨在表现阶级斗争，作为自然风光的土地就成了阶级压迫的工具，所以其中的乡土风光给人沉重压抑的感觉。比如电影一开头就是阴云密布、雷声阵阵的田野上，满脸愁云的农妇和小女儿在摘苦菜花的场景，继而一凄凉女声带着抖音唱起"苦菜花儿开满地儿黄，乌云当头遮太阳，鬼子汉奸似虎狼，受苦人何时得解放"，这一场景的叙述功能与上述电影相似，也是具有意识形态色彩的，完全不似小说原著开头优美抒情的田园风光。2004 年的电视剧《苦菜花》试图回归关于故乡田园的私人体验，所以开头用的是第一人称叙事："我的家在胶东半岛昆嵛山区的大山里，村名叫王官庄……母亲从小被卖到王家大院当使唤丫头"，然而随着这段话同时出现的却是青砖青瓦的深宅大院，让人马上联想到当时流行的宅斗戏，后面的剧情也表明，开头的乡土叙事是伪乡土，除了后面母亲返乡时出现了点荒山景象，后面的叙事基本在年代＋情感＋宅斗＋谍战的框架内了，充满了流行元素，却失去了小说原著的乡土情结。

如果说田园风光属于物质层面的乡土社会，民风民俗则属于精神层面的乡土社会，所以在许多抗战题材文艺作品中乡土情结通过民俗表达出来。"民俗，是民族或族群认知所形成的一种共同的精神生活形态，是民族共同精神生活中的'我们感'，'我们感'即人类族群或群体不约而同的感受，感性认知，心意趋同；它类同于文化认同，是文化身份的精神标杆。它由人们共同心愿的反复积淀而成。"[①] 抗战时期，乡土社会的凝聚力依赖于文化认同，具有共同的情感心理基础的民俗就是实现文化认同的重要媒介，由此就可以理解表现抗战题材的作品许多涉及

---

① 陈勤建：《民俗——日常情景中的中国人的精神生活》，《民俗研究》2007 年第 3 期。

了乡土社会的民俗，于激烈斗争情节的间隙，看似"闲笔"的风俗描写其实也表达了上述乡土家园之情，并作为民族主义叙事或阶级斗争叙事的重要情节推动力。

多部抗战题材小说及其影视改编作品对春节的风俗有较多的表现，这些年俗的描写在不同的作品中也有不同的叙事功能。其中之一就是表现上述的乡情。比如小说《野火春风斗古城》中多次提到杨晓冬的母亲希望他回家过年，为了实现让儿子回家过年的"理想"，"母亲很早便做了种种准备工作：她刨出水缸底下埋了六年的两块白洋，跑到很远的集镇上置买年货。腊月二十四她掸扫房屋，里外整得一干二净，二十六日蒸馒头，名义是蒸馒头，实则把发好的三斤白面，蒸了一对刺猬（用黑豆点眼），一双白兔（用赤豆点眼），一盘带红枣的花糕和许多莲花卷子。二十七日她蒸出了黏豆糕和猪血糕，二十八煮熟那挂加了葱花胡椒的血肠。这天夜里剁好肉馅，擦净灯盏，捻好灯花，灌满灯油，连煮饭用的柴火都挑拣了最整齐的"。① 这样不嫌琐碎的细节描写一方面展示了北方乡村的年俗，一方面表达了民间对家人团圆的年的重视，同时，也为下文的"分离"作了铺垫。而这一家人的"分离"正是体现舍小家顾大家的民族主义精神的重要细节，所以后来年三十母亲见到儿子，想跟他说下自己为过年做的准备，暗地希望他回家团圆的时候，杨晓冬表示为难，因为自己还有工作任务，"我实在想跟你一块回去，跟妈妈一块过年够多好哇。不过我们进来很多日子，没做什么事，我们确实安排在今天夜里，狠狠地打击敌人一下。妈妈，我小的时候咱们说书唱戏不都说'国破家何在'吗？答应你儿子'先为其国，后为其家'吧！"② 前面作为民间日常生活的年俗到这里就转变为民族主义叙事功能了，所以接下来的除夕就与传统意义的年俗有些背离，按照民间的传统，除夕之夜是有血缘亲情的家人的团聚，排斥异姓没血缘关系的人，然而杨晓冬的除夕是和韩燕来、银环等异姓同志一起过的，有写春联的

---

① 李英儒：《野火春风斗古城》，人民文学出版社1958年版，第138页。
② 李英儒：《野火春风斗古城》，人民文学出版社1958年版，第140—141页。

民俗，但主要是在印制对敌宣传的传单。这样反传统的年俗也反映了作为现代革命的民族战争对宗法习俗的一种扬弃，所以接下来与工作着的杨晓冬们相对立的城市过年的热闹全都变成了负面事物："除夕的夜晚，比平常热闹多了。大街上增加了路灯，到处播送着肉麻的黄色歌曲。商场里灯红酒绿，光怪陆离，男女摩肩擦背，奇装异服，到处泛滥着一种淫声妖气。唯利是图的老板们，不肯放过任何发财的机会，他们临时张贴海报，甩卖各种应时商品。贪财的商店早已提前关门，麻将响得像摔惊堂木一样。市场外面街道上，不少缙绅大户，借着敬神的名义，实际上是逞威夸富，拿出很多鞭炮烟火，请了专门放花炮的，摆好桌凳唱对台戏。"[①] 总体而言，小说中年俗的叙事内涵比较复杂，既有对民俗亲情的期盼和回归乡土的理想，又有国家危亡时不得已的舍弃和背离。1963年的同名电影还是能够一定程度地保留小说对民俗的重视，但或许因为篇幅受限，没有表现母亲对过年团聚的期盼和准备，所以围绕过年的纠结和舍弃就没有了，过年的场面只是几个镜头带过，而且这些镜头只是作为纯粹的年俗展示而存在，比如几个异姓同志在一起包饺子。电影中也有写春联的情节，但春联的内容更符合传统的年节气氛："桃符万户更新，爆竹一声除岁。"而小说中写的春联内容是"海阔凭鱼跃，天高任鸟飞"，抒发了一种革命斗志，和传统的春联内容不太相合。总之，电影中的民俗是作为比较纯粹的乡土民风的反映而存在的，没有小说中关联家国取舍的复杂内涵。

小说《吕梁英雄传》第22回专门写吕梁山村康家寨过年的情节，在这一回里，写到旧历年关将至，尽管康家寨人经过敌人一年来的压榨，"家家都是想尽办法籴米买面，割肉打酒，忙着准备过年。到了除夕这天，雷石柱沿门串了一趟，见家家都在蒸馍馍，扫院子，贴对联，忙忙碌碌和日本人没来以前差不多"[②]。群众包括雷石柱都认为"一年三百六十天，就过的一个年，听说外国人是过阳历年，可是他们来到中

[①] 李英儒：《野火春风斗古城》，人民文学出版社1958年版，第153—154页。
[②] 马烽、西戎：《吕梁英雄传》，人民文学出版社1957年版，第90页。

国,也许要过一下老百姓这旧历年哩"①。所以村民们多数都不太担心了,雷石柱也按照当地过旧年的习俗,作起了准备:在除夕的当天垒好火塔子。张有义等人则叫嚷着初一一定要吃羊肉饺子。这里的村民们对过年的重视心理和年俗准备与下文鬼子大年夜的屠杀形成了冲突,其叙事功能则是通过反映敌人对年俗的破坏同时也是对宗法伦理的破坏来体现民族反抗的正义性,与孟悦分析的《白毛女》中黄世仁对年俗的破坏的叙事功能类似:冒犯了除夕这个节气,也就冒犯了这个风俗连带的整个年复一年传接下来的生活方式和伦理秩序,只有作为民间伦理秩序的敌人,黄世仁才能进而成为政治的敌人②。同样,日本人冒犯了中国的除夕,在除夕夜突袭杀人,也就成为民间伦理秩序的敌人,进一步成为民族的敌人。小说的民俗叙事由此就巧妙地转化为民族主义的叙事了。2004年的电视连续剧基本是忠实原著的,所以如实保留了小说这一章回的情节。

小说《野火春风斗古城》《吕梁英雄传》及其影视改编作品中的春节在传统文化的视野里都是违和的,然而它们的民族主义叙事功能却是强大的,前者通过对传统的舍弃来弘扬了现代性的民族国家理念,后者通过叙述侵略者对民间传统的极端破坏来强化民族仇恨,激发了民族主义情绪。

三、"同仇敌忾"的民族意识。民族意识,"首先表现为人们对自己归属于某个民族共同体的意识,亦即认同;其次是在国家生活中,在与不同民族交往的关系中,人们对本民族生存发展、兴衰荣辱、权利与得失、利害与安危等等的认识、关切和维护"③。民族意识中包括对自身民族归属的认同,对本族利益的维护,同时也就包括对侵害本民族利益的异族的反抗精神。中国近代的"驱除鞑虏"口号和现代社会网民们"非我族类,其心必异"的言论都是民族意识的不同体现。民族危

---

① 马烽、西戎:《吕梁英雄传》,人民文学出版社1957年版,第90页。
② 参见孟悦《〈白毛女〉演变的启示》,选自王晓明主编《20世纪中国文学史论(第三卷)》,东方出版中心1997年版,第193页。
③ 熊锡元:《民族意识与祖国意识》,《民族研究》1992年第1期。

机时期往往民族意识凸显，人们的求同和排异心理都比较强烈，贯穿在抗战题材文艺作品中的民族意识就是一种鲜明的民族共同体意识，包括民族忠诚感和对侵略者的仇视，前者的纯粹和激烈使得人们对汉奸这样一种民族背叛者的憎恶和仇恨程度甚至远超异族侵略者。

"汉奸"在辞海中的解释是"原指汉族的败类。现泛指中华民族中投靠外国侵略者、出卖祖国利益的人"。该词源于何时，学界尚有争议，能达成共识的是，该词在清代已经广泛使用，与清中期及清末的边境冲突有密切关系，并在清末词义范围从汉人扩展为中华民族，同国家主权联系在一起。① 到了抗日战争时期，"汉奸"问题再次凸显，一是因为此时民族意识高涨，二是因为这一时期确实出现了形形色色出卖国家的行为，所谓"汉奸"数目众多，正如陈兴中所言"在入侵者的行列里，竟有超过百万人数的中国人在为日本侵略者奴役自己的同胞服务。这些就是被人所鄙弃的'汉奸'。世界上任何一个侵略与反侵略的战争中，总避免不了一些个人或群体为了谋取自己的私利置国家民族利益而不顾，成为侵略者的帮凶。但是像中国这样存在着如此庞大的叛国者的队伍，在世界各国各民族中却是极为罕见的"②。在抗战题材文艺作品中堪称第一人反派的通常不是日本鬼子，而是各类汉奸形象，他们往往冲在鬼子残杀国人的前线，对同胞比鬼子还要凶残，所以也成为抗日民众的主要敌人，是小说或影视剧中矛盾冲突的主要对立一方，在很多小说或改编的影视剧中，大部分情节都围绕展现汉奸之恶及对汉奸的斗争展开，篇幅远大于表现与鬼子斗争的情节。这样的叙述轻重选择一方面反映了抗战时期与汉奸斗争的史实，另一方面也反映了传统文化浸染下的一种民族情绪。小说《苦菜花》中在公审王唯一时有段反映群众心理的描述形象地反映了上述仇视汉奸甚于鬼子的民族情绪："人们都很激动，怒视着这群东洋的奴才。淳朴的人们，往往仇恨汉奸更甚于日本鬼子。他们的想法是：日本鬼子生来就是坏的，就和

---

① 参见吴密《"汉奸"考辨》，《清史研究》2010年第4期。
② 陈兴中：《"汉奸"——中国历史、文化之痛》，《文史天地》2006年第7期。

狼一定要吃人的道理一样；可是这些同国土同民族的败类，却出卖自己的祖国和同胞，做敌人的帮凶；他们就像是失去人性变成豺狼的人，比野兽更加可恶。"①

为了表达对汉奸的仇恨，抗战题材文艺作品除了渲染铺陈汉奸之甚于日寇的对中华民族利益的侵害，还将伦理道德与民族性问题捆绑在一起，形成正相关的关系，即凡背叛本民族利益的也必违反传统伦理价值观，道德水准低下。所以，在抗战题材文艺作品中，汉奸普遍道德败坏，人格低下，不仅同族的人仇视唾弃他们，即便日本人也瞧不起他们。

在抗战题材小说中，汉奸的道德败坏最常见的表现就是男女关系混乱，或者说传统伦理中作为万恶之首的"淫"。小说《敌后武工队》《苦菜花》中都有对汉奸荒淫行为的描述，到了1999年版的电视剧《敌后武工队》中，汉奸将自家众女眷都献给鬼子淫乐，反伦常行为到了令人发指的地步。而这种汉奸之间"共妻"然后献妻与侵略者的情节在多部小说及其改编的影视剧中都出现过，成为一种模式化的叙述。比如小说《平原枪声》中汉奸王百顺先是把老婆"红牡丹"献给苏金荣，之后又"转租到王金兰名下"，日本人来了后，又献给了鬼子中村。

2000年以后改编的影视剧在这一方面的表现上有了微妙的变化，尽管汉奸仍是反面的丑类的群像，但影视剧开始表现人物内心的复杂和挣扎，使得反面人物在男女婚姻关系中的行为具有了人性的真实和文化的真实。比如2010年版电视剧《平原枪声》中杨百顺的妻子"红牡丹"尽管也与苏金荣和日本人私通，但与小说中心甘情愿的奉献不同的是，剧中的杨百顺是迫于对方压力而不得已为之的，所以他的内心对霸占其妻的苏金荣和日本人暗暗仇恨，这种仇恨导致他暗杀了苏金荣。同样，2005年版的电视剧《敌后武工队》中的汉奸"哈巴狗"对于其妻二姑娘和汉奸刘魁胜的私通起初并不知情，知道了以

---

① 冯德英：《苦菜花》，人民文学出版社1959年版，第304—305页。

后表现得非常痛苦，甚至准备去找刘魁胜拼命。和原著差别更大的是，剧中的刘魁胜对二姑娘不仅仅是欲的念想，而且有了情感的因素掺杂，所以他打算娶她。总体而言，改编后的影视剧中的汉奸虽然婚姻男女关系和小说一样仍是混乱的、不洁的，但不再是只有本能冲动，而是有了情感的因素，表现出了宗法伦理的影响。实际上，传统的宗法伦理对于家族血缘的纯洁性有着非常高的要求，出身于乡土社会的汉奸不可能不受这一宗法伦理的影响，小说中描述的汉奸们主动情愿的献妻行为的真实性确实令人生疑，应该是叙述者基于民族主义立场的一种叙述策略，其叙述功能类似于上述《白毛女》中黄世仁的反伦理行为。

在抗战题材文艺作品中，汉奸之丑恶还表现在对待同胞比日本侵略者还要凶残，在这些作品中，每次为日军屠杀打前阵的都是汉奸，为日本人出谋划策对付同胞的也是汉奸。所以，从这一角度说，汉奸的负面效应要远远大于日本侵略者。如果说，在小说中汉奸和侵略者的负面形象还相差不远的话，到了当代影视剧中，则出现了较大的差异，在一些电视剧中，甚至出现了从人性和道德上美化侵略者，而竭力贬低和丑化汉奸的问题，比如前者往往显得有文化，有涵养，甚至有血性，而后者则下贱无骨气，对前者卑躬屈膝。比如在 1999 年版的《敌后武工队》中，鬼子一撮毛练习刀法，胖子苟润田（伪警察所长）不仅形象不佳，而且丑态百出，极尽谄媚之能事。尽管在小说中苟润田也是被丑化的形象，但并没有这么夸张的情节。2005 年版《敌后武工队》中汉奸刘魁胜在跟日寇要拨款时表情动作极尽奴颜婢膝，而日寇坂本则严肃深沉，一幅高高在上的样子。当前者向他告密的时候，坂本却说其实瞧不起他这样的汉奸，这样的表述未必是历史真实的情境，倒更像中国人自己的民族情感表达。2000 年以后一些具有早期"神剧"色彩的电视剧在表现汉奸低俗的同时，把侵略者表现得有品位，有修养，甚至还重感情，或许是想改变过去文艺作品中关于鬼子的刻板形象，但又走向了另一个极端，明显背离史实，比如 2010 年版《平原枪声》中，日寇中村显得很有中国文化修养，不仅大谈茶道，出征前还念中国古诗，同时又兼具武士道精神和骑士精神，人格显得比汉奸高尚并且还尊重女性。所以，无论是过度表现汉奸的反伦常行为，还是后期"神剧"中将日寇表现得有文化涵养，有人格理想，都不是抗战历史的真实反映，都带有了艺术夸张色彩，前者是民族情绪、民族意识的投射使然，后者则是时代文化语境的影响。大约在 2000 年以后，在中国传统文化复兴的时代热潮下，诸多抗日题材的影视剧都高扬了中华传统文化的价值，通过日本侵略者对中国文化的热衷和臣服，来表达一种文化抵抗和民族自信。比如上述电视剧《平原枪声》和 2005 年的电视剧《野火春风斗古城》都有一个醉心中国文化以中国文化为师的日本侵略者形象。

第三节 从小说到影视："乡绅"形象的衍变

在关于中国当代红色经典抗战小说的研究中，长期以来，其中的"乡绅"阶层形象一直没有得到关注。然而这个阶层的人物在小说中不是可有可无的，而是体现了抗战时期乡土社会阶层变迁的重要信息，也反映了民族主义话语、阶级斗争话语对乡土社会的重要影响。本节拟透过小说中这个阶层人物在抗战时的没落与失语，来透视传统社会的乡村治理是如何在民族危机时代，在民族主义思潮的影响下发生巨变的，同时，通过分析由小说改编的影视剧中的乡绅形象较之原著的变化，反映时代文化语境对文艺作品中的民族主义思想的影响。

中国传统的乡土社会是一个基于血缘伦理、由乡村权威控制的自治组织，在"天高皇帝远"的底层乡村，由宗族长和乡绅组成的"合法性权威"得到社区民众的普遍尊重和认可，在社区事务的处理中有着比政治权力还要有效的控制功能，起着维护社区稳定平衡、保持文化传承的作用。从广义的范围上讲，20 世纪上半纪的乡绅作为乡土社会的精神领袖，主要包括"退任的官僚或是官僚的亲友""受过教育的地主"[1]，"旧

---

[1] 费孝通:《中国士绅》，赵旭东、秦志杰译，生活·读书·新知三联书店 2009 年版，第 31 页。

式功名持有者""新式学校的毕业生""乡村教师""有势力的家族长"等①。其合法性权威的奠定主要靠自身的德高望重和对社区公共事务的尽责，经济条件倒是一个次要的因素。乡绅在乡村社会中的主要任务有：作为社区的社会领袖和代表，担当地方的警备力量，调解人民日常的纠纷，关心社区的灾荒、赈济、时疫等，为社区的民众树立楷模②。

晚清科举制度的废除和新式教育的勃兴造成了20世纪乡绅阶层的第一次分化和流动。大批乡绅失去了传统的晋升渠道从而流向新的社会职业阶层，有的开始离开乡土走向城市③。抗战爆发前后直至抗战胜利，由于乡土社会的剧烈变动，乡绅阶层进一步分化。"作为个体的人，他的阶级属性也是处于不断变化之中的。阶级结构的稳定性不在于个体的固定不变，而恰恰在于个体的流动性，结构震荡剧烈时尤为如此。抗战时期诸多因素促使根据地各社会阶级处于不断流动之中，地主、富家阶级普遍衰落，贫雇农阶级处于上升之中。"④ 另一方面，由于抗日根据地民主政策的实施、群众运动的开展及无产阶级抗战英雄形象的树立宣传，乡绅在乡土社会精神领袖的权威地位进一步下滑乃至被后者全面取代，从此以后，基本退出了乡村公共事务的权力话语系统。

从红色经典抗战题材小说中，我们能够看出乡绅的分化和没落。组织力量抵抗外敌、救济同胞、保护乡土应该是传统乡绅义不容辞的社区公共责任。然而，在小说中，我们看到的乡绅阶层，在面临民族危机时，有的顽固投敌，有的左右摇摆，有的虽然在受到教育后醒悟，但基本都失去了挺身而出、守望乡土、积极有为的担当和责任，在国难当

---

① 参见渠桂萍《华北乡村民众视野中的社会分层及其变动（1901—1949）》，人民出版社2010年版，第47—48页。
② 参见周荣德《中国社会的阶层与流动——一个社区中士绅身份的研究》，学林出版社2000年版，第94页。
③ 参见王先明《变动时代的乡绅——乡绅与乡村社会结构变迁（1901—1945）》，人民出版社2009年版，第455页。
④ 王先明：《变动时代的乡绅——乡绅与乡村社会结构变迁（1901—1945）》，人民出版社2009年版，第426页。

头、民族主义情绪高涨的抗战大潮中，注定要丧失在乡土社会中的主流话语地位，被新的权威——关注民生、实行减租减息政策，发动和组织农民、坚决抗日的共产党人所取代。

　　出现在这些小说中的乡绅由于各自经济状况和社会关系的不同，在对待抗日工作的具体态度上，还是有分化差异的。第一类是大地主兼资本家且同国民党政府有关联的，都是反对并破坏抗日工作的，属于劣绅兼汉奸。第二类是中小地主，或投敌作汉奸，或左右摇摆求周全。第三类是一些财力微薄，在乡土社会声望的获得主要是靠宗族地位、人品、学识的乡绅，则有可能在现实危机的教育下同情共产党所领导的抗战工作，并保持民族大义。小说叙述者对前两类乡绅在抗日大潮中的表现都持一种讽刺、谴责和高度怀疑的态度，这种讽刺和怀疑的态度主要表现在小说中普遍出现的人物在乡村公共空间与私人空间的言行矛盾。社会学研究领域中的乡村或村落公共空间概念源于哈贝马斯的"公共领域"，但又不完全相同，它大致包括两个层面："一是指社区内的人们可以自由进入并进行各种思想交流的公共场所。例如，在中国乡村聚落中的寺庙、戏台、祠堂、集市，甚至水井附近、小河边、场院、碾盘周围，人们可以自由地聚集，交流彼此的感受，传播各种消息。二是指社区内普遍存在着的一些制度化组织和制度化活动形式。例如，村落内的企业组织、乡村文艺活动、村民集会、红白喜事仪式活动，人们同样可以在其中进行交流、交往。"① 这样的乡村公共空间在抗战时期同样存在，成为战时宣传动员或信息交流的重要舆论场所。

　　《平原枪声》中全县最大的地主苏金荣，不仅在乡下广有土地，还离开乡土，在天津汉口都有生意，同时在外边结识了不少官僚士绅，可以说拥有乡绅阶层影响力来源的财富和人脉。也正因为他的经济地位并同国民党官员刘中正的勾结，而成为顽固反共的汉奸。在小说中有这样一段描述："在全县各界人士抗日动员大会上，县委副书记杜平以'战

---

① 曹海林：《乡村社会变迁中的村落公共空间——以苏北窑村为例考察村庄秩序重构的一项经验研究》，《中国农村观察》2005年第6期。

委会'副主任的身份,报告了苏金荣捐枪的消息,当场就有不少士绅、地主响应,自动报出捐献枪支的数字。这一来弄得苏金荣哭笑不得,不过他还是冠冕堂皇地讲了一通抗日的主张,可是当他一回到他的公馆,脸色就勃然大变,破口痛骂起来。"① 这里的"抗日动员大会"是战时乡土社会常见的公共空间,与后来的农民诉苦大会一样,是乡土舆论表达的空间。而苏金荣的公馆则是一个私人空间,人物在这两个地方的表现是迥然不同的。这段话的前半部分接近历史叙述。在村庄遇到灾荒、战乱时捐款、捐粮既体现乡绅的权威,也是职责所在。所以相关史料记载中,常见士绅赈灾或进行"救国捐"的行为。比如《河南全民抗战》一书中记载,1942年河南遇日军侵略又逢大灾时,"各县绅商纷纷捐粮、捐款,救助灾贫。继1942年底临汝县周筱山献粮40石后,许昌周锦堂捐款17万元……全县因捐助灾贫受到政府各种奖励的达12685人。"② 又如《晋城抗战史》记载:"中共沁水县工委、县政府、县牺盟会为解决新军和自卫队发展壮大后经费不足的问题,派出干部深入各区、村,发动群众,摸底劝捐……县委组织委员苏平(女)多次登门说服第四区良平大财主苏贯生,使其一次捐出了银元4000元……这笔救国捐,为解决财政困难、支持新军起了很大的作用"③。历史叙述中可见的仅是客观的数字及公共空间的语言、行动,而文学叙述则可以深入人物内心和私人空间,可以表达叙述者的主观倾向。所以就有了上述文字中揭露苏金荣心态的"哭笑不得""冠冕堂皇"等主观色彩鲜明的词语及对其在自家公馆表现的描写。

与苏金荣相同,《苦菜花》中的王柬之也是一个典型的出身大地主阶级、离开乡土之后结交国民党的乡绅,在北平的大学里读过书,有新学背景,在城里教过书,然后回乡兴办公学,实际身份则是潜伏的汉奸特务。他在家乡的公共场所当着乡人的面说过自己的见闻和遭遇:"国民党如何不抗战,鬼子来了,到处杀人放火,奸淫掳掠,祖国遍地一片

---

① 李晓明、韩安庆:《平原枪声》,人民文学出版社1959年版,第41页。
② 陈传海、石小生、郭晓平:《河南全民抗战》,河南人民出版社1994年版,第189页。
③ 马甫平编著:《晋城抗战史》,山西人民出版社2005年版,第107页。

焦土。同胞的血淋淋的尸首使他认清了现实，深深感到亡国奴的日子没法过下去，他领着学生参加反对日本帝国主义的宣传活动，结果被敌人抓去关在牢狱里好几个月，出来他又不顾迫害地参加了救亡工作……当他听说家乡有了共产党领导抗日，就不顾敌人的阻难而奔回来，誓为抗日尽力。他说这些话时，那种痛苦万状、捧腹揪心的神态，很使人们动心。光说空话不行，王柬之还用实际行动来证明自己的抗日爱国心。他把山峦、土地献出一部分来，又把大批陈粮交了公粮，并自愿帮助政府办小学，以尽他知识分子一点力量。"① 随后，叙述者马上就将画面切换到王家家宴这个私人场景，王柬之和几个同党一起饮酒，人物的语言和心里活动中充满了对穷人的仇恨。在这些叙述中，同样存在着上述公共领域与私人空间的矛盾。

《敌后武工队》中的地主周敬山属于扎根乡土的土财主，有几门亲戚在官面上，有着乡绅的经济地位和人脉资源，所以"他在村里说句话，出个主意，都像板上钉了钉……村里的地主和富农，大多看他眼色行事"②。此人是典型的中间人物，摇摆于各方势力之间，虽没有沦为汉奸，但是出于个人私利，对减租减息和抗日工作不积极。在他家召开的一次由武工队主持的集会上，大小地主、债户集聚一堂，显然也构成一个公共领域，周敬山"跳上炕，像心甘情愿的样子：'乡亲们，老少爷们。在咱村人都称我是首户，首户干什么也不能走在后面。抗日政府为了把鬼子早日打出去，让胜利早日到来，要发展生产。生产必得人干。要是咱有钱的不为穷苦点的人们想，他们自然不好好生产，所以就颁发了减租减息法令，这个我从心眼里拥护，要减就先从我这来"③。其他地主一看他表态了，也都纷纷响应。在这个场景之前、之后，叙述者用了大量的篇幅交代周敬山对武工队领导的工作反感、抵触同时又惧怕的复杂内心活动，与前面公共领域的"心甘情愿"的表现形成矛盾。

---

① 冯德英：《苦菜花》，人民文学出版社1959年版，第43—44页。
② 冯志：《敌后武工队》，人民文学出版社2005年版，第237页。
③ 冯志：《敌后武工队》，人民文学出版社2005年版，第246页。

小说中反映的前两类地主乡绅在公共空间和私人空间的矛盾,一方面反映了当时抗日根据地的复杂统战局面,另一方面也反映了党对地主阶级既争取联合又怀疑斗争的矛盾态度。毛泽东同志在1940年发表的《目前抗日统一战线中的策略问题》一文中指出,作为中间势力中的开明绅士虽然"可以同我们共同抗日,也可以同我们一道共同建立抗日民主政权,但他们害怕土地革命。"① 而顽固势力中的抗日派也可能会对我们采取两面政策,我们对付他们的两面政策的革命的两面政策,就是"以斗争求团结"②。小说《苦菜花》中的共产党员姜永泉在王柬芝还没有暴露前一直对他心存怀疑:"是什么力量使王柬芝和这个汉奸家庭的关系割裂得一干二净呢!是真因为他是个知识分子明大理,敌人的惨无人道的兽行激发起他爱国的热情吗?可惜没法了解这个人在外面的经历。是啊,娟子、德松他们说的也有理,他终究是个财主,很难真心跟我们一道走。对,要团结他抗日,也要防备他存心不良。"③ 姜永泉的这一心理活动正体现了上述党对地主阶级抗日意图及表现的怀疑和两面策略。

红色经典抗战小说的叙述者对第三类乡绅的态度表现得比较复杂,既肯定其由传统因袭或自身品行树立的在乡民中的影响力,又要批判其反现代性的"依托乡土"的生活方式与思想观念;既肯定其基于传统"家国思想"的民族气节,又批评其因无产阶级政治立场缺失而带来的对抗日工作认识上的局限,这种认识上的局限导致他们缺少行动上的执行力或意志的坚定性,所以仍然不能承担传统乡绅组织力量守卫乡土的公共责任,不能成为抗战时期乡土社会的精神领袖。和前两类经常处于矛盾话语中的乡绅不同,这一类乡绅则多数处于被改造、被教育的转变过程中。这一类乡绅还可以细分为以下几类:

拥有宗法权威的家族族长。《苦菜花》中的四大爷是令娟子母亲非常畏惧的大家族的族长,恪守封建传统道德,反对妇女参加革命组织,

---

① 毛泽东:《毛泽东选集(第二卷)》,人民出版社1991年版,第747页。
② 毛泽东:《毛泽东选集(第二卷)》,人民出版社1991年版,第748页。
③ 冯德英:《苦菜花》,人民文学出版社1959年版,第108页。

鬼子进村的时候也坚决不撤退,认为鬼子是冲共产党来的,和自己没关系,只有当经受了家破人亡的苦难后才开始转变观念,并支持儿子参军抗日。

参与乡村基层旧政权的士绅。自晚清以来直至20世纪30年代,乡村自治的基层政权中吸纳了一些本地有声望、有文化、有经济基础的人加入,担任乡长、村长、村副或庄长等,这些人往往是各方政治势力争夺的对象。在红色经典抗战小说中,出现了一些中农以下的村长或村副形象,他们虽然不是抗日的主要力量,起初也有软弱胆小的一面,甚至违心地担任一些伪职,但因为有基本的道德感、民族意识和对村民的责任感,所以在经过残酷斗争或共产党的争取教育之后,最后都能站在抗日民族统一阵线中,有的甚至壮烈牺牲。比如《苦菜花》中村长老德顺阅历广,应酬过各色人等,胆小怕事,"缺乏共产党教导出来的青年人那种视死如归的刚强性格,还留恋他那虽不富裕却习惯了的小家庭生活"[①]。但是目睹了日寇残害乡人的场景后,他觉醒了,"他像父亲般地目睹孩子的死,看着鲜血染红了的沙河。这是那些鬼子和汉奸在随意杀害自己的亲人。他瞅着敌人那股疯狂残暴劲,心里涌上来的愤恨,驱逐了恐怖,他全身被复仇的火焰烧炙着"[②]。最后在现场和敌人搏斗牺牲了。支撑老德顺和日寇搏斗的爱护乡人的"父亲式"情感其实就是乡绅对乡民的义务感和伦理情。这类人物还有《吕梁英雄传》中汉家山的伪村副郝秀成,出身中农,因为有文化且乐于帮助村人在村里威望很高,虽然在日本人威胁下作了村副,但他看过很多历史古书,"知道从古至今亡国的痛苦"[③],因此应付着伪差,暗中保护乡人,后来在八路军的策反下参加了锄奸行动,走上了抗日的道路。

来自旧学体系的乡村文人。这类人接受过科举考试的训练,饱读诗书,通晓儒家文化礼仪。"中国文字难以掌握,阻碍了劳动阶级识字读书,只有那些能以读书消磨安闲岁月的人,才有掌握中国经典的希望;

---

① 冯德英:《苦菜花》,人民文学出版社1959年版,第216页。
② 冯德英:《苦菜花》,人民文学出版社1959年版,第216页。
③ 马烽、西戎:《吕梁英雄传》,人民文学出版社1957年版,第215页。

掌握了这些经典，他们就成了通晓传统道德礼教的人。一个主要依靠传统礼制治理的社会对于懂得礼教的人给予崇高的威望。"① 因为"与文字、礼仪有关的各种知识在村民的生活实践中扮演着重要角色"②，所以拥有文化资本、服务社区文化事务的乡村文人在村中有着较高的地位也是情理之中。《吕梁英雄传》中的"二先生"老秀才白文魁显然属于这一类人物，其衣着言行都符合其文化身份和社区文化功能。他穿的是"大襟长袖的古式袄子，配着顶半新不旧的黑市布瓜壳帽，腿上扎着腿带，胸脯上常年挂着挑牙签子，上面拴个一寸大小的胡梳。闲下无事时，戴起铜边老花眼镜，一面看木版古书，一面使用这小胡梳"③。他在乡村获得威望的原因主要是人品及文化以及建立这二者基础上的调解乡里纷争、发动救济的功能："因为他为人正直，在村里能说几句公道话，又有点学问，说话爱嚼字眼，往年间村里人买地写约，说合调解，一定请他来当个中人。"④ 当日本人入侵康家寨后，二先生仍能保持士人洁身自好的品质，不愿让女儿嫁有权势的汉奸、密谍组长；一定限度内也能起到发动村民的作用，比如当汉奸假日本人名义要债逼死村民后，村人都征询他意见，他倡导大家要"守望相助，疾病相扶"。然而其影响力也就仅限于此了，他不是康家寨抗日斗争的中坚分子，缺乏决断力和行动力，仍属于被解救的人物，自家女儿被强娶的麻烦还是依靠村里共产党领导下的民兵解决的。

《平原枪声》中的马宝堂也属于这类人物，他中过秀才，然后回乡教书。因为马庄没有财主，所以有文化的马宝堂就成了村里"唯一有地位的人"，自信连劣绅苏金荣也不能怎么样他。基于传统文人的爱国思想，抗战爆发后，他在村里的文化功能仍然存在，只不过开始转变为服务抗日、宣传抗日，为村人写了几十年春联的马宝堂开始热衷于写宣

---

① 周荣德：《中国社会的阶层与流动——一个社区中士绅身份的研究》，学林出版社2000年版，第8—9页。
② 渠桂萍：《华北乡村民众视野中的社会分层及其变动（1901—1949）》，人民出版社2010年版，第73页。
③ 马烽、西戎：《吕梁英雄传》，人民文学出版社1957年版，第21页。
④ 马烽、西戎：《吕梁英雄传》，人民文学出版社1957年版，第21页。

传抗日的报头,在关帝庙这样一个农民闲时集会的场所,他成了议论国事的主要角色。最后在面对汉奸和日寇逼问八路军去向时,马宝堂坚守住了士大夫的气节壮烈牺牲。然而这样一个为抗日牺牲的士绅在叙述者笔下仍然是被改造、被转变的失落的形象:他起初思想守旧,认为共产党不正统,对蒋介石的中央军高度评价,经受了中央军对村民的哄抢和打骂后马宝堂对国民党失望了,当他伤好后,又发现其在关帝庙的话语地位又被新兴的党的抗日力量取代了:"村里组织了农会、儿童团,肖家区还组织了游击队,宣传讲演,减租减息,男女老少,个个忙碌,再不像在关帝庙前听他谈论'腰别子'那种神情了。"① 这时他终于明白了:"抗日只有跟着共产党走"。② 当然,叙述者本着尊重史实的态度,并没有让这个开明士绅变成共产党人,所以最后他的牺牲场景也有别于后者,仍然是基于乡绅的文化信念和乡土情结的牺牲。面对汉奸的劝诱,他想的是气节:"我堂堂正人君子,怎么能卖主求荣。一死有之,岂能惧哉!"③ 鬼子对乡民的残害激发了他的怒火,基于对乡人的爱护和责任感使他挺身而出自我牺牲,其时在他脑海中盘旋的也都是岳飞、戚继光、郑成功这些传统爱国人物形象。

20世纪60年代改编的电影由于处于与小说同样的以阶级斗争为主的历史语境中,在乡绅形象的塑造上基本和原著保持了一致,甚至第一类乡绅的反动投敌及道德败坏的一面比原著还要强化。20世纪90年代以后,由于时代语境的变迁及国共两党关系的和缓及中共对国民党抗日正面战场的承认,呈现在影视中的和国民党有着千丝万缕联系的第一类乡绅形象及其民族立场开始产生或微妙或显著的变化。有的从小说中主要反派人物的地位变为无足轻重的角色,比如2001年的电影《平原枪声》中的苏金荣在电影开始不久,因为中共施行的反间计,就被日本人枪杀了,所以在电影中基本没有表现出作恶和投敌的一面,对马英更没有如小说中所述的强奸其姐这样的家仇,反倒像一个无奈的被时代

---

① 李晓明、韩安庆:《平原枪声》,人民文学出版社1959年版,第73页。
② 李晓明、韩安庆:《平原枪声》,人民文学出版社1959年版,第73页。
③ 李晓明、韩安庆:《平原枪声》,人民文学出版社1959年版,第79页。

裹挟的背运的土地主。这和原著中那个被高度怀疑和否定的主要反面人物苏金荣有明显区别。同样，在2010年的电视剧中，苏金荣也没有和马英的家仇和血债，身上有了小说中不明显的封建家长的气质，在第3集就被手下杨百顺暗杀，所以也不是剧中主要的反面人物。而且剧中还通过人物语言揭示了其做汉奸的动机："国难当头，要么跟着国军一路溃败，要么被共产党分田分地，家破人亡，只有跟日本人这条路。"国难当头，是时代背景，避免家破人亡，也是人趋利避害的本能，所以这段话里，也有许多的无奈，和小说中苏金荣主动积极地反共投日是有区别的。

　　进入21世纪以来，第一类中的反动乡绅，有的虽然仍是主要反面人物，但也不再是顽固反动、坚决投敌、穷凶极恶的，而是有着复杂曲折的心路历程，表现出原著中没有的善恶之念的挣扎，甚至在某种程度上也有向善的心理和行为。比如2004年上映的电视连续剧《苦菜花》中的王柬之，虽然最终身份和原著一样，是隐藏的汉奸，但剧中王柬之的人生和心路历程和小说中完全不同，因而和其他人物的关系也与小说迥然不同。剧中刚出场时的王柬之是一个地主家庭的叛逆者形象，他同情以"母亲"为代表的家中下人，反抗包办婚姻，并在夜里准备和"母亲"私奔逃离家庭。这和小说中那个坚决站在地主阶级立场上暗中维护家庭利益的王柬之的起点已是不同。同时，由于和"母亲"的这段交情，使得小说中两者间势不两立的血海深仇变成了脉脉温情，阶级对立的界线被人情融化，所以在剧中的大部分时间，"母亲"都是相信和感恩王柬之的，甚至也影响到了姜永泉对他的态度。和小说中对王柬之始终保持高度怀疑的姜永泉不同，剧中的姜永泉还劝对王家有看法的娟子"做人得懂个理儿，知恩图报，以心待人"，要她理解母亲对王柬之的感情。由于不同文本中"母亲"的性格不同及王柬之与"母亲"的不同关系，王柬之的最终命运也是不同的。小说中母亲还保留着女性的、母性的很多气质，和王柬之并没有很多的直接冲突。电影中的"母亲"阶级性压倒了母性，所以最后是王柬之跑到了"母亲"家的院里，被"母亲"亲手枪毙的。而电视剧中的"母亲"则对王柬之始终存有复杂的情感，最后是王东之撞墙自杀的悲情场面。这样一个与原著和 20 世纪 60 年代电影差异很大的结局，反映了编导对小说中顽固乡绅的某种程度上的同情和理解，也反映了新时期以后阶级性与民族性的逐渐松绑，也即不再简单以阶级立场来判定民族立场，大地主阶级不一定全部是死心塌地卖国投敌的，而是表现出一定的历史复杂性。

同样，小说中第二类左右摇摆型乡绅在新时期的影视剧中也开始转型为政治进步、有民族立场的开明士绅。比如 2005 年电视连续剧《敌后武工队》中的周大拿，刚出场时接近小说原型，是村中的第一大户，对中共的减租减息不积极，但他离家多年担任八路军排长的儿子给他来了一封信，信中表示要先尽忠才能尽孝，认为八路军才是真正地爱百姓爱国。此信从传统人伦切入到政治主题和民族大义，打动了周大拿，他对下人控诉了日本人的罪恶，表示儿子是八路的人，等于他也是八路的人。他后来的壮烈牺牲也体现出了坚定的民族气节，和小说中自私自利、没有抗日意识的周大拿大相径庭。

小说中第三类乡绅有的在影视剧中也发生了显著的变化，即从被教育和改造的士绅转变为立场始终坚定，有胆有识的革命者，从小说中被争取的角色变为值得依靠的抗日力量。2004 年电视剧《吕梁英雄传》中的主要人物和情节基本尊重原著，变化不太，但二先生的形象却和原著有了分野。小说中的二先生虽然能一定程度上承担乡绅对村民救济的责任，依靠学识和人品获得乡村声望，但却不是一个坚定的革命者，如同其他村民一样，有软弱怕事的一面，比如面对地痞流氓对其女的抢亲，二先生慌慌张张，甚至是哭着向民兵求救。而电视剧中的二先生则是非常镇定勇敢地直接拒绝了皇协军大队长邱得世的求婚。小说中的二先生因为经济状况较好，所以自我感觉和地主康锡雪一类人。而电视剧中二先生则没有和康锡雪的阶级认同及心理亲近，所以其言行更接近众村民和民兵。最大的区别是在除夕夜日寇进村屠杀这一情节中，小说中的二先生看到日寇惨杀村民逼问民兵下落时，吓得想要屈服。而在电视剧中，同样的情节，二先生则是面对日寇威胁顽强不屈，最后和日寇拼命而被杀害。小说《野火春风斗古城》中的开明绅士高参议属于统一战线中的民主人士，和国民党政府高官有交情，同时又为中共做些内线工作，但在小说中戏份很少，从主人公杨晓冬的视角来看，虽然需要利用高参议，但却不时地轻视后者的工作成效甚至工作方法。后来，当高参议谈了他对争取伪省长的工作思路时，"杨晓冬看出高参议既真爽又矜持，满带学者的派头，把复杂的政治斗争看得过于简单"①，所以他对后者是一通教育"因为跟我们谈话的是敌人，跟敌人打交道，要提高警惕，不能简单化，不能先考虑个人荣辱得失。我跟高老先生是初次见面，有个感觉，觉得老先生把问题看得容易了些，考虑个人面子多一点。"② 从这样的叙述中，我们可以看出高参议仍是属于被教育和改造的士绅一类，属于统一战线中的中间派。到了 2005 年的同名电视剧中，高参议不仅是游走于国民党、共产党间的中间人物，甚至还和日本人也有师生之情，成了一个主要的角色，有民族大义和血性，当日本人严刑拷打他甚至以死威胁他时，他都凛然不惧、不断斥骂。在他在被押往刑场的路上大骂汉奸并且赋诗的时候，镜头采用的是仰视角，通过悲壮的场面渲染了人物英雄气质。

从剧中高参议的言行来看，他显然是不需要被批评和改造的，其不畏拷打和从容赴死的壮行，以及最后去往革命根据地的结局，都接近红色经典小说中的主要正面人物形象了。

新时期影视剧对乡绅阶层的宽容、理解或重塑，一方面体现了时代语境的变迁，另一方面也是对某些过去被遮蔽的历史事实的重新去蔽。在相关史料记载中，是存在家业丰厚的地主为抗日不惜毁家纾难的事例的。但这些个别事例在红色经典抗战小说中被忽视了。另一方面，上述影视剧把所有本属于中间势力的人物塑造成了有民族大义和政治觉悟、最终壮烈牺牲的进步力量，又是矫枉过正，没有反映出抗战时期阶层分化和抗战工作及人性的复杂性，是一种浪漫主义的假想。

---

① 李英儒：《野火春风斗古城》，人民文学出版社 1958 年版，第 184 页。
② 李英儒：《野火春风斗古城》，人民文学出版社 1958 年版，第 184 页。

第四节 女性主义与民族主义：红色经典抗战小说及改编影视剧中的妇女与民族国家

从本质上说，女性主义与民族主义是相对立的，前者强调女性自身的利益与价值，反抗男权和父权压迫，而后者强调女性对民族国家的牺牲和贡献，在经典女性主义者看来，国家民族主义是"父权结构的集中体现，是社会压抑与暴力之源"①。但是，二者的关系在西方和第三世界国家还是不一样的，卡普兰认为"在欧洲，女性主义和民族主义相结合是反常的，不寻常的……而亚非地区的妇女运动和女性主义是在男性民族主义者的启蒙、倡导、鼓励下出现的，民族主义支持和领导妇女运动，所以双方的关系不是对立关系，而是合作和从属关系"②。

抗战时期，救亡图存压倒一切，民族主义成为战时中国的强势话语，女性主义完全是依附和从属于前者的，即使是根据地掀起的轰轰烈烈的妇女解放运动，也和西方女权运动的主旨不同，而是"带有战前民族动员、战后整合重建时所需的妇女劳动力的意图"③，仍然是在民族国家话语的宏大体系之内，并且与阶级斗争话语紧密相关。建国初期的红色经典抗战小说由于其作者的男性身份、时代政治文化背景和抗战题材等因素共同决定了其男性、阶级及民族主义的话语立场，在这些作品中，民族主义压倒一切，女性主义配合和服从。其中的正面女性形象基本都是为民族国家隐忍、奉献与牺牲的角色，以自身的被动、犹豫、情绪化衬托正面男性的主动、果敢与理性。而反面女性则是以被否定的身体来说明民族国家话语对女性特质的摒弃。透过这些作品，我们可以发见抗战时期中国北方农村妇女为民族国家所做出的超越男性的巨大贡

---

① 戴锦华：《导言二：两难之间或突围可能?》，陈顺馨、戴锦华选编《妇女、民族与女性主义》，中央编译出版社2004年版，第27页。
② 转引自范若兰《暴力冲突中的妇女：一个性别视角的分析》，时事出版社2013年版，第95页。
③ 戴锦华：《导言二：两难之间或突围可能?》，陈顺馨、戴锦华选编《妇女、民族与女性主义》，中央编译出版社2004年版，第32页。

献和牺牲，包括情感的与身体的。这是新中国成立初期这批具有现实主义风格的抗战小说社会史意义的一个层面。

不过，值得提及的是，在新中国成立初期的部分抗战小说比如《苦菜花》中，民族主义并非将女性主义挤压至无，而是或潜隐或曲折地表现出了对母性与女性特质的同情与尊重，这些符合女性主义立场的表述恰是小说被视为具有人情人性、可读性并能成为经典流传的因素之一，却在特殊时期的政治语境下因其与民族主义和阶级话语的霸权相抵牾遭到了批判。

新中国成立初期的这批抗战小说自问世以来，不断处于被改编成影视剧的过程之中，通过改编而实现"熟知化"的过程也是经典得以成就的一种途径。改编后的影视剧作为原小说的"互文本"，与原著存在着相互对话的内容，同时也具有不同于原文本的新的意义和价值。就民族主义的压倒性地位来看，改编后的影视剧包括新世纪以来的影视文本一如原著，甚至还有所强化。20世纪60年代的电影表现为民族主义+阶级斗争话语的加强组合，而新世纪的影视剧则表现为民族主义+消费主义的组合，它们共同的缺憾是少了原著中对女性的理解与同情之处。前者是受20世纪60年代的政治环境影响，而后者则受当下民众高涨的民族主义情绪与大众传媒娱乐化倾向的共同影响。而创作于建国前后的原著小说由于创作者自身就是抗战历史的亲历者，其作品多具有真情实感和著史的求真意识。比如冯德英自身就有一位投入抗战后勤工作的母亲，其小说《苦菜花》中的母亲形象来自于他对生活中真实的革命母亲的体验与观察。这与后来影视剧中观念先行的想象的母亲自然是不同的。另一方面，新时期以来由上述小说改编的影视剧因为阶级话语弱化，反面女性形象与原著相比发生了较多的变化。

本节接下来将从民族国家视野中女性的几种不同角色定位来分析红色经典抗战小说及由其改编的影视作品中女性主义与民族主义的关系。

一 作为劳动力与战斗力的女性

抗战时期根据地的妇女解放运动，是根据马克思主义关于女性与家庭的理论，将女性从封建家庭中解放出来，从私人领域走向公共领域，投身围绕抗战中心的各项社会运动，更是第三世界民族国家解放运动对妇女劳动力与战斗力的需要与依赖。从这点来看，根据地的妇女解放运动与晚清以来维新思想家包括梁启超等人的妇女解放思想还是有共同之处的，后者提倡妇女解放身体、接受教育、拒绝早婚等其实还是为了强国强种，辅助男性参与挽救或建设民族国家。解放了的女性身体被民族国家最大程度地利用，成了抗战时期重要的劳动力和战斗力。然而，女性在获得社会性的同时，有时会丧失了部分生物性，相较男女体能存在的天然差异，女性付出的代价其实更大。从相关史料中可以看出妇女为抗日工作所付出的巨大体力劳动："1943 年太行第七专署，有 30000 名妇女纺织，生产土布 500 万疋，得工资粮 200 余万斤。这不仅对占胜灾荒起了重要作用，还促进了消费、生产合作带来的发展。"① 1940 年 7 月制定的《太行军区的组织及其工作纲要》规定，20 岁至 40 岁之妇女，均应参加自卫队。这些女性在自卫队中的作用和男性一样，负责铲除汉奸、肃清敌探、破路拆堡、空舍清野、救护伤病员等。② 如果说救护伤员、织布生产还与女性的生理体能相适应的话，"铲除汉奸、肃清敌探、破路拆堡、空舍清野"等重体力任务则显然更适应男性。

在否认男女两性生理差异方面，西方女性主义的某些流派和根据地妇女解放运动的指导思想可谓不谋而合。不过，前者的目的是希望通过差异的消除实现女性与男性平等的政治、经济及社会话语地位，旨在女性自身权利的主张和主体性的实现。而后者则是基于阶级斗争理论反对一切强势力量对弱势力量的压迫，包括男女体能的差异，目的还是为民族国家的解放和建设服务。然而以消除男女性别属性差异为代价的两性平等是以一种形式上的平等掩盖了实际的不平等，正如美国女性伦理学家艾莉森·贾格所说："无论是什么原因造成的，两性间的差异是显著的、无法逃避的。当这些差异在两性形式上的平等的名义下被忽略时，

---

① 陈传海、石小生、郭晓平：《河南全民抗战》，河南人民出版社 1994 年版，第 218 页。
② 参见[日]石岛纪之《抗日战争时期的中国民众：饥饿、社会改革和民族主义》，李秉奎等译，中国社会科学出版社 2016 年版，第 89 页。

男女之间持续的、实际存在的不平等便会被掩盖、被合理合法化。"①

冯德英的小说《苦菜花》中出现了较多的革命女性形象，而且用较多篇幅表现了山东根据地妇女解放运动，比如娟子冲破家族封建观念的束缚参加革命工作，花子摆脱作童养媳的悲剧命运追求自由恋爱。这些围绕妇女家庭生活进行的斗争本质上还是为了让妇女走出家庭参加抗战工作，服务民族国家。解放了的娟子和花子都有一个特别的身份，就是当地的妇救会长。如果不反封建，不反家族势力，就无法更好地胜任妇救会长这个职务。妇女救国会是抗战时期中共为了动员妇女力量参加抗战而在华北各根据地成立的妇女组织，其主要任务不仅仅是使农村妇女摆脱男权压迫、恋爱自由等，更重要的是组织妇女参与上述后勤工作及至抗战一线中去。所以当后期妇救会的工作挑战传统乡土伦理、影响抗战大局稳定的时候，"中共不得不转变妇女工作的方向，将'性别革命'让位于'阶级革命'，使得妇女作为性别的利益被搁置，甚至最终被放逐……就实际而言，中共在民族、阶级利益面前暂时搁置了女性的利益，并将女性的解放最终依托于民族与阶级解放的伟大事业之上"②。

或许由于深受母亲影响，尽管冯德英小说《苦菜花》的主要立场是男性、阶级和民族的，但仍有潜隐的超越上述阶级话语的对女性的同情和尊重，这和当时其他抗战小说尤其是代表绝对男权话语的《吕梁英雄传》有着鲜明的区别，这也是该小说在那个时代的独特魅力所在，比如小说以女性为主人公的叙述方式，表现并肯定正面女性作为女人与母亲的自然属性，在中性女性身上寄托超阶级、超功利的性爱等。

《苦菜花》对上述抗战中女性体能的巨大付出是有着真实的再现和同情的。小说中的女性如母亲、娟子、花子、星梅不仅承受了支援抗战的繁重的照顾伤员、后勤生产、铲除汉奸、肃清敌探等任务，甚至还亲历对敌斗争一线，承受了斗争中来自男性敌人的肉体折磨与摧残。其中有一段关于娟子在山里走夜路遇袭的描写，袭击她的是特务宫少尼，后

---

① [美]艾莉森·贾格：《性别差异与男女平等》，选自王政、杜芳琴主编《社会性别研究选译》，生活·读书·新知三联书店1998年版，第196页。
② 王微：《传统、革命与性别视域下的华北妇救会》，《中共党史研究》2015年第2期。

者是男性,二人没有用任何武器,全部是肉搏,虽然娟子作为主要正面人物在这场搏斗中最终是胜利了,但作为女性的体能局限还是在字里行间透露了出来,最后当敌人倒下的时候,她也昏迷倒下了。叙述者用了相当的篇幅来描写这场艰难的搏斗,应该是注意到了女性体能与男性之间的差异,不过为了掩饰这种差异,他做了一些解释:"凭娟子那从劳动中锻炼出来的强壮身体,力气是大于敌手的,她大多是占着上风,将宫少尼压在身底下。可是一来娟子中午只吃点冷干粮,晚上还一点没吃,再加上走了这么多山路,渐渐身子在发软,有些无力了。"①

1965 年的电影《苦菜花》和 2004 年的同名电视剧则明显回避了对上述战争中女性体能和男性体能比较的问题,它们对男性反派人物的描写较小说更为脸谱化,旨在将作为敌人的男性塑造得不堪一击或更加猥琐。电影《苦菜花》是受时代的阶级斗争话语影响,其中,娟子只稍微搏斗了几下,便拿出了枪,然后宫少尼便狼狈逃走,娟子开枪击中了他,获得完胜。电视剧《苦菜花》中打斗也很简单,但突兀地加进了宫少尼露出淫笑试图强奸娟子的场面,就将小说和电影中民族和阶级对立的搏斗场面变为具有性的意味的搏斗场面,反映了当下影视剧迎合受众感官娱乐的倾向。同时,与电影中一样,娟子最后制服宫少尼也是依靠枪,武器的运用遮蔽了男女体能的差别,可以使女性轻松地制服男性敌人,明明在搏斗镜头中看见娟子并没怎么吃亏,后面镜头一切换,居然就是娟子貌似重伤的躺在了床上,这自相矛盾的镜头是电视剧既想保留小说中娟子重伤的情节,又忽略了搏斗场面中男女体能差异并且将敌人弱化处理的结果。

实际上,后来的抗战影视作品对女性在抗战中的劳动生产和实战搏击表现得远不如小说充分,或是因为篇幅限制,或是编导在商业利益的驱动下以娱乐为创作目的,大大增加复杂情感戏份挤压生产劳动情节,以武打神技简单化残酷的战争搏击,从而削弱了剧作的历史真实性。2005 年的电视剧《苦菜花》如此,同时期的电视连续剧《平原枪声》

---

① 冯德英:《苦菜花》,人民文学出版社 1959 年版,第 141 页。

也如此。比如剧中马英母亲变身成了身怀武功的红枪会的成员，一把年纪可以轻松抡棍打倒几个壮年的身为职业军人的鬼子。小说中那个默默奉献作好后勤工作支持抗战的民女云秀，在电视剧中居然变成了一个整天想着嫁给马英甚至不惜做小的"花痴"一般的女性。在后来的"抗日神剧"中，女性们也是靠着不着思议的武术绝技神一般地制服一群男性敌人。

上述影视剧中无论是赋予女性武器或神功，都是旨在遮掩女性在战争中体能与男性的差异，无法真实再现抗战历史中参与实战的女性在肉体上承受的重荷。同样，将女性弱智化为一心只想着嫁人的形象同样遮蔽了抗战时广大农村妇女在后勤保障方面为抗战做出的巨大贡献。这样，小说中作为劳动力与战斗力存在的女性，在后来的影视剧中被意识形态或大众传媒神话重新建构，成为想象的失真的符号，既没有再现符合民族主义召唤的女性价值，也没能正视男女两性身体的真正差异从而实现对女性的同情与理解。从这个角度说，某些新世纪的抗战影视剧甚至不如原著小说，因为后者虽然是民族主义的，但还是客观再现并高度认同女性在抗战中的体能付出的，前者则纯粹将女性定位为娱乐受众的角色。

二 作为母亲的女性

在民族主义者想象民族的文化符码中，"母亲"是个重要的词语，比如"大地母亲""黄河母亲"等，这些女性化的修辞旨在强调"由母亲所象征的民族包容性、保护性、孕育性，以及与大自然结合的无穷力量"。[①] 同时，在抗战时期，"母亲"这一文化符码所具有的文化内涵则更为复杂，一方面代表着战乱时对伦理亲情聚合的情感依归，一方面还代表着养育为国尽忠的子女的奉献者和牺牲者。红色经典抗战小说多有母子或母女的叙述主线，呈现出的即是上述民族主义的文化内涵。

---

① 陈顺馨：《女性主义对民族主义的介入》，陈顺馨、戴锦华选编《妇女、民族与女性主义》，中央编译出版社2004年版，第9—10页。

在小说《苦菜花》《野火春风斗古城》《平原枪声》中都有一个子女从事抗战工作、苦盼家人团圆的母亲形象,小说用了大量的篇幅来描写母亲的心情,包括年节时渴望儿女归家,以及希望儿女早日成家,这些都是属于宗法社会的人伦常情,放在抗战的大背景下,一是用来反映战争对传统人伦的破坏,二是用来反映革命者弃小家为民族的家国大义,同时也能反映乱时游子的情感依归。

当然,更重要的是,红色经典抗战小说的民族主义话语对母亲的定位还在于后者为民族国家的奉献和牺牲。母亲的自然和生物属性及传统文化对母亲角色的定位是对子女的保护、对家的守护,然而民族战争往往要求母亲牺牲这种自然属性,成为符合民族主义话语要求的"英雄母亲"。也就是内尔·诺丁斯在《女性与恶》一书中所说:"然而矛盾的是,女人竟也允许自身去支持某些施加苦难的行为,特别是对于被认为有必要为了一种珍贵生活方式所发动的伟大战争的赞同。女人们有时还会因其儿子的捐躯表现得格外骄傲,这是一种男性主导的民族——国家勇气的姿态。"① 这是"同女人基本的保护工作极不相符的姿态"。② 从这一点上看,红色经典抗战小说中的母亲基本都属于牺牲者的形象,不是牺牲子女,就是为了子女所从事的国家民族大业牺牲自己。《苦菜花》中的母亲为了保护兵工厂的信息而不得不牺牲小女儿嫚子的生命,其他的儿子和女儿也参加了革命,随时有生命风险。《平原枪声》《野火春风斗古城》等小说中都有一个儿子参加革命随时担着心并且支持着儿子的事业自己付出代价的母亲。这样的母亲是民族国家话语所嘉许的,自然也是为小说作者所肯定的。

值得肯定的是,尽管上述小说中的母亲都是牺牲者形象,但小说并没有受意识形态的影响将母亲塑造成完全失去生物属性的纯粹的脸谱化形象,而是反映了母亲内心潜意识深处的"保护"意识:保护子女,维系母子之间源自生物本能的情感纽带。所以小说中作为牺牲者的母亲

---

① [美]内尔·诺丁斯:《女性与恶》,路文彬译,教育科学出版社2013年版,第106页。
② [美]内尔·诺丁斯:《女性与恶》,路文彬译,教育科学出版社2013年版,第106页。

经常处于纠结的复杂状态之中。小说《平原枪声》中的马英母亲尽管后来在敌人面前表现非常勇敢，但她之前并没有让儿子当兵的想法，总说"好铁不打钉，好人不当兵"，当儿子参加革命后，她无奈，为儿子担心，"娘不是不愿意你工作，娘恨不得你把这些黑了心的都除掉，可你娘跟前就你这一个命根子啊！你要是有个好歹……"①。小说《苦菜花》中的母亲也有类似的心情："母亲很幸福地看着安静地睡在她身边的儿女们。是的，她现在是最幸福了。孩子们像一群小鸡，经过几天的离散奔波，又回到她的身边，她随时可以看到他们，爱抚他们……她心里非常满意地想：就这样永远永远地在一起过下去吧。谁也别再离开她一步吧。"② 这是一个自然的母亲。当她面临女儿嫚子被折磨时，内心并不是大义凛然、意志坚决的，自然的母性不断地在与阶级性与民族性做斗争，所以，母亲的内心活动相当复杂，她有过恐惧："母亲虽早已料到这一层，但当听到后，还是抑制不住那巨大的内心恐怖，她开始哆嗦起来，身子无力地靠在椅背上。她知道，她虽有一颗做母亲的为孩子可以掏出来的心，可是她已经被折磨得稀烂的衰弱不堪的身体，怎么能保卫住孩子呢？啊！不能丢弃孩子啊！孩子是她的命根子，她的一切！哪个做母亲的能眼睁睁见孩子被杀死而不救呢？！不，决不能！"③ 有过幻想："用做母亲对孩子的疼爱心说出最挚诚的言语，能打动这些也是人的东西发发慈悲吧？"④ 甚至一度想屈服："她要屈服——赶快饶了孩子吧！不，不能。"⑤ 这并不引人注意的四个字"想要屈服"是有血有肉的，但有损于民族主义英雄母亲的决绝形象，所以在后来的影视剧《苦菜花》中，是从来不曾出现在母亲思想中的。

上述"母性"的保护本能实际上是追求和平与反战的，反映了身经战乱的作家对和平生活、伦理亲情的一种渴望，比如小说《苦菜花》

---

① 李晓明、韩安庆：《平原枪声》，人民文学出版社1959年版，第31页。
② 冯德英：《苦菜花》，人民文学出版社1959年版，第112页。
③ 冯德英：《苦菜花》，人民文学出版社1959年版，第241页。
④ 冯德英：《苦菜花》，人民文学出版社1959年版，第241页。
⑤ 冯德英：《苦菜花》，人民文学出版社1959年版，第242页。

的结尾就是一个很有意味的团圆聚合场面：丈夫、孩子们包括下一代都聚在了母亲身边，女儿秀子还拿了一束鲜花给母亲作为生日礼物。第一次女权运动浪潮中的文化女性主义思想肯定女性的母性力量，包括珍视生命、保护弱小等，激励了众多女性投入到社会改良和反战运动中，其中代表性的思想家简·亚当斯本人就是一个坚定的反战主义者①。小说对"母性"的肯定契合了文化女性主义的思想，却与民族主义对"英雄母亲"的叙述不符，所以到了1965年，由于政治形势变得更严峻，此时上映的电影《苦菜花》中的母亲形象与小说原著比发生了明显的变化：阶级觉悟和革命性变强，自然母性消退。小说中是儿子主动向母亲表示想参军，当儿子跟着队伍走的时候，母亲是纠结不舍的，所以她想最后摸儿子几下，对他再说几句话，然后流下了热泪。而电影中则是母亲主动送儿子参军，她目光坚定，拉着目光茫然的儿子的手对八路军同志说"我把儿子交给你们"。对方问："兄弟小，你舍得？"母亲微笑着点头说："舍得，鬼子财主不怕穷人哭，怕的是枪。"这个决绝坚定的微笑着主动送子上战场的母亲作为英雄母亲的形象彰显了前述"男性主导的民族——国家勇气的姿态"。电影为了进一步减弱母亲的自然属性从而强化其革命性，又改编了一个重要情节：让母亲的另一个儿子德刚变为小说中的一个人物纪铁功，塑造了一个不太真实的巧合，当纪铁功牺牲的时候，母亲才发现他是自己早年离家的儿子，没有什么激烈的情感表示，只说了句："他为了穷人得救，舍命，值得"，这里母亲的阶级属性完全压倒了自然属性。

20世纪90年代以后到21世纪初，由于中日关系日趋紧张恶化，抗战影视剧中的民族主义情绪加强，剧中母亲的革命性也是相较原著有所强化，自然母性则弱化。1999年电视连续剧《敌后武工队》甚至为主人公魏强设置了一个原著中没有的母亲，这个母亲只是一个为了儿子事业牺牲的角色，同时其牺牲作为家仇进一步强化民族仇恨。2001年电

---

① 参见王红欣《文化女性主义与简·亚当斯的社会思想》，《东北师大学报》（哲学社会科学版）2011年第1期。

影《平原枪声》中的母亲则没有了小说中人物对儿子细腻不舍的感情，在剧中几乎没说几句话，在被捕后及在狱中见到马英时，除了几个短暂的镜头，没有任何的语言。可见母子情不是该片重点表现内容，母亲仍然只是一个受害的体现国仇家恨的符号。2010年的电视剧《平原枪声》受时代思潮的影响，对传统文化思想有较多表现，同时还带有"抗日神剧"的色彩，主人公马英的母亲宗法意识很强，总是在逼着儿子娶亲，为的是让马家有个后，说一不二，不让儿子违背她的意志。这个宗法性的母亲已经完全不似小说中那个认为能"守着儿子做活，看着儿子安心地入睡"就是做母亲的一种最大享受的母亲。后者的感受源自母亲的天然属性，前者则是被文化建构的。所以这个宗法性的母亲在儿子面对生死危境的时候，想的居然不是母子的分离，而是说"生死没个谱"，希望儿子赶紧生个大胖小子。同时这个母亲还是民族主义的，在狱中见到儿子时，她的台词时：儿子，你一定要活下去，要抗日。而原著小说中的母亲只是激动地说了句"孩子"便热泪盈眶，"心碎了，头蒙了"，然后昏厥了过去，并没有让儿子坚持抗日的大义凛然。2004年的电视剧《苦菜花》依然沿用了上述1965年电影中的巧合情节，表现出较强的民族国家话语色彩。母亲在面临女儿嫚子被敌人折磨时，虽然也有如小说中一样的痛苦，可是却少了小说中的纠结，更不曾有小说中想有屈服的一闪念。所以电视剧的结尾是母亲又把另一个女儿秀子送上了战场，而且整个家庭是处于分的状态，这个结尾也和1965年的电影一样。如果说原著小说的其中一个主题是表现民族国家话语压力下的母性与母爱，在电视剧中这个主题几乎淡化为无了，取而代之的是带有娱乐化色彩的男女感情纠葛：革命母亲居然和反面人物财主少爷王柬之有暧昧情感，而且这情感还成为推动剧情发展的关键线索。

三 作为女人的女性

红色经典抗战小说的话语系统基本是男性/民族国家视角的。所以在性别叙事上，存在着不平等的二元关系：一方面在小说中对女性身体的叙事远多于男性身体，另一方面则将女性在男女关系中表现得本能、情绪化，而男性则表现为清醒理智。后一点也是西方二元对立话语常见的一组范畴，也是女性主义者想要反抗的加之于女性的刻板印象。

1. 被凝视的女性身体。红色经典抗战小说的作者虽然都是男性，但他们的小说随处可见对女性身体的描写，包括外貌、声音和体态打扮。这些身体描写其实是男性视角、阶级意识、道德准则杂糅之后的想象的产物，所以存在着模式化、刻板化的倾向。正如女性主义学者朱迪斯·巴特勒所说："身体有其永恒的公共的一面；我的身体在公共领域是作为一种社会现象构成的，它既是我的又不是我的，身体从一开始就被给予了他人，打上了他们的印记，并在社会生活的严峻考验中得以形成。"[①] 小说中关于女性身体的描写是按照阶级性进行区分的。对无产阶级阵营的女性都用正面评价的词语，地主阶级的女性基本都用负面评价的词语。将人物相貌的美丑与阶级及道德范畴相关联的写法曾长期流行于中国当代小说及影视作品中，只是在红色经典作品中表现得比较突出。首先，小说中无产阶级女性的肤色基本是黑或者红，比如《苦菜花》中的娟子就有着"被太阳晒成黑红色的方圆开朗的脸庞"，这种肤色属于年轻的劳动女性，应该是基于小说作者对现实生活中此类女性的观察体验，也反映了作者对劳动的、健康的肤色的赞赏。而地主阶级女性的脸色则是不健康的黄色，比如《平原枪声》中的地主婆建梅娘则被描述为"黄脸婆"，《苦菜花》中汉奸地主王竹的妹妹也是"蜡黄的脸皮"。其次，无产阶级女性是自然不加修饰的。这些小说中没有一处对无产阶级女性修饰妆容的描写，反过来，地主阶级的女性一出场，全都是精心妆扮过的，包括擦粉、烫发、使用口红、穿旗袍等。作者们对女性妆容修饰的反感倒不是如西方女性主义者那样反对女性特质对女性身体的束缚，而是基于传统道德、乡土立场对城市时尚文明的反感。所以他们将这些修饰手段多安排在反面女性身上，并且使用负面倾向浓厚的词语来进行丑化，比如冯德英的《苦菜花》，其中写王竹的妹妹玉

---

① [美]朱迪斯·巴特勒：《身不由己：关于性自主权的界限》，选自[美]伊丽莎白·韦德、何成洲主编《当代美国女性主义经典理论选读》，南京大学出版社2014年版，第28—29页。

珍："她那蜡黄的脸皮也没因擦上浓粉和胭脂好看一些，相反倒和耍傀儡戏的石灰人差不多，更显得丑陋而阴沉。"①《平原枪声》中地主家的女人红牡丹出场时也是"抹着粉，画着眉，涂了口红，穿一件花旗袍，还特地用火钳在头发上烫了两个卷子"②。《敌后武工队》中的汉奸妻子二姑娘也是"一吃饱肚子，就擦胭脂抹粉、描眉点唇地打扮自己"。③她的妆扮在叙述者眼中也是"妖艳"的："二姑娘今天打扮得特别妖艳：身穿一件刚过膝盖、小开气、卡腰的月白大褂，肉皮色的高勒丝袜子，套在她那白白的大腿上，脚下穿着一双皮底的粉缎子绣花鞋……脸蛋涂了很厚的一层官粉，眉描得又细又弯，唇点得又红又艳。"④"妖艳"或"娇艳"一词，在词典中的解释是异常艳丽而不端庄，显然已经不是对女性形象的客观描述，而是含有传统道德负面评价的信息。在传统伦理道德的话语范畴中，关于女性外貌的正面评价通常都是指向掩饰女性性征的特点的，比如端庄，多是指向女性身体的较少暴露、修饰及情感的较少流露，实际是宗法社会对女性性征的压抑。不端庄也即"妖艳"一词具有性的暗示，代表了女性性征的外露和张扬。除了外貌，反面女性的声音也是非常具有女性特质的，比如"娇滴滴地叫道"（《苦菜花》中的淑花），"娇声娇气地跟着哼道"（《苦菜花》中的玉珍），有的作者则直接用了负面的词汇来形容她们的声音，比如"浪言淫调"（《平原枪声》中的红牡丹），"骚荡的狂笑"（《敌后武工队》中的二姑娘）。

　　民族国家话语对女性的要求从某种程度上说是要消泯女性自然属性的，也即女性特质。希望女人作为像男人一样的战斗力，献祭子女给革命事业，这样的任务是不太需要女性存在被男人欣赏的性征的。所以作者将他们对于女性性征的想象都投射到了反面女性身上，并解释为"淫"的属性，从而使自己的描写有了合法的政治外衣。以此我们可以理解冯德英在《苦菜花》中有大段对于淑花身体的大胆描写："淑花躺

---

① 冯德英：《苦菜花》，人民文学出版社1959年版，第357页。
② 李晓明、韩安庆：《平原枪声》，人民文学出版社1959年版，第75页。
③ 冯志：《敌后武工队》，人民文学出版社2005年版，第125页。
④ 冯志：《敌后武工队》，人民文学出版社2005年版，第128页。

在红花鹅绒炕毯上，高高的胸脯戴着一个水红色的乳罩，一件紫色小裤衩，紧紧绷在她那肥腴的纸一样白的屁股上。她像一只白色的大鹅一样，躬着腿躺着，起劲地抽着鸦片。王柬之紧靠在她身旁，身上仅穿着短裤，一只毛茸茸的长腿搭在她的大腿上。淑花用在烟台跟着妓女和日本军官太太所学来的技能，吸足一口烟，噘噘鸡腚眼似的小圆嘴，向空中一吹，就出现一个团团转的烟圈圈。王柬之对准烟圈吹一口气，一条烟丝从圈里钻出去。淑花吃吃地笑着丢掉烟，爬到王柬之身上，搂着他的脖子，在他嘴上唔地亲了一下，娇滴滴地叫道。"① 这段描写放在那个时代来看是相当香艳露骨的，而且除了用来表现汉奸女人的淫荡外，并无多大的情节意义，或许暗喻了男性作家对具有性吸引力的女性身体的一种想象。这种想象，从潜意识的角度，已经不完全是民族的阶级的视角，而是一种男性的凝视。实际上，《苦菜花》堪称一部女性小说，其中充满了对女性身体、心理的描写，只不过受制于时代环境，女性性征没有明显地体现在正面人物身上，只是隐晦地有所提及，比如提到发育了的娟子"高高丰满的胸脯"，点到为止。倒是在反面人物身上，作者可以充分发挥对女性性征的描写，然后在一个中性人物身上，公开表达了对女性美的赞赏，这个人物就是杏莉娘，王柬之的妻子，论阶级成分，她属于地主阶级，按照刻板印象，她应该被丑化，然而作者将她设置为一个地主家庭内的受害者，并且最后坚守住了民族大义，所以在她身上可以直白地表达作者对女性的赞美："她虽是三十几岁的人，可并不显老，她还很漂亮，太阳很少晒到她那白嫩细腻的皮肤，她有着蛋形匀称的红晕脸孔，在月牙儿似的淡淡眉毛下，藏着一双细眯着的秋波闪闪的眼睛，她那袅娜的身躯，突出的胸脯，纤细的小手，就连前额和眼角上细细的条纹，在表弟看来，都是故意生出来迷人的。"② 如果说在正面人物身上，作者不敢大胆表现女性性征（后来几次修改版本，删掉的就有这方面内容），在负面女性身上出现的女性性征又伴以负面评

---

① 冯德英：《苦菜花》，人民文学出版社1959年版，第233页。
② 冯德英：《苦菜花》，人民文学出版社1959年版，第49页。

价,只有在杏莉娘这个中性人物身上,作者才能得以真实地表达他对女性身体、女性魅力的欣赏。

小说《敌后武工队》中反面人物二姑娘身上也体现了作者对女性性征的认同和审美,尽管如上面提及也有"妖艳""骚荡"等负面词语,但下面这段描写却客观如实地表达出了男性视角下的女性的美:"她二十四五岁,个不高,体不胖,腰儿挺细,黑黝黝的一张小圆脸上,安着两个让人喜爱的小圆眼。两片子小嘴唇,说起话来呱呱的,像爆竹似的那么清脆,哄得人,特别是一些年轻的男人,都愿随她的手指的转动来转动"[1],如同上面的杏莉娘在宫少尼的眼里是迷人的,这里的二姑娘在年轻男人眼里也是迷人的。《敌后武工队》的作者实际在不经意中肯定了女性和政治立场无关的身体之美,所以作者并没有在小说中过多贬低二姑娘,这也为后来以之蓝本改编的诸多影视剧中的具有民族主义立场、改头换面成为正面人物的二姑娘形象提供了基础。

2. 被压抑的性爱。性爱是与民族国家话语无关的,甚至是有害的,所以在红色经典抗战小说中,正面人物的性爱是明显压抑、屈从的。只有作为民族国家敌对人物的鬼子汉奸才放纵性爱,表现出前面所述"淫"的特征。作为男权话语为主导的红色经典抗战小说,男主角往往是民族国家的化身,在男女关系上掌握着主动权,为革命事业和民族大义能主动放弃个人性爱的追求,表现出理性的力量,而女主角则是被动的,对性与爱的渴求偶有表露,很快就被民族国家的代表——男主角扑灭,或者在对方的感召下自我压抑下去,表现为感性的冲动。比如小说《苦菜花》中,星梅和爱人纪铁功因为工作分离多年未见,见面后,两人出去散步,听到孩子们唱歌(其中有一句是"她得的是相思病"),星梅夸孩子们唱歌好听,纪铁功马上说"害这种病的人可真不少,就是在艰苦的战斗里也不是没有啊",星梅被他说中了心事,马上转移话题,让他谈谈工作的事,这时纪铁功开始高谈阔论,大谈兵工厂的事情,期间星梅"那埋藏在心底很久的深情又涌上来……她那长圆形的

---

[1] 冯志:《敌后武工队》,人民文学出版社 2005 年版,第 125 页。

脸上泛起一层桃花似的赧晕"①，然后暗示纪铁功希望现在就能成亲，纪铁功抱住她，"他感到她的脸腮热得烤人……他觉得出她的心在猛烈地跳荡"②，这里的激情全是纪铁功感受到的来自星梅的，而纪的表现则是"沉默使纪铁功冷静起来，他找到克抑炽烈的情感的力量"③，然后他教育了一番星梅，表示"我不能把你推到一个普通妇女的地位，我们都要在斗争的最前线战斗啊"④，显然其意指革命女性是不能有普通妇女对性与爱的追求的。这时的星梅哭了，并且忏悔"是我一时糊涂……可是我一见你，心，心就忍不住了……是我不对，我对革命工作想得太少"⑤。

小说《平原枪声》中的建梅一直暗恋马英，但因为家庭出身的问题，不被马英接受，这里表现出马英的政治立场胜于男女私情。当她救了马英，想要表达什么的时候，马英却说欢迎她出来参加抗日工作，这种不谈感情只谈工作的态度已经让建梅感动的流下热泪了。当建梅即将牺牲的时候，马英眼中的建梅不是一个女性或恋人，而是一个被捆绑着即将就义的英雄，所以"她的身体像突然变得高大起来，顶向天空"⑥，而建梅看马英，则是一个女人看心爱的男人："啊！他还是穿的那件小白布衫，是她帮他洗了又缝，缝了又洗，不知缝洗过多少次啊！现在它上面滚满了尘土，已经变成灰色了，肩上挂了一个大口子，袖子脱下来，露出他那黑红的肩膀。他那从不变样的脸，也显得消瘦了，浓浓的眉毛拧在一起。"⑦前者视角是政治的，而后者视角则是情爱的。

红色经典抗战小说中正面女性的性爱是被压抑、控制的，反面女性的性爱则被表现为负面的"淫荡"，正常自然的性爱只能体现在一些中性人物身上。后一点，只有小说《苦菜花》做了大胆的描写，成为唯

---

① 冯德英：《苦菜花》，人民文学出版社1959年版，第201页。
② 冯德英：《苦菜花》，人民文学出版社1959年版，第201页。
③ 冯德英：《苦菜花》，人民文学出版社1959年版，第202页。
④ 冯德英：《苦菜花》，人民文学出版社1959年版，第202页。
⑤ 冯德英：《苦菜花》，人民文学出版社1959年版，第202页。
⑥ 李晓明、韩安庆：《平原枪声》，人民文学出版社1959年版，第257页。
⑦ 李晓明、韩安庆：《平原枪声》，人民文学出版社1959年版，第257页。

——部表现那个时代正常的人性、尊重女性身体和情感需求的一部抗战小说。小说中王柬之的妻子是一个没落地主的女儿，被前者冷落多年，饥渴的性的本能驱使她将目光盯上了家中的长工王长锁："她慢慢地注意到年轻力壮的长工王长锁。开始她是从窗口上、门缝中窥看他那赤臂露腿的黑红肌肉和厚实粗壮的体格……炽燃在女人心头的野性情火，使她愈来愈大胆地进攻了。"① 终于，在一个风雪夜，她主动扑到了长工怀里。性超越了社会地位和阶级，并最终产生了爱情，而这爱情，对于二人而言，也是超越了伦理道德、阶级性甚至民族性的，小说中有大段描写表现这纯粹的超利害的爱："他们为了保存私欲的爱情，王长锁可以出卖灵魂给汉奸当腿子，给王柬之到外村送信进行联络……他自己深负内疚，受着良心的责备，可是他没有别的法子，只是昧着良心，为他的女人活着，为他孩子的母亲活着。杏莉母亲就本身的痛苦来说，她比王长锁更惨重。她不单是为王长锁当了汉奸，和他一道受着良心的责备、悔恨的煎熬；更加一层，她为了他又遭受过宫少尼的奸污……可是，她这都是为着保护他、他们的爱情和他们的孩子啊！就这样把两个人完全缠在一起，为了保存共同的爱情不惜牺牲了一切。这种爱情关系已经和他们的生命融合在一起了。"②

这种所谓私欲的爱与前面正面主人公为国家民族的压抑的爱形成了鲜明的对比，可贵的是，作者并没有在此基于政治立场给予批判，而是基于生命本能的立场给予理解和同情，所以，在这一对爱情关系中，女主角的主动求爱既没有被描述为淫荡，也没有被男主角漠视或拒绝，而是得到了热烈的响应，不是性爱为他者（民族/阶级）牺牲，而是他者为性爱让步牺牲，体现了人性的超越和解放，在抗战叙事的主流话语中，这样的描写相当离经叛道，所以，作者在小说的后半部分中，为了使这种普通人的纯粹的爱有着更安全的表达形式，设置了两人最后觉悟牺牲在汉奸手里的情节，在牺牲前，两人还一起控诉了鬼子汉奸的罪恶

---

① 冯德英：《苦菜花》，人民文学出版社1959年版，第48页。
② 冯德英：《苦菜花》，人民文学出版社1959年版，第274页。

并进行了反抗。在特定的时代背景下，这样的爱最终只能与民族主义话语相结合并以主人公的肉体牺牲为结束，但其如昙花一现绽放的生命力的火花也足以令人耳目一新了。

由于特殊的时代背景，1965年的电影《苦菜花》将小说中女性爱欲的成分彻底剥离出去，星梅的未婚夫铁功在电影中没有出现过，只是通过星梅跟"母亲"的对话提及，牺牲后出现在星梅回忆的镜头里，两人一实一虚，自然没有身体的接触。娟子和永泉也没有什么爱情戏，自然最后也不可能结婚。小说中的王柬之妻子、杏莉娘，在电影中不存在了。小说中的杏莉，既是母亲不伦情欲的产物，也是这段情欲的窥破者，在电影中改名为萍莉，并且改换了阶级成分，成为王家的仆人，穷人的孙女，从血统、阶级和道德层面都净化了。

新时期以来改编的抗战影视剧基本承袭了原著小说基于传统道德和乡土立场的审美标准，女性端庄自然的美是被肯定的。在男女两性关系上，女性依然是非理性的需要男性教导和指引的，比如2004年版的电视剧《苦菜花》中的娟子和永泉、星梅和德刚。比原著有过之而无不及的是，该剧把母亲也纳入这种情感关系的二元对立之中：增加了原著中没有的关于母亲的情感戏，而这个母亲，更加是非理性的受控于男性的，先是早年和王柬之有点暧昧的情感纠葛，继而为情蒙蔽，被清醒理智的姜永泉多次提醒仍不能觉悟。这样的一个改动仍然反映了当下影视剧基于商业利益的娱乐化倾向。

20世纪90年代以后，改编的抗战剧与原著比变化比较大的是反面女性形象的塑造。其一，将阶级性与民族性分开，即地主阶级女性未必没有民族主义精神；其二，将阶级性与伦理性分开，即地主阶级女性未必是自甘堕落的、"淫荡"的。其三，将民族性与伦理性分开，即失德的女性也未必失去民族立场。所以，在这些电视剧中，原著中的反面并且道德败坏的女性一变而为正派、有情有义，原著中的汉奸角色则变为日寇的受害者、民族大义的坚守者。比如前述小说《苦菜花》中的玉珍，在电视剧中，形象变得端庄清秀，对于生在地主王唯一家有原罪意识，认为是"落得一身脏"，和原著中主动跟多人鬼混的玉珍不同，她是被强奸的,并且很有贞洁意识。而且她还有革命意识和牺牲精神,主动要求加入妇救会,当娟子让她配合引出她的汉奸兄长时,她能大义灭亲,并且被挟为人质时,要求战士们别管自己,杀了其兄,最后壮烈牺牲。有意思的是,小说中王柬之的情妇淑花尽管在电视剧中还是一个反面人物,但也有变化,不再是一种刻板形象,从小说叙述中的胖的、淫荡的,变为镜头中的非常瘦的、清秀的女学生模样。

在不同文本中变化比较多元的是小说《敌后武工队》中的汉奸妻子二姑娘形象。在小说中她是一个风流放荡的形象,和汉奸刘魁胜打得火热。在1995年的同名电影中她名为小红云,由何赛飞扮演,不仅形象端庄,而且有道德和民族意识。当刘魁胜到她家里调戏她时,她表示嫁鸡随鸡,卖艺不卖身,不背叛自己的丈夫,后来她屈服于刘,也是因为后者捉了她的丈夫,她是为了救夫才不得已委身。最后,当日本人来请她唱戏时,她坚决拒绝,以自尽来成全民族大义。前面讲过,受20世纪90年代中日关系的影响,1995的电影《敌后武工队》中表现出了强烈的民族主义情绪,这种情绪必然也影响到女性形象的塑造上,"对于族群来说,一个女人身体的贞洁和她的族群归属和/或者宗教的身份是同样重要的"[①],"维持民族血统的纯洁性也是谱系民族主义者的关注点,婚姻与性行为(特别是妇女)的控制为民族的'基因储备'的保证"[②] 由此可以理解,在民族主义情绪比较浓重的抗战电影中,维护本民族女性身体的纯洁性和维护民族大义同等重要。电影《敌后武工队》先让小红云通过守节和救夫的行为变为符合传统伦理道德的贤妻形象,同时赋予她一种传统地方曲艺技能——含灯大鼓,使其成为一个民族文化符号,继而让她通过宁可自尽不为日本人卖身献艺的行为保持了身体的完整和纯洁,最终成为民族主义话语符号。电影中的小红云为救夫可以委身于汉奸,对真爱自己的汉奸产生感情,但决不服侍日本人,也暗

---

① [印度]布塔丽娅:《沉默的问题:分治、妇女与国家》,选自陈顺馨、戴锦华选编《妇女、民族与女性主义》,中央编译出版社2004年版,第117页。
② 陈顺馨:《女性主义对民族主义的介入》,选自陈顺馨、戴锦华选编《妇女、民族与女性主义》,中央编译出版社2004年版,第9页。

喻了上述谱系民族主义维系本民族血统纯洁性的意旨。1999年的电视剧《敌后武工队》中的二姑娘基本依循了小说中的形象定位，但增设了一个原著小说中没有的人物——外号叫绣花鞋的女子，可以视为是与电影中小红云具有相同叙事功能的人物。此人虽然在乡里作风不正，但并非本性如此，而是在丈夫被鬼子杀害后为了谋生想改嫁，可宗法势力不允，为了让孩子活下去，只好偷东西，偷男人，也和汉奸马鸣有过偷情，但这样一个在乡人看来失德的女人却非常有民族大义，表示自己再不正派，还是个中国人，不会卖国当汉奸，最后在鬼子围攻乡人时拒不供出武工队情况而被敌人打死。这个形象就改变了前述小说中将民族性与伦理道德捆绑的倾向：即汉奸都是淫的，或者反过来说，有民族大义的人必然是谨守传统道德规范的，这种倾向只是反映了小说作者基于乡土社会宗法伦理立场的一种民族主义思想，在世纪之交的电视剧中这种宗法伦理思想自然会淡化，但无论是小红云还是绣花鞋，不管如何和本民族男子有不正当关系，都能坚守住对抗异族的底线，还是反映了上述男性立场的谱系民族主义维护族群纯洁性的意旨。这种民族主义思想在2005年的电视剧《敌后武工队》中又得到了进一步的发挥。剧中的二姑娘一如电影中的小红云一样端庄正派，忠于丈夫，但相比小红云有着更为清醒的民族意识，后者只是最后拒绝为日本人服务而自尽，这里的二姑娘则时时提醒汉奸刘魁胜"日本人没有一个把中国人当人"，后来她还多次帮助武工队开展工作，最后向武工队透露了刘魁胜的信息，自己却死于乱枪之下。这里的二姑娘既具有小红云式的谱系民族主义的纯洁性，又具有前述符合民族国家话语的牺牲精神——牺牲爱情和自己的身体，所以她实际上已经具有了小说中正面女性人物的某些特质。

综上所述，由红色经典抗战小说改编的影视剧尽管在阶级斗争色彩上较原著有所弱化，但民族主义话语甚至比原著还要强势，女性主义仍然是被压抑与服从的地位，包括将原著中富有母性的母亲改为"英雄母亲"，将原著中的反面女性一改而为端庄正派具有民族大义的形象，仍然是男性主导的民族国家话语的女性想象。

第二章 莫言《红高粱家族》及其影视改编文本研究

  莫言以抗日战争为背景的中篇小说《红高粱》最初发表于 1986 年第 3 期的《人民文学》杂志上，同年，其相关系列中篇《高粱酒》《狗道》《高粱殡》《奇死》也分别发表于《解放军文艺》《十月》《北京文学》《昆仑》等杂志上。1987 年，莫言将这五部中篇串成长篇《红高粱家族》，由解放军文艺出版社出版。同年，由张艺谋执导的根据《红高粱》《高粱酒》两部中篇改编的电影《红高粱》上映，并于 1998 年获得第 38 届柏林国际电影节金熊奖，成为首部获得此奖的亚洲电影。电影《红高粱》在国际市场上的成功也引发了人们对小说原著的关注，后者迥异于传统历史叙述和主流抗战话语的独特风格使人们对它的评价毁誉参半，作家莫言也逐渐成为文坛的焦点人物，其作品不断受到海内外学者和受众的关注，其早期作品尤以《红高粱家族》最有影响力，其外文版本有英文、法文、德文等十数种。

  小说主题严格意义上说并非抗战，所以本书称其为非典型抗战小说。但在小说跨媒介改编过程中却始终围绕抗战主题，应该说抗战要素及由其衍生的民族精神的表现是小说《红高粱》从莫言其他小说中脱颖而出并在本土接地气、受追捧，不断被改编的重要原因之一。电影《红高粱》上映的时间是 1987 年，正值中国抗日战争爆发五十周年，这应该不是一个纯粹的时间巧合，电影强化了抗战的主题，表现出了比小说鲜明的民族主义叙述倾向。进入 21 世纪以来，随着民族情绪的不断高涨和有关纪念抗战的节点宣传，抗战题材作品一直是荧屏和舞台的热点，2011 年到 2015 年期间，小说《红高粱》被改编为豫剧作品演出 60 多场次，并作为迎接党的十八大的献礼作品，媒体报道称其完全是"把反抗侵略者的斗争作为主题立意"①。在 2015 年纪念"中国人民抗日战争暨世界反法西斯战争胜利 70 周年"的时候，小说《红高粱》出现了多种跨媒介的版本，除了上述的豫剧《红高粱》，还有晋剧《红高粱》，该剧同样被列入"抗日战争胜利暨世界反法西斯战争胜利 70 周年"重点剧目展演范围。"晋剧《红高粱》……通过塑造鲜活的人物形象，展示在民族危亡之际，底层民众从无意识到有意识的觉醒，从普通乡民到抗日志士的成长，从儿女情长到民族大义的情感升华，面对入侵的敌寇，不畏生死，进行抗争，表现了中华儿女捍卫民族尊严的英雄主义气概。"②从相关媒体的评述中可以看出这些版本的《红高粱》具有家国情怀和民族主义情结。2014 年作为献礼作品隆重上映的电视连续剧《红高粱》借助大众传媒和明星效应成为改编文本中较有影响力的。该剧由郑晓龙执导，由周迅、朱亚文、黄轩、秦海璐、于荣光等主演，2014 年 10 月在各卫视黄金档上演。该剧依据莫言的长篇小说《红高粱家族》进行改编，长达 61 集，相较小说原著和电影，不仅篇幅大大增加，而且人物、情节和主旨也发生了较大改变，莫言在对媒体评价该剧时认为其"弘扬了爱国主义精神"，这样的主旨恰印证了其片头特别注明的"谨以此剧献给抗日战争胜利七十周年"，符合其民族主义叙事的定位。

综上所述，小说原著《红高粱家族》虽为非典型抗战小说，不以表现抗战与民族精神为主旨，甚至可以视为是对传统抗战叙事的颠覆，但其影视改编文本却都衍变为典型的、主流的抗战题材文艺作品，与上一章中述及的红色经典抗战题材文艺作品在民族主义内涵上是相通的，具有民族主义与阶级叙事色彩。民族主义话语主要体现在作品中的民族

---

① 张莹莹：《现代豫剧〈红高粱〉展现草根人物抗日风采》，《中国文化报》2015 年 8 月 27 日。

② 参见《〈红高粱〉的昂扬之声》，http://news.163.com/15/0617/05/AS9OLJ0H00014AED.html。

抵抗与复仇故事框架和在这个框架中呈现的民族精神,而阶级叙事则体现在作品中或明或隐的中共对民众抗日工作的指导与帮助上。

本章接下来将通过对"红高粱"系列的小说、电影和电视剧三个版本的文本的比较分析,探究其从非典型到典型抗战叙事变迁的具体表现及导致这种变迁的媒介与时代差异。

第一节 时空叙述与文本主旨的变迁

小说的内涵远较电影和电视剧复杂,尽管电视剧的篇幅和情节的复杂性远大于小说,可内涵主旨却比较单一,就是重在表现传统伦理价值和政治取向,在二元对立的选择上是单向度的。而小说则偏重对历史进程中的人性和民族文化的剖析,作者对其"爱恨交加"的态度决定了小说是打破二元对立的,正如在与罗强烈关于《红高粱》的通信中莫言的表述:"《红高粱》是又爱又恨的产物,我对我的故乡一直持有这种矛盾的态度。我对故乡人的爱、对红高粱的爱转化成批判的赞美;我对故乡人的恨、对红高粱的恨转化成赞美的批判。批判的赞美与赞美的批判是我的艺术态度也是我的人生态度。"[①] 这样一种复杂的情绪导致了小说情感基调和价值选择的复杂暧昧,不似电影的酣畅淋漓和电视剧的单纯透明。三者相较的话,电影的内涵主旨偏离小说不是太远,而电视剧则走得太远,如果说小说是对传统伦理价值进行了颠覆的话,电视剧则对小说进行了再颠覆,重新回归对传统价值和主流话语的认同。下面将从三者之间时空叙述的差异上来分析其主旨的区别。

小说《红高粱》有着非常明晰的时空意识。小说开头第一句话就是"一九三九年古历八月初九,我父亲这个土匪种十四岁多一点。他跟着后来名满天下的传奇英雄余占鳌司令的队伍去胶平公路伏击敌人的汽车队"[②]。这段话中有着明确的时间和地点。小说后面的叙述中还不

---

① 参见何林《〈中国青年报〉与〈红高粱〉的两次亲密接触》,《中国青年报》2016年10月13日。
② 莫言:《红高粱家族》,当代世界出版社2004年版,第1页。

断出现这样具体的时间节点，比如"一九二二年，北洋政府干员曹梦九任高密县长不到三年"①，"一九二四年春天，爷爷赶着一匹骡子，偷偷地去了一趟青岛，买回了两支匣枪，五千粒子弹"②。这样具体的时间线索一直延续到整部《红高粱家族》中，时空跨度是非常大的。

　　电影《红高粱》则没有明晰的时空叙述，首先是没有上述具体的纪年，即没有交代故事发生的年份，时间跨度也不大，大致发生在日本人入侵前后的九年时间里，其次是故事发生的背景和地点也模糊不清，只有一个不知所属的荒凉的十八里坡，不像小说中的胶东，反倒有陕北黄土风情。电视剧的故事时间跨度比小说短，比电影长，同样没有明确的纪年，但有明确的地点：高密。开头交代县长带着夫人来到高密上任，年代不明，根据后来剧情中发生的抗战推测，应是民国政府的县长。和电影一样，电视剧的故事时间终点也是在抗战时期某个不详的年份，以九儿的牺牲为高潮结束了，并没有像长篇小说《红高粱家族》那样长的时间跨度。

　　不同文本故事时间的差异是和文本的主旨相关的。如前所言，小说《红高粱》可以视作文化批判文本而非抗日题材小说，这也就是作者痴迷于那些纪年符号的原因。这种痴迷不仅可以从上述众多的时间纪年上看出，还可以从下面的句式上窥见一斑："阴雨连绵的三九年秋天之后，是三九年滴水成冰的寒冬。"③ 这样一个略显啰唆和重复的句型实际上表达了叙述者对具体年代的执着表达意图，也是解开小说谜旨的密码。循着这些时间密码，反思在其中发生的人与事，我们会读出一种鲁迅说过的"吃人"的历史。关于莫言受到鲁迅的影响，继承并发扬鲁迅的文学传统方面，有不少专家的论文已经述及。栾梅健提到了鲁迅作品对莫言的影响："据莫言自述，大约七、八岁时，他就开始阅读鲁迅了。'第一次读鲁迅是上小学三年级的时候。我哥放在家里一本鲁迅的小说集，封面上有鲁迅的侧面像，像雕塑一样的。我那时认识不了多少

---

① 莫言：《红高粱家族》，当代世界出版社2004年版，第87页。
② 莫言：《红高粱家族》，当代世界出版社2004年版，第124页。
③ 莫言：《红高粱家族》，当代世界出版社2004年版，第223页。

字,读鲁迅的书障碍很多。……但《狂人日记》和《药》还是给我留下了深刻的印象'。"①关于鲁迅对"吃人"旧体制的批判精神对莫言的影响,孙郁也曾论及:"鲁迅走进莫言的视野,是在七十年代。那些暗含的精神对他的辐射是潜在的。近五十年的文学缺乏的是个人精神,莫言那代人缺少的便是这些。我以为他的真正理解鲁迅还是在八十年代后期,一段特殊的体验使其对自己的周边环境有了鲁迅式的看法,或者说开始呼应了鲁迅式的主题……莫言看到了旧有的遗风吃人的现实,所以在对正人君子的描绘里,透露着几多冷峻。"②

孙郁及其他一些评论家的文章主要是以《酒国》为例来探讨莫言与鲁迅"吃人"命题的关系的。其实在小说《红高粱》中更是充斥着"吃人"意象及作者对"吃人"历史和体制的反讽。简而言之,梳理一下小说所涉及的几个历史时期,残酷血腥的丛林法则一直存在,违背、扭曲人性的文明和文化也一直存在。首先,战争是反人性的、残酷的,莫言小说中关于暴力血腥场面细致入微的描写恰是对暴力的批判与反讽。其次,政治文化也有残酷和反人性之处。比如民国政府县长曹梦九为了所谓的政绩下令剿匪并设下圈套杀死了八百个土匪,全然不顾这是八百条人命,"他一想到这八百条汉子在济南府外一个偏僻河沟子里被机关枪打成八百个筛子底的景象就感到四肢冰冷"③,余占鳌的这种感受应该也是叙述者的感受,而且通过余占鳌的心理活动,叙述者直接点出了对"吃人"的历史的批判:"站在断桥上,他的生存的愿望特别强烈,杀人、被人杀,吃人、被人吃,这种车轮般旋转的生活他厌烦透了。"④总体而言,小说《红高粱》承绪的还是"五四"以来的启蒙主义话语。

电影《红高粱》没有具体的纪年,只是交代故事大致发生在日本

---

① 栾梅健:《从"启蒙"到"作为老百姓写作"——莫言对鲁迅文学传统的继承与创新》,《南京社会科学》2015 年第 1 期。
② 孙郁:《莫言:与鲁迅相逢的歌者》,《当代作家评论》2006 年第 6 期。
③ 莫言:《红高粱家族》,当代世界出版社 2004 年版,第 239 页。
④ 莫言:《红高粱家族》,当代世界出版社 2004 年版,第 240 页。

人入侵前后的九年时间里，这是因为导演并不想表现莫言的文化反思主旨，而是想表达一种民族主义叙事话语，即通过一个民族抵抗与复仇故事来表现中华民族底层人物敢爱敢恨的蓬勃生命力和勇于抵抗外侮的民族精神，这既受20世纪80年代中期文化寻根思潮的影响，也是整个20世纪80年代民族崛起、民族精神振奋激昂的时代强音的回响。

电视剧《红高粱》同样没有明确的历史纪年，其主旨也不在文化批判，根据故事内容推测比电影的故事时间向前延展一点，在日本人正式出场之前，用了近一半的篇幅讲了民国政府时期的高密故事，这样的一个时间范围的选择旨在为剧中的宅斗戏提供一个模糊的时代背景，纵观电视剧上映时的2010年前后的荧屏，民国＋宅斗的组合一度成为电视剧吸引受众的一种流行标配。电视剧后半部分内容主要表现高密官民抗日斗争，所以也是如同电影一样，以九儿牺牲作为高潮结束全剧。

从情节展开的空间来看，小说中明确交代故事发生的地点是高密乡村，其风土人情也有浓郁的乡土气息，这与生长于高密的作家莫言的体验和经历有关，也与小说批判城市文化，回归乡土寻找自然生命力的主旨有关。电影没有明确交代故事发生的地点，但看开头轿子走在四周光秃秃的黄土路上，让人马上联想起张艺谋的西北风情，不同于小说原著中那一路高粱还有各种野草花、小动物的田园气息。电影后面的情节也多在萧瑟荒凉中展开，包括土匪李大头的出场，不是在富有生机的高粱地里，而是于断壁颓垣间。将场景从高密乡村位移到了荒凉的西北，反映了导演张艺谋的生活经历和其对好莱坞西部片的模仿。电视剧则明确交代了故事发生在高密，然而这高密却看上去不再是乡土高密而是作为城镇的高密，更多的时候故事是在气派的深宅大院或街市上展开，一方面符合当时流行的宅斗戏常见场景，另一方面传统的宅院也与电视剧想要张扬的传统文化比较搭配。

综上所述，《红高粱》不同媒介形式文本的时空叙述及文本主旨的差异是由创作者的审美情趣、文化理念及时代文化思潮共同决定的。

第二节 人物形象与文本民族性变迁

一 罗汉形象差异及死亡结局比较

在三个文本中，罗汉虽非主角，却是一个重要人物，起着影响主角思想及推动剧情发展的关键作用。这个人物在三个文本中，却有着不一样的性格特色、命运轨迹及思想境界，虽然其最后的结局是死亡，然而这死亡的境地有着不同的美学色彩。

小说中的罗汉是一个忠实的家人形象，在伦理道德上也不一定是个完美的人，比如在乡人的传闻中他和"我奶奶"也不大清白。他虽然死于日本人手下且被写入县志，但很难说他是为抗日而死。他没有传统抗战题材小说中作为贫苦农民所具有的民族觉悟和阶级觉悟，只是忠于主人，出于本能地保护主人财产。所以当他被拉到日寇的工地上时，他并没有反抗，也没有任何关于民族大义的心理活动，只是有着逃跑的念头，心心念念属于自己的那个酒香扑鼻的院落和被自己视为亲人的"我奶奶和我父亲"。他的死还是为了主人的财产——两头黑骡子，本来可以逃走的他又重新返回敌人工地试图带走骡子，但当骡子踢了他之后，不可思议的事发生了，他不顾被日寇发现的风险，忘情的击打骡子，发泄自己的愤怒，这时罗汉不是民族阶级的，也不是伦理道德的，作者写道："他毫无拘谨地走，叫骂……他自由自在，不自由都是因为怕。"[①] 任性而为忘却生死的罗汉此时才真正成了一个自由的人。死前的罗汉是自由的，临死时的罗汉也是真实的，体现了人的本能和自然反应。小说中对于罗汉之死的描写与小说所提及的县志的记载有相当大的差异。而后者则类似于我们在经典的抗战小说中经常读到的关于英雄牺牲的描写："民国27年，日军捉高密、平度、胶县民夫累计四十万人次，修筑胶平公路。毁稼禾无数。公路两侧村庄中骡马被劫掠一空。农民刘罗汉，乘夜潜入，用铁锹铲伤骡蹄马腿无数，被捉获。翌日，日

[①] 莫言：《红高粱家族》，当代世界出版社2004年版，第16页。

军在拴马桩上将刘罗汉剥皮零割示众。刘面无惧色，骂不绝口，至死方休。"[①] 长期以来，经典的英雄叙述都是壮美风格的，表现英雄之死的话语都是或崇高或唯美的。《红高粱》中英雄之死却是不美的，没有悲壮与崇高性，但应该是符合历史和作为生物的人的真实，符合小说叙述者对自由与真实的追求。

电影中的罗汉首先是具有阶级性的，并没有小说中罗汉对主人的依恋和忠诚，所以影片中的罗汉看起来与九儿的关系黏合度没有小说强，始终保持一种距离。小说中的罗汉在"我奶奶"刚主持家政的时候，是服从的配角，而电影中的罗汉则是主动的有见地的，九儿才是需要她帮助的弱者。小说中的罗汉在单家旧主人死后选择留下是基于"我奶奶"把家中钥匙交给他的信任，而电影中的罗汉则有一点基于对九儿表达了同一阶级平等话语的感动，比如九儿当时对大家说"别再喊我掌柜的，我也是穷人家的，咱这烧酒锅上没大小"。这个"穷人家"的说法是电影对小说的一处巧妙改动，这一处不为人注意的巧妙改动不仅改变了小说人物关系，也使电影具有了小说一直想要解构的阶级话语色彩，为罗汉后来加入共产党和九儿的抗日埋了伏笔。小说中的罗汉没有离开过主人的念头和行动，而电影中的罗汉则是突然消失了一个阶段，影片后来用话外音补充了这段情节的空白：据我老家的人说，我罗汉爷爷是当了共产党，受指派收编各路地方武装一同抗日。此时的罗汉形象不仅有了阶级色彩，还具有了民族主义色彩，迥异于小说中的农民罗汉。影片中罗汉再次出现时已经被日本人捉住了，上述话外音同时也告诉读者罗汉是因为抗日工作被捉的，不是小说中那样为了主人的两头骡子，同时电影没有直接表现罗汉就义的场面，而是直接用沉稳庄重的话外音的形式说"我看过县志，县志载……"，再次确认了小说中那段正统历史叙述，使罗汉之死有了正剧的悲壮色彩。这里叙述者有意省略了罗汉受刑的残酷画面表现，而代之以县志记载，表明叙述者的立场是与正统历史叙述一致的。

---

① 莫言：《红高粱家族》，当代世界出版社2004年版，第9页。

前面讲过,电视剧版《红高粱》重新回归传统文化和主流价值认同,与小说的文化批判主旨迥异,这种差异必然反映在人物形象上。电视剧中的罗汉不再是小说中那个自由的罗汉,当然也不是电影中的共产党员罗汉,而是一个背负伦理责任、知荣辱识大体的君子型罗汉,在他身上凝聚着创作者对儒家传统道德的理解和期许,所以这个人物形象看起来不像一个农民,不如小说中的罗汉接地气,当然也没有电影中的政治觉悟,倒更像一个"士"人形象,他恪守自己的职务本分和行业操守,恪守纲常礼教的规范,在复杂的家族关系中以与人为善的心态进行调解,压抑自己对淑贤的情感以成全名节,为救主人危难可以自我牺牲。与电影相同,剧中的罗汉也曾短暂离开过单家,但原因不是加入共产党的组织,而是因为"单家是非多,想找个干净的地方清静下",这种理由是属于文化的、伦理的,颇类传统士人避世隐居的追求。最后罗汉之死也是因为坚守文化的立场,和电影中是因为从事抗日工作有不同,但是最后其牺牲也被叙述者升华到了民族大义的境界。起初罗汉是因为鬼子要修路被征了劳力,但与小说中罗汉因为顾念主人骡子不肯逃走不同,电视剧中的罗汉是因为固执坚守农业文明的理念而与入侵者产生了冲突,如果说前者是狭隘的小农意识,后者则颇有哲学精神。罗汉被征修路,让他痛苦的还不仅是家国危机,而是被毁的高粱,他哀求日寇将领塚本,等几天让高粱熟了收了这一季才修路,说高粱也有前世今生和来世,熟了才叫高粱,才能酿酒。当日寇拒绝的时候,罗汉表现出了一种迷狂的状态,坚持说不明白这个理,等过几天就红了,等几天不行吗?这种迷狂忘我有点像小说中的罗汉,当日寇把他打倒,让他彻底绝望后,夜里罗汉放走了牲口棚里的牲口,然后放火烧了日寇的牲口棚。这时的罗汉已经转化成了坚决抗日的罗汉,所以接下来的剧情是围绕民族仇恨展开,是民族主义叙事话语,当众人的营救不成功之后,日寇准备处决罗汉,电视剧舍弃了小说和电影的剥皮情节,改为婚礼加枪杀组合,而且也没有直接表现枪杀的场面,使罗汉之死呈现一种革命浪漫主义风格,但显然是几种结局里最难贴近史实的。

二　"我奶奶"形象的变化

首先是姓名的变化。中国传统文化是重名分的，孔子说过"名不正则言不顺"，通过正名，以区分不同的人在不同情境中的不同角色，从而建立稳定合理的社会秩序。每个人的名分也指代一定的社会角色和地位。在小说中，"我奶奶"姓名为"戴凤莲"，但这个名字因为叙述视角的关系，在小说中很少出现，更多的时候是以"奶奶"的名分出现的，所以小说家族史的色彩明显。电影中对应的这一人物没有完整的姓名，只有一个小名"九儿"，"我奶奶"的称呼只在开头和结尾出现了下，家族史的色彩减弱，但只有小名没有大名的称谓还是于不经意间反映了传统的男尊女卑意识，而"我爷爷"在电影中就有大名"余占鳌"。所以在电影中连大名也没有的九儿也就很难有小说中那种反传统的不受一切束缚的张扬的个性。到了电视剧中，人物的大名又改为戴九莲，或许是因为电影中的九儿已经家喻户晓，剧中人物的小名仍为九儿，另外，电视剧完全是第三人称叙事，旨在表达和个人家族无关的宏大的政治和文化理念，所以"我奶奶"的称呼完全消失了。

其次，从出身和阶层地位看，小说中的戴凤莲的父亲是打造银器的小匠人，母亲是破落地主的女儿，虽然父母很贪财，但家族经济状况还可以，属于有产阶级，之后嫁给"高密东北乡有名的财主单廷秀的独生子单扁郎"，被后者的家人尊称为少奶奶，并掌管了单家的产业，成为地主阶级。作为小说中叙述者唯一真心赞美的人物，戴凤莲的阶级属性被作者无视了，其从属于地主阶级也没有影响她勇敢抗日，壮烈捐躯。在这里，莫言有意改变传统抗战小说将阶级性与民族性同一化的套路，某种程度上反映了抗战时期部分地主也参与抗战的史实。电影中的九儿则是出身穷人家，另外她嫁入的人家也不是地主，而只是开了一个烧酒锅，所以九儿的阶层应该属于乡村贫民和小业主之间。当她初入单家时对伙计们说："别再喊我掌柜的，我也是穷人家的，咱这烧酒锅上没大小"，并让大家以后就叫她九儿。这段简单朴实的话信息量很丰富，既传达了编导想要表达的同一阶层内的团结平等思想，又为后来罗汉出走加入共产党及九儿的坚决抗日奠定了阶级基础。电影将九儿的阶层从小说中的地主变为穷人,地位从小说中当家的少奶奶变成同伙计们没大小之分的九儿,从而也就巧妙避免出现出身地主的抗日英雄形象,以便更符合主流抗战作品阶级性与民族性同一的话语系统。电视剧中的九儿又恢复了小说中九儿的出身和阶层,父亲是城镇破落地主,从其所居"戴宅"的气派上看得出曾经是大户人家,嫁入的单家也是高密大户,从剧中单家宅院的气派程度和烧酒锅的产业规模看,颇有城镇资本家的气度,所以剧中的九儿已然不是电影中穷人家出身的九儿,而是和下人有着地位区分的少奶奶九儿,但这没有影响她最后舍家抗日、壮烈殉国。21世纪以来,抗日文艺作品的阶级斗争色彩开始淡化,逐渐表现出一个更宽广的团结抗日的阶层图谱。这与当时两岸关系的改善及中共对国民党正面战争的肯定不无关系。胡锦涛同志在纪念抗日战争胜利60周年大会上的讲话中指出:"在波澜壮阔的全民族抗战中,全体中华儿女万众一心、众志成城,各党派、各民族、各阶级、各阶层、各团体同仇敌忾,共赴国难。长城内外,大江南北,到处燃起抗日的烽火。中国国民党和中国共产党领导的抗日军队,分别担负着正面战场和敌后战场的作战任务,形成了共同抗击日本侵略者的战略态势。"[①]之后,关于国民党正面战场的研究开始见诸文献,影视作品中也逐渐出现积极抗日的国民党官员或地主乡绅的角色。上映于2013年的电视剧《红高粱》中积极抗日一身正气的朱县长就是国民政府的官员,九儿的阶级成分自然更不须改变了。

第三,从人物性格上看,电影中的九儿形象较为接近小说原型,只是经过了道德过滤变得更为完美,有了小说中不曾有的阶级意识,在男女关系上较为单一被动。小说中的"我奶奶"在回娘家的路上被蒙面人余占鳌劫持时,无力挣扎,也不愿挣扎,甚至主动揽住了那人的脖子,当余露出真面目时,"我奶奶"则由于幸福感激动得热泪盈眶。而

[①] 《胡锦涛在纪念抗战胜利60周年大会上的讲话》,http://www.chinanews.com/news/2005/2005-09-03/8/620627.shtml。

电影中的九儿则表现得较为含蓄保守些，起初是拼命挣扎扑打，并试图逃跑，当发现是余占鳌时，虽然不再反抗，但脸上看不出表情。而两人野合的一幕，小说中的我奶奶也是动态的，在蓑衣上扭动着，电影中的九儿则是躺成大字一动不动。电视剧中的九儿形象则较前二者有较大改动，如果说前二者尚有自我意识和反抗传统的精神，电视剧中的九儿则更多时候失去了自我主张并成为传统文化的代言人。在这个人物身上体现了编导的矛盾心理：既想通过她表现传统文化的美德，又不想背离小说的个性解放声音，所以就出现了剧中这样一个心口不一的较为失败的矛盾着的九儿形象。这种矛盾典型地体现在高粱地强奸的情节中。剧中的九儿路遇没有蒙面的余占鳌时，明明已经对对方有好感，却像电影中那样激烈反抗，甚至更激烈，踢中余的要害，这时余说不干就不干，准备放弃了，不可思议的是，九儿突然又像小说中一样主动揽过他来。这个人物在电视剧中是失去自我和压抑矛盾的，主要是因为她成了传达文化价值的符号，而非小说中代表原始本真生命力的主体。她所传达的文化理念主要是集体主义和礼制意识。源自宗法社会族类意识的"整体主义"在价值取向上贬损个人利益，强调个体对整体的贡献、义务，而忽视个人的尊严、价值和权利[①]。电视剧中九儿的矛盾和压抑很多时候源于这种整体主义。这样一个顾虑重重、反复无常的九儿自然不是小说中那个率性而为的戴凤莲了。小说中的戴凤莲追求个体价值和自由的精神是对传统的集体主义的一种反拨。在这一点上，与倡导"酒神精神"的尼采不谋而合了，后者认为利他主义是毒害生命的。

  在民族国家危亡时机，集体主义思想必然会过渡到爱国主义精神。在19世纪的启蒙主义话语中，女性是被作为"国民母"的形象塑造的。"妇女不仅仅是生养子女的母亲，更是辅助丈夫、料理家务、教育和引导子女成为建设民族国家栋梁之材的'国民母'，同时将其与民族国家的生死存亡相提并论，这实际上将几千年来一直遭遇漠视的中国妇女提升到了建设民族国家的辅助性地位，并肯定了她们存在的基本意义——女性

[①] 参见刘广明《宗法中国》，生活·读书·新知三联书店上海分店1993年版，第205页。

构成了民族国家的一部分,虽然她们本人并不直接参与建设,但通过养育子女为民族国家尽责尽力。"① 女性作为"国民母"的功能定位一直延续到民族危机空前严峻的 20 世纪,送子或送夫上战场的革命母亲形象不断出现在文艺作品中,前面在论述红色经典抗战小说的时候已经提及这一点。电视剧中的九儿与小说中那个自然的九儿不同,她负担了文化对女性的期许,成为具有爱国主义精神的妻子和母亲形象,所以她最后为了抗日可以牺牲女儿②,最后又主动自我牺牲。

剧中九儿源于文化的不自由还表现在她对贞节观念和礼制秩序的看重。所以她被土匪劫走后,宁可拼命,也不要花脖子碰她,后又给花脖子出主意,千方百计保住自己的贞洁。她多次对余表示瞧不起他做土匪,要改造他,要他走正道,如果说俊杰对余的引导代表了党对民众的教育,九儿对余的劝诫则代表了传统文化的浸染力量,所以在九儿即将要牺牲时,编导安排这二人最后的交心,代表了两股力量的汇合,可谓别有深意:只见九儿把当年的草戒指还给俊杰,表示从来没后悔跟他好过一场,从他那里明白了很多道理,有他在余的身边她放心,她最后念念不忘的还是"你得帮我,一定要让我孩子的爹走正道"。

所以,电视剧中的"九儿"完全是符合民族国家和传统价值期许,因而压抑生命本能和个性追求的,而小说中的"我奶奶"则是反对传统礼教、追求个性解放,具有蓬勃生命力的,正如小说中所写"我深信,我奶奶什么事都敢干,只要她愿意。她老人家不仅仅是抗日的英雄,也是个性解放的先驱,妇女自立的典范"③。

综上所述,从"我奶奶"形象的变迁上,可以看出三部作品主旨的差异,小说重在表现摆脱文化束缚的个性自由与解放,电影则意在建构阶级与民族话语,这与作为大众传媒的电影较之文学所承担的更多的政治宣传功能有关。电视剧将小说解构与批判的文化重新建构与树立起

---

① 刘慧英:《女权、启蒙与民族国家话语》,人民文学出版社 2013 年版,第 37 页。
② 为了保留原著中重要角色豆官,又要表现九儿"国民母"的牺牲精神,电视剧设计了九儿有一儿一女。
③ 莫言:《红高粱家族》,当代世界出版社 2004 年版,第 9 页。

来，在主旨上与小说南辕北辙，与当时弘扬民族传统文化的时代氛围不无关联，同时电视剧淡化电影中出现的阶级话语，强化民族主义精神，也反映了时代主流话语的变迁。

第三节 伦理观念的变迁

小说《红高粱家族》与其影视改编文本在有关善恶与爱等伦理价值观念的认识上也有明显差异。

一 小说：生命力至上的伦理观

或许是受到20世纪80年代初期进入中国的西方后现代思潮的影响，莫言小说《红高粱》具有后现代主义的价值取向，包括解构宏大叙事，否定传统的二元对立，批判文明对人的异化等。反映在伦理范畴问题上，就是小说叙事者有意解构传统价值判断标准，打破善恶之间泾渭分明的界线。这一界线是人类文明发展到一定程度的产物，却也本身存在许多二律背反。正如弗朗茨·M.乌克提茨所言："文明人建立了相当复杂的道德体系，发明了对恶行分别予以惩处的方法，他自以为借助自我意识就能够自由地做出决定，却对自己的同类犯下了最大的罪恶。"[1] 这种打着善的旗号的恶正是小说《红高粱》中所讽刺的残酷和反人性的战争。

莫言对善恶二元对立的解构意识鲜明地体现在小说中一段话中："我终于悟到：高密东北乡无疑是地球上最美丽最丑陋、最超脱最世俗、最圣洁最龌龊、最英雄好汉最王八蛋、最能喝酒最能爱的地方。"[2] 美丽、超脱、圣洁、英雄等词汇长期处于二元对立话语中的至高一极，拥有对丑陋、世俗、龌龊、王八蛋等词汇的优势地位，体现了语言背后的文化霸权。二组对立词汇在传统话语中是不可能同时并列地出现在同一个判断中，施与同一事物的，然而在莫言的这段话

---

[1] ［奥］弗朗茨·M.乌克提茨：《恶为什么这么吸引我们》，万怡、王莺译，社会科学文献出版社2001年版，第67页。

[2] 莫言：《红高粱家族》，当代世界出版社2004年版，第2页。

中，它却被同时用来形容莫言的家乡。类似的叙述还有对土匪们的评价："他们杀人越货，他们精忠报国"①。"杀人越货"和"精忠报国"作为截然对立是非鲜明的两组词汇在传统叙述中代表着不同的价值取向分别用在匪寇和民族英雄身上，决不可以混淆的，而在小说中，它们又同时被用在了余占鳌等土匪身上。这样的话语组合其实反映了莫言对宏大叙事的伦理中潜隐的矛盾的一种反讽。正如弗朗茨·M. 乌克提茨所说："罪犯和英雄之间的界限也很难分清。我们大家都知道，杀人是件坏事。问题在于，为什么在所有时代——直到今天——战争英雄都属于最受赞美的人。"②

　　理解了莫言对传统二元对立价值判断的解构意旨，也就能找到理解他那诡奇的语言风格的路径之一，同时理解了小说中那复杂混乱的人物关系和捉摸不透的人物形象。《红高粱》中有许多语句是如上所述的庄词、谐词，褒词、贬词并用，还有的则是正词反用，或者反之。比如"万恶的人眼射出的美丽光线"，"五彩缤纷的彩虹般的痛苦"③，或是将传统指代美好的词汇用在读者思维定势中认同的反面人物身上，比如小说在介绍余占鳌处理日本兵尸体时用了一句话来形容这些读者心目中的日寇："把这些也许是善良的、也许是漂亮的，但基本上都年轻力壮的日本士兵抬起来。"④ 把刚和我方激战过被打死的日本人称为"善良的"，"漂亮的"，站在民族主义的立场上看，这是相当离经叛道甚至会伤害民族情感的，与主流话语和民间情感格格不入，甚至与我们的文化传统精神相抵牾。在汉民族抵御外敌的漫长历史中，已经形成了一整套关于民族大义的价值取舍标准及区分敌我的语言体系并得到民间的认同流传下来。在这套话语体系中，"善良"是决不会用在外敌身上的。反过来看，小说中用来形容余占鳌的抗日战士的词汇有的在传统语境中是

---

① 莫言：《红高粱家族》，当代世界出版社 2004 年版，第 2 页。
② [奥] 弗朗茨·M. 乌克提茨：《恶为什么这么吸引我们》，万怡、王莺译，社会科学文献出版社 2001 年版，第 101 页。
③ 莫言：《红高粱家族》，当代世界出版社 2004 年版，第 206 页。
④ 莫言：《红高粱家族》，当代世界出版社 2004 年版，第 107 页。

偏贬义的或者不美好的，比如形容队员在公路上走是"像羊拉屎一样"，其中一个战士哑巴的眼睛则是"阴鸷的"。由此可以看出，莫言试图为伦理话语和民族主义话语曾经被绑定的关系松绑，这一绑定关系在经典抗战小说中是非常鲜明和紧密的，即凡是阶级敌人、民族敌人必定同时是道德低下、形象丑陋的，反之则必定是道德高尚、形象美好的。而莫言的《红高粱》则表现出一种超越民族主义的道德评价立场，是抛弃民族和政治偏见的人类的立场。由此可以理解，当小说中"父亲"看到"爷爷"要杀死那个身上带着"美丽温柔"妻子和"天真无邪"儿子照片的日本马兵时，他的反感和伤痛。这与民族主义话语中传统的血族复仇观念是不同的。

  莫言对二元对立的解构还可以通过小说人物形象来分析。在小说中没有传统意义上的完美或者完善的人物。每个人都是善恶杂糅的复杂混合体，即莫言所说的"英雄好汉王八蛋"，而且其中的善有恶的成分，所谓的恶又有善的成分，与中国传统伦理观念中的善恶又有所不同，令人捉摸不透。这和红色经典抗战小说正面人物与反面人物的泾渭分明是有区别的。戴凤莲、余占鳌、曹县长是如此，即连次要人物余大牙也是如此，他强奸了民女，按道德律令来判断，是不善的，然而他抚养寡嫂和侄子的行为又是善举，他最后从容赴死的潇洒又很有英雄气质。再来看小说中的人物关系，"爷爷"和"奶奶"之间的爱情关系，应该说完全颠覆了传统经典的忠贞不贰的爱情想象或爱情神话，这种神话在当下的网络文学和荧屏中还在不断上演。他们的爱也是美丑善恶并存、五味难辨，是反传统、反文化、反神话的。首先他们走在一起，在高粱地里野合，这种爱从一开始就是基于生命本能而反伦理道德的，然后这种基于本能的爱并非始终如一、至纯至善的，有着如同生命一样真实斑驳的底色，所以当余占鳌到单家找工作时感觉戴凤莲好像不认他了，他决定晚上就去杀了他。后来因为一场雨，他出于本能和婢女恋儿发生关系纠缠在一起，"奶奶"发作，他能一巴掌把后者打翻在地。而"奶奶"也没有从一而终固守这份感情，她马上就投入"铁板会"头目的怀抱，与后者同居在一起。"爷爷后来重返奶奶的怀抱，对奶奶的感情已经混浊得难辨颜色和味道。"① 这里的爱如同小说中的人物一样都是混浊难辨底色的。

伦理道德上的相对主义并非虚无主义,莫言解构了传统善恶二元对立,并非没有是非评价标准,这个标准也就是许多研究论文中提及的生命力问题。也就是能尊重生命、张扬生命力的即是善的美的,反之则是恶的丑的,这一点与尼采的道德观类似。在戴凤莲死前质问上天的一段话中可以看出莫言这种以生命力为导向的伦理和审美观念:"天,什么叫贞节?什么叫正道?什么是善良?什么是邪恶?你一直没有告诉过我,我只有按着我自己的想法去办,我爱幸福,我爱力量,我爱美,我的身体是我的,我为自己做主,我不怕罪,不怕罚,我不怕进你的十八层地狱。我该做的都做了,该干的都干了,我什么都不怕。但我不想死,我要活,我要多看几眼这个世界。②"以此标准进行历史文化批评,凡是残害生命、抑制扭曲生命力的即是丑的恶的。

莫言《红高粱》深受尼采美学思想的影响。尼采认为生命力才是艺术的推动力:"兽性快感和渴求的细腻神韵相混合,就是美学的状态。后者只出现在有能力使肉体的全部生命力具有丰盈的出让性和漫溢性的那些天性身上;生命力始终是第一推动力。讲求实际的人,疲劳的人,衰竭的人,形容枯槁之人(譬如学者)决不可能从艺术中得到什么感受,因为它没有艺术的原始力。③"富有生命力的人也是具有艺术创造力的,这一点可以从小说对奶奶剪纸才华的描述上找到线索:"奶奶剪纸,玲珑剔透,淳朴浑厚,天马行空,自成风格。④"她剪了一只小鹿,"在自由的天地里,正在寻找着自己无忧无虑、无拘无束的美满生活","奶奶剪纸时的奇思妙想,充分说明了她原本就是一个女中豪杰,只有她才敢把梅花树栽到鹿背上……她就是造物主,她就是金口玉

---

① 莫言:《红高粱家族》,当代世界出版社2004年版,第143页。
② 莫言:《红高粱家族》,当代世界出版社2004年版,第56页。
③ [德]弗里德里希·尼采:《权力意志——重估一切价值的尝试》,张念东、凌素心译,商务印书馆1991年版,第253页。
④ 莫言:《红高粱家族》,当代世界出版社2004年版,第102页。

牙,她说蝈蝈出笼蝈蝈就出笼,她说鹿背上长树鹿背上就长树。①"理解了尼采的生命力与艺术创造力的关系,也就理解了叙述者为何会突然插入了一段游离于主要故事情节之外的关于艺术的描写。应该说富有鲜活生命力、热爱尊重生命、真实自然又有艺术创造力的"我奶奶"才是小说中唯一体现美与善的人物。

正如尼采的许多观点被后世误解为种族主义和反犹主义,莫言小说中的暴力叙事也常被从民族主义视角误读,所以小说《红高粱》及其后来的改编文本都被视为是歌颂抗日英雄、赞扬原始生命力的文本,甚至有论者认为莫言用民族大义的旗号为笔下人物的暴力行为找到了合理的借口,将邪恶暴力视为种族强盛的标志。比如董外平认为小说中"杀人如麻"一词"变成了一个光辉的词汇",余占鳌"杀人的习性被当做主人公勇敢、洒脱、嫉恶如仇的品德,小说讲述起余占鳌一桩桩杀人的事件充满着敬佩和崇拜之情","民族国家意识挽救了莫言暴力书写的合法性危机,如果没有民族主义话语的加入,原始生命力的暴力恐怕还不能完全获得合法性的庇护,因为对人种强力的崇拜不能排除某种法西斯主义的嫌疑,流寇的暴力只有变成革命的暴力才能获得道义的正当性,莫言显然深知其中的危险,小说以民族主义叙事起又以民族主义叙事终,那些土匪的杀淫掳掠最后通通蜕变成抗日的力量,这就是电影《红高粱》完全被改编成一首抗日悲歌的原因所在"。②

小说中莫言对日本侵略者暴行的批判立场是无可置疑的,但他其实是反讽与否定一切反人性的扼杀生命的暴行的。前面说过,他的立场是人类的、生命的,他的历史批判和道德评价始终以生命和生命力为准绳,所以余占鳌的杀人如麻放在群狗大战隐喻中看,是被批判的,小说对于人类历史掺杂着兽性冲动的事实也是反讽的,比如小说中有一段关于当年混战后形成的"千人坟"的描写,里面混杂埋着不同阶级、阶层和民族的人头骨甚至狗的头骨,"我发现人的头骨与狗的头骨几乎没

---

① 莫言:《红高粱家族》,当代世界出版社 2004 年版,第 102 页。
② 参见董外平《莫言的暴力观念及其文学呈现》,《中国文学研究》2015 年第 2 期。

有区别……光荣的人的历史里掺杂了那么多狗的传说和狗的记忆、狗的历史和人的历史交织在一起"①。将人的历史与狗的历史并列，甚至后面用一位老人的话说那时的狗比人强，这里叙述者对人类历史上近乎兽性的彼此残杀是否定和反讽的。所以，他对余占鳌"杀人的习性"也没有敬佩和崇拜之情，相反，他借余的心理活动对此进行了怀疑和否定："站在断桥上，他的生存的愿望特别强烈，杀人、被人杀，吃人，被人吃，这种车轮般旋转的生活他厌烦透了。"②

所以莫言小说展现暴力，并非赞扬暴力，而是否定暴力。从这点上看，他是超越民族国家立场，站在人类的高度上的。正如他在谈到《红高粱》创作时说："我是站在一个比较超阶级的立场和观点上的，对我们的过往的历史，进行了个性化的描写。我们过去写战争文学，写历史文学，往往都是要站在鲜明的阶级立场上……我觉得从《红高粱》开始我就在做这样的反叛，就想在小说里面淡化这种阶级的意识，把人作为自己描写的最终极的目的，不是站在这个阶级或是那个阶级的立场，而是站在全人类的立场上。"③

所以，小说《红高粱》绝非是歌颂生命力中的残暴冲动，而是吁求生命真实自然的呈现，反对伪善的扭曲人性的文化。包括小说最后关于"种"的反思也是基于这种立场，"我逃离家乡十年，带着机智的上流社会传染给我虚情假意"④，"我害怕自己的眼睛里也生出那种聪明伶俐之气，我害怕自己的嘴巴也重复着别人从别人的书本上抄过来的语言，我害怕自己成为一本畅销的《读者文摘》"⑤，"我的眼睛里的确有聪明伶俐的家兔气。我的嘴巴里的确在发出不是属于我的声音"⑥。由这些叙述可以看出，"杂种高粱"所暗喻的就是被文化扭曲了的不真实的萎缩的生命。当叙述者写道"我惶恐地发现，我在远离故乡的十年里

---

① 莫言：《红高粱家族》，当代世界出版社2004年版，第162页。
② 莫言：《红高粱家族》，当代世界出版社2004年版，第240页。
③ 莫言：《我的文学经验（续）》，《蒲松龄研究》2013年第2期。
④ 莫言：《红高粱家族》，当代世界出版社2004年版，第303页。
⑤ 莫言：《红高粱家族》，当代世界出版社2004年版，第304页。
⑥ 莫言：《红高粱家族》，当代世界出版社2004年版，第304页。

所熟悉的那些美丽的眼睛，多半都安装在玲珑精致的家兔头颅上"①，这段话不由让人联想到尼采对欧洲人的批判："在这种'缩小'、'内向'的趋势下，欧洲人从原来提倡生龙活虎的贵族精神转向了崇尚谨小慎微而又精打细算的庸人习气，从'猛兽'被豢养成了'家畜'。在尼采眼里，欧洲人全体'家畜'化，乃是欧洲的悲剧，一切弊病，概出于此。"②从"家兔"到"家畜"，莫言承袭了尼采对压抑鲜活生命力的文化的批判精神，将尼采对生命兽性本能冲动的赞赏升华为讴歌摆脱文化束缚、自由真实表达自我的强力意志。这也是小说在当年发表引起较大反响，并吸引导演张艺谋关注的原因之一。后者作为西部导演在文化寻根思潮影响下彼时正关注文化传统与现代性问题，包括当时的电影《黄土地》也是在探讨文化的传统价值及在其负荷下个体价值的追求等两难处境。

二 电影：民族主义的伦理观

电影的伦理观不再与小说以生命力为准绳的善恶标准相一致，而是与民族主义话语和阶级话语紧密相关，类似于刘小枫所说的宏大的"人民伦理"。与小说人物善恶杂糅的形象不同，电影中的人物有着清晰可辨的善恶分水岭，比如余占鳌这个人物，在小说中是"英雄好汉王八蛋"，在电影中就只剩下了"英雄好汉"这一层面。小说中的余占鳌有着从传统道德标准来看是"恶"的行为，比如他滥杀无辜，尽管他自己有时都厌倦了杀人和被杀的生活，他的杀人不仅是一种对他人生命的不尊重，也是一种自私，比如杀死单家父子，是为了得到九儿，杀死母亲的情人，是为了自己的颜面，后一点，恰恰说明人物内心深处还有很多纲常礼教的束缚，包括九儿后来因为他的背叛跟铁板会的黑眼私通，他可以允许自己出轨恋儿，却想杀了九儿和黑眼，说明他既自私又守旧，所以他后来甚至还有做皇帝的幻想也就不奇怪了。如果说尼采曾经为了批判利他主义的道德而对"自私"有所赞扬的话，莫言客观再

---

① 莫言：《红高粱家族》，当代世界出版社2004年版，第303页。
② 参见叶秀山《尼采的道德谱系》，《云南大学学报》（社会科学版）2002年第3期。

现了余占鳌的"自私",但对这种剥夺他人生命和自由的行为却没有称赞的意思,小说中的余占鳌不能被视为反传统礼教的完全的英雄好汉,他有着诸多"非善"的行为。然而电影却删掉了人物和人物关系中不纯的、不善的质素,只留下了善的、纯的,所以电影中的李大头是被谁杀的,没有明确交代,始终是一桩悬案,只说"直到爷爷去世我也没有问过",为尊者讳的意图非常明显。其次,电影中的余占鳌始终没有落草成为土匪,也没有加入铁板会敛财的行为,只是从一个农民转变成一个作坊工人,所以也就不存在小说中的滥杀和贪财行为,通过对小说人物身份的改变,电影也就巧妙地去掉了人物行为中可能存在的恶。当然,一同去掉的还有小说中混沌不纯的爱情底色,电影中的"爷爷"除了奶奶之外,没有与其他女人产生过纠葛,两个人的爱情比较纯粹单一。最后,电影通过余占鳌英勇抗日的壮烈言行进一步升华了其"英雄"的质素,在一个底层农民加作坊工人的抗日故事框架内,民族主义和阶级话语的伦理观完美结合,成就了一个纯粹的传统的卡里斯马式英雄。所以,虽然小说经常被人们认为是受魔幻现实主义的影响,但其实它现实的色彩大于魔幻,而电影却更像一部民族主义的神话,包括后面的许多改编文本,都有这种神话色彩。电影最后,余占鳌带领一帮汉子每人手捧一坛烧酒冲向敌人的汽车使鬼子的汽车爆炸,继而是逆光拍摄下被火红的夕阳映衬得一片令人目眩的神秘的大红背景,与小说中底色清冷惨淡、真枪实战的抗战场景大不同。从这个角度看,张艺谋的电影《红高粱》其实是一个民族主义的神话文本,有利于民族共同体情感的凝聚。这也是它在当时大获成功的原因之一,而小说是借了电影的热映才引人关注的,二者之间其实是有着相当大差距的。

三 电视剧:回归中华儒教伦理

不同于小说对善恶二元对立的解构,同电影一样,电视剧的人物形象和情节设置有明显的善恶取舍标准,当然,这个标准与电影又有所不同,阶级性和民族性有所弱化,而儒家文化色彩大大强化,这也就是有些评论文章提及的电视剧的政治文化色彩或家国情怀。总之,电视剧表现出了明显的向传统文化回归，以优势文化精神提升民族自信及在国际化竞争格局中的民族地位的主旨。这样一个主旨也与"十八大"以来国家对中华传统文化的大力倡导与宣传有关。2012年召开的党的十八大报告提出了"建设优秀传统文化传承体系，弘扬中华优秀传统文化"的重大任务，之后结合有关民族复兴中国梦的宣传，国家不断推出各种传统文化研究发掘建设项目，形成了一个延续至今的传统文化价值宣传热潮。2014年上映的电视剧《红高粱》显然是受这种热潮的影响，所以对小说中反叛的传统伦理价值予以重新肯定和宣扬。这一点从剧中酒神形象的设计上可见一斑。有别于小说，与电影一样，剧中也有拜酒神的情节。这里的酒神像是白色的，长须、束发、着长袍的儒者形象，和电视剧弘扬儒家文化的主旨相契合。而电影中的酒神则是挂在墙上的一幅画，身着红袍，有类于民间年画中财神形象，体现了导演对民俗风情的关注。

以血缘关系为基础的宗法伦理的核心思想就是孝悌，"孝"这一传统道德规范在中国有着悠久的历史和广泛的社会基础，并由一种原始的自然道德关系引申至人际关系和政治伦理中。小说《红高粱》中被反讽和淡化处理的孝道到了电视剧中成为被追捧甚至成为推动情节发展、影响人物言行的重要价值观。在小说中，九儿对父母是大不敬的，其父母的形象也完全是被嘲讽的丑角，余占鳌的母亲在小说轻描淡写的叙述中也只有私通和尚的一个侧面，没有任何关于母爱的表现，而余占鳌不顾母亲感受杀死其情人的行为也与孝顺相背离，总之，传统伦理的父/母慈子孝在小说中被解构。电影《红高粱》的旨趣不在伦理，所以人物被设置为无父母兄妹，抽离了一切可能的伦理关系。而电视剧《红高粱》则设置了多组孝慈、孝悌关系，以强化其传统价值取向。九儿的初恋情人张继长尽管对父母阻挠自己的爱情不满，但还是恪守孝道，表现出了对假装重病的母亲的服从，后来为保父母颜面还替父母背过，以至宁可让九儿误会自己，让人不由联想到儒家的"父为子隐，子为父隐"。剧中的余占鳌则更是固守孝道甚至有些偏执。他的母亲与郎中私通，但他为了孝顺自己的娘，顶着街坊四邻的非议，厚着脸皮修好了郎中和母亲私会的必经之路。当然，他更没有去杀郎中的心，至于郎中的死，全是一场意外。他的母亲也被设置为除了私情更有慈爱之心的形象，她为了救儿子，主动揽下了杀死郎中的罪，最后自杀在监狱。此外，剧集的后半段，余占鳌与四奎的义兄弟关系及其母的义母子关系则成为一个重要的情节，影响了其他人物关系甚至民族大义问题。正是为了给兄弟报仇，他才走上与官府对抗的道路，为了给义母报仇，起初他与官府的代表曹县长势不两立，置众人民族大义的劝说于不顾。在这个人物形象身上，孝悌思想是非常深厚的。此外，还有凶残的土匪花脖子对妹妹关怀备至甚至不惜自我牺牲，九儿对不成器的兄长虽然恨其不争却仍然处处照顾，这些手足之情都具有浓厚的传统文化意味。

除了父慈子孝，电视剧中的伦理关系还体现了教化功能，比如四奎娘这个角色，作为一个德性完美长辈的形象，仿佛就为体现教育和感化作用而存在的。当余占鳌因为仇恨官府而决定做土匪时，四奎娘就给他立下一个规矩：不管什么时候，都不能去欺负穷苦人。余让她放心，决不干偷鸡摸狗的事，要杀富济贫，之后余拉起队伍起誓的誓词就是"上报国家，下安黎民"。从"不偷鸡摸狗"到报国安民，余的志向其实就是儒家士大夫的修身治国平天下，尽管如此，四奎娘仍不能释怀，她将余平日里给她的粮食全部储存起来，准备择机捐给寺庙为余赎罪，并为此而搭上了性命，在死后还以其德行感化了曾经非常固执自信的朱县长，使后者认识到自己的错误，产生了民本思想。无论四奎娘还是余占鳌，在剧中所具有的觉悟都超越了人物实际的阶层和身份，体现了编导的一种文化理想。

儒家伦理从血缘的"爱亲"出发推至"爱人""泛爱众"，进一步形成了"仁"的思想。其中，孟子的"仁政"理想集中反映了其关于道德的政治作用的思想。孟子一向重视民生，希望统治者能够实施仁政从而得民心，孟子对民心的重视在后世荀子那里则表述为"民如水，君为轻；水可载舟，也可覆舟"，这些思想被称为民本主义成为儒家政治伦理思想中的一大优良传统，影响着后世封建社会政治家施政方略①。电视剧《红高粱》一个重要的主旨就是诠释儒家的民本思想，这从剧中有关人物形象及情节中可以体现。比如县长朱豪三的转变过程，就体现了其认识上的一个飞跃：从相信乱世用重典以残酷无情手段对付他认为剽悍的高密民风到认识到民心向背的重要性从而施行仁政。而余占鳌虽为匪，却也始终坚持不杀人不扰民。俊杰则是剧中民本思想的阐述者和总结者，多次肯定了余占鳌的义和仁。当余想要找朱县长报私仇时，又是俊杰利用民本思想对其进行劝解："咱们现在不是为了朱豪三，是为了高密的老百姓，不能眼睁睁看着日本人来了自己的同胞被残杀。"最后，不论是身在庙堂的县长，还是身在江湖的土匪，都在保卫乡土百姓、守望国家社稷这一点达成了共识，消解了彼此的个人恩怨。这也是许多评论文章中指出的"家国思想"。余的孝悌和爱民之心使他也区别于小说中滥杀无辜的形象，从而剥离了后者的恶的层面，表现出传统伦理之善。

为了进一步展示中华文化尤其是其中民本思想的优越性及影响力，电视剧塑造了一个小说和电影中皆无的热爱中国文化的日本军官塚本的形象。此人以中文作为第二语言且成绩优秀，通晓并且崇拜中国文化，他引用中国典籍教育自己的手下说：武力可以取得天下，但不能用武力来治理；想要征服一国之人民，必先征服一国之人心。这显然是受儒家仁政思想影响。当俊杰告诉朱县长说塚本每天在朱的办公室读他以前读过的书时，朱县长马上说遇到了一个真正的对手，判断出他不仅要占领高密，还要征服这儿的民心。电影《红高粱》中的复仇抵抗及壮烈牺牲等民族主义话语在这里被转化成了民心的争夺及文化的较量，用异邦仰视的视角及中华仁学思想最终取胜的结果来展示了编导的文化强国梦，顺应了当时的文化思潮。某种程度上看，电视剧中的日本人与电影和小说中纯粹的武力侵略者身份不同，表现出了对中华文化的臣服与敬仰，所以剧中没有像小说和电影那样表现过多的血腥场面，而是着力在攻心和谋略上，在最后的对决中，固然也有如电影中对民族抵抗的血性

---

① 参见朱贻庭主编《中国传统伦理思想史》，华东师范大学出版社2003年版，第95、97页。

的表现，但着力点还是强调日本人失败是因为假仁假义不得民心。

儒家理想人格的塑造。与小说中善恶杂糅、贪财胆小但又能为百姓主持公道的曹县长不同，电视剧中的县长朱豪三则摇身一变，成为一个清正廉洁、刚毅果敢、忧国忧民的圣贤式人物，在他身上体现了儒家"内圣外王"的人格理想和社会理想。"内圣"是指个体的自我道德修养，而外王则是将主体的修养推及到社会领域。"传统'内圣外王之道'主要有以下内涵：第一，人格理想，可用'立德立功'或'成己成物'来表达：'立德'指向'成己'，即通过心性修养，增进德智，以达圣贤境界；'立功'指向'成物'，即身任天下，利济群生，以实现美好的社会理想……第二，政治要求，可用'修己治人'或'尽伦尽制'表达。它要求统治者推行仁政，以民为本，并端正自己品行，用自己人格力量影响天下，由修身达到家齐，由家齐达到国治，由国治达到天下平；主以礼乐，辅以刑政，既能'尽伦'，又能'尽制'，充分发挥道德与法制在共同维护封建等级秩序中的作用，做到这些，才可称得上'圣王之治'。"[①] 从个人品行看，朱豪三接近儒家贤者境界，他明于义利之辩，注重自身品德修养，克己复礼。同时，朱豪三也有儒家的功名心，他受伤后对余占鳌交心说，以前想在高密做出番事情来，就是功名心，以为可以青史留名。在政治理想层面，朱豪三心系社稷苍生，整肃高密民风，还是为了实现自己家国天下的抱负，为这抱负，他兢兢业业，鞠躬尽瘁，舍弃个人利益，甚至可以放下尊严去跪拜余占鳌的养母灵位；他的儿子在抗战中牺牲，最后他也和夫人一起壮烈殉国，实现了儒家舍生取义、精忠报国的理想。虽然，电视剧表现了他强势和铁腕的治县思路，但这并不代表他没有爱民之心，他多次提到抗日、保护高密的百姓就是爱民之心的表现，只是他的工作方式简单冒进，早期过于相信乱世用重典，没有注重道德感化力量，所以和余占鳌产生了矛盾。当然这个人物在国家危亡之际经过现实的教育和自我内省终于克服前述的一些不足，在最后的牺牲中升华到了一个完美的儒家理想人格形

---

① 程潮、钱耕森：《儒家"内圣外王"及其现代价值》，《学术月刊》1998年第8期。

象。这种理想人格的道德感化作用也在土匪余占鳌最后对他的归顺和悔悟中体现出来了。

  儒家认为，人如果具备了"仁"的品德，就能自觉遵守礼制了。"礼"是儒家规范个人言行的规则体系，也是治理国家、管理社会的重要手段。"'礼'所'辨'、'别'的，就是尊卑、贵贱、长幼、亲疏这些社会关系的差异性，并通过对这些差异的区分和标示，来确认社会成员的身份和等级关系。一言以蔽之，'礼'就是用来序等级的，并由此来避免社会秩序的混乱……在儒家学者看来，在'礼'的规范下，每个社会成员都在严格的等级序列中明确了自己的定位，充当着特定的社会角色，人们各就其位，各司其职，各安其分，各奉其事，各得其所，毫不错乱，社会自然就会秩序井然、和谐稳定。"[①] 简言之，守礼者就不会犯上作乱。电视剧《红高粱》中也表达了儒家这种守礼思想和对和谐社会秩序的追求，其一就是通过前述的仁政思想表达的和谐官民关系，其二则是通过改造土匪走正道的主题来表达各守本分的社会秩序。在小说中，土匪是重要角色，是个性张扬、自我意识很强的群体，与其他政治团体中的角色比，叙述者对这一群体虽谈不上讴歌，可也不乏同情，到了电影中，土匪形象被淡化处理，成为边缘角色，不仅余占鳌从来没有为匪，唯一的土匪秃三炮最后也成为牺牲在日本人手中的抗日英雄，匪性被民族大义掩盖。电视剧中，土匪又成为占大量叙述篇幅的角色，戏份很重，但却成了被传统文化不断改造的形象，当他们言必称仁义，具有儒家情怀的时候，就不再是莫言所欣赏的未被文化浸染过的"英雄好汉王八蛋"了。电视剧不断强化教育和改造土匪的主题，实际就是希望建构一种符合主流话语和传统礼制的理想社会秩序。比如九儿一直瞧不起余占鳌为匪，多次劝他"走正道"，土匪花脖子的妹妹也希望他"改邪归正"，"洗手不干"，并且想按照自己的理想改造他的队伍，从而让政府"能给他一条生路"。另一个原土匪黑眼，从外形到言行上，完全是一个儒家老者的形象，迥异于小说中粗俗凶残的黑眼。他退

---

  ① 白奚：《儒家礼治思想与社会和谐》，《哲学动态》2006年第5期。

隐江湖，还承担了教化其他人主要是余占鳌的任务，多次对余灌输"人家仁，我们就得义"，"得饶人处且饶人，要给人留后路"等传统中庸之道。可以说，小说中那些虽然自私凶恶但快意恩仇的土匪在电视剧中变成了能忍让、懂道义、有家国思想的仁人义士。

综上所述，从时空叙述、人物形象、伦理价值三个方面来看，小说《红高粱》与其影视改编文本存在着相当大的差异，作为一个解构二元对立、颠覆传统价值、弘扬生命力至上的文本，改编成电影后变成了民族主义的神话，电视剧文本则又把小说解构掉的传统价值重新建构起来，成为一个弘扬中华传统文化的文本。后二者其实是与小说反差较大的，然而却是符合民族主义情绪与时代文化主潮的。也正是从电影《红高粱》始，所有的《红高粱》改编文本基本都是以表现抗战精神为主旨的，尽管原著并不是一部典型的抗战小说。从小说《红高粱》的文本变迁上，我们也可以看到媒介形式的差异、创作者个人的审美情趣与价值取向及时代文化背景对文学影视改编的影响。

第三章　小说《生存》与电影《鬼子来了》的比较

　　尤凤伟的小说《生存》一直是被作为抗战小说来描述的。该小说被收入作者2005年出版的《生命通道》一书，而该书属于"纪念中国人民抗日战争暨世界反法西斯战争胜利60周年丛书"，该丛书的"出版说明"中注明该丛书是"从不同层面、不同角度艺术地再现了六十余年前中国人民在中国共产党的领导下与日本侵略者浴血奋战以及世界人民奋起抗击法西斯战争暴行的壮丽画面，同时也真实而形象地揭露了法西斯分子惨无人道、灭绝人性的凶残以及那场战争给中国人民与世界各国人民带来的巨大灾难"。这段文字用来解读传统的经典抗战小说是非常合适的，与小说《生存》的主旨却有一段相当的距离，因为后者没有明显的侵略与抵抗侵略的内容。倒是后来以之为基础进行改编的电影《鬼子来了》出现了传统的战争屠杀与复仇的情节，可归为"抗战电影"一类。

　　《生存》与红色经典的不同在于，后者是从民族国家的视角展现党在抗战时期发动与领导民众积极抗日的史实，属于宏大叙述，正面表现抗日战争，主角都是亲历抗战一线的民族英雄或从事后勤保障支援抗战的乡村贫民。而前者则是从乡村百姓的视角来看抗日战争对乡土社会日常生活的影响，没有正面表现战争，但抗战的影响却无处不在，主角则是在红色经典抗战小说中被教育改造的乡绅及普通村民。无论从民族国家的视角,还是从乡民的视角,其实是硬币的两面,可以互相补充印证,全面反映抗战时期的中国乡土社会现实。根据史料记载,抗战初期,一些边远落后的没有直接经受日本人侵略的乡村,普通民众缺乏民族国家意识,在这样的地方,民族主义话语的出现显然超出乡民认知范畴与传统经验,会给他们的日常生活带来不小的困惑,党在这样的地方发动民众,宣传抗日主张,启发他们的民族国家意识,付出的艰苦努力也是可想而知的。《吕梁英雄传》是红色经典抗战小说中唯一对这方面内容有所涉及的,但没有深入展开。而《生存》则是完全以抗战为背景,表现民族性格的坚韧顽强及乡土日常生活在民族主义话语影响下受到的冲击、产生的裂变,从中也可以发现传统乡土社会普通民众在民族危机与革命的时代被动改变传统与习俗后所产生的惶惑与痛苦。这一点恰是对宏大的民族国家视角的抗战叙事的有益补充。

  按照互文性的理论,以文学文本为基础改编而成的电影也是对原著的一种"互文"。具有互文性关系的两个文本之间的对话有承续,更有价值的则是新意义的产生,"文本之间的对话首先表现为新文本从已有的文学文本中选择情节、文类、意象、叙事方式和套语等。但是,文本之间的对话不仅仅表现为承续,它还更多地表现为戏仿、颠覆等多种形式,文本的作者不光是被动地取用前文本,更重要的是对前文本的超越与创新。"[1] 电影《鬼子来了》对原著的改编风格为戏仿,"戏仿是指仿文通过对源文的文类、题材、风格、主题、叙事方式等的戏拟和模仿,以达到对源文的艺术观念、意识形态等的转移、置换或解构,形成仿文与源文之间的强烈矛盾与对峙,从而达到滑稽、可笑的喜剧效果"[2]。不独《鬼子来了》,姜文此后的几部与小说或民国旧闻互文的电影一直延续着这种由戏仿带来的讽刺和滑稽风格。

---

[1] 李玉平:《互文性:文学理论研究的新视野》,商务印书馆2014年版,第64页。
[2] 李玉平:《互文性:文学理论研究的新视野》,商务印书馆2014年版,第168页。

第一节 民族性格的弘扬与国民性批判

电影与小说最大的区别，是人物身份和性格的不同。而这不同的身份和性格，恰好互补地再现了一定历史阶段乡村社会不同角色的不同担当，再现了民族性格中不同的层面。

小说主角赵武的政治身份是抗日村长，从其实际承担的调解纷争、抚恤灾贫等乡村公务来看，则属于传统乡绅的自觉担当。后者是乡土社会中实际的精神领袖，是政治权力和普通村民之间的中介，是乡村自治的主要执行者，也是儒家文化的代言人。在赵武的身上，可以看到的是一种对乡民和社区事务的责任和担当，并且为了实现这担当"知其不可而为之"的坚韧。

在传统宗法社会里，责任感和担当意识是缘于血缘和地缘的一种集体主义意识。正如费孝通所解释的儒家的人伦："从自己推出去的和自己发生社会关系的那一群人里所发生的一轮轮波纹的差异"①，在一定的血缘和地缘的特定利益群体范围内，个体承担相应的责任和义务，遵守群体的秩序和法则，维护群体的利益和稳定平衡，为了群体的利益必要时可以牺牲个体利益。宗法社会家国同构的模式正是立足家与国的利益，强调个体对集体的责任和义务来取得治理的平衡和稳定，并塑造了我们民族集体主义的精神。所以小说《生存》中赵武殚精竭虑甚至赔上性命为村民做的一切，实际并不全是基于村长行政职务的驱使，而是缘于上述我们民族精神中的责任和担当意识。这一点可以从他与玉琴的一段对话中看出：玉琴问他为什么不把村长的职务让出去，他说让出去就成了动摇分子了，玉琴表示奇怪，问他早知有这规矩，为啥当时还要干呢？赵武说："不就为打小日本嘛。日本鬼子不打了得？"②这才是他的真心话。地方乡绅与普通村民不同的是，他们较多受儒家文化影响，

---

① 费孝通：《乡土中国 生育制度 乡土重建》，商务印书馆2011年版，第29页。
② 尤凤伟：《生命通道》，人民文学出版社2005年版，第164页。

有着朴素的"夷狄之辨"意识,小说中的石沟村由于没有受到日本人的侵略,村民没有明显的反抗日本人的意识,甚至在饥饿的威胁下,不少青年人都去投靠了汉奸的队伍,只有赵武一个人还保持着一点清醒的民族意识,尽管常有无力感。正是基于这种民族意识,他接下了村长的职务,承担了更多的社区责任和义务,一心为村民和村庄利益服务。当他最初接下看管俘虏的任务时,脑海中盘算的也是群体而非个人利益:"赵武听是听清楚了,可心中不免慌乱:将俘虏押在这里,一旦走漏风声,让鬼子知道,全村百姓就得遭殃;再说他们也缺乏看押人犯的经验,要让人犯走脱便无法向抗日队伍交差……身为抗日村长,接受抗日任务必须是无条件的。"①

救济村民则是士绅等社区领袖的公共责任。对赵武来说,这一责任比其他责任更重要。为了让村民在饥荒的岁月里活下去,他辛苦奔走,游说有存粮的人家,不惜看人脸色,在五爷家里遇冷脸后,赵武觉得心里沉甸甸的,"感到自己对玉琴和扣儿所承担的责任,当然也包括一村之长对全村老少爷们儿所承担的责任……他的比一般庄稼人瘦削得多的肩膀必须担起这副重担"②。临近年关的时候,村里的孩子不断饿昏过去,赵武的担子越来越重,"他像一头筋疲力尽的牲口拉着石沟村这辆破车向前行走,没有方向,也没有目的地,只为寻找能赖以活命的狗日的吃食"③。最后,为了挽救村人性命,在经过内心纠结和他人劝说后,他放弃了先前的政治责任和民族意识,选择了村庄这个小集体的利益,决定以命换命,即以鬼子的性命换来粮食,挽救村人的性命。

赵武为维系村庄的基本生存而付出的心力甚至最后的牺牲体现了我们民族精神中坚韧的一面:为了践行一种责任殚精竭虑、不屈不挠,遇挫不言弃,最后那场艰难凶险的寻粮之途就是这种民族精神惊心动魄的形象写照。坚韧的另一个同义词就是忍耐,中华民族历经苦难顽强生存的一个原因就是这种忍耐力,小说中提到了庄稼人包括赵武在冬闲时一

---

① 尤凤伟:《生命通道》,人民文学出版社2005年版,第137页。
② 尤凤伟:《生命通道》,人民文学出版社2005年版,第168页。
③ 尤凤伟:《生命通道》,人民文学出版社2005年版,第173页。

般不吃早饭,这不是为了养生,而是一种在饥荒岁月时的生存之道,为的是省粮,将自己调理在吃与不吃的半死不活状态之间。这种坚韧的精神是我们民族的特质,也是我们民族的生命力,19 世纪来华的美国传教士明恩溥(阿瑟·亨德森·史密斯)在其《中国人的气质》一书中曾经赞叹道:"中华民族这种无可比拟的坚韧性格,应该是用来担当某种崇高使命的……一个天生具有这一品格、同时又具有旺盛生命力的民族,就必定拥有一个伟大的未来。"①

赵武的形象代表了抗战时期乡土社会中有担当、有文化理念、有朴素民族意识的乡绅,这类乡绅也是史实记载中真实的存在,只不过在现代民族革命的大潮中,他们显然不是主角和叱咤风云的时代英雄了,在红色经典抗战小说中他们是被教育与改造的对象,而《生存》则展现了他们坚守传统、苦力支撑的顽强。可以说,《生存》与红色经典抗战小说共同复现了抗战时期真实、多元的文化乡绅形象。

当然,小说中也有一个推卸传统责任以自我为本位的乡绅形象——五爷,与赵武形成对比,作为一个宗族长,他只顾自己利益,漠视族人生死;作为村国救会长,对村庄公务一到棘手的时候就表示事不关己、高高挂起。这个人物形象反映了 20 世纪三四十年代中国乡土社会中部分村庄领袖推脱村庄公务以自利自保的事实。

电影《鬼子来了》则侧重国民性批判。马大三只是一个普通村民,其被选中看管俘房只是一种偶然,并非出于责任和义务。所以和小说中赵武基于群体利益总是主动承担的言行不同,马大三及其他村民基于个人利益总是处于一种不断推卸的状态中:推卸看管俘房的责任,甚至想着干脆送到鬼子那儿,毫无民族意识可言;推卸处决鬼子的责任,即使被抽中,马大三还是出于个人忌讳偷偷将鬼子藏起来间接导致了村庄后来的被屠。即使是去鬼子营地的换粮行为,也非小说中的村长是为了村民的生存问题,而是出于马大三个人的私心,是想借此机会把落在自己身上的负担推出去。

---

① [美] 明恩溥:《中国人的气质》,刘文飞、刘晓旸译,上海三联书店 2007 年版,第 120 页。

和小说不同的是，电影《鬼子来了》着重表现民族性格中的负面因素：一是自私怯懦不敢担当。除了前述不断地推卸责任，还缺乏一种反抗精神，比如两个鬼子来村里抢鸡，在地上划个圈不让六旺出来，六旺就果真待在其中不敢出来。二是言语托大、行动力弱的精神胜利，比如刘爷这个人物，电影用了四表姐夫等人的叙述及刘爷的自述、神秘背景的渲染夸张让马大三及观众都对刘爷的行动充满期待，然而刘爷的表演只是一个花架子，并没有命中目标，却仍找了一个冠冕堂皇的理由趁机溜走。三是民族意识的缺失，电影结尾的那场诡异的中日联欢场面应该是实际的历史中不会发生的，在日本职业军人的包围中，在日本海军的背景乐中，村民们居然能够很陶醉地和日本军人一起饮酒作乐，五舅姥爷和二脖子妈还一起唱起了风花雪月的小曲。上述这些内容都是原著小说中没有而电影增加的，具有讽喻效果，而采用讽喻的手段表现国民性弱点也持续到了姜文后来的一些电影中，比如2010年上映的《让子弹飞》对原著的改变也很大，塑造了一批奴性十足、媚强欺弱、精明圆滑、自私自利的"庸众"形象，和小说《盗官记》中那群觉醒的民众大相径庭。

"宗法社会中的大部分人生活在一个利己主义和整体主义胶合在一起的道德自我的世界中。"①《生存》和《鬼子来了》分别揭示了基于这种两面的伦理价值观念而形成的两面民族性格。刘广明在《宗法中国》一书中指出，一些受宗法伦理教育、自律性较强的士人，"在自我位格重叠的情况下会取向于更大群体的自我位格……这就形成了传统知识分子中的一种强烈的义务观和责任感，视义务重于权利，视责任重于享受"②，"但是大部分人的日常生活并不处于国家和天下的运作层面上，政治生活与他们的利益无直接关联，而且，道德的知识化要求受教育者有一定的文化水平，宗法伦理对个体操行的要求又过于苛刻，从而使得大部分人只能以和自己利益贴近的且无须专门的文化教育就可习得

---

① 刘广明：《宗法中国》，生活·读书·新知三联书店上海分店1993年版，第210页。
② 刘广明：《宗法中国》，生活·读书·新知三联书店上海分店1993年版，第208页。

的家族伦理为内心的道德规范体系……个体就将家、国、天下的序列颠倒过来……这正如费孝通先生所说：'为自己可以牺牲家，为家可以牺牲族'"①。而真正构成我们民族精神中最动人最崇高的要素还是前者，就是那种以国家民族利益为重，能够自我牺牲的胸襟和勇气，这也就是小说《生存》比电影《鬼子来了》更有文化内涵的原因，其结尾处运粮队头冲着一个方向牺牲的悲壮一幕远比《鬼子来了》中落入俗套的无谓复仇故事更有意义、更加感人。

第二节 民族主义与乡村日常生活

和红色经典抗战小说不同的是，《生存》中没有明显的国族对立或阶级对立，也就没有前者中常见的由这对立而来的仇恨情绪。从人物形象看，其中的民族敌人——鬼子和翻译官——出场时就是百姓手中的阶下囚，没有任何作恶的能力，尽管当时的大背景是抗日战争，但石沟村由于地处偏僻，交战双方都没有把它放在眼里，鬼子一次也没有进村，"人们孤陋寡闻，不谙世情，也无所作为"②。生活殷实的财主万有和宗族长五爷，虽有私心，却没有像红色经典抗战小说中劣迹斑斑的地主与贫苦农民水火不容抑或成为汉奸。其生活轨迹依然是融入普通村民之中，在乡村日常空间中延展的。比如五爷，家中也有一个娶不上媳妇的长子；吃饭时间遇上客人来，在寒暄间也须遮遮掩掩盖上粮食筐。因此，《生存》并不是一部正面表现抗日战争和阶级斗争的小说。

但石沟村人平静的日常生活轨迹还是被外在的力量被改变了。这一外在力量不是始于鬼子的侵略，而是一个战时政治任务：看管俘虏。可以说，介入石沟村人基于农业文明的乡村日常生活，"打破了村子的固有沉寂的"是民族主义话语。

小说中代表民族主义话语的政治任务主要有杀狗、摊派、看押、杀

---

① 刘广明：《宗法中国》，生活·读书·新知三联书店上海分店1993年版，第209—210页。
② 尤凤伟：《生命通道》，人民文学出版社2005年版，第138页。

人，每项任务都与村民熟习的日常生活和乡土伦理形成冲突，"日常生活的高度熟悉性通过一种习以为常的状态呈现出来，人们并不会为身边所发生的日常事件而感到惊讶，他人和他物在我们的生活世界中的到场对我们而言不成问题"①，当熟悉的、习以为常的东西被改变时，人们就会产生一种无力无奈感和惶惑情绪。

作为"六畜"之一的狗伴随中国农业文明的漫长发展史，与人类形成了亲密的共生关系，"鸡豚狗彘之畜，无失其时，七十者可以食肉矣。百亩之田，勿夺其时，数口之家可以无饥矣"②，狗已经成为乡土社会日常生活中习以为常的一种事物，没有狗的乡土反倒是不正常的乡土。然而，"抗日队伍三令五申要老百姓杀狗"③，因为半夜狗叫影响到抗战工作的秘密进行。作为村长的赵武因为带头执行这一任务已经与狗彼此成为"仇人"。

"民以食为天"，粮食问题一直是缠绕靠天吃饭的中国农民的永恒话题，所以我们的文化传统中有许多习俗都与此有关，比如小说中提到的人们见面问"吃了么"，到别人家习惯瞄桌上的饭食等。战争的爆发往往加剧粮食危机，"特别是全面抗日战争时期，广阔的土地成为战场，许多农民或丧命或被征召参战，农业生产受到破坏，很多难民由此而涌现。另外，大量的粮食被征集为军粮。并且，自然灾害比平时造成的损害更大"④。《生存》中村长赵武深夜面对队长时首先担心的就是："可别是来要给养的啊，眼下正是青黄不接，许多户已经断顿，没断顿的也顶多挨过年去，要给养可是难张罗啊。"⑤ 其后面受到的村民冷遇也与接受任务后遇到的粮食问题有关：养活俘虏需要的粮食只能向村里还过得去的人家摊派，这在灾年是一个很困难的政治任务，对于不懂高深政治大义只认血缘伦理的农民来说，拿活命的粮食去供给一个不在宗

---

① 郑震：《论日常生活》，《社会学研究》2013年第1期。
② 王立民译评：《孟子》，吉林文史出版社2007年版，第3页。
③ 尤凤伟：《生命通道》，人民文学出版社2005年版，第135页。
④ [日]石岛纪之：《抗日战争时期的中国民众：饥饿、社会改革和民族主义》，李秉奎等译，中国社会科学出版社2016年版，第3页。
⑤ 尤凤伟：《生命通道》，人民文学出版社2005年版，第136页。

法关系网络之内的异族俘虏是难以接受的。

看押俘虏的任务也给村人和赵武的生活带来了干扰和困惑。"自日本俘虏押在村里的消息传开（消息扩散得如此快令赵武深为担忧），村子就像是一个人突然间病倒，恹恹的，没了精神。家家户户都有种大祸临头的感觉，惴惴不安。上岁数的人严厉约束自己的儿孙晚辈，不许他们出去招惹是非，不到万不得已不许出门。大家普遍在心里埋怨赵武，怪他不该将祸种引进村里。既然鬼子没来招惹过石沟村，就算老天保佑了，何苦再没事找事呢？"① 对于尚未接受民族主义思想，仍停留在"人不犯我，我不犯人"认识层面的村人来说，接受这样一个任务等于是"没事找事"，主动打破平静日常生活。

看押任务对赵武生活的影响主要是通过其对传统仪式——年俗的破坏表现出来的。春节，是来源于农耕文明的一个非常重要的节日，其年复一年循环演示的仪俗活动，既体现了人与自然重建联系的愿望，有神话性、宗教性，同时又带有深厚的儒家文化的伦理性。春节的时候，一个重要的活动就是祭祖，这一仪式与儒家文化的忠孝观念是分不开的。所以，对年俗的破坏行为也会被视为对宗法伦理的破坏。小说用了很多的篇幅描写"年"仪对于农民不因灾荒和战争而改变的重要性，比如小说中村民再穷也要留点白面过年；年三十的时候，"是三百六十五天中的大高潮。敬神供祖，烧香磕头，摆酒席，下饺子，晚辈给长辈拜年……过年的喜气就从这一应的仪式中溢出"②，"死寂了大半个冬天的小村，像一个久病的汉子，强打精神走出了家门"③。过年对于村民来说，还具有血缘伦理的意义，"一种长存千百年的无形力量驱使所有的人（也许还包括那些死去的人的灵魂）于除夕前回归到各自出生的那座小院落，过年。这是一种血缘的大归队，宗祖的大聚合。从那一刻——日头落下山去，家就变得神圣不可侵犯了。一律地禁闭大门，自成一体与外界彻底隔绝，专心致志过'自家'的年。如果少了一个家

---

① 尤凤伟：《生命通道》，人民文学出版社2005年版，第145页。
② 尤凤伟：《生命通道》，人民文学出版社2005年版，第183页。
③ 尤凤伟：《生命通道》，人民文学出版社2005年版，第177页。

庭成员，心里便充满失落，年就过不圆满。而如果多出了一个两姓旁人，心里就十分地厌烦，不对劲儿……总之，庄稼人的年，极其讲求亲情，又极其排外"①。然而赵武家的"年"却因接受一个政治任务而变成了一个有违传统伦理的"不合规矩""乌七八糟"的年。首先他为了完成任务，过年不能接回自己儿子；其次他很尽责地在大年夜也坚持站岗，使得"团圆年饭不能团圆吃"②；最大的问题是，过年的时候，在他家宅院里的人，"不仅不同宗同族，甚至也不同国同种"③，而且还属于两个敌对的阵营。当然，对一个传统的农民而言，在除夕这样一个隆重的时间节点，年俗的神圣性还是暂时战胜了政治话语，超越了民族隔阂，赵武觉得"过年是人生在世的一桩顶顶重要的大事。这对谁都一样……不管他是中国人还是日本人，都该过个年"④，所以他会为俘虏准备饺子和酒菜。

处绝俘虏的任务对抗日队伍中直面过战争的吴队长来说，只是一道简单的命令："他们指示村抗日政府将在押的人犯就地处死"⑤，而对赵武及其他石沟村普通村民来说，则是最难以接受和执行的。杀人抑或杀生与汉民族文化中的生命伦理和信仰禁忌相抵触，而后者千百年来影响着底层农民的行为观念和生活方式，并影响着汉民族性格中某些层面的形成。儒家文化中的"和"的观念不仅强调人与人之间的和谐，而且强调人与自然中一切生物的和谐。墨家的"非攻""兼爱"理论则反对战争，严禁"杀人"的行为。如果说儒家思想对"士"这一阶层的影响比较深远的话，尚俭务实的墨家思想在中国底层农民那里则更有市场。同时，民间的鬼神禁忌和还报思想也使普通百姓视杀人尤其是战场之外日常生活中的杀人为畏途，这也就是赵武反复念叨的"杀人不犯轻易"。上述思想共同影响形成了汉民族性格中平和重生的一面。所

---

① 尤凤伟：《生命通道》，人民文学出版社2005年版，第180—181页。
② 尤凤伟：《生命通道》，人民文学出版社2005年版，第184页。
③ 尤凤伟：《生命通道》，人民文学出版社2005年版，第181页。
④ 尤凤伟：《生命通道》，人民文学出版社2005年版，第176页。
⑤ 尤凤伟：《生命通道》，人民文学出版社2005年版，第173页。

以，当抗日队伍要求村抗日政府将人犯就地处决的时候，人们都"口吐凉气"，"石沟村自开天辟地以来就从未杀过一个人，不论怎么个杀法都没有。人们的生老病死都遵从着自然，再贫再病也不轻生，再恨再仇也不杀人。在他们看来，将一个活生生的人一刀砍死或者一枪打倒，简直不可思议"①。所以在选择执行这个任务的人选时，赵武遇到了阻力，四爷表示不再参与讨论此事，即使是村里的民兵也纷纷以家中老人不让的理由拒绝行刑，任务落到了民兵连长赵志的身上，可赵志"想想那脑花相继喷溅的情景，他便感到不寒而栗。到这时他才明白，自己与英雄也相去甚远"②。在这里，不能完成的政治任务实际并不是因为胆气的缺乏，而是因为与村民随顺自然的生活方式及信仰与禁忌相抵牾。

关于"杀人不犯轻易"的乡村信仰，小说通过两个刑场仪式来突出了生命的神奇性。一是五爷讲述的被处决的"胡子"的故事，在刑场上匪首的头被砍下来后，还能如死前预言的那样，掉转一个方向，向着弟兄们，嘴巴张了几张，被围观的多人赌咒发誓说听见他骂"狗官"了。二是赵武对刑场杀人仪式的执着。他认为刑场上杀人不能乱来，要有"一些套路"，先是向古朝先咨询这些套路，继而坚决执行这些仪式套路。赵武对这些仪式的执着，实际上从另一个侧面反映了他对生命的尊重：即杀人不是一件随便的事情，这同他想尽办法拯救村民的生命在本质上是一回事。弗莱的神话理论认为："在人类生活中，仪式似乎是一种出于意愿的努力（因而包含着巫术成分），目的是要恢复业已丧失的与自然循环之间的和谐关系。"③ 刑场仪式，不论是表现生命的顽强，还是表现对灭人生命的慎重和隆重，都反映了前述我们民族文化中随顺自然的生命观，这与消灭生命的战争是相冲突的。

电影《鬼子来了》没有小说中所表现的政治任务与村民日常生活的冲突。杀狗、摊派的任务毫无踪迹，至于看管俘虏这一重要情节，我

---

① 尤凤伟：《生命通道》，人民文学出版社2005年版，第174页。
② 尤凤伟：《生命通道》，人民文学出版社2005年版，第188页。
③ 参见吴持哲编《诺思洛普·弗莱文论选集》，中国社会科学出版社1997年版，第88页。

们在电影开头看到的是：马大三家里深夜突然有人敲门，开门后只看见一支枪指着马大三的头问他这是哪里（显然不认识马大三），说有两样东西交给他，一样不能少，少了要他的命。马大三问他是谁，这个始终没有出现在镜头中的人只说是"我"。因为交办人身份、交办事项的模糊性，选择对象的随机性及此后的音信皆无，我们无法明确这一人物是否代表抗日力量，从其对待百姓的粗暴态度基本可以排除中共的抗日武装。处决俘虏这个任务到了电影中也作了模糊化和荒诞化处理：二脖子出了一趟门，回来给舅姥爷汇报，说是见到了五队长，对方不认识他，也没往挂甲台送过人，做了个手势，让他们处理了。于是众人纷纷猜测这手势及"处理"是什么意思。在这里又是一个身份模糊没有出现过的五队长及语焉不详或者说很敷衍的任务交代。杀人的指令并不是由五队长直接主动下达的，而是在村人猜测议论中明确的，二脖子、舅姥爷等人甚至认为杀鬼子并没有什么不可。只是在由谁具体执行这个任务的时候，众人出于胆怯和民俗禁忌而纷纷推脱。可以说原著中的生命主题在电影中并没有表现，只留下了民俗禁忌的一点影子。

　　作为重要情节的看管俘虏这一任务，由于其指派者的身份存疑，其正当性也就可疑了，显然没有了原著中为了民族国家的政治意义，所以原著中乡绅的文化坚守与朴素的民族意识在电影中也就被抽离了，电影的重点落在了围绕一个荒诞的任务来表现国民劣根性。从原著的生命主题转向国民性批判主题，还有一个细节可以说明，就是关于刑场仪式的。小说中那个体现顽强生命力的情节，在电影中则变成了滑稽的一幕：以刘爷自夸的视角回忆当年他刀法了得，人们争相围观，被杀之人还感激他的刀法快，头落地之后转9圈面向刘爷，含笑眨眼三下。同样是刑场仪式，主角从好汉变成了刽子手，主题从死而不屈的抗争变成了感谢刽子手的阿Q式的奴性。

　　电影的民族性主题除了表现国民劣根性外，还正面表现异族侵略及由之产生的文化冲突。小说中的石沟村从未被日军占领过，反过来第一次接触的日本军人还是一个阶下囚，所以在小说中自始至终不存在日军的军事威胁。而这种威胁在电影中却是无所不在、贯穿始终的，包括时时奏起的海军音乐、在村中巡逻的日本军人,这是明线,暗线则是村民谈话中经常提起的"日本子"、时时担忧日本俘虏被发现的紧张忧虑心理。在电影最后完全脱离原著的军民狂欢情节中,在表面的饮酒作乐之下,实际充满着种种由军民混搭、异族混搭带来的不协调的紧张气氛:海军军乐、日本军人表现为国征战的歌曲与五舅姥爷和二脖子妈风花雪月的俗曲;职业军人的荷枪实弹与百姓的手无寸铁;二脖子告知队长马大三找鱼儿去了,队长却追问鱼儿是不是捉日本人花屋的人,有多少人,多少枪。二者的对话是在不对称的语境下进行的,前者是世俗生活的内容,后者是战争军事的内容;一边是军人对百姓大开杀戒的惨烈场面,镜头一切换,是平静湖面上马大三对怀孕的鱼儿表示分了粮食就娶她的美好憧憬。这些不协调的冲突一方面来自中日文化和民族性的差异,另一方面也来自两个民族不同阶层的认知差异。一方是来自现代化工业社会的日本职业军人,一方是来自传统农业社会的中国平民百姓,前者的思维是强者生存的战争对立模式,后者的思维是与世无争的日常生活模式,就像挂甲台这个村名的喻意,归隐的将军本身就代表两种生活模式的冲突,所以日军酒塚队长是无论如何也不肯相信村民真正与世无争,正如村民们无论如何也想不到日军会突然翻脸屠杀,这里无关民族性的问题,其中很重要的一个因素其实是两种思维模式的差异,设若把村民换成中国的职业军人,那完全会是另外一个局面了。所以说,电影中直接改变村民日常生活的是日军的侵略,而不是抗战的任务。

  此外,电影在结尾处还增加了小说中没有的阶级对立的情景,那就是站在高处受降的国民党政府官员高某人滔滔不绝地说着宏大叙事的官话与跪在地上被捆绑封口的马大三的哑然长啸,至此,经历了神秘的"我"、异族侵略者、国民党政府官员几重背弃和压迫的草民马大三终于在无语中走向了死亡。这样的死亡结局除了讽刺控制平民日常生活的外部政治势力外,仍然是对平民没有抗争精神的"失语"生存状态哀其不幸,与小说中赵武等为了村民生存主动找粮冻毙途中的悲壮结局是有较大差异的。

  总之,电影正面表现了日军的侵略与残杀,在这一点上,它比小说更像传统抗战题材文艺作品，但它其实是聚焦国民性批判与反思。小说没有正面表现侵略与战争，但却反映了抗战时期中国乡土社会生存状态的某种真实，反映了乡民被抗战改变的传统生活及为抗战付出的代价，肯定了民族性格的顽强坚韧、责任担当、爱好和平、尊重生命等。

第二编

历史叙述与民族认同：当代历史题材小说的影视改编

中国有着源远流长的史传文化，受其影响，历史文学也非常发达，不仅相关作品卷帙浩繁，而且深受受众喜爱和追捧。如果说，史书是对民族历史的记忆和建构，历史文艺作品则是对民族历史的再建构。后者作为一种形象化的历史叙述，在创作者自身的历史意识及民族文化、民族审美心理的影响下，所建构的民族历史不仅与真实的历史相去较远，与其所依托的历史文本也有不小的差距。如果说民族历史的撰写本就是基于国家掌控之下的不证自明的"神话逻辑"①，作为虚构文本的历史文学自然也具有某种"神话"的品质。从我们民族的文学传统来看，神话与历史一直是缠绕不清的，早期的神话创作者，比如《搜神记》的作者干宝，一直试图把自己的神话作品作为史书的补充。后世的历史演义小说，则习惯性将英雄人物神化，并在历史事件的叙述中掺杂大量的神怪内容，而这样的一些虚实参半、具有神话色彩的历史文学长期以来深受大众欢迎，甚至塑造了民族审美心理。传奇、神话的风格也同样出现在中国现当代历史文学的创作中。20世纪二三十年代施蛰存和鲁迅的历史小说中有多篇是可以视作神话作品的，"十七年"红色红典中的《林海雪原》属于英雄传奇，具有神话色彩。20世纪90年代以后，在娱乐至死、商业至上的时代大潮下，以历史文学为基础进行改编的历史题材影视剧则进一步加强了神话色彩，充分满足了大众的审美需求，呼应了民间的民族主义热情，比较典型的样本就是热播中的"抗日神剧"。

从形成民族认同，构建"想象的共同体"的角度来看，民族历史和民族神话都是非常重要的。正如霍布斯鲍姆所说，构成民族的要件第一个就是"它的历史必须与当前的某个国家息息相关，或拥有足够长久的建国史"②从吴文藻对民族的定义中也可以看出共同的历史是构成民族的要件："民族者，乃一人群也；此人群发明公用之语言文字，或操

---

① 参见马莉《历史构建中的民族历史和社会记忆》，《甘肃理论学刊》2005年第5期。
② [英]埃里克·霍布斯鲍姆：《民族与民族主义》，李金梅译，上海人民出版社2000年版，第39页。

最相近之方言，怀抱共同之历史传统，组成一特殊之文明社会。"① 而民族历史中之可资记忆与发扬之精神，可以成为民族共同记忆及历史人格，形成凝聚共同体的合力。"历史之本质，系一种人文精神。过去、现在及将来团体生活之成绩，借历史之记载保存，足资世世子孙无穷之回忆。史乘中圣贤豪杰之士，或杀身以成仁，或舍生而取义，其牺牲精神，垂古不朽，足为万世之师表。民族以之而人格化，成为一种历史人格，犹之圣贤豪杰，足为人民虔敬与崇拜之对象。"② 从这个意义上说，以塑造民族英雄，表现民族文化、民族发展史为主题的历史文艺作品在激发民族主义热情、形成民族向心力方面是起着非常重要的作用的。在徐迅看来，民族的历史就是根据共同体的需要"编造"出来的："在这个历史中，有民族祖先，民族发展的谱系，并衍生出一系列文化符号作为民族的象征。几乎每个民族都有自己的英雄史诗和英雄人物。民族史所构成的幻想的情节，被认为是曾经发生过的真实的存在。当民族成员被如此地驯化和熏陶，民族神话就成为他们内在的心理、心性、情感的结构。"③

综上所述，民族历史叙述中所建构的民族祖先、民族英雄、民族发展谱系、民族文化对民族共同体的认同非常重要。本编拟通过当代历史小说的影视改编来透视不同媒介、不同时代思潮下的历史文艺作品在表现民族历史文化、历史精神方面的异同，从而探究历史叙述表现民族文化、形成民族认同的路径。

当代文学与历史的关系一直是非常密切的，文学文本是历史影视剧最重要的 IP，在当代历史题材影视剧发展中，尽管后期出现了专业编剧撰写的剧本，但仍有许多剧本是在历史小说的基础上改编的，进入 21 世纪以后，由于网络历史小说的传播热度，带动了同题历史剧的改编，很多网络小说作家比如流潋紫则直接担任编剧，改编自己的作品，

---

① 参见王铭铭《超越"新战国"：吴文藻、费孝通的中华民族理论》，生活·读书·新知三联书店 2012 年版，第 30 页。
② 参见王铭铭《超越"新战国"：吴文藻、费孝通的中华民族理论》，生活·读书·新知三联书店 2012 年版，第 114 页。
③ 徐迅：《民族主义》，中国社会科学出版社 2005 年版，第 45 页。

在编剧身份和作家身份、文字和影像之间游刃自如。从当代历史小说影视改编的发展历程中可以发现，文学与影视的历史叙述共同艺术地呈现了我们民族发展史的各个阶段，可以说，历史题材文艺作品重构了民族历史，参与了大众的民族认同。

当代历史小说的影视改编有两个高潮。一是"十七年"时期，这一时期的电影以表现革命历史为主，而表现革命历史的小说在这之前已经有了非常成熟的创作基础，涌现了许多优秀的作品，可供电影制作者直接拿来进行改编，事半功倍。我们所熟知的多数红色经典的改编就在这个范围内，比如小说《红旗谱》《青春之歌》《野火春风斗古城》《林海雪原》《苦菜花》《吕梁英雄传》《红日》等。

20世纪80年代初期，历史小说的创作摆脱了"文化大革命"时期历史叙述的诸多禁区，迎来了新时期第一个繁荣局面，一批有实力有功底的作家本着尊重史实的精神创作了高质量的历史小说，比如《李自成》《金瓯缺》《曹雪芹》《戊戌喋血记》《星星草》《风萧萧》《大渡魂》《白门柳》《少年天子》等。从题材上看，这时期的历史小说偏爱表现朝代更迭时的农民起义和文人命运主题，美学风格多为悲剧，这和同时期影视所偏爱的文化反思主题不是很契合，所以上述历史小说除了姚雪垠《李自成》的一个片断在1984年被改编成电影《闯王旗》，凌力的《少年天子》在2003年被改编成同名古装言情戏外，其他都最终没有与影视结缘。总体而言，20世纪80年代中期之前的历史题材影视剧从数量上看本身也并不多，当时创作焦点和观众收视热情都在拨乱反正的时代话题上，并不太关心久远的王朝故事和有些审美疲劳的革命战争题材。直到20世纪80年代后期至20世纪90年代初期，历史题材影视剧出现了一个创作的高潮，先是红色经典的再改编，比如1985年的电视剧《铁道游击队》，1986年的电视剧《林海雪原》，继而是一批由专业编剧新创作的革命历史题材电影，比如1987年的《秋白之死》、1989年的《李大钊》《开国大典》，1991年的《开天辟地》《大决战》等。总体而言，此时期历史小说的创作跟不上历史影视剧的发展需求，所以除了改编红色经典外，革命历史题材影视剧基本上依托新编的影视剧本。

1988年陈道明主演的28集电视剧《末代皇帝》可以视为后来电视剧热衷的"清朝叙事"的前奏，尽管它们的风格并不尽相同，同时，从20世纪90年代开始，历史题材影视剧不再仅聚焦近现代革命战争题材，而是向中国古代历史上的各个朝代拓展，除了清宫戏大热外，中国历史上的几个强大的盛世如秦、唐也开始成为影视剧热衷表现的朝代，比如1990年上映的电影《古今大战秦俑情》，1996年的电影《秦颂》，1993年的电视剧《唐明皇》，1995年的电视剧《武则天》等。受20世纪90年代市场经济体制下影视产业化趋向及大众文化的影响，这一时期的历史影视剧开始表现出与上个十年的历史正剧风格不同的娱乐化倾向。可以说，后来流行的"戏说"类历史剧及穿越剧在这个时期开始出现。前者的滥觞是1991年在台湾首播的《戏说乾隆》，后者的滥觞则是根据李碧华小说改编的于1990年上映的《古今大战秦俑情》。同时，受20世纪90年代兴起的新历史小说的美学风格的影响，这个时期的历史题材影视剧不仅仅是宏大的历史叙事和求真求似的正剧追求，开始出现表现个体、家族叙事，出现历史事实、历史背景的虚化倾向，比如根据苏童小说《妻妾成群》改编的电影《大红灯笼高高挂》已经具有了后来大热的年代戏、宅斗戏的情节模式及美学风格，而1996年上映的电影《秦颂》情节及人物与史实相去甚远，历史人物及朝代背景只成了渲染装载现代人理念的一个点缀，一个容器，类似于21世纪开始兴盛直到今天仍大有市场的荧屏古装戏。

综上所述，20世纪90年代的历史题材影视剧从风格类型上基本奠定了当下历史影视剧的基础。从创作上看，这些影视剧一方面继续依托红色经典的改编，比如小说《敌后武工队》不断被改编为电影、电视剧，另一方面开始更多地发掘当代知名作家的作品，比如前述苏童、李碧华的小说，以及二月河的历史小说及琼瑶小说如《还珠格格》等，同时，随着影视产业的发展和逐步成熟，专业的编剧队伍也成长起来，比如朱苏进、邹静之、郑重、秦培春等，其中前两人是从小说家转行为编剧的。这一时期很多热播的历史剧都是由专业的编剧撰写剧本的，而非改编自作家作品，比如朱苏进以电影剧本《鸦片战争》开始了他的编剧生涯，而邹静之则于1997年编写了个人第一部电视剧《康熙微服私访记第一部》，并在新世纪编写了大量古装戏。总体而言，在20世纪90年代，由作家作品改写的历史影视剧和专业编剧撰写的历史影视剧是平分秋色的。

进入21世纪以来，历史题材影视剧在继续保持热映的同时，也迎来了历史小说影视改编的第二次热潮。

首先是革命历史剧更多地依托文学文本，在取得社会影响力的同时，也收获了较好的市场效益。这类剧主要有三种类型，一是红色经典的再改编，比如2004年至2006年集中上映的电视剧《吕梁英雄传》《敌后武工队》《苦菜花》《野火春风斗古城》《铁道游击队》，2001年的电影《平原枪声》及2010年的电视剧《平原枪声》，2009年的电视剧《保卫延安》，2013年的电视剧《武工队传奇》，2014年的电影《智取威虎山》，2016年的电影《铁道飞虎》，其中有些剧已经开始具有明显的"神剧"色彩。第二类是根据新世纪以后作家创作的革命历史小说改编的，因其对英雄形象的塑造、对革命历史的呈现及叙述方式与传统革命历史小说不同而被称为是"新革命历史小说"，由之而改编的电视剧也称为是"新革命历史剧"，比如2004年的电视剧《历史的天空》（改编自徐贵祥同名小说），2005年的电视剧《亮剑》（改编自都梁同名小说），2006年的电视剧《狼毒花》（改编自权延赤同名小说），2007年的电影《集结号》（改编自杨金远的小说《官司》），2009年的电视剧《我的团长我的团》（改编自兰晓龙同名小说）。第三类则是悬疑谍战剧，该类型剧的火爆始自2005年根据麦家同名小说改编的电视剧《暗算》，自该剧始，作家麦家的作品开始全面与影视结缘，并掀起了至今不衰的荧屏谍战剧热，麦家小说也因为同名剧的原因而行销市场，不断再版。之后有影响力的谍战剧也多是由小说改编，比如作家龙一的小说《潜伏》在2009年改编成电视剧之后也大热，不仅收视率居同期电视剧之首，还获得了社会各界包括广电总局的好评，2010年获中国电视金鹰奖优秀电视剧奖。2011年龙一的小说《借枪》也被改编成同名电视剧。

其次，2010年前后，穿越剧、古装戏突然大热，而这些类型剧多是改编自网络小说。在这之前，这些网络小说已经有着众多的粉丝和广泛的影响力，拿来改编成电视剧，自然吸引了原著小说的读者成为电视剧的受众，从剧本到观众，一举两得，所以这一波穿越剧、古装戏的热播实际是前一段时间网络小说热潮的跨媒介转移。先是网络小说流行穿越题材，比如《回到明朝当王爷》《极品家丁》《步步惊心》等，后者由女作家桐华所著，由于其中有宫斗等流行情节，很快被电视剧制作商看中，于2011年拍成电视剧上映，引起了一波"穿越"热，甚至最早的穿越电影《古今大战秦俑情》也重新回到了大众记忆中，被改编成了同名电视连续剧。网络小说畅销作家多为女性，她们将自己的职场体验和情感理想隐于古代宫廷尤其是清宫戏中，创作一系列表现宫斗与爱情的小说，唤起了一批年轻女性尤其是职场女性的同感与共情，被改编成电视剧后，引发了自2010年之后经久不衰的古装爱情戏热潮。其中有根据瞬间倾城的网络小说《未央·沉浮》改编的《美人心计》，根据流潋紫同名小说改编的《后宫甄嬛传》《后宫如懿传》，根据慕容湮儿的网络小说《倾世皇妃》改编的同名电视剧，根据蒋胜男的未完成小说《大秦宣太后》改编的《芈月传》，根据桐华小说《云中歌》改编的《大汉情缘之云中歌》，根据海晏同名网络小说改编的《琅琊榜》等。

值得提及的是，新世纪以来，反映少数民族历史与文化的电视剧开始出现，呈现了中华民族文化由多民族融合共建的历史与现实。比如2003年的《尘埃落定》，2008年的《东归英雄传》，2011年至2012年的《木府风云》《奢香夫人》《嘎达梅林》。其中《尘埃落定》是根据当代作家阿来的同名小说改编的，而《东归英雄传》则有姜兆文创作的同名小说及同名电影等互文本，虽然电视剧和小说、电影在人物、情节方面相差较大，但都是反映的同一段史实，创作有时间先后关系，可以视为是彼此间有互文关系。

第四章 当代历史小说与改编影视剧的民族文化书写

——以几部清史题材作品为例

在民族漫长的历史发展过程中形成的民族文化是民族认同的核心纽带,民族精神的基石,也是民族软实力竞争的关键因素。一个民族,只有形成了文化认同,才能进一步形成国族的认同。比如徐迅认为"一个人的民族性特点,深深地植根于文化结构里。民族身份则是这些特点的确认"。[①] "中华民族"概念的形成与发展过程中也始终是伴随着文化的因子,与文化认同分不开的。杨度1907年在《金铁主义说》中认为"中华之名词,不仅非一地域之国名,亦且非一血统之种名,乃为一文化之族名。……华之所以为华,以文化言,不以血统言"[②]。中华文化是一个历史的概念,是在中华民族分分合合的漫长历史进程中形成的,也是我们民族历史发展中最值得叙述、值得彰显的内容。一个民族的史诗的形成不仅需要有民族英雄人物,还要有辉煌灿烂推动民族发展和人类进步的文化。仅从中华民族文化的表现领域来看,值得当代历史文艺作品去钩沉铺排的内容实在是浩如烟海,包括我们的历史物质文化、制度文化、行为文化、观念文化,作为民族的积淀、特色、竞争力,都值得历史题材文艺作品去表现,去传播,并通过文艺作品的传播进一步加

[①] 徐迅:《民族主义》,中国社会科学出版社2005年版,第46—47页。
[②] 转引自许纪霖《家国天下》,上海人民出版社2017年版,第43页。

第二编　历史叙述与民族认同：当代历史题材小说的影视改编

强民族认同，在当代世界文化竞争的大格局中提升中华文化的影响力。综上所述，表现民族历史文化的优秀内容应当是历史题材文艺创作的一个主要任务。同时，创作者对待民族历史文化的消极负面内容也应当有着清醒的认识和反思精神，不能迷失在"盛世"辉煌的书写中而不惜遮蔽或篡改史实，从而使历史文化失却了成为当代镜鉴的可贵价值。本章拟从文化视角入手，分析当代历史小说及其改编影视剧对民族历史文化的表现内容、表现深度及存在的误区。或许，文化批评的视角可以为解释当下历史影视剧为何多受诟病提供一种思路和线索。

与以反映近现代中国革命战争、表现阶级斗争和民族矛盾为主旨的革命历史小说不同，表现中华民族历史文化的小说多为古代历史题材，而在古代历史题材中，又以清代历史最受影视创作者和受众的关注。本章的研究样本包括新时期以来各个阶段的具有代表性的清史题材文艺作品，包括三类。一是1987年出版的凌力的小说《少年天子》及其于1992年完成的小说《暮鼓晨钟》，由前者改编的于2003年上映的电视剧《少年天子》，由后者改编的于2004年上映的电视剧《少年康熙》。二是二月河的《康熙大帝》，由《康熙大帝》改编的电视剧《康熙王朝》。三是一些娱乐性较强，被归为"戏说""穿越""宫斗"风格的清史题材小说及影视剧，比如1997年上映的《康熙微服私访记》、2007年出版的网络小说《后宫甄嬛传》及由其改编的同名电视剧。这几类作品反映的朝代背景及历史人物都具有重合性及同一性，形成严密的互文关系，具有比较价值。

之所以选择上述作品作为研究样本，一是因为清史题材在当代历史小说尤其是影视剧中数量占据压倒性优势，深受大众欢迎，传播效果显著，以至形成延续近二十年的"清宫戏"热，不仅正剧偏好清史，即连"穿越剧"和"宫斗剧"也喜好将剧情背景设置为康乾年间，所以清史作品的风格比较多元，更有文化意味。二是就历史小说范围而言，凌力和二月河清史小说艺术价值和影响力都比较高，而且都被改编成影视剧，后者的影响力同样较高。三是这些作品创作或上映的时间跨度较大，分布在新时期以来的不同历史阶段。通过纵向比较这些创作于不同时期的作品，可以审视历史题材文艺作品文化价值观念变迁的脉络及其与时代的关系。同样，比较不同媒介载体的文艺作品，可以审视大众传媒对历史题材文艺作品文化价值观念的影响。这些清史题材的历史文艺作品在重现与建构一定历史时期的人物与事件的同时，是否真实再现了同时期的民族历史文化？如果有，又是什么层次和取向的文化？创作者是否有文化自觉意识及文化反思精神呢？这些都将是本章关注的问题。

第一节 凌力与二月河清史题材小说的文化内涵与创作风格

凌力和二月河的小说基本上创作完成于20世纪80年代，经历着剧烈的社会变革和观念变迁，感受着时代强烈的文化寻根、文化反思热潮，二人的历史小说创作中都有着浓厚的当代意识和文化书写欲望。在他们的创作中，都表现出了历史文化的几个层面的因素，包括物质文化、制度文化、行为文化、观念文化等。比如二人的小说都对清初社会的风俗民情、宫廷器具、文学艺术有详尽的刻画，由制度变迁、观念变迁而来的冲突也成为推动小说故事情节发展的重要因素。

一、统一的民族国家意识。凌力和二月河历史小说的当代性共同表现在统一的民族国家意识上。凌力是以还原并建构汉文化同化满文化、两种文化有机融合的文化变迁进程来表达对文化统一、国家统一的民族主义思想的。在《暮鼓晨钟》的后记中她提到了"苦难深重的中华民族"这个概念，而"中华民族"这个词语诞生于晚清民族危机之际，后来在抗日战争的时期也屡屡被提及，唤起的情感是民族主义、爱国主义的。凌力用柏杨的《中国人史纲》中的一段话表达了自己民族国家的情结，那就是书写康熙盛世的原因是康熙维护了一个大一统中国的存在，否则，按照明王朝的疆域萎缩的趋势，中国在十九世纪会被列强瓜分，而成为丧失国土的犹太民族。[①] 二月河则认为"像康熙、雍正和乾

---

① 参见凌力《暮鼓晨钟（下）》，经济日报、陕西旅游出版社1998年版，第876页。

第二编　历史叙述与民族认同：当代历史题材小说的影视改编

隆这样的历史人物，我想这样来评判：在中国历史上，是否对国家的统一和民族的团结作出过贡献"①，所以二月河小说将康熙称为"大帝"并予以高度评价的原因也是基于他的大一统的民族国家意识。其小说中的民族国家意识更多的是通过对相关历史事件的浓墨重笔、虚实结合的细节铺陈表现出来的，比如小说一共四卷，有二卷用来写康熙平定天下、统一中国的历史事件，小说第二卷着重写康熙平定"反清复明"势力、察哈尔反军以及三藩之乱，第三卷则叙述其东收台湾，西征噶尔丹，团结前明遗老，该卷最后一章的标题为"西域平天下归一统　黄河清玉宇呈祥瑞"，其中也有康熙对臣下的一番推心置腹之语"朕此役乃为了天下一统，西域中原永不再遭兵乱，师出有名，堂堂正正"②，"黄河清，天下一统，这是朕多年的宿愿"③。这样的标题及人物语言其实是传达了作者一种大一统的民族国家意识。基于这种国家意识，叙述者设置了一种二元对立的评价体系，康熙及其忠臣谋士为正义的一方，而反叛者皆为负面奸邪的一方，这样的评价体系是与清末民初奉汉族为正统的民族主义思想不同的，梁启超等人彼时提出的"中华民族"的概念主要是指后来被称为汉族的华夏族，具有种族色彩，而二月河和凌力中华民族的范畴则是自抗战以后延续至今的包括56个民族的多民族共同体，是与当下的中国概念范畴相统一的，具有国族意识，所以凌力和二月河的小说表现出浓厚的政治文化色彩。但是前者严谨的史家意识和创作技巧使她在写小说的时候并没有直白地表露其大一统的意识，只是通过满人对汉文化的倾慕及百姓对安定的治世的渴望来反映清统一中国的合乎历史规律。而二月河的小说在某些细节处理上因为作者的民族国家意识表达得过于直白乃至出现一些不符合历史事实的情境，比如《康熙大帝》中写一个罗刹国（俄罗斯）使臣来见，在谈到黑龙江领土的问题时，康熙的一番话里则出现了明显的超越历史的词

---

① 沈晓萍：《同气连枝骨肉亲——从二月河给冯其庸先生的一封信谈起》，《光明日报》2019年1月3日。
② 二月河：《康熙大帝：玉宇呈祥》，长江文艺出版社2018年版，第440页。
③ 二月河：《康熙大帝：玉宇呈祥》，长江文艺出版社2018年版，第440页。

汇"中国"。作为民族国家概念的"中国"一词到了晚清时期由梁启超等人提出，康熙是不可能如此超前的使用此词语的，"大清"才是适合他的表述。包括后面的张姥姥说的"中国人"概念同样不可能属于清初老百姓。

凌力和二月河历史小说中大一统民族国家意识的表现差异与二人的才识及经历有关。凌力有着科班的教育经历，长期担任中国人民大学清史研究所研究员、教授，作为一个成长于特殊时代背景下的典型的知识分子，她有着士大夫家国天下的情结，她的很多小说中都有对古代文人生活旨趣的描写，表达出作者关心天下民生的立场。所以，她对统一盛世和仁政的赞美，更多的是立足民本。她在《暮鼓晨钟》的后记中提到："但凡战火燃起，首先跌入水深火热中的，就是平头百姓、芸芸众生"①，历代的战乱给百姓带来了巨大的灾难，基于这样的背景，她才认为清代的康熙、雍正、乾隆等"医治战争浩劫遗留的创伤，努力实现中国传统文化长期提倡和颂扬的仁政，给中国平民百姓带来了近一个半世纪的和平与繁荣。这可算得一件'辉煌'吧?"②基于民本思想呼吁和歌颂仁政与统一，这是凌力与其他清史题材小说家及影视剧创作者的最大区别。所以，在凌力的《少年天子》和《暮鼓晨钟》中，设置了众多普通小人物的人生轨迹作为重要情节线索，以小人物的悲欢和乱离来抒发作者的历史兴叹，表达对其对战争和暴政的谴责。比如在《少年天子》中民女梦姑及其爱人同春的坎坷经历就是小说的一条重要副线，占了相当多的篇幅，围绕他们，作者还塑造了其他众多与他们有关联的小人物，比如马兰村的村民，卷入文字案的落魄文人，底层的旗人，流离的妓女等，这些人物也一同出现在小说《暮鼓晨钟》中，并不是作为帝王将相的陪衬而存在的，而是血肉丰满有独立的叙述地位和厚重戏份。这一点，与其他以帝王为主角的清宫戏大相径庭。

二月河的政治意识来自于他的军旅生涯和仕途生涯。在部队时，他

---

① 凌力:《暮鼓晨钟（下）》，经济日报、陕西旅游出版社1998年版，第875页。
② 凌力:《暮鼓晨钟（下）》，经济日报、陕西旅游出版社1998年版，第875—876页。

有着"将军梦",转业后,他曾经积极入仕,具有高度的政治热情,但后来仕途不顺,不过其热情并没有为之熄灭,而是转化为史述中的政治意识。与凌力不同的是,二月河体现在史述中的政治热情主要聚焦于帝王将相身上,小人物的存在只是作为前者的陪衬,或者为前者杀身尽忠,或者是前者的情爱对象(多为女性),叙述篇幅不多,性格也比较单薄。其小说除了热衷叙述开疆辟土的帝王事业之外,还用了相当多的篇幅叙述钩心斗角的政权纷争,潜隐地表达出对威权的崇拜意识。这除了与作者个人的兴趣有关,也反映了小说创作时代新权威主义的影响。"而在旧体制向现代市场经济体制和民主政治发展的过程中,急需引入新的政治权威来确立社会秩序,推进面向自由市场秩序的现代化改革。在很多人的心目中,儒家资本主义的新加坡成为新的可以参照的典范。尽管对于某些知识分子来说,这个违反现代原则的权威主义似乎让人疑惧,但为了追求'自生自发的秩序',借助这个自然神论意义上的第一推动力也是个不得已的最优选择。简而言之,建立在'看不见的手'基础上的市场,需要借助'权威'这只'看得见的手'猛力推一把。于是,80年代后期,'新权威主义'作为一个重要的政治思潮,隆重登场,并迅速溢出思想界,产生了巨大的社会影响。"[①]

二、"雅"与"俗"的风格。

尽管凌力和二月河的小说都表现出了浓厚的民族国家意识,但他们小说的文化风格不一样。前者具有精英文化的"雅",而后者则具有民间文化的"俗"。二者小说"雅""俗"文化风格的具体差异有以下几个方面:

1. 凌力的清史小说更多关注文化冲突与融合问题,而二月河小说旨趣更多在帝王功业、政治斗争。应该说前者是自"五四"以来知识分子们一直关注和讨论的话题,改革开放之初,随着思想解放和西方文化思潮的引入,形成了20世纪80年代文化反思和文化大讨论的热潮,

---

[①] 刘复生:《从"新权威主义"到"文明的冲突"——当代历史小说的帝王形象谱系》,《小说评论》2018年第6期。

《少年天子》《暮鼓晨钟》中作为主线的满汉文化冲突、中西冲突或许就是对当时的文化反思热潮的一个回应。在这几部小说中，文化冲突是人物矛盾、情节发展的重要推动力，比如福临、康熙与其政治上的反对者之间的矛盾非为争权夺利，而是源于文化的冲突。前者亲近汉文化，而后者固守满文化，在小说所描写的时代，汉文化是相对先进的文化，实际上当时满汉文化冲突就是相对先进的农耕文明与游牧文化间的冲突。尽管凌力从统一的民族国家的立场上是支持满族统治的清王朝的，小说中打着复明旗号的人物都被塑造得或滑稽或可怜卑微，但是在文化立场上，凌力明显地有着汉文化胜于满文化的优越感，小说中用了很多篇幅塑造满族人对于汉文化或明或暗的倾慕追随，不仅帝王爱上汉族血统的女子，公开推行汉俗，而且旗人的贵妇也暗中偷习汉俗。汉文化的优越性不仅体现在服饰及乐舞上，在凌力看来，更重要的是儒家"仁"的思想，仁爱思想推行到政治上则是仁政，作者对顺治与康熙倾注了大量的赞美笔墨，就是认为他们亲近了汉文化的精髓——仁，坚持施行仁政，而作为其对立面的满族权贵坚持的还是满文化中尚武嗜杀的传统。这其实也是中国历史上游牧文化与中原农耕文化的冲突。所以《暮鼓晨钟》中的鳌拜被塑造成一个虽然忠心但嗜杀甚至有些变态的形象，小说通过一个仰慕他的女子视角确认他是英雄，通过诸多细节肯定他一心为了大清江山的忠心，但他之所以成为帝王对立面的原因就是他坚持了满族打天下时的战争思维，而玄烨则认同儒家文化中民本与仁政思想。小说中两人在诸多政事处理上的分歧即源于此。比如在关于处理苏克萨哈问题上，玄烨认为不可杀人太多，自己在即位的过程中，不断地有人掉脑袋，心中常为此抱憾，而鳌拜则取笑他："什么'仁'啊'宽'啊，蛮子的书也信得的么？要是太祖太宗皇帝也讲这一套，咱们满洲现在还在长白山黑龙江打猎捕鱼哩！太祖太宗皇帝、开国诸王，哪一个不是杀人如草的英雄！那会子但凡有叛臣逆贼，都要诛九族。老臣进谏多少遍了，皇上你承继祖业，就不能学学祖上的英雄气概？"[①] 鳌

---

① 凌力：《暮鼓晨钟（下）》，经济日报、陕西旅游出版社1998年版，第609页。

第二编 历史叙述与民族认同：当代历史题材小说的影视改编

拜等满族权贵集团坚守的圈地、逃人法等是囿于满族统治阶级集团利益的，于广大民众则是不得人心的暴政，而玄烨在处理反映民间疾苦的奏章时，想到的则是民心问题，进而是更宽广的超越族群的天下概念："得民心者得天下，失民心者失天下，这是玄烨读书十年树立起来的坚定不移的信念，他不由得用这个准则衡量以往的所有国策方略。"① 而这种族群利益与天下观念、仁政与暴政的冲突，也是小说《少年天子》中的主要冲突，玄烨与福临的思想是一脉相承的，他与鳌拜的冲突恰如后者与守旧的众亲王的矛盾，在《少年天子》中，有一个篇章重点写了满族亲王们练习骑射、大碗喝酒、大块吃肉的场景，在满族人对祖业武功的回忆、对尚武之风的赞誉中，流露出了对福临新政影响自己利益的不满。在这样的对比中，以儒家思想为代表的汉文化立足天下、关心民生，具有仁爱精神和超越性的积极意义。通过这样的文化冲突与对比，凌力本人的家国天下、以民为本的士大夫情怀也得以彰显，作为一个清史研究专家，她只选择了写顺治与康熙二人，应该说这两个人物的政治思想和历史功绩能更好地承载作者本人对汉文化与儒家思想的认同。

除了满汉文化的冲突，凌力的小说中还表现了中西文化的冲突与融合问题，在《少年天子》中，中西文化的遭遇是通过福临与传教士汤若望的交往表现的，在这种遭遇中，更多的是文化的融合，也就是代表西方文化的基督教教义对中国儒家文化的认同，汤若望用基督教的仁爱精神来劝福临施行仁政，厚爱百姓，就是想把基督教与中国的儒学和佛教教义融合起来，为此他肯定汉文化，否定满文化，因为后者嗜杀，有违仁爱精神，在这里，凌力借用一个西方人的视角展示了汉文化与西方文化的融合。当然，在总体肯定民族文化的基础上，作者借汤若望之口对民族性的一些弱点进行了批评："体面的中国人特别顾及面子，他所视为第一义务的是外表品行端正，无可指责。至于他实际上究竟是个什么样的人，他很少顾及，只要没人知道他的缺德、缺点，或是罪恶过

---

① 凌力：《暮鼓晨钟（下）》，经济日报、陕西旅游出版社1998年版，第589页。

失,他就胜利了。这可真正是这个民族的一大缺点,这就是虚伪!许多人决不承认怕死,总拿出冠冕堂皇的理由:老母在堂,子孙年幼等等作怕死的借口。"① 在《暮鼓晨钟》中,作者通过天算案反映了中西文化的冲突,西洋历法胜于中国传统历法,但前者却在当时遭到了抵制,汤若望也因此受刑。但作者在此无意讨论西方文化与中国文化孰优孰劣的问题,更不是用西方文化来否定中国文化,反对汤若望的满族人多是因为他亲近汉文化,有些汉族官员也是出于嫉恨他的名望。所以作者并没有过多批判中国文化,而是落到人性的批判上,反对汤若望的人并不是诚心信仰本土的文化,而是出于自私阴暗的人性。可见,作者对于本土文化还是相当偏爱的,她甚至借汤若望之口表达了对民族文化的自豪感:"这是一个了不起的民族,一个伟大的民族,足以同欧洲古老的罗马帝国相媲美。它的文化之博大精深、它的伦理道德之完整牢固,是难以想像的。"② 因此,凌力在小说中的文化姿态并不是如"五四"新文化运动时期的知识分子一样以西方文化为参照系来对中国文化进行批判,而是以西方人的视角表达对中国文化的认同,并表达自己对文化融合、文化包容的倡导。这一文化姿态也是 20 世纪 80 年代文化寻根思潮的反映。20 世纪 80 年代中期,在西方文化思潮不断引入之后,一部分作家开始立足民族传统文化,在中西文化交融的背景下挖掘民族文化的优势之处,重塑民族自信。

二月河的《康熙大帝》并不关注文化的冲突与融合问题,所以在第一部《夺宫初政》中,并没有如《暮鼓晨钟》中重笔渲染的满汉文化冲突,鳌拜与康熙之间的冲突没有文化的色彩,只是一种政治斗争,前者热衷专权,所以与康熙之间在政事上形成分歧。凌力笔下的鳌拜形象比较丰满,他有着英雄气概,并且对大清江山忠心耿耿,一心想要捍卫满文化的尚武之风,一直不曾有谋反的心思,对康熙甚至有些长者疼惜孩童的慈爱之心。因为不具有文化观念的冲突,二月河笔下的鳌拜形

---

① 凌力:《少年天子》,北京出版社、北京十月文艺出版社 1998 年版,第 498 页。
② 凌力:《暮鼓晨钟(上)》,经济日报、陕西旅游出版社 1998 年版,第 302 页。

象就比较单薄，成为一个只知争权夺利的蛮横的形象，小说也没有对人物内心活动展开描写，所以除了可以从人物的语言行为发见其凶横爱权外，并不能探知其情感动因和文化取向，这个人物所有与康熙相违的举动并不具有文化的目的，只是为了个人的权利，所以他最后甚至动了谋反弑君之心，这就落入了传统通俗小说的纯反派的奸臣贼子的形象窠臼。二月河小说的通俗文化品格由此可见一斑。

2. 凌力的《少年天子》等清史小说多考据正史，注重人性与情感冲突的描摹，不以情节曲折离奇取胜，而是表现出浓厚的文化批判精神和悲剧意味。《少年天子》表现福临的内心矛盾与精神痛苦尤其动人，至福临之死达到了悲剧高潮。凌力小说中小人物的悲剧命运既是个体的不幸，也是时代的悲剧、历史的悲剧，同时也是对封建王权的间接批判。比如她的小说用了很多笔墨描写清初黎民百姓的乱离和孤苦，写了清初的几大文字狱的残酷，实际上是在肯定民族国家一统的历史进程基础上，对统治阶层为了自身利益践踏民生的行为进行了批判，尽管她将同情之心放在了作为主角的皇帝身上，将批判之笔落在了其他贵族和官员身上，但小说毕竟能够正视历史进程中的反伦理之处，有一定的批判意义。二月河的《康熙王朝》则充斥了许多野史杂谈甚至武侠神怪内容，表现出了除暴安良的侠义、忠义思想及明君贤臣的叙述框架，总体是喜剧娱乐风格。而这样的内容与风格恰是与我国民间通俗说唱艺术相仿的。

凌力与二月河作品的雅、俗品格恰是20世纪80年代两种不同的文学创作风格的代表。20世纪80年代中期，在文化精英们围绕文化问题展开大讨论的同时，通俗文化也悄然兴盛，其中一个重要的表现就是通俗文艺期刊的大发展，包括通俗文学与各种小报。比如1981年创刊的《今古传奇》，是由曲艺界人士发起创办，内容体裁以武侠讲唱文学为主，刚一创刊，就受到读者欢迎，一时洛阳纸贵，单期的发行量差不多达到了120万册，并且由此带动了全国通俗文学期刊的热潮，此后各地陆续创办了一批通俗风格的期刊。《今古传奇》的创始主编任清在创刊号的《开场白》中说："对《今古传奇》的编印，我感到高兴，这是一件重要而有意义的事。希望这丛书既是好的通俗读物，又是能供应艺人说唱的脚本，在建设社会主义精神文明里吐芳争艳。"① 从这段发刊词中可以看出，当时的所谓通俗文学还是具有民间文化的特质的，即采用普通受众喜闻乐见的传统的民间曲艺形式，扎根民间，接地气，与当时知识分子阶层间流行的"伤痕""反思"文学形式共存，构成了20世纪80年代文化繁荣的局面，正如多米尼克所说："艺术和精英自有其地位，真正通俗的民间文化也有其地位，它起源于基层民众，是自我创造和自发的，直接反映了民众的生活与各种经验。这种本真的通俗民间文化绝不可能企望成为艺术，但是它与众不同的特色却得到了承认和尊重。"② 20世纪80年代兴起于文学期刊的通俗文化与后来市场经济体制下兴起于大众传媒的大众文化并不完全相似，前者具有民间性，思想内容和艺术形式来源于传统的民间艺术比如说唱艺术。

我国传统的民间艺术属于通俗文艺的一种，在具有趣味性和传奇性的同时，还有劝善惩恶的教化作用。同时，传统通俗文艺还寄托了底层百姓的一些道德观念和情感宣泄，比如对社会不平等的抗争，对江湖义气和英雄人物的赞赏。此外，民间通俗文艺还具有鲜明的民族特征，比如作品中方言俚语与民俗文化的展现。③ 正如大众文化研究专家麦克唐纳所言："民间艺术从下面成长起来。它是民众自发的、原生的表现，由他们自己塑造，几乎没有受到高雅文化的恩惠，适合他们自己的需要。大众文化则是从上面强加的。它是由商人们雇佣的艺人制作的；它的受众是被动的消费者，他们的参与限于在购买和不购买之间进行选择。"④ 用多米尼克的结论来说，大众文化"是由大批生产的工业技术生产出来的，是为了获利而向大批消费公众销售的。它是商业文化，是

---

① 转引自李频《〈今古传奇〉创刊在改革开放期刊史上的地位分析》，《中国出版史研究》2017年第4期。
② [英] 多米尼克·斯特里纳蒂：《通俗文化理论导论》，阎嘉译，商务印书馆2003年版，第15页。
③ 参见秦耕《草根文化散论》，复旦大学出版社2011年版，第9—21页。
④ 转引自 [英] 多米尼克·斯特里纳蒂《通俗文化理论导论》，阎嘉译，商务印书馆2003年版，第15—16页。

为大众市场而大批生产的。它的成长意味着：任何不能赚钱、不能为大众市场而大批生产的文化，都很少有地位，如艺术和民间文化"①。20世纪90年代至今的按照商业化模式制作的影视剧则是典型的大众文化，包括网络畅销小说及由其改编的影视剧，它们是由上而下，由"商人们雇用的艺人制作的"，是商人们在操纵着受众的品位，受众只是被动接受。比如很多影视剧创作者都是受雇于制作商的专业编剧，完全按照制作商的要求和市场流行品位创作作品，更多地受西方文化和好莱坞价值观念的影响，即使是反映民族历史的历史剧，也不过是表达大众文化理念的古装戏而已，与来自民间的传统通俗文艺在价值观念和艺术形式上并不相同，缺少后者的民间性、教化性和民族性特征。

后来的电视剧《戏说乾隆》《康熙微服私访》以及同时期的诸多戏说历史的影视剧是由大众传媒传播，按照市场机制和商业规律批量制作的，情节雷同，娱乐色彩明显，开始具有大众文化的色彩，只能算是具有娱乐效果的古装戏样本，已经不能归为历史剧的范畴，这与二月河作为通俗历史演义小说的《康熙大帝》存有的七分真实性及民俗文化展示价值、教化意义自是不同了。

第二节　清史题材正剧与宫斗剧：政治文化与大众文化

如果说凌力的《少年天子》《暮鼓晨钟》代表了知识分子的雅文化，二月河的《康熙大帝》代表民间大众的俗文化，而根据后者改编的于2001年上映的电视连续剧《康熙王朝》则代表了居庙堂之高的国家政治文化，表现出浓厚的正剧色彩，与戏说类电视剧风格迥异。这与其制作方的官方权威身份分不开，该剧出品方中国国际电视总公司是中央电视台全额投资的大型国有独资公司。

首先，电视剧剔除了原著所有的怪力乱神及武打情节，在重大事件

---

① ［英］多米尼克·斯特里纳蒂：《通俗文化理论导论》，阎嘉译，商务印书馆2003年版，第16页。

上基本尊重史实，上述原著中的民间性和通俗性在电视剧中都消失不见了，取而代之的是庄严的宏大叙事。

其次，电视剧表现出较原著强化了的大一统的民族国家意识。如果说，这种意识在凌力和二月河的小说中也有但占比不太重的话，电视剧则在时时处处通过剧情及人物语言宣扬这种意识。如果说凌力的小说中还有满汉文化冲突和对立的话，在电视剧《康熙王朝》中，则没有表现这种冲突和对立，而是尽可能地表现以中华文化为中心的民族融合与国家的统一。比如康熙巡视到山西时，对官员们说："你们记住，天下是天下人的，绝非满人一族的。朕是受命于天，奉行王道。所以绝对不允许分疆裂土。"这种超越族群的天下思想绝对不可能是封建帝王所有的，维护疆域的统一则是明显的国家意识，都是自近代以来才开始逐渐形成的，电视剧的创作者不过是借康熙之口表达了民族和国家统一的现代意识，既是20世纪"盛世叙事"的延续，也是世纪之交的中国在动荡的世界格局中对国家主权和领土完整的宣言。病重的周培公向康熙献上的积十年之功绘就的中华全图，就是一个统一的中国的隐喻。这个情节，既非史实，也非小说中所有，完全是电视剧的创造。剧中的孝庄太后有文化融合的思想，她希望能够满汉通婚，化敌为友。这样的情节是二月河的原著小说中没有的。凌力的《少年天子》中，孝庄太后其实是站在满文化一边代表满族利益的，所以顺治的改革压力之大可想而知。凌力小说中的满汉文化冲突以及由这冲突而来的帝王的情感与心灵悲剧在电视剧中都被"和谐"了，在统治者强大的统一意志和权威之下，冲突是不存在的，只有融合。电视剧的这种改写其实是在表达一种当代意识而非历史事实。

第三，电视剧具有鲜明的政治与人性二元对立的叙事框架并且明显是张扬前者、压抑后者的。因此该剧有些情节较之小说残忍。比如把朱国治塑造为一个为国尽忠、反对三藩谋反的义士，在他就义前，他不仅让自己的夫人自尽，还杀了自己的儿女，场面非常血腥残酷。而二月河的小说中朱国治并没有杀自己的妻子和儿子，反倒是在做好赴死准备前将儿子托付好友，这是符合民间伦理价值取向的。实际上真实的历史中朱国治也没有逼死或杀死自己家人的行为，只是他本人为吴三桂所杀。电视剧这一无中生有的改动，目的就是宣扬为了国家一统的大局，不仅个人的生命可以牺牲，而且家人的生命也是可以牺牲的。不仅是小人物朱国治如此，即使作为帝王的康熙也是如此。为弘扬康熙顾全大局的国家意识和历史使命感，电视剧虚构了两个小说和史实中都没有的人物容妃及其女儿蓝齐儿，康熙明确表示要她们"为国献身"，所以这两个人物的结局悲惨，电视剧以国家至上的目的为康熙的无情作了解释与开脱。

应该说，在上述所有的清史文艺作品中，该剧中的康熙形象是最完美的，实际上是创作者按照现代的政治理想和治国理念来塑造的，属于借历史题材来观照当下，映射现实。比如前面所提及的天下观，"普天之下，莫非王土"，封建帝王无不把天下视为一己之私，决不可能把天下视为所有人的，而剧中康熙却超越时代地认为"天下是天下人的"。在千叟宴上，康熙再次表示了大清是所有人的观念，"大清是朕的，也是你们的"。

虽然许多有关二月河小说的评论都将其与当下的反腐败话题结合起来，二月河的作品也被中纪委高度评价，但他本人并没有明确表示其小说中的惩治贪官情节与反腐败工作有关系。其实，如前所述，《康熙大帝》作为一部通俗历史小说，其中描述的一些体察民情、惩治贪官的情节多半还是沿袭了民间通俗文艺的一些故事框架，这些故事的叙述风格更多还是传奇性、娱乐性，比较轻松，属于民间话语范畴。而电视剧《康熙大帝》中的惩治贪官则明显地影射现实政治，所以具有官方政治话语的庄重严肃。这从电视剧对小说一个故事情节的改变上可以窥见一斑。小说第二部第二十回"假康熙大闹清真寺　真皇帝智斗三太子"，写的是杨起隆假扮康熙在清真寺闹事，意图煽动回民仇恨情绪，结果被真康熙撞见，一番智斗揭穿其身份，然后就是打斗场面，各种暗器比拼功夫。真假人物斗智以及武打场面，都是通俗演义体小说中常见的情节桥段。阅读这样曲折传奇的文字，读者更多地是体会到一种娱乐的快感，不会有政治意义的联想，而且文中无论是人物对话还是叙述者的话语都丝毫没有切入现实政治的因子。在电视剧中，取消了真假人物这一通俗体叙述桥段，改为杨起隆在三郎香会上宣传民生问题，说百姓一直受贪官污吏之苦，这一话题马上会让人联想到现实问题。接下去是康熙的亲信魏东亭来了，一番话语更直接影射现实，他说在下也痛恨贪官污吏，但是在下更不相信那些以反贪为名蛊惑人心、煽动天下大乱的，果真闹出什么干戈来，遭罪的不还是老百姓吗？这段话体现的核心思想与时代的主流话语是契合的，所以语境庄重严肃，没有小说的娱乐喜剧风格。

电视剧强调国家利益至上原则本是无可厚非的，但是违背史实强加给一个封建专制帝王给人以违和之感。如果说为了国家利益牺牲个体生命和情感是不得已而为之，但为了政治利益玩弄权术不惜牺牲他人生命的行为就体现了权谋文化之恶。凌力小说中没有权谋文化，二月河小说中有政治斗争，但尚不能称之为权谋文化，还是属于民间艺术中的正邪斗法框架，热闹简单，而且作者尚能有一定的批判精神。电视剧《康熙王朝》则强化了权谋文化的叙事，人物的政治手段常为叙述者津津道来并且暗中激赏视为政治魄力。比如二月河和凌力小说中，在杀苏格萨哈这一问题上，康熙都是被动、不情愿、心中不快的。到了电视剧中，改为是孝庄皇太后为了安抚鳌拜等权臣，下旨斩杀苏克沙哈。其对康熙解释是要用苏克沙哈的头换取天下几个月的太平，并在除掉鳌拜之后，再给苏克沙哈平反。康熙表示理解并且配合。此外剧中还多次出现为了政治目的杀人，杀了之后再给人哀荣，所谓借他人之头达成政治目的。这样的情节都被叙述者视为政治家的政治魄力来表现，自然谈不上有何批判之处了。这样的权谋文化在后来的宫斗剧中更是登峰造极，体现了人性的极端阴险残酷，是传统文化中的负面消极因素，不应在大众传媒中过度渲染。

2003年上映的电视剧《少年天子》虽然改编自凌力的《少年天子》，但其风格及主要情节已经与原著大相径庭。该剧明显属于大众文化的范畴，是通过大众媒介传播、由商人雇佣的文人创作的，由商业化的影视制作公司广州东方明珠文化传播有限公司出品。该剧具有大众文化的娱乐色彩，表现为解构历史、聚焦后宫、渲染情感纠葛等因素，应该说剧中大部分脱离历史真实而编造的情节承续了之前戏说类历史剧的风格，但与后者的喜剧精神不同，该剧还试图营造一种悲剧氛围，这与编剧刘恒作为一个曾经的作家的个人情怀有点关联。刘恒在作编剧之前创作的一些小说就偏好探讨人性幽微曲折和挣扎纠结之处，所以剧中他对一些宫中女子的精神痛苦有着细致的刻画。尽管创作者试图在剧中设置许多"泪点"，但该剧仍然是一部娱乐片，其故事内核聚焦后宫和男女关系，既没有凌力、二月河小说，电视剧《康熙王朝》的历史深度和广度，也没有在这些作品中渗透的民族国家大一统意识。同样是电视剧作品，它与前述《康熙王朝》严肃的威权意识和宏大叙事也不同，而是偏私人话语、情感叙事。从某种角度上看，该剧其实开了后来宫斗剧先河，虽然于2004年上映的TVB电视剧《金枝欲孽》被视为宫斗剧的滥觞之作，其实宫斗的一些情节模式在之前的一些历史剧和宅斗剧比如《大红灯笼高高挂》中早已出现过，所以差不多同时期上映的《少年天子》和《金枝欲孽》不约而同地表现宫斗，不过是对之前一些散见在各剧中的宫斗和宅斗情节的集约化处理，并初步形成了一些固定的故事框架模式，比如争宠、结盟、下药、暗算等，后来的诸多宫斗剧仍然跳不出这些框架，并无多少创新之处。

从叙述空间上看，该剧和凌力原著最大的区别就是，后者空间恢宏，从民间到宫廷，从南到北，从中央到边疆，广阔的空间有利于展示一定历史时期广阔的社会生活，增强历史文艺作品的深度和广度。而前者的空间则相对狭窄，基本都是后宫或朝廷。受制于这种狭窄的空间，作品的叙述视角也基本属于皇帝或者后宫人物。而凌力原著小说中的叙述视角非常多元，因为有民间生活的时空，所以叙述视角自然也有平民百姓的。以两部作品的开头为例，小说《少年天子》开篇空间即为民间，是关于永平府虹桥镇民间庙会场景的描写，这个地点也是作为小说后面中心情节的圈地事件的发生地。这样的开篇布局，显示了创作者旨在民间、民生的立意，不完全以帝王宫廷为中心，而是反映一个时代更为广阔的社会生活。后面这个虹桥镇成了一个重要的地点，串联起旗人贵族、汉人平民、落魄书生等众多人物的人生轨迹，成为一个可以和宫廷平分秋色的重要空间。而邓超主演的电视剧《少年天子》一开篇即是皇帝的大婚，故事空间自然是在后宫，大婚的后宫是隐私神秘的，与小说中开放的民间空间不一样，这样的开篇彰显了创作者旨在宫斗与隐秘人性的立意。果然，后面的剧情也基本没有脱离宫廷和后宫空间。在一些需要反映点民生问题的情节上，也没有直接把镜头拉到民间，而是通过宫人或其家人对皇上讲述这样的方式来处理，空间背景还是在宫廷。受制于宫廷空间和创作者立意的局限，电视剧对顺治时代的政治改革问题表现比较肤浅，关于圈地事件、逃人律、文字狱、满汉文化冲突等基本没有交代，而是将所有的政治问题简化为一个减赋税问题，而这个关于减赋税的政治作为仍然是通过在朝廷中皇帝与众亲王之间的争论而完成的，并没有把镜头转到民间。小说中关于清初"逃人律"的史实是放在民间的，通过几个平民的遭遇来反映这一制度给百姓带来的灾难。而电视剧却把这一本来跟平民有关的事件扯到了皇亲身上，以确保故事的空间仍然是在后宫：佟妃的母亲见女儿因乌云珠而失宠，怒从中来，告乌云珠的父亲鄂硕的田庄藏匿了自己田庄上逃跑的奴隶，按"逃人律"窝主应处死。而皇上一向主张施仁政，他宽恕了鄂硕，并提出摒弃苛刻的"逃人律"，否则不利于大清安定。清初一个重要律法的变动居然是由于后宫纠葛。实际上，满人在关外时形成的逃人律在顺治时期不仅没有被废止，而且还有所加强，对逃人实施严格的缉拿处罚举措，电视剧对历史的篡改体现了其娱乐化宗旨。

因为电视剧《少年天子》的空间集中在后宫和宫廷，所以也就缺少了小说中福临所面对的多元的文化冲突和各种社会矛盾。剧中福临的精神痛苦更多地来自母子冲突，也即一个想要独立的儿子和一个控制欲极强的母亲之间的冲突。这样，原著小说中清初复杂的社会矛盾和文化冲突在电视剧中基本就变成了家庭矛盾。福临的悲剧也就成了家庭的悲剧。

由同一家公司制作的电视剧《少年康熙》保持了《少年天子》的

娱乐化色彩。该剧空间仍然集中在后宫和宫廷。即使是反映明史案、瘟疫等大事件，也是侧面交代，通过朝臣的议论反映出来。在政治上有所作为的康熙，在该剧中被塑造为一个情种形象，甚至还有他和冰月、耿聚忠之间的三角恋故事，而耿始终是一个"备胎"形象，这样的情节设置严重偏离历史真实，纯粹是为了走"言情"路线迎合受众品味。小说中的少年康熙虽然也有情感波动，但最终责任感和理智使他能够正确处理这段感情，使他有别于他的父亲。

到了后来流行的宫斗清宫戏，比如《甄嬛传》等，其实是完全言情的古装戏，很难被归为历史剧范畴。它们的原著小说作者本就是不想将作品定位反映历史真实的作品，所以在年代背景上有意用一些遥远的模糊的五代时期的国别，基本没有反映任何重要历史事件，也没有民生问题和社会矛盾，故事空间完全是在后宫，矛盾冲突是由情爱或家庭关系而来。这一点与上述电视剧《少年天子》是非常相似的。这些流行于网络上的言情小说被改编成电视剧之后，有一点明显的变化，就是电视剧的制作者有意将它们归为历史剧的范畴，将模糊的五代背景改为明晰的清朝，将小说中虚构的皇帝改为历史上实有的皇帝。小说《后宫·甄嬛传》的背景完全是虚构的"大周"。到了电视剧中，则变成了雍正朝。小说是明显的女性叙事、私人话语，开篇即是选秀的场景，而电视剧开头则是以一个男性话外音的形式介绍"公元1722年，雍正皇帝在年羹尧和隆科多的扶持下击败对手，登上皇位"。这样的开篇明显是男性叙事、政治话语。到了后面，和小说剧情一样，以宫斗为主。电视剧创作者这种既想走宫斗路线又想获得观众历史剧认同的策略其实负面效应比较明显，误导受众将很多错误的信息作为史实。而穿越剧和年代背景不详的历史小说至少可以使读者在接受的过程中轻松地辨认出其虚构的本质，不会将其视为历史作品。所以，并没有人对流潋紫的小说进行过史实的挑剔，但是不少网友却指出了电视剧《甄嬛传》中不合清代文化背景的一些细节失实之处。

第三节　清史题材文艺作品的文化价值观问题评析

综上所述，不论是雅与俗的清史题材小说，对中国历史文化的展示都偏重政治文化层面。在文人小说中，这种政治文化主要表现为一种家国天下的政治理想，比如凌力的小说，能体现出中国传统文化中积极的因子，而在清史小说由雅到俗的演变、改编过程中，政治文化中积极高蹈的因子也被逐渐剥离，不断掺杂了一些负面的因子，政治文化变为权谋文化，而权谋文化的背后其实是利己主义、虚伪、残酷、权力崇拜等负面的价值观念。

凌力的小说《少年天子》《暮鼓晨钟》体现了作家家国天下的情怀，包括民族统一、天下安定的思想，包括以民为本的仁政思想，这些内容都是传统儒家政治思想中的积极因素，小说中一些知识分子的思想情操也能体现士大夫阶层"达则兼济天下、穷则独善其身"的气节。更重要的是，尽管作者对清王朝统一中国的政绩是肯定的，如前所述，这是基于作者以民为本、反对战乱的思想，但作者并没有如后来的一些清史作品一样盲目歌颂所谓"康乾盛世"，而是如实地反映了清初的弊政与百姓的乱离。比如，《暮鼓晨钟》对清初的明史案有正面的大量篇幅的描写。这也是清史题材文艺作品中唯一一部直接正面且重笔描写清初文字狱的作品。小说以书生陆健作为此案受牵连的关键人物，以其遭遇和视角反映在此案中受迫害众人的悲惨命运，中间还穿插描写康熙初年的迁海令，在陆键的所闻所见之处，可谓是"少壮流离四方，老弱转死沟壑"。这样的描写，绝不是对盛世的歌颂，而是对弊政的批判。这样的批判立场是基于传统文化中仁政和民本等积极思想的。二月河的《康熙大帝》则对清初弊政只字未提。这一点也是其作品为诸多评论家所诟病的原因之一。不论二月河是否有美化帝王、为帝王隐之心，作为一部以通俗历史演义为模板、定位通俗作品的小说，对此类问题有意忽略也是必然的。电视剧《康熙王朝》及后来宫斗风格的清宫戏对此更是毫不提及。前者是以美化康熙为主旨，自然不会提及这段残酷的史实，而后者立意宫斗，旨在娱乐，更不会关注民本问题。

电视剧《少年康熙》中虽然通过朝廷的议论侧面反映了一下明史案，然而并不是基于文化批判立场，反过来是美化帝王的，小说中和帝王没有任何交集，活动空间在民间的陆健在电视剧中成了帝王师，为了成全帝王的政治稳定、平息满汉朝臣之争而自愿自尽了，康熙对此毫不知情，并且人物在死之前还盛赞康熙，一个文字狱反过来成了美化帝王重情重义的情节。该剧力图把康熙塑造成一个完美无缺的帝王，把所有为了政治而进行的杀戮都安排在他人身上，完全不符合历史事实。

综上所述，通过对清初弊政等相关材料的取舍态度，可以发现清史题材从小说到影视，由雅到俗的过程中，文化批判精神逐渐丧失，帝王和权力崇拜思想逐渐增强。正如作家熊召政所言："近些年，帝王小说兴盛，甚至到了泛滥的地步。分析这一现象的产生，不能不看到这是中国的知识精英与一般民众都对皇权充满崇拜的结果。"[①]

权力崇拜思想将为了得到权力而实施的酷政和杀戮视为理所当然的手段。二月河的小说已经有明显的权力崇拜思想，这也是它们招致批评的主要原因。《三国演义》等传统演义小说所反映出来的权谋文化在伦理价值取向上其实是与儒家思想抵牾的。儒家思想在义与利的关系上，是以义为主，甚至可以舍生取义，而权谋文化则是"人不为己天诛地灭"彻底的利己主义，视牺牲他人生命获取个人权力为理所当然。如果说，在二月河的小说中，虽然大量展示了争权夺利的斗争手段，表现了人物对权力的热衷与追捧，但还能有所冷嘲暗讽，并且另塑造了几个超然物外能够拒绝权力的人物来表示与权力的距离，到了电视剧《康熙王朝》中，权谋文化则完全是正面登场了，不过该剧巧妙地将个人权力的追求与国家责任结合起来，如前面阐述过的，康熙不断牺牲他身边的人，借他人的生命或尊严来成就自己的政治作为，小说《少年康熙》中人物形象所有的情感因素在剧中彻底消失了，这里的康熙是残酷冷血的。如前所述，凌力小说是具有民本思想的，这种民本思想表现

---

① 熊召政：《让历史复活》，《领导文萃》2004年第4期。

在对普通百姓的同情与关爱。对小人物的同情与爱是很难在表现权谋文化的作品中发见的,因为小人物对于权力而言是无足轻重的。在电视剧《康熙王朝》中,康熙可以完全不动声色的让一宫太监为妃子殉葬,而真正造成容妃悲剧的其实是他自己,并非这些太监。

如果说《康熙王朝》中,帝王对为了权力而不得已牺牲无辜者有时还有所愧疚的话,到了后来的宫斗剧中,则这点愧疚荡然无存了,取而代之的是人物对极端利己的价值认同及斗争的快感与成就感。比如在小说《后宫甄嬛传》的后部中,通过人物语言,多处宣扬杀伐利己的价值观。蕴蓉说过:"反正我想做到的事,就一定会做到。神挡杀神,佛挡杀佛"①玉隐也说:"我一直记得槿汐告诉长姐的至理名言——活在宫中必须没有心。"② 小说中,围绕着主人公及其周边人物阴谋不断,暗斗纷纷,推动情节不断发展,除此之外,小说叙述再无其他内容,比如凌力《少年天子》中的民生问题,电视剧《康熙王朝》中的民族国家政治问题。应该说就阴谋手段的多样性、残酷性及对利己主义的高度认同来说,宫斗剧超过了前面的所有作品。手足骨肉彼此相残,传统社会的宗法伦理亲情荡然无存。甄嬛为了斗倒皇后,不惜牺牲自己腹中的胎儿,还曾自得这孩子来得及时,可以帮她斗争。在她用柳絮害胡蕴蓉过敏而死的时候,没有任何内疚和良心不适,还能够镇定的说一番有诗情的话:"人道柳絮无根,不过是嫁与东风,好则上青云,差则委芳尘,其实做人若如柳絮该多好,至少自由自在。"③ 与人物的镇定自适相呼应的,是接下来的一段明丽的景物描写:"周遭一切平静如旧,依然是花艳叶翠,莺燕啼啭,一派春和景明"④,人物的心情则是"云鬓花颜金步摇,我含着如常的娴静笑意从容离开,双目一瞬不瞬地直视前方,任和暖的春风吹拂去我心间澎湃的哀痛与快意"⑤。在害死一条人命

---

① 流潋紫:《后宫甄嬛传6》,浙江文艺出版社2015年版,第215页。
② 流潋紫:《后宫甄嬛传7》,浙江文艺出版社2015年版,第3页。
③ 流潋紫:《后宫甄嬛传7》,浙江文艺出版社2015年版,第158页。
④ 流潋紫:《后宫甄嬛传7》,浙江文艺出版社2015年版,第158页。
⑤ 流潋紫:《后宫甄嬛传7》,浙江文艺出版社2015年版,第159页。

后，人物的眼里居然满是笑意，心里也是快意。这种报复的残忍的快意其实是反伦理反文化的，与我们文化中仁爱的精神相违背，但随着小说被改编成电视剧，作为受众的都市白领将个人职场体验代入其中，与剧中人物的快意共鸣，不仅没有批判精神，反而产生了"升级打怪"的爽意。所以，宫斗剧在文化价值观方面的引导作用是非常混乱和负面的。

　　文艺作品不是不可以反映权谋，但不能全篇渲染权谋文化，不能沉浸于权谋细节的描写乐此不疲，更不能基于权力崇拜思想甚至对权谋文化赞赏美化。创作者对文化中负面的东西一定要有清醒的批判精神，在批判权谋文化残忍虚伪的同时，还要树立真善美的价值观，弘扬正能量。比如，宫斗细节可不可以写？怎么写？凌力的《少年天子》给出了答案。小说中也有所谓宫斗的细节，比如后宫妃嫔也有嫉妒乌云珠得宠的，对她施加一些陷害的手段。而乌云珠却总能以自己的善良去化解矛盾，而不是激化矛盾或者以牙还牙实施残忍报复，支撑她这一切行为的背后并不是因为她是一个圣人，只是因为她爱福临，一种知己之爱，而非功利之爱。为了福临，她才可以努力去维护后宫的稳定。再比如，福临决定废后的时候，乌云珠是竭力阻止的，也是因为她对福临真正的爱与关心，怕废后会影响皇上的声誉。后宫诸人争夺后位是后来宫斗剧中一个常见情节，在宫斗剧中，按照权谋文化的套路，即使有嫔妃阻止皇帝废后，也是欲擒故纵，别有机心的。凌力的小说写出了真正无功利的基于互相理解的爱，包括夫妻之爱，母子之爱，小说中的孝庄也是真正的爱福临，理解并支持福临，后来，她又把同样的爱给了康熙。这样的一种角色定位也符合历史中的人物形象。可惜的是，后来通俗、大众的清史文艺作品都无意或无力去表现上述的爱，反而竭力去夸张对立与恨。二月河小说无意去写帝王的知己之爱，只在部分小人物身上用细碎的情节写了一点真爱。电视剧《康熙王朝》中只有残酷的政治利益，也是无爱的。娱乐化的《少年天子》《少年康熙》开始展现宫斗，没能表现出乌云珠和福临之间基于共同的文化旨趣和人生理解而产生的知己之爱，反倒为了娱乐的目的，虚构了花束子等宫人的形象与福临纠缠在一起，让原著小说中主人公的爱掺上了许多杂质。到了《甄嬛传》和

《如懿传》中帝后则各怀心机互相提防甚至陷害，不仅没有了爱情，甚至势同水火。娱乐化的宫斗剧中的太后也没有如凌力小说中的母爱之心，个个控制欲极强，而且精于算计，几乎千人一面。比如电视剧《少年康熙》中的孝庄太后就与小说中对康熙而言理智仁爱的祖母形象不同，非常强势，处处不尊重康熙的决策，康熙对她也是厌恶的。这明显落入了宫斗剧中太后形象的窠臼，和历史上真实的孝庄太后与康熙的关系不符。据历史记载，康熙幼年丧父丧母，与祖母孝庄太后的感情非比寻常，对后者很敬重，而孝庄太后也不是如此独裁霸道的，她对康熙倾注了心血与慈爱，一直在幕后辅佐了两代年轻帝王，却没有专权的野心。凌力的小说是比较接近历史真实的。

　　宫斗剧中文化价值观的负面性不仅体现在遮蔽传统文化中温柔敦厚的一面，夸大渲染丑与恶的价值观，而且还歪曲优秀传统文化的功用，误导受众。比如中医，几千年来的典籍和医学实践都证明其博大精深和治病救人的宗旨。然而到了宫斗剧中，中医则成了宫斗的工具，发挥残害人命的功效。很多宫斗剧都有嫔妃间用麝香互致流产的情节，所以在当下观众心目中对于麝香的认知基本就停留在其可以致人流产，然而这完全是对麝香功能的误解与歪曲，其在《本草纲目》中记载的功能是"主辟恶气"，"通经络"，并无流产一说，而在其他一些文化典籍中，麝香也是一种香文化的常用香料，为文人和妇女所爱。所以一种本来有着美好文化意味、可以唤起美的感觉的香料，到了宫斗剧中成了令人恐怖的事物。《甄嬛传》对中医的亵渎不仅在于将麝香歪曲为谋害人命的工具，宫中的汤药中也是隐藏各种害人的方子，而且中医的诊脉也是宫斗的工具，比如甄嬛后面一次怀孕后就利用温实初为她诊脉，诊出胎儿难以存活以后，索性让温为他配了慢性杀死胎儿的汤药，每日忍受腹痛，还要靠化妆装出好气色，以准备陷害皇后。人物的心机固然令人胆寒，中医的价值也变得如此恐怖。作者流潋紫喜欢在作品中堆砌一些中国传统文化元素，比如中医、服饰、饮食、诗词，以《红楼梦》作为其效仿的榜样。然而，放在宫斗和权谋的大背景下，所有这些文化元素呈现的都是负面价值。中医如此，饮食也是如此。小说中很多精心烹制的食物都是或用来争宠，或用来害人的，失去了传统美食养生养目、娱人口腹的功能。而《红楼梦》中的美食是具有上述作为食物本来功能的，给人以美的联想和感受。比如《甄嬛传》中关于杏仁茶的描写。起初宫中诸人和皇帝议论杏仁茶时，谈到的是它的制作工艺和美味，然而这只是一个前奏，接下来端贵妃一句话让皇帝马上失色："这杏仁茶是滋补益寿的佳品，可若用得不好也是杀人的利器。"① 之后引出了当年纯元皇后生下死胎并且自己也丧命皆是因为被人在杏仁茶中混入了口味相仿的桃仁所致。而贵妃等人之所以给皇帝喝杏仁茶并谈论其功效目的也是为了宫斗：揭穿当今宜修皇后害纯元皇后的真相，以此把宜修皇后拉下马。在这些描写中，中国传统美食为权谋毒计所利用，完全失去其美好的文化意味，给读者唤起的是恶的联想。小说中其他文化内容，比如关于服饰的描写，很多也是宫人们利用服饰以争宠，依然是与权谋相结合。

　　权力崇拜部分源自我们文化中"礼"的思想，"在中国古代社会，尊卑、贵贱、长幼、亲疏是最主要的社会关系，'礼'的主要功用就是区分、规范、确认并维护这些社会关系……《礼记·乐记》曰：'礼辨异'。'礼'所'辨'、'别'的，就是尊卑、贵贱、长幼、亲疏这些社会关系的差异性，并通过对这些差异的区分和标示，来确认社会成员的身份和等级关系。一言以蔽之，'礼'就是用来序等级的，并由此来避免社会秩序的混乱"。② 这样的一种差序格局固然在某种意义上有利于社会的稳定，但是却容易造成人与人之间的差等关系并且滋生权力崇拜、权谋争斗及奴性思想。宫斗剧虽然表现的是后宫生活，却是中国文化差序格局的典型体现。正是因为后宫中女子之间存在着等级地位的差别，才导致了宫斗，地位低的拼命向上爬，地位高的则拼命想要保住现在的位子。即使在性别关系上，宫斗剧中也是存在着差等，所有的后宫女子完全失去了自我，目标只为博得男人——皇帝的宠爱，为了这个目

---

① 流潋紫：《后宫甄嬛传7》，浙江文艺出版社2015年版，第12页。
② 白奚：《儒家礼治思想与社会和谐》，《哲学动态》2006年第5期。

标，她们可以卑微到尘埃。

为现代启蒙思想家们所批判的中国人的奴性思想其实也源于文化差序格局。礼制思想用一套严格的等级制度把不同的人框在其中，地位低的人在崇拜地位高的人所拥有权力的同时，因为文化的控制，往往表现出对权力的顺从和自身地位的认同，这其实是我们文化中的负面因素，是反现代的。五四时期的思想家们对此早有觉悟并上升到国民劣根性问题进行过激烈的批判。遗憾的是，当下清史剧对于上述的文化劣根性不是批判和反思，而是表现出认同的倾向。上述清宫剧中表现出的对皇权的赞美和奴隶人格的塑造接近于鲁迅所说的从奴隶生活中寻出"美"来进行赞叹。电视剧《康熙王朝》中部分人物的奴性自不必说，看上去貌似青春偶像剧的《少年康熙》中这样的人物更是不少，王登联被康熙为了政治目的牺牲掉，在狱中不仅不怨皇上，还表示折服与感谢，甚至说"从此能看出皇上具备一代圣主的真知灼见"，之后是大呼万岁。凌力的原著小说真实地反映了清初统治阶级迫害明史案中诸人的残酷，电视剧却处理为人物自愿赴死，并且还在死前歌颂皇权，既为封建专制的残酷性进行粉饰，又歌颂了奴性人格。

从民族文化认同的角度看，能够形成民族认同、激发民族自豪感的文化一定是优秀、正面、积极的，能体现民族精神和民族特色，并且具有世界性和人类普适价值，无论是虚假的呈现民族历史文化，还是聚焦并宣扬负面的文化观念，都不利于民族文化认同的形成，损害民族国家的国际形象。上述几部清史题材文艺作品中，只有凌力的小说才体现了文人写史的功力、严肃与求真求美的史述态度，表现了中国文化的多维层面与深厚内蕴，具有文化批评的锐度，值得当下历史题材文艺作品创作者借鉴。

第五章 当代历史小说影视改编中的历史意识问题

——以革命历史题材为例

第一节 历史意识与悲剧精神

从"十七年"革命历史小说到当下热播的宫斗戏,历史题材文艺作品一直是当代文艺创作中的一个热点现象。这些作品,在艺术地重构民族史的发展轮廓、塑造不同时期的民族历史人物形象方面做出了一定的贡献。也正是经由这些作品,大众可以基本了解中华民族从上古一直到近现代发展历程中的朝代更迭、文化变迁、帝王将相、文化士子,了解民族发展史上波折动荡、惊心动魄、可歌可泣的瞬间与永恒,了解民族心灵与人性的发展秘史。仅从2015年一年的历史题材电视剧的朝代背景上就可以看出近几年历史题材文艺作品表现历史朝代与历史人物身份的丰富性。①

朝代背景	剧目
上古	《大舜》
商朝	《封神英雄》
春秋战国	《神医传奇》《芈月传》
秦朝	《秦时明月》

---

① 表格来源于郑淑梅、廖宋倩《2015年历史题材电视剧述评》,《中国电视》2016年第4期。

第五章　当代历史小说影视改编中的历史意识问题

续表

朝代背景	剧目
汉朝	《大汉情缘之云中歌》《班淑传奇》《相爱穿梭千年》
三国	《曹操》《半为苍生半美人》
南北朝（梁）	《琅琊榜》
唐朝	《隋唐英雄之薛刚反唐》
宋朝	《大宋传奇之赵匡胤》《少年四大名捕》《神探包青天》
明朝	《神机妙算刘伯温》
清朝	《多情江山》《大玉儿传奇》《大清盐商》《末代皇帝传奇》

从狭义的角度看，历史小说或历史影视剧以再现一定历史时期的历史事件或历史风貌，塑造活动于其中的历史人物形象为主旨，它既具有历史叙述的求真特质，同时又具有艺术作品的审美特质。如何兼具两种特质，既符合大众的审美品位，又能让挑剔的专家满意一直是考验创作者的难题。20世纪80年代一批历史小说如《白门柳》《少年天子》《曾国藩》等兼具历史叙述的真实性和较高的艺术价值，同时再现了民族历史文化，具有历史反思精神，当属精品之作。市场经济体制以后，这样的精品之作逐渐减少，小说中尚有少量佳作，影视作品的表现则整体欠佳。

关于历史小说及历史影视剧的研究已经比较成熟了，围绕相关作品的批评之作也比较丰富。由童庆炳先生作为总主编的"历史题材文学系列研究"是近几年来关于历史题材文艺作品研究比较全面的集大成之作，其中童庆炳在其撰写的《总序》中所指出的历史题材文学中的几个主要问题，包括历史观问题、历史真实问题、价值判断问题、与现实对话问题，既是评价历史题材文学的几个主要维度，也是对近几年历史题材文艺作品存在问题的全面总结归纳。这几个评价维度，可以归为历史学领域中的"历史意识"范畴。决定历史文艺作品区别于现实题材作品的特质，塑造其深度和史诗品格的正是这种"历史意识"。

法国思想家雷蒙·阿隆对"历史意识"的内涵作了解释："每个集体都有一个历史意识。我这里所说的历史意识，指的是对这个集体而言，人性、文明、民族、过去和未来、建筑和城市所经历的变迁所具有的意义。"① 他进一步对历史意识的三个层面进行了解释："严格意义上讲，历史意识在我看来包含有三个具体的成分：传统与自由的辩证意识，为捕捉过去的真实或真相所作的努力，认为历时的一系列社会组织和人类造物并不是随意的、无关紧要的，而是关切到人类本质的那种觉知……第一个成分，历史学家乐于将之称为人类的历史性。它接近于另一些历史学家所说的历史真实的普罗米修斯特征。人类不屈从于命运，他们不满足于接受教育所强加给他们的传统，他们有能力理解它，因而也有能力接受或者拒绝它。……但是，通过行动而希望在历史中自由的人类，也希望凭借知识获取自由。认识过去是从过去解放出来的一种方式，因为唯有真相才能让人最为清醒地给出判断，是同意还是拒绝。"② "如果欧洲的这种历史意识——它具有三个方面，历史中的自由，科学地重构过去，人类历程的人道主义本质意义——正在转型为20世纪人类的历史意识。"③ 从上述界定中，我们可以看出，历史意识是集体的，自然属于民族共同体，它认识过去、捕捉过去的真相，是为了更好地理解当下，活在当下，正如阿隆在1970年的一次演讲中提到的"思考自己当下的历史意识，是思考我们正在生活的历史的一种方式"④，这里指的就是童庆炳所说的历史与现实对话的问题。"科学地重构过去"，强调的还是追求历史真实的意识。历史意识不仅关乎民族文明，更关乎人性，关乎历史进程中人的自由与解放，"对过去连续不断的发现和重新发现，表现的是一场与人类本身并行不衰的对话，一场定义历史之实质的对话：集体和个

---

① [法]雷蒙·阿隆：《历史意识的维度》，董子云译，华东师范大学出版社2017年版，第85—86页。

② [法]雷蒙·阿隆：《历史意识的维度》，董子云译，华东师范大学出版社2017年版，第86页。

③ [法]雷蒙·阿隆：《历史意识的维度》，董子云译，华东师范大学出版社2017年版，第87页。

④ [法]雷蒙·阿隆：《历史意识的维度》，董子云译，华东师范大学出版社2017年版，第5页。

第五章　当代历史小说影视改编中的历史意识问题

人辨认出了自己，并在相互联系中丰富了自己"①。历史是人的历史，这就是历史意识的人道主义本质。这里涉及的就是历史观与价值判断的问题。

20世纪90年代以来历史题材文艺作品问题较大的就是"历史意识"范畴，比如在历史真实性方面，很多定位于正史的作品仍然有关键细节的失实之处，更遑论诸多"戏说"之作；在价值判断方面，比如童庆炳先生指出，许多以帝王为主角的文艺作品没有意识到伴随历史发展的悲剧性，对帝王无原则的鼓吹，不能经得起价值的检验。②后来热映的清宫戏、穿越剧、宫斗戏包括近几年热映的《甄嬛传》无不显示出一种对强权崇拜的狂欢精神，民族几千年的文化在这些剧中就浓缩为权谋二字，这是一种非常有害的"历史意识"，也容易误导当下受众的价值判断，既没有表现出我们民族历史中丰富的积极的人性与价值追求，也没有在反思历史中实现与现实的积极对话，既背离了我们文化以"和"为美的精神，也没有体现上述历史意识中的人道主义本质。这一方面内容在上一章中已经展开详尽论述，接下来将从悲剧意识的角度来具体分析历史小说影视改编中反映出来的历史意识问题。

从某种意义上说，人类历史在本质上一个悲剧性的进程。对于悲剧与历史的同一性，17世纪西班牙剧作家维加曾经说过："悲剧以历史作为它的主题。"③二者统一的内在基础则是其中所反映出来的人类存在的深刻矛盾冲突。对于人类历史，恩格斯曾经这样表述："历史是这样创造的：最终的结果总是从许多单个的意志的相互冲突中产生出来的，而其中每一个意志，又是由于许多特殊的生活条件，才成为它所成为的那样。这样就有无数互相交错的力量，有无数个力的平行四边形，而由此就产生出一个总的结果，即历史事变，这个结果又可以看作一个作为

---

① ［法］雷蒙·阿隆：《历史意识的维度》，董子云译，华东师范大学出版社2017年版，第12页。
② 参见童庆炳《总序》，童庆炳主编《历史题材文学系列研究第一卷》，北京师范大学出版社2014年版，第18—19页。
③ 转引自江少川《高阳历史小说的悲剧意识》，《华中师范大学学报》（哲学社会科学版）1997年第1期。

整体的、不自觉地和不自主地起着作用的力量的产物。"① 人类历史的发展是由各种意志的冲突推进的，在这些冲突中，总有"历史的必然要求"和"这个要求实际上不可能实现"的矛盾，作为美学范畴的悲剧艺术最初也是起源于人类对于历史冲突的觉悟及对于自身命运不能把握的悲怆感。正如王富仁所说："人类为什么会产生悲剧的观念？它是在人类感受到自我与整个宇宙、整个大自然、整个世界的分裂和对立中产生的。整个宇宙、整个大自然、整个世界是人类生存的环境，但这个环境与人类却不是一体性的存在。它是有自己独立的意志，独立的力量的。它的意志与人的意志常常是对立的。也就是说，人类与宇宙、自然、世界的对立意识是人类悲剧观念产生的基础。没有这种对立意识，就没有人类的悲剧观念。"② 历史的发展与人类悲剧意识的产生都以矛盾冲突为基础，所以悲剧与历史在深层结构即"人类心灵内在矛盾的发展"方面具有同一性。③

历史的悲剧意识是史家历史意识的重要层面，也是衡量历史题材文艺作品是否有反思精神，是否有深度和力度的重要指标。作为美学范畴的悲剧，不同于现实生活中的悲剧，它在给人带来悲伤情绪的同时，还给人以精神的升华和意志力的提升，"悲剧不仅引起我们的快感，而且把我们提升到生命力的更高水平上，如叔本华所说，它把我们'推向振奋的高处'。在悲剧中，我们面对失败的惨象，却有胜利的感觉。那失败也是艰苦卓绝的斗争后的失败，而不是怯懦者的屈服投降"。④ 在悲剧中，人们获得的是崇高的感受，悲剧主人公也总是具有英雄的品格，尽管他在各种力量的冲突中可能是一个失败者，"在悲剧中，我们亲眼看见特殊品格的人物经历揭示内心的最后时刻。他们的形象随苦难而增长，我们也随他们一起增长。看见他们是那么伟大崇高，我们自己

---

① 中共河北省委宣传部理论研究室：《关于马克思恩格斯历史唯物主义部分书信的解说》，河北人民出版社1979年版，第72页。
② 王富仁：《悲剧意识与悲剧精神（上篇）》，《江苏社会科学》2001年第1期。
③ 参见许苏民《历史的悲剧意识》，上海人民出版社1992年版，第15页。
④ 朱光潜：《悲剧心理学》，安徽教育出版社2006年版，第204页。

也感觉到伟大崇高。正因为这个原因，悲剧才总是有一种英雄的壮丽色彩，在我们的情感反应中，也才总是有惊奇和赞美的成分"。① "真正的悲剧总是体现着人类的执着追求、英雄气概和崇高的品格，人类的历史也正是通过悲剧式的高歌行进、悲剧式的牺牲和毁灭，获取'凤凰涅槃'后的新生。而历史中的喜剧，不过是在历史发展中失去了存在的必然性的旧制度的代表对于真正的悲剧英雄的拙劣的模仿而已。"②

只有在悲剧中，才有英雄人物，才会让人体验到崇高激情。中华民族几千年的历史中，朝代更迭，世事沧桑，多少英雄知其不可而为之，或变法图强，或保家卫国，或反抗强权，或拯世济民、杀身成仁、舍生取义，在历史的合力的冲突中承受着常人所不能承受的压力，谱写了可歌可泣的英雄悲剧，而我们民族分分合合、多灾多难、几起几落的历史更是一出悲壮史诗。民族史的叙述应该是渗透着悲剧精神的，作为文艺作品的历史小说和历史电视剧如果是本着严肃的尊重民族历史、民族精神和民族英雄的态度来叙述民族史，渗透在其中的也应该是浑厚的悲剧意识。20世纪80年代的一批历史小说家对于中国历史进程的把握和感受是悲剧性的，在他们的小说中写出了历史发展中的悲剧冲突，写出了冲突中的人物的悲剧性命运，营造了浓郁的悲剧氛围，使小说具有了生命反思的哲学韵味，正如王富仁所说"悲剧性精神感受是从对人类、自我生存价值和意义的困惑中，在对人类、自我人生命运的根本思考中产生的"③。这些小说如《白门柳》《少年天子》《曾国藩》等，因为其"悲剧性精神感受"而具有了对历史的反思精神，在艺术的深度和厚度上高于后来的一些写古代历史的艺术作品。

20世纪90年代以后，随着大众文化的流行及影视制作的不断趋向商业运作，历史题材文艺作品包括根据小说改编的历史影视剧开始出现"变悲剧为喜剧"的创作倾向。主要表现为以下三点：一曾经的历史英雄的崇高感消失，代之以世俗化的喜感。二悲剧冲突被简化，没能展现

---

① 朱光潜：《悲剧心理学》，安徽教育出版社2006年版，第206页。
② 许苏民：《历史的悲剧意识》，上海人民出版社1992年版，第31页。
③ 王富仁：《悲剧意识与悲剧精神（上篇）》，《江苏社会科学》2001年第1期。

出历史进程中复杂的矛盾冲突,缺乏历史的厚重感。三历史小说家对人性的悲悯情怀、对历史的反思精神在影视剧中消失,代之以大团圆式的乐感和谐精神。

第二节　改编影视剧中民族英雄的世俗化、喜剧化

如前所述,民族英雄是形成民族认同的重要载体,是历史叙述的重要内容之一。中国的史传和文学传统中英雄叙事源远流长,从《山海经》中的精卫和夸父,到《史记》中的帝王将相与平民英雄,唐传奇中的侠士刺客,再到明清英雄传奇小说中的民族英雄。近代以来,随着中华民族从一个自在的民族实体向自觉的民族实体的发展基本完成,历史叙述也完成了从传统到现代的转变,开始将历史的书写主体从帝王将相转化为国家、族群等复数主体①,英雄的判断标准带有了民族主义的色彩,比如梁启超在其《中国武士道》一文中指出:"凡英雄者,为国家为社会而动者也。"② 他认为武士信仰的条件有十多条,第一条就是"以国家名誉为重"③。清末的反满运动基本确立了汉族中心主义的历史叙述观,对后世影响巨大的汉族英雄传记的书写也是在这一时期形成,"为了'鼓吹种族革命,振起历史观念',反满革命派史家在数年间将上自黄帝,下迄明清的历史人物发掘洗涤一过,从中筛选建构了一个与异族斗争、为汉族流血牺牲的英雄谱系。就清末情势而言,这个系谱的建构,是现实政治斗争需要的产物,所以汉族英雄系谱及相关历史的发掘、重构与书写,是先从明末反清英雄开始的,然后逐渐成为一个从古至今的体系。这一时期被表彰的汉族英雄人物,后来每当中国遭遇外族侵略压力之际,比如抗战时期,皆会被再度宣扬表彰"。④ 在清末民族危亡之机,历史叙述者之所以构建对抗异族的汉族英雄谱系,因为他们

---

① 参见姜萌《族群意识与历史书写》,商务印书馆2015年版,第98页。
② 梁启超:《梁启超全集(第三册)》,北京出版社1999年版,第1377页。
③ 梁启超:《梁启超全集(第三册)》,北京出版社1999年版,第1384页。
④ 姜萌:《族群意识与历史书写》,商务印书馆2015年版,第279页。

深知"'国民心理中具有一崇拜英雄狂,而此心理实能强固其国家,维持其种族,而为国民势力所由发展,事业所由建树',且若国、族处于'艰难之境',此心理更为强烈,故不惮浓墨重彩地发掘、重构、谱写汉族英雄系谱"[①]。这些历史叙述中"自我"与"他者"截然对立的两分模式影响了后世的英雄叙事模式,也影响着当代革命历史小说的英雄叙述基调。

承载英雄叙述的审美文本只能是悲剧,而非喜剧。这是由中西方文艺作品的共同历史传统和悲剧与喜剧不同的审美特质决定的。在人类早期神话和史诗中最早出现的英雄就是悲剧性人物,中国的精卫、夸父如此,古希腊神话中的英雄也是如此。悲剧虽然是一个源自西方的美学概念,但是中国古代文学也具有浓厚的悲剧精神,这一点已经得到了学界的认可,尽管中国文学的悲剧精神与西方不同,有的时候笼上了一层乐感文化的色彩。但无人否认,《史记》中的李将军、项羽等作为末路抗争的英雄,具有西方悲剧英雄的精神气质,司马迁"不虚美、不隐恶"及不与统治者妥协的叙述姿态使他没有为末路抗争的英雄编织"大团圆"的结局氛围,而是真实地营造人生有价值的东西被毁灭的悲剧。所以,司马迁的史传英雄堪称是真正的悲剧英雄,他们具有毁灭性的结局、抗争的意志和崇高的品格,这些都是契合西方悲剧英雄精神的。从悲剧与喜剧不同的审美特质上看,前者也是适合表现英雄的。在亚里士多德关于悲剧的论述中,就提到悲剧的主角应该是名门望族,也就是不同于普通人的人,这样的人的遭遇才会引起人们的关注,所以他对悲剧的界定就是英雄悲剧。"悲剧的基本成分之一就是能唤起我们的惊奇感和赞美心情的英雄气魄。我们虽然为悲剧人物的不幸遭遇感到惋惜,却又赞美他的力量和坚毅"[②],从朱光潜对悲剧"成分"的分析中也可以看出其认为悲剧是英雄的悲剧。此外,悲剧也总是与崇高的美学品质紧密相连,"要给悲剧下一个确切的定义,我们就可以说它是崇高的一

---

① 姜萌:《族群意识与历史书写》,商务印书馆2015年版,第281页。
② 朱光潜:《悲剧心理学》,安徽教育出版社2006年版,第82页。

第二编　历史叙述与民族认同：当代历史题材小说的影视改编

种，与其他各种崇高一样具有令人生畏而又使人振奋鼓舞的力量；它与其他各类崇高不同之处在于它用怜悯来缓和恐惧"。① 崇高感所带来的这种"令人生畏又使人振奋的力量"正是英雄人物一种品质。作为美学范畴之一的喜剧则是以表现受嘲弄、引人发笑的小人物为主，亚里士多德在其《诗学》中指出"喜剧模仿低劣的人"②，这里"低劣的人"肯定不是英雄。车尔尼雪夫斯基认为"丑便是喜剧性东西的起点和本质"③。丑是与崇高、壮美对立的范畴，不属于英雄气质。总之，从美学理论和中外创作实践上看，喜剧不适合表现英雄人物。

自20世纪90年代中期以后，历史题材文艺作品包括革命历史题材创作都出现了娱乐化、世俗化的趋势，这种趋势在影视作品中表现尤其明显，出现了一批以搞笑娱乐为目的的古装戏，比如《还珠格格》《铁齿铜牙纪晓岚》等。在这股全民娱乐的大潮下，本应以悲剧为其美学风格的革命历史影视剧也沾染上了一些喜剧性特征，其中一个表现就是作品中的英雄形象出现了"去崇高"的世俗化倾向，具体而言，就是人物外貌或言行的一些"丑""俗"的方面。比如2000年出版的小说《历史的天空》中经历过抗日战争和解放战争后来成为我军高级将领的姜大牙，不仅形象奇特，有"邪气""顽劣相"，而且刚出场时一身匪气，满嘴脏话，和名声不好的女人混在一起。1999年出版的小说《亮剑》中的李云龙也是全篇脏话不断，生活小节也有些在其妻田雨看来"粗鄙"的习惯，比如随时脱下袜子来抠脚，散发出难闻的气味。如果说小说中的英雄还仅是表现出形象或生活小节的"丑"的一面，电视剧中则进一步地表现人物性格中矛盾的、搞笑的一面，喜剧性加强，而且不仅是由新革命历史小说改编的影视剧如此，根据红色经典改编的电视剧中的英雄也开始颠覆原著中的崇高形象，出现了一些或粗俗或令人发笑的矛盾性格，而"自相矛盾"正是喜剧人物的特点。2004年上映的电视剧《林海雪原》曾经引起很大争议，其中一个原因就是

---

① 朱光潜：《悲剧心理学》，安徽教育出版社2006年版，第91页。
② [古希腊]亚里士多德：《诗学》，陈中梅译注，商务印书馆1996年版，第58页。
③ 参见于成鲲《中西喜剧研究：喜剧性与笑》，学林出版社1992年版，第152页。

剧中杨子荣的形象与原著差异太大。小说中的杨子荣出场时身份即是小分队成员，侦察英雄，在剧中则成了一名伙夫，他油腔滑调，爱唱酸曲，爱发牢骚，曾给战友饭里下泻药，与土匪妻子有感情纠葛，为了这种纠葛，他还违反纪律被关了禁闭。这些行为虽然是"小的缺陷"，但与人物的英雄本质及作为目的的革命事业有矛盾冲突，是喜剧性的，而小说中的杨子荣则具有目的和手段相一致的悲剧英雄特色。2010年的电视连续剧《平原枪声》中的马英等英雄也表现出了被善意嘲笑的矛盾言行，比如他一出场，在激烈战争的间隙，居然是满不在乎地嗑着瓜子，骂着脏话，并且吹牛自夸，很快就被人揭穿。这样的亮相分明就是滑稽的、喜剧性的。而原著中的马英则具有崇高的英雄品格。同样被颠覆的还有云秀的形象。原著中的云秀是个识大体、明大义的民女形象，后来逐渐参与到革命工作中来，真实地反映了抗战时期广大农村基层女性在后勤保障等方面对抗战的奉献与牺牲。到了电视剧中，云秀则变成了一个喜剧形象，有些傻乎乎的，整天缠在马英身边想着如何嫁给他，甚至表示做妾、做丫头都行。红色经典小说《铁道游击队》曾经真实地反映了抗战时期鲁南地区游击队艰苦卓绝、悲歌慷慨的抗日工作，到了2016年的电影《铁道飞虎》，悲壮之风荡然无存，完全成了一部贺岁功夫喜剧，曾经的铁道英雄在电影中成了言行充满低俗笑点的滑稽人物。

第三节 改编影视剧中悲剧冲突的简化

恩格斯在评论拉萨尔写的历史悲剧时提及，悲剧产生于"历史的必然要求和这个要求的实际上不可能实现"之间的矛盾[1]，而这种历史的必然性是由各种互相交错的意志所造成的历史合力，这就说明历史的悲剧冲突是复杂多元的，"由于无数个意志的互相冲突，就可以引申出无数根互相交错的合力线，而最后得出的合力线和其中任何一根线都不

---

[1] 参见朱立元主编《美学》，高等教育出版社2001年版，第167页。

一致"①。处在历史合力中的人,既要承受历史与伦理的矛盾,生与死的困境,自身也处于理智与情感、本能与文化的冲突之中。所以以人为主体的历史的悲剧,必然不能只展示单向度的矛盾和对立,而应该写出导致复杂的矛盾冲突及导致矛盾的各种合力,真实地展示人在历史中的境遇,这也是一部有悲剧意识、哲学精神的历史文艺作品所应该具有的丰富内涵。

属于红色经典范围的革命历史小说由于时代的原因存在着将历史冲突简单化,从而导致作品的悲剧氛围弱化,向着正剧转化。这些作品中,造成正面人物悲剧命运的基本就是阶级矛盾和民族矛盾,几乎没有表现有恒与有限,人物自身情与理、本能与文化的冲突,矛盾冲突单一,所以人物也就善恶分明,出现为后来批评家所诟病的"脸谱化"弊端。当然在某些创作于"十七年"早期的革命历史小说中,仍然有某些潜隐的人物内心情与理、血缘亲情与文化规制之间的冲突,比如母爱的本能与民族国家话语对其献祭子女的要求之间的冲突,男女情欲与民族责任之间的冲突等,在《野火春风斗古城》《苦菜花》《平原枪声》等小说中都有所体现,而正是这些超越阶级斗争之外的多元矛盾因素使得这些小说在"文革"中受到了批判,这其实是这些小说中最有悲剧性从而也是最感人的内容,比如《苦菜花》中裹挟在战争和社会阶级矛盾中的母亲内心对孩子的挂念、不舍与纠葛及其对家人团圆伦理亲情的渴望与这种挂念及渴望不断地被摧残打击之间的张力就相当具有悲剧的震撼力。但是根据小说改编的同时代的电影或者20世纪90年代以后具有"神剧"风格的影视剧却失去了上述多元矛盾因素,或者成为以阶级斗争为单一线索的文本,或者成为以夸张手法表现单一民族矛盾冲突的"抗日神剧"。

小说《林海雪原》也存在上述问题。有论者认为小说中土匪形象被简单化、脸谱化,没有真实地再现出处于中国现代动荡社会中的土匪形象和人生轨迹,"将'豪杰之士'的乱世悲剧'颠倒'为老幼乐观、

---

① 许苏民:《历史的悲剧意识》,上海人民出版社1992年版,第24页。

第五章　当代历史小说影视改编中的历史意识问题

人人喜道的盛世喜剧"①。的确,小说《林海雪原》也存在矛盾冲突简单化、人物形象脸谱化的问题,也即只存在阶级立场的冲突,不同的阶级阵营代表着对立的善恶两方,善与恶都是绝对的,纯粹的,所以小说中也不存在深层的人性冲突。代表恶的土匪一方不仅在伦理道德上是恶的,反伦理的,在形象上是丑的,而且在民族立场上也是反动的、投降的,这与历史上东北土匪部分参与抗日的史实不符,所以小说将复杂的东北抗日史简单化了,遮蔽了另一类人的悲剧命运。在小说后来的影视改编多个版本中,始终存在矛盾冲突单一、悲剧精神缺失的问题,并没有随着时代文化语境的变迁而有根本性的变化,有的甚至还因为娱乐化、市场化制作机制的影响,在正反对立模式的路径上比小说走得更远,人物形象更为脸谱化。

1986年的电视剧《林海雪原》虽然主要的叙述基调沿袭小说立场,但在部分细节上表现了对史实的尊重,比如剧中的"蝴蝶迷"形象气质都不错,这符合小说作者曲波自述中承认的人物原型其实是很漂亮的。剧中"蝴蝶迷"见少剑波的时候提及许大马棒当年也是打过日本人的,少剑波也承认是打过日本人,"但光复后又调转枪口对人民"。这些简短的对话透露出部分土匪参与抗日的史实,但在全剧中所占分量微不足道,仍然不能改变其沿袭小说善恶分明、冲突单一的风格。2004年电视剧《林海雪原》则试图改变之前版本的这些不足之处,试图将杨子荣和座山雕的性格处理得复杂化,比如让前者带有一些流氓性和匪性,让后者带有一些儒雅和温情,也就是让好人带上一些坏人的品质,让坏人带上一些好人的品质,这其实仍然是一种简单化处理方式,人性的复杂性并不是 $1+1=2$ 这么简单的,善恶情理等各种因素往往杂糅难辨,不仅外人无从查知,主体自身也难以自觉,而且人性的各种因素往往受到社会文化、时代背景的影响,展示人性的复杂性也必须将人物放置在相对真实的历史语境中。历史上的杨子荣作为一个处在严酷敌我斗

---

① 张均:《悲剧如何被"颠倒"为喜剧——长篇小说〈林海雪原〉土匪史实考释》,《文艺争鸣》2016年第2期。

争中的有经验的侦察员应该是严谨、具有组织纪律性的，岂能为了表现英雄也是凡人而编造出一些不符合史实的低俗的细节？创作者显然对人性的丰满复杂有所误解，乃至矫枉过正，以为唱酸曲、捉弄战友等细节就是对过去高大上英雄形象的丰满与补充，这其实是一种不肯下功夫又想媚俗的处理方式，所以这样的历史题材文艺作品是无法达到如《战争与和平》这样"具有心灵的辩证法"史诗风格的作品高度的。

至于徐克的电影《智取威虎山》作为一部影像时代的视觉动作大片，无须多言，其主旨不在展示历史冲突中的人性，更不是定位于史诗大片，所以全片除了画面、动作具有一定的审美和娱乐价值外，既没有历史意识也没有悲剧精神。

2017年版的电视剧《林海雪原》则完全堪称一部喜剧娱乐片。该剧基本沿袭了小说中单一的阶级和善恶冲突模式，在反面人物的"妖魔化"方面比原著和所有其他改编文本更突出。在该剧中众匪在外貌和言行上离常人相去甚远，有了更多的"魔"的色彩。小说中的众匪虽然外貌丑陋，至少还是常人，到了该剧中，众匪或不男不女，比如着女装、具女声的男匪醉花和具有男人气男声的蝴蝶迷；或者有挤眉弄眼的怪癖，比如定河道人说话时隔一会儿就会转下脖子，而真胡彪则喜欢不时的抽下鼻子，醉花最信任的一个手下居然是一个身高不足一米的"贼锉子"，这些历史上的"乱世豪杰"在剧中不仅失了常人的外形，而且还失了正常的人性，残酷到接近变态，比如小说中土匪杀村民是为了报复，电视剧中的土匪杀人有时毫无理由，而且近乎虐杀，比如土匪们为了杀几个妇女，将她们扔到了冰面上，并饶有兴致地朝冰面扔手榴弹，看她们一个个落入水中。仅仅为了取乐而浪费大量武器，这与东北山林里的土匪缺少且重视军火的史实不符。

除了残酷和怪异的外形，土匪的心智也都不健全，有时表现得很弱智幼稚，比如在座山雕六十大寿的宴会上，众匪全都扮成了《西游记》中的人物形象，玩起了旱船，举止滑稽天真，座山雕穿上自己准备了很久的大帅服出场，表现出了羞涩的一面。至此，无论上是历史上的"乱世豪杰"还是小说中穷凶极恶的悍匪都消泯无形了，取而代之的是喜剧式无害的滑稽人物形象。车尔尼雪夫斯基对客观性喜剧的定义是"只局限于一种外部的行动和一种表面上的丑的'滑稽戏'"①,"一切笨拙、一切迟钝也都属于这一类的;例如,可笑的、笨拙的步姿、可笑的方法和习惯,例如:不断眨眼睛、不断的擦脸的习惯、喜欢摆弄衣服、爱好打扮的习惯等等;最后,人所遇到的一切笨拙、荒唐的意外,例如,当他摔倒、当他受殴打……这些就属于滑稽戏的范围的"②。上述众匪的言行都属于"滑稽戏"范畴的,而且还是"无害"的,"所谓'无害'并非指喜剧对象性质无害,而是指他在特定喜剧情境中,无论对人对己都不造成重大伤害,更不能危及人物的性命。这也是为喜剧的美学特性所规定的"③。

当土匪形象完全"无害"后,真实历史中艰苦的剿匪工作也就变得轻松娱乐了,所以电视剧风雪夜的"百鸡宴"没有剑拔弩张的紧张气氛,而是非常喜庆,当小分队打上山来的时候,座山雕居然没有任何反抗,只是眼睛湿润的呆坐着。这样的"无害"化喜剧情节完全扭曲了真实的你死我活的剿匪斗争,将敌我冲突和残酷的战争简单化、娱乐化,是对历史和英雄的不尊重。这样的"神剧"能够正常播映,原因之一是某种程度上具有比原著更强的意识形态色彩和"大团圆"结局,比如在小说中毫不悔改的座山雕在剧中居然悔悟了,在狱中他和杨子荣敞开心扉,高度赞扬我党我军:"土匪和军队能一样吗?尤其是你们的军队,有国法、纪律、信仰",然后又赞扬并感激杨子荣,认为杨子荣三十六计淋漓尽致,是个人才,自己不败都难,区区一个排长都如此出类拔萃,其他人可想而知,自己不是共产党的对手,侯殿坤甚至蒋介石也不是共产党对手。小说《林海雪原》中没有完成的对土匪进行思想改造的任务,在电视剧中完成了,以座山雕为代表的土匪灵魂的改造取得了一个圆满的结局,2017年版的电视剧《林海雪原》也就变成了一部革命喜剧。此外,该剧的喜剧性还来自于让反面人物都说东北方言,

---

① 转引自柳征《悲剧喜剧的美学特征比较》,《外国文学研究》1995年第1期。
② 转引自柳征《悲剧喜剧的美学特征比较》,《外国文学研究》1995年第1期。
③ 柳征:《悲剧喜剧的美学特征比较》,《外国文学研究》1995年第1期。

正面人物都是标准的普通话,前者很容易产生东北方言小品的喜感,也有方言偏见之嫌。

20世纪90年代以后,受新历史主义的影响,出现了一批与红色经典小说风格不同的新革命历史小说,比如陈忠实的《白鹿原》、徐贵祥的《历史的天空》、尤凤伟的《生命通道》、叶广芩的《青木川》等。与冲突单一、对立分明的红色经典不同,这些小说表现出了历史叙述的"复调"色彩,不再聚焦于宏大的民族国家发展进程,而是聚集于历史进程中的人,以人为中心反思历史,因为人性的复杂,呈现出的历史叙述也就具有了谜思之美。同样,这些小说也不再以阶级矛盾和民族冲突为主线,而是致力于表现文化的冲突、历史与伦理的冲突、文化与人性的冲突等多元矛盾冲突,具有浓厚的悲剧审美意味。但是由其中一些小说改编而成的电视剧,依然存在上述由悲剧向喜剧风格转化的情况。

小说《白鹿原》中的白嘉轩就是一个处于多重矛盾中的悲剧人物,作为一个恪守传统农耕文明的乡绅,他承受着近现代西方文明和革命文化入侵带来的痛楚,他与乡人、家人的冲突缘于此,他感叹白鹿原的历史如同"鏊子"也缘于此,历史的进程是不以个人的意志为转移,甚至是以牺牲多数人的利益为代价的,在历史以革命的名义不断"翻鏊子"过程中,白鹿原芸芸众生包括白嘉轩的悲剧命运在劫难逃,不管这个体在伦理意义上是善抑或恶。所以不仅仅德行有失的鹿子霖、小娥等下场悲凉,就连自信是个"实实在在的庄稼人"的白嘉轩,实际也不断卷入革命斗争的纠葛中,家破人亡。同时,白嘉轩这个人物本身也存在着双重人格冲突,一重人格是文化的,是他在意识层面觉得自己必须去坚守的,另一重人格则是本能的,是在潜意识中支配他的一系列行动。前者是宗法伦理中的仁义思想,他不仅很努力地使自己符合仁义的规范,而且还通过家法乡约去约束村人的言行,以期使个体和宗族都能达于理想的境界。但是人的本能和小农意识又使他在不自觉地践行自利和务实原则,就像费孝通在《乡土中国》中所提及的,乡土社会人际关系是一种差序格局,即以血缘的远近来定亲疏,最近的利益群体是小家，然后是宗族，然后是乡人，至于国和天下的概念在小农社会中是淡弱至无的，这和儒家家国天下的理念有差距。

所以白嘉轩最重的还是个人小家，在顾住家的利益的同时，再考虑族人的利益。当他发现关系家世后代衰荣的风水宝地的时候，他用了违背仁义的手段去获取了；他和鹿家的暗斗还是为了自家在族中的地位和话语权。当他得到鸦片种子的时候，为了"罂粟种植的巨大收益"①，他把好地全部种上了鸦片；战乱的时候，他"比以往任何时候都更加谨慎地经营着这个家庭"②，他让儿子躲出去，逃避了保甲长的差使。保甲长的职责一般由乡绅担任，在抗战时期往往是出力不讨好的差使，白嘉轩的经营与逃避充分显示了他基于小农生存哲学的精明利己。他追求的面子和名声其实也是一种自利，为面子而面子，为了获得好名声而努力实施获取的手段，其实并没有真正在内心情感深层去认同"仁义"的价值准则，这就是小农和士的区别，后者是将儒家伦理真正化为修身准则和情感认同的。在交农事件中，真正的英雄其实是鹿三，白嘉轩被缠住没能参加，但在事后，折磨他的"最沉重的忧虑"并不是出于道义或对被囚者的同情，而是不利于他名声的传言；其先前有辱门楣的儿子孝文做了国民党保安大队的营长后要求回家，白嘉轩面上表示不认儿子，其实内心是认同的，这一点从后面孝文走后他的心态可以看出："白嘉轩从族人的热烈反响里得到的不仅是一种荣耀，更是一种心理补偿。他听到人们议论说'龙种终究是龙种'，就感到过去被孝文掏空的心又被他自己给予补偿充实了，人们对族长白家的德仪门风再无非议的因由了。"③ 在儿子走后，他有意走到村里的人群中，看似和人们聊闲话，其实还是想获得村人对其面子和身份的认同，"在村巷田头和族人们聊几句庄稼的成色讨论播种或收割的时日，并不显示营长老子的傲慢或声势"④。一句"并不显示"暴露了人物对自己内心真实思想的刻意

---

① 陈忠实：《白鹿原》，作家出版社2017年版，第40页。
② 陈忠实：《白鹿原》，作家出版社2017年版，第513页。
③ 陈忠实：《白鹿原》，作家出版社2017年版，第427—428页。
④ 陈忠实：《白鹿原》，作家出版社2017年版，第428页。

伪装。他后来决定搭救鹿子霖并非基于同情或正义,仍然是为了自己的名声,树立"以德报怨"形象。所以这个人物实际上经常处于文化和本能的冲突之中,他内心得意,还要顾忌到伦理教条与世风民俗,刻意抵制自己得意的外露;他内心嫌恶鹿子霖,为了乡土社会"以德报怨"的美俗,做出搭救后者的行为,直至小说的最后,他还在"装",那是在他晕倒之后,重新出现在村里时,鼻梁上居然架起了一副眼镜,这样一幅文人般的装扮和以往族长的凛然气势有违,"白嘉轩不是鼓不起往昔里强盛凛然的气势,而是觉得完全没有必要,尤其是作为白县长的父亲,应该表现出一种善居乡里的伟大谦虚来,这是他躺在炕上养息眼伤的一月里反反复复反思的最终结果"①。白嘉轩的悲剧某种意义上反映了我们民族文化的一些消极和负面的东西,有些伦理规范的内核是违反人性的,他对小娥的"镇压"即是一例。而千百年来"翻鏊子"的历史及政治文化的权谋与残酷,又使得农民形成了"苟全性命于乱世"的生存哲学,这种哲学的底色即是利己与自保的。

　　这样一个处于复杂矛盾冲突中的白嘉轩到了电视剧《白鹿原》中则成了一个简单纯粹的人物,其悲剧性大大减弱。电视剧对其做了夸张的美化处理,首先,白嘉轩具有淳善侠义的天性,在第1集,他本想拿粮食换妻子,见对方哭泣,放下粮食不要人就走了,在路上救了仙草,家人想让他娶她,他说不想乘人之危;在交农事件中,他不仅是主事人,而且亲自参加到行动中,后又入狱受了大刑,表现得大义凛然,为鹿三和鹿子霖开脱,都揽到自己身上,他为了饥馑中的村人去借土匪的粮食,之后又信守承诺如数还粮。其次,白嘉轩比小说中更勇敢果决,交农事件他参加了,而且此后白鹿原的许多维护村民利益的斗争他也参加了,小说中的人物在面对欺压村人的士兵时,虽然心里不愿,但没有明显的反抗,而剧中的人物则是站在院子里痛骂杨排长,当村民的妻子被杨排长的兵强奸后,他带领村民拿家伙准备拼命,这一情节也是小说中没有的。小说中烧杨排长粮食的是共产党人鹿兆鹏带人做的,到了剧

---

① 陈忠实:《白鹿原》,作家出版社2017年版,第573页。

中，则成了白与鹿的共谋。实际上，到了这一步，白嘉轩已经具有革命者的色彩了。最后，作为具有革命思想的白嘉轩已经迥异于小说中有着宗法思想的农民了，他有着现代性的平权思想和反抗精神，蔑视权贵，比如当杨排长的军队撤走后，他拆掉了戏台，让新来的县长不能站在高处讲话，这让后者很不快。他对儿子白孝文当官一直是不以为然的，曾经劝说儿子去教书，不要当官；当后者想要进祠堂认祖归宗时，他不同意，认为他的谦和认错都是假的，认祖归宗是为了升官。最后当白孝文杀害黑娃后，他大义灭亲，诱捕了孝文，斥责后者装仁义，装亲民，装君子。作为革命者的白嘉轩反宗法血缘伦理也是必然的，当日军的炮火炸了祠堂后，他觉得祖宗也保佑不了族人，这个对祖宗有质疑的人物和小说中对祖先诚惶诚恐的人物是迥异的。他的现代性和革命性还表现在相信现代科学、反迷信的行为，比如在村里闹瘟疫时候，他反对村人迷信，带头在亲人坟上撒石灰。作为革命者的白嘉轩必然和共产党人鹿兆鹏有了共同话语，他们惺惺相惜，白嘉轩不仅对后者高度评价，甚至多次相助，参与到后者的事业中去。而小说中的白嘉轩实际上和后者并无任何交往，对其是评价很低的，比如当鹿兆鹏推举黑娃去讲习所后，白嘉轩得知这个情况后对孝文说："他坐在那儿看去像个先生，但一抬脚一伸手就能看清蹄蹄爪爪了。物以类聚人以群分。这就再明白不过了。"①这实际上把鹿兆鹏并入他一向所瞧不起的一类人里了。

　　总而言之，电视剧中的白嘉轩是一个完美的英雄形象：侠义、无私、勇敢，具有反传统的现代性、革命性，甚至成为无产阶级革命事业的同情者和支持者。而且这些特质是人物的内在追求，所以人物自身并无矛盾冲突，表现纯粹单一，和红色经典中的革命英雄相似。这种脱离了人物所处时代背景和文化环境，脱离了历史语境的美化提纯法是有违历史真实的，是一种理想人格，失却了历史旋涡中真实人性的丰富和血色，悲剧韵味也大大减弱。如此简单的人物，没有自身心灵的挣扎，他所面对的冲突就全部是外在的所谓落后的恶势力了，为了强化这种正义

---

①　陈忠实：《白鹿原》，作家出版社2017年版，第169页。

与邪恶的对立，该剧编导在大力美化白嘉轩的同时，必然也大力贬低与他对立的其他人物，比如鹿子霖，在全剧中，只要是表现白嘉轩仁义或勇敢特质的时候，必然要出现与他对着干的鹿子霖作为反面镜像，后者几乎被塑造成了一个无义、善变、贪小轻浮的滑稽人物，而这与小说中的鹿子霖形象相去甚远，小说中的鹿子霖尽管有各种缺陷，但其言行基本符合一个关中乡绅的分寸，比如当白嘉轩约他商讨《乡约》的时候，他是由衷同意并配合支持的，所以才"感叹不止：'要是咱们白鹿村村民照《乡约》做人行事，真成礼仪之邦了'"①，他给村人分粮，态度温和，采用的也是十分公平的分法，并无私心，而分粮这一细节，到了电视剧中，却成了被白嘉轩讽为自私的不当行为。至于剧中鹿子霖刻薄地骂村民，到处挑拨离间、聚赌设计等小说中没有的言行，不符合人物身份。为了美化白嘉轩，小说中那个老实忠厚的鹿三都被设置不道德之行为，比如剧中白嘉轩种植鸦片是因为无知，知情后也只卖给药店，决不卖给烟铺，而鹿三却瞒着他卖给烟铺来换取高额利润且一度沉湎赌博。电视剧中，在禁赌这一情节中，白嘉轩成了一个孤独的英雄，成了大多数村民的对立面。白嘉轩的儿子白孝文在剧中也被添加了比小说更多的负面行为和思想，比如他不尊敬鹿三一家，等级意识浓厚，思维守旧古板，痴迷权位，贪污腐败，在最后他被父亲扣住时，后者斥责他"装仁义，装亲民，装君子"，"装"其实不正是小说中白嘉轩的一种人生态度吗？

如果说小说《林海雪原》及其影视改编版本将东北土匪脸谱化、喜剧化，有意忽视他们曾经抗日的行为，引发评论家的遗憾，出版于2007年的叶广苓的具有新历史主义风格的小说《青木川》则试图将陕南土匪"恶霸"魏富堂从历史叙述的迷雾中还原其真实形象，所以小说中的叙述者其实是在不断地质疑单一的二元对立的阶级斗争主线的历史话语的，魏富堂的形象有别于革命叙事中的土匪，他善恶杂糅，功过相当，在代表革命视角的冯明看来，他是万恶的土匪恶霸，然而在代表

---

① 陈忠实：《白鹿原》，作家出版社2017年版，第78页。

民间视角的许忠德看来，他却是造福青木川的英雄。在小说中，以往文学作品中滑稽丑陋的土匪有了乱世英雄的悲怆命运，其悲剧性命运也是源自多重矛盾冲突，从两种视角对他不同的评价即可看出其身上所拥有的矛盾因素。他出身贫寒，没有文化，基本上没有走出过陕南地界，却偏偏有着丰富的情感和精神世界，对文化和现代文明的追求痴迷入骨，却又囿于其出身和所处环境，未能彻底实现向文明的转化，导致了婚姻的不幸和内心的烦恼。"追求文化给他带来希望也带来苦恼，归其原因，是他将文化想得过于简单，就如同他的那些留声机、电话以及那辆在青木川永远跑不起来的美国'福特'"①，他的留声机中唱的不是西洋音乐，而是让旁边人听腻的传统京剧曲目，电话永远也接不通，因为山里根本就没有线，山区的道路也跑不起现代轿车。他的悲剧性不仅体现在上述精神追求与现实环境的不和谐，也体现在其夹在历史纷争中无法掌握自身命运的矛盾处境，无法选择，却必须选择，可能时势造英雄，也可能一失足成千古恨，结果他最后的决定葬送了自己的生命。最有悲剧意味的是，历史叙述中对人物善恶的评价是如此吊诡多变，人在历史中的境遇是更加无奈孤独，他在青木川修桥，被阶级斗争话语视为为一己之利、鱼肉百姓，但在许忠德看来，造桥受益的也是百姓，而且魏辅堂的严厉监工恰保证了桥几十年的安全质量；他在村里兴办学堂，粗暴地逼着村民把孩子送去上学，这孩子正是因为读了书，才有了以后发展，而他的这一行为却成了日后被枪毙的罪证之一："私设牢房，关押迫害革命群众。"②

2014年上映的电视连续剧《一代枭雄》是根据小说《青木川》改编的。具有娱乐化色彩的电视剧对原著进行了较大的颠覆，使主人公从一个处于矛盾处境中具有矛盾心态的悲剧人物变成了一个单纯乐观、一心往前冲的乱世英雄，矛盾冲突的单一化使人物身上的悲剧性减弱，从而削弱了整部剧的悲剧精神，使其变为娱乐化的喜剧人物。主人公何辅

---

① 叶广芩：《青木川》，太白文艺出版社2007年版，第130页。
② 叶广芩：《青木川》，太白文艺出版社2007年版，第107页。

堂的身份在剧中被设置为留学多年归来的海归，这一身份的转移就使人物身上少了原著中的文化冲突，而这一冲突恰是支持小说悲剧精神的核心因素，显然这一重大改变是因为编剧想要该剧摆脱人物灵魂的纠结矛盾，向着喜剧化方向发展，满足受众的娱乐需求。当人物自身心灵的矛盾被抽离后，该剧就只剩下正义与邪恶这一传统的二元对立了，主人公的对手也只剩罪大恶极的反面人物，所以相较原著，该剧又需要设置一个穷凶极恶的人物——魏正先，此人成为贯穿始终的主人公的一世仇敌。而小说中，魏正先只是一个着墨不多的小人物，对魏辅堂没有太多的影响。

第四节　改编影视剧的"大团圆"结局

关于中国文学究竟有没有悲剧精神，学者们之间是有争议的。胡适和鲁迅等人认为中国文学传统缺乏悲剧精神，是"瞒"和"骗"的，其实，他们的这一观点主要针对的是传统文学中的"大团圆"结局模式。胡适认为："这种'团圆的迷信'乃是中国人思想薄弱的铁证。作书的人明知世上的真事都是不如意的居大部分，他明知世上的事不是颠倒是非，便是生离死别，他却偏要使'天下有情人都成了眷属'，偏要说善恶分明，报应昭彰。他闭着眼睛不肯看天下的悲剧惨剧，不肯老老实实写天工的颠倒惨酷，他只图说一个纸上的大快人心。这便是说谎的文学。更进一层说：团圆快乐的文字，读完了，至多不过能使人觉得一种满意的观念，决不能叫人有深沉的感动，决不能引人到彻底的觉悟，决不能使人起根本上的思量反省。"[①] 这段话同时指出了文学悲剧精神缺失导致的深度和意义的缺失，如前所述，历史文艺作品悲剧精神的缺失同样会导致作品历史意识的缺失。鲁迅为其小说《阿Q正传》的结尾一章取名"大团圆"，即是对中国传统文学虚构团圆结局的一种讽刺，鲁迅认为这种团圆的结局是与国民性有关的，"中国人的不敢正视

---

① 胡适：《倡导与尝试》，北方文艺出版社2018年版，第71页。

各方面，用瞒和骗，造出奇妙的逃路来，而自以为正路。在这路上，就证明著国民性的怯弱，懒惰，而又巧滑。一天一天的满足着，即一天一天的堕落着，但却又觉得日见其光荣"①。此后美学家朱光潜在其《悲剧心理学》一书中同样认为中国的戏剧具有大团圆的结尾，是没有悲剧性的，"事实上，戏剧在中国几乎就是喜剧的同义词。中国的剧作家总是喜欢善得善报、恶得恶报的大团圆结尾"②。不过朱光潜并没有像鲁迅和胡适等人一样对此深恶痛绝地进行批评，而是指出这种大团圆的结局和人的情感心理及中国人的民族精神有关，"绝大多数观众绝不欣赏悲惨结尾本身。相反，他们往往真诚地希望悲剧主角有更好的命运……悲剧不仅给人快乐，也唤起惋惜和怜悯的感情。这种惋惜和怜悯心情常常会非常强烈，以致威胁到悲剧的存在本身。人心中都有一种变悲剧为喜剧的自然欲望，而这样一种欲望无疑不是从任何天生的恶意和残忍产生出来的"③。"中国人和希伯来人在宗教热诚这方面虽然相去万里，但在有一方面却十分接近：他们强烈的道德感使他们不愿承认人生的悲剧面。善者遭难在道德家眼里看来是违背正义公理，在宗教家眼里看来是亵渎神圣，中国人和希伯来人都宁愿把这样的事说成本来就没有。"④

中国当代的一些文学批评家比如王富仁从宏阔的视角上来审视中国几千年的文学作品而不独是一些戏曲小说，认为"从悲剧意识而言，中国文化的悲剧意识不是更少于西方文化，恰恰相反，全部中国文化几乎都是建立在人类的这种悲剧意识的基础之上的，都是建立在人与宇宙、自然、世界的悲剧性分裂和对立的观念之上的。悲哀，是中国所有文化的底色，但在这个底色之上，中国文化建立起了自己的乐感文化。这种乐感文化是通过抑制激情、抑制悲剧精神的方式建立起来的"⑤。

---

① 转引自熊元义、余三定《命定神话与中国悲剧精神的消解》，《文艺理论与批评》2004年第5期。
② 朱光潜：《悲剧心理学》，安徽教育出版社2006年版，第217页。
③ 朱光潜：《悲剧心理学》，安徽教育出版社2006年版，第49页。
④ 朱光潜：《悲剧心理学》，安徽教育出版社2006年版，第220页。
⑤ 王富仁：《悲剧意识与悲剧精神（上篇）》，《江苏社会科学》2001年第1期。

第二编　历史叙述与民族认同：当代历史题材小说的影视改编

王富仁肯定了中国文学传统中悲剧精神的在场，对大团圆式结局现象归因为乐感文化。其实上述不同结论是基于不同的研究对象而得出的，正如高旭东所言：“上层的精英文学渗透着悲剧精神，而下层的大众文学则弥漫着乐观的喜剧精神，好莱坞的电影娱乐的是普罗大众，与中国古代小说戏曲主要是市井细民的娱乐是一致的。因此尽管胡适、鲁迅、朱光潜等都认为中国文学缺乏悲剧精神，但是他们所举例的文学文本大都是小说、戏曲，而小说与戏曲在传统中国主要是下层的民间文学，在传统时代是不登大雅之堂的。”① 而王富仁的文章中重点分析的是精英文学，比如屈原的作品、《史记》、唐诗宋词中一些代表作等。

而当下的影视剧作为以大众传媒为中介、面向普罗大众的艺术形式，必然是"弥漫着乐观的喜剧精神"，所以在改编的历史题材影视剧中，变原著悲剧结局为大团圆的结尾也就不足为怪了。可以说，几乎所有改编的新革命历史影视剧都有一个光明温情的结尾，不论它的原文本结局如何。

小说《白鹿原》的结局是相当悲凉的，鹿子霖疯傻死于寒夜，白嘉轩活在良心的愧疚中。电视剧则是大团圆的结尾：鹿兆霖没死，和白嘉轩幸福地生活在一起。最后的画面是白嘉轩走在一望无际的麦田里，他的心中充满了对新生活的无限憧憬。

小说《历史的天空》中，结尾是冷色调的，因为很多矛盾都没有解决，梁必达和朱预道也没有和解，"陈墨涵苦苦一笑，一句话也没有说出来。凌晨三时，陈墨涵终于离开梁家，走出梁家大门，情不自禁地抬起头来，仰望苍穹，只见一轮皓月当空，银汉稀疏"②。而电视剧的结尾则是暖色调，昂扬向上，最终朱预道和姜必达和解，他的妻子也原谅了他，回到他身边，陈墨涵也没有如小说中那样形单影只，因为姜必达把自己的孩子召集起来，准备过继一个给陈墨涵。最后的画面则是姜必达站在高山之上，俯视群岭，激昂壮烈的音乐同时响起。

---

① 高旭东：《论悲剧精神在中国现代文体转型中的错位》，《北京大学学报》（哲学社会科学版）2012年第3期。

② 徐贵祥：《历史的天空》，人民文学出版社2000年版，第620页。

小说《青木川》中魏辅堂是投诚后又于阴差阳错间被镇压的，而在电视剧中，几个主要人物都得其善终。何辅堂投诚后一直留在风雷镇教书，80多岁死于肺炎。小说中死于匪徒之手的戏子朱彩灵在电视剧中加入了共产党，成了风雷镇的镇长。小说中和魏辅堂一起被镇压的侄子李树敏在剧中也活到了最后，被其母从西安找到，接回广坪一起生活。小说中在对魏辅堂的怨恨中死去的前妻朱二泉在剧中也放下恨魔立地成佛，活到92岁善终。电视剧结尾时晚年何辅堂坐在课堂里的一段鸡汤式的内心独白很能说明编剧的大团圆式的思路："立雪，相信任何事情到了最后都是好的，如果不是好的，说明还没到最后。"

小说《集结号》结尾悲凉，当老谷发现当年战争真相后，落寞地回到了当年战斗的地方——小山村将军庙，不久死去，营长还说他太认真，不然他可以做很多大事。而在电影《集结号》中，大团圆式的结尾是相当令人振奋的，小说中没有得到认可和表彰的英雄的牺牲在电影中得到了隆重的承认，影片结尾是老谷向一位首长敬礼汇报，首长肯定了他们九连，授予他们中华人民共和国解放奖章，然后首长又给老谷身上带上奖章，带着哀痛的表情说："九连的英雄们，你们受委屈了"，之后是鞠躬、敬礼、鸣枪，在这样一个仪式化的场面中主人公曾经的缺憾和失落得到了圆满的结局。电视剧《亮剑》也改变了原著李云龙文化大革命中受迫害自杀家破人亡的结局，代之以皆大欢喜功成名就的结局：李云龙的论文在南京政治学院受到一致好评，并在毕业前夕被授予少将军衔、独立自由勋章、八一勋章和解放勋章，伴随着激昂的中国人民解放军军乐，在天安门广场的阅兵仪式上李云龙和战友们举起右手向军旗敬礼。

对电视剧"大团圆"结局要从两个方面评价，有的是掩盖矛盾，缺失历史反思精神，有时则是体现中国人和合的审美理想，具有抚慰心灵、平衡情感的意义。这一点将在后面的章节中展开详细论述。

第三编

民族文化与身份认同：
跨族群写作的影视改编

第六章 全球化背景下跨族群华语写作及其影视改编作品的民族性分析

20世纪90年代以来，随着通信技术的进步和大众传播媒介的全球扩张，"全球化"开始成为一个热点话题，引起了普遍的关注，尽管"全球化"这一现象其实始于此前更早一段时期。在学者们围绕"全球化"的讨论中，资本、技术、传播手段以及人口的流动成为其中的一些关键词。尽管存在着一些争议，但全球化是关于人口、资本、技术、思想、文化等的跨国界、跨文化的流动是一个不争的事实。20世纪下半叶开始集中出现的这种人口与文化世界范围内大规模流动促进了文化的跨国、跨族群交融混杂，文化的边界变得模糊。全球化与民族主义是对立的，其同质化对民族文化的特质有一定程度的破坏，其模糊与混杂性对民族身份认同也带来了一定的困扰。"地球村用一种无深度的、造作庸俗的、没有地方性的文化，取代了等级森严的民族文化。尽管文化公民身份从前可能被认为是逐渐扩展了接近精英的文化感受力的途径，但是此后这样的差别趋于模糊，为商业主义、反讽和嬉戏所代替。旧的民族等级本应经由文学、历史、传统、礼仪和神话等，将时间和空间连为一体，却已经被空间化的通讯流取而代之了。纵向的民族传统在一个调和而成的水平的全球文化中成了飘浮的能指。"[1]

---

[1] [英]尼克·史蒂文森：《全球化、民族文化与文化公民身份》，选自翟学伟、甘会斌、褚建芳编译《全球化与民族认同》，南京大学出版社2009年版，第35页。

第三编 民族文化与身份认同：跨族群写作的影视改编

本章拟以全球化语境下文化的跨族群交流为背景，研究海外华人作家及境内香港作家、跨族群少数民族作家的创作及其影视改编作品，以分析基于不同混杂文化身份与地位而导致的文化认同的差异。作为本章研究样本的作家包括严歌苓、张翎、李碧华、阿来、张承志等。研究的文本有小说《小姨多鹤》《余震》《霸王别姬》《尘埃落定》《黑骏马》及它们的影视改编文本。

严歌苓和张翎属于典型的"离散"作家。她们在中国出生成长，接受了传统的中国文化，形成了基本价值观之后移民到了西方发达国家，经历过在异国谋生的艰难，在所在地语言文化及母国语言文化间挣扎突围，既与母国隔着时空与文化心理距离，又始终不能完全融入居住国的文化。张翎在接受记者采访时说的一段话可以很好地代表这些成年以后移民的作家心态及创作："从我自己来说，可能出国时的母语教育和文化熏陶已经基本完成。尽管我在国外和在国内生活过的年数大致是一半对一半，但在国内的那一半是具有加权重量的，因为它覆盖了我的童年和青少年时期——那是海绵一样汲取营养和存取印记的时期。所以无论我的英语使用能力达到什么样的水准，第二语言永远无法替代母语所能带给我的情绪，而情绪在我的写作中又是如此不可或缺的因素。我可以警惕地保守着母语的纯净，但看世界的眼睛里一定已经渗入了他乡的视角。这和生活阅历有关，是无法剥离的，所以我已经无法再成为纯粹意义上的'乡土'作家，无论我的语言如何不欧化。我没法给自己定位，我看不清自己……地理距离的阻隔使我失去了根的感觉。我已经没有国内作家那种深深扎在土地里，从土地中汲取无穷文化营养的扎实感觉。"[1] 游走于两种语言之间的写作并不是一件轻松的事，张翎始终无法用英语写作，而严歌苓虽然可以，却表示感觉像"人格分裂"一样[2]。她们的创作中也都表现了华人在异国他乡生存、语言的艰难及多元文化的冲突。同时，她们的作品也被大陆导演改编为影视剧。尤其是

---

[1] 张翎：《"人"真是个叫我惊叹不已的造物》，http://www.chinawriter.com.cn/talk/2016/2016-05-20/272840.html。

[2] 参见 https://cul.qq.com/a/20140720/007599.htm。

严歌苓的作品,为中国导演所偏爱,改编量相当可观。

严歌苓的《小姨多鹤》是其出国之后的作品,首发于2008年的《人民文学》,主要内容是讲述抗战结束时一个日本孤女嫁给了一个中国人,和另一个中国女子共事一夫,生儿育女,经历了几十年的时局动荡、家庭纷争和情感纠结,在改革开放中日关系改善后回到了日本。由该小说改编的同名电视剧于2011年在大陆上映,编剧是林和平,导演是安建,主演是孙俪、姜武、闫学晶。张翎的中篇小说《余震》最初发表于2007年的《人民文学》上,2010年被导演冯小刚改编为电影《唐山大地震》上映。小说主要内容是讲述一个叫王小登的女孩子童年时经历唐山大城震,父亲去世,母亲选择了先救弟弟,导致她重伤并与亲人失散,后来被救并被一对夫妇收养。小登后来到了加拿大,幼时身心受到的创伤导致她患了严重的头疼,家庭生活也充满矛盾。小说的开头就是从她在加拿大看心理医生开始的。结尾则是小登找到了母亲,回到了从前的家,小说在她出现在家门口还没有进门的时候戛然而止。

本章把少数民族作家阿来和张承志纳入其中,是因为他们的经历和创作都是跨族群的,比如阿来的血统本身就是跨多个民族的。而且从语言上看,也是跨越多种语言文化。阿来熟悉藏族口语,同时用汉语写作。张承志作为回民,同时熟悉蒙语、满语、哈萨克语,也是用汉语创作。所以他们的创作也会体现出跨族群的文化与身份认同困惑,表现出文化杂糅的理想,具有文化中间地带的批判与反思精神。阿来的《尘埃落定》首次出版于1998年,2000年获第五届茅盾文学奖。小说以第一人称叙事,以一个土司"傻"儿子的视角反映了川南藏族地区最后一代土司们的兴衰沉浮终至消亡的历史。小说于2003年被改编成同名电视剧首映,导演闫建钢、编剧郑效农,主演刘威、宋佳、范冰冰等都是汉族。张承志的《黑骏马》原载于1982年的《十月》杂志,讲述了一个草原上长大的蒙古族男孩子白音宝力格年轻时因为所爱的姑娘被强暴而离开草原到了都市,多年以后他重返草原,追寻年轻时候的牧歌、爱情和精神象征黑骏马,尽管已经物是人非,但白音宝力格在离开的时候获得了灵魂的救赎和心灵的丰盈。同名电影《黑骏马》则是由谢飞导演的，于1995年上映。

香港作家李碧华是一位高产的小说家，同时也是受众多导演青睐的作家，其作品也有许多被改编为影视剧，如《秦俑》《青蛇》《胭脂扣》《霸王别姬》等。香港由于有被英国殖民的历史，所以回归前港人的文化认同与居于共同体中心的大陆人自然是有一些差异的，也是具有跨族群、跨文化的特征。李碧华的小说《霸王别姬》写的是京戏艺人历经20世纪几个动荡的时代，包括北洋军阀时期、抗战时期以及"文化大革命"时期，在北平和香港的人生际遇。小说后来被导演陈凯歌改编为同名电影，由芦苇编剧，张国荣、巩俐、张丰毅等主演，于1993年上映，迎来一片好评，获得了诸多奖项。

第一节 文化"杂交"状态的书写与文化认同问题

一 严歌苓、张翎的跨国族文化书写

文化"杂交"是后殖民理论家霍米·K. 巴巴用来描述殖民者与被殖民者之间文化混杂状态的一个术语。"杂交"是与二元对立模式相对立的，是被殖民者对殖民者的文化抵抗。"它们以惊人的种族、性别、文化甚至气候上的差异的力量扰乱了它（殖民话语）的权威表现，它以混乱和分裂的杂交文本出现于殖民话语之中。"[①] 与"杂交"相关的另一个词汇是"第三空间"。"霍米·K. 巴巴的'第三空间'不是想象中的两种对立文化之外的第三者，或者调停两种不同文化的中和客观性，他所强调的是殖民者/被殖民者相互渗透的状态。"[②] 这样的一个"第三空间"也类似于德里克提出的东、西方"接触区"，即西方人去东方，或者东方人去西方这样的区域，东西方思想在接触交流、互相影响之后，其各自的特征都不再鲜明，而是你中有我，我中有你。

---

① 转引自赵稀方《后殖民理论》，北京大学出版社2009年版，第109页。
② 赵稀方：《后殖民理论》，北京大学出版社2009年版，第109页。

基于文化杂交立场的作家是反二元对立叙述模式的。他们在自己的小说中努力营构一种理想化的文化融合的"第三空间",在这空间里,多元文化虽有冲突,但又平等独立,没有一种强势的文化去压倒消灭另一种文化。严歌苓小说《小姨多鹤》其实是讲了一个文化融合、文化杂交的故事,即异族文化/弱势文化在本土文化/强势文化的包围下如何保持自己的特质又不可避免地被同化,同时又潜移默化地影响与改造着本土文化。多鹤对本民族的文化认同从来不曾泯灭过,她的心中常驻着一个"代浪村",在各种情境下顽强地浮现出来,支撑着她的言行更符合自己的民族性。这个代浪村,即是血缘认同,也是民族认同,更是文化的认同。所以多鹤在家中永远保持着日本人的生活习惯,从不曾因为家中人的反对或形势的紧张而有所改变。比如她一直坚持把家里收拾得干干净净,见人就鞠躬,保留着自己的语言习惯和饮食习惯。她的执着甚至在影响和改造着作为中国人的其他家人,比如张俭的生活卫生习惯已经发生了无意识的变化。但是多鹤毕竟长期生活在中国人的家庭,也不可避免地受到中国文化的影响,其民族文化认同肯定与在日本本土生活的族人的文化认同的纯粹性有别,表现出了混杂性。比如她的中日文混杂的语言,独特的混着日语口音的中文发音。小说中多处描写了她的语言,她很努力地在学习着中国的语言,尽管发音不是那么标准,但她还是掌握了不少口语和俚语,这些都是中国家人日常生活中常用的,比如"吃了没""凑合吧"。这些词汇都非常具有中国文化色彩,比如前者就与中国历史中长期粮食匮乏形成的"民以食为天"的观念有关,后者则与农耕社会中小农乐天知命、随遇而安的忍耐精神有关。这些从小环那里学来的俚语即使在她多年以后回了日本又返回中国后仍然是很自然地张口即来。小环的人生态度对她也有很大的影响,使她多次在想要自杀的关头都坚持活了下来。所以她对于小环的人生态度其实是暗地里认同的,这一点在她回了日本后,对本族文化有了更深切地接触后,体会得也更真切,她在给小环的信里说:"她觉得日本人有愤怒有焦虑,却没人把它好好吵出来,所以他们不快乐。像小环这样会吵得人家哈哈笑的人,一定不会动不动想去杀别人或者杀自己。虽然多鹤唠里唠叨，但小环愣愣地笑了：多鹤似乎挺懂自己。"① 作为文化杂交的最典型的隐喻，就是小说中中日混血的几个孩子，他们不仅血缘杂交、身体杂交，而且同样是语言杂交、文化杂交。他们小的时候，与多鹤之间交流的语言就是一种超越国族的语言，"他们可以讲很多话，中文、日文、加婴孩、毛孩的语言，现在他们俩的词汇量大了，就把成人的词也加进来。这是极其秘密的语言，把这家里的其他成年人都排斥在外"②。这种秘密的混杂的语言，应该是处于文化杂交地带的"离散"知识分子幻想的一种可以抵抗在地语言霸权和弥补母国语言缺席的第三种语言，反映了其文化融合、文化杂糅的理想。

张翎《余震》的叙述时空不断在中国和加拿大之间切换，这种时空变化也暗喻了东西文化的交流碰撞。在主人公小灯的家里俨然也是一个中西文化杂交的"第三空间"，作为第一代移民的母亲与完全西化的女儿之间理念不同、冲突不断，控制与反控制，然而任何一种文化都没有绝对地压倒对方。

二 阿来《尘埃落定》的跨族群文化书写

阿来的创作一直被评论家认为是"跨族别的写作"。作为一个藏族混血儿，阿来是在阿坝藏族羌族自治州这个汉藏文化的过渡带中出生长大的，从语言上看，他从小就受到汉藏两种语言的影响，在学校使用汉语，书写汉字，在平时的日常交流中则使用藏族口语。所以从具体而微的民族文化认同上看，阿来不是一个纯粹的藏人，当然也不是汉人，而是属于霍米·K. 巴巴所说的"杂交"型文化，也就是具有汉藏文化的跨界视野。当然，无论藏族文化，还是汉族文化，都是中华民族共同体的文化组成部分，阿来的文化认同还是在中华民族文化认同的框架内，阿来后来一直坚持的也正是超越某个具体而微的民族文化认同，上升到更宏大的民族国家和人类的文化认同上。

---

① 严歌苓：《小姨多鹤》，陕西师范大学出版社 2010 年版，第 315 页。
② 严歌苓：《小姨多鹤》，陕西师范大学出版社 2010 年版，第 212 页。

第六章　全球化背景下跨族群华语写作及其影视改编作品的民族性分析

《尘埃落定》这部小说从历史的角度看，写出了解放前藏族土司制度的没落史，从文化的角度看，则是写出了"第三空间"中多元文化混杂并互相影响、渗透的复杂性。这里的"第三空间"即是小说中麦其土司的领地，也即阿来成长的汉藏文化过渡带。从傻子少爷的血统上看，是汉藏杂交的，在他的成长中，受着汉藏两种文化的影响。小说中文化杂交的复杂性不仅在于汉藏两种文化之间，同时还有与西藏接壤的亚洲一些佛教国家的影响，从英国回来的叔叔和姐姐则带来了西方文化的影响。同时，即使在藏族文化中心，由于宗教教派的复杂性，也表现出了思想的混杂和多元，更遑论还受到了西方传教士带来的基督教的干扰。所以在这样一个文化混杂的空间，各种文化间彼此影响，出现了"你中有我，我中有你"的杂交格局。

小说中有多处描写族性与文化的混杂与冲突。有的是描写民族性格的："有个喇嘛曾经对我说：雪山栅栏中居住的藏族人，面对罪恶时是非不分就像沉默的汉族人；而在没有什么欢乐可言时，却显得那么欢乐又像印度人。"① 有的是描写不同的审美观，比如汉人母亲以柔弱为美，故做病怏怏的，在藏人这里不受欢迎，"她是把汉族人欣赏的美感错以为人人都会喜欢的了"②。而黄特派员一到藏地就吟汉人的律诗，这些也是令藏人奇怪和好笑的。有的是语言的混杂与冲突，比如"父亲"和"母亲"争吵时，"土司说：'你看，是我们的语言叫你会说了。'父亲的意思是，一种好的语言会叫人口齿伶俐，而我们的语言正是这样的语言。土司太太说：'要不是这种语言这么简单，要是你懂汉语，我才会叫你领教一张嘴巴厉害是什么意思'"③。有的是物质文化的差异，比如饮食习惯的差异。移居会导致文化认同更趋向于在地的文化，而与迁出地的文化产生冲突。"我"的姐姐就是一个典型的例子。她本是一个纯粹的藏人，多年在英国生活回到麦其领地后表现出了与家人的格格不入，并且站在西方的立场用东方主义的视角视出生地文化为"野蛮"。

---

① 阿来：《尘埃落定》，人民文学出版社 1998 年版，第 13 页。
② 阿来：《尘埃落定》，人民文学出版社 1998 年版，第 54 页。
③ 阿来：《尘埃落定》，人民文学出版社 1998 年版，第 94—95 页。

而她的种种表现,也令"我"感到"气味"变了,其实就是族性有差异了,"但现在,她坐在那里,身上是完全不同的味道。我们常常说,汉人身上没有什么气味,如果有,也只是水的味道,这就等于说还是没有味道。英国来的人就有味道了,其中跟我们相像的是羊的味道。身上有这种味道而不掩饰的是野蛮人,比如我们。有这种味道而要用别的味道镇压的就是文明人,比如英国人,比如从英国回来的姐姐。她把票子给了我,又用嘴碰碰我的额头,一种混合气味从她身上十分强烈地散发出来。弄得我都差点呕吐了。看看那个英国把我们的女人变成什么样子了"①。这样一种"混合"气味就是"杂交"之后的文化与族性。而这种异文化的到来也使得麦其家人发生了一些变化,"他们离开前,姐姐和哥哥出去散步,我和叔叔出去散步。瞧,我们也暂时有了一点洋人的习惯。哥哥有些举动越来越好笑了。大家都不喜欢的人,他偏偏要做出十分喜欢的样子"②。这说明文化的杂交会产生融合,而不是各行其是,水火不容的。

  小说还描写了各种外来文化对麦其领地的渗透和影响。有生活器物,也有宗教思想、政治经济军事等。小说中有一段麦其家吃饭时的场景,不经意间就透出了各国及汉族的物质文化早已流入藏地,"土司和太太坐上首,哥哥和我分坐两边。每人坐下都有软和的垫子,夏天是图案美丽的波斯地毯。冬天,就是熊皮了。每人面前一条红漆描金矮几。麦其家种鸦片发了大财,餐具一下提高了档次。所有用具都是银制的,酒杯换成了珊瑚的。我们还从汉人地方运来好多蜡,从汉人地方请来专门的匠人制了好多蜡烛。每人面前一只烛台,每只烛台上都有好几支蜡烛在闪烁光芒。且不说它们发出多么明亮的光芒,天气不太冷时,光那些蜡烛就把屋子烤得暖烘烘的。我们背后的墙壁是一只又一只壁橱,除了放各式餐具,还有些稀奇的东西。两架镀金电话是英国的,一架照相机是德国的,三部收音机来自美国,甚至有一架显微镜,和一些方形的

---

① 阿来:《尘埃落定》,人民文学出版社1998年版,第161页。
② 阿来:《尘埃落定》,人民文学出版社1998年版,第164页。

带提手的手电筒。这样的东西很多"。① 经济方面，叔叔从英国回来后，带来了在边境上贸易的主意，"我"欣然采纳，和众土司做起了生意。而鸦片经济则是汉人带来的，利枪利炮也是汉人带来的，这两样东西使麦其家在与其他土司的经济、军事竞争中取得了制胜的地位。

　　对麦其领地影响比较复杂的意识形态是"民族国家"观念。这是来源于中原华夏族的在近代逐渐明晰成形的一个观念。许纪霖认为古代中国只有王朝和文明认同，没有国族认同，也没有近代意义上的国家，中华民族作为一个国族，伴随着近代国家的出现而诞生，而且是被民族主义和国家所建构，最早使用这一概念的是梁启超，而且最早提出"建国"概念的也是梁启超。在晚清的国族建构中，革命派将反满的种族革命与反君主专制的共和革命合为一体，其共和国家以纯粹的汉民族为单一的种族基础，而以梁启超为代表的立宪派则提倡"五族君宪"的大中华主义，其君主体制以五族融合后的大中华民族为新的国族。②中华民国成立后，实行的是"五族共和"的国策。"鸦片战争以后，中国边缘地区的少数民族精英面临着新的历史抉择，是继续认同'中国'并共同抵御外敌，还是在中央政权衰微和更替之际趁机谋求独立或寻找新的依靠，这决定了中国是否能够保持清朝的版图和中华民族的未来走向。"③ 民国时，"十三世达赖的国家认同则出现了严重的'危机'……也就是不承认新成立的中华民国政府，不接受新政府的领导"④。而有些藏族精英们则继续跟从中央政府，维护一个统一的国家。小说《尘埃落定》描写了土司们的分裂与摇摆，正是对上述史实的一个反映。"而一心与我们为敌的汪波土司却一味只去拉萨朝佛进香，他手下的聪明人说，也该到汉人地方走走了。他却问，汪波大还是中国大？而忘了

---

① 阿来：《尘埃落定》，人民文学出版社1998年版，第104—105页。
② 参见许纪霖《家国天下》，上海人民出版社2017年版，第43、52—53页。
③ 刘永文、李玉宝：《近现代藏族精英国家认同的演变与形成》，《西藏大学学报》（社会科学版）2018年第3期。
④ 刘永文、李玉宝：《近现代藏族精英国家认同的演变与形成》，《西藏大学学报》（社会科学版）2018年第3期。

他的土司印信也是其祖先从北京讨来的。"① 而麦其土司却决定借中央政府的手来对付汪波,结果是汉人中央政府的枪炮打败了汪波,使其不得不臣服。值得提及的是,晚清以来汉族知识分子们的民族国家的理论在少数民族地区的影响一般涉及精英文化阶层,比如宗教界的领袖九世班禅等,"九世班禅在族群观念上,积极宣传'五族共和',努力维护各民族之间的关系。在领土主权问题上,认为'西藏之领土主权,均在于中国"②,其相关民族国家思想明显是与上述汉族知识分子相一致。此外,"边疆教育培育与强化了藏族青年的中国国家认同。国民政府时期,九世班禅、格桑泽仁、诺那呼图克图等藏族精英动员数百名藏族青年赴内地求学,中央政府为其提供各种教育优惠政策,享受内地优质教育资源,如设立蒙藏学校施予民族教育。这一举措不仅培养了新型的'民族精英',也培育与强化了藏族青年的国家认同"③。

　　小说《尘埃落定》反映了藏族精英与偏僻地区部分土司在民族国家意识方面的区别,前者是近代以来的民族国家观念,而后者则仍然停留在王朝的认知上。"麦其土司也就只好把愤怒发泄到凡人身上了。他喊道:'他以为只要会打仗就可以治理好一个国家吗?'注意,这里出现了国家这个字眼。但这并不表示他真的以为自己统领着一个独立的国家。这完全是因为语言的缘故。土司是一种外来语。在我们的语言中,和这个词大致对应的词叫'嘉尔波',是古代对国王的称呼。所以麦其土司不会用领地这样的词汇,而是说'国家'。"④ 这里麦其土司所说的"国家"在其文化感悟中与汉语中"领地"意思更接近,而非上述国家的观念。当汉人国民党官员黄升民在和"我"谈到"国家"和土司的关系时,"他说他从来也没有把麦其家的少爷看成是傻子,但说到这类事情,就是这片土地上最聪明的人也只是白痴。因为没有一个土司认真

---

① 阿来:《尘埃落定》,人民文学出版社1998年版,第18页。
② 刘永文、李玉宝:《近现代藏族精英国家认同的演变与形成》,《西藏大学学报》(社会科学版)2018年第3期。
③ 李双、喜饶尼玛:《民国时期康区藏族精英国家认同的形成与实践——以第三次康藏纠纷为例》,《青海民族研究》2018年第2期。
④ 阿来:《尘埃落定》,人民文学出版社1998年版,第35页。

想知道什么是国家,什么是民族。我想了想,也许他说得对,因为我和好多土司在一起时,从来没有听他们讨论过这一类问题"①。

作为藏族知识精英的叔叔由于阅历和见识,对于民族国家的认识与土司们是有区别的,小说中这样一段:"他知道我在边界上的巨大成功,知道我现在有了巨大的财力,要我借些银子给他。因为日本人快失败了,大家再加一把劲,日本人就会失败,班禅大师的祈祷就要实现了,但大家必须都咬着牙,再加一把劲,打败这个世界上最残忍的恶魔。……他在信里说,要是侄儿表示这些钱是个人对国家的贡献,他会十分骄傲,并为麦其家感到自豪。"② 这段话即反映了上文中提及的在爱国宗教领袖影响下的现代藏族精英的国家认同意识,即认同一个统一的包括各民族在内的国家,团结一致、抵御外敌。

小说还以几个汉族人物反映了汉族的传统家国思想,比如黄升民,虽是政府官员,更多地却是以文人的形象呈现,他除了爱作诗,还有传统士大夫伤时忧国的思想,当日本人战败后,"黄师爷的脸更黄了,他开始咳嗽,不时,还咳出些血丝来,他说这不是病,而是因为爱这个国家。我不知道他这种说法是不是真的,但我知道失去了叔叔的悲伤"③。这里的爱国是近现代的民族国家范畴的概念。"我问黄师爷,他反问我:'少爷你知道我为什么会落到现在这个地步吗?我跟他们一样自认为是聪明人,不然我不会落到现在的下场。'我这一问,使他想起了伤心事。他说了几个很文雅的字:有家难回,有国难投。"④ 这段话里又出现了儒家文化传统的"家国"意识。综上所述,小说反映了当时存在于麦其领地或者围绕麦其一家周边人的关于民族国家的不同感受与理解。

由于阿来多年在藏地生活,且父母也都不是汉人,所以他的主要思维方式及审美观念应该还是藏族的,正如他在一篇文章中提及,同样是

---

① 阿来:《尘埃落定》,人民文学出版社 1998 年版,第 329 页。
② 阿来:《尘埃落定》,人民文学出版社 1998 年版,第 329、311—312 页。
③ 阿来:《尘埃落定》,人民文学出版社 1998 年版,第 319 页。
④ 阿来:《尘埃落定》,人民文学出版社 1998 年版,第 336 页。

月亮,"汉族人写下月亮两个字,就受到很多的文化暗示,嫦娥啊,李白啊,苏东坡啊,而我写下月亮两个字,就没有这种暗示,只有来自于自然界的这个事物本身的映像,而且只与青藏高原这样一个特殊的地理天文景观相联系,我在天安门上看到月亮升起来了,心里却还是那以本族神话中男神或女神命名的皎洁雪峰旁升起的那轮从地球上任何一个地方看上去,都大,都亮,都安详而空虚的月亮。如果汉语的月亮是思念与寂寞,藏语里的月亮则是圆满与安详"[1]。《尘埃落定》里对汉文化的部分认知反映了跨族群视角的"刻板印象"或者说是想象的、符号化的理解。比如"我"看到汉人母亲吃老鼠,"太太点点头。熏好的老鼠肉就在灶里烤得吱吱冒油。香味不亚于画眉。要不是无意间抬头看见房梁上蹲着那么多眼睛贼亮的老鼠,说不定我也会享用些汉族人的美食……我逃到门外。以前有人说汉人是一种很吓人的人。我是从来不相信的。父亲叫我不要相信那些鬼话,他问,你母亲吓人吗?他又自己回答,她不吓人,只是有点她的民族不一样的脾气罢了。哥哥的意见是,哪个人没有一点自己的毛病呢。后来,姐姐从英国回来,她回答这个问题说,我不知道他们吓不吓人,但我不喜欢他们。我说他们吃老鼠。姐姐说,他们还吃蛇,吃好多奇怪的东西"[2]。"汉人是一种很吓人的人",包括汉人吃"奇怪的东西","老鼠是汉族人的美食",这些偏见或误解完全是由族群之间的跨文化差异以及沟通的缺乏导致的。小说中关于黄特派员的描写也是有点符号的、想象的。比如他爱吟诗,瘦弱,咳嗽,有时还咳出血丝来,还不忘忧时爱国。这应该也是其他民族主要是游牧民族对汉民族文人形象的一种刻板印象。

除此之外,小说中还脱离故事情节插入了一段汉人和藏人的胃及厕所的比较:"我听过一些故事,把汉人和藏人拿来作对比的。一个故事说,一个汉人和一个藏人合伙偷了金子,被人抓住开了膛,藏人有半个胃的牛毛,汉人有半个胃的铁屑。藏人是吃肉的,而总是弄不干净,所

---

[1] 阿来:《汉语:多元文化共建的公共语言》,《当代文坛》2006年第1期。
[2] 阿来:《尘埃落定》,人民文学出版社1998年版,第71—72页。

第六章　全球化背景下跨族群华语写作及其影视改编作品的民族性分析

以吃下了许多牛毛羊毛。汉人是吃菜的，无论什么叶子、根茎都得放在铁锅里用铁铲子翻来抄去，长此以往，就在胃里积存了不少铁屑。关于胃的故事，双方算是打了个平手。严格说来，这不是故事，而是一种比较。"① 汉人胃里有铁屑这样的"故事"，也是跨族群文化沟通时的一种误解或传闻。

从汉族读者的视角看，《尘埃落定》也是充满了异族情调的，符合文化传统中对于边远少数民族的"蛮荒"的想象。比如，小说中随便的男女关系，与中原儒家的男女大防迥异，关于宗教与巫术的魔幻描写，也与"不语怪力乱神"的现实主义态度有差距。小说中还用了大量的篇幅细致描写麦其家行刑人的各种刑具，恐怖的行刑室的场景及行刑时的场面，这些都与汉族人的文化体验有别，富有异族的神秘气息。而"神秘的异域"一般是东方主义叙事所惯常构建的。阿来似乎是有意在《尘埃落定》中构建这种藏族文化的神秘性，以区别于汉文化的日常体验。这应该是这部作品在汉族读者中大获成功的原因之一。

三　张承志《黑骏马》的跨族群文化书写

张承志小说《黑骏马》中也有跨族群文化认同的差异及游走在不同文化间的心理落差。小说开篇有这样一段话："也许应当归咎于那些流传太广的牧歌吧，我常发现人们有着一种误解。他们总认为，草原只是一个罗曼蒂克的摇篮。每当他们听说我来自那样一个世界时，就会流露出一种好奇的神色。我能从那种神色中立即读到诸如白云、鲜花、姑娘和醇酒等诱人的字眼儿。看来，这些朋友很难体味那些歌子传达的一种心绪，一种作为牧人心理基本素质的心绪。"② 这里的误解意指汉族对蒙古族等草原民族的文化想象，这种想象通常是通过艺术作品而构建的，并非是真实的草原民族的文化形态。小说的主人公白音宝力格是一个蒙古青年，但是他通过读书及外出学习、工作，接触了草原之外的文

---

① 阿来：《尘埃落定》，人民文学出版社1998年版，第360页。
② 张承志：《北方的河　黑骏马》，人民文学出版社2006年版，第1页。

明，他的文化认同就产生了困惑和冲突，"也许是因为几年来读书的习惯渐渐陶冶了我的另一种素质吧，也许就因为我从根子上讲毕竟不是土生土长的牧人，我发现了自己和这里的差异。我不能容忍奶奶习惯了的那草原的习性和它的自然法律，尽管我爱它爱得是那样一往情深"[1]。草原民族没有受儒家思想影响的汉民族那么强烈的女性贞洁意识，而是将生命看得高于贞洁，所以索米娅被强奸后表现得比较平淡，而奶奶更认为这种事不值得杀人，被强奸生下的孩子也有生存的权利，而这些观念与主人公所接受的汉文化是有冲突的，所以他选择了离开。当他离开草原迁居城市后，又发现城市文明也有不如草原之处，产生回归的意念。然而回归只是暂时的，小说的结尾是主人公离开草原，又满怀怅然地回到都市。这里的情结正如移民一样，从一种文化跨入另一种文化，在新的文化中无法扎根，永远在路上，在多种文化之间切换不能找到扎根感觉。所以小说中白音宝力格即使回到草原，见到从前的故人，内心没有喜悦，没有满足，而是有一种悲怆的情怀。反倒是一直生活在草原的索米娅文化认同比较专一执着，不存在多元文化的冲突，所以内心有一种平静的力量。

四 跨族群写作的文化认同问题

多元杂交的立场虽然在文化批判上有其中立清醒的优势地位，但是也会导致文化认同的混杂和分裂。而二元对立模式的消解也会导致伦理叙述的弱化，影响受众的道德判断。实际上，在跨国跨族群的人口流动中，拥有一种主流的强势的文化认同不仅是个体保持文化自信和话语优势的必要条件，也是后文将要讨论的形成牢固的身份认同的重要因子。没有一种主流的强势的文化认同，必然导致"离散"族群所自认的"边缘"地位、幽怨自卑的文化心态。《小姨多鹤》中张家杂交的混血儿的心态就是这种文化心态的隐喻。春美和二孩一直有很深的"罪感"和"耻感"意识，前者参军后宁可将自己的家庭出身编造为阶层比工人更低

---

[1] 张承志：《北方的河 黑骏马》，人民文学出版社2006年版，第33页。

下的贫苦农民，也不愿和这个杂交的家庭有任何关联，后者则通过剃除体毛的形式来试图摆脱身体的杂交，获得一种血统纯粹性的虚幻假象。

二元对立模式消解后带来的是小说中善恶界线的模糊。一是表现在小说中善恶难辨的人物，二是叙述者的价值判断既与中国传统的以儒家为代表的汉民族价值观有一定距离，也与西方文化或其他民族的价值观有差异，唯其多元混杂，所以恰恰是没有价值判断。不论哪个民族的文化，都有自己的伦理系统和价值准则，对于不是处于文化"杂交"地带的读者来说，很容易产生认同的困惑。比如《小姨多鹤》中延续于新中国成立后的一夫二妻的家庭模式，挑战了现代家庭道德观。小说中的家庭关系也不再是贤妻良母或父慈子孝，而是呈现了由于时代背景或文化差异造成的复杂性。叙述者为了构建"第三空间"的多元文化平等地位，客观地宽容地展示了文化的混杂并消解了是非判断，却不符合受众的审美判断。同样小说中人物也是性格复杂、难辨善恶。不仅主要人物如此，次要人物小石、小彭也如此。小说文化认同的模糊与混杂使所有人物在情感取向与价值判断上都表现出混乱与撕裂的一面，不仅使读者无从判断人物是非，而且琢磨不透人物的真实情感和价值判断。或许这就是作者有意要达到的一种效果，正如小说中张家的孩子们的感受那样，家是混乱的黑暗的暧昧的。

小说《尘埃落定》同样也挑战了汉民族读者的传统伦理道德观念。作为主要人物的傻子少爷是一个难辨善恶、思想与情感复杂的人物。他对于女性的态度实在是变化多端，令人不解，还有他对于下人的态度，有时让人觉得体现一点仁的思想，接下来的叙述又推翻了前面的印象，又成了一位为了家族利益的心硬的奴隶主。还有麦其家的家庭关系，基本是缺乏汉民族家族本位主义及其伦理亲情的，夫妻、父子关系不合礼制，不可理喻，可有时父亲对儿子又有一些慈爱之情，儿子在小说结尾也对父母表现出了爱意。但正是因为小说文化观念的多元混杂和叙述者态度的变化，读者还是无从对人物的情感与价值取向做出判断。正如我们无法判断《小姨多鹤》中多鹤对家人和朋友的真实情感，我们也始终琢磨不透《尘埃落定》中傻子少爷对其他人包括下人、父母、妻子等的态度。

张翎的小说《余震》通篇是以一个心理治疗的过程反映对人伦的怀疑与寻找。正如小说中所说："地震中失去亲人的家庭到处都是。一场地震把人的心磨得很是粗糙，细致温婉的情绪已经很难在上面附着。"① 灾难只是一个载体，用来承载作者对亲情的怀疑。小说中没有一个家庭是和谐幸福的，小灯的原生家庭毁于地震，养母早逝后养父对她又有骚扰的举动，自己结婚成家后与丈夫和女儿的关系也很紧张，即使小说最后小灯找寻母亲回家，但作者让小说结束在母女相认之前，没有完成大团圆的书写。对传统家庭关系和伦理亲情的消解是上述几部作品的共性，或许是作为跨族群的人群，"家"或者"根"的意义已经在流动或者移居的路上变得不再重要，或者是他们有意解构传统的纯粹的"家"的意象以重构一个超越现实的"第三空间"以解无家或失根之苦。然而这种文化认同的混乱、分裂及对于传统伦理的消解却很难引起拥有强势的单一文化认同的读者的共鸣，阅读时会产生认知的困惑。

实际上，多元但无主体的"第三空间"不仅是边缘的，而且是理想主义的、脆弱的，居于其中的个体其实是没有文化认同的，迷失的。正如小说中《小姨多鹤》中多鹤与孩子们交流的把家中其他成人排斥在外的秘密语言一样，混杂着多种国族词汇及无意义的语音，同时又不属于任何一种国族的语言。这种秘密的混杂的语言，应该是处于文化杂交地带的"离散"知识分子幻想的一种可以抵抗在地语言霸权和弥补母国语言缺席的第三种语言，却没有多少生命力和影响力，是小众的，同时在孩子们长大后就迅速消亡了。而小说《尘埃落定》中麦其领地的最终灰飞烟来，不仅意味着土司制度的终结，也意味着文化杂交状态的终结，最终在这块土地上迎来的还是一个纯粹的统一的文化认同的时代。

---

① 张翎：《余震》，《人民文学》2007年第1期。

第二节 跨族群写作的身份认同问题

身份是社会成员在社会共同体中的位置，广义的身份包括族裔身份、性别身份、社会身份等。身份既是与生俱来的，又是被建构的，处于变化中的。身份认同的含义则是指"'在物质、构成、特质和属性上存有的同一的性质或者状态；绝对或本质的同一'，以及'在任何场所任何时刻一个人或事物的同一性；一个人或事物是其自身而非其他的状态或事实'"①。斯图亚特·霍尔在《谁需要身份?》一文中认为身份认同是一种建构，一个未完成的过程，也就是说，身份认同总是在建构的过程之中。作为一种建构，身份认同应该是一种运动，它趋于身份流动的动态而不是趋于身份固定的静态。在消亡前，我们不可能只有一个不变的身份。身份从来不是同一的或统一的，而是多元的或破碎的；身份从来不是处于一个不变的状态，而处于持续变化的历史进程中。族群或文化原有的"固定"特征在全球化进程中会发生变化，由这些特征决定的身份也将发生变化。②

当今世界人群跨国族的流动产生了大量的移民，必然带来身份认同主要是国族身份的重新被建构。不论移民怎样努力融入当地社会，构建在地的族性身份，但却很难获得在地的认同，因为一个民族共同体的集体认同除了共同的语言、疆土外，还要有共同的神话，共同的祖先、历史等，移民很难与土著分享后面的几个共同因素，而且与全球化浪潮共生的，还有各国余热不断的民族主义思潮，霍布斯鲍姆在其《民族与民族主义》一书中谈到，都市化和工业化带来的社会变迁以及大规模的人口迁徙，使接收国的居民面对大量"陌生客"的涌入兴起强烈的排外思想和种族仇恨，"大规模的人口流动和经济震荡，自然使这种迷失感更深一重，而这些都与地方民族主义的兴起有着某种关联。在我们

---

① 罗如春：《后殖民身份认同话语研究》，中国社会科学出版社2016年版，第12—13页。
② 参见陈永国《身份认同与文学的政治》，《清华大学学报》2016年第6期。

所居住的都市化社会里，随处都可遇到外来的陌生客，这些失了根的男男女女，像是在时时提醒我们，民族之根是很脆弱易枯的"①，"族群认同的情感渲染力的确很难否认，它可以为'我们'贴上特定的族群和语言标签，以对抗外来或具有威胁性的'他们'，尤其是在 20 世纪后半期，每当疯狂的战端既起，它便会激起普遍的爱国热情"②。

海外华人作家如严歌苓、张翎等作为第一代移民面临着上述双重边缘处境，其民族身份认同的困惑不可避免地反映在她们作品中，并成为其作品的主题之一。她们在接受采访时，也都曾明确表达过自身对于"边缘"的感受。严歌苓曾表示"我觉得我到哪里都是边缘人，在中国是个边缘人，在国外也是个边缘人"③，张翎也谈过移民"失根"的疼痛，"移民是一个把人从熟悉的社会语言文化土壤中连根拔起，移植到另一片完全陌生土壤中的过程。虽然国际大环境与从前相比已经有了很大变化，移民的原因也发生了变化，但是适应过程中的疼痛却是如一的"，"两地生活也让我失去了一种和土地结结实实接触的鲜活底气"④。

移民作家的境遇和文化立场与后殖民知识分子相似，"大致说来，这部分知识分子身处后殖民语境的核心冲突地带：一方面他们携带着母国的语言习惯、文化积淀、国家意识乃至种族身份，另一方面又必须直接面临移居国强势文化的全方位碰撞、融渗和压迫，其'三明治'般的文化处境也决定了他们对于自身文化国族身份的超常敏感与强烈的自我意识"⑤。

如阿来一样在境内跨民族地区生活、自身血统跨民族的作家也面临身份认同的困惑，这种困惑在他的散文中通过一位跨族别的司机之口表

---

① ［英］埃里克·霍布斯鲍姆：《民族与民族主义》，李金梅译，上海人民出版社 2000 年版，第 205—206 页。
② ［英］埃里克·霍布斯鲍姆：《民族与民族主义》，李金梅译，上海人民出版社 2000 年版，第 203 页。
③ 《严歌苓：我到哪里都是边缘人》，http://www.infzm.com/content/107465/? list = axqw5。
④ 江少川：《攀登华文文学创作的高山——张翎访谈录》，《世界文学评论》2010 年第 1 期。
⑤ 罗如春：《后殖民身份认同话语研究》，中国社会科学出版社 2016 年版，第 146 页。

达了出来："我们这种人，算什么族呢？虽然在这里生活了几辈人了，真正的当地人把我们当成汉人，而到了真正的汉人地方，我们这种人又成了藏族了。真正的藏族和真正的汉族都有点看不起你。"① 在另一篇散文中，则通过城乡之间的流动表达了无根的失落，"无论是城市还是乡村，都那么焦躁不安，都不再是我们的希望之乡。于是，我们就在无休止的寻找中流浪……我真不知道这无休止的寻找会有什么样的结果"②。

前面阿来的话中提到了"焦躁不安"这种情绪状态，张翎提到的是"疼痛"，实际上，跨族群的边缘状态带给主体的不仅是跨界的视野等正面效应，还有焦虑、心理创伤等负面情绪效应。英国学者威廉·布洛姆就论述过身份认同对个体心理健康方面的重要性："身份确认对任何个人来说，都是一个内在的、无意识的行为要求。个人努力设法确认身份以获得心理安全感，也努力设法维持、保护和巩固身份以维护和加强这种心理安全感，后者对于个性稳定与心灵健康来说，有着至关重要的作用。"③ 斯图亚特·霍尔则认为离散人群处于文化错置的处境，会产生身份认同的焦虑，导致分裂感和双重自我④。霍米·K. 巴巴同样也论述过"离散"与"错置"会产生"焦虑"的问题："在扎根性和错置之间的狭窄通道里，当本体论的古老稳定性触及文化错置的记忆时，文化差异或族群定位就会在认同及其语言风格的核心加入一种社会的、精神的焦虑……在作为一种记忆痕迹的出生时刻和错置状态下，焦虑就一直是可见的、在场的，在这个意义上，焦虑构成了一种过渡，那里陌生性和矛盾性不能被忽视，而且必须持续不断地与之协商、找到解决之道。焦虑是一种文化对地点和它的边界性生存的渴望，是它并不缺少目的的无目的性，是文化的本体拓扑学和迁移之间的调解时刻，是扎根性

---

① 阿来：《大地的阶梯》，四川文艺出版社2017年版，第210页。
② 阿来：《大地的阶梯》，四川文艺出版社2017年版，第194页。
③ 转引自［荷］莱恩·T. 塞格尔斯《"文化身份"的重要性——文学研究中的新视角》，乐黛云、张辉主编《文化传递与文学形象》，北京大学出版社1999年版，第331页。
④ 参见夏萌《新移民叙事文学的民族叙事和身份认同》，《南京师范大学文学院学报》2017年第2期。

的幻想和离散记忆之间的约会。"①

　　认同的"焦虑"或者"自我分裂感"作为一种精神症候反映在作家作品中，就会出现一些承载这种精神症候的人物形象，或者是"傻子"、孤儿或者是同性恋，或者是患有某种心理疾病的人，总之是一些非同常人的人。如此，我们就可以从身份认同的视角去理解上述严歌苓、张翎、阿来、李碧华等作家笔下的那些看上去与常人不同的人物形象。

　　张翎的《余震》基本上是以曾经是孤儿的女人公的"头疼""焦虑失眠"等心理疾病的治疗过程为主线串起"过去"与"现在"的故事情节的。小说一开始就是主人公小灯被送到心理医生处急救。小灯长期患有头疼、失眠，为此她甚至不能正常地工作，"她的头疼经常来得毫无预兆，几乎完全没有过渡。一分钟之前还是一个各种感觉完全正常的人，一分钟之后可能已经疼得手脚蜷曲，甚至丧失行动能力。为此她不能胜任任何一件需要持续地与人打交道的职业，于是她一而再再而三地丢失了一些听上去很不错的工作，比如教授，比如图书管理员，再比如法庭翻译。她不仅丢失了许多工作机会，到后来她甚至不能开车外出。有时她觉得是她的头疼症间接地成全了她的写作生涯。别人的思维程序是平和而具有持续性的，而她的思维却被一阵又一阵的头疼剁成许多互不连贯的碎片。她失去了平和，却有了冲动。她失去了延续的韧性，却有了突兀的爆发。当别人还躺在日复一日年复一年的惯性中昏昏欲睡时，她却只能在一场场头疼之间的空隙里，清醒而慌乱地捡拾着思维的碎片"②。头疼导致的思维碎片恰是一种自我分裂状态的隐喻，与常人完整的持续性思维是不同的。头疼只是一种症状，背后心理原因则是来自童年时期的创伤和不断变换的时空与生活环境：因为被母亲放弃，导致她怕失去，从此患得患失，认为"这世上，没有一样东西，是你可以永久保存的"③。之后又有作为孤儿被收留的经历；先是离开家乡，

---

① [印度]霍米·K.巴巴：《论成为差异之不可消除的陌生性》，翟学伟、甘会斌、褚建芳编译：《全球化与民族认同》，南京大学出版社2009年版，第81页。
② 张翎：《余震》，《人民文学》2007年第1期。
③ 张翎：《余震》，《人民文学》2007年第1期。

继而又离开祖国。如果说被亲生母亲放弃是第一次成为孤儿"失根",那么养母去世养父试图侵犯她则是第二次成为孤儿"失根"。

不断地被抛弃,不断地离开家、家乡、祖国,使小灯的身份认同必然产生混乱,正如她的名字不断变换,身份也在不断变换,心理医生最后给她的那张纸片上就是对她多元身份和情感状态的界定:"雪梨?小灯?王:接近完美的作家,不太合作的病人,一直在跌倒和起来之间挣扎。"① 多元的身份恰恰意味着没有根,而无根的边缘感使"离散者"想要努力抓住一切,小说中的小灯在家庭关系中就是这样的,想要在控制丈夫和女儿中得到一种安全感。

张翎的《余震》旨在借地震中心理受到创伤的孤儿来表达其作为海外游子漂泊在外的"孤儿"意识,所以并不是一部表现唐山大地震救援故事的小说,正如她自己在小说前言中所说:"当我意识到这一点的时候,突然有一种强烈的冲动,想写一部关于唐山地震的小说。那些孤儿的艰难成长,和收养他们的家庭的融入,那些藏在他们心灵深处的伤痕、苦痛,还没有被充分地书写。"② 孤儿的被抛弃感以及和收养家庭的融入问题不正是离散者的伤痛和在地融合问题的隐喻吗?

严歌苓的《小姨多鹤》中张俭家复杂的关系源于人物复杂的族性,其中有日本人,有中国人,又有中日混血。多鹤既是母亲又是小姨,既是妻子又是小姨子,这种混乱的指称和身份暗喻了跨国离散族群认同的尴尬。多鹤在小说中也经历了失家的孤儿的痛苦,先是在代浪村被原生家庭及族人抛弃,后又被收养的张俭故意丢弃在外面,当她在收容站时,让她填姓名住址家庭成员婚姻状况这些代表归属与身份的内容时,她觉得填什么也不准确,自从原生家庭走上逃亡之路后,这些项目就没法填了,"'家庭成员'四个字成了她最不想去读、最不愿去理解的四个字——四个中国、日本共用的字"③。当她返回母国日本后,并没有

---

① 张翎:《余震》,《人民文学》2007年第1期。
② 张英:《伤害最终会被带进坟墓吗?——他们的〈唐山大地震〉》,http://www.infzm.com/content/47595。
③ 严歌苓:《小姨多鹤》,陕西师范大学出版社2010年版,第100—101页。

找回迷失的身份，仍然面临认同的困境，在她给小环的信中，说她常去东京的中国街买菜，那里的人都把她当中国人，"她说她回日本已经晚了，日本没有她的位置了"①，从多鹤的信中可以看出，离散者在母国和迁居国是同样的边缘地位和异族身份，飘零无依是他们的宿命。

小说中也有一个被视为精神有问题的人物：中日混血儿春美。她本来在军队有着大好前途，却因编造家庭关系被视为幻想症送去治疗。让人们不解的是，幻想症一般是伪造更高阶层的家庭成分，比如幻想是将军之家，而春美本来的家庭出身是工人阶级，她却改为差一些的贫农之家。导致春美这一"不正常"行为的心理原因还是身份认同的问题，即她宁可要一个纯粹的血统与出身，哪怕是低一些的阶层，也不愿要一个混乱的杂交的身份，族性认同压倒了阶层认同，"她和大孩从小到大恐怕都感觉到这个家暗暗存在一团混乱，无法理出头绪的一大团，把他们的出生也乱在里面。并且一切都刚刚开始乱"②。

前面讲过，阿来对自己的民族身份存在困惑。实际上，从血缘上看，他的族性还要复杂一些。阿来在一篇访谈中详细介绍了自己难以界定的民族身份："我母亲是藏族人，我的父亲是回族和汉族的混血，那么，我身上就是二分之一藏族，四分之一回族，四分之一汉族。像我这样的人，我能不能暂时宣布我不是什么族？但是身份证上必须有，那我为什么没选别的民族呢，比如汉族，因为汉族有很多作家了，不用再添我一个了，办身份证时是20世纪80年代，我已经20多岁，并且已经开始写作，也已经有了自己的身份意识；回族呢，我隔穆斯林文化很远，因为我父亲不在穆斯林地区生活，他是因为偶然原因离开他的家到了我们村。我的血统本身就比较复杂，但我出生的那个环境是一个纯粹藏文化的环境，虽然我并不太想属于某一个民族，但我必须得选一个民族，所以我就只好当了一个藏族作家。"③。从这段话中可以看出，作为

---

① 严歌苓：《小姨多鹤》，陕西师范大学出版社2010年版，第314页。
② 严歌苓：《小姨多鹤》，陕西师范大学出版社2010年版，第236页。
③ 阿来、谭光辉、段从学等：《极端体验与身份困惑——阿来访谈录》（上），《中国图书评论》2013年第2期。

第六章　全球化背景下跨族群华语写作及其影视改编作品的民族性分析

具有多重民族血统的阿来，面临民族身份选择的难题，他不想选择，但在社会共同体中，人必须要有一个身份归属，所以做出选择是一个被动的、令主体困惑的过程。

阿来族性选择的多重性在小说《尘埃落定》中用一个界于傻与聪明之间的人物进行了隐喻。《尘埃落定》没有一个绝对善恶的价值观，没有英雄，也没有绝对的恶人。作为主人公与叙述者的"我"也是一个是非智非愚、贵贱难辨的人物。他属于"第三空间"，他的身份正如他的智商一样很难归属。从血统上看，也是如此，他的妈妈是汉人，下人，而他的爸爸又是藏人，上等人。"聪明"还是"傻"是主人公，他者，包括读者很难辨析的一个问题。正如主人公在麦其家的北边边界上这样一个具有隐喻意义的边缘地区对自己的身份认同产生的困惑："我在哪里？"，"我是谁？""问这个问题时，在睡梦中丢失了自己的人心里十分苦涩。"① 答案或许藏在结尾主人公临终之前的感悟："我当了一辈子傻子，现在，我知道自己不是傻子，也不是聪明人，不过是在土司制度将要完结的时候到这片奇异的土地上来走了一遭。"② 不是傻子，也不是聪明人，主人公居间边缘的身份、糊糊不清的价值观念以及迷失自我的苦涩恰与离散族裔迷失的族性相似。

阿来式身份认同的分裂感——汉人把他当藏人、藏人把他当汉人，到了李碧华的小说《霸王别姬》中，体现在一个雌雄难辨的人物程蝶衣身上——"男人把他当作女人，女人把他当作男人"，程蝶衣如麦其家的傻子二少爷一样，也发出了"我是谁"的疑问："崇拜他倾慕他的人，都是错爱。他是谁？——男人把他当作女人，女人把他当作男人。他是谁？"③ 李碧华小说的情节框架虽然多是男女情感纠葛，其实隐藏着她作为一名土生土长的香港作家对香港在民族国家中的地位的关注。从历史上看，香港曾离开母国的政治话语框架，沦为英国的殖民地，被殖者不可能完全得到殖民者的政治和文化认同，也不可能完全背离母国

---

① 阿来：《尘埃落定》，人民文学出版社 1998 年版，第 179 页。
② 阿来：《尘埃落定》，人民文学出版社 1998 年版，第 377—378 页。
③ 李碧华：《霸王别姬》，新星出版社 2013 年版，第 101 页。

的国族身份与文化背景，所以回归前香港人的国族意识也会像离散族群一样，产生认同的混杂和迷茫，有身世飘零之感。"这种边缘和过渡的性质，构成了香港最根本的特点。"① 程蝶衣不男不女的性别身份恰暗示了回归前香港人夹在中英之间的尴尬身份地位。

回归前香港的边缘地位促成了香港人的边缘心态。这种心态在小说《霸王别姬》中有着明显的呈现。既然身在边缘，自然不关心主流话语，不关心政治事务，同时作为被殖民者，不可能对殖民国产生忠诚意识，同时又和母国暂时切割，所以小说中的人物只能关注个体情感与生存，当然这些都是小人物，普通人，包括主流社会的边缘人物，戏子和妓女。菊仙作为处在社会最底层妓女，她的心态更是代表了乱世里只求苟安不问世事的普通百姓：不要做英雄，只要安度余生。乱世动荡，政权更迭，最先被牺牲掉的就是无足轻重的小人物，直到最后迁居香港的小楼仍然居无定所："什么家国恨？儿女情？不，最懊恼的，是找他看屋的主人，要收回楼宇自住了，不久，他便无立锥之地。整个的中国，整个的香港，都离弃他了。"② 小说还用小豆子失母、思母的情节来暗喻回归前港人无所归依的心态。关于对"母亲"念想的书写，其实是解读小说的一个重要线索，也是小说有别于电影并且不以同性恋为主题的一个重要证据，可惜久为研究者忽略。整部小说多次出现小豆子及长大后的程蝶衣对母亲的想念，而这个母亲作为一个具体的个体只出场一次，之后并不存在，在小豆子的回忆中也没有多少关于这个母亲的具象内容，所以这个"母亲"只是一个符号的、想象的、象征的，指代着人物的身份认同和情感依归。

这个母亲是勤劳有爱的，曾经吃过苦，迫不得已抛弃了小豆子。这样的正面形象的母亲才是后面情感依归的起点，一个无爱的负面的母亲是没法让人物时时念想呼唤的。"她生下他，但她卖了他。却说为了他好"③，当母亲送他学戏离开时，实际也是为了生计抛弃了他时，小豆

---

① 赵稀方：《后殖民理论》，北京大学出版社2009年版，第243页。
② 李碧华：《霸王别姬》，新星出版社2013年版，第224页。
③ 李碧华：《霸王别姬》，新星出版社2013年版，第14页。

第六章　全球化背景下跨族群华语写作及其影视改编作品的民族性分析

子望着她的背影，第一次呼唤"娘"。住在陌生环境里，他睡不着，是因为惦着娘。当他被同门欺负时，"忽无限灰心：'我不再挨了！娘答应过一定回来看我，求她接我走，死也不回来！你也跟我一块走吧？'"①此时，大师哥彻底把真相揭露给他看："大伙都别蒙自己了——我也等过娘来，等呀等，等了三个新年，就明白了。"②之后小豆子想收留路上的弃婴，也是基于同命相怜的心理，此时又由弃婴的娘联想到自己的娘："'娘一定会来看我的，我要长本事，有出息，好好地存钱，将来就不用挨饿了。'"③之后写了过年的场景，话锋一转，"但每过新年，娘都没有来。小豆子认了。——但他有师哥"。④由此可见，小豆子对师哥的感情是从对母亲的感情转移而来的，由此开启了他性别倒错的一生。当菊仙介入二人世界后，失意的程蝶衣开始给想象的、符号的娘写信，写这封信时的蝶衣仪式感很强，请专门的人代写，写完还签上自己的名，用饭粒封上口，但是，仪式结束之后，他只能把这封无人可收的信撕掉，扔弃。当他后面戒大烟很痛苦时："在狂乱中，只见娘模糊的影子，他记不清认不出，他疯了，忽地死命搂着菊仙，凄凄地呼喊：'娘呀！我不如死了吧！'菊仙一叠声：'快好了快好了，傻孩子！'穷鸟入怀，猎师也不杀。"⑤此时，蝶衣居然把菊仙认做娘的化身，而这之前，两人一直处于敌对的状态。由此可见，蝶衣性别倒错其实无关男女情爱，只是因为失母之后产生的不安全感，使他渴望亲情，渴望家，在亲情关系中实现自我认同和他人认同。他和小楼之间如果是同性兄弟，永远不可能有家，所以他情愿在性别身份上迷失，来构建更稳固的家庭关系，当小楼当着他和菊仙的面多次说三个人"一家人一样时"，他是露出满意的笑的。不满意的是菊仙，可见如果小楼不摒弃他，他不排斥有菊仙的三个人的家，但是菊仙总是在这时残酷地提醒他这个家里

---

① 李碧华：《霸王别姬》，新星出版社2013年版，第40页。
② 李碧华：《霸王别姬》，新星出版社2013年版，第40页。
③ 李碧华：《霸王别姬》，新星出版社2013年版，第47页。
④ 李碧华：《霸王别姬》，新星出版社2013年版，第49页。
⑤ 李碧华：《霸王别姬》，新星出版社2013年版，第148页。

没有他。比如第二次,当小楼冲蝶衣和菊仙叹喟:"看,一家人一样了,不容易呀,熬过这场仗。还是一块吧。"① 蝶衣满足地向菊仙一笑,然而菊仙"为了点明他的身份和性别,不遗余力"②,就是为了为把他从这个"家"中排斥出去。

蝶衣的一生就是"离散"的过程,先是被迫离开母亲,导致性别认同错乱,将归属感寄托在同性的师兄身上,继而又被迫离开师兄。从大的方面看,他也是被历经的几个时代抛弃的人,在每一个时代他都不是叱咤风云的主流人物。程蝶衣最后只能把握的还是舞台艺术,台下人心是靠不住的,台上至少可得片刻满足。以此可以理解蝶衣对艺术的痴迷:"唱戏可是一辈子的事"。一辈子抓住这一件事也算是握住了能实现自我认同的根基。另外,从蝶衣对"母亲"的念想、对家的渴望上,可以看到以李碧华为代表的港人潜意识中是盼望有一个母国可以依靠,有一个稳定、强大的祖国可以回归并寄托自己的身份认同。

第三节 跨族群写作文化症候的解决之道

严歌苓和阿来都曾试图提出解决文化与身份认同问题之道,而且有不谋而合之处,那就是超越具体的民族,超越单一的文化认同,以国家、世界、人类的视野,以普遍人性为媒介来实现不同族群的跨文化沟通。

严歌苓在另一部小说《少女小渔》中诠释了这种解决思路。小渔宽厚、博爱,没有任何心机,宁可委屈自己也要顾全他人感受。本来她作为一个澳洲华裔年轻姑娘,与加拿大裔的老头是没有任何共同语言的,所以刚开始住在一起的时候,他们之间有误解与冲突,但小渔一味用她的善良、理解与同情去顺从对方,最终与老头之间取得互相的理解与同情,这种理解与同情也是无关国族与种族的,是属于人类的普遍情

---

① 李碧华:《霸王别姬》,新星出版社2013年版,第128页。
② 李碧华:《霸王别姬》,新星出版社2013年版,第129页。

感。老头与小渔共处的房间就是一个文化杂交地带的隐喻。在这里,最终是人类普遍的同情心,爱与善,超越了狭隘的族群认同,从而将不同文化背景的人联结在了一个同舟共济的"家"中。

同样,阿来后来也反对纯粹的单一民族性的认同,而是主张打破民族身份的界限,追求更高的国家认同和人类认同。他反感人们视他为藏族作家,"人不能选择自己出生的地方,你必然会降生在某个地方,这个地方一定会有文化、有民族。这当然是先天决定的。但是我们还得知道,这个世界上可能有比我们通常说的民族文化更大的东西。这个'更大的东西'在我看来至少有两个:国家和人类"[1]。这说明阿来后期的认识超越了《尘埃落定》时期,不再纠结于或藏族或汉族身份的认同,而是以中华民族的国家认同以及在国家之上的人类的认同来解决从前的困惑:"对于我们这个多民族国家而言,汉语作为各民族统一使用的语言,其中应当包含什么共同的东西?我认为最重要的是,你是这个民族的人也好,那个民族的人也罢,但是最终,我们都是中国人。"[2] 的确,中华文化自古以来就是一个包容性强的由多民族文化共同构建的开放体系,以中华文化作为民族共同体的文化认同,以中国人的身份超越具体的民族身份,以汉语作为官方的沟通语言,最终以人类命运及人性的关怀作为写作的目标,可以有效地解决跨族群作家的文化认同困惑。

阿来的构想在改编的影视剧中得到了不谋而合的实践。在电视剧《小姨多鹤》、电影《唐山大地震》、电视剧《尘埃落定》中,普遍表现了以中华文化为主体认同,以儒家伦理价值为准则,以血缘亲情为凝聚力,来解决小说中出现的文化认同混乱及失根之痛的问题,并最终以大团圆式的"回家"寓言来拥抱"离散"的游子归来,回归作为中华民族共同体的"大家庭"。

---

[1] 行超:《阿来:"我愿意做一个有限度的乐观的人"——在十月文学院采访阿来》,《文艺争鸣》2018 年第 4 期。

[2] 行超:《阿来:"我愿意做一个有限度的乐观的人"——在十月文学院采访阿来》,《文艺争鸣》2018 年第 4 期。

一、影视剧重在表现中华文化对他者文化的包容与同化，反映了中华文化的中心地位与认同的自信。因此，小说中多元文化杂交的混乱状态在影视剧中变为清晰的主线，或者以弘扬中华文化为单一叙述线索，或者以中华文化为主体，表现文化的同化与融合。

电影《唐山大地震》将时空聚焦在中国本土，占小说一半叙述篇幅并且作为故事主要空间的加拿大在电影中只是一闪而过，小灯与生在加拿大完全受西方教育的女儿之间观念的冲突这一情节在电影中删掉了。所以电影并没有表现中西文化冲突，而是重在弘扬中华文化美与善的价值观。小说中多次出现的圣诞节及相关歌曲在电影中被中国年取代。过年是非常富有中国文化元素的意象，电影中用两组过年的镜头来表达了年节背后蕴藏的人伦亲情。一是小达过年时带家人回家与母亲团聚，一家人聚在一起吃火锅，四合院、铜火锅、"花开富贵"的背景画，每一个细节都中国味十足，然后镜头一转，透过一扇小小的花窗看一家人举杯，窗玻璃上烟雾氤氲，镜头慢慢拉远，画面十分温馨。另一组镜头则是聚焦小灯过年回养父家团圆，其中一家人围桌吃饭，旁边小电视上放着春晚的场面是每个中国人都非常熟悉的过年三十的情境，唤起受众美好的记忆与温馨的情感。

电视剧《小姨多鹤》也没有表现小说中文化冲突与杂交的主旨，而是表现中华文化以其优秀与强大感化、同化了异族文化。剧中，本土文化的自我在面对他者时的自豪和优越感相当明显。同样，其中也没有表现身份认同的困惑和迷失，而是异族为中国文化所感化，自觉融入中国人家庭，在个体自觉意识和他人的视角里都完全中国化，具有中国性。比如多鹤被赋予中国名字，自我认同为中国人，自身族性消失，被中国文化所感化并内化为自身的文化追求，以及电视剧结尾多鹤的母亲来到中国感谢中国人救了她的女儿。所以电视剧中完全没有小说中文化的杂糅与冲突，而是表现了文化的包容与融合。小说中多鹤坚守自己的某些族性而导致了文化冲突，严歌苓其实是想通过这个人物对自己族性的坚守来表达一种女性主义的立场：女性面对男性的强权时保留自己的个性追求，而不是一味顺从，所以小说不仅是表达跨国族的文化问题，

第六章　全球化背景下跨族群华语写作及其影视改编作品的民族性分析

还有女性主义的主张，小说后半段，多鹤与小环联手合作拯救与照顾男主张俭，实际上是宣告了家中男主的没落与男权话语的式微。小说中女性跨族群的联合与互助实际上也表达了严歌苓作为海外弱势的族群既反对种族压迫也反对男权压迫的主张。这种女性主义的立场是电视剧所没有的。这也是二者主旨差异的一个表现。

　　电视剧《尘埃落定》于2003年上映，主创者没有跨族群的身份经历，此外，电视剧作为依靠大众媒介传播的艺术形式，与小说的形式及传播路径都是不同的。所以，电视剧与小说在文化表现上还是略有差异的。

　　首先，电视剧在尊重原著、保留原著藏族文化特色，并如实反映麦其领地上存在文化"杂交"状态的基础上，淡化了小说的魔幻色彩和跨文化沟通的刻板印象。电视剧把所有原著中超现实的情节都改编为合现实、合理性的了，小说想要展现的藏文化的神秘色彩也就淡化甚至消失了。而剧中的汉文化，由于创作者的视角是汉族而非藏族的，所以小说中跨文化的误解与偏见也消失了，完全是从汉人的视角去表现汉文化。比如小说中汉人以老鼠为美食这一情节，在剧中改编为：母亲看见制鸦片的工人们挂的蛇后，问明白是能治病以后才吃的。吃蛇而非老鼠确实是一部分地区汉族人的饮食习惯，以蛇入药也有中医的根据。剧中母亲的行为有汉文化的基础，不会让汉族受众觉得反常离奇。而且母亲吃蛇的形象也没有像小说中那样进行声音、表情的丑化，母亲也没有故做病态柔弱等以博欣赏。同样，小说中咳嗽且咳血的黄特派员在剧中也不再具有这些病态特征，尽管他仍然爱作诗。

　　其次，电视剧《尘埃落定》中，汉藏之间文化的区别性除了物质层面的内容外，在精神层面不再明显。而且电视剧还通过人物语言、人物命运表达了汉藏文化之间彼此亲近与融合以及汉文化具有的包容性和向心力。比如那个后来的汉人姜团长，虽是一个粗人，却说得出非常具有民族团结意识的话语："藏族和汉族本来就是一家，藏王娶了唐王的姑娘，这可不是一般的亲戚。"小说中的姜团长没有这么高的觉悟。而底层藏人，也表现出了向"红色汉人"接近的趋向。小说中麦其土司

· 185 ·

的管家，自始至终忠于主子，言听计从，恪守土司制度的等级制，实际上也是藏文化的坚守者。但在剧中后半段，他发生了变化，他先是给二少爷描述红色汉人对百姓好，不抢藏人的东西，继而劝二少爷早点投降解放军，即他实际上是背叛了他的主子，而在政治上认同红色汉人。发生同样转变的还有银匠曲扎，小说中他始终也是个藏族普通工匠奴隶，没有任何政治觉悟和对其他文化的自觉意识，而在剧中，他加入了解放军，回来做二少爷的思想工作，劝其拥护共产党。这些人物的转变所反映的都是"红色汉人"的文化与思想对底层藏人的影响与吸引。同样，这种影响也扩及到了土司阶层。从主人公的最终命运上看，小说中的"我"最后是故意激怒杀手踏上了死亡之路。但在电视剧的结尾，"我"投奔了解放军，活到了新中国成立后，麦其官寨旧址已然成了全国重点文物保护单位，他站在旧址上，背景的人群都是年轻的汉人。土司官寨成了全国文物保护单位，藏地在统一的国家版图内不仅是历史，更是现实，藏族二少爷与汉族年轻人汇合在一个镜头内，"我"融入了以汉族为主体的多民族统一国家的意味不言而喻。

最后，电视剧强化了近现代以来的民族国家意识。首先，不仅是汉族文人有家国意识，作为藏族精英的叔叔也有了更鲜明自觉的民族国家意识，开始明确使用"中国"这个词语。在叔叔和"我"的对话中，不再出现"汉人""藏人"这样的词语，而是统一用"中国"涵纳，而且和小说中叔叔不同，他还有了"百姓"的意识。比如他第一次从英国回来时，劝麦其土司不要种鸦片，"你不要再种植这种残害中国百姓的毒药"，而小说中只是说"不要再种鸦片了"。叔叔与"我"对话时，谈到这里的锰矿石丰富，他说现在不能开采，要等到将来没有土司的时候，那时百姓只能生活得更好。叔叔的民族认同是一个统一的"中华民族"，国家认同是统一的"中国"，完全是近现代以来的民族国家理念。

小说中完全没有民族国家意识的土司在剧中也有一些变化。首先是麦其土司本人在面对中国境外的异族时，具有自觉的民族意识及抵抗精神。比如他对叔叔称呼其女儿为"夫人"不满，表示自己不会去英国，将来即使女儿和女婿回来，"也得按这边的风俗叫我阿爸"。这是坚守自己的民族性以抵抗英国性。当叔叔说如果有一天日本人侵略到这块土地上时,"阿哥,我希望你带领你的人民,与侵略者决一死战"。后者的回答是肯定的,因为"麦其家是中央政府任命的"。这里的土司基于国家认同而具有抗日的精神。但小说中没有这段对话,麦其土司也没有任何抗日的表示。剧中的黄特派员也比小说中更加爱国,小说中的他固然有家国意识,却更像是失意文人的自怜身世,而剧中的他则有着自觉的爱国精神和民族团结意识,比如他对二少爷说:"我们只有一个国家,不管是汉人还是藏人,都应该为国家着想,要是没有这个国家,我们就什么都不是了。"当抗战胜利的消息传来后,他说"我们祖国终于胜利了"。剧中的"我"在民族国家意识方面并不像小说中那样一无所知,无所触动,而是受叔叔和黄特派员等人的影响,有了一定的觉悟,有超越个人恩怨之上的民族大义,表现出了爱国主义精神,完全不再是一个傻子的形象了。

二、电视剧《小姨多鹤》、电影《唐山大地震》都表现了感恩的主题。感恩或者报恩思想是基于中国宗法社会的还报观衍生而来的。刘广明认为,"报"是宗法伦理关系中一个最基本的概念,是古代中国社会无处不在的力量,可以视为情感或利益上的相互偿还。"'报'无论是作为个体生命历程中的不同阶段之间的互补原则,还是作为维护家族的伦理机制,其中都充满了至诚的人类之爱……'报'的人类普遍性首先在于它是人类代间生命的一种具有普遍意义的情感的代偿机制,其次又是人类亲代之间(或者说个体生命历程的不同阶段之间)的具有普遍意义的相互保护的机制。尽管在不同的民族和不同的文化中,代间情感代偿和亲代之相互保护不一定取'报'的概念,但'报'所具有的人'类'意义,或者说'人道主义'的价值却是具有普遍性和永恒性的。"[①] 由此可见,中国传统人情社会的感恩思想也具有普遍的人类意义,是维持和谐人际关系、平衡各种冲突的一种重要手段。

电视剧《小姨多鹤》的母题就是一个感恩、报恩与赎罪的框架。

[①] 刘广明:《宗法中国》,生活·读书·新知三联书店上海分店1993年版,第217—218页。

这是完全脱离小说而编造的。在剧中，是张俭母亲无意中救了多鹤，而且张母非常善良，始终非常耐心地照顾她。小说中，张家像买货物一样买了多鹤来生孩子。原著中有违当下国人一夫一妻道德伦理的家庭关系因为有了救命报恩、赎罪等传统道德的内容而更容易让观众接受。电影《唐山大地震》也是相对原著增加了报恩主题。地震时，小灯父亲拉了母亲一把，救了她的命，自己却死了。这也是母亲一生守贞不肯再嫁的原因。而小说中的父亲地震时是在外地死的。电影中其他报恩的情节也比比皆是，比如母亲坚持让小达读大学，是为了回报老方家，回报奶奶每年寄钱寄煎饼的情意。小达为了报母亲几次给了他生命之恩，无条件地满足母亲的情感需求，不惜将新出生的儿子留在母亲家。当然，电影中最大的感恩指向人民解放军，影片最后，小灯给母亲看养父养母照片时，母亲说：解放军对唐山人有恩啊。影片处处渲染了抗震救灾时解放军对老百姓的无私奉献，包括将小灯的养父母身份设计为军人，就是暗含了"再生父母"的意思。传统文化中"子弟兵"或者"父子兵"等词汇的由来正是与基于血缘亲情的宗法伦理的泛亲情化有关。地震后，当养父母带着小灯坐在军车上穿越两边列队高呼口号的军队时，妈妈说"丫丫好不好，咱们军队就是革命的大家庭，以后这儿每个人都是你的亲人"。这段话超越了个体家庭的亲情互报，而是上升到了更高的族群关爱的层面，可以视为对小说中个体家庭亲情失落的一种有力弥补。

　　三、电视剧和电影还通过不同情节、人物来弘扬儒家思想，重构善恶二元价值观。电视剧《小姨多鹤》第 2 集中，通过张母之口就宣扬了"善"的观念："善养运，善也养子孙。"此后，通过其无私照顾多鹤的言行进一步诠释了"善"的理念，将其塑造为一个集善良、宽厚、博爱等各种美德于一体的良母形象。而小说中这个人物出场并不多，且没有任何道德色彩，只是一个面目模糊的普通农妇。在张母死后，承担"善"的载体的女性则是多鹤，她任劳任怨，同样的宽厚善良，宁愿委屈自己也要顾全他人。小说中性格复杂、难辨善恶的人物小石、小彭在电视剧中被重新塑造，善恶分明，易于辨识，严歌苓试图消解的二元对立在电视剧中被重新确立。小石在小说中是个活络有点私心的人，曾试

· 188 ·

第六章　全球化背景下跨族群华语写作及其影视改编作品的民族性分析

图以多鹤的把柄来要挟她，但胆子又没有那么大，未及实施很快就死于事故，所以此人就是芸芸众生中的一个普通人，无所谓大恶或大善，但在剧中他被塑造成了一个极其善良忠厚且有正义感和勇气的人，当小彭威胁他时，他告诉多鹤小彭的卑劣打算，发誓就算戴上黑五类的帽子也要保护多鹤，并且还有一番宏言壮语："我决不干那丧尽天良的事……我爹妈把我放在这个世界上，他们是想让我堂堂正正地做一个好人，不是让我苟且偷生，卑鄙无耻地活。"这样的言行完全是编导为了诠释儒家义理观而设计的。剧中作为小石对立面的小彭则成了一个彻底的恶人，他贪婪好色、出卖朋友、趋炎附势，其言行处处诠释着恶与不义的概念。这与小说中难辨善恶的小彭已是大相径庭。

电视剧《尘埃落定》中二少爷不再具有撕裂性的精神症候，也即不再慧愚难辨，而是接近传统文艺作品正面主人公形象，他对下人有仁爱心，对女性也不再歧视冷漠，有民族国家意识，当然也有谋略，在智慧之外，更多表现出了"善"的品格。

四、电视剧与电影重构家庭伦理亲情，以"合和"治疗"离散"族群的"失家"之痛。电视剧《小姨多鹤》的家庭关系基本是和谐的，不似小说中人物有较多算计，儿子虽然背叛父亲，也是受了坏人的挑唆，并且最后也能悔悟，电视剧的结局也是大团圆式的，实现了亲情的认同，与小说中亲人离心、分散各地的结局有别。与电视剧《小姨多鹤》相同的是，电影《唐山大地震》也非常重视伦理亲情，而且用了许多细节和镜头来浓墨重彩地"煽情"，这也是电影的很多"泪点"所在。这些表现伦理亲情的细节因为与中国普通百姓的日常生活认知契合度较高，所以显得很接地气，能打动中国观众的心。比如，震后，奶奶和姑姑来接方达的一幕：一家人聚在昏黄的灯光下，奶奶搂着睡了的孙子，表示自己老方家的孙子，自己该管，大姑建议母子两人都去济南，"咱一大家子人呢，不会让你受一点委屈"，其中的对话用了方言，传达了浓浓的亲情，令人感到温暖。方达长大后，妈妈让他上大学，还要给他早点带大孩子，为的是他老了后能有人伺候他。这段对话真实地传达了中国父母对子女事无巨细的关心，体现了中国文化的人伦亲情。电影中养父母和小灯的家庭关系也是和谐、有爱的，尽管平时有些小争执，最后妈妈临终前对小灯说"爸爸爱你，我也爱你"，让她回去找找亲人，"亲人永远都是亲人"。电影中表现的伦理亲情恰恰是小说中所缺少的，或者说叙述者"不相信的"。正如小说中所说："地震中失去亲人的家庭到处都是。一场地震把人的心磨得很是粗糙，细致温婉的情绪已经很难在上面附着。"①

电影的结尾也是回归与团圆，小灯带女儿回到养父身边，最终又找到了生母，亲人团圆，小灯表示以后无论在哪里，死了后都回到这里，陪着爸爸。作为已经嫁给外国人的小灯，这样的表态暗示了海外华人回归祖国的心愿。和合与回归，这样的主题就决定了电影中没有"离散"，所以电影中的小灯一直没有小说中人物的各种心理疾患，因为她一直有爱，有家。尽管她第一次成为孤儿，但很快就有了一个温暖的小家和更强有力的解放军大家庭，养母去世后还有一直关心着她的养父，家是一直在的。正如小说《余震》在小灯远远看到母亲时就及时结尾了，作为离散者的作家很难去建构大团圆的结局并以之作为解决身份认同症候的良药，她们没有这份自信。所以张翎说结尾处小灯千里寻亲的情节是"丢给自己的止疼片，其实小灯的疼是无药可治的……不是所有的苦难都能提炼和造就人的，有的苦难是可以把人彻底打翻在地，永无可能重新站立的"。②而冯小刚作为在地的导演，没有"离散"情结，中华文化认同的自信使他以"叶落归根"的大团圆结局结束了电影。从受众接受的角度看，中国本土的观众更能认可冯小刚的接地气、中国文化意象丰富的《唐山大地震》，这也是电影获得好评和票房的主要原因。而张翎原著中文化认同的矛盾与混乱，是很难被缺少移民经历的本土受众所理解的。应该说，冯小刚面向中国市场、定位中国文化的改编策略是成功的。

改编后的影视剧用以解决上述文化症候的中国文化关键词恰好可以

---

① 张翎:《余震》,《人民文学》2007 年第 1 期。
② 张翎:《浴火，却不是凤凰——〈余震〉创作谈》,《世界华文文学论坛》2009 年第 2 期。

在电影《唐山大地震》中小灯回家后天上飞的孔明灯上的字发现：团圆、感恩、和谐、亲情。重视人伦亲情，常怀感恩之心，由家庭的和谐进而推广到社会的和谐，可以有效降低因冲突和分裂而导致的各种心理疾患。《少女小渔》中超越族群的爱是理想主义的，所以小说结尾是暗淡的。而立足血缘亲情，以家庭为本位，进而推己及人，构建社会和谐，实现天下大同，这种传统中国式的思维路径更切实，更接地气，而且体现了中华文化的优势。电影和电视剧中展示了中华文化有容乃大的包容性，这种包容性也是历史上由诸多民族共同构成的自在的中华民族共同体逐渐得以形成的原因。古代中国的认同有天下主义和夷夏之辨，后者只是文化的区别，而非种族的排斥，所以只要蛮夷被中华文化同化，就可以成为华夏天下的一员，这种认同之所以博大，包容性强，关键在于天下意识。[①] 中华文化和而不同、兼容并包的精神，是区别于其他文明的优势一面，早就为其他国家研究国民性的学者所关注。日本人渡边秀方在《中国国民性论》中提到这一点："这个同化力和抱拥性，乃中国人的最崇高的特性"，"中国人虽立着形式的差别什么蛮夷等等，然而匈奴入则同化匈奴，鲜卑入则亦同样抱拥他们的"。[②] 作者又举了欧洲人奴役被殖民地人民的例子，以此来说明"中华""蛮夷"之分是基于文化，而非嫌恨人种本身。所以，中华民族重和谐、讲包容的精神对于维护世界和平，促进世界不同民族和文明之间的对话与沟通，都具有积极意义。

　　立足中华民族文化之根解决跨族群文化之伤，表现出了影视导演充分的文化自信。这种文化认同、文化自信也是全球化时代跨族群文化交流时应具的一种文化心态，只有坚守民族文化本位立场，拥有主流的文化认同和稳定的中华民族身份认同，才能在世界多元文化的众声喧哗中保持清醒的文化自觉，实现求同存异的文化平等地位，在人类命运共同体的构建中取得本国族的话语权。

[①] 参见许纪霖《家国天下》，上海人民出版社2017年版，第58页。
[②] ［日］渡边秀方：《中国国民性论》，高明译，上海北新书局1929年版，第150页。

第三编 民族文化与身份认同：跨族群写作的影视改编

值得提及的是，小说《霸王别姬》和《黑骏马》中的跨族群文化认同的困惑在其改编的电影中则是另外一种解决思路。陈凯歌电影《霸王别姬》和小说最大的不同是删掉了小楼文化大革命后期偷渡到香港，然后在改革开放之后与蝶衣在香港邂逅的情节。同时"母亲"在影片中也就减弱为少量的几个镜头，除了开始时卖掉小豆子的几个场景，这个"母亲"此后再未出现，而且这个母亲的形象还是较为负面的。所以电影是回避了身份与文化认同主题的，于是在有的评论家看来就是主要表现"京剧"和"同性恋"两个卖点了。①

谢飞导演的电影《黑骏马》编剧是张承志，几位主要演员也是蒙古族的，所以故事情节及主题基本与原著一致。但是影像艺术毕竟与小说文本有区别，原著小说中不同族群文化的差异与对比在电影《黑骏马》中变为游子思乡情怀的抒写。导演在一篇访谈中介绍了产生这种变化的原因，因为小说中关于文化的思索是很难用视听语言表达的："不少人错以为这是汉族知识青年与蒙族姑娘的爱情故事，表现两个民族的文化差异，其实不是，男主人公是蒙族青年。之所以会使人产生错觉，是因为张承志在小说中透过男主人公白音宝力格阐发了不少他作为异族文化人的一种思索。改编电影时很难用视听语言把这种文字的东西充分表现出来。"② 小说的读者之所以将白音宝力格误认为汉族人，正如前面所论，他作为接受汉地文明的青年，确实是在小说中表达了较多的现代性思想，电影没有办法用话外音的方式呈现这么多带哲理性的思考。

此外，电影变为游子思乡主题后，这个故乡就应该是诗意的美好的，以与外面的世界进行区分，所以电影就具有了如《小城之春》《城南旧事》一样的诗意风格。而这种诗意其实正是汉文化"中和"审美理想的一种体现，《黑骏马》中也不再有恶人恶行，人物和生活都呈现美好的一面。电影还有相较原著一个重要的变动就是索米娅不是被强奸的，而是由于白音宝力格走得太久，而希拉高高大大，嘴又甜，身体长

---

① 参见［美］珍·库瓦劳《〈霸王别姬〉——当代中国电影中的历史、情节和观念》，李小刚译，《世界电影》1996年第4期。
② 谢飞、胡克：《〈黑骏马〉及电影文化》，《当代电影》1995年第6期。

得又壮,讨姑娘们喜欢,奶奶对白音宝力格说"她是真心和你好,可你一走这么长时间",暗示索米娅与希拉是两相情愿的。据导演说这样改动是因为涉及是非评定的问题,小说原著中的希拉在主人公看来是一个恶棍,"哦,黄头发希拉是一个真正的恶棍,他要弄过的牧民妇女究竟有多少,没有谁数得清。草原上已经有不少孩子长着一头丑陋的黄发,用呆滞阴沉的眼睛看人,我不止一次地听到人们指着那些孩子说:'哼,都是黄毛希拉的种子!'①"导演的潜在意思就是:如果电影中有恶人,就要评定是非,就应该受到惩罚。但导演显然不想这么处理,他追求的是一种诗意的境界,无意于道德批判或文化反思,所以既然不能在电影中让恶人逍遥法外,那就索性没有恶人。电影中不仅是黄毛希拉的形象改善了,索米娅的丈夫也变得文明、理性,少了蒙古汉子的粗鲁气。小说中的他一如草原一样真实自然粗犷:"他粗鲁地用大嘴在那小孩的屁股上亲了一口,一巴掌抹掉孩子脸上的两道黄鼻涕,又顺手抹在炕褥上。'上炕坐嘛,白音宝力格兄弟……嘿!其其格,愣着干什么?快做饭呀!哼!'……'哼,妈的!索米娅——你妹妹,去年就给他们——咦,其其格!看我不揍肿你的脸!怎么还愣在那里?等死么?'他突然又暴怒起来,凶恶地朝小姑娘吼着。"②电影中的达瓦仓没有了脏话,比较善解人意,处事风格更符合汉族人的文化。

　　电影中的草原生活是美化的,诗意的,因此也被评论者认为是"草原的沦陷",失去了草原文化的特质,包括其中的马也表现得比小说平凡,而马对于蒙古人有着非同寻常的情感意义,导演的解释是认为电影是表现人的,不是表现马的。无论是导演将草原人物及生活表现得诗意化,还是小说原著以接受过现代文明的蒙古青年视角来反思草原生活的陋习,都是草原之外的他者视角。小说中黄毛的行为及达瓦仓的粗鲁,从土生土长、没有接触过其他文化的蒙古人的视角来看,则是再正常不过,是草原生活的原生态,无所谓善恶或文明粗鲁的问题,比如索

---

① 张承志:《北方的河　黑骏马》,人民文学出版社2006年版,第31页。
② 张承志:《北方的河　黑骏马》,人民文学出版社2006年版,第42页。

米娅和奶奶对一切都安之泰然，黄毛也没有受到惩罚，从他生了很多私生子这一点来看，他的行为在草原上应该不是被视为大恶之事的。而索米娅和她的丈夫平静生活了多年且又生了很多孩子，也不能用汉民族文化的伦理说明前者多么逆来顺受地认命，而是她坦然认同本民族文化，视之为生活的本色，不需要他者的审视与同情。当然，电影较之小说，改为怀乡主题，变为诗意风格，去掉了文化的差异与比较，基本是中华民族传统的文化理念与审美风格，也算是对原著中跨文化纠结与困惑的一种解决之道吧。

第四节　文化边缘地带的批判与反思

在后殖民主义者塞义德看来，后殖民知识分子处于多种文化的杂交地带、边缘地带，所以他们更能超越具体文化的局限，具有跨文化的视角，在各种文化之间自由出入，进行文化批判与反思。"身为知识分子所作所为必须是自创的，因为不能跟随别人规定的路线。而边缘人的身份为这种自创提供了自由的条件。"[①]

严歌苓在接受采访时也表达过相似的意思："审视和反思一种文化，赏析或批评一种社会状态、生活状态，不被这个社会不断变化的价值观卷进去，最好是拉开距离，身处边缘。我一直以边缘人自诩，以边缘地位自豪。"[②] 张翎也曾表达过相似的意思："在两个大陆之间游走的好处是多了一双眼睛，打开了一些原本不及的视野；多了一段审美距离，少一些'人在此山中'的迷惑。"[③] 阿来的态度在小说《尘埃落定》中也可窥见一二，那个跨族群、跨阶层，介于愚、傻之间的"我"在小说中具有上帝一般的叙述视角，他既有预见的神力，又具有历史的反思精神，居于汉藏文化之间对两种文化进行对比点评，而他自身言行的文化特质却并不鲜明，在小说的结尾，他揭示了自己的身份："是

---
① 参见罗如春《后殖民身份认同话语研究》，中国社会科学出版社2016年版，第164页。
② 苏洁：《"边缘人"严歌苓》，《中国新闻周刊》2014年9月18日。
③ 江少川：《攀登华文文学创作的高山——张翎访谈录》，《世界文学评论》2010年第1期。

的，上天叫我看见，叫我听见，叫我置身其中，又叫我超然物外。上天是为了这个目的，才让我看起来像个傻子的。"① 既置身其中，又超然物外，说的正是处于文化交叉地带的知识分子在文化批判方面的超越性地位与无利害审美距离。

上述跨族群写作的小说与改编影视剧相比，具有跨文化的反思批判精神和一定程度的客观性，从而在文化呈现上具有深度与维度。而改编的影视剧在文化反思、跨文化对比方面则显得一元和单薄。

在这些小说中，作者因为具有跨文化的经验与视角，因而具有文化批评的自信，在叙述的过程中经常充当"上帝"的角色，出入于各种文化之间，跳开故事情节和人物，纵横捭阖、指点江山。这一点在小说《尘埃落定》中表现得特别明显。小说用了第一人称叙事，但这个"我"具有第三人称叙事的全知视角，等同"上帝"。他置身于汉、藏、英文化影响圈内，却又能超然物外，对每一种文化进行不偏不倚的审视、剖析包括不留情面的嘲讽。小说中的"我"既是故事人物，也是万能的叙述者，或借人物之口，或自己直接介入，介绍了许多民族历史、神话、典故，并作出点评。这也是电视剧导演提到的难以改编之处：影视镜头无法大量展示观点与思想，另外电视剧也很难用第一人称来叙事，所以剧中那个作为叙事者的"我"的身影也少了，只是偶尔出现过，所以电视剧较之小说在文化反思方面略显薄弱。

严歌苓《小姨多鹤》中跨文化的民族性对比在电视剧中是没有的，如前所述，电视剧主要是立足中华文化伦理，弘扬中国传统美德，所以基本没有跨族群的文化对比。而小说作者则是站在中日文化的中间地带，对两种文化进行比较评析。

小说中写日本女性多鹤的爱整洁秩序，衬托中国女性小环的懒散随意，这是文化比较的一个层面；从另一个角度看，小环热爱生命的积极人生态度又衬托出多鹤动辄向死的消极人生态度，后者也是日本文化中阴郁消沉的一面，小说在一开始代浪村的集体自杀的惨烈场面中就对此

---

① 阿来：《尘埃落定》，人民文学出版社1998年版，第378页。

有所批判了。在小说结尾，作者对两种文化的批判与反思依然是尖锐的，比如改革开放后，张家孩子对日本身份的态度又反转了，开始急着去日本，尤其是二孩，又恨自己不是完整的日本人，"要是还能给自己下毒手的话，他就会下刀把他那一肚子不怎么高贵的中国乡村语言给剔出去"①。叙述者这句对二孩反讽的话实际上讽刺了功利的国民性。而中国文化中积极的一面在多鹤重返日本、以日本文化为参照系时领悟的更清晰了，那就是在中国时觉得讨厌的小环的爱吵架行为恰恰是后者健康快乐、有生命力的表现，"她觉得日本人有愤怒有焦虑，却没人把它好好吵出来，所以他们不快乐"②。这些文化比较的内容在电视剧中是没有的。

遗憾的是，电视剧偏重表现中华传统伦理道德，而且都集中在多鹤一个人物身上，把小环表现得比较简单苍白，原著中小环这个人物顽强的生存能力和乐天性格都没有表现出来，小说中明明是小环以"好死不如赖活"的精神支撑着多鹤走过了生命中艰难的岁月，并以其泼辣大胆的风格为家庭争取了重要的生存资源，到了电视剧中却变成了多鹤照顾中风的小环，这样的改编是将小说文化观照的双重立场变成了一极的，把所有的美德集中在一个主人公身上，不仅在艺术上是有缺憾的，把小说中活色生香、相互映衬、不分短长的人物关系简单化为机械对比，而且在文化反思的深度上也是欠缺的，小环所代表的中国文化较之多鹤所代表的日本文化的真正有生命力的一面没有完全展现出来。

电影《霸王别姬》较之同时期和之后的电影已经具有较高的历史意识和批判反思精神。不过，陈凯歌的大陆本土视角与李碧华的跨族群视角毕竟不同，小说和电影的文化反思也有所不同。首先，从时空上看，电影聚焦大陆几十年的历史，反思权力人性的关系，而小说的时间跨度更长，空间拓展到香港，文化批判的维度多元化从而有了比较的视域。比如小说有对回归前香港殖民地政权的批判，而电影是缺少这一方

---

① 严歌苓：《小姨多鹤》，陕西师范大学出版社2010年版，第310页。
② 严歌苓：《小姨多鹤》，陕西师范大学出版社2010年版，第315页。

第六章　全球化背景下跨族群华语写作及其影视改编作品的民族性分析

面的。比如在这一政权下下层民众生存的窘迫与空虚，比如政府对移民的冷酷与无情，"但营营役役的小市民，便是靠一些卑微鄙俗的伎俩，好骗政府少许补助。像穴居的虫儿，偶尔把头伸出来，马上缩回去；不缩回去，连穴也没有。而香港，正是一个穷和窄的地方，穷和窄，都是自'穴'字开始"[①]。这一段从表面上看是叙述者站在段小楼的视角上自嘲自讽，实际上讽刺的是回归前香港政府失败的民生政策，表达了普通百姓对殖民政府的失望，所以小说结尾小楼感觉"整个的香港都离弃他了"。小说不仅对香港殖民政府有暗讽，对日本侵略者也有批判，这与小说自始至终对强权的批判是一致的。蝶衣为日本侵略军唱戏是基于不得已，是为了救小楼，并不是因为他视日本人为艺术知音，小说详细地描摹了他的复杂心理和语言："蝶衣一念，良久不语。无限低回：'我国景色何尝不美？因你们来了，都变了。'对方哈哈一笑：'艺术何来国界？彼此共存共荣！'是共存，不是共荣。大伙都明白。在人手掌心，话不敢说尽。记得此番是腼颜事敌，博取欢心。他是什么人？人家多尊重，也不过'娱宾'的戏子。顶尖的角儿，陪人家吃顿饭。蝶衣一瞥满桌生肉。只清傲浅笑：'中国老百姓，倒是不惯把鱼呀肉呀，生生吃掉。'生生吃掉。被侵略者全是侵略者刀下的鱼肉。"[②] 这段话充分展现了侵略者的霸权与虚伪，被侵略者的委屈无奈，以及借由一点文化的优势实现精神的抵抗。所以在强权与弱势的双方之间其实并没有艺术的沟通，只有霸权与压迫。反对文化霸权，也是后殖民主义知识分子的使命。可惜，在电影中，没有展示蝶衣的上述语言与心理活动，只有他投入地给日本侵略者表演以及日本人热情喝彩的场面。难怪有评论者指责小说没有表现出抗战时期京剧艺人如梅兰芳等坚决不给日本人唱戏的民族气节，也有的评论者认为电影表现了蝶衣对艺术的痴迷，因为觉得日本人懂戏，所以认同"艺术无国界"而忽略了民族矛盾。

电影《唐山大地震》基本上是一部主旋律影片，所以原著中有些

---

① 李碧华：《霸王别姬》，新星出版社2013年版，第204页。
② 李碧华：《霸王别姬》，新星出版社2013年版，第114页。

负面的情绪和行为到了电影中都提纯美化了，影片以展现传统文化中正面的、积极向上的内容为主。而小说对中国的国民性有所批判反思，主要体现在李元妮与其街坊的关系上，前者由于美丽能干而时常遭到嫉妒，即使当她遭受了劫难后，因为可以坚强地站起来，仍然遭到人们的嫉恨："天灾来临的时候，人是彼此相容的，因为天灾平等地击倒了每一个人。人们倒下去的方式，都是大同小异的。可是天灾过去之后，每一个人站起来的方式，却是千姿百态的。平等均衡的状态一旦被打破，人跟人之间就有了缝隙，缝隙之间就生出了嫉恨的稗草。李元妮招人恨的原因，是因为她是站起来走在最前面的那个人。"①

小说《黑骏马》由于叙述者在两种文化中游离的身份，也表现出多维的文化批判视野，作为出身于游牧民族的"我"来到城市，很容易发现城市文明的虚伪和违反自然人性之处。小说开始有一大段"我"的内心独白："我离开她整整九年。我曾经那样愤慨和暴躁地离她而去，因为我认为自己要循着一条纯洁的理想之路走向明天。像许多年轻的朋友一样，我们总是在举手之间便轻易地割舍了历史。选择了新途。我们总是在现实的痛击下身心交瘁之际。才顾上抱恨前科，我们总是在永远失去之后，才想起去珍惜往日曾挥霍和厌倦的一切，包括故乡，包括友谊，也包括自己的过去。九年了，那匹刚进五岁的、宽胸细腰的黑马，真的成了夺标常胜的钢嘎？哈拉；而你呢？白音宝力格，你得到了什么呢？是事业的建树，还是人生的真谛？在喧嚣的气浪中拥挤；刻板枯燥的公文；无止无休的会议；数不清的人与人的摩擦；一步步逼人就范的关系门路。或者，在伯勒根草原的语言无法翻译的沙龙里，看看真正文明的生活？观察那些痛恨特权的人也在心安理得地享受特权？听那些准备移居加拿大或美国的朋友大谈民族的振兴？"② 这段话的前面是对草原生活的怀念，后面则是对城市文化的批判，值得注意的是，电影保留了前面，删掉了后面，这与电影侧重诗意怀乡情调而无意文化反思

---

① 张翎：《余震》，《人民文学》2007年第1期。
② 张承志：《北方的河 黑骏马》，人民文学出版社2006年版，第12页。

的主旨是一致的。

但是，作为一个多年在汉地学习、具有多元文化视角的草原人，"我"对草原文化的痼疾也是多有批判的，即使是对慈爱的奶奶，我也不能实现完全的认同："也许是因为几年来读书的习惯渐渐陶冶了我的另一种素质吧，也许就因为我从根子上讲毕竟不是土生土长的牧人，我发现了自己和这里的差异。我不能容忍奶奶习惯了的那草原的习性和它的自然法律，尽管我爱它爱得是那样一往情深。"① 作者始终认为草原上有丑恶的东西，比如黄毛的行为，还有作为儿童的其其格受到的心灵创伤，所以"我"的回归草原并不是真正地归依，而是带着批判眼光的回归，他的忏悔其实只是针对具体的个人的，而不是整个草原文化，所以他的理想回归状态其实是对草原文明进行改造后的回归："如果我将来能有一个儿子，我一定再骑着黑骏马不辞千里把他送来，把他托付给你，让他和其其格一块生活，就像我的父亲当年把我托付给我们亲爱的白发奶奶一样。但是，我决不会像父亲那样简单和不负责任；我要和你一块儿，拿出我们的全部力量，让我们的后代得到更多的幸福，而不被丑恶的黑暗湮灭。"② 应该说，作者心目中理想的文化状态其实还是杂交的，是草原文化与现代化的汉文化优势互补后的产物。而电影则偏重于文化怀旧与思乡主题，基调是对草原文化的诗化与赞美，将原著中文化反思与批判的内容都去掉了。

---

① 张承志：《北方的河　黑骏马》，人民文学出版社2006年版，第33页。
② 张承志：《北方的河　黑骏马》，人民文学出版社2006年版，第63页。

第七章 汉族作家的蒙古族题材创作与其影视改编文本的比较

——以《狼图腾》《东归英雄传》为例

在当代表现少数民族题材的文学创作中，除了前面提及的跨族群的作家如阿来、张承志等的创作，还有一种跨族群创作，即由纯粹的汉族作家写作的少数民族题材作品，而这些作品在被改编成为影视剧后，由于影视导演的民族身份与小说作者又有差异，所以不同的文本又表现出不同的族性与文化认同。

本章拟选取两部小说及其跨媒介文本作为案例，一是汉族作家姜兆文出版于1988年的反映蒙古族一个部落一段历史的小说《东归英雄传》，后来蒙古族导演塞夫、麦丽丝又拍摄了同名电影及电视剧，分别于1993年、2008年上映，虽然后二者与小说故事情节有较大的差异，但按照互文性的理论，三者间有互文关系，可视作互文本，并且由于创作者的不同族群属性而具有了比较研究的意义。另一个案例是姜戎的《狼图腾》，姜戎是汉族人，小说反映的是他在内蒙古插队的一段生活经历及其对游牧文化与农耕文化的反思，对蒙古族所代表的游牧文化充满溢美之情，小说发表后却遭到了部分蒙古族文化工作者的不满与批评，同时，小说后来又被法国导演让·雅克·阿诺改编成电影，所以这部小说及其影视互文本也是研究不同族群文化认同差异的一个较好的样本。

第七章　汉族作家的蒙古族题材创作与其影视改编文本的比较

第一节　《东归英雄传》及其影视文本中的民族意识与文化认同

　　《东归英雄传》的作者姜兆文是汉族人，但长期受教并工作于内蒙古自治区，并在自治区的文化机构担任过领导职务，所以他一直致力于蒙古族历史题材小说创作。《东归英雄传》反映的是乾隆三十年时，居住在伏尔加河流域的蒙古族土尔扈特族由于不堪忍受俄罗斯叶卡特林娜女皇的征役和沙俄贵族的欺凌，在汗王渥巴锡的带领下，从玛怒托海起程，连克俄国重兵防守的要塞和关口，越过哈萨克草原，跋涉万余里，直抵新疆伊犁，完成了东归故国的大业。小说塑造了一系列土尔扈特族英雄的形象，并以"东归祖邦"为主线表达了民族统一的主旨。

　　1993年的电影《东归英雄传》由蒙古族导演塞夫、麦丽丝执导，电影只选取了东归路上土尔扈特族人面临的艰难任务之一：负责前往打探路线的千户长及其随从制作了一张东归路线图，需要克服俄罗斯军人及密探的围堵将图护送到渥巴锡汗处。

　　2008年上映的电视连续剧《东归英雄传》仍然由塞夫、麦丽丝执导，是对电影内容的全面拓展，展现了东归大计从酝酿到实施的全过程，人物形象及故事情节、历史背景、文化内涵皆远超电影的体量。

　　土尔扈特人东归历史的具体细节史料甚少，所以反映这段历史的艺术作品需要依靠大量的想象与虚构才能在大的框架之内填充丰富的细节内容，创作者面临的困难与自由度皆大大提升。如果在几个基本上是虚构的文本间存在着诸多相似之处，这些文本间的互文关系就更为紧密了。从时间上，三部作品前后相承；都使用了同样的题目；表现同一段历史；具有相同的主要人物；具有一些相同的虚构情节，比如小说和电影中都有侦探东归路线的情节，小说和电视剧有着相似的爱情与民族大业纠葛，都有为了东归将幼子作为人质牺牲亲情的情节，都有过沼泽地的艰难险阻，有舍楞投奔敌营却又突然反水助土尔扈特人之力的情节，也都有同情土尔扈特人的俄罗斯军官及其他民族的将军等。所以，三部作品之间形成互文关系，后面的文本会受到前面文本的影响。改编也是互文的一种，互文也是宽泛意义上的改编。所以这三个文本之间具有比较研究的价值。

三部文本的主旨有共同之处，即以东归历史表现蒙古族不畏强权的民族气节和坚强勇敢的民族性格。作者都站在肯定与颂扬蒙古族人民及其族群文化的立场上。小说作者虽是汉族，但长期生活于内蒙古地区，并担任文化官员，一直致力于表现蒙古族历史题材小说，对蒙古族的历史与民族性具有一定的认知与同情。至于电影和电视的导演塞夫和麦丽丝，作为纯粹的蒙古族人，对于本民族的历史与文化的认同更为真切，他们夫妻两人的电影也多以反映蒙古族历史风情、表现本族英雄人物的史诗性作品为主。三部文本也都表现出强烈的民族主义精神。民族主义也是集体主义的，为着一个想象的共同体的利益，个体随时可以牺牲自我利益甚至生命。正如本尼迪克特·安德森所说，民族属性是个体先天无法选择的，是"自然的连带关系"，在这种"自然的连带关系"中，可以感受到"有机的共同体之美"，因为它无法选择，所以带上了公正无私的光环，正因为这个理由，民族可以要求（成员的牺牲）。而为一个不是出于自己选择的国家或民族而死，因为让人感觉在本质上是非常纯粹的，所以具有了道德的崇高性。[1] 小说中的汗王渥巴锡为着民族回归大业，可以牺牲自己的感情，并忍受牺牲自己儿子的极大痛苦，其他的几位族人也都是在民族危亡的关键时刻为着民族的集体大业自我牺牲。正如小说中的渥巴锡对他弟弟所说的："你以为任何人都可以随意去选择死或者活吗？不！你并不仅仅属于你自己，正像我、色克色那、策伯克多尔济以及许许多多人并不仅仅属于自己一样。我们更属于汗国，只有汗国才有权决定我们是死还是活。"[2] 电影《东归英雄传》中也有民族共同体利益至上的主题。在千户阿拉坦桑带领女儿和手下路过一个战场时，面对本族一个幸存的婴儿，他的女儿莎吉尔玛想要带走，

---

[1] 参见［美］本尼迪克特·安德森《想象的共同体：民族主义的起源与散布》，吴叡人译，上海世纪出版集团2016年版，第138页。

[2] 姜兆文：《东归英雄传》，内蒙古文化出版社2018年版，第366—367页。

觉得这是自己族人的后代,千户不同意,因为他们几个人负有大任,"为了几十万部族的人"。在这里,没有个体生命权,只有民族集体利益。同样,爱情也要为后者让步。当莎吉尔玛知道自己爱上的人是奸细时,她毫不犹豫地刺杀了他。而这个奸细桑格尔,其实是一个纠结于个体亲情与族群利益之间的人,他是因为母亲被敌人控制而不得不作了奸细,但最后他还是能够挣脱这种纠结,站在了民族利益的一边,牺牲了自己的生命。至于千户自己,则以一种更惨烈的形式践行了民族利益至上的原则:他将东归路线图刻在了自己的后背上,在自己将死未死之际让女儿拿刀把这张人皮图割下来。

民族主义也是男权话语的,小说和电影中的女性都为了男人的事业和本民族的集体利益而牺牲。电影中的男权话语色彩还要强烈些,男性都是理性的,始终刚强的,而女性则是感性的,有时脆弱的。上述莎吉尔玛想收留那个婴儿的情节反映了女性的母性保护本能,以此来衬托男性冷峻理性的民族利益至上观。电影中莎吉尔玛在途中还陷入情感纠葛,也不断被其父严肃的制止与批评。如果说电影中莎吉尔玛牺牲爱情还是为了本族利益,而茨冈女人妮妮娜并不属于土尔扈特族,她的牺牲纯粹是为了爱情,为了她所爱的男人。后来的电视剧延续了电影中强大的民族主义话语,继续表现为了民族利益,个体牺牲爱情、亲情直至自己的生命,情节也是相当的悲壮惨烈。男权色彩仍然存在,渥巴锡的妻子央金因为重病不想拖累他而主动投河自尽,为爱情而牺牲的茨冈女人在剧中再次出现了,这次她叫赛妮娅,是为了完成她的爱人、渥巴锡弟弟达什敦的任务而牺牲的,而达什敦最后又是为了民族东归大业牺牲在途中了。为男人而牺牲的女人,为民族而牺牲的男人,恰是民族主义与男权话语同构的两个隐喻。

正如本尼迪克特所说,民族共同体是想象的,民族成员之间内部的联结也是相象的,他们其实从未谋面,"然而,他们相互联结的意象却活在每一位成员的心中"[1]。这种想象令人感动,并且驱使着其成员为

---

[1] [美]本尼迪克特·安德森:《想象的共同体:民族主义的起源与散布》,吴叡人译,上海世纪出版集团2016年版,第6页。

第三编　民族文化与身份认同：跨族群写作的影视改编

之从容赴死。上述小说和影视中令土尔扈特人为之牺牲的整个民族的利益其实也是想象的、抽象的，回归大业是他们为之赴死的目标，但回归任务其实非常抽象，因为回归之后的图景其实都是想象出来的。关于回归之后的民族生活前景只存在于部落首领的想象性描述之中，比如草原牛羊和自由等，但其实并没有任何现实基础所支撑。从史料上看，因为当时信息技术不发达，土尔扈特族难以和清政府取得联系，他们的东归计划清政府并不知情，所以难以得到后者的支持，而首领渥巴锡就以"回到东方，回到太阳升起的地方"这样抽象的愿景而鼓舞族人开始了艰苦卓绝的东归历程。民族主义的理想和激情主要存在于动人的过程之中，所以上述作品也都将重点放在了表现东归征程中。

虽然小说和影视剧都是民族主义的，但它们的民族意识和民族文化呈现有所不同，因为它们创作者的身份地位和经历有所不同。

一、小说与影视剧对"东归"的目的有不同的处理。在小说中，土尔扈特人一意追求"东归"是为了回归祖国，这个主旨体现了传统的以汉族为主体的华夏族"中国"与"天下"的关系认知，也切合当下构建中华民族共同体的时代精神。小说中多处提及土尔扈特人对祖邦的想往，以及东归的最终目的是为了回到祖邦。比如在渥巴锡和策伯克的对话中，提到了东归的目的并不仅仅是因为俄国人的欺凌，而是有着更深层的原因：对于祖邦的思念。策伯克说："当我一旦获知殿下要把汗国带回祖邦，心里便豁然开朗了。我终于明白了，牵动我的心的，是天山，是准噶尔，是祖先出生的世界。我思恋这个世界，想立即投入她的怀抱，想扑到那块土地上痛痛快快地哭一场。虽然我根本还不知道这块土地是什么样子……"①，渥巴锡也说："也许，在我们的血液里流淌着某种特殊的东西，一种千代万代也不会消失的和祖邦天然呼应的东西。这是一种力量，一种吸引我们的力量，推动我们的力量，一种无法摆脱也不想摆脱的神奇力量。"② 两人的对话中都明确提到了"祖邦"，

---

① 姜兆文：《东归英雄传》，内蒙古文化出版社2018年版，第205页。
② 姜兆文：《东归英雄传》，内蒙古文化出版社2018年版，第205页。

也就是祖国，即土尔扈特人祖辈生活的属于清政府统治下的国家的范畴，也就是今天所指的"中国"。所以，小说作者的民族主义思想是与统一的国家意识密切联系在一起的。小说后面写土尔扈特族终于开始东归时，用的口号就是"东归祖邦"，叙述者从旁评论道："是的，这是一个伟大的日子！光荣的土尔扈特蒙古人永远不会忘记这一天，所有炎黄子孙都不会忘记这一天。这一个日子，理所当然地要用大字写进中华民族的史册：公元一千七百七十一年一月五日。"① 这里的"炎黄子孙"和"中华民族"的概念显然是近代以来的国族认同和国族意识的产物。作者传统的汉文化意识还体现在将土尔扈特人对祖邦的向往写成是对礼仪之邦的向往。小说中土尔扈特人心目中那个远方的祖先生活过的地方是有礼仪的、文明的。这种观念类似于中国古代汉族知识分子的夷夏之辨，区分华夏和四夷的主要指标就是文明教化，而非血缘与种族②，所以小说中土尔扈特人的回归不仅是对国家的认同，还是对华夏文明的认同。

电影《东归英雄传》将东归的目标指向了"故乡"和"故土"的概念。比如开篇的话外音："1771 年，从中国迁徙到伏尔加河下游生活了近 150 年的蒙古土尔扈特部族，由于不堪忍受沙俄王朝的种族灭绝政策，在其首领渥巴锡汗的率领下，历经数年准备，将举部东归故土。"片尾的话外音中还是出现的故土："渥巴锡汉带领所剩的 7 万多人抵达中国新疆，从而实现了几代土尔扈特人回归故土的夙愿，完成了东归大业。"而片中人物比如开始时渥巴锡号令众人时说的是"让我们回归东方的故乡吧"，而千户遇到沙俄士兵时说的也是故乡："我们有权返回我们的故乡东方。"

"故土"是民族认同的一个重要因素。胡安·诺格在《民族主义与领土》一书中谈到了土地对于民族归属感的重要性，"世界上一切社会和文化都感到，扎根在属于自己的一块土地上才有安全感和认同保证。

---

① 姜兆文：《东归英雄传》，内蒙古文化出版社 2018 年版，第 312 页。
② 参见许纪霖《家国天下》，上海人民出版社 2017 年版，第 21 页。

一切人类共同体都需要一块可以保证他们生活并通过它能表明自己存在的地理区域"。①"民族主义总是联想到比较久远的民族历史。实际上，民族主义感情屡屡通过对过去的崇拜而表现出来，而这个过去，自然要体现在一块领土上。对于民族主义来说，领土就是承载民族过去的载体。"② 所以电影中土尔扈特人对于"故土"的重视其实承载着蒙古族导演对于本族历史的崇拜及族群归属感的寄托，寄托了离开草原生活在都市的导演本人的怀乡情感。实际上，在历史上，蒙古族作为游牧民族，是流动性的、不断迁徙、四处拓展的，不像农耕民族那样有着浓厚的土地情节。

二、从"故土"这一话题延伸开，电影有着小说所没有的强烈的抒情性。如果说小说的风格是"壮"，电影则是"悲壮"，甚至有着浓厚的化解不开的忧伤。这种深沉的抒情品格与忧伤气质来自于蒙古族导演对本民族真挚的感情，对祖先历史的认同，对民族文化的认同，具体表现就是上述对"故土"的执着。如果说"故土"还带有民族主义理性色彩的话，"故乡"则有更多的情感色彩。胡安·诺格的《民族主义与领土》一书中引述了费尔南多·托尼斯关于故乡的论述："……血缘共同体和出生地（故乡）共同体结合在一起，对人的精神和心灵起着特殊的影响…………乡土是最珍贵的记忆，它支撑着人的心灵；人离开它时会伤心，并在异乡客地时思念着它和渴望着它。"③ 这里的"故乡"是与人的情感、心灵有着密切联系，具有超越民族性的人类普适性。所以电影中人物对于家乡的想象与思念具有动人的力量，同样，电视剧延续了电影中"故土"与"家乡"情结，而且因为篇幅的增长，表现得更加充分，情感更加动人。影视艺术在抒情性表现方面自然有其优势，导演除了用人物对话展现乡土情感外，还利用了"故乡"的标志性景

---

① ［西］胡安·诺格：《民族主义与领土》，徐鹤林、朱伦译，中央民族大学出版社2009年版，第12页。

② ［西］胡安·诺格：《民族主义与领土》，徐鹤林、朱伦译，中央民族大学出版社2009年版，第55页。

③ ［西］胡安·诺格：《民族主义与领土》，徐鹤林、朱伦译，中央民族大学出版社2009年版，第56页。

物比如草原、骏马、雪山以及民族经典音乐来渲染气氛，比如电视剧《东归英雄传》中《孤独的小骆驼羔》《鸿雁》等歌曲，前者是达尔敦演奏给茨冈姑娘赛妮娅的，与蒙古族回归故地、祭祀先祖有关，曲调悠长悲怆，令无家之人赛妮娅心中感伤。而后者作为蒙古长调民歌，悠长、徐缓、苍凉，旋律本身就富有抒情性，同时歌词写的是鸿雁北归回家乡的内容，配上土尔扈特人扶老携幼走在冰天雪地里，不时有人倒下，尸横遍野，却又顽强向着东方挣扎前行的画画，蒙古族人英勇悲壮的精神得到了富有震撼力的表现，同时，导演对故乡与同胞渗入骨髓的爱与同情也得到了淋漓尽致地表现，令观众动容。

　　导演对故土/故乡的执着之情某种意义上也可以视作人口流动与迁徙日益频繁的现代社会里的跨族群、跨文化的"离散"情结。这种离散情结在张承志的小说《黑骏马》中也有体现。正如《黑骏马》中的故乡草原是想象的，情感的，《东归英雄传》中的故土也是想象的、情感的。影视剧《东归英雄传》的"离散"情结还体现在对茨冈人形象的表现上。不论在电影中，还是在电视剧中，都出现一个茨冈女性的形象。茨冈人也就是我们所熟知的吉卜赛人，他们是流浪的民族，没有固定的领土，也没有归属的国家，正因为四处流浪没有自己的历史记录，所以也没有自觉的民族意识。《东归英雄传》以流浪不居的茨冈人的精神痛苦来衬托土尔扈特人回归祖国的迁徙行为的价值与意义。影视中茨冈人的痛苦恰如后殖民时代"失家""离乡"的"离散"之痛。电影中的妮妮就说他们茨冈人没有祖国，为了生存会出卖一切，除了爱情。表面上看她是为了爱情一直缠着千户和桑格尔一行，不离不弃，实际上何尝不是她为了摆脱孤独和离散而寻求一种归属？电视剧中的茨冈女性赛妮娅帮助土尔扈特人则不仅是为了爱情，而是基于同样的离散与边缘地位的同情，她的族人表示之所以帮助达尔敦，是因为他们是一些失去家乡和祖国的人，所以愿意帮助一切失去自由的人。在赛妮娅临终前，说的也不是关于爱情的话语，还是关于家、家乡："我们茨冈人没有家，走到哪儿不走了，哪儿就是我的家。放下我你走吧，去你的家，去你的家乡，有家真好，有自己的家乡真好。"同样的，被俄国派来作奸细的娜塔丽娅后来也对渥巴锡产生了感情，这感情超越了男女之爱，基于同样是弱势族群的同情。娜塔丽娅是波兰公主，当时的波兰受制于俄国，她是作为人质被送往俄国的，时时想念自己的祖国和家乡。所以土尔扈特人的东归故土、回归祖邦是解决离散之伤的有意义的、有价值的行为。

2008年的同名电视剧则将东归与回家、回故乡、回祖国等有机地联系在了一起，尽管剧中多处出现的还是回归故乡，回归故土。但是在结尾的话外音中，先是出现了"土尔扈特人终于回到了祖国"，继而又出现了"土尔扈特人终于到家了"，以"家""家乡"和"祖国"的统一来整合了蒙古族人的族群意识与国家意识。

作为汉族作家，小说作者姜兆文是没有办法体验游牧民族来自血脉的民族情感及流动不居的心理感受的。正如徐迅所说，民族感情是来自共同享有某种"根"或"根源"，"这种根源可能是血缘的、村社的、农业的或文化的。这种'根'把他们紧密的联系在一起，并在他们中间创造了真实的情绪和情感"①。所以小说缺乏影视剧那种强烈的抒情性，其大段的内容都是对话体的叙述以及少数的关于华夏民族统一的议论，小说在写这段惨烈史诗的时候，并没有很多悲怆的情愫。而同样是小说，张承志的《黑骏马》就有浓厚的抒情性。

三、作为汉族作家，小说作者对于蒙古族文化的了解与认同也达不到纯粹蒙古族导演的深度。小说《东归英雄传》较少对于蒙古族文化的展示，大部分的内容都是用来记叙东归的准备工作及东归过程，没有写出蒙古族独特的精神气质和文化的深层因素。比如，东归过程中是涌现了很多英雄，英雄们都能为了民族利益牺牲个人，然而这样的英雄在任何一个民族中都存在。可惜的是，蒙古族的民俗风情、精神信仰在小说中都没有得到展示。而电影、电视剧则充分地展示了上述的方方面面。比如电影中展示了蒙古族人天性热爱自由的精神气质，这是属于流动的马背上的民族的。在影片渥巴锡对部落人民的召唤中就表达了对自由的追求："我们成吉思汗的子孙，绝不做任何人的奴隶，为了自由与

---

① 徐迅：《民族主义》，中国社会科学出版社2005年版，第37页。

和平的生活。让我们回归东方的故乡吧。"后面的千户在面对沙皇士兵时说的也是自由与和平："自古以来，我们土尔扈特人信仰自由与和平，回归东方是我们几代人的愿望"。千户的女儿在回忆妈妈告诉她的故乡情况时也是关于草原与自由的话语，"在那里我们是自由自在不被奴役的民族。"所以，土尔扈特人对于故乡的向往其实也是对于想象中的自由与和平生活的向往。他们为了自由可以奋起反抗牺牲生命。在电视剧中也表达了反抗压迫、追求自由的精神，蒙古族人民除了反抗外国侵略者，还反抗内部的来自贵族老爷的压迫。导演塞夫和麦丽丝在1998年接受采访时表示，在蒙古民族的心目中，"祖国意味着自由，在这里，热爱自由与热爱祖国合二为一……这是全人类所有民族的共同情感"[①]。追求自由与和平是人类共同体普遍的认同，电影试图将土尔扈特人的大迁徙上升到人类史的意义上，也就是立足蒙古族性又超越了蒙古族性。当然，导演在电视剧的结尾将"回家"与"回归"祖国统一起来，也就是意识到个体、族群的自由必须有一个强大统一的祖国支撑。

  此外，电视还通过音乐画面展示了蒙古族人的精神情感，而这是小说这种艺术形式先天的局限。民族音乐的内容前面已经有介绍，此处不再赘述。电视、电影中有大量的骏马奔驰的场景，充分表现了马及骑士的激情与力度，这与导演长期致力于观察马、表现马的艺术追求是分不开的，同时也寄托着蒙古族人对于马的特殊感情，他们在上述访谈中也谈到了这一点："蒙古民族是马背民族，他们的精神、气魄、灵魂就应该放到马上去表现……蒙古人离不开马，马是蒙古人生存的重要组成部分，表现了马就展示了这个民族生存的状态，马群展示了这个民族的气魄、胆识和精神。"[②] 在他们的影视剧中，主人公并不甚多言，通过动作画面或者音乐去展现人物内心世界，这也是与导演追求表现蒙古族文化、蒙古族性格分不开的。他们认为"蒙古草原地域辽阔，人烟稀少，牧人长期在空旷的原野上放牧，人和人很少像汉族人那样坐在那里一聊

---

① 张卫：《驰骋草原：塞夫、麦丽丝访谈》，《当代电影》1998年第3期。
② 张卫：《驰骋草原：塞夫、麦丽丝访谈》，《当代电影》1998年第3期。

就是半天。所以，他们话不多，外表平静而从容。你如果到蒙古包去串门，蒙古的男人对你非常热情，为你杀羊，请你喝酒，可不跟你多说话。他们就是心里一团火，也不在表情上显露出来。"① 在这样的艺术追求下，喜欢情感外露、号称"咆哮帝"的台湾演员马景涛在该剧中出演渥巴锡，风格突然大变，沉默内敛，令人惊异。

信仰是民族文化核心层面的内容，影视剧也真实地反映了蒙古族人的宗教情怀，对长生天的信仰等。而这种信仰有时是通过民俗风情展示出来的。电视剧由于篇幅从容，对于蒙古族的风俗、仪式展现得较为全面。比如收集死在征途中的族人的头发，带着他们的金牌东归，相信这样做就可以让族人的灵魂一同返乡。这样的情节既体现了蒙古族文化的特色，又具有动人的感染力。中国是一个多民族团结统一的国家，中华文化是由各个民族的文化共同构成的，所以艺术作品中对蒙古族文化的展示与表现，对蒙古族人民情感与审美的认同，也是对中华民族文化丰富性与多样性的表现，对中华民族共同体文化的认同。

另外，电视剧对于土尔扈特人东归原因的复杂性也有表现，即不仅仅是反抗俄罗斯的奴役和战争驱使，还有宗教信仰及文化认同问题的矛盾冲突。比如，渥巴锡的儿子被作为人质从小收养于沙皇的皇宫中，文化认同自然是俄式的，与其本来的民族文化产生了背离，这也反映了当时民族文化冲突的一个侧面。加之，还有藏传佛教与东正教之间的矛盾冲突，所以东征背后的驱动因素是非常复杂多元的。小说没能展示上述蒙古族文化的精神气质和深层因素，从而也就没能展示出围绕东征的所有复杂多元的文化冲突。

第二节 《狼图腾》及其改编电影中的民族意识与文化认同

与小说《东归英雄传》在民族融合的立场上写历史上蒙古族部落向

---

① 张卫：《驰骋草原：塞夫、麦丽丝访谈》，《当代电影》1998年第3期。

中央政权回归的主题不同,另一个汉族作家的蒙古族生活题材小说《狼图腾》则是站在民族性对立的立场上批判以汉族为代表的农耕民族文化。

《狼图腾》的作者姜戎是汉族人,但曾经作为知青在内蒙古额仑草原插队 11 年。小说写的就是他的与狼打交道的这段草原生活,用时数十年,从 1971 年开始构思,到 1997 年完成初稿,最终发表于 2003 年。从市场效应看,这部作品是成功的,然而这部作品自问世后,却也毁誉不断,同时期很少有一部作品像它这样产生争议。首先,有评论家对它民族性反思问题高度评价:"这当然是一部奇书,一部因狼而起的关于游牧民族生存哲学重新认识的大书。它直逼儒家文化民族性格深处的弱性。煌煌五十万言,五十万只狼群汇合,显示了作家阅历、智慧和勇气,更显示了我们正视自身弱点的伟大精神。"① 民族性问题反思是近现代以来汉族知识分子一直热衷言说的一个话题,《狼图腾》沿袭了这个话题,虽然没有新意,却容易引起共鸣。其次,小说中关于"狼性"的论述,关于狼群所谓战术的描述,也很容易引起职场白领和企业家的兴趣,比如时任海尔集团首席执席官张瑞敏认为小说中狼的战法对于商战很有启示②。同时,这部小说也引发了众多非议。作为一部贬低汉族性格弘扬蒙古族性格的小说,引起部分汉族评论家的不满倒不奇怪,奇怪的是蒙古族的一些文艺家对它意见也很大。蒙古族独立纪录片导演、音乐制作人喇西道尔吉,蒙古族作家郭雪波等都发表了质疑意见,还有一些在内蒙古生活过的知青也对小说草原生活细节的真实性表示质疑。

从蒙古族人对小说的质疑看,结合对小说文本的分析,小说最主要的问题是作者的思维方式其实是汉族的,却努力地做出贬汉扬蒙的姿态;而且其对蒙古族性及蒙古族文化的认知与纯粹的蒙古族人的认知是有偏差的,前者是外视角的,跨族群的,想象的,甚至是理想主义的,而后者则是内在的,与生俱来的,具有扎根性的实在的认同。作者只是一个在草原上生活过几年的汉人,他是不可能完全熟知蒙古族文化的深

---

① 参见姜戎《狼图腾》封底周涛语,长江文艺出版社 2014 年版。
② 参见杜羽《〈狼图腾〉:十年畅销路》,《光明日报》2014 年 6 月 20 日。

层内核并形成"根"性情感与认同的。同样改编电影《狼图腾》因为折射了法国导演的文化理念和民族风格,对蒙古族文化的表现也是想象的、他者的视角,也难免质疑与争议。

一 小说《狼图腾》的民族文化认同

从《狼图腾》的创作主旨上看,姜戎是基于蒙、汉民族性的对比来改善汉族的民族性,用小说中的话来讲,就是用狼性精神为汉族"输血",以期让以农耕文明为代表的汉族汲取游牧文化能争善斗、四处拓展的精神从而变得强大并且超越后者。这一点,在小说中陈阵与杨克的对话中或者陈阵的心理活动中可以看出:"如果中国人能在中国民族精神中剜去儒家的腐朽成分,再在这个精神空虚的树洞里,移植进去一棵狼图腾的精神树苗,让它与儒家的和平主义、重视教育和读书功夫等传统相结合,重塑国民性格,那中国就有希望了。"[①]"华夏民族要想自强于群狼逐鹿的世界之林,最根本的是必须彻底清除农耕民族性格中的羊性和家畜性,把自己变成强悍的狼。"[②] 这里的"中国人"或者"华夏民族"在叙述者心目中显然主要是指从事农耕的汉民族。

表面上叙述者在小说中极力贬低汉族族性,其实是一种爱之深、责之切的心态,或者说"恨其不幸,怒其不争",这与晚清以来致力于改造国民性、探求国家民族自强之路的知识分子心态是相同的。但是《狼图腾》改造汉族民族性的话题仍然是出于汉族知识分子的启蒙情结,没有站在宏大的多民族共同体的视角上,更没有人类普遍性意义。正如有的评论家所言:"而那个被高度赞扬的'草原文明'和'游牧民族',表面上占优势,内里却不过是垫背的角色,完全服务于以农耕文化为主体的所谓'国民性改造'。"[③]

---

① 姜戎:《狼图腾》,长江文艺出版社2014年版,第253页。
② 姜戎:《狼图腾》,长江文艺出版社2014年版,第283页。
③ 李小江:《论"狼图腾"的核心寓意——国民性、民族性与民族主义问题》,《文艺研究》2009年第4期。

一、小说表现出偏激的二元对立的思维，甚至充满了自相矛盾之处，缺乏全面、发展地评价文化的辩证法思维。实际上，无论是蒙古族文化还是汉族文化，都是一种多层面并且充满动态变化的现象，不能用静止单一的标准去言说。农耕文明在几千年历史发展过程中创造的稳定的物质财富和精神财富已经是毋容置疑的历史事实，农耕文化顽强的生命力和持久的存在状态足以证明其合理性，有其存在的价值。然而，作者却在小说中对农耕文化极尽贬低之能事，用词甚为刻薄，表现出文化的极度不自信。同样，游牧文化在历史发展中的盛衰轨迹也足以证明其优劣的两面性。其顽强进取的精神及其他正面的价值在此不再赘述，小说已经在这方面作了很多论述。游牧文化在历史上曾经产生的负面效应历史学家有着更为详尽的阐释，而且是基于史实并非如小说作者那样基于想象。在历史学家罗伯特·马歇尔看来："游牧部落数百年来生活在旷野之中，周而复始地与恶劣气候和其他部落斗争，根本无力发展技术，无法生产工业制品，甚至无法学习最简单的采矿业，季节性迁徙使得这些都成为不可能。于是游牧社会不得不依赖中东和中原王朝的定居社会为其提供这一切。他们从定居社会获得炼制后的金属以及刀剑、盔甲、丝绸和金银，有时靠交换，有时靠抢掠。即使是交换，也是单方面需求关系，因为游牧民族能够提供的太少，只有羊毛和兽皮。"[①] 而小说却高度颂扬这种因生存于恶劣气候而产生出来的战争掠夺行为，视之为强者意志，实际上是一种强盗逻辑。比如在小说中作者也承认古代农耕民族创造了灿烂的古代文明，"但游牧民族及其后代冲进他们的流域，抢走了他们的创造发明，并把他们灭了国，灭了族，或当作附庸，便继续在惊涛骇浪中扬帆远航，去创造发明更先进的文明了"[②]。这里，作者明显是在颂扬掠夺的强盗精神，将历史上游牧民族掠城之后毫无建设地离开歪曲为去"创造发明更先进的文明了"。

在小说《狼图腾》中被视为易于开拓创新的"游牧"民族的流

[①] ［英］罗伯特·马歇尔：《东方风暴》，李鸣飞译，山西人民出版社2014年版，第9页。
[②] 姜戎：《狼图腾》，长江文艺出版社2014年版，第367页。

动性，在历史学家看来也有缺陷，那就是流动性不易于文明的积累与培养。"人们由于追逐水草，需要经常迁移。所以他们没能形成高度的文明，虽然他们也能够很快接受文化熏陶，但是这个阶段显然不可能。……历史把原始社会的人与处于封建社会的人放到同一个时代的空间。草原地带还是石器时代，南方却已是农耕文明。"①

小说表现出对农耕文化占领草原的极度蔑视和不满，这主要是通过对进驻草原的农民形象的贬低和大段议论来完成的。作者期望的是退农耕还草原，然而在实际的历史上，"游牧民族征服了农耕为主的地区后会出现什么结果？经济上的结果显而易见。4世纪，匈奴人占领了中原北方，耕地退化成荒原。古都长安附近的渭河上游变得人烟荒芜，到处出没的是豺狼虎豹。匈奴人的头领不想去管这些野兽，还想要利用它们威慑农民，宣示他的威权"②。纵然今天站在环保主义的立场上退农耕还草原具有一定的积极意义，但不代表这种做法在历史上从来就是如此积极，作者在阐发议论的时候缺乏历史的辩证思维。

总之，在历史学家看来，中国历史上游牧民族统治农耕民族恰恰不是为后者"输血"，让后者强大并保持文明的发展态势，而是相反。"游牧民族的统治让农耕民族为主的国家的发展停滞。汉族政权在重新夺得中原的领导权之后，已经没有能力恢复汉唐时代的荣光。明朝的力量虽然依然领先于世界，但已经没有了向上发展的势头，显得有点畏畏缩缩，对于已有的文化成果也没有突破性的创新。俄国则被蒙古统治了一段时间后，出现了沙皇制度，到1914年都还有着痼疾。"③

小说《狼图腾》将汉文化说得一无是处，但又经常不经意间肯定了汉文化，表现出自相矛盾之处。比如小说中杨克说过："游牧民族真了不得，他们既敢战斗，又会劳动和学习。游牧民族文明发展程度虽然不如农耕民族高，可是一旦得到发展条件，那赶超农耕民族的速度要比野马跑得还要快。忽必烈、康熙、乾隆等帝王学习和掌握汉文化，绝对

---

① [法] 勒内·格鲁塞：《蒙古帝国史》，吕维斌译，现代出版社2016年版，第236页。
② [法] 勒内·格鲁塞：《蒙古帝国史》，吕维斌译，现代出版社2016年版，第243页。
③ [法] 勒内·格鲁塞：《蒙古帝国史》，吕维斌译，现代出版社2016年版，第245页。

比大部分汉族皇帝厉害得多，功绩和作为也大得多，可惜他们学的是古代汉文化，如果他们学的是古希腊古罗马或近代的西方文化，那就更了不得了。"① 这一段不经意间说明游牧民族学习汉文化才变得强大。

为了证明游牧文化比汉文化先进与强大，作者故意无视汉文化中也存在的优秀的质素，实在不能无视的，就将汉文化中优秀的质素说成是来源于草原民族。比如，作者认定汉文化尤其是儒家文化导致汉民族贪生怕死，无视儒家义理中"舍生取义，杀身成仁"的一面，无视以此为激励的历代士大夫的气节。虽然承认儒家有"自强不息"的精神，却又认为这是受到游牧民族"狼图腾"精神影响的早期儒家，这一论断却无任何史实资料支撑。汉文化的天崇拜被作者认为是来源于草原民族腾格里崇拜。儒家文化的"天人合一"来源于游牧民族，并且还不如后者的"天人兽合一"。

小说的偏激之处不仅在于将汉文化优秀的一切归于游牧民族，还在于又将游牧民族甚至人类优秀的文化又归功于草原狼。小说中写牧民们冬天利用冰雪储存食物是向狼学习。小说中多处写草原人民在军事上也是向狼学习的，包括成吉思汗的军事战略。书中认为成吉思汗的军事战略来自狼，不仅是贬低了汉人的智商，也贬低蒙古族人或者整个人类的智商。其实，成吉思汗的军事思想是非常丰富的，处处体现着人性的光芒，学者将成吉思汗的治军思想总结为：忠君为上，以诚治军；爱才敬贤、择人治军；赏功罚罪，以法治军等，战略战术思想则有全民总体进攻战，以敌制敌等，他还具有丰富的军事辩证法思想，比如多数与少数，先发与后发等，并且他在实际战争中不千篇一律固守一种作战形式，不片面强调某一战术的优越性等②。如此一位伟大的军事政治家，被小说视为是向狼学习的，用丁帆的话讲就是"人何以堪"③。

---

① 姜戎：《狼图腾》，长江文艺出版社2014年版，第195页。
② 参见蒙和巴图、博·那顺主编《蒙古民族哲学及社会思想史（上）》，内蒙古人民出版社2016年版，第360—373页。
③ 参见丁帆《狼为图腾，人何以堪——〈狼图腾〉的价值观退化》，《当代作家评论》2011年第3期。

作者对狼的高度颂扬还从中国扯到了外国,并上升到了共产主义的角度。比如陈阵觉得英雄安泰和大地母亲盖娅的神话故事很大可能就来源于狼,而这个神话故事,"曾影响了多少东西方人的精神和信念啊,甚至《联共(布)党史》都把这个故事和哲理作为全书的结束语,以告诫全世界的共产党人不要脱离大地母亲——人民,否则,再强大无敌的党,也会被敌人掐死在半空"①。也即,共产党人不脱离人民的信念可以追溯到草原狼的影响。作者进而又上升到了人类的高度,"草原狼这种古老的活化石,对现代人探寻人类先进民族的精神起源和发展具有太重要的价值"②。

总之,作者对文化缺乏全面、历史的辩证分析,陷入一种文化的崇拜之中而失去了理性精神。这与本书前章中论及的具有多元文化背景或者跨族群身份的作家超越于某种文化局限的全面客观视野恰形成了鲜明对比。张承志的《黑骏马》受到大家的一致认可,而《狼图腾》却遭到了众多非议,足以可见两种文化分析姿态的高下。

二、小说并没有把握蒙古族文化的精髓,尤其是没有把握具有现代性与世界性、发展中的民族性。在张承志的小说《黑骏马》中,我们已经感受到蒙族族人的爱与宽容,爱一切生命,胸怀与草原般宽广,这种爱与宽容,是蒙古族人共同的族性特色,与草原的地域环境和游牧生活息息相关。"蒙古人就是这样,一向把草原看作是自己的母亲。因为,草原慈祥,博爱,千古如一。她爱惜所有的生命,所有的儿女,甚至爱惜天空飘过的每一朵白云。"③

既然是爱一切生命,当然包括人类,实际上,在蒙古族文化中,是尊敬人的生命,人的尊严与价值的,人是高于其他动物的而不是相反。从蒙古族古代英雄史诗中可以看出,作为人类的英雄与恶魔猛兽处于明显的正邪对立的两方。在《蒙古民族哲学及社会思想史》中提到成吉思汗祖先及其本人所体现的"乞颜精神"包括顽强性、耐力和忍性、

---

① 姜戎:《狼图腾》,长江文艺出版社2014年版,第327页。
② 姜戎:《狼图腾》,长江文艺出版社2014年版,第327页。
③ 特·官布扎布:《蒙古密码》,中国民族摄影技术出版社2010年版,第91页。

自制力和果断性，这些已经成为蒙古族的传统精神，是属于人类的精神品格，决不会是来自于"狼"。至于狼到底是不是蒙古族人的图腾，确实很难有一个定论。比如相关史书中有突厥等草原民族视狼为图腾，《蒙古秘史》中有关于蒙古族人的祖先是苍狼和白鹿的记载，但目前更多的学者认为是由于蒙古族人以动物命名的习惯，而非真的是动物。所以在没有明确史实与现实生活证据支撑的情况下，作者的判断未免武断。

小说对人性的贬低除了前面提及的贬低人类智商以外，还表现在小说宣扬斗争精神，并在所谓环保主义的立场上泯灭人与自然的差异，视人为自然普通生物，只看到人的自然属性，而忽视了人的社会属性与人类精神的超越性，并最终视人口为负担。小说倡导自然斗争的精神在主人公的一段思考中表现得比较明显："陈阵的思绪渐渐走远。他突然觉得，生命的真谛不在于运动而在于战斗……生命是战斗出来的，战斗是生命的本质。世界上曾有许多农耕民族的伟大文明被消灭，就是因为农业基本上是和平的劳动；而游猎游牧业、航海业和工商业却时时刻刻都处在残酷的猎战、兵战、海战和商战的竞争战斗中。"① 这里用动物界的竞争法则倡导人类的斗争，甚至贬低、反对和平、劳动。向往和平，尊重劳动，不仅是当今蒙古族人民的价值认同，也是超越族群的人类的共识。当蒙古族导演塞夫、麦丽丝已经在其电影中表达出这种与时俱进的超越的族性认同时，汉族作家姜戎却还在宣扬氏族部落时期的战争法则，实在令人遗憾。正如丁帆指出的，即使作者推崇的达尔文的物种竞争法则，也是种间斗争，而非不同类别物种之间的竞争，比如在人类和兽类之间，"达尔文的进化论，绝不会倒向像狼一类的野兽一边的，因为他理性地知道一个科学的常识——狼即使再凶恶狡猾，也竞争不过人类的智慧，在这场'种间斗争'中，人类终究是胜利者，一个科学家无须站在人性和人道主义的立场上就可以回答这个简单的问题。至此，那种将狼捧上圣坛，而无视世界文明进化规律与常识的理论，还能有什

---

① 姜戎：《狼图腾》，长江文艺出版社2014年版，第171页。

么价值呢？"① 问题还在于，小说是借蒙古族历史及蒙古族性来表达这种斗争法则的，很容易加深人们对蒙古族群的刻板印象。首先，蒙古族人即使在历史上也从来没有崇拜狼之残酷及狡猾并以之作为榜样，其次，现代的蒙古族人民作为中华民族和人类共同体中的一员，也是向往和平，热爱劳动的。作者将蒙古族性等同于狼性，其实还是一个汉族人凭借想象构建的一个"异族"奇观，充满偏见和幻想。所以小说中的蒙古族老人毕利格丝毫没有表现出爱与宽容，反而是每句话都充满民族偏见，将对汉人的轻蔑挂在口头，显得尖酸刻薄，并且除了对狼，几乎对生命是一种漠视的态度。

小说《狼图腾》还表现出视人口为负担的思想。当今社会，随着发达国家及部分发展中国家比如中国出生人口逐年下降，劳动力缺乏，老龄化社会即将到来，人口其实是非常重要的人力资源而不是负担。所以作者的这种思想具有明显的时代局限性。比如当杨克和陈阵看见天鹅湖被破坏后，两人发牢骚，杨克说"这么美的天然牧场，就快要变成东北华北农区脏了吧唧的小村子了，稀有的天鹅湖也快要变成家鹅塘了，"陈阵苦着脸回答："人口过剩的民族，活命是头等大事，根本没有多余的营养来喂养艺术细胞"②。后面马倌张继原和陈阵聊天时也说："亿万农民拼命生，拼命垦，一年生出一个省的人口，那么多的过剩人口要冲进草原，谁能拦得住？"③

正是由于上述诸种因素，小说缺乏爱与宽容，没有表达出正常的人伦情感或族群之爱。蒙古族老人毕利格被概念化、符号化了，除了不时地展示他对汉人的轻蔑及其关于"狼"的理念外，没有去表现他的民族感情，他对儿子的爱等人伦情感。如果小说主要是想展示人与动物的情感，可惜的是，一方面写蒙古族人爱狼、敬狼，一方面又写他们毫不留情地杀狼崽，这种矛盾作者用"腾格里"或者自然的意志作了苍白

---

① 丁帆：《狼为图腾，人何以堪——〈狼图腾〉的价值观退化》，《当代作家评论》2011年第3期。
② 姜戎：《狼图腾》，长江文艺出版社2014年版，第225页。
③ 姜戎：《狼图腾》，长江文艺出版社2014年版，第253页。

的掩饰。同样,一方面写陈阵如何疼爱小狼,另一方面他又对小狼造成了实质性伤害,最终夺去了小狼的生命。同样,叙述者对此又假借科学研究或者民族性研究的宏大意义而进行掩饰。

总之,小说《狼图腾》就是一部充满偏见、矛盾,缺乏爱的小说。在艺术上,主题先行,人物形象概念化,人物对话充斥着冗长的理论探索,缺乏生活气息。

二 电影《狼图腾》的民族文化认同

2015年上映的中法合拍的电影《狼图腾》应该是意识到了上述的问题,试图淡化民族性话题,强调环保与动物主题,淡化血腥残酷的情节,增加了关于"爱"的情节。这与法国导演的个人经历、艺术追求和文化认同是分不开的。导演让·雅克·阿诺是法国人,曾经在非洲服兵役,这段经历对他影响很大。作为一个西方人,他对东方的认识必然带有东方主义的色彩,所以他对来自东方异族的原始的、蛮荒的文化会有着猎奇式的兴趣,正如他在访谈中所说:"应该说,这本小说让我兴奋,因为它让我发现了一种原始而又高贵的生活,和一个追崇狼的斗士精神的高贵民族,我感觉自己被卷入到一个梦幻的世界中。我喜欢电影的一个原因,就是梦想,就是可以被带到不同的世界里,体会一种激情"[1],"我对中国的强烈向往由来已久,尤其是对中国北方的草原文化特别感兴趣,我小时候就被那些来自蒙古大草原部落的征服欧洲的英雄们吸引"[2]。此外,非洲的经历让他感觉到人和动物在灵魂上是相通的,让他一直对传统社会和动物的灵魂保持敬意。童年时与小狗为伴的孤独经历又让他对《狼图腾》中陈阵与小狼的关系产生了一定的共鸣。在非洲的时候他还关注人与自然的关系,关注环保问题,小说中也有关于环境保护的话题,让他感觉这是一部保护自然的书,这应该也是此书引

---

[1] 祝虹:《用电影捕捉灵魂——〈狼图腾〉导演让·雅克·阿诺访谈》,《电影艺术》2015年第2期。

[2] 祝虹:《用电影捕捉灵魂——〈狼图腾〉导演让·雅克·阿诺访谈》,《电影艺术》2015年第2期。

起他的兴趣点之一。

　　翻译也是一种改编，也是互文本之间的中介，小说在翻译成法文的过程中其实就完成了这种改编创造，翻译文本与原文本之间不可避免地产生了偏移，再被不同文化语境下的读者接受，对其主题的理解必然是见仁见智。所以，法国导演更多地认为这是一部尊敬动物、保护自然的书，这样的主题也是超越族群文化，属于人类普遍关注的话题。所以电影聚焦于这个话题，已经与原著小说聚焦民族性改造问题发生了显著的差异。正如导演在接受采访时表达的："伟大的故事不是关乎民族国家的，而是关乎人类与人性的。"①

　　小说中夸张的蒙、汉民族性区别对立在电影中几乎消失不见，小说中对汉人及汉文化的极尽轻蔑与歪曲的偏见在电影中也变为一种中性的展示。让·雅克·阿诺的很多电影都是改编自小说，他的改编观是"只要是和书不一样的载体，展示出来的东西都不一样。把小说改编成音乐剧，或是刻成雕像，结果是不同的。我的电影里有很多元素是受到小说影响的，但也有一部分不是"②。为了坚守他对小说的不同理解与展现，他甚至曾与小说原作者产生过激烈的意见冲突，比如电影《情人》的改编即是如此。同样，他在电影《狼图腾》中脱离开原著的观念与立场，自由地表达了他对中国、对汉族的印象。在接受采访时，他表示尊重姜戎产生于特殊年代的观点，但他本人认为现在的中国发展得非常好，而且非常认同中国人的爱国主义思想，认为每个民族都应该热爱自己悠久的文明，中国有着悠久的文明，中国人应该为此感到自豪。中国人生活在一个古老的文化传统中，这个文化传统令他着迷，而且也是海外华人取得成功的原因，正如一棵树，有根才可以抵抗风雨。而这样的文化传统在美国是看不到的。应该说，他这里肯定的中国悠久的文化传统显然意指以农耕民族为主体、多民族文化融合的华夏文

---

　　① 李邑兰：《剧本！剧本！剧本！〈狼图腾〉导演让·雅克·阿诺为什么需要5年》，http://www.infzm.com/content/99130/。
　　② 李邑兰：《剧本！剧本！剧本！〈狼图腾〉导演让·雅克·阿诺为什么需要5年》，http://www.infzm.com/content/99130/。

明,因为他表示:"如果我是一个汉人,我也会对自己的历史、为自己是个汉族人而感到非常自豪的!在我七八年前开始认识中国的时候,就不认为这个国家像一头羊。在每个国家,都会有随大流的人,但也会有充满活力、具有优秀品质的人。"[1] 应该说,作为一个法兰西人,又有着在非洲和亚洲从军、生活的导演,他对于两个民族的评价恰恰可以具有在民族之外、世界的视野,可以超越民族内视角的局限,可以不带偏见,拒绝偏激。"现在的中国正经历着一个非凡的历史时刻,所以无论是汉族还是少数民族中都会涌现出很多有个性、有才华的人,他们的个性也是中国魅力的一部分。"[2] 这是他对中国各民族的一个客观、中肯的评价。

正是由于电影导演具有世界视野和客观立场,所以他在肯定蒙古族精神的同时,并没有如小说那样贬低汉人。电影中的毕利格老人不再饶舌刻薄、易怒,而是变得沉默并且更平和些,沉默寡言其实符合蒙古族人的性格。比如他在给陈阵讲草原大命、小命的关系时,情绪是平和的,话语是简单的,而小说中的毕利格则是易怒的,在讲这一道理的时候莫名地发火,并且滔滔不绝地讲了很多大道理,不像蒙古族牧民的性格。

此外,由于电影巧妙把民族性对立的主题变成了人与自然的话题,所以电影中老人从来没有鄙视汉人的言行。比如电影开头部分,陈阵刚来的时候,毕利格拿出防身的工具,陈问防什么,老人说:"蚊子,防狼。你们这些城里人,在学校里都学什么了?"而小说中毕利格的口头禅则是"你们汉人……"电影将小说中蒙汉的区别变成了城乡区别。电影关注环保问题,无意于区分农耕文明、游牧文明孰是孰非。如前所述,导演是肯定悠久的农耕文明传统的。电影中那个偷着打听储存羊的地点的人,民族和阶层身份不确定,虽然形象比较萎缩。小说中则是

---

[1] 祝虹:《用电影捕捉灵魂——〈狼图腾〉导演让·雅克·阿诺访谈》,《电影艺术》2015年第2期。

[2] 李邑兰:《剧本!剧本!剧本!〈狼图腾〉导演让·雅克·阿诺为什么需要5年》,http://www.infzm.com/content/99130/。

"那些场部的大车队基建队的民工盲流外来户",充满对农民工的歧视。电影中毕利格和陈阵等迁了草场后,发现一群人,包顺贵说是东边来的蒙古族人。毕利格说他们就是把自己的土地糟蹋了,才来这里的。这些新邻居在电影中并没有提及是受了汉族农业文明的影响,而是作为破坏土地、破坏自然环境、虐杀动物的反面形象出现的,小说则强调他们是汉化了的、农业化了的牧民,并用了大量的篇幅描写嘲讽他们的农业劳作和生活习惯。显然是将他们的恶归咎于农耕文明。

  最后,电影较之小说,表现出来了一定的爱与温情。作者在访谈中提及自己不想在电影中表现血腥暴力,一是西方观众不喜欢,二是他认为"人类有一种嗜血的欲望,我们不应该刺激它。对于小说中动物互相凶残噬咬的场面,我也认为应该回避,而不是乐滋滋地加入到这场盛宴中去①",所以小说中的狼与军马大战及狼与黄羊的斗争都弱化了残酷性和血腥味。小说中杀狼崽的场面比较残忍决绝,而且当事人都表现得很淡然,视之为自然的法则。电影中则渲染了哀伤的氛围,表现出不得已的纠结。比如喀斯麦一家摔狼崽的时候,孩子一直在哭,场面很伤感。电影中陈阵在面对同伴们摔狼崽时表现得气愤,对狼崽们有不忍和同情之心,这或许就是他偷着藏下来一只狼崽的原因,而小说中是为了做研究,所以陈阵对于摔狼崽的场面没有多少触动,还反思自己不如同伴们有勇气。小说中的陈阵在语言层面上不断阐释他对小狼的爱,然而在行动层面上却让人感觉不到爱,只有功利目的,为了他的研究,他始终不肯放小狼回归自然,还人为弄断了小狼的牙齿,行为非常自私。这显然不符合导演热爱动物的感情,所以在电影中,陈阵是因为不忍之心或者是无功利地收养了小狼,为了它以后自由的谋生,他还训练小狼野外谋生能力等。他表示答应过阿爸,要放小狼走,必须这么做,也是因为爱它。当他还没下定决心时,喀斯麦把小狼放了,算是完成了他的心愿。对于被包顺贵追杀的大狼,陈阵也表达了更多的情感,并且将人对

---

  ① 祝虹:《用电影捕捉灵魂——〈狼图腾〉导演让·雅克·阿诺访谈》,《电影艺术》2015年第2期。

动物的爱付诸行动：面对那只被追累倒的狼，陈阵走向它，说"走吧，半年前你放我生路，现在赶紧逃吧"，狼倒下死了，陈阵坚持不让包顺贵带走它，说它属于腾格里，后者同意了，达成了一个相对和谐温情的局面，表现了导演对人性及人与动物情感交流的肯定，对善与美的肯定。而小说中陈阵虽然对此心里不痛快，但却没有行动，而是听之任之，除了强调人类或人性的恶之外，没有任何美的、正面的东西，连夸夸其谈、崇拜狼的主人公都毫无行动力，不能不让读者失望。所以，小说中的主人公对于狼其实并无情感，只是觉得狼性有用，服务于他改造民族性的目的。这与导演倡导的人与动物之间有爱、有情感交流的理念是不一致的。在电影最后，小狼不是惨死，而是长大了，守在了主人公回城的路上，感人的场面最终完全诠释了导演热爱自然、热爱动物的情感。

电影中除了人与动物的爱，还增加了情感戏，即男女之爱。这也是小说没有的。增加人类情感戏，既是为了满足受众的需求、迎合市场，也是基于导演一向肯定人的生物本能的理念，认为情爱是真实的草原男女的生活，同时，在表现情爱的时候，也带有法式浪漫的色彩。比如杨克和蒙古女青年在草原上的野合场面，还比如陈阵追求守寡的喀斯麦，语言和行为都比较浪漫。后面当小狼咬伤喀斯麦的儿子，后者急需青霉素救命的时候，陈阵又表现了骑士之风，完成了看似不可能完成的任务：连夜骑马20多个小时跑到外地的卫生院，以非常之道对付了敷衍的护士和医生，拿到了宝贵的青霉素，颇有骑士浪漫传奇的风格。

当然，作为一部改编电影，电影必然与原著有共谋与一致的地方，虽然出发点不一样。比如都肯定了狼的智慧和能力，都认为狼是蒙古族的图腾。这是电影也招致部分蒙古族艺术家异议的原因。这应该是作者基于热爱动物的感情而选择认同小说这一观念的原因，而不是基于史料或个人经历。此外，电影还保留了一点关于民族差异性的内容，或许因为这是小说的主题，以此来表示导演对作者的尊重。这就是陈阵和杨克在放羊时，前者问："一直没搞懂，咱们为什么一直要修长城"，杨克回答说："几千年来，我们那么多汉人，就被那么一小撮儿落后的蒙古人吓得不行?"陈陈说:"他们骑马,我们走路,他们吃肉,我们吃大米,游牧民族对抗农耕民族,就像狼对抗羊。"这段话表明了两个民族之间的差异和历史上的侵略与被侵略状态,但是"骑马"与"走路","吃肉"与"吃大米"之间并没有优劣的判断,当然这样通俗的比较已经是电影改编过的了。最后一句话,用的是"像",而不是"是",是比喻句而不是判断句。由此可见,导演在坚守自己理念、尊重当下中国社会关于民族问题的主流认识与尊重原著之间还是煞费苦心的。

第四编

中华民族性格、民族精神及国家形象构建：西部文学的影视改编

"民族性格"在英文中对应着"National Character",在中文中则有"民族性""国民性""众数人格"等与之相似的词语。关于这些词语的界定及彼此之间关系的区分,学界一直是众说纷纭,而且随着时代的变化而变化,没有一个统一的一成不变的说法。本书采用从社会心理的角度来界定民族性格的理论,展开对相关文艺作品样本的研究。沙莲香认为民族性格"是一个民族多数成员共有的、反复出现的心理物质和性格特点之总和,是人格的综合体"①。与之相似,艾历克斯·英格尔斯也是从心理学的视角入手,认为国民性"是指一个社会成年群体中具有众数特征的、相对稳定持久的人格特征和模式。"②。这里"国民性"与沙莲香的"民族性格"含义相同,都是指民族共同体内大多数成员稳定持久的心理特点。

近代以来,在中西文化发生交流碰撞之后,西方来华知识分子和传教士写过一些关于中国民族性格的书,按其总体倾向可分为"褒华派"和"贬华派"③。中国本土的知识分子在面对国力衰弱的现实及西方文化的强大冲击下,试图从民族心理、民族性格、民族素养等角度入手,实现人的现代化,进而实现民族国家的现代化,以与西方列强抗争。以梁启超为代表的近代资产阶级知识分子展开了对国民劣根性的批判,提出了"新民"的任务。辛亥革命到五四运动时期,陈独秀、胡适、鲁迅等继续对国民劣根性批判,推动改造"国民性"的任务。自近代以来,"国民性"一词一直偏重民族性格中的负面因素,直到今天,也带有某种约定俗成的含义,所以本编采用沙莲香等学者中性的"民族性格"一词,它既包括正面积极的因素,也包括负面的因素。

---

① 沙莲香主编:《中国民族性(贰)》,中国人民大学出版社1990年版,第2页。
② [美]艾历克斯·英格尔斯:《国民性:心理——社会的视角》,王今一译,社会科学文献出版社2012年版,第14页。
③ 参见陈丛兰《西方看中国18世纪西方中国国民性思想研究》,中国社会科学出版社2014年版,第19页。

民族精神是民族性格积极因素的升华，所以它与民族性格的内涵有所重叠，同时又比后者更加宽泛。在沙莲香看来，"民族精神是指能够维系引导和推进一个民族文化发展而不溃败的那种精神力量，包括精神支柱和民族个性两个方面"①。杨叔子等认为"民族精神是一个民族在长期共同生活和实践中逐步形成和培育起来的，并通过他们特定的社会行为方式表现出来的思想观念、价值观念、性格与心理的总和"。②方立天认为民族精神是本民族绝大多数成员所认同和具有的带广泛性和普遍性的精神，是共同的心理和思想③。从这些定义中可以看出，民族精神也包括民族性格与心理，同时更重要的是思想观念和价值观念，是民族生存发展的"精神支柱"。不论民族精神还是民族性格，都是民族文化长期影响浸润的产物，是民族文化的集中体现，并且也是民族文化的组成部分。正如张岱年所说："在一个民族的精神发展中，总有一些思想观念，受到人们的尊崇，成为生活行动的最高指导原则。这种最高指导原则是多数人民所信奉的，能够激励人心，在民族的精神发展中起着主导的作用。这可以称为民族文化的主导思想，亦可简称为民族精神。"④目前，关于中华民族精神的具体内涵，已经基本达成共识，那就是以爱国主义为核心的团结统一、爱好和平、勤劳勇敢、自强不息。其中爱好和平、勤劳勇敢等也都是我们熟知的中华民族性格。

本编拟选取西部文学及其影视改编文本来研究其中体现的民族性格与民族精神。西部文学既是一个地域概念，也是一个文化概念，从地理上看，西部包括中国的西北、西南等广大地区，从文化上看，西部更多的指向民族之根与民族文化传统。李星认为"西部文学"概念的提出受20世纪80年代西部电影的繁荣影响，先有西部电影的概念，继而催

---

① 参见沙莲香主编《中国民族性（贰）》，中国人民大学出版社1990年版，第224、235页。
② 参见杨叔子、欧阳康、刘献君《总序》，张曙光主编《民族信念与文化特征——民族精神的理论研究》，人民出版社2009年版，第2页。
③ 参见方立天《民族精神的界定与中华民族精神的内涵》，《哲学研究》1991年第5期。
④ 张岱年：《文化与哲学》，教育科学出版社1988年版，第73页。

生西部文学的概念①。西部电影主要是指在当时文化寻根思潮下，以第四代、第五代导演为主体，以西安电影制片厂为代表制作的一批反映西北历史风情、反思民族文化的电影，如《黄土地》《人生》《老井》等。而这些电影与文学的关系非常密切，都是由知名作家作品改编而来，所以西部文学与西部电影一直保持着良好的互动关系，共同丰富着西部文艺的范畴。

"西部"作为一个地域兼文化范畴，经由上述文化寻根电影的经典化传播过程已经成为中华民族精神及文化传统的空间隐喻。实际上，当时导演们选择西部尤其是黄土高原一带作为自己的叙述空间，是有着鲜明的赋"西部"以民族性、文化性意图的。导演陈凯歌心中典型的"西部"就是黄河流域陕北，"如果把黄河上游的涓涓细流和黄河下游的奔腾咆哮，比作它的幼年和晚年，那么，陕北的流段正是它的壮年。在那里，它是博大开阔，深沉而又舒展的。它在亚洲的内陆上平铺而去；它的自由的身姿和安详的底蕴，使我们想到我们民族的形象——充满了力量，却又是那样沉沉的，静静的流去"②。黄河作为中华民族母亲河，已经是富有文化内涵的地标，唤起了导演的民族情感。同样，陕北的黄土地也不仅仅是地理风貌，而是一个文化符号，华夏民族起源于此，中华农耕文明由此发端，中国历史的重要篇章由此书写，中华民族性格的主要特征及民族精神的主体内涵由此培育。所以，冯肖华在研究陕西文学与民族精神时，就分析了陕西黄土地貌与陕西人生存理念的关系："黄土地是陕西地缘的一种地质色彩……最宜种植，是中国重要的产粮区……这种缘于黄土的特有地质地貌，给了陕西人以得天独厚的生存优越感，从这一角度看，黄土地心结首先具有地质学和生存学的意义……黄土地因其地缘的富饶牢牢地拴住了陕西人，滋润着陕西人衣、食、住、行的温饱生活范式和以农为本、农耕立命的生存理念……这种缘于黄土地而生发的黄土地文化，正如费孝通先生所言，是'五谷文

---

① 李星：《西部精神与西部文学》，《唐都学刊》2004 年第 6 期。
② 陈凯歌：《〈黄土地〉导演阐述》，《北京电影学院》1985 年第 1 期。

化',是几千年汉人种庄稼的悠久历史培植的中国社会结构,它的特点是'人和土之间存在着特有的亲缘关系'。"①

综上所述,特定的地理及历史文化传承使中国西部成为承载民族精神的象征空间,可以说西部文化即是中华文化的缩影,西部性格即是华夏民族性格的典型代表。因此,表现西部风俗民情、反思民族文化的西部文艺作品将是研究民族性格的典型文本。本文聚焦的西部文学范围兼顾地理与文化概念,主要是西北黄河流域一带包括陕西、山西的一部分反映民族精神、反思民族文化的作品,以及一些在地理上虽然不是严格西部的小说,但却表现出鲜明的民族性及民族文化色彩,同时被改编成影视后地域发生挪移变为"西部"的作品。因为上述西部文学与西部电影的互动关系,以及互文本之间的影响,这些小说叙述空间虽然不是西部/陕西,但因为电影的传播影响力更大,所以在受众的审美心理感受中还是很容易忽视小说中的实际地理空间,而将后者与其影视文本等同起来。因此,本文将这类文学也纳入研究视域。这样,作为本编研究文本的作品有路遥的小说《平凡的世界》《人生》及其改编影视剧,郑义的小说《老井》及吴天明导演的同名电影,陈凯歌导演的电影《黄土地》及其文学原著、柯蓝的散文《空谷回声》,肖江虹小说《百鸟朝凤》及吴天明导演的同名电影,陈源斌小说《万家诉讼》及其改编电影《秋菊打官司》。后二者正是在改编的过程中发生空间挪移,小说《百鸟朝凤》的故事发生地为作者的家乡贵州一带,在电影中改为陕西,小说《万家诉讼》的地域空间颇似江南村落,在电影中则改为陕北农村,具有浓厚的黄土地色彩。这两部小说虽然不是表现黄河流域地域生活的,但却体现了深厚的中国传统文化价值与审美,其中的人物形象也具有鲜明可识的民族性格,这些应该就是小说被西部片导演看重并进行影视改编的原因,在改编的过程中通过巧妙挪移空间,使作品地理空间与文化象征空间完全统一。

---

① 冯肖华:《文学气象与民族精神:20世纪陕西地缘文学审美形态》,中国社会科学出版社2010年版,第198页。

第八章　西部文艺作品中的中华民族性格全息图谱

因为中国自古以来就是农业文明国家，中国的文化传统也是基于小农经济及宗法伦理，所以中国国民性长期以来与农民性纠结在一起，成为很难分割与辨识的两个概念，但是也形成了很多误读。

首先，中华民族性格受农业文明影响，其中的很多特质体现农耕文化传统影响。作为一个传统的农业大国，农民人数在历史上一直是占人口总数的绝大部分，虽然随着新时期以来城镇化建设的不断推进，农业人口的比例有所减少，但仍然是高于城镇人口的，所以从这个意义上讲，中国国民性体现农民性是有道理的。正如吴聪贤所说："农业与传统中国社会既然存着唇齿相依的关系，对于社会成员的行为模式也就产生巨大的影响，形成所谓乡民性格"[1]，"从'都市是乡村的延伸'观点来看，不要说是乡村居民，就是城市居民，也都构成了农村社会习气，而具有乡民性格"[2]。基于此，上述西部文艺作品都是以乡土社会或城乡对照为背景，以农民为主人公，反映农民的生活方式、价值观念和审美情趣，恰也是观照中国民族性格的样本，并且创作者的主旨和立意也在于此。

---

[1] 吴聪贤：《现代化过程中农民性格之蜕变》，选自李亦园、杨国枢主编《中国人的性格》，中国人民大学出版社2012年版，第282页。

[2] 吴聪贤：《现代化过程中农民性格之蜕变》，选自李亦园、杨国枢主编《中国人的性格》，中国人民大学出版社2012年版，第279页。

第四编　中华民族性格、民族精神及国家形象构建：西部文学的影视改编

其次，民族性格虽然是相对稳定的社会众数人格，但也会随着社会结构及时代的变化而产生一些变化，艾历克斯·英格尔斯认为"传统中国社会是属于'理想型吻合'类型的大型社会体系。它绵延 1000 多年，主要社会结构特征不曾发生根本改变"①，但是，"在 19、20 世纪期间，许多力量聚合在一起改变着传统中国社会结构的模式，它们为这个规模庞大的社会注入众多新异因素，有社会结构方面的，也有整合新兴阶层方面的……那些在体制中感受到巨大压力的人，没有为变革服务，反而选择制造全面、暴力的动乱，最终迎来的结果便是对中国人传统性格的彻底改造运动"②。作者认为 20 世纪的中国是"不稳定的吻合"，即"社会体系相对稳定，但潜伏着社会激变的高度可能，或大面积的人格异常——主要是众数人格类型与社会结构互动的产物。换句话说，尽管社会角色结构与众数人格类型大致相容，但个体在履行其社会角色时感到严重的紧张。这些紧张足以威胁到个体的内在人格完整，或者迫使他们向外寻求突破，诉诸可能严重破坏或改变现有社会结构的行为"③。不仅是 20 世纪中国的众数人格发生了变化，作者在对六个国家进行样本调查后得出结论："置身于现代化制度中使个体发生了变化，他的需要、性情、态度、价值观和行为都变得越来越'现代'。"④ 也就是现代化对许多国家的众数人格都是有影响的。由此可见，20 世纪的现代化浪潮和工业文明对中国传统的农业社会造成冲击，原有的以农民性为支撑的国民性格也在发生变化。正如吴聪贤所说，"工业化的结果促进农民往城市迁徙，引起人口大量集中在城市，促进都市化，而这些改变再经由迁徙者带回农村，给乡民社会传播变化的媒介，促进农民性

---

① ［美］艾历克斯·英格尔斯：《国民性：心理——社会的视角》，王今一译，社会科学文献出版社 2012 年版，第 77 页。
② ［美］艾历克斯·英格尔斯：《国民性：心理——社会的视角》，王今一译，社会科学文献出版社 2012 年版，第 80 页。
③ ［美］艾历克斯·英格尔斯：《国民性：心理——社会的视角》，王今一译，社会科学文献出版社 2012 年版，第 80 页。
④ ［美］艾历克斯·英格尔斯：《国民性：心理——社会的视角》，王今一译，社会科学文献出版社 2012 年版，第 190 页。

格的改变"①。他在对台湾农民的实例调查中,通过调查数据证实了现代化之于农民性格蜕变的作用。所以20世纪80年代的中华民族性格与近代至"五四"时期民族性格内涵必然有不同之处,如果继续沿用近现代启蒙思想家关于"国民性"的描述及批判视角来分析新时期以来的国民性格必然会产生很多误读之处,导致负面的认识过多,产生一些比较偏激的言论。

即使是近现代以来对国民性批判的思潮,也因为救亡图存的时代背景,存在着矫枉过正之处,将国民性视之为完全的农民性,是现代性的对立面,所以是应该被改造掉的负面因素。王铭铭在《村落视野中的文化与权力》一书中梳理了近现代以来对农民性及农民文化的各种误读,"正如孔迈隆所指出的,近现代中国的历史在很大意义上不是社会转型史,而是农民文化被推为与现代性相对立的'旧传统'的历史。……作为社会群体,农民有时被视为保守的力量,有时被'推戴为'革命的动力,对其在现代社会转型中的作用,可以有自相矛盾的界说"②。无论是贬低中国农民及乡土传统的来华传教士,还是民国以来的现代党派和知识阶层,都是以西方文化的"落后""传统""现代"的概念来描述和批判民间的"封建传统",使农村社会的地方传统成为"现代化的敌人"③。实际上,这些来华传教士及知识阶层,对于乡土社会的农民来说,都是"他者",其观照后者的视角和理论,都是西方的,带有东方主义的刻板印象或者民族国家建设的功利目的,在对于以农民为代表的中国民族性格的描述上存在着片面、夸张的倾向性。

20世纪80年代中期,在国门打开、西方各种思潮纷纷涌入的背景下,文化寻根思潮应时而生,表现在一批寻根文学和寻根电影中,这一思潮恰是对近现代以来在西方话语体系下批判传统文化和国民性的一次

---

① 吴聪贤:《现代化过程中农民性格之蜕变》,选自李亦园、杨国枢主编《中国人的性格》,中国人民大学出版社2012年版,第292页。
② 王铭铭:《村落视野中的文化与权力》,生活·读书·新知三联书店1997年版,第123页。
③ 参见王铭铭《村落视野中的文化与权力》,生活·读书·新知三联书店1997年版,第135—136页。

反拨，如叶舒宪所说："文化寻根是一场再认识运动。其主旨可以从人类学的角度概括如下：在后殖民语境下，如何重新审视长久以来在西方主流的霸权话语压制下的被边缘化和卑微化的事物之真相，重新发现各种本土性、地方性知识的特有价值。"[①] 寻根思潮的产生是基于新时期社会主义现代化建设的需求，"人们迫切需要在现代科学发展的基础上重新认识民族力量，重新挖掘民族文化的生命内核，以寻求建设现代化的支撑点"[②]。这次寻根思潮，是用现代观念来观照传统文化，在陈思和看来，既是对"五四"传统有所承续，同时因为是应运于祖国在建设现代化进程中对本民族特性的重新反思，所以也有对民族积极精神的肯定与发扬。由此，寻根文学思潮就避免了近现代以来国民性批判思潮中的片面和偏激之处，重补后者造成的文化断裂。所以，文化寻根思潮，既不是简单的复古倒退，也超越了盲目的西方文化崇拜者。"旧邦唯新，我认为是中国现代化的基本特征，不能回避旧邦这一现实，同时要把它转化为'维新'的主体，也就不能回避民族文化传统在今天所具有的力量。"[③]

　　正是在对民族文化肯定中有所批判的理性反思思潮下，上述以《黄土地》为代表的一批被归为寻根电影、文学的作品在对民族性格的展示中，以温和和同情的情感基调展开了对民族性格的反思，既肯定其中作为中华民族精神及民族生命力的积极因素，又批评其中反现代的负面因素，既表现了对民族传统文化的肯定和热爱，又表现了对其中痼疾的隐忧和批判，表现在电影或小说中的情感因其复杂性而显得有些沉重，这种沉重不是"五四"文学那种基于对文化传统的全面否定，而恰恰是基于肯定，因为肯定，所以在负重前行中以求现代性的突破。显然，"旧邦维新"是要比完全否定、只破不立艰难的多。

　　在这些作品中，农民形象更加丰富复杂，其所体现的民族性格也难以一言道尽，而是具有民族性应该有的多维与复杂。实际上，鲁迅小说

---

① 叶舒宪：《文化寻根的学术意义与思想意义》，《文艺理论与批评》2003 年第 6 期。
② 陈思和：《当代文学中的文化寻根意识》，《文学评论》1986 年第 6 期。
③ 陈思和：《当代文学中的文化寻根意识》，《文学评论》1986 年第 6 期。

中的农民形象不足以道尽中国国民性的全部，虽然有典型性，却也只能反映某些层面与向度。而中华民族的性格某种意义上说是很难归于一种或几种描述的，且不说多民族差异的复杂性，即使以汉民族为主体的众数人格，在迄今为止中外关于中国国民性的论述中，就有着难以统一的各种各样的描述，这一点在沙莲香《中国民族性——一百五十年中外"中国人像"》一书中就可以发现。在这些关于中国人性格的描述中，其实是存在着混乱的自相矛盾之处，这种矛盾性一方面来自不同立场、不同观察视角，一方面来自国民性自身的矛盾性。渡边秀方在《中国国民性论》中提到了中国民族性格自身的复杂与矛盾性，"中国人一般都被说是懦弱，实则事若关自己的利益问题，是很强顽地抵抗的。中国人一般都被说是保守的，实则有利之时，是猛然突进，不一定墨守旧习的。中国人一般都被说是没有团结心，是个人的利己的，实则有利之时，是一致团结，雷同附合的"①。其实中国境内还存在地域差别与民族差别，增加了描述中国民族性格的复杂性。正因为如此，用几个或十几个词语来描述中国民族性格是难以反映其全部的复杂性和动态性的。从这个角度上看，诞生于文化寻根潮中的西部文艺作品对民族性格的复杂性及动态性的叙述对于全面反映民族文化及国家形象是有积极意义的。

接下来，我们将归类阐述上述文学作品及其改编影视剧中反映的中国人的性格及其复杂性与动态性，以及原著与改编文本在表现民族性格方面的差异。

第一节 勤劳、节俭

尽管如上所述，关于中国人性格的著述中存在众说纷纭、互相矛盾之处，但勤俭却是一个出现频率最高、基本能达成共识的描述。斯密斯在其《中国人的特性》一书中就提到了中国各个阶层人的勤奋以及令

---

① ［日］渡边秀方：《中国国民性》，高明译，上海北新书局1929年版，第93页。

第四编　中华民族性格、民族精神及国家形象构建：西部文学的影视改编

西方人惊异的"搏节"①。勤俭的民族性与中国农业传统及长期以来的匮乏经济有关。正如文崇一所说，勤俭一直是中国人的格言和家训内容之一，"原因是生活在一种所谓'匮乏经济'的社会中，特质条件也不容许人民懒惰、奢侈；另一方面，如要满足成就动机，就必须长时间付出金钱与精力，很容易养成勤劳与节俭的性格"②。从文化的角度看，中国的传统文化思想也一直抑奢尚俭，"俭是中华民族自古以来所倡导的品德，《易经·节卦》说：'天地节而四时成。节以制度，不伤财，不害民。'……《尚书·太甲》说：'慎乃俭德，惟怀永图。'这就进而将慎守俭德与国家的长治久安联系起来……孔子说：'奢则不逊，俭则固，与其不逊，宁固'……孟子则着重从道德修养和磨炼人才的角度，阐述了俭朴艰苦生活的意义……在几千年的中国封建社会中，道家崇俭抑奢的主张与孔孟所提倡的安贫乐道、宋明理学家所提倡的存理去欲等道德主张互相补充，深刻地影响着中华民族的心理性格"③。

在西部文艺作品中，我们可以清晰地发现中国农民勤劳俭朴的品格。

陈凯歌的《黄土地》改编自柯蓝的散文《深谷回声》。后者创作于1980年，毕竟是散文，人物形象和主题意蕴都比较单一，主要是讲述作者1942年在陕北路宿一户人家发生的故事，主题是反封建包办婚姻。可以说，从散文到电影，陈凯歌及编剧的改编是成功的。原著作为散文，无意于去塑造人物形象，也无意于探讨民族性格、民族文化问题，更多的是对美好感情的表达，对冷漠丑陋的封建习俗的谴责，电影《黄土地》只是借用了其故事发生地——陕北，如前所述，这个地域适合表达民族性格反思的主题，此外，借用其反包办婚姻的主题以此拓展开来，进行文化传统与民族性格的全面反思。

电影与散文相比一个最大的变化就是人物形象变得丰满。散文中翠

---

① [美] 斯密斯：《中国人的特性》，选自沙莲香主编《中国民族性（壹）》，中国人民大学出版社1989年版，第42—44页。
② 文崇一：《从价值取向谈中国国民性》，选自李亦园、杨国枢主编《中国人的性格》，中国人民大学出版社2012年版，第53页。
③ 吕锡琛：《道家与民族性格》，湖南大学出版社1996年版，第164页。

巧的继父出场不多，在作者需要借宿的时候表现得非常冷漠，之后又为了彩礼把反抗的翠巧用绳子捆起来，导致了后者的自杀。所以在散文中这是一个完全反面的角色。而在电影中翠巧的父亲则成了黄土地般厚重质朴的形象，他罕言寡语，但勤劳朴实。电影中有很多表现他在黄土地上喊着号子犁地劳作的场面，很有仪式感。表现劳动场面，是影视艺术用来反映人物勤奋的常用手法。在小说中，则更多是用对劳动进行赞美的叙述，比如路遥的小说《平凡的世界》中经常有大段的对劳动和劳动者进行赞美的议论。电影还可以利用空间艺术来表达主题，正如丘静美在对《黄土地》"耕作"主题空间构成手法进行分析后得出结论，电影突出耕地之间的距离，没有描写任何集体农业劳动，只描写犁地，不刻画收割的情景，"因而达到一种'人求于地'的空间印象。故'耕作'在电影中就指示着渺小无助的农民在广大的土地前谦卑而勤恳地苦干着的一项无休止的活动"①。电影中人物饮食起居的简陋处处反映着黄土地农民物质生活的匮乏，而翠巧爹吃完饭后用舌头将碗边舔一圈的无意识动作则非常传神地表现了匮乏经济下农民至俭的生活方式。

路遥的小说《人生》《平凡的世界》分别被改编成电影和电视剧。电影《人生》的导演吴天明作为第四代导演，本身就是文化寻根电影和西部电影理念的践行者，和路遥一样，对于黄土文化有着高度的认同，而且电影拍摄的年代和小说发表的时间相差无几，所以电影几乎完全忠实于原著小说，略有差别的只是基于两种不同艺术的表现手法。电视剧《平凡的世界》2015年上映，和小说的时代差距较远，所以在基本尊重原著的基础上，部分情节和人物与原著有差别，这种差别不仅是两种艺术形式的区别，还有时代审美观念的差异。

不论是小说，还是影视剧，都表现出了中华民族勤劳俭朴的品格，表现出了对劳动的肯定与赞美。电影《人生》开篇就是沟壑纵横的黄土地上耕作的老农民的形象，这一空间形象与《黄土地》的上述空间形象具有相似的隐喻意义。小说《人生》中高加林和巧珍都用劳动来

---

① 丘静美：《〈黄土地〉：一些意义的产生》，《当代电影》1987年第1期。

作为忘却痛苦的手段,电影尽管篇幅有限,删掉了很多情节,但仍然保留了两人在痛苦之中顽强劳动的场面,足见导演对小说这一主题的认同。在小说《平凡的世界》中,通过正反两方面来表达对勤奋品格的认同。作为反例的就是"二流子"王满银。"二流子"的称呼中既包含着流动性,也有不务正业的意思,这些都与依附土地而生的品格相背离,所以在乡土社会中是相当负面的称呼。王满银不安守于土地,与少平的想要出走不同,他是因为厌恶劳动,所以这个人在乡土社会名声极低,这一点从村人及孙家人对他经常呵斥及鄙视的态度中可见。作为正例的孙家一家几代人都集中体现了勤俭的本色,老一代的孙玉厚的辛苦操持自不必说,孙少安则是从6岁就开始劳动,而且因为劳动出色,被乡人夸奖。如果说劳动之于玉厚,是一种不得已的责任,但是对于少安,则是一种热爱,"不管他怎样劳累,一旦进了这个小小的天地,浑身的劲就来了。有时简直不是在劳动,而是在倾注一种热情。是的,这里的每一种收获,都将全部属于自己。只要能切实地收获,劳动者就会在土地上产生一种艺术创作般的激情……"① 如果说前二者作为没有文化的农民热衷于劳动也是自然,孙少平作为受过教育的、精神世界丰富的年轻一代,同样热爱劳动、勤劳苦干。路遥将他的劳动脱离土地,放在城市以及煤矿,借以表达劳动在土地之外的场域的价值。在煤矿劳动的情节里,叙述者直接发表议论,表现了劳动者的强大:"只有劳动才可能使人在生活中强大。不论什么人,最终还是要崇尚那些能用双手创造生活的劳动者。对于这些人来说,孙少平给他们上了生平极为重要的一课——如何对待劳动,这是人生最基本的课题……是的,孙少平用劳动'掠夺'了这些人的财富。他成了征服者。虽然这是和平而正当的征服,但这是一种比战争还要严酷的征服;被征服者丧失的不仅是财产,而且还有精神的被占领。要想求得解放,唯一的出路就在于舍身投入劳动。"② 孙家的男性爱劳动,女性同样勤奋。兰香从小就懂事,在

---

① 路遥:《平凡的世界(第一部)》,北京十月文艺出版社2012年版,第146页。
② 路遥:《平凡的世界(第三部)》,北京十月文艺出版社2012年版,第882页。

大人们为生活烦心的时候,她已经不声不响地去帮做家务了,她的勤奋同样不只作用在土地与家庭上,而是延续到学业上,并以此取得优秀的成绩。孙家人的"搏节"也是一种共同的生活方式,奶奶的药片不舍得吃,几十片药攒了几十年,玉厚的生活水准压到最低自不必言,少安进城带牲畜看病即使天气恶劣也不舍得住旅店,而是随便找打铁铺借宿,后面他进城拉砖也是住在一口废弃的破窑里,吃住都非常寒碜。少平在县中读书时吃的饭菜是同学中最差的,去煤矿打工时的行李是最简陋的。兰香作为一个女孩子,在读书时也把与基本生活无关的需求给省掉了,包括外表修饰与服饰的消费。当然,路遥在这里花了大量的篇幅来写孙家人的俭朴,不是因为他认同并欣赏俭朴,而是要反映俭朴背后的原因:穷。正如前面所说,长期的匮乏经济导致中国人形成了"搏节"习惯。所以,"搏节"背后其实是历史与现实的无奈。借由这种民族性格的反映,路遥其实是要表达对勤劳却贫穷的劳动人民的同情,以及导致劳动人民勤而无获的弊政的批判。所以,尽管俭朴是一种传统美德,但是过着俭朴生活的孙家人却因此而自卑、心酸,丝毫没有传统叙述中勤俭持家的道德优越感。最勤劳的人却过着最贫俭的生活,这不能不是莫大的讽刺。

应该说,路遥肯定劳动,肯定勤奋,反映了城乡贫富的差距,是希望劳动者通过劳动获得匹配的物质生活和社会地位,而后者恰是劳动者的尊严所在,也体现了马克思的劳动价值论。所以他并没有颂扬"搏节"。在煤矿上,孙少平通过劳动获取了其他人的优越物资,改善了生活,正反映了路遥对一种公平的社会生产与分配制度的理想。这也是小说社会史意义的一个层面。电视剧作为一种大众传播艺术形式,由于受限于镜头语言的即时性,无法传达小说作者如此幽微深邃的思想。

电影《百鸟朝凤》尽管把原著的地域从贵州变成陕西,但不变的是对乡土文化的认同与肯定。也正是因为这一点,年轻的贵州作家肖江虹的小说被吴天明看中,成为后者在世间的最后一部作品。地不分南北,勤奋是农耕民族的共同品性,小说中贵州乡下的孩子"我"因为睡懒觉经常被父母教训,在离家外出的时候,母亲谆谆教导的也是"眼要尖，要勤快"，所以这些学艺的孩子在师父家不是帮着干家务就是干农活，而师父虽然是艺人，仍然下地劳动，小说有一段表现了作为劳动者的师父的辛苦："师傅刚下地回来。他好像更黑了，也更瘦了，裤管高高地卷起，赤着脚，脚板有韵律地扑打着地面，地面就起来一汪浅浅的尘雾。"① 而"我"的学艺的过程也体现了"勤能补拙"的古训。导演吴天明在《人生》《老井》之后，时隔将近20年，对传统文化的热爱与情怀依然没变，依然延续在了电影《百鸟朝凤》中。电影表达的还是乡土情结与传统道德之美。尽管地域移到了陕西，建筑和风景却不似以往西部电影中荒凉萧瑟的黄土风貌，而是接近于小说中西南乡村风光，碧瓦青砖，河流密布，满目苍翠。或许小说原著中诗意的风景更能表达传统文化另一种蕴致。电影用比小说叙述更多的镜头表达了师父与师娘的劳动，有的是在地里，有的是在家里，师娘的那部不停工作的纺车，与师父的下地劳动，共同构成了一幅男耕女织的理想田园劳动画面。纺车这个情节是小说原著中没有的，作为一个70后作家，肖江虹并没有把太多笔力放在师娘身上，也无意去表现传统的家庭道德，而老一代导演吴天明男耕女织的理想却是多少有点西北大男子主义色彩，所以影片中的师娘不仅下地、织布，还经常给师父洗脚。

第二节 韧、忍与抗争性

坚韧与忍耐其实是差别不大的词语，之所以分开来讲，是因为在形容民族性格的时候，前者更多的是一种正向的评价，而后者则比较复杂，有时带有负面的倾向。在对中国人性格描述的著述中，这一方面的词语出现频率也较高，与之相似的还有坚强、固执等词语，表达的意思也是褒贬不一，评价取向比较复杂。从正面的取向看，我们文化传统一直是弘扬坚韧不拔、克己复礼、自强不息、知其不可而为之等精神的，这些精神都与韧与忍相关。在我们的神话传说和民间故事中也有相关的

---

① 肖江虹：《百鸟朝凤》，《当代》2009年第2期。

第八章　西部文艺作品中的中华民族性格全息图谱

内容，比如愚公移山、精卫填海、夸父逐日等，都表达了一种坚持不懈、坚韧不拔的精神。民族神话和民族起源相关，与民族英雄一样，是民族认同的重要内容。所以上述神话也反映了华夏民族对于坚韧精神由来已久的认同。近现代来华的外国人对于中国人的忍耐性虽表惊异却也是一种相对中性的评价，斯密斯在《中国人的气质》一书中，认为中国人没有"神经"，意思就是说中国人的耐性极好，中国人历经各种苦难，都能处之泰然、行若无事，中国人的"忍"在他看来"不能不说是中国民族性中最奇特的一种现象了"①。美国人麦嘉温则用"顽强"来表述中国人的忍耐力，"如果说有顽强的人种的话，那就是中国人。无论把他们放到哪里，他们都能适应……中国人体力优秀，富于忍耐力，风土不能左右，病菌不得侵入。中国人比西方人优秀就在于神经麻木"②。如果说外来的西方人对于中国人的忍耐表示惊异或赞叹的话，近现代中国本土的启蒙思想家基于国民性批判的立场则将之视为负面的奴性的表现。梁启超和鲁迅都激烈地批判过国人的奴性。林语堂在《机器与精神》（1929）中也有类似的表述："精神方面，中国人也有他独长之处，例如忍耐的美德，是西人所万万不及的，中国之肯忍辱含垢，任人宰割，只以吞声忍气功夫对付，西人真不能望我们的后背。"③庄则宣则分析了中国人忍耐性由来已久的原因：经济压迫和家族制度以及古来提倡相忍相让的美德。"中国是一个灾荒国家，人口繁密，人民所受的压迫极为痛苦，不过相信天力胜于人力，所以凡事处之泰然，养成一种百折不挠的耐性，中国家族制度的畸形发展，产生了反选择作用，使忍耐性格多一层保障……中国社会组织以家族为本位，伦常道德，亦以家族为中心，故古来即提倡'相忍为家'、'相安为国'等理想，鼓励人民奉行，循至'逆来顺受'变成至理名

---

① [美] 斯密斯：《中国人的特性》，选自沙莲香主编《中国民族性（壹）》，中国人民大学出版社1989年版，第38页。
② [美] 麦嘉温：《中国人的明面与暗面》，选自沙莲香主编《中国民族性（壹）》，中国人民大学出版社1989年版，第76页。
③ 林语堂：《机器与精神》，选自沙莲香主编《中国民族性（壹）》，中国人民大学出版社1989年版，第159页。

言,'弱肉强食'无异天理。"①

"五四"时期以鲁迅为代表的作家对以农民为主的国民性格的刻画带有改造国民性以救亡图存的目的,因此强化了忍的、奴性的一面。而20世纪80年代中期寻根文学大潮下诞生的西部文学与电影则是在肯定民族性格中坚韧不拔的正向价值的基础上,对忍的负面价值比如逆来顺受等有所批判。而这种批判又由于创作者对民族文化的热爱及对共同体的同胞之爱而显得温情得多。

小说和电影《老井》共同表现了我们民族性格中坚韧不拔的一面。小说中的老井村是山西太行山脉的,而电影的老井村从自然风光上看是陕北一带。这种空间移置前面已经讲过是西部导演的偏爱。其实,从地理上看,太行山脉毗邻黄土高原,两地民俗风情甚至方言也相差无几,改编过程中的空间移置看上去是非常自然的。老井村几代人上百年坚持在不可能打出井的地方打井,为此死伤无数,前赴后继仍其犹未悔,这本身就是原型故事愚公移山的互文。当然,这种坚持最终有了成果,不是依靠神力,而是现代科技。坚韧不拔的精神与现代科技的合作,民族性与现代性结合,应该就是文化寻根者找到的民族发展的理想之道。

小说作者郑义和电影导演吴天明对民族性的情感取向还是略有区别的,郑义表示本来提笔之前他是偏爱赵巧英的,实际上这个人物在小说中占了很大的分量,她向往自由,追求个性价值和现代文明,代表着民族性格中发展的变化的时代性②。但是作者表示"写来写去,对孙旺泉竟生出许多连自己亦感意外的敬意。诚然他有许多局限,但现实的大厦毕竟靠孙旺泉们支撑。若无一代接一代找水的英雄,历史之河便遗失了平缓的河道,无从流动,更无从积蓄起落差,在时代的断裂处令人惊异

---

① 庄泽宣:《民族性与教育》,选自沙莲香主编《中国民族性(壹)》,中国人民大学出版社1989年版,第226页。

② 小说中的赵巧英曾多次表示人活着不能只是受苦。对苦难的极度承受能力是中国农民令西方人惊叹的品格,鲁迅笔下麻木不仁的闰土形象就是忍受各种苦难的典型代表。

地飞跃直下"[①]。这说明作者意识到民族历史的承续和关键时刻的发展突破之间的必然关系，前者是后者之本。这样，小说对民族性格稳固性及时代性的展示都是比较全面的。电影《老井》中有关巧英的情节则大大减少，旺泉是绝对的主要人物，巧英的反抗性和现代性也减弱很多，一方面是因为导演的主旨是在高扬民族坚韧不拔的精神，所以代表这种精神的忍辱负重的旺泉自然是主角。电影最后用牌文的形式交代了打出水来的情节，镜头定格在牌上的"千古流芳"四个字。用"万古流芳"的石牌就是意在暗喻民族坚韧性的永恒意义与价值。另一方面，吴天明的男权思想也使得他电影中的女性都是顺从的，服务或者牺牲于男性事业。所以巧英的形象与小说中相比变化很大。

电影《黄土地》中，忍穷耐劳的父亲表现得恰是上述西方人所说的"没有神经"。而翠巧则不再是一个如黄土地上的父辈们的承受者的形象，表现出了与他人不同的丰富的情感，体现了反抗性，尽管为此她付出了生命的代价。与小说原著不同的是，导演对忍受者和反抗者都寄寓了同情，正如郑义一样，对巧珍和旺泉都热爱，他们代表着我们民族的传承和变革，反映着民族性的复杂和灵动，他们不是敌对的两面，而是民族性格的不同表现。正如陈凯歌所说："在总体构思的制约下，我们已经扫除了原剧作中一切公然的对抗性因案。我们不正面描写与黑暗势力的冲突，不正面铺排父女间的矛盾，不正面表现人物在接受外部世界信息后的变化，也不点明人物出走的直接动机，而代之以看似疏落，却符合时代特征和民族性格的人物关系。"[②] 所以，电影对忍耐一切的父亲并没有如"五四"启蒙思想家一样严厉地批评，而是客观展示了这毁灭一切的也是孕育一切的，其中也有民族生命力的因子，父亲在黄土地上的勤劳耕作就是民族生存基础的隐喻。而那些如父亲一样平日里沉默寡言看似"神经麻木"的陕北汉子，在那场庆贺送子参军打鬼子的仪式上，突然爆发出了如火的激情，脸上再也不是麻木的表情，伴随

[①] 郑义：《老井》，中原农民出版社1986年版，第267页。
[②] 陈凯歌：《〈黄土地〉导演阐述》，《北京电影学院》1985年第1期。

安塞腰鼓惊天动地的韵律，这群汉子展现了旺盛的生命活力。这个镜头持续了很长时间，对于时间篇幅紧凑的电影而说，陈凯歌花这么长的时间展现这个场面，自然是别有深意的。他是想表现民族忍耐力的另一面，那就是在抵御外侮时，我们积蓄的"忍"就会爆发为抗争精神，导演有意将原作的时代背景从1942年变为抗战爆发的1937年，就是旨在表现一种民族主义情怀，如果说翠巧作为一个女性完成了反封建的主题，陕北汉子们作为男性则承载着民族国家的希望。由此可见，电影对中国民族性格的展现是丰富多元的，既有令人痛惜的麻木的忍，也有这忍的背后韧的承受与付出，既有对传统痼疾的反抗，也有对外来侵略的抗击。只不过最后一点用了非常隐蔽的象征手法表达。这样一种民族性的展示也反映了导演在文化寻根潮中的文化姿态：面对外来文化冲击，既有充分的民族文化自信心和民族感情，同时对传统文化的弊端又有着清醒的自觉意识。

根据小说《万家诉讼》改编的电影《秋菊打官司》与原著一样，都是表现当代农村具有抗争性人格的农民。秋菊敢于挑战村长的权威，敢于状告政府，与其丈夫唯唯诺诺的形象形成鲜明对比。原作者陈源斌创作小说的初衷是塑造民告官行政诉讼的成功案例，而小说吸引导演的则是"讨个说法"的情节。前者重点在法律程序的展示上，而后者重点在乡土社会的人情风俗。无论是从司法进步的意义上看，还是从抗争性农民性格的出现上看，小说和电影在20世纪90年代都是具有积极意义的，所以电影在当时获得了极大的市场效应和社会效应。小说也因为改编的电影收获了知名度。

路遥的《人生》和《平凡的世界》中人物的韧与忍主要通过两方面来表现：一是对劳动之苦与贫穷的极大承受力；二是对社会体制不公平的忍耐。对这两方面的承受主要是老一代农民的特征，也即传统农民人格、被批判的国民劣根性。比如在《人生》中，当高加林遭遇不公被村长儿子顶替了教师的岗位后，打算去上面告状，他的父母表现得非常恐慌，甚至用下跪阻止他，不仅如此，他的父亲甚至"扬起那饱经世故的庄稼人的老皱脸，对儿子说：'你听着！你不光不敢告人家，以

第八章　西部文艺作品中的中华民族性格全息图谱

后见了明楼还要主动叫人家叔叔哩！脸不要沉，要笑！人家现在肯定留心咱们的态度哩！'他又转过白发苍苍的头，给正在做饭的老伴安咐：'加林他妈，你听着！你往后见了明楼家里的人，要给人家笑脸！明楼今年没栽起茄子，你明天把咱自留地的茄子摘上一筐送过去。可不要叫人家看出咱是专意讨好人家啊！唉！说来说去，咱加林今后的前途还要看人家照顾哩！人活低了，就要按低的来哩'"①。这种卑微屈辱的人格恰是奴性的体现，所以加林痛苦地说"这人活成啥了"。《平凡的世界》中孙玉厚也是老一代忍辱负重、艰难活着的农民形象。

郭于华在对西北骥村进行口述历史研究时发现，农民有很多和"苦"有关的词语，农民经常称自己为"受苦人"，这一词语专指在田里从事种植业的人，询问职业的时候，经常会得到的回答就是"在家受苦呢"，意即在农村以种地谋生，描述一种劳动很累人或一项工作很繁重，人们会说"苦太重了"；形容一个人勤勉、能干，就说该人"苦好"（很能吃苦的意思）。"可恓惶了"，"看咋苦"，"那罪可受下了"等等是村民们说古道今、谈人论事时经常出现的话语。由此他认为"身体之苦"和"心灵之苦"构成村民日常生活的基础②。同时，"生"或者"受"也是村民常用语，"生""生下"是表现生存或"活着"的常用词；"受"用以表达承担、耐受苦难的意思，形容这种承受的极致就说"可受结实了"③，"从词汇和行动层面的现实我们不难得知，承受苦难、在苦难中挣扎、与苦难共存是农民日常生活的重要内容"④。

高玉德和孙玉厚两位老一代农民的形象就是"生"与"受"的"受苦人"的典型，尤其是后者，由于小说的时代跨度和表现领域的广泛，其社会史的意义也就更为显著。这种传统的农民性格在"五四"

---

① 路遥：《人生》，北京十月文艺出版社 2012 年版，第 10—11 页。
② 参见郭于华《作为历史见证的"受苦人"的讲述》，选自王晓毅、渠敬东编《斯科特与中国乡村》，民族出版社 2009 年版，第 123—125 页。
③ 参见郭于华《作为历史见证的"受苦人"的讲述》，选自王晓毅、渠敬东编《斯科特与中国乡村》，民族出版社 2009 年版，第 125—126 页。
④ 参见郭于华《作为历史见证的"受苦人"的讲述》，选自王晓毅、渠敬东编《斯科特与中国乡村》，民族出版社 2009 年版，第 126 页。

时期是被视为国民劣根性而进行批判的，在现代革命史上，则将这种受苦意识与民族国家解放、阶级斗争结合起来，变为一种革命的力量。路遥的小说则是将老一代农民的忍苦与对极"左"路线的批判结合起来，并将之放在城乡贫富对立的背景下，展现了新中国成立以后广大农民在城乡不平衡的资源配置下所做出的巨大牺牲。路遥自身出生成长于西北乡土，具有"受苦"的人生经历，对父老乡亲苦难的感同身受使他与高高在上的知识分子不同，所以他对于父辈的忍耐性格丝毫没有批判，也不会升华为民族国家的宏大叙事，只有平实的展现和温和的同情。这就是其小说中"平凡"的魅力。电视剧《平凡的世界》由于拍摄时代的变化，对于老一代农民的"忍苦"性格没有较多展示，而且其物质环境展现也正如受众所感受到的那样，没有表现出20世纪70年代西北乡村之苦。

西部文学和电影对国民性格的展示是全面的多维的，路遥小说中既有老一代传统农民的形象，也有变化了的新一代农民性格，后者对于苦难有与前者不同的感受与反应。高加林有反抗既定苦难命运的精神，他的悲剧就在于个体力量面对历史、体制及习俗的渺小。孙少安有传统农民忍耐的一面，尤其是在大家庭生活中，表现出儒家"克己复礼"的品格，而家族伦理关系中的"忍"本就是国民忍耐性格中的一个源头。但孙少安与孙玉厚不同，他还有抗争性的一面，表现为对以村支书为代表的乡村权威的挑战，以及不甘心继续受苦命运而做出的当时看似"冒险"的改革举动，比如私分猪饲料地，带头私下实行承包制等。电视剧由于时代背景的差异，刻意放大了孙少安现代性的一面，他在剧中表现得比小说更具有反抗性，小说中的孙少安对村以上的政治权威还是有一定的顺从性，而剧中的少安则表现得超越和洒脱，在公社招待省革委会主任的宴会上，少安听说领导正在听家乡音乐，于是不请自到，不仅在外面大唱，然后又闯进去，代表生产队的村民敬酒。不仅这样的行动超越了农民在权威面前的拘束性，而且在语言上也表现出了油滑的一面。电视剧为了更多赋予少安现代意识和反抗精神，把许多小说中发生在其他人身上的一些具有挑战性和抗争性的事件都整合在了少安身上，比如抢水、炸坝等都有少安的决策，而在小说中他是缺席的。此外，电视剧中的少安对待爱情比小说中表现得更有勇气，并没有像小说中那样顺从阶层及身份的区别，而是对润叶表示他会争取。于是他给田福军主动打电话寻求支持，后者当时是他不认识的县上的领导，这一行为本身就说明少安有超越传统农民局限的勇气。电视剧显然是为了将少安塑造得更有现代性从而符合当下年轻受众的审美情趣，赋予少安对于爱情更多挑战习俗的勇气，但是因为不能改变小说的基本故事情节，所以将少安的最后放弃爱情改为为了国计民生这样一个宏大的目的。

如果说少安还介于传统与现代之间，表现出"忍"与抗争性的双面，少平则表现出更多的现代性，其性格中认命、顺从的方面几乎不见，而抗争色彩增强。比如对于爱情，他就没有接受既定的阶层划分和习俗偏见，而是勇敢接受了田晓霞的爱情。他与少安最大的不同就是后者为了家族责任表现出了太多"忍"的行为。而少平后来想要挣脱的恰是家庭，不是这个家庭不够温饱，不够温暖，也不是他不爱这个家庭，而是他想通过挣脱家庭而迈出个体抗争的第一步，实现向现代人格发展的第一步。而造成他与传统农民包括父兄不同的原因就是他所接受的知识。这也是路遥对知识的力量神圣化的一个表现，同时也反映了20世纪80年代初期整个社会对知识尊崇的时代风尚。正如小说中顾养民对孙少平的崇拜一样："不论怎样，这个农村来的同学不可小视！顾养民渐渐觉得，孙少平身上有一种说不清楚的吸引力——这在农村来的学生中是很少见的。他后来又慢慢琢磨，才意识到，除过性格以外，最主要的是这人爱看书。知识就是力量——他父亲告诉他说，这句话是著名英国哲学家培根说的。是的，知识这种力量可以改变一个人，甚至可以重新塑造一个人。"①

尽管孙少平具有抗争精神，寄寓了作者对于知识打造现代人格的理想，但他仍然具有民族传统的坚韧精神，在小说中，这种坚韧主要体现

---

① 路遥：《平凡的世界（第一部）》，北京十月文艺出版社2012年版，第277页。

在他面对苦难近乎殉道式的自觉意识与自愿承受的精神。这里的苦难在小说中主要指向艰苦的劳动，与前面所讲的勤劳也有一定关系。对孙少安来说，没有表现出主动去接纳苦难的体悟与感情，而只是表现出热爱劳动的感情，所以我们归之为勤劳品格。而少平则是有意识地去接纳苦难，小说中多次叙述了他对于苦难的感悟，比如他宁愿在城里做最苦的甚至赚钱少的揽工汉的活也不愿在农村家里从事相对轻闲的活，他的心理感受是"是的，他是在社会的最底层挣扎，为了几个钱而受尽折磨；但他已不仅仅将此看作是谋生活命——职业的高贵与低贱，不能说明一个人生活的价值。恰恰相反，他现在倒很'热爱'自己的苦难。通过一段血火般的洗礼，他相信，自己历尽千辛万苦而酿造出的生活之蜜，肯定比轻而易举拿来的更有滋味——他自嘲地把自己的这种认识叫做'关于苦难的学说'"[1]。他在给妹妹的信中也提到："对于我们这样出身农民家庭的人来说，要做到这一点是多么不容易啊！首先要自强自立，勇敢地面对我们不熟悉的世界。不要怕苦难！如果能深刻理解苦难，苦难就会给人带来崇高感。亲爱的妹妹，我多么希望你的一生充满欢乐。可是，如果生活需要你忍受痛苦，你一定要咬紧牙关坚持下去，有位了不起的人说过：痛苦难道是白忍受的吗？它应该使我们伟大！"[2] 小说最后，他拒绝了留在城里从事所谓轻松工作的机会，仍然选择回到煤矿，是因为他热爱受过苦的地方，"他在那里流过汗，淌过血，他怎么会轻易地离开那地方呢？一些人因为苦而竭力想逃脱受苦的地方；而一些人恰恰因为苦才留恋受过苦的地方！"[3] 从这些叙述中，我们可以看出，少平咬紧牙关忍受痛苦其实已经无关现实功利了，既不是玉厚式的听天由命无力反抗，也不是少安式的接地气的务实精神使然，而是升华到了哲学的、审美的层面，因为只有到了这个层面，才可以从容地去欣赏苦难、热爱苦难。路遥的小说基本是现实主义风格的，但也有浪漫主义的成分，少平这个人物就寄寓了作者浪漫主义的情怀。包括他与晓霞

---

[1] 路遥：《平凡的世界（第二部）》，北京十月文艺出版社2012年版，第578页。
[2] 路遥：《平凡的世界（第二部）》，北京十月文艺出版社2012年版，第738页。
[3] 路遥：《平凡的世界（第三部）》，北京十月文艺出版社2012年版，第1233页。

的爱情，以及那段似真似梦的与外星人的对话，都体现了路遥超越现实的一面。可以说，少安与少平，是作者现实主义与浪漫主义精神的两个化身。

如前所述，中国的农民性其实是复杂的，存在着矛盾的一面。比如中国农民看似是平和的软弱的，但是在村落宗族械斗时又是好斗凶狠的，在忍无可忍时又会揭竿而起造反，所以抗争精神也不单是一种现代人格的表现，而是深藏在传统的民族性中。正如《黄土地》表现出了国民性格的复杂性，路遥的小说也表现了传统农民性格的复杂性，比如前面提到的面对乡村权威一直惧怕忍让的《人生》中的玉德老汉，在被触及生存底线的时候也会突然变得凶狠起来，表现出了抗争意识，那就是能人刘立本威胁要伤害他独子的时候，"高玉德虽然一辈子窝窝囊囊，但听见这个能人口出狂言，竟然要把他的独苗儿腿往断打，便'呼'地从地上站起来，黄铜烟锅头子指着立本白瓜壳帽脑袋，吼叫着说：'你小子敢把我加林动一指头，我就敢把你脑壳劈了！'老汉一脸凶气，像一头斗恼了的老犍牛。乖人不常恼，恼了不得了。刘立本看见这个没本事的死老汉，一下子变得这么厉害，吃惊之中慌忙后退了一步，半天不知该如何对付"①。这个情节和小说中玉德的其他表现反差很大，但却真实地反映了即使传统农民性格也不是单向度的，有忍耐的一面，也有反抗斗狠的一面，只不过前者是常态，后者是变数，在某种情境下会激发出来，比如自身或亲人生命受威胁的时候，或者宗族利益受损的时候。《老井》和《平凡的世界》都描写了乡村的宗族械斗，在械斗中农民们都是一幅不惧死亡、敢于舍命的姿态。这种姿态在《黄土地》中如前所述升华为民族利益抗争的激情。这种姿态和前述西方人或近现代启蒙思想家的那种"麻木""没有神经""能忍"的表述是迥异的，是被无意或有意的遮蔽的国民性的另一面，在西部文学和影视中得以重新建构与展现。

---

① 路遥：《人生》，北京十月文艺出版社2012年版，第78页。

第三节　固土重迁与流动性

固土重迁主要是以汉民族为主体的农耕民族的特点。追水草而居的游牧民族没有汉民族那种强烈的故土家园的归依感，而是表现出较强的流动性。关于农耕民族粘着于土地而生的不喜迁移的稳定性，费孝通在其《乡土中国》中的表述已成经典："我们的民族确是和泥土分不开的了。从土里长出过光荣的历史，自然也会受到土的束缚，现在很有些飞不上天的样子。靠种地谋生的人才明白泥土的可贵。城里人可以用土气来藐视乡下人，但是乡下，'土'是他们的命根……农业和游牧或工业不同，它是直接取资于土地的。游牧的人可以逐水草而居，飘忽无定；做工业的人可以择地而居，迁移无碍；而种地的人却搬不动地……土气是因为不流动而发生的。直接靠农业来谋生的人是粘着在土地上的。"[①]"我们很可以相信，以农为生的人，世代定居是常态，迁移是变态。"[②]

吴聪贤对于农民看重土地的原因也有自己的解释："农民对于土地的爱着力，可以从三方面解释：一为农民视农业为生活之一部分，无形中对土地产生一种亲密感，把它看成传家宝，不肯也不能轻易离手……二为各种产业中，只有土地是最完全可靠，既不怕天然灾害，又不担心盗贼抢劫……第三个原因是，所有农业中，只有土地是有形而看得到的，土地无形中变成社会经济地位的指标。"[③]

除了农本思想，家族制度也是形成汉民族固土重迁的一个缘由。"父母在不远游"的经典古训及其背后的家庭责任感将个体牢固地束缚在固定的空间之内。固土重迁的民族性格与保守封闭的民族性格是相关联的，因而会成为民族现代化进程中的阻力因素。然而中国 20 世纪 80 年代以来不断推进的工业化和城镇化使得农民和土地的联系不再紧密，

---

① 费孝通：《乡土中国　生育制度　乡土重建》，商务印书馆 2011 年版，第 7 页。
② 路遥：《平凡的世界（第二部）》，北京十月文艺出版社 2012 年版，第 8 页。
③ 吴聪贤：《现代化过程中农民性格之蜕变》，选自李亦园、杨国枢主编《中国人的性格》，中国人民大学出版社 2012 年版，第 285—286 页。

越来越多的农民离开土地，参与商业或工业之中，从乡土社会单干或熟人合作模式转向与陌生人合作，传统农民性格中固土的一面会发生变化。

西部文学与影视对农民性格中传统的固土性及时代变化中的流动性都有着比较全面的展示。电影《黄土地》中，场景多是开阔而又寂寥的黄土地，常常罕见人烟，构成了一个封闭隔膜的空间，正是费孝通在《乡土中国》中表述的那种空间："不流动是从人和空间的关系上说的，从人和人在空间的排列关系上说就是孤立和隔膜……耕种活动里分工的程度很浅……耕种活动中既不向分工专业方面充分发展，农业本身也就没有聚集许多人住在一起的需要了。"① 在这样的空间里，人与人的沟通是很难展开的，所以电影中的乡民多沉默寡言，同时，如果没有外来因素进入的话，人的流动性也很难产生，因为在这样封闭的空间内本身不会产生流动性的需求，反而加重了对土地的依赖。电影中的父亲形象就是典型的依赖土地"固土重迁"型人格，导演在他身上暗喻了民族性中传统的一面，所以这个如土地般厚重的人物即使在顾青到来后也没有产生任何改变，没有对顾青所叙述的外面的世界产生丝毫的向往，其对土地的执着和凝固性可谓达到极致。而有所改变具有了流动性的则是翠巧，她最终离开了生而伴之的那块熟悉的空间，离开的方式是自己划船过河。这里的河流本身就是相对于稳固的土地的具有流动性的意象。促使翠巧从传统固土人格向现代流动性人格变迁的是外来者共产党员顾青，顾青向他们描述了共产党领导下的南边的世界变了，女子自己寻婆家，不兴彩礼，延安的女子都念书识字，毛主席就是为了让大家都吃上不掺糠菜的小米。显然促进翠巧现代性人格因素形成的是共产党的思想宣传。一方面，这是抗战时期根据地社会运动的史实，当时为了更好地发动全员抗日，党在根据地开展了妇女解放运动，包括婚姻自由，让妇女学习文化知识，将妇女从家庭事务中解放出来，以更好地投入民族解放斗争中去。从女性主义的视角看，女性参与社会工作实现婚姻自由意味着女性角色从传统到现代的转型。另一方面，抗战时期党在根据地开

---

① 费孝通：《乡土中国 生育制度 乡土重建》，商务印书馆2011年版，第8页。

展的一系列社会运动，本身就具有超越乡土的现代性色彩，比如号召农民参军保家卫国，要求农民必须摆脱固土重迁的积习，具有四处征战的流动性；将民族国家的利益置于家族利益之上，也有助于打破家族责任对于流动性的阻力与束缚。所以《黄土地》把叙述时空从原著的解放战争时期前移到了抗战时期，除了如前所述反映民族性格中抵御外敌的激情外，还有着反映革命中的现代性因素对农民传统性格影响的目的。

电影《百鸟朝凤》秉持了原作的乡土意识，反映了民族性格稳固的一面和时代变化中流动性的一面。游天鸣和蓝玉分别是这两种性格的代表。小说对于两种人格的优劣没有太多评价，在肯定与同情留守的天鸣与父亲的同时，对于出走的蓝玉其实也是一直同情与肯定的。电影《百鸟朝凤》则对固土人格更多肯定，所以赋予其悲壮性。无论是电影还是小说，都是为传统艺术和传统人格唱的挽歌，只不过小说同样还为那些出走的聪明有才华的乡村能人唱挽歌，他们在乡村城镇化过程中的尴尬处境令人叹惋。如何在传承农民传统人格积极性的基础上，促进并保障农民现代化人格的发展，也是城市化进程中一个值得关注的话题。

电影《老井》和小说原著最大的不同就是偏重于表现传统农民性格中坚韧固土的一面，对于现代性人格的展示不多，所以电影的主角是孙旺泉，巧英的戏份较少。而小说中巧英的戏份很重，与旺泉具有同等分量，作者的初衷其实是表现时代变迁中的农民性的变化的，巧英就是承载他对现代性人格认知的人物。巧英与旺泉分别是代表了现代与传统的一面，前者表现出喜欢流动、追求科学、追求个体价值的性格，作者将其暗喻为"狐狸"这种在传统文化符号中具有聪明、灵动、魅惑等特质的动物。后者则扎根乡土、牺牲个人服从宗族利益，具有"井"一般的稳固与沉寂。在小说中，巧英一直向往外面的世界，要和旺泉一起出走，但后者总说"故土难离，根太深了"。巧英多次出走，带回了科技种田的新方法，带回了良种与新的生活方式，她甚至带旺泉去火车站，就为了看来来往往的人。火车站在这里也是流动性与现代性的象征，这里的人员是流动的陌生的，区别于乡土社会中固定的熟人关系，此外火车站出现的人与物包括各种时新的衣服与电器也带有现代性的特征。在20世纪80年代外来文化思潮的冲击下，作者的初衷是想反思民族性格中对现代化发展的阻力性因素，所以他写作之初对巧英有所偏爱，对固土性人格有所批判。从小说中有关描述可以看出，逢早年时，年轻人想出走，"老人就说：没水吃可以担，没粮吃咋办？咱老祖宗到这地界，不是没水，是没吃的！嗨，娃娃，地广人稀，又没老财，敢说不是个养穷人的地方！就这样，老井从宋、元、明、清穷到民国，又从民国穷到共和国。"① 这里显然是将贫穷归因于固土性人格，而且老井村最终打井成功，是依赖于旺泉离开乡土在外学习现代打井知识，老井村的现代农业也是巧英出走后带回的，所以流变应是民族现代化发展的必然趋势。这里的批判和反思在吴天明的电影中被隐去了。当然，作为文化寻根作家，郑义对民族文化之根的热爱，对乡土的热爱使他并不能批判如旺泉一样的固土性人格，因为后者的稳固性言说着民族的根基与责任，这是民族共同体中的每个成员不能放弃的，因为民族认同不仅是共同的历史、共同的传统、共同的担当，还要有共同的土地，正象旺泉的感受那样："除了巧英，他还爱儿子！而且，所有这些对亲人的感情加在一起，也无法替代他对这块旱土，对这井的深深的，深深的挚爱。"②

　　小说《平凡的世界》中对固土型人格与流动型人格的展示要更为复杂丰富些。老一代农民玉厚属于固土型自不必说，即使在双水村内搬个家这样的距离，在多数村民看来，已经是失去生命之根了。年轻些的如少安和俊武，即使能力非常强，仍然属于固土型。后者具有商业的才干，适合离开土地流动，但仍然一心扎根土地，其固土性又与玉厚一代有所不同，而是从外引进现代科技用在土地耕作上，"这几年，俊武没去闹腾生意，一心都扑在了土地上。按他的精明，本来是块做买卖的材

---

① 郑义：《老井》，中原农民出版社1986年版，第117页。
② 郑义：《老井》，中原农民出版社1986年版，第212页。

料。但俊武有俊武的想法。做买卖要资本,那就得去贷款。再说,一个土包子农民,很难摸来行情(如今叫什么'信息')。一旦赔了,就没个抓挖处。前不久孙少安砖场的倒塌就是明证。在金俊武看来,土地上做文章最保险。就是有个天灾,赔进去的也只是自己的力气。当然,他现在不会再按老古板种地。他一直和石圪节农技站'挂钩',照科学方法拨弄庄稼。因此同样大小的地块,他总能比别人多收近一倍的粮食"[1]。少安也是扎根乡土,同时与外面的政界商界保持联系,开拓生意,所以这两个人物虽然属于固土型,但与土地的关系不再是传统的粘着性的,而是有一定的灵动性,属于从传统向现代过渡中的农民。流动型的人格在小说中有几种表现,一是王满银式的"逛"在外面,二是金富、金强式的犯罪行为,三是孙少平式的在外务工,前二者虽然表现出脱离土地的流动性,但非作者心目中的现代性人格,因为是脱离他所尊崇的劳动这一神圣的评价准则的。所以,同样是离开乡土流动在外,只有从事辛苦劳动的孙少平才是真正有价值的流动性的现代人格。前二者想要离开乡土只是因为不爱劳动或想不劳而获,而少平则是因为精神世界的追求和青春激情使然。叙述者对少平的出走给予了高度的肯定和同情:"不论在任何时代,只有年轻的血液才会如此沸腾和激荡。每一个人都不同程度有过自己的少年意气,有过自己青春的梦想和冲动。不妨让他去吧,对于像他这样的青年,这行为未必就是轻举妄动!虽然同是外出'闯荡世界',但孙少平不是金富,也不是他姐夫王满银!"[2] 这里,叙述者直接就将少平的出走与金富、王满银区别开来了。这种区别在少平那里也是有着清醒的自觉意识的,那就是当少安对他的出走用了一个"逛"字后,少平深感受伤,因为这样的词语是用来形容王满银式的人物的。

应该说,路遥对扎根乡土的固土型人格是非常熟悉的,在小说中这类人更务实更接地气。然而那些具有流动意识离开乡土的游子,在小说

---

[1] 路遥:《平凡的世界(第三部)》,北京十月文艺出版社2012年版,第987页。
[2] 路遥:《平凡的世界(第二部)》,北京十月文艺出版社2012年版,第502页。

中的发展路径却显得有些缥缈，带有一些理想化的色彩，反映了路遥自身思想中的固土意识及两种人格的矛盾性冲突，以及他对离开土地的农民何去何从的问题并没有成熟的思考，也反映了转型期社会没有给农民的流动提供多少上升空间，促进这部分具有才干和勤劳品质的年轻农民的现代化转型。这个问题也和《百鸟朝凤》中进城后蓝玉们的问题相似。王满银喜欢流荡在外，最远都去过上海，贩卖过小商品，这样的性格与行为本来可以向商业发展，但是作者安排在他某一天在上海的宾馆里看见苍老的容颜而幡然悔悟，推翻了前半生的生活方式，突然从游子转变为固土型人格，急于回到老婆孩子身边，回到一种舒适的居家生活中，"他真奇怪自己不呆在罐子村家里享福，为什么这么多年逛到外面来受罪呢？两个娃娃多亲！听说念书都很能行。老婆也多好！带孩子种地，侍候他好吃好喝"[1]，在回家的汽车上，"一路上任何新奇事都再不能吸引他了"[2]。回到家后"这个逛鬼竟然真的开始依恋起了这个家。……现在回想起门外风餐露宿的生活，他都有点不寒而栗，甚至连去黄原的勇气也丧失了。他突然感到自己脆弱得像个需要大人保护的儿童"[3]。从这些叙述中我们看出，王满银不仅失去了外出的勇气，甚至失去了对新奇事物的兴趣，迷恋无风险的居家生活，其实就是从可能的现代性人格向完全的农业人格退缩了。这个人物的退缩其实是农民性格现代化过程中的一种遗憾，在小说中却被视为浪子回头，由此可见路遥骨子里浓厚的乡土情结。另一个游子孙少平的出走在小说中是被肯定和称赞的，然而他的出走其实是不自觉的、迷惘的，这一点在他与少安的对话中可见：

"我已经习惯外面的这种生活……"少平说。

"这外面有个什么好处？受死受活，你能赚几个钱？回去咱们合伙办砖厂，用不了几年，要什么有什么！"

---

[1] 路遥：《平凡的世界（第三部）》，北京十月文艺出版社2012年版，第1199页。
[2] 路遥：《平凡的世界（第三部）》，北京十月文艺出版社2012年版，第1199页。
[3] 路遥：《平凡的世界（第三部）》，北京十月文艺出版社2012年版，第1200页。

"钱当然很重要,这我不是不知道;我一天何尝不为钱而受熬苦!可是,我又觉得,人活这一辈子,还应该有些另外的什么才对……"

"另外的什么?"

"我也一时说不清楚……"

"唉,都是因为书念得太多了!"

"也许是……"

"我不愿意看着你在外面过这种流浪汉日子……"

"不知为什么,我又情愿这样……"

一阵长时间的沉默。弟兄俩鼻子口里喷云吐雾,各想各的心事;也想对方的心事。生活使他们相聚在一块,但他们又说不到一块。两个人现在挨得这么近,想法却又相距十万八千里……

"那这样说,我这趟黄原算是白跑了?"少安问。

"哥,你的一片好心我全能解开哩!可是我求你,让我闯荡一段时间再说……"

"那又会有什么结果?"

"说不定能找到个什么出路……"

"出路?"少安不由淡然一笑,"咱们农民的后代,出路只能在咱们的土地上。公家那碗饭咱们不好吃!"

"我倒不是梦想入公家门。"

"那又是为什么?"

"唉,我还是给你说不清楚呀!"①

从上述对话中可以看出,少安的路径虽然是固土型的,却符合当时社会发展现状,接地气。而少平只是一直想着出去,离开土地,但是出走以后到底怎样发展及如何规划人生,他却一直是"说不清楚"。他在城里或煤矿的工作只是纯粹的出卖劳力,未必比留在少安的厂里发展乡

---

① 路遥:《平凡的世界(第二部)》,北京十月文艺出版社 2012 年版,第 756—757 页。

村工业、帮扶村人更有价值，他的文化知识、理想抱负实际是无法通过纯粹体力劳动而实现价值的。所以，路遥只写了"出走"，通过对劳动的高度赞美而认同出走的价值，实际上就是将农民现代人格的完善寄寓于劳动，但却没有表现出离开土地的纯粹苦力与在土地上施加的苦力有何不同，即使少平后来是一个煤矿工人，但是小说并没有写出工业文明对少平的影响，他骨子里还是一个在煤矿卖苦力的农民。当然，作者赋予他强大的精神力量，他可以神游物外，超越世俗，但终究是飘在空中，不能作为现代农民的代表。这样一个介乎传统与现代、扎根与流动之间的人物应该代表了路遥自己精神状态写照："孙少平的精神思想实际上形成了两个系列：农村的系列和农村以外世界的系列。对于他来说，这是矛盾的，也是统一的。一方面，他摆脱不了农村的影响；另一方面，他又不愿受农村的局限。因而不可避免地表现出既不纯粹是农村的状态，又非纯粹的城市型状态。在他今后一生中，不论是生活在农村，还是生活在城市，他也许将永远会是这样一种混合型的精神气质。"[1] 但是归根结底，路遥的乡土意识在他的精神世界里占了更大的比重，扎根性还是胜于流动性，王满银的回归即是一例，还有那些当年从水库迁走的人们，过了几代还要回到故土寻根，"在这些漫长的年月里，当年那些迁走的老乡，不时从几百里路上来到这里。通常都是一些老者带着一些青年和小孩，在这里转悠几天；晚上，他们就分别露宿在一个固定的地方。这是一种悲伤的'寻根'活动。当年这里搬走的那些老人，几乎都已客死他乡。现在的这些老者，那时还都是青壮年。可是，二十来个年头过去了，他们仍然在怀念这块母土。母土啊！对于一个人来说，永远都不可能在感情上割断；尤其是一个农民，他们对祖辈生息的土地有一种宗教般神圣的感情。现在，他们要带着自己的儿孙来这里寻找他们生命的根"[2]。这种对故土宗教般神圣的感情恰是路遥的守土之情。因此，《平凡的世界》中塑造的最成功的人物是孙少安，而不是孙少

---

[1] 路遥：《平凡的世界（第一部）》，北京十月文艺出版社2012年版，第391页。
[2] 路遥：《平凡的世界（第三部）》，北京十月文艺出版社2012年版，第1059页。

平,也正因为如此,电视剧削减了孙少平的戏份,大大增加了孙少安的戏份,给他添加了很多道德光环和英雄精神,使这个人物的现代性较小说有所增强,同时突出其扎根乡土造福乡间的社会意义,后一点也为当下大批农民离乡之后造成的乡土社会的凋敝问题提供了一种解决思路。

第四节 保守与创新

在多数关于中国国民性研究的论著里,都将中国人的守旧意识归因于农业文明。比如经典的论述是费孝通在《乡土中国》中的一段话:"乡土社会是安土重迁的,生于斯、长于斯、死于斯的社会。不但是人口流动很小,而且人们所取给资源的土地也很少变动。在这种不分秦汉,代代如是的环境里,个人不但可以信任自己的经验,而且同样可以信任若祖若父的经验。一个在乡土社会里种田的老农所遇着的只是四季的转换,而不是时代变更。一年一度,周而复始。前人所用来解决生活问题的方案,尽可抄袭来作自己生活的指南。愈是经过前代生活中证明有效的,也愈值得保守。于是'言必尧舜',好古是生活的保障了。"①而保守的性格和固土自封也是有关联的,固定在熟悉的乡土社会,不能接触外面的世界,必然缺乏对新事物的了解机会,缺乏变革创新的意识与动力,只能依靠并尊崇传统和经验。鲁迅曾经批判过国人好古、守旧排外的思想:"凡有读过一点古书的人都有这一种老手段:新起的思想,就是'异端',必须歼灭的,待到它奋斗之后,自己站住了,这才寻出它原来与'圣教与源';外来的事物,都要'用夷变夏',必须排除的。"② 中华民族性是复杂的矛盾的,有崇古保守排外的一面,但是我们的文化传统中也有讲求变通与创新的一面,对民族性格必然也有影响。《易》经的主要思想就是讲变易的,强调主体应该不断适应"时"

---

① 费孝通:《乡土中国 生育制度 乡土重建》,商务印书馆2011年版,第54页。
② 鲁迅:《古书与白话》,选自沙莲香主编《中国民族性(壹)》,中国人民大学出版社1989年版,第69页。

的变化,"时止则止,时行则行;动静不失其时,其道光明"[1],"穷则变,变则通,通则久"[2],这样的表述都体现着与时俱进、顺时而变的思想。儒家经典《礼记·大学》中的"苟日新,日日新,又日新"[3],《诗经》中的"周虽旧邦,其命维新"[4]等都反映了我们先秦文化中的创新与变革思想。

电影《黄土地》用不同的人物来展示"不变"与"能变"的性格。父亲对于顾青的到来反应冷漠,对后者的问话多数时候不回答,回答的时候也仅用一个"哦"来代替。当顾青说"南边变了",提及婚俗的时候,父亲才说了几句话,坚持"庄稼人有庄稼人的规矩"。这样的开场就暗示了革命思想/现代思想对父亲的难以影响以及后者的固执守旧。电影中具有"变"的性格则是年轻一代的翠巧与憨憨,一个用生命的代价实现了对既有规则的反抗与改变,另一个则从唱"尿床歌"改为唱革命歌曲,并最终在拜龙王求雨的人流中逆流而出,奔向自远方而来的顾青,这样的镜头也就暗喻了黄土地的年轻人彻底接受了外来的革命思想,从而背离了本土的传统的规则和经验。翠巧与憨憨的改变说明黄土地上的人们不是先天不可变易的,我们的民族性格中具有在外来文化影响下应时而变的一面。

《老井》中守旧俗的代表是旺泉爷爷,移风异俗的则是巧珍。值得关注的是小说中疯二爷的形象。他是旺泉爷爷的弟弟,应该属于老派人物,但他身上却表现出了与老井村的传统及黄土气质非常不同的自由浪漫与创新精神。首先他勇于追求爱情,尽管对方父母反对也不言放弃,这一点就与上述"天经地义的婚姻"传统不合。其次,他将传说中的"扳倒井"变为现实,将不可能变为可能,表现出了高超的匠心和反常规思维:井是扳不倒的,水却可以自流的,他正是利用了后一点,使传说中的扳倒井成为现实。这种思路,他的大哥也是肯定的:"对一个好

---

[1] 转引自卞敏《中华民族精神研究》,光明日报出版社 2008 年版,第 82 页。
[2] 转引自卞敏《中华民族精神研究》,光明日报出版社 2008 年版,第 82 页。
[3] 参见王文锦译解《礼记译解(下)》,中华书局 2001 年版,第 898 页。
[4] 参见程俊英译注《诗经译注》,上海古籍出版社 1985 年版,第 487 页。

石匠，掏几丈远的土石洞并非难事，要紧的是这思路"①。后来的工程师孙总也对此表示叹服，认为是"了不起的设计构思"。不过后来二爷因为暗洞塌了，再出来后就举止不同常人，在村人眼里是疯了，然而这个疯二爷一直活在了理想的世界里，想象自己的爱人还活着，过着亲近自然、自由自在的生活，唱歌、牧羊，喜欢花花草草，显然是一种区别于父兄们沉重凝滞生活的浪漫、诗意的人生。小说《老井》与电影最大的区别就是在现实主义的基础上融入了浪漫主义的风格，疯二爷的形象是一例，其他还有很多民间传说，包括巧英与狐狸之间的心灵感应等，都是区别于黄土文化中务实、板滞性的内容，从而反映了我们文化中也有富有想象力和浪漫主义精神的灵动、创新的质素。而且由老一代的、没有接触过外面世界的人物来承载这些创新、灵动的内容，显然是作者认可我们文化内部本身就蕴含着这样的精神，而非全部是由外来文化激发。应该说郑义对传统文化的反思与认识是比较全面的。可惜在电影中，神话传说方面的内容都被去掉了，代表革新的、反传统的巧英戏份减少，疯二爷也成了一个为打井责任而疯的形象，他的创新思路没有了，剩下的就只有世世代代为了打井而活着的责任。这样这个人物就与其兄万水老汉、旺泉没有区别了。可见，吴天明的电影重点在于弘扬固守的、负重的性格，所以他可以容忍其保守的一面，而有意忽视了原著中反映的与保守的民族性格相反的一些质素。

　　小说《百鸟朝凤》对于时代变迁中固守传统的人格表示了同情，所以小说中有淡淡的哀伤，但也只是展示了变革时代中传统的式微，没有明显的褒贬态度，有时甚至带有一种调侃或反讽。比如师父焦三爷就是一个固守传统的人物，不仅守住了传统的艺术，而且包括与之相伴的所有的规矩，如果说他对传统艺术的坚守有韧的精神的正向意义，然而在时代变化中缺乏创新精神、不能与时俱进发扬光大传统艺术却也是保守精神的负面意义。焦三爷所坚守的所谓规矩，有些其实没有多大意义，小说作者对此也有调侃之意。比如主人请唢呐匠及送钱的一些程

---

① 郑义：《老井》，中原农民出版社1986年版，第176页。

序:"离开那天,主人会把请来的唢呐匠送出二里多地,临别了还会奉上一点乐师钱,数量不多,但那是主人的心意。推辞一番是难免的,但最后还是要收下的。大家都明白这是规矩,给钱是规矩,收钱是规矩,连推辞都是规矩的一部分。"① 师父在查家的时候,也是按照这样的程序进行的:"离开那天,死者的几个儿子把焦家班送出好远,临了就把一沓钱塞给师傅。师傅就推辞,结果两个人在分手的桥上你来我往地斗了好几个回合,师傅才很勉强地把钱收下来。几个师兄则站在一边木木地看着,眼神倦怠,眼前这个场景他们已经看够了。"② 这样的程式在西方人看来就是虚伪的表现,在当事人看来,却是一种行业规矩,是人情与面子,其实没有多大意义,而且低效率,和坚守传统艺术本身没有关联。从旁观的师兄们倦怠无趣的表现来看,作者对这些烦琐程式是有着善意讽刺的。同样的,小说反映了包括接师礼等其他一些礼仪程式不断消失,尤其在年轻人那里,请唢呐艺人来表演的过程更简单随性了,这样的一种变化很难去评判谁是谁非,正如在后来的一场葬礼上,因为对现代音乐与传统音乐的喜好不一,发生了一场冲突,也很难断言喜欢现代音乐的年轻人就是没品位。应该说,作者只是客观反映了传统艺人在现代社会面临的困境,但并没有因此而高扬传统、贬低现代化进程,小说中有一段关于水庄环境变化的描写甚至就反映了乡村城镇化的发展是"新鲜的,让人鼓舞的","水庄最近变化很多,有些是那种轮回式的变化,比如蒜薹又到了采摘的时候;有些变化则是新鲜的,让人鼓舞的,比如水庄通往县城的水泥路完工了,孩子们在新修完的水泥路上撒欢,大大小小的车辆赶趟儿似的往水庄跑,仿佛一夜之间,水庄就和县城抱成一团了。要知道,以前水庄人要去趟县城可不是那样容易的,不在坑坑洼洼的山路上颠簸五六个小时,你是看不见县城的。现在好了,去趟县城就像到邻居家串个门儿"③。

当然,作者也通过进城后师兄们的遭遇反映了农民为工业文明付出

---

① 肖江虹:《百鸟朝凤》,《当代》2009 年第 2 期。
② 肖江虹:《百鸟朝凤》,《当代》2009 年第 2 期。
③ 肖江虹:《百鸟朝凤》,《当代》2009 年第 2 期。

的代价。那是另外一个话题了。总之，小说中的焦三爷及其选中的老实弟子天鸣一方面表现出了韧与守的特质，另一方面则是保守、不能与时俱进的。他们只能是把唢呐吹到骨子里，只能哀怨时代变化、人们不尊重唢呐不讲规矩，却没有能力也从来没有想过将传统艺术改革创新、博采众长，跟上时代的变化，研究受众喜好，作好宣传推广等。小说中那个守不住的性子野的蓝玉，在天鸣眼里他是"机灵"，在师父眼里他是"花花肠子多"，他自我感觉是经常会有些稀奇古怪的想法，这些表述恰是说明他可能具有创新的思想，何况他的天分又特别高，属于具有艺术感悟力的人。所以师父没有选择蓝玉来传承事业，或许也是导致唢呐业在水庄没落的原因之一。实际上，我们看到，被师父非常器重的天鸣其实对于承接下来的这门传统艺术无所作为，只是按照既有的程式按部就班的操作，仅此而已。小说写天鸣接管游家班后很快就切换到了游家班走下坡路的叙述中，天鸣叫不到师兄出场，还是师父出面，关键时刻需要吹《百鸟朝凤》，天鸣却突然不会吹了，一个墨守成规的无能的天鸣时时在暗指师父选接班人的失误。这或许就是小说作者对于传统与创新、城市与乡村关系的客观反思。

电影《百鸟朝凤》则删节了前述给钱时推让的程序，也没有乡村环境向着城镇化方向的变化，将天鸣突然不会吹"百鸟朝凤"改为身体原因吹不出，同时增加了上面来采集非物质文化遗产这一情节，这样的增删和改变说明导演是强调固守传统文化的韧性的，没有如小说中表现的守旧与变革等方面的反思内容。

小说《平凡的世界》交代了特殊的黄土地貌造成的地域的封闭性，与此封闭空间相关的保守性是农民性格的一方面，然而却不是唯一不变的性格要素，其实在双水村村民中也有"能人""精人"，他们会动脑子，具有一定的穷则思变的意识，只要时代给他们契机，他们可以与时俱进，改革开放之初农村中先富起来的往往是这样一批人。小说中的孙少安虽然在爱情上没有争取的勇气，但是在经营事业方面却有冒险的求变意识，这一点与守旧的父亲玉厚表现迥异，与漂在空中的少平也不同。当他看到多年辛苦却不能改善一家人的生活时，敏锐地提前捕捉到了时代变音的前奏，冒着风险实行承包制，后来在拉砖的过程中发现城里到处在搞建筑，砖瓦一直是紧缺材料，就打算自己开个烧砖窑。从拉砖到办厂，意味着从揽工汉到企业家的角色转化，少安的这种转化源自他一定的商业敏感，同时也是变革的勇气，因为这是一种全新的不同于从前农耕劳动的事业，不像土地上的投入那样令传统的农民心安，而是需要大量的资本与技术。"目光远大的孙少安，政策一变，眼疾手快，立马见机行事，抢先开始发家致富了。"① 这样的表述显然是守旧、相信传统与经验等乡民性格的对立面，体现少安能应时而动的现代性格。他后来有了钱后不用于消费，而是想到扩大再生产，并打通各个环节去银行贷款，跟着胡永合学到了一些营销手段并很快采用收到效益，举办点火仪式提高影响力，甚至有了进军电视业的想法，这些情节涉及营销、金融、市场推广等现代工商业诸要素，意味着少安已经从农民转型为企业家，而且是非常自然的水到渠成的转型。当少安后来遇到烧砖失败欠下外债的打击时，最终没有认命放弃，而是继续冒险借债东山再起。这些都说明农民不必然与闭锁、守旧、知足、怕风险等性格相关联的，而是在一定的条件下，会展现出如韦伯所说的资本主义精神的因子。正如王铭铭在《村落视野中的文化与权力》一书中提及，也有很多观点认为在中国传统民间文化和社会形式中，存在着"企业家理念""工业主义精神"以及商业化潜力②。少安的上述企业家精神是他骨子里自有的，不是知识和文化带给他的，反倒是有文化的少平欠缺这种开拓和变革的意识。同时少安在创业过程中一直得到家人包括妻子娘家、亲朋好友的支持，尤其是父亲及妻子娘家的资金支持使他挺过创业失败的难关并最终东山再起，乡村同心圆式的人情关系对于他的融资及劳务也有帮助，他的双重承包、个人事业的大发展最终也是在熟人社会中实现的，这种家族、乡里、熟人社会互助式创业的形式也是很多乡村企业的成功模式。所以传统的形式未必是现代化的阻力，其中也蕴含着现代性

---

① 路遥：《平凡的世界（第二部）》，北京十月文艺出版社2012年版，第523页。
② 参见王铭铭《村落视野中的文化与权力》，生活·读书·新知三联书店1997年版，第123页。

的助力因素，正如王铭铭书中提及："怀特最近对中国家庭在改革以来经济转型中的推动作用的研究，证明在特定的情况下，传统社会形式可以起经济动力的作用，而不一定是与'经济人'理念相对抗的东西。"①

与《老井》中疯二爷的异想天开相似的是《平凡的世界》中田福堂炸山拦坝的行为，过去常被解读为"左"倾思想的代表，是负面的，其实路遥用了大量的篇幅并且语带同情地去表现这一情节及人物心理，从"孩子一样"，"诗人常有的那种情况"，"浪漫色彩"等表述中可以看出，作者肯定人物"异想天开"的理想与情怀，尽管其结果是糟糕的。老派人物田福堂有着浪漫主义的想象力，与高玉厚、孙万水式的守旧、务实不一样。这个例子与孙少安的例子一道，可以反映乡村不乏创新精神的人，尽管他们奇思妙想的结果未必是能如愿的、理想的，但作者显然肯定这种不满于现实的变革精神。

电视剧《平凡的世界》的编导应该是看到了田福堂这一想法背后体现的现代性因素，所以尽管最后的结果并不好，还是将它作为开拓创新精神的体现安置在了集各种美德于一身的孙少安身上。在小说中，这件事和少安丝毫没有关系。也就是说小说中分散在各个人物身上的现代性的因素及各种美德集中在了一个人物身上，戏剧化效果增强，但小说中表现的那种复杂的乡土社会的众生百态也就难以传达出来，不免削弱了原著的史诗气质。

第五节　要面子与自私

中华民族重德性修养，这与民族文化中的德性取向息息相关。《周易》中有"君子以厚德载物"的表述，后来的儒家学说则进一步完善了德性追求的具体内涵，包括仁爱、诚信、重义轻利等，并以重德性的理想人格作为士大夫阶层的修身养性目标。在乡土社会，德性追求会以重乡村声望的形式出现，而乡村声望的形成也有赖于主体具有上述仁

---

① 王铭铭：《村落视野中的文化与权力》，生活·读书·新知三联书店1997年版，第123页。

爱、诚信、重义轻利等德性表现。在"天高皇帝远"、法制精神缺失的乡土社会，维持人际关系、宗族和谐靠的是"礼"的力量，"礼并不是靠一个外在的权力来推行的，而是从教化中养成了个人的敬畏之感，使人服膺；人服礼是主动的……礼治的可能必须以传统可以有效地应付生活问题为前提。乡土社会满足了这前提，因之它的秩序可以用礼来维持"①。这里的礼是习俗、规范，其内容多是儒家道德范畴在乡土社会的延伸。这些道德规范会对乡民产生无形的约束，与乡村声望紧密相关，在西方人视角中的中国人的要面子其实正是与对声望的追求及道德自律有关，这是具有正向价值的，但是近现代以来无论是西方来华传教士还是启蒙思想家只从其负面性——虚伪——出发，对中国人的要面子或嘲讽或批判。斯密斯就带了东方主义的偏见认为中国人的爱面子就跟演戏一样，象南太平洋岛上的土人一样可怕、有劲、不可捉摸②。法国的劳德也持这样的偏见来描述中国人的爱面子："对中国人大部分行为、态度的分析，穷极到一点就是'面子'。那不可思议的感受性，隐秘的、平素被谦让掩盖着的、根源于极度虚荣的、病态的功利主义。"③项退结对中国人爱面子的正反两方面意义分析得比较全面："中国自古以来最尊重'仁义'的道德理想，也就与中国人对人格的尊重有关，亦即于'脸'有关。一个人无仁无义，就失去了他人格的尊严，也就是失去了'脸'。中国人之怕'丢脸'，实在也就是内在道德意识的表现，值得我人培养。另一方面，中国人之爱好面子，也是世所共知的，而且往往为世所诟病。其实爱荣誉是人之常情，并不限于中国人，而且是促使人有所行动的重要动机之一。但如果过于爱好'面子'，而忽略了'脸'的培养，就容易造成爱虚荣而不务实际的恶现象。"④ 所以，

---

① 费孝通：《乡土中国 生育制度 乡土重建》，商务印书馆2011年版，第55页。
② [美]斯密斯：《中国人的特性》，选自沙莲香主编《中国民族性（壹）》，中国人民大学出版社1989年版，第51页。
③ [法]劳德：《中国人——人种地理学的心理论》，选自沙莲香主编《中国民族性（壹）》，中国人民大学出版社1989年版，第176页。
④ 项退结：《中国民族特性》，选自沙莲香主编《中国民族性（壹）》，中国人民大学出版社1989年版，第283—284页。

就爱面子这一民族性而言，也体现了我们民族性格的复杂性和多维性，体现了民族文化传统中重德性修养的一面，至于作为劣根性批判的虚伪，要从两方面看，一是中西文化差异导致的西方人的偏见，将中国人重视礼仪视为形式主义的虚伪或虚荣，二是由于实际上很多国人并没有真正在内心认同道德律令，仅是因为名声的束缚而不得已律己，导致在失去监督、无名声之忧的场合下不遵守习俗与规范，这也就是鲁迅批判的讲面子背后的表里不一。这种表里不一的人格在乡土社会是普遍存在的，实际上这也与伦理教化与人性本能、小农意识之间的冲突有关。比如儒家的仁义思想强调见义忘利，而实际情况是自私的人也很多，所以在我们的民族性格中重德性与自私经常构成矛盾性的两面。而后者也是近现代以来一直被批判的国民性之一。在进化论者比如亨廷顿看来，中华民族自私性格是自然选择的结果。自私也与小农经济有关，在费孝通的乡土社会人伦关系同心圆中，"随时随地是有一个'己'作中心的。这并不是个人主义，而是自我主义"①。这种以己为中心，按血缘远近来决定亲疏立场的态度其实就是自私的表现。所以在实际的乡土社会中，经常会有家族与家族之间的冲突，村落与村落间的械斗，这样的纷争都是由于农民只关注个人、家族的利益，而没有更高层面的家国天下观念。

西部文学与影视作品展示了中华民族"厚德"的一面，主要通过对农民重视面子、声望的情节来展示，同时对于农民自私自利的小农意识也不乏善意的揭示与批评。《百鸟朝凤》小说和电影都强调了"德行"的坚守在乡土文化传统延续中的重要性，焦三爷将《百鸟朝凤》的吹奏及传承作为一种道德评价的尺度，"这个曲子是唢呐人的看家本领，一代弟子只传授一个人，这个人必须是天赋高，德行好的，学会了这个曲子，那是十分荣耀的事情，这个曲子只在白事上用，受用的人也要口碑极好才行，否则是不配享用这个曲子的"②。他也是坚持这么做

---

① 费孝通：《乡土中国　生育制度　乡土重建》，商务印书馆2011年版，第29页。
② 肖江虹：《百鸟朝凤》，《当代》2009年第2期。

第八章　西部文艺作品中的中华民族性格全息图谱

的，收下天鸣为徒因为后者的善心，最终把《百鸟朝凤》传给他的原因之一也是觉得他德行好。除了善良，焦三心目中德行好的标准恰是上述超越家族或村落利益、有民族国家观念的儒家人格理想，这与普通乡民视角中的乡村声望不尽相同，比如他不给查老父子吹，是因为后者作为查家族长排挤了其他族姓，显然是只关注本族利益的自私行为，尽管其后人说他做了不少好事，二师兄也说他德高望重，但这种乡村声望中掺杂了自私的因子，所以为焦三爷所拒绝。后面焦三爷坚持给火庄书记吹《百鸟朝凤》，是因为"他去过朝鲜，剿过匪，带领火庄人修路被石头压断过四根肋骨"[①]。这些行为不仅包括对乡村事务的责任，还有着格局更高的为民族国家尽忠。小说展示了乡土社会文化传统包括传统艺术在城镇化过程中遭到的冲击，在叹惋之余，也在某种程度上肯定了变革的必然性，甚至暗讽了传统的一些弊端。但在传统道德这一方面，小说中的人物是一直坚守并且没有变过的。这也反映了作者对于现代化过程中传统文化发展的一种思索：优秀的道德文化应该坚守，而不能与时俱进的其他传统文化因子不可避免地会在大时代的变革中走上没落之路。

电影《黄土地》也增加了小说中没有的关于乡土道德正向意义的内容。小说原著中的父亲自私冷漠，能为了钱财出卖女儿，而电影中的父亲虽然守旧固执，却也有讲仁义的一面，这一点在他与顾青劳动时一段简短的对话中反映出来，他说当年大女儿嫁人就是为了吃，后来因为婆家没吃的了，又想走，被他拒绝了，他说就是要饭也得相跟，而且穷又不扎根，说不定日子又会好了。电影也通过他有限的语言交代了包办翠巧婚姻收彩礼的原因：日子实在没有办法过下去了。这样就将小说中的贪财自利行为变为生活所迫，以突出黄土地农民的厚德一面。

小说《万家诉讼》整个故事情节就是围绕着"面子"问题展开的，人物的对抗与矛盾就是基于维护自己的面子。村长的"面子"是作为乡村权威的治理权，如果失了，同时也就失去了治理村民的权威，这就

[①] 肖江虹：《百鸟朝凤》，《当代》2009年第2期。

是村长一直固执己见的原因,而何碧秋的面子则是普通村民在村里生存下去的依靠,如果她要了钱,一是被村民看成是为了钱闹事的人从而失了面子没法活人,二是被村长视为软弱可欺从此会更加欺凌,这也就是何碧秋一直贴钱要说法的原因。所以表面上她敢于反抗村长权威,貌似具有现代性人格的一面,但是深究其"要说法"的根源,还是囿于乡土社会的面子法则,而与现代法制精神无关。所以当最后是法制这个乡土社会的外来事物给了她面子的时候,她的反应是愕然的。小说中另一个人物李公安作为基层公安人员也是按照面子法则而非法制原则来处理乡土纠纷,从小说的相关叙述中可以看出,他游刃自如于乡土熟人社会,在受害者面前不避讳和村长经常喝酒的熟人关系,因为这种熟悉关系他始终是顾及村长的面子劝说何碧秋接受赔偿给村长留面子,而村长也是为了给他面子才勉强同意赔偿钱给何碧秋。所以李公安这种基于面子的调解为以后纠纷的升级埋下了隐患,小说最后是由现代医技手段及法律程序解决了纠纷,体现了现代性对乡土传统的胜利,也反映了农村现代性人格的培育无法完全在乡村传统中实现,而要依靠乡土之外的外来文明。电影《秋菊打官司》由于对村长和李公安进行了美化,着力塑造农村基层行政人员工作复杂和不易之处,村长比小说中明理得多,而秋菊一家却比小说中显得蛮横一些,双方的面子之争淡化了,背后的乡土文化传统也无从体现,所以秋菊一次次的要说法就显得有些不近情理。电影基本上是塑造了一个朴实正面、坚持原则的基层村干部形象,秋菊的一次次坚持如果不是衬托出乡村治理的难度外,就是编导想塑造一个脱离真实乡土的纯粹现代性人格,即仅是为了讨一个没有实际利害的说法而讨说法。

小说《人生》对于"面子"与乡村道德之关系及面子在乡土社会的约束力主要通过二能人刘立本和高玉德两个人物来体现。在巧珍与加林谈恋爱的消息传开后,"刘立本穿过高玉德正在吐放白花的土豆地,又从来路下了河湾。这个能人又急又气,站在河湾里竟不知道自己该到哪里去。他是农村传统道德最坚决的卫道士。平时做买卖,什么鬼都敢捣,但是一遇伤面子的事,他却是看得很重要的,在他看来,人活着,一是为钱,二还要脸。钱,钱,挣钱还不是为了活得体面吗?现在,他那不争气的女子,竟然连体面都不要了,跟个文不上武不下的没出息穷小子,胡弄得满村刮风下雨。此刻,他站在河湾里,把巧珍恨得咬牙切齿:坏东西啊!你做下这等没脸事,叫你老子在这上下川道里怎见众人呀?"[1]加林父亲玉德听说后,和刘立本一样,也是先想到了名声与面子问题,"现在他突然听见这码子事,心头感到非常沉痛。乡里人谁不讲究个明媒正娶?想不到儿子竟然偷鸡摸狗,多让人败兴啊!再说,本村邻舍,这号事最容易把人弄臭!他同时又想:巧珍倒的确是个好娃娃,这川道十几个村子也是数得上的。加林在农村能找这样一个媳妇,那真个是他娃娃的福分。但就是要娶,也应该按乡俗来嘛,该走的路都要走到,怎能黑天半夜到野场地里去呢,如果按立本说的,全村人现在大概都把加林看成个不正相的人了。可怕啊!一个人一旦毁了名誉,将来连个瞎子瘸子媳妇都找不上;众人就把他看成个没人气的人了。不光小看,以后谁也不愿和他共事了。糊涂小子!你怎能这么缺窍?"[2]从这两人的心理活动中,可以看出乡村声望对于村民行为的极大约束力,比经济基础都重要,它决定村民在村里的地位、人气及人际关系好坏,由此可以理解农民对面子的执着与看重。当然,传统道德中有些是封建纲常礼教的内容,比如上述两位人物及村人信奉的"门当户对""父母之命、媒妁之言""男女授受不亲"的道德规范,就是封建保守的内容,路遥对此是有所批判的,所以他将这种思想安排在两个守旧老人身上,而另一位老人德顺爷虽然有固土性一面,但也有比较超越的浪漫主义精神,所以他是支持巧珍与加林自由恋爱的,表现出与务实保守的乡村舆论相背离的一面。

路遥对乡土与父老乡亲的深厚感情使他即使看到了他们反现代的落后性或者自私的一面,也只是善意的批评,而且更重要的是,他还看到了他们如金子般发亮的善良仁义等其他道德范畴的内容。高玉德虽然守

---

[1] 路遥:《人生》,北京十月文艺出版社2012年版,第79页。
[2] 路遥:《人生》,北京十月文艺出版社2012年版,第81—82页。

旧胆小，但在加林抛弃巧珍后，他教育加林："当初，我说你甭和立本的女子牵扯，人家门风高！反过来说，现在你把人活高了，也就不能再做没良心的事！再说，那巧珍也的确是个好娃娃，你走了，常给咱担水，帮你妈做饭，推磨，喂猪……唉，好娃娃哩！甭看你浮高了，为你这没良心事，现在一川道的人都低看你哩！"①玉德这里的说的良心就是传统伦理道德中善的内容：有情有义、知恩图报、善始善终等，这与电影《黄土地》中的父亲教育大女儿的内容相似，是乡土社会维持人际关系与家庭关系和谐的重要规范，虽然与追求个性自由的现代爱情观有所抵牾，但却闪现着善与美的人性光辉，体现着克己复礼的合理性，所以路遥对于这一层面的传统道德是肯定的，并且这种肯定继续延续到了他的另一部小说《平凡的世界》中，体现在了润叶的身上。润叶的行为与《人生》中的高加林正相反，在李向前各种条件非常好的时候，因为没有爱情，所以她反感拒绝他，但当前者落难成为残疾人后，她却基于人性的善良主动去爱护与照顾向前，这种行为正是前述玉德们所认可的有"良心"的行为，也是中华民族传统美德的范畴之一，体现着人性的善与美。值得提及的是，润叶做出这一切的时候，并没有觉得太多的委屈，而是升华为母亲对孩子的爱，并从中体验到了人生的幸福。"正是在这种自我牺牲和献身之中，润叶自己在精神方面也获得了一些充实……青春炽热的浆汁停止了喷发，代之而立的是庄严肃穆的山脉。"②从帮助他人、施爱他人中得到自己内心的满足、精神的充实，这正是儒家仁爱思想的体现，也是"士"这一阶层道德修养追求的目标，所以润叶的牺牲与没有文化的巧珍还是不一样的，后者是一种本能的善良，做出牺牲的时候是非常痛苦的，而前者却可以从善行中得到精神世界的满足。

对于润叶这样一个在城里工作的知识阶层的人所具有的传统婚恋观，作者是同情之中有肯定的，虽然这种行为看上去与追求个性解放的

---

① 路遥：《人生》，北京十月文艺出版社2012年版，第200页。
② 路遥：《平凡的世界（第三部）》，北京十月文艺出版社2012年版，第1034页。

自由婚恋观相反，是反现代的，也是"五四"启蒙主义者所批判的。对润叶的肯定，对高加林负心的否定，也反映了作者从婚恋视角反思现代化进程中人性嬗变的问题，希望能以倡导传统美德来解决在他看来是工业文明与商品经济导致的失德失范行为。

作为一部史书般的巨著，路遥在《平凡的世界》一书中全面反映了乡土社会面子与声望的重要性以及乡土道德观念的复杂性。这种复杂性一是来源于个体、宗族与政治权力的纠葛，二是来自时代政治、经济、文化的变迁对乡土社会的冲击，所以小说中的农民有重德性的一面，又有自私的一面，而且即使就自私性而言，在不同的场合又有公的意义，所以对于这样的一个双水村农民群体，既无法用纯粹负面的劣根性去指称他们，也无法用英雄或者理想人格的标准去界定他们，他们是平凡的，也是真实的。

小说第一部中双水村村民抢水的情节就表现了农民的私心是在"差序格局"内随着亲疏与利益的远近而变化的。当田福堂等人决定去上游几个村掘坝放水救济大旱的双水村时，全村老少空前团结并且表现出了无私的牺牲精神："所有的村民又都在这种事里表现出一种惊人的牺牲精神。做这种事谁也不再提平常他们最看重的工分问题，更没有人偷懒耍滑；而且也不再分田家、金家或孙家；所有的人都为解救他们共同生活的双水村的灾难，而团结在了一面旗帜之下。在这种时候，大家感到村里所有的人都是亲切的，可爱的，甚至一些过去闹过别扭的人，现在也亲热得像兄弟一样并肩战斗了。"[①] 这种为了小集团的利益而不顾大局的行为向内看是"公"，向外看则是损害其他集团或者更高的共同体比如民族国家的"私"的行为，正如费孝通所说："我们一旦明白这个能放能收、能伸能缩的社会范围，我们可以明白中国传统社会中的私的问题了……这是种差序的推浪形式，把群己的界限弄成了相对性，也可以说是模棱两可了。为自己可以牺牲家，为家可以牺牲族……这是一个事实上的公式。在这种公式里，你如果说他私么？他是不能承认

---

① 路遥：《平凡的世界（第一部）》，北京十月文艺出版社2012年版，第191页。

的，因为当他牺牲族时，他可以为了家，家在他看来是公的。当他牺牲国家为他小团体谋利益，争权利时，他也是为公，为了小团体的公。在差序格局里，公和私是相对而言的，站在任何一圈里，向内看也可以说是公的。"[1] 很多村落之间的械斗也多是这种情况，《平凡的世界》中描述了多次这样的村落或家族之间的近乎械斗的纷争，小说《老井》中的村民为了抢水也有械斗，在这样的械斗中，农民甚至可以舍生忘死，连生命都可以放弃，如果从小团体的视角看，确实是最无私的英雄行为。由此可见，农民性格中的"自私"有着比较复杂的内涵。路遥与费孝通的认识是一致的，所以他将这种在小团体内的"公"视为狭隘的，进行了批评。

小说从第二部开始集中反映农民自私性一面，这一部恰好是写双水村开始陆续实现承包制的，路遥在肯定承包制和改革开放的基础上，非常有远见地思考了一些伴随着商品与市场，伴随着财富的增长出现的社会问题，尤其是农民骨子里的自私性被催生与激发出来，他所反映的这些问题在当时或许只是萌芽，甚至不成其为问题，在今天却很显著地暴露了其负面性，由此可见，路遥对民族现代化发展的观察评价不仅是全面的，而且是超前的。

新中国成立以后，为了更好地进行社会动员，改变小农生产分散脆弱的局面，同时改造小农思想尤其是"私"的意识，广大农村实行合作社制度，后来发展成人民公社，公社制度取消的是对传统社区、家族的认同，但这种经济方式与千百年来农民以家庭为重的文化传统相抵牾，所以发展到后期，挫伤了已是合作社社员但小农思想依旧严重的农民的生产积极性，生产效率反倒非常低下，导致农村经济凋敝，农民生活困苦，《平凡的世界》第一部开篇就是在这样的背景下写孙少平对贫穷的刻骨铭心的体悟，也反映了路遥对不顾农民文化传统、超前发展的人民公社制度的批判。所以从第二部开始他以极高的热情来描写农村家庭联产承包责任制，这样的一种制度其实是承认并恢复了农民的家族认

---

[1] 费孝通：《乡土中国 生育制度 乡土重建》，商务印书馆2011年版，第30—31页。

第八章　西部文艺作品中的中华民族性格全息图谱

同，尊重了特定历史阶段农村文化传统。从双水村陆续实行承包制以后农民高涨的积极性背后，我们也可以看出如费孝通所说的传统社会私的问题：一旦获利是与个人及家庭相关，农民就表现出勤劳苦干等品性，反之，则表现出懒散无为的品性。

　　小说中农民的自私性在承包制之初分土地的时候就迅速展现了："一旦失去了原则和正确的引导，农民的自私性就强烈地表现了出来。他们不惜将一件完好的东西变成废物，也要砸烂，一人均等地分上那一块或一片——不能用就不能用！反正我用不成，也不能叫你用得成！连集体的手扶拖拉机都大卸八块，像分猪肉一样，一人一块扛走了——据说拖拉机上的钢好，罢了拿到石圪节或米家镇打造成镢头。"①

　　路遥虽然对造成农民贫困的左倾路线指导下的公有制经济是基本否定的，但是却肯定了集体经济时代农民劣根性暂时被扼制的一面，肯定了一个虽然贫困却相对和谐的乡村治理局面。这一点是在第三部双水村的改革已近尾声的时候由田福堂感悟到的。这时的双水村虽然已解决了贫困的问题，但却产生了新问题，主要是农民因为私心而导致的损公行为甚至彼此之间的纠纷，所以田福堂决定召开近2年未开的支部会议解决村民间的纠纷，而这种会议过去在人民公社时期是经常开的，所以开会诸人在一种怀旧的心态中发现从前的体制也有其有利之处："田福堂给众人叙述了'案由'以后，感慨地说：'过去集体时，哪会出现这样的事！枣树是集体的，由队里统一就管理了。如今手勤的人还精心抚哺，懒人连树干上的老干皮也不刮，据说每家都拿草绳子把自己的树都圈起来了。这是为甚？难道怕树跑到别人地里？人都自私得发了昏！"②金俊山也有体悟："这几年打枣纠纷最多，一个说把一个的打了，另外，都想在八月十五前后两天打枣，结果枣在地上又混到了一块，拣不分明。光去年为这些事就打破了四颗人头……"③而从前的打枣节时全村人一块就像过年一样高兴，那时的枣树是全村集体所有，现在则分给

---

①　路遥：《平凡的世界（第二部）》，北京十月文艺出版社2012年版，第492页。
②　路遥：《平凡的世界（第三部）》，北京十月文艺出版社2012年版，第1152页。
③　路遥：《平凡的世界（第三部）》，北京十月文艺出版社2012年版，第1152页。

了村民，因为村民的自私性而致从前和谐人际关系的破坏，不仅如此，还会导致公有财产的损失和村庄治理中难以协调的问题，比如各家都在枣树旁栽泡桐就会导致曾经寄托过村民感情的枣树林的彻底破坏，新建窑洞的人家留水沟的问题因为地都分给各人而导致难以协调，甚至有人在水地里建坟，这是违反村里规定的。

新中国成立后建立了乡镇一级政权，建立了村委会，村干部通常是村落的权威人物，一是因为政治分层及其延续效应，二是因为在集体化时代村干部是农业生产的组织者，直接掌握着农业收入的分配权力[①]。但是随着人民公社的解体，人们从过去的集体认同与政治认同变为家族认同，村委会的权威性明显下降，这也是主任田福堂失落的原因之一，所以这次支部会基本上没有解决什么问题，由此可见转型期村庄政治权威的式微，导致村庄治理及人际关系中出现诸多问题。承包制导致农民的自私性与劳动积极性一同被激发出来，农村经济的发展、财富的增长则一方面与传统乡土社会道德脱轨，一方面又没有成熟的现代化观念支撑，小农意识中的自私性不仅没有被克服，反而呈现多种变奏。

一、在农村贫富差距的现实下，出现各人自扫门前雪的情况，缺少社会救助体系及承担社区救助义务的乡村权威。传统的乡土社会里，济贫扶困的社区救助义务通常是由乡绅或宗族长完成的，同样调解乡村纠纷也是由他们完成，他们的权威通常来自宗法力量或者乡村声望。但是新中国成立后乡绅阶层消失，宗族势力也式微，取而代之的是政治权威的代表比如村委会主任。政治权威对乡村事务的热情来自政治话语的赋权，一种自上而下的压力，这与乡绅与宗族长基于内在修养或宗族责任感来处理社区事务的自觉意识还是有区别的，所以当20世纪70年代末农村实行承包制后，随着政治权威在乡村经济发展中的指导性地位下降，自上而下的压力消失，他们对乡土社会事务的热情马上下降，表现出来的自私性也就与其他农民无异。这时的乡村就会出现因为没有权威而管理失序的现象，包括上述的人际纷争也是因为既没有传统的调解人

[①] 参见熊凤水《流变的乡土性》，社会科学文献出版社2016年版，第53页。

协调又没有政治力量裁决处理而无法得到有效的解决。《平凡的世界》中除了上述人际纠纷外，还出现了弱势群体无人救助的局面。比如田海民自己养鱼致富了，但却不肯帮扶亲人，导致自己的父亲和二伯等亲人还处于贫困状态，这样背离乡土道德的行为显然影响了田海民夫妻的乡村声望，"实际上，海民和银花也知道村里人对他们有看法。银花根本不管这些外人的指责。她生性就是如此。在她看来，谁有本事，吃香的喝辣的和外人屁不相干！谁没本事，谁受穷受恓惶，也和他们屁不相干！连她的公公也不例外！她甚至对村民们的攻击很不理解：我们有钱，是我们自己用劳动和本事赚的，又不是偷的抢的，外人有什么权利说三道四？为什么有些人自己不为自己想办法，光想沾别人的光呢？"①

在传统的乡土社会里，老弱的扶持通常会在家族内部解决，但是自新中国成立后，宗族观念基本被破除，传统的家族关系发生了变化，20世纪70年代末开始的乡村经济改革使农民之私又以注重个体感受的形式出现，而这种形式看上去与反家族主义、重个体价值的现代性貌合，但本质上还是一种自私。路遥看到了其现代性的一面，但并没有对此肯定，"她这思想也不是完全没道理。甚至可以说，这是农村新萌发的'现代意识'。只不过，这种意识和中国农村传统的道德观念向来都是悖逆的"②。再次可见，路遥对改革进程中传统与现代关系的思考是客观辩证的，不会因为农民性格带上现代性的色彩而盲目肯定，也不会因为对传统与乡土的热爱而忽视其存在的问题。

田海民父亲和二伯的遭遇也从反面说明传统乡土血亲宗族之间的守望相助对于维持社区和谐的积极意义，同时也说明政治权威在当时已经完全承担不了这个责任，当部分村民仍然受穷需要救助时，"村里的领导都忙着自己发家致富，谁再还有心思管这些事呢！按田福堂解释，你穷或你富，这都符合政策！"③ "我们能看见，别说村里的普通党员了，就是田福堂这样党的支部书记，在眼下又给双水村公众谋了什么利益？

---

① 路遥：《平凡的世界（第三部）》，北京十月文艺出版社2012年版，第1140—1141页。
② 路遥：《平凡的世界（第三部）》，北京十月文艺出版社2012年版，第1141页。
③ 路遥：《平凡的世界（第三部）》，北京十月文艺出版社2012年版，第875页。

现在福堂同志自己向我们更明确地证实：他在农业学大寨运动中口口声声'为众乡亲谋福'纯粹是一句哄人话"。①从这些话中可以看出，人民公社时期的政治权威私心与普通村民没有两样，不过在那个时代被倡导"大公无私"精神的政治话语压制下去，当上述政治话语的力量减弱时，这种私心在乡村政治格局中就不断上演着"以权谋私"的现象，比如上述为解决村民纠纷的双水村党支部会议上，玉亭也"私而忘公"，提出给他女婿一块好地建新窑洞，就是因为党支部成员的多数和他或为亲戚或为知己，这样一个不合理的要求也得以通过，由此可见乡村公与私的界限掺杂着亲疏远近的人情，掺杂着公权力的运作，呈现出比较复杂的局面。路遥以他一贯的温情叙事风格对此进行了善意的讽刺："瞧，中国农村的政治已经'发达'到了何种程度。"②

面对当时农村的这种治理现状，路遥在对政治权威失望之余，将希望寄托在孙少安这个既能守住乡土道德又具有改革创业精神的新型乡村能人身上，前者使他对乡亲有同情心和帮扶心，后者使他有能力去济贫扶困，应该说孙少安这个人物是作者设想的解决乡村治理问题、维持乡村和谐的理想人格。他之所以答应帮助那些贫困的人们，一是基于乡村社区守望相助的宗法传统，更重要的是基于自身经历和同情心："当贫困的人们带着绝望的神情来找少安的时候，他常常十分痛苦。他也穷过啊！当年，他不就是这样绝望过吗？他现在完全理解这些乡邻们的处境。他同情他们。尤其是一队的人，他曾经和这些人一块劳动和生活了二十多年！现在，他眼睁睁地看着他们手无分文，而他又帮不了多少忙。从内心说，不管他自己将如何发达起来，他永远不会是那种看不见别人死活的人。他那辛酸的生活史使他时刻保持着对普通人痛苦的敏感和入微的体会。"③

基于自身体验而具有对他人的悲悯情怀与同情心，既有传统文化色彩，又有超越民族的人类普适性。这样的同情心不再局限于乡土社会的

---

① 路遥：《平凡的世界（第三部）》，北京十月文艺出版社2012年版，第1086页。
② 路遥：《平凡的世界（第三部）》，北京十月文艺出版社2012年版，第1154页。
③ 路遥：《平凡的世界（第三部）》，北京十月文艺出版社2012年版，第873页。

差序格局里，不再只是熟人之间的关怀与帮扶，因此孙少安这种"对普通人痛苦的敏感和入微的体会"是超越乡土的，也是现代性的。路遥在小说中除了赞美亲人、朋友之间的关爱之情外，还多次对素昧平生的人之间互相关爱的人情美表示赞赏，体现了他立足乡土同时又超越乡土的现代性精神。比如当少平来到煤矿上时，就得到了素不相识的河南师傅的帮助，作者通过少平之思来感叹："我们活在人世间，最为珍视的应该是什么？金钱？权力？荣誉？是的，有这些东西也并不坏。但是，没有什么东西能比得上温暖的人情更为珍贵——你感受到的生活的真正美好，莫过于这一点了。"①

二、经济的发展并没能同步提高农民文化素质，使其转化为现代性人格，反而催生了嫉富笑贫心理，甚至导致家族内部不和。比如金光亮养蜂之后日子过得滋润，他的兄弟们之间却产生嫌隙。同样，孙少安在砖厂失败遭遇经济困难时，双水村人的心态也很复杂："孙少安的灾难马上在双水村掀起大喧哗。人们各自怀着不同的心情，纷纷奔走传告这消息。叹喟者有之，同情者有之，幸灾乐祸者有之，敲怪话撇凉腔者有之。听说田福堂激动得病情都加重了，一天吐一碗黑痰。神汉刘玉升传播说，他某个夜晚在西南方向看见空中闪过一道不祥的红光，知道孙少安小子要倒霉呀。"②

三、暴富的农民如果没有正确的支配财富态度，也会导致一些不良心态的产生。比如作者对孙少安想拍电视剧的冒险精神予以肯定，却敏锐地指出了这背后暴露的农民的财富观问题，即有了钱想通过钱来出人头地因此导致了金钱的无意义挥霍，"需要指出的是，财富和人的素养未必同时增加。如果一个文化粗浅而素养不够的人掌握了大量的钱，某种程度上可是一件令人担心的事。同样的财富，不同修养的人就会有不同的使用；我们甚至看看欧美诸多的百万富翁就知道了这一点。毫无疑问，我国人民现在面临的主要是如何增加财富的问题。我们该让所有的

---

① 路遥：《平凡的世界（第三部）》，北京十月文艺出版社2012年版，第854页。
② 路遥：《平凡的世界（第三部）》，北京十月文艺出版社2012年版，第980页。

人都变成令世人羡慕的大富翁。只是若干年后，我们许多人是否也将会面临一个如何支配自己财富的问题？当然，从一般意义上说，任何时候都存在着这个问题。人类史告诉我们，贫穷会引起一个社会的混乱、崩溃和革命，巨大的财富也会引起形式有别的相同的社会效应。对我们来说，也许类似的话题谈论的有些为时过早了。不过，有时候我们不得不预先把金钱和财富上升到哲学、社会学和历史的高度来认识；正如我们用同样的高度来认识我们的贫穷与落后"①。这段话同样体现了作家文化反思的超越时代性。在路遥那个时代，商品经济与市场刚刚恢复，实现国民经济的复苏、改变广大农村的贫困面貌是国家的中心工作，路遥作为一个经历过极度贫困并且从来也没有富裕过的作家，却已经开始反思财富积累之后的有关哲学的、社会的、历史的问题，这是超越他那个时代的，他所反思的问题真正引起社会关注是在市场经济体制实行以后，一直到现在，对资本与财富的追逐所导致的道德沦丧问题始终没有得到很好的解决。路遥在他那个时代，提出了自己的一种解决思路，那就是孙少平启发孙少安去做的："是啊，我们过去太穷了，我们需要钱，越多越好。可是我们又不能让钱把人拿住，否则我们仍然可能活得痛苦。我们既要活得富裕，又应该活得有意义。赚钱既是目的，也是充实我们生活的一种途径。如果这样看待金钱，就不会成为金钱的奴仆。归根结底，最值钱的是我们活得要有意义……不过，钱可不能乱扔！"② 于是，孙少安在少平的提示下想到了捐资重修村小学，并为此再次获得了隆重的乡村声望，自己也获得了精神的极大满足。让带头富起来的农民从事慈善业，这是路遥为农民克服自私性向现代化人格转化设计的路径，而且他是以西方为参照系来树立现代化财富观的标杆的，如前面他提到的："同样的财富，不同修养的人就会有不同的使用；我们甚至看看欧美诸多的百万富翁就知道了这一点。"③ 少平劝少安时也说："钱来自社会，到一定的时候，就有必要将一部分再给予社会，哪怕是无偿地奉献

---

① 路遥：《平凡的世界（第三部）》，北京十月文艺出版社 2012 年版，第 1205 页。
② 路遥：《平凡的世界（第三部）》，北京十月文艺出版社 2012 年版，第 1208 页。
③ 路遥：《平凡的世界（第三部）》，北京十月文艺出版社 2012 年版，第 1205 页。

给社会；有些西方的大富翁都具有这种认识。"[1] 其实，我们传统乡土社会的乡绅阶层也存在类似的金钱观，包括捐助自己的财物来扶持贫弱，兴办义学，发展乡村公益事业等，只不过后来由于历史的变迁发生了断裂，在路遥的那个时代已经完全消失，所以在这一点上他只能将目光转向西方来思索财富观念现代化的问题，而没注意到已经成为历史的传统。

路遥对乡土与乡亲的深厚感情使他即使看到了农民的劣根性并作出了讽刺或批评，但他还是把他们视为自己有弱点的亲人给予同情与理解，对于他们德性的一面和传统习俗中合理性的力量予以同样的肯定。双水村的人伦秩序和舆论氛围其实体现乡村道德力量，是在政治权威和法律之外维持乡村和谐、实现乡村自治的重要一极。所以，即使对于孙少平这样一直具有反抗乡土精神的知识阶层，对于乡村舆论与秩序还是遵从与认可的："在双水村的日常生活中，他严格地把自己放在'孙玉厚家的二小子'的位置上。在家里，他敬老、尊大、爱小；在村中，他主要是按照世俗的观点来有分寸地表现自己的修养和才能；人情世故，滴水不漏。在农村，你首先要做一个一般舆论上的'好后生'——当然这是一个很含糊的概念——才能另外表现自己的不凡；否则你就会被公众称为'晃脑小子'！"[2] 当他出走城市时，他还坚持着乡土的道德传统如诚实、"礼义"等而赢得了人们的尊重。

乡村礼义对村民的约束力有时比政治权威还要有效果，因为前者关系到"脸面"，而"脸面"如前所述对村民又非常重要。比如双水村委在田福堂的带领下确定炸山拦坝的计划后，需要金家人搬离祖居的老宅，遇到了金家人尤其是金老太太的阻力，村委会的政治权力无法对德高望重的老太太施加压力，最后是田福堂用了民间传统的方法才奏效：给老太太下跪。而这一习俗显然比政治权力有力得多，使得明礼的老太太只好还之以礼，同意搬迁。

"面子"或者乡村声望的约束力在乡村治理中还可以起到维护法纪

---

[1] 路遥：《平凡的世界（第三部）》，北京十月文艺出版社 2012 年版，第 1207—1208 页。
[2] 路遥：《平凡的世界（第一部）》，北京十月文艺出版社 2012 年版，第 391 页。

并且能够触及灵魂的作用。小说通过金强等偷盗行为给金家人带来的耻辱感来反映了传统道德与现代法律的相互补充。乡村能人金俊武虽然在性格上有其他缺点，但却极重家族声望，当大哥家儿子金强等在外偷盗致富后，他最先保持警惕甚至与大哥别了兄弟之情。在重视血缘亲情的宗法社会里，俊武的这种行为是与众不同的，同时也说明他对于传统道德的坚守。但正是因为同属于一个家族，他又将这种耻辱视为与己有关而感受到了深深地痛楚："可是现在，当这个家庭一夜之间完蛋之后，他内心却感到异常痛苦。是的，他们自食恶果，罪有应得；他们的下场他预料到了。但是，他们和俊文终究是一家人啊！大祸不能不殃及他们。其他先撇过不说，识文断理的父亲生前在东拉河一道川为金家带来的好名声，被大哥一家完全葬送了。好名声是金子都买不回来的。树活皮，人活脸，他金家的子孙后代都成了众人唾骂的对象！"① 同样感到耻辱的还有金老太太："毫无疑问，老太太遭受了她有生以来最重大的打击。在金先生的遗孀看来，这要比小儿子被洪水淹死都更令她痛苦。她和丈夫一生自豪的就是他们的声誉；别人的爱戴和尊重胜于任何金银财宝。可是，死去的丈夫和活着的她，谁又能想到他们的儿孙变成了一群贼娃子，被官府五花大绑拉上了法场？"② 由上可见，违法的行为也是违背乡村道德的行为，失面子的耻感是触及灵魂的，可以从反向阻止违法行为的发生。小说中反映的乡村道德对于乡村法纪的重要维护作用，在今天看来仍然具有现实意义。许多乡村违法犯罪行为呈现家族式作案特色，比如很多电信诈骗、拐卖儿童行为的大本营都集中在某个村落中，且多为家族成员、村民集体作案、互相掩护，深究其源，就是乡土道德的沦丧，村民普遍失去了对失德行为、违法行为的耻辱感，乡村声望的获得不再以传统道德的坚守为标志，而是单纯以财富多寡为标准。这样一种普遍性的道德沦丧再加上农村复杂的宗法关系，使得这一类犯罪行为很难完全根除。

---

① 路遥：《平凡的世界（第三部）》，北京十月文艺出版社2012年版，第995页。
② 路遥：《平凡的世界（第三部）》，北京十月文艺出版社2012年版，第995页。

第八章　西部文艺作品中的中华民族性格全息图谱

"面子"除了有负向的惩戒作用，还有正向的激励作用，孙少安好声望的获得来自于帮扶村民，"象田四田五这样的人，再一次来到他的砖场。这些人拿了钱，得了好处，开始唾沫星子乱溅，一哇声说孙少安的好话，孙少安'好财主'的名声扬遍了双水村和东拉河一带的许多地方。他成了全石圪节乡最有声望的'农民企业家'"[①]。孙父玉厚也从这儿子帮他获得的好名声中感受到了人生的价值和心灵的满足。当然，孙家人最大的声望与满足是在最后孙少安捐助村小学的仪式上实现的。

电视剧《平凡的世界》不仅美化了孙少安的形象，赋予他更多的现代性和英雄主义精神，而且对于双水村村民的整体形象也予以美化，小说中反映农民自私性一面的情节或被删除或被改写，使农民群体显得更加有德性、有政治觉悟，或许符合塑造新型农民的主旋律精神，却缺失了小说的反思精神和时代性。比如上述反映村民只顾小集团利益的双水村掘坝放水事件，起因就是上游村落也是同样的自私，不肯放水到下游村落。而到了电视剧中，则通过孙少安和润叶的游说，上游村落的村民深明大义同意放水给下游。双方的语言都非常具有政治高度和大局意识。孙少安说："全国一盘棋，都是阶级兄弟姐妹，你们要命，就不让我们要命了？"这时该村有村民站出来说："这个水应该放，都是阶级兄弟，都是黄土上劳动的人民，我们都是社会主义社会。"在小说中，这个事件少安本人自始至终没有参加过，彼时他正在山西相亲。

小说中因为王彩娥和玉亭偷情这事，引发了两个家族之间的械斗，作者描写了田福堂、田海亮、金俊武等人的复杂的心理活动，以此体现农民的自私、精明算计以及宗法关系的复杂性。在电视剧中，这些心理活动无从表现，上述这些人物也不是事件的主角，少安成了主角，他站在屋顶上，让下面的人冲他来，以此制止纷争。这种个人英雄主义的行为或许具有戏剧化效果，迎合受众趣味，却不符合乡村社会的真实情况。实际上，这种和孙家有关的耻辱事，孙家人避之唯恐不及，怎么可能冲在前面？所以小说中，孙家父子是闭门不出的。而最终事态的平息

[①] 路遥：《平凡的世界（第三部）》，北京十月文艺出版社2012年版，第1165页。

也是靠公社出动力量解决的。少安作为当事人的亲属，而且又不是村庄的政治权威或宗族长一类的角色，在实际的乡土社会中是没有解决此类争端的威望的。从电视剧对这一细节的改编上可以看出编导对乡土传统的认知匮乏，存在着想象的或理想化的误解。

这一点从另外一个细节的改编上也可以看出，小说中少安砖厂失败后遭遇了财政危机，被欠工钱的村民很快就找到他希望得到工钱，少安一时拿不出钱后，村民有的就开始冷言嘲讽，这样的细节也是符合当时农村的经济现状和农民性格的，因为去砖厂打工的村民都比较贫困，而且农民的勤俭性格和自私性又使他们对钱很在乎。在电视剧中，则变为秀莲借钱给打工的农民发工资时，他们都深明大义，表示不要少安的钱，因为后者遇到了困难。最后是少安表示如果他们不要工钱，他就给他们磕头，这才使村民们接受工钱。这些可敬的有着侠义精神的村民和少安与路遥小说中的真实可爱的村民们已经相去甚远了。

从电视剧对小说的一些改动上看，编导们是力图把少安塑造成一个超越时代的农民英雄形象的，而且这个形象自身也一直是有着要做乡村权威或者英雄的自觉意识。这其实已经背离了路遥写"平凡"的初衷。小说中孙少安所有的善行或者改革的勇气，都是基于普通人的同情心和改善自家生活的愿望，他并不想做村庄领袖或者英雄，并不想与田福堂争权："是啊，他不是电影和戏剧里的那种英雄人物，越是困难，精神越高昂，说话的调门都提高了八度，并配有雄壮的音乐为其仗胆。他也不是我们通常观念中的那种'革命者'，困难时期可以用'革命精神'来激励自己。他是双水村一个普通农民；到眼下还不是共产党员。到目前为止，他能够做到的，除将自己的穷日子有个改观外，就是想给村里更穷的人帮点忙——让他们起码把种庄稼的化肥买回来……孙少安帮助村里没办法的困难户，并不是想要在村里充当领袖。他只是出于一种善意和同情心，并且同时也想借此发展他自己的事业。"[1] 路遥的初衷就

---

① 路遥：《平凡的世界（第三部）》，北京十月文艺出版社2012年版，第1086页。

是表现这种平凡中的伟大，表现传统文化中蕴藏的积极正向的因子，这些不是政治话语自上而下或者现代性进程中自外向内传播塑造的，而是乡土社会和文化中固有的人格与精神。可惜，在电视剧中，平凡的少安不见了，只有一个完美的超越时代超越乡土的少安，而且他不断地承担了小说中村支书田福堂承担的工作，不断地挑战着后者的权威，又能说着具政治高度和大局观的话语，主动与高层政治人物结交，显然是被塑造成乡村青年政治家的形象，这与小说中那个基本远离政治的少安大相径庭，也就无从体现上述原著中"平凡的世界"中自为存在的伟大。

综上所述，路遥对乡土传统道德在现代化进程中的价值揭示不仅在他那个时代具有积极意义，对当下的时代仍然具有启示意义。路遥不仅是超越乡土的，也是超越时代的。正如赵学勇所说："从现代文化构建的意义上说，借用传统文化中积极的精神资源以促进现代化的进程，实现国民心理的自我转换，不仅是对彻底扬弃、否定传统的一种反拨，而且，至少在方向上又是富于现代性的。因此，路遥的人伦观念和道德意识的当代表现又是积极的、可取的，它对中国人精神品格的重塑，特别是商品大潮冲击下的人性的堕落不失为一种精神剂、一种美型的参照。"[①]

第六节 家族本位

中国人的家族本位观念也是缘于农业文明和儒教传统。"家族是传统农业社会之经济生活与社会生活的核心，其保护、延续、和谐及团结便备极重要，因而形成中国人几乎凡事以家为重的家族主义。"[②] 这种强调个人对家族义务的观念与西方的个人本位主义形成了鲜明对比，在"五四"时期是作为负面的民族性而受到启蒙话语的激烈批判，正如陈

---

① 赵学勇：《"老土地"的当代境遇及审美呈现——路遥与中国传统文化》，《陕西师范大学学报》（哲学社会科学版）2011年第3期。
② 杨国枢：《中国人的社会取向》，选自沙莲香主编《中国民族性（壹）》，中国人民大学出版社1989年版，第347页。

独秀所言:"西洋民族以个人为本位,东洋民族以家族为本位。西洋民族,自古迄今,彻头彻尾,个人主义之民族也。宗法社会以家族为本位,而个人无权利,一家之人听命家长……忠孝者,宗法社会封建时代之道德,半开化东洋民族一贯之精神也。"①

20世纪80年代西部文学与影视延续了"五四"启蒙话语对中国人家族观念的反思,但是这种反思不再是激烈的批判和全盘否定,而是变为温和的同情,在对负面因素有所否定的前提下,对其中蕴含的积极力量也予以肯定。

一、这些作品中的封建家长形象不再单纯是作为现代性对立面的负面形象,表现出专制、残暴、虚伪等性格,而是具有如前所述的勤劳、俭朴、重德性等民族性格中的优势一面,在这样的基础上其坚持家族伦理、固守封建传统的守旧的一面就有了令人同情与理解的成分。比如《黄土地》中的父亲包办翠巧的婚姻并间接导致了后者的死亡,在"五四"文学的叙述话语中这样的形象必然是守旧的、恶的,遭到严厉批判的,原著散文《空谷回声》沿袭的正是这样的倾向。而《黄土地》中父亲则具有如土地一样淳朴、忠厚、善良的品性,导演对其包办女儿婚姻的一面没有简单归结为恶的封建性,而是反思这种包办婚姻形成的社会原因,一是黄土地上代代相传的传统风俗形成的思想负荷,二是贫困生活环境的逼迫,尤其是后一点,促使翠巧爹不得已收受彩礼将女儿早早嫁给他人,因为不这样,家中生活就无以为继,剩下一个儿子也无法娶妻,家族就无法延续,甚至可能面临灭顶之灾,所以从家庭稳定的视角上看,这位封建家长所做出的决策应该是最为平衡的。所以,与其谴责封建势力的守旧落后,不如反思封建性在黄土地千百年来为何有着如此持久的生命力。所以电影并没有如"五四"文学传统那样设置对抗的双方,而是将父辈的封建性视为"温和的愚昧",而非代表恶势力的敌对方。

---

① 陈独秀:《东西民族根本思想之差异》,转引自沙莲香主编《中国民族性(壹)》,中国人民大学出版社1989年版,第80页。

《老井》中的封建家长孙万水老汉也是一个可敬可爱的角色，从事实上看，是他拆散了孙子旺泉和巧英的爱情，牺牲了孙子的婚姻幸福，然而他与《黄土地》中的翠巧父亲一样，不是不爱孩子，而是为了整个家庭的生存延续与平衡。老井村与黄土地一样贫瘠，孙万水为孙子们的婚事已经"盘肠绕肚地愁煞了"，他并不是绝对反对旺泉娶巧英，主要是付不起给后者的彩礼，还有就是直觉巧英不属于这片土地，早晚要走的。所以让旺泉倒插门也是他经过盘算后对家庭最有利的局面，一"嫁"一娶正好平衡，家庭能正常运转延续下去。这样的封建家长强调的是个体对家庭的责任感，看似牺牲个人自由，却是因为环境所迫，另外也是维持家庭、家族、村落这样一些高于个体的群体的利益，所以也有其合理性一面。万水老人后来多次跟孙子谈心，谈到了对其婚姻不幸的理解和自己的不得已之处，也提到了留下孙子为村里打井的责任，最后，在打井缺资金的关键时刻，也是他捐出了自己的棺材本，体现了为村落利益牺牲个人利益的无私性。因此，那个拿着大刀凶狠地拦截住孙子私奔的万水老人不仅不是恶势力的代表，反而是值得同情与尊重的家长。当然，作者同情万水老人，并非同情与认可传统中的落后守旧思想本身，而是反映了守旧思想与贫穷落后环境的因果关系，以及个体在历史因袭的重负下不得已负重前行的伤痛。

二、这些作品中不再出现反抗封建家长的逆子形象，而代之以尊老爱幼、家庭责任感强的孝子形象。《老井》中旺泉被爷爷从私奔路上拦回，小说没有反映他对爷爷有任何的怨恨之心，只有默默的顺从，这种顺从一方面是前述忍的性格体现，另一方面是孝的观念和对家庭的责任使然。孝是由中国的家族主义衍生出来的中国民族性格之一，在杨懋春看来，孝是为了延续祖先的生物生命、高级生命及其一生中所不能实现的特殊愿望或遗憾[①]。旺泉就是在这三个层面上尽孝的。他看重儿子，重视传宗接代，是在延续祖先的生物生命，他最终拒绝了巧英接受了喜

---

① 参见杨懋春《中国的家族主义与国民性格》，选自李亦园、杨国枢主编《中国人的性格》，中国人民大学出版社2012年版，第119—120页。

凤，接受了包办婚姻，是顺从了乡土传统的规则，延续了祖先关于文化的高级生命，电影中还增加了一点，即因为父亲生前答应过喜凤家，父亲打井死了，就必须更加信守承诺，所以这里的尽孝又有了道义的成分，也是高级生命的一部分。最终，他的打井事业其实是为了实现几代祖先一个未能完成的夙愿，这一点，小说中爷爷已经给他点明了："给咱老井把水找出来，让咱孙、段、李、吴各姓子子孙孙存站得稳稳的！"① 在电影中，则是孙旺泉个人的自觉意识，他对喜凤表示过，打出井来，列祖列宗也就能合眼了。

旺泉的孝，也是一种责任感，对于家族与村落的稳定都有积极意义。可以设想，如果旺泉真的和巧英出走，留下一个以老弱为主的破败的家，不仅这个家难以为继，而且村中的打井事业也就此中断。所以旺泉的尽孝行为正是维持家与老井村稳定平衡的一股力量。正如费孝通在《乡土中国》中说的："儒家所注重的'孝'道，其实是维持社会安定的手段。"② 从群与己的关系上看，旺泉一走了之，可以体现现代性人格追求，但只是实现了一己价值追求，旺泉留下尽孝，牺牲一己幸福，却能造福更多人，后一种选择对个体来讲远比前者沉重的多，从社会效益上看，却是价值最大化的一种选择。

小说《平凡的世界》全面反映了中国农民家庭本位观念，包括敬老爱幼，大家族的责任感等。作为年轻一代的孙家的孩子们都具有这样的意识，少安自不必说，即使是有点游子情怀的少平也如此，他每次从外回家，都要给奶奶和小外甥们带礼物，而从来没有考虑自己的消费需求，当大哥分家以后，他主动表示承担起家中其他人的养育责任。所以，即使少平有想要离开家的念头，并不是不爱家人，也不是想要抛弃家庭义务，只是想要通过出走这一行为本身改变固土性的凝滞感，在流动性中追寻精神的自由和独立，所以他的出走有一点点的叛逆性，却是不彻底的，也没有遇到封建家长的激烈反对，而是得到了父亲温和的理

---

① 郑义：《老井》，中原农民出版社1986年版，第164页。
② 费孝通：《乡土中国 生育制度 乡土重建》，商务印书馆2011年版，第81页。

解。所以，少平仍然是孝子的形象。

至于少安，则寄托了作者路遥对于家庭温情和家族伦理的所有思索和理想，其家庭本位意识完全是传统、乡土的。其孝与家族责任感主要体现在分家的情节中。在这个情节中，少安妻子秀莲则表现了以核心家庭为中心的现代家庭意识，"小两口单家独户过日子，这是秀莲几年来一直梦想的。过去她虽然这样想，但一眼看见不可能。当时她明白，要是她和少安另过日子，丢下那一群老小，光景连一天也维持不下去。可现在这新政策一实行，起码吃饭再不用发愁，这使她分家的念头强烈地复发了。她想：对于老人来说，最主要的不是一口吃食吗？而他们自己还年轻，活着不仅为了填饱肚子，还想过两天排排场场轻轻快快的日子啊！"[1] 西方社会中多以核心家庭为主。而少安坚持不肯分家，坚守的就是中国传统的大家庭模式，核心家庭与延伸家庭混居，尽管小说中提到当时双水村多数年轻人成家后就与父母分家了，说明农村的家庭观念也在发生变化，但少安在坚持家庭传统方面表现得比较固执。一方面是由于他从小就有的家庭责任感，这种责任感甚至内化成了一种自觉的使命意识，成为他活着的动力与目标。另一方面则是情感的因素，是无法割舍的血缘亲情让他不愿与家人分开，小说多次叙写在少安遇到人生挫折时家庭亲情所给予他的温暖。当他挨批斗时在野外痛哭，是父亲找来安慰他，"在父亲的面前，他才又一次感到自己是个孩子！他需要大人的保护和温情"[2]。当他准备婚事时，又是父亲到处为他借钱粮，"父亲一席话，使少安忍不住热泪盈眶。父母之心啊！天下什么样的爱能比得上父母之爱的伟大呢？此时此刻，他再不能责备父母为他的婚事借这些钱了"[3]。当他砖厂失败遭遇人生低谷和村民冷眼时，又是家庭给了他重新站起来的勇气。当然这样的亲情在后来不仅限于血缘之情，而且也包含夫妻之情，包括妻子秀莲给予他的爱与温暖，所以这就是少安无法舍弃小家，更无法舍弃大家庭的原因。

---

[1] 路遥：《平凡的世界（第二部）》，北京十月文艺出版社 2012 年版，第 525 页。
[2] 路遥：《平凡的世界（第一部）》，北京十月文艺出版社 2012 年版，第 169 页。
[3] 路遥：《平凡的世界（第一部）》，北京十月文艺出版社 2012 年版，第 227 页。

当然，路遥的家庭观念在男女地位上还是有些传统、保守的。他意识到了如秀莲一样的农村女子作为妻子在家庭中应有的地位，也反映并且同情她们想要建立独立的核心家庭的意愿，"随着家庭生活的好转，又加上他们的事业开始红火起来，秀莲渐渐对家庭事务有了一种参与意识。她在这个家庭再也不愿一味被动地接受别人的领导，而不时地想发出她自己的声音。是呀，她给这个家庭生育了后代；她用自己的劳动为这个家庭创造了财富；她为什么不应该是这个家庭的一名主人？她不能永远是个附庸人物"[①]。但在实际的夫妻关系中，她还是附属的，一味付出的，小说中多处描写她对少安的照顾与牺牲，包括睡前伺候少安洗脸洗脚，宁肯自己少吃也要少安吃好，拼命劳动和少安支撑一个贫困的大家庭，并多次动用娘家的资源接济婆家，但在少安的心目中，她不如基于血缘的亲人，这也是她不愿在少安不同意的情况下坚持分家的原因，因为她知道少安是宁可离婚也不肯分家的。当她为了少安能吃好点从大家庭给少安几个白面馍馍时，却遭到了后者非常激烈的反对甚至打骂，从这一点就可以看出秀莲作为女性在家庭中的实际地位。所以她那点想要自由生活的愿望不可能在少安处得到同意，分家的最后实现并不是基于对女性意见的尊重，还是父辈对子女的爱，是少安父母为了儿子的幸福坚持分家的。当少安砖厂失败后，父母又给予无私的支持，小说写了秀莲因为受感动而发生了态度的转变，反而想要和大家庭重新融合在一起，"实际上他们现在又像一家人了。如今秀莲除不干涉他给老人使用钱，还常提醒他应该给老人们买个什么东西或添置衣物铺盖。在为父母建新家垫钱的问题上，他们的认识高度一致；而且筑院门楼的建议就是秀莲提出来的。生活如此叫人感慨万端！贫困时，这家人风雨同舟；日子稍有好转，便产生了矛盾，导致了分家的局面。而经过一次又一次生活风暴的冲刷，这个家又变得这样亲密无间了。是的，所有人的心情从来也没有像现在这样和顺和畅快！"[②] 这种夫唱妇随、聚族而居、

---

① 路遥：《平凡的世界（第二部）》，北京十月文艺出版社2012年版，第524页。
② 路遥：《平凡的世界（第三部）》，北京十月文艺出版社2012年版，第1168页。

全家和美的局面是路遥心目中理想的家庭模式，女性无功利地爱着、崇拜着男性并任劳任怨地为之付出，也是路遥心目中理想的男女关系。从这一点看，他仍然是传统的、乡土的。电视剧《平凡的世界》仍然是沿袭了这种男女关系模式，而且剧中秀莲的付出比小说中更夸张，更戏剧化，不过就是把小说中女性总是给男性洗脚的情节改变少安也会给秀莲洗脚，以此想要表示一点男女平等的意味，但也只是仅此而已，在男女家庭地位及双方付出的不对等上仍然与小说无异。

中国人的家庭本位意识有其消极的一面，比如长者权威造成的守旧、压制个性自由等，这些影响民族创新发展的负面因素已经引发过较多批评，费孝通的《乡土中国》及"五四"时期的启蒙话语都将其视为现代化发展的阻碍因素。然而新时期以来，在重新反思民族文化，寻找民族文化之根的背景下，越来越多的学者开始意识到传统中蕴含的积极因素对于现代化转型的推动力量，前述王铭铭《村落视野中的文化与权力》中就提到改革开放以后以家庭为中心的生产模式对于解放农民生产力的作用。张岱年在指出中国人家庭本位观念缺点的同时，也看到西方绝对个人自由的问题，即导致出现越来越多的家庭危机，比如家庭很难维持，人们不愿生养孩子，养老问题等等①。

由上述《老井》《平凡的世界》等文本分析我们可以看出，重视家族责任与义务虽然有时需要牺牲某个个体的自由，却是维护家庭、社区和谐平衡的重要手段，同样作为原子单位的家庭社区的和谐与稳定也关系到整个民族国家的稳定与和谐，从个人价值与社会价值的实现上来看，如果不能两全，显然后者的权重要大得多，这也就是我们当下文化语境中重新重视家庭伦理建设、倡导良好家风的原因之一。从这个角度看，孙旺泉与孙少安式以家为重的性格对于民族的稳定发展有着积极意义。

---

① 张岱年：《中国传统文化的分析》，《理论月刊》1986年第7期。

第七节 乐天知命

影响中华民族性格形成的文化因子不仅有儒家文化，还有道家文化，后者的一个重要思想就是"天人合一"，强调天道与人道的统一、和谐。道家思想的创始人老子认为人要遵循自然发展的规律，与自然和谐相处，所以就要知足，不能贪得无厌。庄子的人生哲学则在于追求精神自由、超然物外的境界，与老子一样，他也是强调为人处事顺其自然，适可而止。以天人合一思想为基础，中国传统文化中形成了"生机主义"的宇宙观，在这种宇宙观中，天是所有生命形式的根源，天的内在秩序贯通万物，联系万物，出于天的万物也与天保持联系，同时彼此间也交互相关，在文化生机主义的宇宙观中，人与自然既各自为一整体，又紧密相连，人的尊贵性不是在于凌驾于自然之上，而是促使天地万物走向"生生和谐"的理想境界。而西方机械主义的宇宙观则将自然视为掠夺的对象，是"异在"，今天人类面对诸多环境与资源问题，生存与发展受威胁，正是由于人类将自然作为对立的他者，不知节制的掠夺与破坏自然环境导致的，在这种情况下，中国传统的文化生机主义的自然观为人类文化重建人与自然的良性关系提供了有益的启迪[①]。余英时则认为中国文化中这种人与天地万物一体的态度诚然不是现代的，然而却可能具有超现代的新启示[②]。"天人合一"的思想及生机主义的宇宙观体现在园林建筑、文学艺术、音乐美术、医学等方方面面，对中国人性格的影响则更是深远，乐天知命、知足等都与此相关。

乐天知命的性格也包含积极性与消极性两方面因素。积极的意义就在于尊重与顺随自然的生命观。乐天，含有遵循天道的意思，这样的生

[①] 上述关于中国文化之生机主义宇宙论的论述来自成中英，参见李翔海《民族性与时代性——现代新儒学与后现代主义比较研究》，人民出版社2005年版，第475—478页。
[②] 余英时：《中国文化的内倾性格》，转引自沙莲香主编《中国民族性（壹）》，中国人民大学出版社1989年版，第380页。

命观肯定自然万物与人等同的存在价值，敬惜自然，同时热爱生命。对于依土地山川而生的农民而言，就表现为对土地及大自然环境的敬重与爱惜。电影《黄土地》中父亲对土地就有这样的心灵相通的感情，他在劳动时对顾青说："你说这老黄土，让你这么一脚一脚地踩，一犁一犁地翻，换上你，行？——你不敬它？"这里明显是将黄土赋予了人的感受。小说《老井》也表达了明显的自然保护的倾向，作者在对老井村历史的追溯中就已经揭示了环境的变迁给人类带来的困境，历史上的老井村曾经如世外桃源般的林木幽深，水源丰富，后来逃荒而来的人越来越多，不断伐林为田，经济是富足起来了，林木砍尽了，河流却枯竭了，终于形成了老井村几代人吃水困难贫困不堪的局面。这样的局面就是由于人对自然不知满足地过度索取造成的。小说中体现"天人合一"精神的人物是疯二爷。这个人物的生活方式、语言及思维都暗合了道家文化精神。他衣衫褴褛、不修边幅，刚出场时头上戴的是柳圈，上面是"刚刚萌发出来的嫩柳芽儿和绿生生的细枝儿"[1]，平时也是经常游荡在山间，"听那山风在岩石、草丛和林间低回，自称为'游山'"[2]，他年轻时就与众不同，喜欢山上的野花野草，"活得自自然然"[3]，这种热爱自然、融入自然的至朴的生活方式恰是道家文化所提倡的。如果说旺泉和其父是体现儒家精神以人为本、面对自然困境永不言弃、不断挑战与应战的，疯二爷则是主张万物有灵，人与自然是平等的关系，人顺应自然，无为无欲。比如，当村里拉水的车来到后，疯二爷会偷偷把水笼头打开，放水给快要渴死的羊喝，令旺泉和村民们不满，因为人也极度缺水。然而疯二爷在这里主张的是动物与人平等的权利，这样的观点在今天看来恰好是解决自然环境保护问题的一个重要思路，因为越来越多的动物不断从地球上消失或者濒临灭绝，最终其实是影响到了人类自身的生存，保护动物也是保护人类自身。不仅是爱护羊，疯二爷也视土山有灵有感，所以与旺泉等积极打井从自然索取的行为不同，他一直冷眼旁

---

[1] 郑义：《老井》，中原农民出版社1986年版，第112页。
[2] 郑义：《老井》，中原农民出版社1986年版，第112页。
[3] 郑义：《老井》，中原农民出版社1986年版，第173页。

观,心中其实是反对过度打井给山留下了一口口深窟窿并且造成无数生命的逝去。比如当老井村再次打井又出了事故导致亮公子死亡以后,疯二爷又出现了,疯言疯语中却透着"天机":"敢说不是报应?……嘻嘻,手指肚上扎根酸枣葛针,还要好出股儿脓血,新媳妇进洞房还要疼一遭哩!——哦,打这来粗的黑窟窿,那山就不疼!"① 这种赋山以感觉的思想正与上述《黄土地》中父亲对黄土地的态度相同,也是道家精神的体现。小说有意安排疯二爷的形象作为旺泉的互补,就是要说明儒道互补对中华民族性格的构建作用及对民族生存发展的共同支撑作用。在人与自然的关系上,应介于有为与无为之间,一方面积极进取改造人类生存环境,另一方面又不能滥取无度;在人与万物的关系上,一方面强调人的尊严,另一方面又能认识到人与万物不过都是宇宙中独立的整体,互相联系,互相依存,和谐相处,这正是我们文化中"天人合一""天人感应"或者说有机的宇宙观的积极意义。可惜的是,在电影《老井》中,疯二爷身上所体现的道家精神及乐天知命的性格完全没有了,只剩下了儒家精神和坚忍不拔的民族性格。

　　乐天知命的积极意义还在于对人自身生命的珍视,即使身处逆境,也坦然接受既定的事实,并不会因此一蹶不振甚至放弃生命,因为意识到这种境遇是个体无法自己掌控的。这种心态从现代心理学的视角看,是积极健康的,而永不满足的心态固然体现着一种积极进取精神,却也会带来许多心理疾患和人际关系的紧张。各种精神疾患以及自杀行为已经成为欲求多元、竞争激烈、节奏越来越快的后工业化社会的普遍症候。小说《人生》中的巧珍在经历了情感的挫折后,内心一度承受了很大的痛苦,但是她具有很强的心理调适能力,在家人和村人都担心她会成为神经病或自杀时,她却出人意外地挺了过来。那么支撑她挺过挫折的动力是什么呢?正是山水自然与田园劳动,以及认清现实、随顺自然的态度:"她曾想到过死。但当她一看见生活和劳动过二十多年的大地山川,看见土地上她用汗水浇绿的禾苗,这种念头就顿时消散得一干

---

① 郑义:《老井》,中原农民出版社1986年版,第223页。

二净。她留恋这个世界；她爱太阳，爱土地，爱劳动，爱清朗朗的大马河，爱大马河畔的青草和野花……她不能死！她应该活下去！她要劳动！她要在土地上寻找别的地方找不到的东西。经过这样一次感情生活的大动荡，她才似乎明白了，她在爱情上的追求是多么天真！悲剧不是命运造成的，而是她和亲爱的加林哥差别太大了。她现在只能接受现实对她的这个宣判，老老实实按自己的条件来生活。"①

寄情山水，以德报怨，应该说，小说结局时的巧珍不太像一个没有文化的农村女子，倒是有了儒道互补的文人气质，应该是作者文化理想的寄托。另外一个理想化的人物德顺爷与巧珍一样，也是在自然与劳动中找到精神寄托，表现出乐天知命的性格，在高加林想到死的时候，他以自己热爱生命的快乐人生为例对其进行了劝慰："别说你还是个嫩娃娃哩！我虽然没有妻室儿女，但觉得活着总还是有意思的。我爱过，也痛苦过；我用这两只手劳动过，种过五谷，栽过树，修过路……这些难道也不是活得有意思吗？——拿你们年轻人的词说叫幸福。幸福！你小子不知道，我把我树上的果子摘了分给村里的娃娃们，我心里可有多……幸福！"②"德顺爷爷用缀补丁的袖口揩了一下脸上的汗水，说：'听说你今上午要回来，我就专门在这里等你，想给你说几句话。你的心可千万不能倒了！你也再不要看不起咱这山乡圪崂了。'他用枯瘦的手指头把四周围的大地山川指了一圈，说：'就是这山，这水，这土地，一代一代养活了我们。没有这土地，世界上就什么也不会有！是的，不会有！只要咱们爱劳动，一切都还会好起来的。'"③ 应该说，在高加林眼里，讲出如此"深奥的人生课题"的老人，"像一个热血沸腾的老诗人，又像一个哲学家"④，的确不像一个普通的农民，同样也是寄托作者道家文化理想的人物形象。

小说《平凡的世界》在结局的时候通过孙少平的视角将主旨落在

---

① 路遥：《人生》，北京十月文艺出版社2012年版，第204页。
② 路遥：《人生》，北京十月文艺出版社2012年版，第246—247页。
③ 路遥：《人生》，北京十月文艺出版社2012年版，第247页。
④ 路遥：《人生》，北京十月文艺出版社2012年版，第247页。

了对生命的热爱与歌颂上："这就是生命！没有什么力量能扼杀生命。生命是这样顽强，它对抗的是整整一个严寒的冬天。冬天退却了，生命之花却蓬勃地怒放。你，为了这瞬间的辉煌，忍耐了多少暗淡无光的日月？你会死亡，但你也会证明生命有多么强大。死亡的只是躯壳，生命将涅槃，生生不息，并会以另一种形式永存。只要春天不死，生命就不死，就会有迎春的花朵年年岁岁开放。"[1] 这里仍然将对生命的赞美交织在对自然事物的赞美之中，将生命的轮回与四季轮回、自然更迭联系起来，再次体现了道家"天人合一"观念对路遥的影响，实际上，孙少平经常沉浸在自己的精神世界之中，想要出走并挣脱世俗生活的束缚等行为，有类于道家的"神游物外"，在精神世界里实现"逍遥游"，他的"无为"和孙少安的有为，恰是暗合了儒、道两种人格，也反映了道家文化对路遥思想的影响。

　　道家思想在形成过程中受农耕文化的自然观和社会观影响较其他诸子思想较深，反过来，道家思想又进一步丰富了与充实了农耕文化中关于人与自然关系的学说，其对中国底层农民的影响有时要胜于儒家文化，后者的影响力主要是在知识阶层。从西部文学对农民乐天知命人格的塑造上，我们可以看到道家对乡土社会影响的痕迹。这种影响除了通过相关人格的塑造表现出来，还通过叙述者对四季轮回、自然风光变换的描述或者镜头表现出来。小说《平凡的世界》和《百鸟朝凤》都有较多篇幅在叙述农事活动、民俗风情时辅之以自然风光、季节变换的描摹，意在表现乡土社会中人事与自然的关系，依天，敬天，顺应天时。《百鸟朝凤》是以四季转化作为一个隐含的叙事线索，故事起于春天，然后经过主人公三个月的练艺，进入了夏天，之后是秋天，在描写天鸣吹不上唢呐的失望心情之中掺杂着对水庄秋景的描写，之后是冬天来了，水庄也热闹了，天鸣也吹上了唢呐，可以跟着师父和师兄弟们出活了。一个四季轮回之后，又是春天了，这次作者详细地描写了春景与水庄民俗，反映了乡村民俗与农民对自然的依赖与敬仰心。之后的叙述依

---

[1] 路遥：《平凡的世界（第三部）》，北京十月文艺出版社2012年版，第1234—1235页。

然是在四季变换中展开故事情节。

　　季节和环境变换的书写除了反映农民敬天民俗外，还与农事活动紧密关联，以此揭示农民依赖自然、敬畏自然的深层原因。比如小说《百鸟朝凤》中有关于水庄某年初夏风景的描写就是与农民丰收的喜悦结合在一起的："初夏是水庄一年中最好的季节，这个时候的水庄可有生机了，天空清澈碧透，水面也清澈碧透，一庄子待收割的蒜薹也清澈碧透。最打动人的是不管你走到哪里，每一个水庄人的脸上都带着笑。水庄人真的没有野心，一次理所当然的丰收就能把一个村庄变得天宽地阔。"①而另一年则大旱，"从稻谷返青开始就没有落过一泼雨……水庄人的希望和耐心像田里的稻谷一样，都干枯瘪壳了"②。从这些叙述中可以看出，气候变化与靠天吃饭的农民的喜怒哀乐紧密相关。传统的农耕文明完全依赖与仰仗自然环境，包括土地与所谓的"天"，所以在农业社会中就形成了对自然事物泛神主义的崇拜，包括《百鸟朝凤》中的谷神，《黄土地》《老井》中的龙王，以此衍生出各种祭祀求拜的仪式。这些仪式是传统乡土社会中重要的凝聚人心的精神信仰，虽然在新中国成立后被作为封建迷信破除了，但是在改革开放后有些作为民俗的形式仍然留存了下来，甚至作为民间信仰很难根除，或许是因为在乡土社会中，只要人与土地、自然的关系没有完全切断，农民对自然的热爱与敬畏之心就不可能消除。而这些无害的体现文化传统的仪式的存在，比如《百鸟朝凤》中拜谷节和晒花节，还有《平凡的世界》中的打枣节，不仅体现了人与自然的和谐，而且通过群体性仪式调节和宣泄人的情感，有利于乡土社会的和谐。

　　小说《百鸟朝凤》还将自然变化与人的命运、生死联系起来，将人与自然的关系上升到了哲学层面的"天人合一"。天鸣从自然变化的规律中发现自己生命变化的同步："我的生命里有很多的变化，这些变化就像天气一样让人捉摸不定，但每次变化之前又隐隐约约地看得见一

---

① 肖江虹：《百鸟朝凤》，《当代》2009 年第 2 期。
② 肖江虹：《百鸟朝凤》，《当代》2009 年第 2 期。

些预兆。下雨之前是一定要乌云密布的,太阳带晕了,接踵而至的就是干旱,月亮带晕了,那说明接下来就该是一场连绵不绝的细雨时节了。"①而水庄稻谷枯死的时候,也是天鸣父亲生命走到尽头的时候,他拒绝天鸣为他卖牛治病的打算,将死亡视为如稻谷枯萎一样的自然规律,表现出了道家面对生死的达观精神。而他去世的时候,"水庄的河湾开始结冰",自然界万物肃杀之时也是春天的生机开始孕育的时候,他的身体则"瘦得像个刚出生的婴儿"②,又回归生命之始了,之后"他和深秋的落叶一起,凄凄惶惶地飘落、腐烂"③,融入了自然大化之中。生死的循环也正如自然界冬春的交替,死为生之始,是回归自然开始新的生命物质循环,万物如此,人概莫能外,所以当坦然面对,无惧无悲。这样的生死观也正体现老庄哲学对生死的达观与超越。其实,从小说中五个村庄的命名:金、木、水、火、土上也可以看出作者受道家文化的影响。与当年创作《老井》时隐掉了原著中道家文化的思想不同,创作电影《百鸟朝凤》时的吴天明显然已经注意到了小说中"道法自然"的思想,意识到了道家文化对中国农民的影响,电影中保留了原著对人与自然关系的思索,当然影像与文字的表现形式不同,难以表现抽象的生死命运等玄妙的思想,所以电影将"道法自然"的思想体现在唢呐曲目的练习过程上,呈现了一幅"天人合一"的唯美画面:师徒们在绿水青山环绕的幽林里,辨识与模仿自然中鸟的叫声,师父用一片树叶就能摹出多种鸟叫声,引得自然中的鸟鸣叫不已,交相呼应。这段是小说中没有的,却形象地表现了中国传统艺术师法自然、表现自然的神韵。

与《百鸟朝凤》相似,小说《平凡的世界》也以四季轮回、节气变化作为叙事的一条潜隐的线索,在很多章节的开头,在进行乡村人、事的正式叙述之前,总是先要描述一下节气、气候和自然风光。比如第一章的第一段就是雨雪交加的惊蛰之前的冬季天气的描写,在之后的章

---

① 肖江虹:《百鸟朝凤》,《当代》2009 年第 2 期。
② 肖江虹:《百鸟朝凤》,《当代》2009 年第 2 期。
③ 肖江虹:《百鸟朝凤》,《当代》2009 年第 2 期。

节里，继续在情节叙事中穿插四季轮回的描写，自冬至春，春又至冬，连同二十四个节气，循环往复。这样的描写既有比兴的功能，又具有映射人与自然关系的功能。比如第一部51章的开头就是这样一段：

> 秋分以后，再经过寒露、霜降、立冬几个节令，黄土高原就渐渐变成了另一个世界。
>
> 庄稼早已经收割完毕。茫茫旷野，草木凋零，山寒水瘦；那丰茂碧绿的夏天和五彩斑斓的秋天似乎成了遥远的过去。荒寞的大地将要躺在雪白的大氅下，闭住眼回忆自己流逝的日月。
>
> 大地是不会衰老的，冬天只是它的一个宁静的梦；它将会在温暖的春风中苏醒过来，使自己再一次年轻！
>
> 睡吧，亲爱的大地，我们疲劳过度的父亲……①

这段话跨越了几个节气和季节，从夏到冬，又萌动着春的生机，同时赋予自然事物以人的意识与情感，表现出对土地的热爱和对永恒自然的敬意。接下去用了一个转折词"但是"引出了双水村正在热火朝天进行着的改造自然的工程：拦截哭咽河炸山打坝。而这一工程虽然体现了人类思维的异想天开和意志的强大，但在施工过程中死了一个人，几乎同时孙少安的儿子也诞生了，工程最后以失败告终，对田福堂造成了很大的打击。一死一生，与四季的交替轮回，都是自然的规律，田福堂后来终于认命，强人的心性减弱很多，也是意识到了这一点。而这样的认识，显然是道家关于人与自然关系的思想。

知命，在服从自然规律的层面上是积极的，在认清自身局限、维持心理平衡和社会和谐的层面上，也是积极的。但是知命如果发展到宿命和迷信的境地，则是负面、消极的。正如庄泽宣所说："道家既然信仰自然万能，所以只求顺应自然，人类不必活动，也不必创造，认定自然可以支配人力，而人力决不能征服自然，其结果便产生消极态度，流于

---

① 路遥：《平凡的世界（第一部）》，北京十月文艺出版社2012年版，第379页。

定命主义。其长处固在具有知足的、乐观的、宽容的人生态度,其短处则易变成消极的、顺从的、颓堕的人生哲学。"①《人生》中的巧珍是知命,而加林的父亲则是宿命,当高加林失去了城里的工作落魄回乡时,"玉德老两口倒平静地接受了三星捎回来的铺盖卷,也平静地接受了儿子的这个命运。他们一辈子不相信别的,只相信命运;他们认为人在命运面前是没什么可说的"②。巧珍的知命更多的是为了他人幸福的善良与体贴,只限于人情层面,所以作者是作为一种美德而歌颂的。而玉德之所以是宿命的,是因为对不合理制度缺乏怀疑与反抗,是社会层面的,虽然获得了个体心灵的平静,却是一种消极无为的表现,与前述他的对不公平现象的忍耐一起,是国民性负面因素的体现。同样,在小说《平凡的世界》中,少安与父亲玉厚也是这样的一种对比关系。少安对于爱情的缺乏抗争精神和认命,放到"五四"启蒙文化语境中看,是非现代性的,然而如巧珍一样,他的爱情观恰体现了利他性的美德,他也是为了润叶的幸福及自己肩负的家庭责任而不去坚持抗争的,所以作者直接判断他不是"宿命",少安准备去山西相亲了,"一切都毫无办法。对于一个普通人来说,只好听命于生活的裁决。这不是宿命,而是无法超越客观条件。在这个世界上,不是所有合理的和美好的都能按照自己的愿望存在或者实现"③。而在社会生活层面,如前文所述,他其实并不是忍从和认命的,而是有挑战和改革的精神。他的父亲玉厚则是被作为宿命的农民形象来刻画的,"尽管这几年他家的日子越过越红火,但一种宿命的观点一直主宰着孙玉厚老汉的精神世界。记得他父亲活着的时候,就一再对他说过,孙家的祖坟里埋进了穷鬼,因此穷命是不可更改的"④。上述少安的心态叙述者否认是宿命,而这里对玉厚则是直接表述为宿命。小说多处写了他直觉式的、经验主义的宿命心理,

---

① 庄泽宣:《民族性与教育》,转引自选自沙莲香主编《中国民族性(壹)》,中国人民大学出版社 1989 年版,第 223 页。
② 路遥:《人生》,北京十月文艺出版社 2012 年版,第 236 页。
③ 路遥:《平凡的世界(第一部)》,北京十月文艺出版社 2012 年版,第 175 页。
④ 路遥:《平凡的世界(第三部)》,北京十月文艺出版社 2012 年版,第 983 页。

将彼此没有关系的事物联系在一起,这种思维方式一方面体现梁漱溟所说的中国人的"猜想直观的"玄学的精神,另一方面反映了长期的苦难与不幸使农民形成了习惯苦难的集体无意识,苦难成为生活的常态,当幸福降临时反而会产生怀疑的心态,"对他来说,生活中出现不幸,那倒是惯常而自然的事,一旦过分地红火而幸运,他倒会产生一种莫名的恐惧和担忧"①。

玉厚宿命心态的消极作用就在于认为穷是命里带的,因此采取一种无所作为、不思进取的人生态度,民族性中的其他消极因素比如守旧、忍受等都有受宿命心态影响的因素。这种人生态度在人与天命之间,完全否定了人的尊严和主观能动性,因此是消极、颓堕的。尤其是在社会生活中,这种命定态度,会成为社会变革和创新的阻力。小说中当少安想要办砖厂,也就是从传统农业转向工业时,玉厚其实是一直没有自信的,甚至在心里持反对态度,只是他一向尊重儿子,没有公开反对而已,"在少安决定要把砖场往大闹腾的时候,他老汉心里就直打小鼓。儿子的刚愎自用使他当时没勇气阻挡他实现那个宏图大业;而他愚笨的老古板脑筋,又怎么可能替他明察其间暗藏的危险呢?"② 所以,当少安砖厂失败后,他的反对心态更明确了:"重温当年父亲的'教诲',孙玉厚老汉再一次确信:孙家的不幸是命里注定。我的儿子!有吃有穿就蛮不错了,你为什么要喧天吼地大闹世事呢?看看,人能胜了命吗?"③ 这种只求温饱、不思变革的命定心态恰是当时改革开放的阻力与障碍。将少安的失败归因于本命年没系红腰带,只会暗地里求老天爷发慈悲的玉厚,正是将人的失败归因于天,并因此放逐了人的尊严和责任,最后问题的真正解决并不是老天爷的慈悲,而是人的努力,显然,路遥对此种宿命的民族性是持明显的批判态度的,小说中还写了双水村村民包括孙玉厚及其母亲的各种迷信鬼神的行为,包括有病请神汉看,凑钱修庙等,这些行为不仅是非理性的,也不是有机的自然观,而是有害的,反

---

① 路遥:《平凡的世界(第三部)》,北京十月文艺出版社2012年版,第983页。
② 路遥:《平凡的世界(第三部)》,北京十月文艺出版社2012年版,第983页。
③ 路遥:《平凡的世界(第三部)》,北京十月文艺出版社2012年版,第983页。

科学的,与20世纪80年代追求科学与知识的时代精神相背离,所以作者在文中感叹:"如果不能从根本上提高农民的文化素质,即使进行几十年口号式的'革命教育'也薄脆如纸,封建迷信的复辟就是如此轻而易举!"①

当然,路遥也看到了农民宿命心态与农业文明对自然的依赖有关,比如小说有这样一段关于玉厚心态的描写:"他年纪越大,越相信有一种看不见的力量掌握着尘世间每一个人的命运;甚至掌握着大自然的命运。比如,为什么土地说冻住就冻住了,而说消开就消开了呢?"② 而迷信的祈雨行为也是因为土地上的耕种受制于天。电影《黄土地》、小说《老井》都反映了干旱的天灾与村民拜龙王祈雨行为的关联。在《黄土地》的时代里,由于生产力的低下和科学技术的缺乏,仅靠顾青带来的抽象的革命思想是无法解决耕种缺水的问题的,所以在小说的结尾是一场声势浩大的祈雨行为。而到了《老井》的时代,有了以科学打井为代表的现代科技文明与迷信思想相抗衡,所以关于万水父亲那个时代祈雨的辉煌也只是停留在老一辈村民们的记忆和历史叙述中了,只是在打井暂时遇到困难时,又死灰复燃,规模也小多了,变成了唱戏娱神。值得提及的是,即使是有宿命思想、迷信的万水老汉,也并不是完全委顿于天的,也有勇于反抗的瞬间,那就是当他父亲当年恶祈求雨无果反而牺牲性命时,万水不惧"神"威,手执铡刀吊晒龙王,对逝去的父亲立下打井的宏愿。打井,就是不凭天力但尽人事的行为,万水的反抗与立誓瞬间体现了人性的尊严、人在天地自然中的应有地位。

从《黄土地》到《老井》《平凡的世界》,我们可以窥见20世纪中后期革命话语、改革话语、知识/科技话语与农民宿命性格的作用与反作用力,革命话语是要改变农民宿命观,将苦难归因于阶级剥削或民族压迫,以此来推动阶级革命和民族抗争,改革话语则需要破除因宿命而致的消极无为、不思进取的心态,为现代化发展铺平道路,知识/科技

---

① 路遥:《平凡的世界(第三部)》,北京十月文艺出版社2012年版,第1213页。
② 路遥:《平凡的世界(第三部)》,北京十月文艺出版社2012年版,第1094页。

话语延续的是仍然是世纪之初的启蒙任务，郑义与路遥关注的是改革开放之初因为革命话语的削弱，迷信思想又随着传统文化的复苏而一同复苏，这在当时的中国乡村是一种普遍现象，直到今天也没有完全消失，所以路遥在上面那段话中才重提提升国民素质的问题，也就是启蒙的任务，解决宿命观的关键还在于知识/科技的力量，而非阶段性的功利的革命话语。

第九章 民族性格与民族精神、国家形象的构建

第一节 民族性格与民族精神

从上述西部文学及影视对民族性格全面、动态、客观的展示中，我们可以把握到其中正面、积极的因素，这些因素恰是与我们民族精神重合与同构的。民族精神在全球化时代背景下对于民族国家而言具有重要的意义。张曙光主编的书中认为民族精神是一个民族自尊心、自信心、自豪感的凝结，是一个民族生存发展的思想基础和内在动力；是一个民族延续的血脉、发展的动力，具有对内动员民族力量、对外展现民族形象的重要功能；民族精神也是指导民族成员活动的准则，作为民族统一的价值取向和道德要求，使民族形成凝聚力和向心力[①]。文艺作品是展现民族精神并实现其功能的重要媒介，千百年来，我们民族精神的生成与发展历史正是通过文学经典与史传作品凝固并传承下来，并通过一个个可歌可泣的文学形象与感天动地的故事情节深入人心，家喻户晓。在20世纪80年代文化寻根思潮下，西部文艺作品正是在肯定民族文化的基础上重新表现近现代以来因为启蒙与救亡的任务一度被误读或被中断的民族性格与民族精神，是对古代文艺作品中的民族性的当代演绎，所

---

① 参见张曙光主编《民族信念与文化特征——民族精神的理论研究》，人民出版社2009年版，第29—30页。

以其中表现的民族性格、民族精神既有传统中一脉相承的稳定的因子，也有变化中的体现时代特色的现代性因子。

民族性格中的坚韧性正体现为坚韧不拔、百折不挠的民族精神。正是依凭这样的民族精神，才有我们民族延续千年的文明，在历史上一次次被异族侵略的过程中，中华文明非但没有中断，反而以其强大的生命力抵抗并同化异族，最终保留了文化的基因，传承至今。所以坚韧性是民族生命力的体现，是民族发展与存续的基础，体现了民族精神延续民族血脉、推动民族发展的功能。

西部文艺作品表现了传统农民勤劳的性格，而"勤劳勇敢"也正是我们民族精神的内涵之一。中华民族在历史发展进程中，历经战火、灾荒，但每于灾难过后，总是能迅速恢复活力，重建物质与精神文明，除了有坚韧的精神支撑，重要的是劳动人民的勤奋劳动，也就是路遥在小说中高度称颂的光荣的、可以解忧的劳动。正是在路遥的笔下，劳动的意义上升到精神追求的层面，成为人生存的精神支柱，并且体现了人较之于自然的伟大。不仅在路遥的小说中，从作为传统代代相传的家训中对勤俭的强调，也可以发现勤劳已经是民族共同体的普遍共识，是共同的价值追求和道德准则。

西部文艺作品中固然塑造了因循守旧、不思进取的老一代农民形象，但同时又塑造了穷则思变、自强不息的年轻一代的农民形象，体现了我们民族自强不息的精神。这种精神最早在《周易》中就有相关表述，在中华民族的发展历史中，或表现为逆境中奋发图强的行为，或为革故鼎新的改革与变法，所以创新与革命的精神也一直是民族精神的重要一极，为我们的文明发展不断注入新鲜血液，保持生机与活力。

西部文艺作品中塑造的其他国民性格，比如重视家庭责任，为了集体利益可以牺牲小我利益，重视人与自然的和谐，都可以归结为"和合"的精神。这种"和合"的精神是维系家庭、社会、国家甚至人类和平的重要思想。中华民族精神中的"爱好和平"也与此有关。正如冯肖华对路遥作品"社会和谐观"的分析："这些浸透着和谐文明、至善至美的事理，无论从事业、家庭，抑或婚姻、爱情、友情方面，无不是构建和谐社会极好的精神养料，是化解社会诸多矛盾不可或缺的中和因子"①。其实，路遥小说中体现出来的"和合"的民族精神不只对于当下中国构建和谐社会具有积极的意义，而且具有普适的人类意义和跨国族价值。他的以人为本同时又尊重自然规律的自然观，对于解决当下世界环境与能源危机具有启发意义，他的包容精神、平和心态及以群体为重的立场对于解决不同国族间的分歧与冲突，构建和谐的人类命运共同体同样具有积极意义。路遥精神体现了中华民族精神的世界价值，所以路遥不仅是超越时代的，也是超越民族的。

第二节 民族性格与国家形象

西部文艺作品中对正面、积极的国民性格的塑造有利于塑造正面、积极的国家形象。国家形象既包括外部公众对该国形象的认知与评价，也包括内部公众对本国形象的认知与评价。文艺作品对于国家形象的构建与传播具有重要的作用，尤其是影视作品，由于其借助大众媒介传播，具有传播范围广、传播力度大，影响力深远等特点，随着近几年来中国电影不断走出国门，走向国际市场，获得国际影响力，中国电影对国家形象的传播作用也越来越显著。文学作品经过影视改编之后，通过影视传播，其中构建的国家形象也得以海内外广泛传播。

国家形象构成要素中包括国民形象，一个国家的国民素质、国民性格也会影响到内部、外部公众对国家形象的认知与评价。19世纪来华外国传教士、商人、外交官等以二元对立思维模式写了较多关于中国人国民性的论著，其中有较多负面性的因素，代表性的有美国传教士亚瑟·斯密斯的《中国人的气质》。这些关于中华民族性负面性格的描述带有偏见或跨文化误解的成分，将中国人的总体形象丑化，从而构建了一个西方视域中的失真的中国。这是国家形象的外部感知。而同时期的

---

① 冯肖华：《文学气象与民族精神：20世纪陕西地缘文学审美形态》，中国社会科学出版社2010年版，第235页。

第九章　民族性格与民族精神、国家形象的构建

中国启蒙思想家正是用西方话语与视角来审视自身，所以他们笔下的国民性格几乎都是负面因素，名之为"国民劣根性"，这种评价与定位也影响了国家内部公众对自身形象的认知与评价，部分知识阶层以完全否定和批判的姿态来对待国民性格和民族文化，将民众视为落后的需要被改造的群体，在始终不能完成的启蒙任务中失去了民族自信，也必然影响国家形象树立与国家认同。由此可见，文艺作品打破西方二元对立话语，客观全面展示民族性格丰富内涵及其动态发展对于国家形象的对内、对外传播都具有非常重要的作用。

首先，西部文艺作品展现了民族性格中正面积极的因素，即使对于其中负面的因素，也是抱以同情与理解的姿态进行批评，表现了对土地与人民深厚的感情，这种基于民族共同体成员之间的同胞之情与他者视角的偏见与冷漠是有本质不同的，所以在这些小说中，民族性格不再是通过符号式、概念化的人物形象体现出来，而是通过有血有肉与土地一样真实自然的人物形象表现出来，他们不再是纯粹的国民劣根性的集合体，而是在有着黄土文化先天痼疾的同时，也有着体现民族精神的性格因素。并且这些作品通过多元复杂的性格描写，表现了民族性的多元与变化，打破了以往对于民族性描述的片面、单一与静止的框架。

从国家形象的对内构建与传播看，这种国民形象的重新审视与评价有利于凝聚人心、形成民族自信心和国家认同。从20世纪80年代电影《黄土地》《老井》的热映及受到观众的好评来看，其对民族性格的客观展现及对民族的热爱之情迎合了时代高涨的民族主义情绪，同时又进一步推动了当时的中华民族认同与爱国主义精神。民族共同体内部成员彼此之间的认同是民族共同体存在的基础，本尼迪克特认为民族共同体是想象的，每位成员之间联结的意象是想象的，彼此是"深刻的，平等的同志爱"[1]，正是这种友爱的关系使人们可以为民族赴汤蹈火，如果彼此之间是否定、拒斥的关系，就很难形成共同体的联结意识。同

---

[1] ［美］本尼迪克特·安德森：《想象的共同体：民族主义的起源与散布》，吴叡人译，上海人民出版社2016年版，第7页。

时，如果对共同体的成员性格整体是否定的，也就必然会影响到对民族的整体评价，导致对民族文化全盘否定的态度，不利于民族认同的形成，甚至会危及民族的生存与发展。应该说，整个 20 世纪 80 年代激昂的时代激情与蓬勃发展的各项事业，正是由于中华民族共同体内部对同胞的重新认同与热爱，对民族文化、民族价值的高度肯定所推动。

路遥小说自问世以来一直到现在，始终受民众的追捧与厚爱，原因之一或许就是普通读者从其中读出了自己的人生，自己的经历与情感，其中的人物就是我们这个民族个体的真实写照，而路遥对其中的每个人都予以宽容，看到他们性格的复杂与多元，肯定与颂扬他们积极的一面，对于他们性格中的负面因素，也予以亲人般善意的批评与谅解，所以每个以小说中人物为自身写照的读者都可以感受到作者的宽容与理解，感受到路遥对民族共同体成员的同胞之情，从而通过路遥小说感受到民族成员之间的紧密的、联系的纽带，形成凝聚力和向心力。

正如赵勇所说，读者通过路遥小说"走进了社会心理学所谓的'身份认同'和'文化认同'之内……这些读者被击中、被感动、被净化、被励志之后，他们深知'独乐乐不如众乐乐'，于是情不自禁，奔走相告，说心得，谈体会，一传十，十传百，受众越来越多，雪球越滚越大，及至创建了自己的民间阅读组织"①。李雍、徐放鸣等则直接指出了小说《平凡的世界》为文艺构建国家对内形象的成功实践："从国家形象建构的角度看，《平凡的世界》塑造了改革开放初期的青年形象，并通过这些形象弘扬了自强不息的奋斗精神与善良的道德，成为激励万千青年面对困境奋斗不息的励志之作，应该说《平凡的世界》是文艺构建国家形象对内形象的成功实践，它协调了国家形象建构的主体性与主体间性的关系。"②

其次，西部文学通过文本的翻译输出及影视改编，传播到世界各

---

① 赵勇：《在大众阵营与"精英集团"之间——路遥"经典化"的外部考察》，《文学评论》2018 年第 3 期。
② 李雍、徐放鸣：《"〈平凡的世界〉现象"与国家形象构建问题》，《江苏师范大学学报》（哲学社会科学版）2014 年第 1 期。

国，有利于中国人正面形象的海外重构及积极国家形象的对外传播。如前所述，由于19世纪来华传教士等对中国国民性的带有误解与偏见的描述，近百年来中国人及中国国家形象在西方世界一直呈现刻板印象甚至"妖魔化"倾向。改革开放后，随着中国文学及电影的走向世界，尤其是这些客观表现中国民族性格的西部文艺作品的输出，通过文字与影像建构起来的中国人形象才慢慢改观，让其他各国了解到中国国民性格中的积极因素，这些积极因素甚至是超越国族而具有人类普适意义的，通过正面积极的国民形象进而促进正面积极的国家形象对外传播。

　　西部小说和电影中建构的中国国民性格的积极因素主要有勤劳质朴、坚韧不拔、重家庭、重德性，同时又具有变革精神与冒险意识，热爱自然，热爱生命，重视人际关系和谐。这些积极的性格因素，不仅属于中华民族的精神财富，对于人类社会发展及族群之间的和平共处、人与自然和谐相处都具有启发意义，可以引起其他国家观众的共鸣。比如《老井》中以旺泉为代表的村民肩负使命世代不移、不畏牺牲地打井行为既体现了中华民族坚韧不拔的精神，也体现了人类精神的伟大，所以"《老井》获奖后，导演吴天明问评委会主席、美国著名影星戈利高里·派克《老井》为什么获奖，派克回答说：'评委们认为，《老井》深刻地反映了当代中国人的心态，使我们认识了中国人。中国人是伟大的。中华民族是不可战胜的！《老井》艺术上也是无可挑剔的'"[①]。《老井》《黄土地》等电影获得多项国际大奖，也表明电影的国际影响力和认同程度。电影《秋菊打官司》也获得过第49届威尼斯电影节金狮奖，并且还被用在哥伦比亚大学讲授中国当代法律法制与社会关系的课堂上。秋菊性格中的现代性因素也随着电影的海外传播为海外受众所了解。申朝晖在《路遥文学作品的跨文化传播研究》一文中介绍了路遥作品的海外传播情况，从20世纪90年代以后，"在日本、北美及越南汉学家的努力下，对路遥文学作品的海外传播，从文本的翻译，到作家

[①] 转引自刘畅《"城市片"因何沉默〈老井〉〈红高粱〉走向世界后的思索》，《电影艺术》1988年第12期。

作品的介绍、研究，再到路遥精神的弘扬，形成了跨文化传播中的整体性观照。"①路遥的《人生》在俄罗斯和日本的译介，正是由于译者对其作品的共情与认同，"俄译本的译者谢曼诺夫，正是被《人生》'对中国当代文学不寻常的关注热情，在十分温柔的形式里所传达的鲜明的社会性而吸引'，因而将《人生》翻译成俄语版。日本姬路独协大学学者安本实在研究与译介路遥的文学作品时，也饱含着自己浓重的思想情感。安本实在日本关西地区的一个小城长大，来到大阪以后，挥之不去的自卑感与尴尬处境，类同于《人生》中进城的高加林，文本阅读中产生的亲近与共鸣，成为他后来进行路遥文学作品引入传播的动因"②。路遥小说中自强不息、艰苦奋斗、关爱他人的人物形象也会随着小说的跨文化传播而成为中国人形象的文学言说，所以路遥作品的海外传播也是中国国家形象海外传播的有力渠道。

20世纪90年代中国电影商业化、市场化之后，反映社会现实的电影减少，大量娱乐化的古装武侠电影问世，这些电影对于国家形象的对外传播其实起到了负面的作用，正如杨柳所说："《英雄》、《十面埋伏》、《夜宴》、《满城尽带黄金甲》、《投名状》等围绕宫廷权谋的古装武侠大片，其故事多表现人性阴暗，结尾也多是缺少道德和正义的价值虚无主义，如果说，这种影片真的传播了中国传统文化某方面特征的话，那也是'儒表法里，法道互补'的专制文化及其衍生品。所以观看影片之后，'许多西方观众只为电影的图像美感叹为观止，却难以理解电影的内容和精神实质'。这不仅仅是文化的隔膜，更多的是价值观的天然排斥。西方观众只能通过单纯的电影视听奇观，间接体会气派的娱乐工业背后关于发展中国家经济崛起的想象。这种只有能指没有所指，只有表象没有内在意义的想象，并不是中国国家形象在国际社会的健康传播。"③ 这些古装历史剧中的中国人不仅没能反映传统理想人格

---

① 申朝晖：《路遥文学作品的跨文化传播研究》，《小说评论》2018年第2期。
② 申朝晖：《路遥文学作品的跨文化传播研究》，《小说评论》2018年第2期。
③ 杨柳：《谁在消费国产电影中的国家形象——论国产电影中国家形象传播的受众和方式》，《当代电影》2009年第1期。

的魅力，有的反倒是反映了负面的国民性格，比如新世纪以来的古装宫斗剧如《甄嬛传》等虽然在海外也获得了较高的收视率，但其中反映的国民性格恰是体现传统文化负面影响的，比如阴险、自私、残忍，在19世纪斯密斯的《中国人的特性》中就提到了中国人"无恻隐之心""尔虞我诈"①，英国人麦华陀也认为中国人"残虐"②，同时期还有许多来华外国人也认为中国人"狡猾""残忍"等，所以这些宫斗剧的输出恰是进一步强化了西方人对中国人刻板印象的偏见。更恶劣的是，以后宫为背景，以争宠为主线的情节，几乎没有可能体现中华民族精神的亮点，所以这些既不能表现民族精神，又夸张强化国人劣根性、歪曲史实的作品，对于中国人及中国文化对外形象的建构与传播是非常不利的，甚至起到负面的作用。当张艺谋被外国影评家指出反映现实题材的电影太少了之后，于1992年推出了《秋菊打官司》，是他有意补"写人"这一课而为之，应该是他意识到了电影表现当代中国人的必要性，该作从而成为他作品中少见的表现当代变化中的农民性格的作品。

综上所述，20世纪80年代寻根文化思潮下的这些西部文艺作品能够摆脱西方二元对立模式，客观全面表现中华民族性格的复杂与矛盾、传统与现代、稳定与变迁。这些作品，批评民族痼疾，但更有民族精神的张扬和对民族共同体的厚爱，属于那个民族热情高涨同时又有人文精神的年代，对当下文艺作品创作也有积极的借鉴意义。

---

① ［美］斯密斯：《中国人的特性》，选自沙莲香主编《中国民族性（壹）》，中国人民大学出版社1989年版，第47、49页。
② ［英］麦华陀：《在遥远中国的外国人》，选自沙莲香主编《中国民族性（壹）》，中国人民大学出版社1989年版，第18页。

第五编

民族审美心理与中国当代文学的影视改编

第十章　民族审美心理与中国当代文学的电影改编

不同民族由于受不同的自然环境及历史文化的影响而具有不同的审美心理结构。与西方民族不同，中华民族在长期的历史发展中形成了自己独特的审美心理，比如追求和谐与圆满的审美情感，重直觉、意象的审美思维方式，"神游物外"的浪漫主义想象等。民族审美心理受民族文化的影响，同时又对民族文学与艺术的表现形式产生影响，本章即试图来探究中华民族审美心理是如何在当代文学作品向影视作品转换的过程中发生作用的，也即在影视文本与原著文本之间艺术表现形式的差异有多大程度是受到民族审美心理影响的。

第一节　"中和"精神与影视剧的"大团圆"结局

"中和"是中国传统审美精神的核心。"中"是对立事物的中间状态，与对称平衡、多样性的统一有关，也代表着"无过无不及"的度，强调情感及感觉的适中与节制。"和"与"中"相关，是对立事物或多样事物的融合与联系。"中和"精神在中华民族形成之初就体现在先民的艺术形式中，与民族的思维方式有关，在后来的《周易》中得到了系统的表述，道家文化、儒家文化进一步对其强化，在中华民族的发展过程中逐渐成为一种稳固的审美心理，并深远地影响到了民族精神与民族艺术形式。比如中华民族的爱好和平、兼容并包的精神就与此相关。

中国的文学艺术也处处体现着"中和"的审美理想，诗教强调"乐而不淫，哀而不伤"，要求审美感受的适度，避免感官的过分刺激。中国传统音乐演奏也讲究声音的适度，绘画的"绘事后素"等也都体现着中和的审美思维①。在古典小说和戏剧中，则是对"大团圆"结局的偏爱。喜欢"团圆"的故事，既与"中和"思想的影响有关，也与国人对圆形偏爱的审美心理相关，"圆形给人造成的视觉印象是整体性（无残缺）、永恒化（无始终），是团聚、美满、丰盈、和谐"②。

近代以来，以鲁迅为代表的启蒙知识分子对传统艺术"大团圆"结局予以严厉的批判，视之为"瞒"和"骗"的艺术，并将国人喜欢"团圆"的审美心理视之为"国民劣根性"。从改造国民性、挽救民族危亡的民族主义立场来看，打破国人的"中和"心理有利于破除自欺欺人、凝固僵化的思维弊端，推动民族的革新与发展。圆形固然体现着圆满和谐的一面，却也有封闭和静止的一面，国人的"大团圆"心理在民族危机的时代背景里不利于对现实矛盾的发现与揭露，也不利于突破陈规、革故鼎新，表现在文学作品里，既与当时真实的社会现实及时代氛围脱节，也不利于实现文学为民族主义话语服务的政治功用，所以自然遭到了启蒙知识分子和民族主义话语的全面否定。"五四"启蒙主义者反大团圆结局，反文以载道，其实是载了民族主义的新的道。

从另一个角度看，大团圆的审美旨趣能够稳定地贯穿于民族历史发展的过程中，对民族的文学艺术起到主导作用，自有其合理性和价值所在，它反映了"中国人的善良秉性、美好理想和乐观主义精神"③。"如果不是简单生硬的凑和，不是隐恶扬善的宿命解答，也不是狗尾续貂式的盲目乐观，那么，这种浪漫主义的结尾可以振奋精神，抚慰心灵；平衡阴阳，调和气氛，给作品平添诸多亮色。它能满足对'诗的正义感'

---

① 参见梁一儒、户晓辉、宫承波《中国人审美心理研究》，山东人民出版社2002年版，第80页。

② 参见梁一儒、户晓辉、宫承波《中国人审美心理研究》，山东人民出版社2002年版，第105页。

③ 梁一儒、户晓辉、宫承波：《中国人审美心理研究》，山东人民出版社2002年版，第310页。

的渴望，富于人性魅力，从一个侧面反映出中国人千百年来心理积淀的成果和审美理想的闪光。"① 所以，在不同的时代语境下，在艺术风格多元化的宗旨下，"大团圆"的结局未必一定是负面的，值得批判的，其中含有人类普遍性的美好情感的因子，具有抚慰心灵、平衡情感、弘扬真善美的功能，体现了艺术作品超功利的审美价值。

在当代文学的影视改编过程中，一个普遍现象就是影视剧将原著小说的人物形象淡化弱点，突显优点，改造得更为完美，然后淡化原著的悲剧氛围，打造"大团圆"式的结局。这样的变化与印刷文本和大众传媒两种传播介质的不同以及受众审美心理、审美期待的差异是相关的。大众传媒由于受众面广，影响力大，受到的审查机制会比较严格一些，所以通常会采用主流话语框架内的政治与伦理表述及其所需的"喜乐""圆满"气氛。中国戏曲从元末明初以后就倾向于采用"大团圆"的结局，其中一个原因是通过体现诗教的功能而获得主流话语的认可，最终提高自身的地位②。"但在这种美学意境的形成中，却渗透着政治意识形态的因素，时时受到它的影响与宰制。一言以蔽之，它是与主流意识形态的妥协或'合谋'。"③ 可见，传统戏曲大团圆模式所构造的伦理正义及太平盛世情境是符合教化的目的，为主流意识形态所嘉许的，这也是大团圆结局成为一个模板在经典文学中不断沿袭的原因之一。

此外，影视剧的受众层次决定了其大众化的倾向，曲高和寡会失去观众支持。正如传统戏曲一开始诞生于勾栏瓦肆中，是一种通俗艺术，与大众的审美需求紧密相关，当代的影视艺术也是一种大众艺术，必须采用符合大众审美心理的叙述模式与情节框架。大团圆结局恰是中国老百姓所喜闻乐见的，符合中国人审美心理。如前所述，中国人具有中和的审美观念，不喜欢悲剧冲突激烈到毁灭一切的结局，而是希望矛盾冲

---

① 梁一儒、户晓辉、宫承波：《中国人审美心理研究》，山东人民出版社2002年版，第310页。

② 参见冯文楼《"大团圆"结局的机制检讨与文化探源——兼论中国戏曲的文化精神》，《陕西师范大学学报》（哲学社会科学版）2008年第4期。

③ 冯文楼：《"大团圆"结局的机制检讨与文化探源——兼论中国戏曲的文化精神》，《陕西师范大学学报》（哲学社会科学版）2008年第4期。

突最后得以化解；中国人传统的还报思想和惩恶扬善思想也要求最后好人终得好报，坏人受到惩罚；中国人对家庭伦理与亲情的重视也使得和合团圆的结局更得人心。所以，大团圆的结局能满足普通百姓在艺术幻境里体验正义秩序、善恶有报的快感，体验苦尽甘来、阖家团圆的幸福，补偿现实生活的缺憾，宣泄不满的情绪，抚慰伤痛的心灵，从而平衡情感、愉悦精神。

在当代文学影视改编中，从题材上看，改原著结局为"大团圆"模式的主要是革命历史剧和反映家庭伦理关系的影视剧；从时代背景上看，"大团圆"结局的影视剧尤其集中出现在"十七年"时期和20世纪90年代市场经济以后影视业娱乐化倾向加剧的20多年的时间里。"十七年"革命历史题材小说在同时代多被改编为电影，小说本身就具有大团圆的叙述框架，即代表正义的民族大众和政党必胜，而代表侵略或剥削压迫的罪恶的帝国主义或反动阶级必败，这种大团圆结局既符合善恶有报的伦理道德，也符合民族战争与革命战争最终结局的历史真实，所以小说及其改编影视剧的上述大团圆结局无可厚非。20世纪90年代以后，出现了一批新历史小说，比如《集结号》《历史的天空》《亮剑》《青木川》《白鹿原》等。这些小说中也有很多是表现革命历史题材的，但与反映正面战争宏大历史的"十七年"革命文学不同，这些小说重在反思大历史背影后被遮蔽的人性的复杂，包括权谋文化对人性的扭曲，内斗对革命战争的阻碍等，结局也不再是圆满、喜乐模式，而是缺憾、分裂或死亡。但是到了改编的电视剧中，却不约而同地重新改为大团圆模式，原著中不和谐的人物关系变为和谐，未能实现的理想终得实现，郁郁不得志的英雄终得表彰，甚至原著中死去的人物在电视剧中"复活"了，而且得以善终。

《集结号》小说的结尾是悲凉的，主人公老谷想要的公道没有得到，只能回到自己当年战斗的地方，不久郁郁而终。这里的正义没能伸张，人物以死亡告终，显然不是大团圆模式，但是却反映了历史进程中可能存在的误会与缺憾，即使是轰轰烈烈的革命史，在通往对敌斗争胜利大结局的过程中，也一定存在着无数的误会、缺憾、没有彰显的甚至不被发现的牺牲等,这就是历史的另一种真实,与辉煌的对敌斗争大小战役中无数的壮烈崇高一样真实,后者经由"十七年"革命文学表现出来,感人至深,而前者经由新历史小说表现出来,发人深省,二者共同构成历史的全部真实。因为历史本身注定不可能全部是喜乐圆满的。但是,电影《集结号》的结局却是好人终得好报,英雄终得表彰的圆满模式。在结尾的高潮中,老谷并没死,而是活着得到了他多年找寻的真相与公道,等到了一个庄重的肯定与盛大的仪式。这样的改编虽然圆满,却遮蔽了历史的另一种真实,即无名英雄的牺牲可能永远没有机会得以彰显,从而削弱了小说的反思力度。

同样,电视剧《亮剑》也改变了原著李云龙"文化大革命"中受迫害自杀家破人亡的结局,代之以皆大欢喜、功成名就的结局:李云龙的论文在南京政治学院受到一致好评,并在毕业前夕被授予少将军衔、独立自由勋章、八一勋章和解放勋章。小说《青木川》中魏辅堂是投诚后又于阴差阳错间被镇压的,而在电视剧中,几个主要人物都得其善终。电视剧《历史的天空》基本是尊重原著的,但在结尾的时候也表现出了与原著不同的"和"的精神。小说结尾是冷色调的,是深夜冷月的凄清,因为很多矛盾都没有解决,梁必达和朱预道也没有和解,人物的家庭关系也是破裂的,而电视剧的结尾则是暖色调的,人物在阳光明媚中俯视群山,因为最终的结局是大团圆,朱预道和姜必达和解,他的妻子也原谅了他,回到了他身边。电视剧《白鹿原》的结尾也是善恶有报、和谐友爱的团圆结局。

革命历史影视剧改原著小说结局为大团圆模式,无论从艺术上还是从历史的求真性来看,都是令人遗憾的。这种改变,明显是掩盖历史发展进程中的矛盾,回避问题,不利于历史经验的总结与反思。就上述作品而言,电视剧《历史的天空》让两位军人化解矛盾,电视剧《白鹿原》让孤弱有所养,体现了人际和谐和社区和谐的理想,属于伦理范畴的大团圆,是无损原著精神的。

如前所述,某种情境下的"大团圆"结局具有抚慰心灵、平衡情感的审美价值,体现了中国人传统的文化理想与价值追求,这就是反映亲情和睦、家庭团圆的一类属于伦理范畴的大团圆结局。这一类大团圆是体现民族文化正面因素，符合民族审美心理，具有动人情感价值，因而值得肯定的一类大团圆。这一类大团圆结局主要体现在跨族群写作的华语文学作品的影视改编文本中。比如严歌苓的《小姨多鹤》、张翎的《余震》中的家庭关系或是混乱的，或是不和的，多的是算计、猜疑和伤害，缺的是亲情与爱，最后的结局也是亲人离心、分散。这种"失家"之痛与孤独情感与海外华人的"离散"情结是相关的。而到了改编的电视剧和电影中，则按照中国传统的伦理价值重构人物关系，并将结局改变为家庭和谐、亲情回归的大团圆模式。这一点在前面的章节中已有论述，此处不再展开。

第二节 "天人合一"思想与电影中的"意境"与"仪式"

一 "意境"概念辨析

中国文化中的"天人合一"思想对中国人的审美心理有着深远的影响。其中关于"意境"的审美范畴就是在"天人合一"思想及"禅宗"学说的共同影响下逐渐形成并发展完善的。先秦时期，意境的内涵主要用"意"和"象"的概念表达出来，《周易》中有"圣人立象以尽意"[1]，"仰则观象于天，俯则观法于地"[2]。等表述，这里的"象"也是来自于对天地自然万物长期观察的结果，是中国人象思维的结果。"在西方，从古希腊开始，人们对于宇宙的基本看法就是'天人相分'，这种主客二分的态度把宇宙和自然看成是人类征服和无限索取的对象。中国人的'象思维'讲求'一元性'，其整体思维框架是'天人合一'。在这种思维看来，人不在宇宙之外，宇宙也不在人之外，人与宇宙相类、相协、相通，成为一个有机统一体。因此，人生的目的并不在于细究自然和征服宇宙，而是'泛爱万物'（惠施），以体悟天人合一的境

---

[1] 黄寿祺、张善文：《周易译注》，上海古籍出版社2001年版，第563页。
[2] 黄寿祺、张善文：《周易译注》，上海古籍出版社2001年版，第572页。

界。"① 可见，"意境"中的"象"是中国人特有的"天人合一"思想的产物。"意境"这一术语出现于唐代佛教传入中国后，有佛教"境界"说的影响，但受中国传统文化影响的禅宗对境界的理解必然带有中国文化的色彩："主张在日常生活中，在活泼泼的生命中，在大自然的一草一木中，去体验那无限的、永恒的、空寂的宇宙本体。"② 这种主张人与自然融合，通过自然之象去悟道的境界说显然有中国"天人合一"思想的印痕，而与印度佛教将此岸世界与彼岸世界割裂开来的境界说有别。此外，禅宗的"色空"思想对"意境"理论也有影响，而"色空"观念也体现了道家与魏晋玄学的影响。

现当代学者关于意境理论的研究虽然比较丰富，但在意境的内涵和外延界定上存在一定分歧。其中宗白华的《中国艺术意境之诞生》一文对"意境"的阐释比较有代表性，影响也比较深远。宗白华对意境的定义是："以宇宙人生的具体为对象，赏玩它的色相、秩序、节奏、和谐，借以窥见自我的最深心灵的反映；化实景而为虚境，创形象以为象征，使人类最高的心灵具体化、肉身化，这就是'艺术境界'。"③ 叶朗对于意境的解释则是："从审美活动（审美感兴）的角度看，所谓'意境'，就是超越具体的有限的物象、事件、场景，进入无限的时间和空间，即所谓'胸罗宇宙，思接千古'，从而对整个人生、历史、宇宙获得一种哲理性的感受和领悟。一方面超越有限的'象'（'取之象外'、'象外之象'），另方面'意'也就从对于某个具体事物、场景的感受上升为对于整个人生的感受。这种带有哲理性的人生感、历史感、宇宙感，就是'意境'的意蕴。"④ 朱立元认为"意境就是人在审美活动中，用心灵去观照外界对象（包括艺术形象），在把握和领会对象的基础上，充分展开想象，在自己的思想意识领域里创造出新的意蕴和境界"⑤。

---

① 梁一儒、户晓辉、宫承波：《中国人审美心理研究》，山东人民出版社2002年版，第64页。
② 叶朗：《再说意境》，《文艺研究》1999年第3期。
③ 宗白华：《艺境》，北京大学出版社1987年版，第151页。
④ 叶朗：《说艺境》，《文艺研究》1998年第1期。
⑤ 朱立元主编：《美学》，高等教育出版社2001年版，第215页。

第五编　民族审美心理与中国当代文学的影视改编

　　这几种关于意境的定义都肯定了"象"的存在与人的心灵对于"象"的超越，"象"即客观存在的自然事物，没有对"象"的观照，也就不会有心灵的感悟、人生的反思等，这些解释其实还是反映了"人与宇宙相类、相协、相通"的观念及中国人的形象思维特点。叶朗强调意象与意境的不同，主要是认为后者比前者的内涵大，是对前者的超越，要能够反映出对人生的体验和感悟，所以意境的美感，他认为是包含有人生感和历史感的，有一种诗意的惆怅，而且要给人精神的愉悦和满足。宗白华对意境的阐释尤其体现了"天人合一"的思想，体现了人融于自然、寄情自然，最终又从自然中悟"道"。这里的"道"应该也包含叶朗所说的人生感与历史感。他认为只有自然的山川草木才足以表达出人心中的情感与思绪："我人心中情思起伏，波澜变化，仪态万千，不是一个固定的物象轮廓能够如量表出，只有大自然的全幅生动的山川草木，云烟明晦，才足以表象我们胸襟里蓬勃无尽的灵感气韵……山水成了诗人画家抒写情思的媒介，所以中国画和诗，都爱以山水境界做表现和咏味的中心。和西洋自希腊以来拿人体做主要对象的艺术途径迥然不同……山川大地是宇宙诗心的影现；画家诗人的心灵活跃，本身就是宇宙的创化。"[1] 而在他看来，中国艺术最后的理想和最高的成就是"'以追光蹑影之笔，写通天尽人之怀'"[2]。这里的"通天尽人"仍是"天人合一"思想的范畴。

　　朱立元将意境的具体审美内涵分为四个层面，分别是主客统一、情景交融、时空转换、有无相生。这四个层面对于分析文艺作品中意境的审美内涵很有裨益。意境是作为主体的人与作为客体的审美对象在人的思想意识领域中的统一，主客统一的极致是"物我两忘"；主客统一中，伴随着情感活动的统一，是人的情感与审美对象的交融；一个意境中，可以融合此时此地的情、景与彼时彼地的情、景，意境中的时空转换，使人超越了时间和空间的制约，得到审美的心灵的自由；意境中的

---

[1]　宗白华：《艺境》，北京大学出版社1987年版，第153页。
[2]　宗白华：《艺境》，北京大学出版社1987年版，第162页。

情景交融、时空转换包含着虚实相生、动静相生，其根本实质则是有无相生，体现了道家的美学思想①。

二 "仪式"概念辨析

作为神话学、宗教学研究范畴的"仪式"也是文艺作品尤其是当代电影中经常出现的一种文化场景。从人类仪式的起源上看，仪式是原始人借以沟通人与自然的重要媒介与手段，本身就有"天人合一"的意味。神话原型批评学家弗莱认为"在人类生活中，仪式似乎是一种出于意愿的努力（因而包含着巫术成分），目的是要恢复业已丧失的与自然循环之间的和谐关系"②。原始的仪式与大自然的季节变换相对应，具有循环往复的特征，并影响了后来神话及艺术的循环叙述。弗雷泽在《金枝》中也提及，大地上所发生的一年一度的巨大变化包括季节的循环、植物的荣枯、生物的兴亡令原始人惊异且好奇，于是他们举行仪式，想要促进或阻碍季节的运行③。可见，在世界史前社会的仪式中，普遍含有模仿自然、沟通天人的意味。仪式在后来的文明进程中，因为世界各民族文化的差异而具有不同的民族性。在中国，周朝时周公制礼作乐，形成了完整的礼乐文明，为后世儒家所继承发展，打上了中华农耕文明的特色，成为影响中国人行为规范、人格修养的典章与习俗。周礼的形式为"仪"，即各种礼节和仪式，其中有许多就是来自于原始的祭祀仪式。周礼中贯穿着人道与天道相对应的秩序，体现了天人合一的思想。"礼所表达的，并不仅仅是对个体或小团体具体的生命给予的感恩，更是对贯穿宇宙的秩序——天地之道的深深敬畏。个体的生命，正如荀子所说，只是贯穿宇宙天地与人生之道的一种显现。因此，从根本上说，礼所追求并希望通过其具体的礼仪实践所体现的序，其实是贯穿天地、自然、人世的道，是气的流转运行，是阴阳的和谐变化。"④

---

① 参见朱立元主编《美学》，高等教育出版社2001年版，第216—219页。
② 参见吴持哲编《诺思洛普·弗莱文论选集》，中国社会科学出版社1997年版，第88页。
③ 参见刘曼《论〈金枝〉中的神话——仪式学说》，《求索》2014年第1期。
④ 彭牧：《同异之间：礼与仪式》，《民俗研究》2014年第3期。

三 影视艺术与意境、仪式

影视艺术作为一种综合性的视听艺术，在创造意境、表现仪式方面较之单纯依靠文字进行叙述的文学作品具有独到的优势。宗白华认为意境的创造"就是要透过秩序的网幕，使鸿濛之理闪闪发光。这秩序的网幕是由各个艺术家的意匠组织线、点、光、色、形体、声音或文字成为有机谐和的艺术形式，以表出意境"[①]。影视艺术在利用线、点、光、色、形体、声音方面构建意境显然具有优势，而且即使是文字，影视艺术也可以利用字幕的形式解决。在各种艺术形式中，宗白华推崇中国书画的意境，因为其中的空间感觉有音乐舞蹈的动感。当然，在所有的艺术中，他最推崇的还是舞蹈："人类这种最高的精神活动，艺术境界与哲理境界，是诞生于一个最自由最充沛的深心的自我。这充沛的自我，真力弥满，万象在旁，掉臂游行，超脱自在，需要空间，供他活动。于是'舞'是它最直接、最具体的自然流露。'舞'是中国一切艺术境界的典型。"[②]"舞"是有声有形的空间艺术，是动态的，因而能够体现生命的活力，从宗白华对书画与舞蹈的推崇中，能够看出他理想的意境体现在视觉艺术中。

电影作为视听艺术，空间艺术，可以表现空间的纵深与变化，而这样的空间也是上述人类精神活动所必需的，同时，电影还可以用音乐和动态的形象表达自由充沛的内心"掉臂游行""超脱自在"，从而使"静照中的'道'具象化、肉身化"[③]。朱立元所说的意境审美内涵中的"时空转换"也恰是电影蒙太奇艺术最适合的，一个意境中，可以融合此时此地的情、景与彼时彼地的情、景，意境中的时空转换，使人超越了时间和空间的制约，得到审美的心灵的自由[④]，这种融合与转换在作为时间艺术的文字中显然不如作为时空艺术的电影中更为直观生动。此

[①] 宗白华：《艺境》，北京大学出版社1987年版，第158页。
[②] 宗白华：《艺境》，北京大学出版社1987年版，第160页。
[③] 宗白华：《艺境》，北京大学出版社1987年版，第159页。
[④] 参见朱立元主编《美学》，高等教育出版社2001年版，第217—218页。

外，电影中的空镜头、长镜头适合表达物我两忘、虚实相生的境界，尤其是一些只有自然景象的长镜头，配上相应的音乐，没有任何文字的叙述，具有禅宗"得意忘言"的超越境界。最后，"在电影意象思维和审美思维中，'观'——这一中国哲学中的主体与客体综合为一的'直觉'方法获得了广阔的运用空间，这种'似离而合的方法视空间如一有机统一的生命境界'。视影像中的形、象、意为一个相互呼应的整体，处处体现出主客观的统一，实现'以理观物，尽物之性'的'通道'目的"①。

电影与"仪式"的关系更为密切。原始时期的仪式往往诗乐舞三位一体，带有表演性质，周公制礼作乐，可见音乐在仪式中的重要性，起到抒发感情、与神沟通的作用。原始仪式所具有的这种视听表演形式，以及参与者与表演者的互动关系，使其成为后世戏剧的源头。[日]田仲一成认为中国的早期戏剧萌芽于孤魂祭祀，元杂剧的题材起源于孤魂故事，结构保存超度孤魂仪礼的痕迹②。而戏剧的表演艺术，又影响到了后来电影的产生与发展，尤其是中国早期的电影都是戏曲电影，并且早期的其他故事片也更多借鉴了中国传统戏剧的表演艺术、造型艺术及故事框架。此外，观看戏剧或者在电影院里集体观看电影的情景也类似于观看或参与仪式的场景，都是群体性参与的活动，都有一种现场代入感，在观看激烈或壮观场面时观众的情感起伏也有类于观看或参与仪式时的迷狂。

四 当代文学改编电影的"仪式"与"意境"建构

综上所述，电影在创造意境和仪式感方面具有先天的优势，所以在当代文学的电影改编过程中，有相当一部分电影较之原著表现出鲜明的意境建构或仪式感，有的则是两者兼具。这些偏爱意境和仪式的电影也都在本课题的研究范畴内，即基本上是以表现民族精神、观照民族文化

---

① 邹少芳：《论当代中国电影意境的建构规律与特征》，《当代电影》2014年第1期。
② 参见[日]田仲一成《中国戏曲文学从祭祀里产生的条件及过程》，选自叶舒宪编选《神话——原型批评》，陕西师范大学出版总社有限公司2011年版，第73—79页。

为主旨的电影。"意境"本就是具有鲜明民族性的审美范畴，体现中华民族思维方式与文化底蕴，而这些电影中的"仪式"无论从声乐、色彩、器物及情感上都带有民族史前记忆的烙印及华夏文化漫长历史发展的积淀。

诗意的和具有民俗风情的小说被改编成电影后，由于导演自身的中国传统文化认同与艺术追求，表现出了区别于小说的意境美。革命历史题材的电影则具有较强的仪式感，有的也具有意境美，因为革命历史题材是通过革命战争来塑造民族英雄的，而在世界上各民族文学的起源中，关于英雄的表述都具有神话色彩，仪式又是神话的一部分。由西部文学改编的电影更是着力塑造意境，表现宏大场面的仪式，陈凯歌和张艺谋的电影，对镜头下的仪式尤为醉心，这种艺术追求也体现了导演自身对华夏文化原始生命力的探求与反思。

中国现代电影《小城之春》可称得上是表现意境的典范之作，导演费穆热爱中国传统文化，精通书画艺术，电影中处处都是"有意味的形式"，长镜头下的废墟、城墙、兰花等都是寄寓着时代情绪与人格理想的富有中国文化气息的意象，在这些如水墨画一样淡远的意象与人物的镜头切换中，景语与情语互相转换，虚与实、主与客也互相转换，可以使观众产生如叶朗所说的"对整个人生、历史、宇宙获得一种哲理性的感受和领悟"[①]，这样的意境所伴随的情感体验不是大喜大悲，而是淡淡的惆怅，也符合叶朗所说的意境的诗意体验。所以《小城之春》的意境美一直为评论家所推崇，同时也影响到新时期导演的艺术追求。

吴贻弓导演的《城南旧事》就具有和《小城之春》相似风格的意境美。林海音的原著《城南旧事》具有浓厚的抒情性，有一定的诗意色彩，但缺少意境塑造。小说全部是第一人称叙事，这个"我"观察与点评一切，直接发表议论，抒发感情，没有一个外在的物象作为中介，如宗白华所说"只有大自然的全幅生动的山川草木，云烟明晦，

---

① 叶朗：《说艺境》，《文艺研究》1998年第1期。

才足以表象我们胸襟里蓬勃无尽的灵感气韵"①，没有"象"，自然也不会有"观"，所以无法有"境界"。而且，主体自我的过度介入，缺乏"虚实相生"的美感，也影响到意境的塑造。电影《城南旧事》基本尊重原著的故事情节，但运用电影镜头语言与声乐的优势，成功塑造了富有中国文化韵味的意境，从而成为比原著更具诗情画意的佳作。电影《城南旧事》中的开头和结尾都是典型的诗乐画一体、情景交融的意境。电影开篇先是一组表现自然风光的空镜头，横摇的镜头中是连绵的群山，画面前景处则是丛生的茅草，目之所及，已是一片旷远萧瑟之景，此时又从旷远中传来呼呼的风声伴随着阵阵鸦叫，在听觉上加深了寂寥之意，镜头之后扫过一段古城墙。这些自然物象已经不再是纯粹的自然之物，而是投射上了人的情感，成为主体观照的意象，而且这些意象是中国山水画和诗词中常见的，积淀着传统文化和审美理想。在视听转换上，苍凉意境中的鸦叫，唤起的审美联想是"枯藤老树昏鸦"中的客途愁恨，很自然的过渡到了后面的童年记忆与情感叙事。接下来主体出现，是一个略带沧桑情感沉郁的中年女性的声音："不自量，自难忘"，令上述画面中潜隐在物象中的怅惘情绪明晰化，变为直抒胸臆，如果说上面的空镜头是无我之境，此时则是有我之境，镜头也完成了时空的转换，从荒野转为北京城，李叔同填词的《送别》舒缓叹惋的旋律同时回响，至此，由乐、声、色、形所共同织就的意境达到高潮。朱立元所言的意境的四个审美特征：主客统一，情景交融，时空转换、有无相生，此意境中皆俱备了。而且这一意境非常类似于宗白华点评过的元人马东篱的《天净沙小令》，前面完全是状景，最后写情，同样是"哀愁寂寞，宇宙荒寒，怅触无边的诗境"②。电影的结尾呼应开头，是一段秋山别离的意境，如果说开头之情是追忆往事的怅惘，结尾则是亲朋知交别离的哀伤，别离的哀伤同样投射到自然景象与音乐之中。不论是追忆往事还是知交别离，都不是大悲大痛，而是化为淡然与超脱，可

---

① 宗白华：《艺境》，北京大学出版社1987年版，第153页。
② 宗白华：《艺境》，北京大学出版社1987年版，第152页。

以说导演深谙意境中体现的中国文化"中和"的精神,并以此来指导其意境塑造。按照一般戏剧化追求的效果及人之常情,亲朋生离死别总有锥心之痛,何况英子这样年幼的孩子,然而她脸上的表情始终是人淡如菊的平静,所以这种意境中的景、人其实都不是真实生活中的个体,而不过是"道"的"具象化""肉身化"① 的呈现而已,是寄托着导演人生旷达之思的形象。小说中完全没有这样的景语情语交融的开头与结尾,一句"爸爸的花儿落了,我也不再是小孩子"就结束全篇了②。这种意境的塑造完全是电影超越小说之处,使电影比小说更具诗情画意,或者说,是电影成就了小说的诗性,如果说提起《城南旧事》这个名字,看过电影的读者在心目中唤起的所有惆怅与悯然之思其实是关联着电影中的意境,进而辐射到小说上。

革命历史题材电影在表现激烈战争中英雄牺牲场面的时候,往往是用非常具有仪式感的画面来表现的。其仪式感一是来自于程式化的动作,与原始仪式的夸张动作或舞蹈具有相似之处,当代影视中这种程式化动作其实最早可以溯源到革命样板戏中,后者几乎就是一种现代"仪式"。英雄牺牲场面的仪式感二是来自于声与光,前者往往是高亢雄浑的呐喊声、歌声或音乐声,后者则多是漫天的火光,以红、黄色调为主。这种声与光与原始仪式也多有相似之处,从周礼所用乐器的洪钟大吕中,可以感受到仪式之乐的振聋发聩,音乐是仪式中非常重要的一个因素。而原始人对火的崇拜也延伸到各种仪式上火的运用及关于"火"的神话中,无论是祭祀礼中的香火还是农耕民族的"社火"仪式,都反映了"火"对初民的重要意义。"火"作为一个意象如荣格所说就会"包含着一些人类的心理状态和人类的命运"③,成为集体的无意识记忆,长时间储存下来,不时被唤起,在后世的典礼中或者文艺作品中呈现。最后,英雄的牺牲也与祭礼中的"牺牲"相似,从"牺牲"

---

① 宗白华语,宗白华:《艺境》,北京大学出版社1987年版,第159页。
② 林海音:《城南旧事》,陕西师范大学出版社2009年版,第88页。
③ [瑞士]卡尔·古斯塔夫·荣格:《人、艺术与文学中的精神》,姜国权译,国际文化出版公司2011年版,第102页。

这个词的词源上看,本就是指祭礼中的祭品。献祭,表达的是一种人对天的虔敬之心,唤起的是庄严神圣的情感。所以,英雄的牺牲非常适合用富有仪式感的画面来表现,以此使之区别于日常生活,而具有神圣的意义。从这个角度上看,革命历史剧的这些壮烈场面其实已经具有了神话意味。

创作完成于20世纪50年代初期的革命历史小说,由于创作者现实主义的创作理念及朴质的创作手法,小说以叙事为主,较少意境的塑造和仪式化的场面,在表现激烈战争场面和英雄牺牲的时候,也以纪实性的白描为主,间以直抒胸臆。而这些小说在被改编成影视剧后,由于前面提及的视听艺术与"仪式"渊源及其在表现仪式方面较之文字先天的优势,所以多将战争场面和英雄的牺牲表现为仪式感非常强烈的一系列画面。下面以小说《敌后武工队》及其改编电影来说明这种区别。

小说中关于武工队与夜袭队激战的场面描写非常贴近现实,包括武工队员刘太生的牺牲,没有戏剧化的夸张的描写,一如真实的战争与死亡。"三个夜袭队员已经蹿到他的跟前。刘太生举枪就打,子弹哑了火;甩手榴弹,距离太近,不能了。一转眼,三人同时按住了刘太生。刘太生心一横,拉断了身上的一颗手榴弹弦,轰!敌人和他都趴下不动了。这时,魏强、辛凤鸣、常景春……都扭过头来。常景春抱起歪把子,调转枪口,横扫过去,像扫驴粪蛋子似的,把扑上来的敌人一股脑地扫下了土疙瘩,没有死的都钻进玉米秸地溃逃了。魏强跑到刘太生跟前,两手朝身子底下一抄,将刘太生扶坐起来。刘太生二目紧闭,脖颈软绵绵地将头一歪,扎到魏强的怀里,他的左手里还挽着那根不长的手榴弹弦。魏强扯下左臂系扎的白毛巾,揩掉刘太生脸上的鲜血,然后抱起来,像抱着一个睡熟的孩子,生怕惊醒他似的,一言不发地走下了土疙瘩。为了民族解放事业,刘太生光荣、壮烈的牺牲了!"[1]"密密的雨点从天空落下来,武工队抬着死去的战友刘太生,在黎明前最黑暗的时

---

[1] 冯志:《敌后武工队》,人民文学出版社2005年版,第201页。

刻里,踏着泥泞的道路,消逝在秋末的原野上。"① 从这些描写中可见,武工队员在战争中也没有什么特技或神功,其牺牲也如常人,作者并没有将其牺牲神圣化,这与作者本人武工队员出身并亲历战争的真实体验相关。但作者除了叙事,也有抒情与议论,用"光荣""壮烈"等形容词来评价烈士的牺牲,在最后,描写了自然景象,借景抒情,表达了作者对曾经的战友逝去的伤痛心情。无论如何,这段描写不具有任何仪式感。

到了后来改编影视剧中,相似情节则经常以悲壮神圣的仪式呈现。在1995年电影《敌后武工队》中,有一个武工队员攻打南关站、与鬼子松本激战的场景就具有很强的仪式感,这里与小说不同,牺牲的不是刘太松,而是贾正。这个场景如下:一列火车迎着镜头驶来,火车前车灯发出巨大的红光,慢速镜头中武工队员贾正在奔跑,因为是慢镜头,所以人物手和脚的摆动幅度很大,动作比较夸张。敌人子弹飞在他身边,射出火花,像烟花一样灿烂,与火车头发出的红光相辉映,接下来,贾正被击中倒下,其他武工队员们愤怒地喊着拿起机枪射向敌人的汽车,发生了爆炸,顿时是冲天的火光,满屏幕都在燃烧,恰在此时,男中音悲怆抒情的歌曲响起:"我的家在黄河以北太行山下,那里有我白发苍苍的老妈妈,严寒不惧风雨不怕哺育我长大……如今我要离家出走,为了自由去战斗"。歌声中,倒下的贾正挣扎着站着来,扳过了火车车道,完成了英雄使命然后牺牲,人物表情和动作都很吃力痛苦,因为这种吃力痛苦,所以显得很夸张。之后是火车冲过一片房屋,又是巨大的爆炸产生的冲天火光。其中,英雄人物的动作具有表演性,辅之以灯火、音乐,使人物动作及最后牺牲都具有了壮烈神圣的意味。这个场面具有上述仪式的几个要素,人物的动作具有程式化和表演性的特征,有火光、音乐配合调动情绪,有英雄的牺牲,整体氛围壮烈神圣。电影结尾一个场景也与此相似,具有仪式感:武工队员与松本在村中决战,汪霞为掩护魏强扑了上去,人物一跃而起的动作也是用慢速镜头仰拍的视角来表现的,同时伴有周边物体爆炸产生的火光,将天光染成红色,

---

① 冯志:《敌后武工队》,人民文学出版社2005年版,第202页。

人物飞跃的动作衬在红色的天空背景中。接下来是汪霞牺牲，魏强抱着她大喊，镜头切换，天空昏黄中带红色，浓烟蔽日，此时前面贾正牺牲时的音乐旋律又响起，魏强一跃而起，骑上摩托，用的又是仰拍视角，人物显得非常高大，摩托上放着手榴弹，魏强自己跳下来，车冲向土地庙，又是冲天火光、浓烟滚滚，武工队员一片呐喊，魏强从废墟中慢慢站起来，用了近摄，人物前面土堆上仍有火在燃，面部表情是出神的状态，然后是长镜头，聚焦昏黄的天空，魏强慢慢挥动拿枪的左臂，又是一声爆炸，火光，废墟，夕阳，接着反映中共对抗战起中流砥柱作用的字幕出现，主旋律音乐响起，最后在抗日军民浮雕像的镜头中全剧终。影片结尾的这个场景同样具有构成仪式感的几个要素，结尾的浮雕像具有图腾的叙事功能，进一步增添了仪式的神圣意味。应该说，电影结尾的仪式场景与张艺谋的电影《红高粱》的结尾有相似之处，后者也是一个仪式感很强的场景，二者都有烈火、太阳的意象，都以红、黄色调为主，都用慢速镜头来强调、夸张人物动作，"我奶奶"倒下的瞬间也是慢速镜头仰拍，以天空为背景，众人用酒炸掉敌人的汽车后也是满屏烈火浓烟，同时也伴有音乐，爆炸过后，"我爷爷"从废墟中站起来，也是在镜头前景处有燃烧的火焰，用的是逆光，天空也是黄红的色调。《红高粱》上映日期是1988年，早于《敌后武工队》，应该说，后者对于仪式场景的塑造是借鉴了前者手法的。

  仪式具有控制情感、增强凝聚力的作用，抗日影视剧通过富有仪式感的英雄抗战及牺牲场景的塑造，有力地激发了受众对英雄的敬慕之情和对敌寇的仇恨之情，感受到崇高壮美之意。所以，抗日影视剧乐用此手法，乃至成了一种套路，又有缺乏创新之弊。

  在西部电影中，意境与仪式也是普遍出现的元素。吴天明的《老井》《百鸟朝凤》，陈凯歌的《黄土地》《边走边唱》，张艺谋的《红高粱》《大红灯笼高高挂》等都是善用意境与仪式相结合的代表作。这种艺术追求与导演的文化寻根理念不无关系。一方面，他们热爱传统文化、崇拜土地所代表的养育一切的生命力，在意境中反映传统的审美旨趣，在仪式中张扬宣泄生命的活力与审美创造力，另一方面，他们对文化的负重既有清醒的认识却又态度复杂,因为这负重是与养育并存的,是无法批判难以割舍的。所以,在他们电影中,有的仪式就寄托着导演的这种复杂情绪,比如《黄土地》中的祈雨仪式,那密密麻麻虔诚的人群,都是代表黄土地的父老乡亲,所以想要逆流而出的那个小小的身影显得是那么孤独弱小。

五 电影在意境与仪式建构方面的优势——以史铁生小说《命若琴弦》的电影改编为例

电影《边走边唱》改编自史铁生小说《命若琴弦》。后者以一老一少两个瞎子为弹断一千根琴弦的流浪人生开始故事,以这个目的被证实为虚空结束故事,但在目的被证实为虚空的同时,主人公也悟出了人生之"道":目的虽为虚设,但必须得有,有了目的的人生,生命的琴弦才能拉紧,才能弹响。在这篇小说中,体现了史铁生关于生命的哲思,其目的为空、过程为美的思想,有着禅宗与道家的影响,恰是一种无功利的审美人生姿态,因为不再着意于最后的结果,所以可以"从人生种种局限中解脱出来,对生命持一种远功利超越利害的欣赏态度。这如同庄子的'乘物以游心','与物为春','与天地精神往来',在艺术想像中实现自由"[1]。应该说史铁生这部小说本有的禅理与哲思非常适合意境的表现,或许这就是小说吸引导演陈凯歌的原因。在电影中,陈凯歌不仅将小说中的哲思用意境表达出来,而且进一步升华史铁生的人生之思,赋予其神话与宗教的色彩,表现为电影中盛大、瑰奇、神秘的各种仪式。可以说,这部电影几乎全部是由意境与仪式组成的。

史铁生小说的哲思是蕴含在故事中的,通过叙述者的讲述与人物对话表达出来。比如人物最终悟出的道是叙述者直叙的:"老瞎子现在才弄懂了他师父当年对他说的话——咱的命就在这琴弦上。目的虽是虚设的,可非得有不行,不然琴弦怎么拉紧;拉不紧就弹不响"[2]。这种直

---

[1] 韩元:《史铁生:边走边唱——走出美的距离》,《当代作家评论》1999 年第 4 期。
[2] 史铁生:《史铁生作品集(2)》,中国社会科学出版社 1995 年版,第 41 页。

叙显然不是情景交融、得意忘言的意境表达方式。另外小说中的人物对话也比较多，通过人物对话交代故事内容、推动情节发展，显然也不符合"不落言荃"的审美意境。可见，小说不以塑造意境为主旨。不过，小说的开头很有镜头感，同时也具有意境的审美特征："莽莽苍苍的群山之中走着两个瞎子，一老一少，一前一后，两顶发了黑的草帽起伏蹒动，匆匆忙忙，象是随着一条不安静的河水在漂流。无所谓从哪儿来，也无所谓到哪儿去，每人带一把三弦琴，说书为生。方圆几百上千里的这片大山中，峰峦叠嶂，沟壑纵横，人烟稀疏，走一天才能见一片开阔地，有几个村落。荒草丛中随时会飞起一对山鸡，跳出一只野兔、狐狸或者其他小野兽。山谷中常有鹞鹰盘旋。"① 这段话里有情景交融、主客统一，而且有达于哲学层面的人生感与宇宙感，"无所谓从哪儿来，也无所谓到哪儿去"点出了整段话空灵旷达、不为物拘的逍遥意境。小说结尾重复开头这段话，重章叠句强化了这一意境的审美感染力。

小说中的意境是用纯粹的文字去织就的，文字叙述在读者大脑中经过思维转化为"象"，再通过思维赋予"象"以意味，是需要多次转化的过程的，而且逻辑思维参与的过程影响意境的"直观"体悟。比如"峰峦叠嶂，沟壑纵横"这样的文字很难直接在脑海中浮现为"视觉"图像的，需要读者具备一定的审美经验才能通过逻辑思维进行转换。作为小说中关键情节推动因素的琴声更无法通过文字直感，况且史铁生在小说中丝毫没有对主人公三弦琴的音乐效果进行任何描述，所以就谈不上用声、画、文字共同构建意境。作者的聚焦点在琴弦上，在路上，在关于人生意义的哲思上，不在音乐本身，琴只是一个隐喻。所以尽管这是一篇以琴为主线的小说，读者却自始至终感受不到音乐之美。

陈凯歌的电影《命若琴弦》则充分发挥了影视艺术的特长，保留了小说的故事框架，用瑰奇的画面、沉雄的音乐，构建了无数个玄妙的意境与神奇的仪式，是延展小说魅力的一个有力的视听互文本，也是体现影视艺术较之小说塑造意境优势的一次成功改编。

---

① 史铁生：《史铁生作品集（2）》，中国社会科学出版社1995年版，第21页。

第五编　民族审美心理与中国当代文学的影视改编

　　电影中的自然景观非常丰富多元，或雄奇壮观，或荒凉冷峻，与音乐相配合，织就幽深高远的意境。首先，电影中有许多表现壮丽自然景观的空镜头，其中没有人的存在，或者利用远摄，将人拍得很小，而作为背景的天空或群山则显得旷远巍峨，这种无我之境表达了一种对人与自然关系的认识，"使心灵和宇宙深化，使人在超脱的胸襟里体味到宇宙的深境"[①]。其次，无我之境与有我之境通过镜头切换实现转移与融合，达到了有无相生、主客统一的审美境界。比如其中一个意境：群山笼罩在蓝色的烟雾中，连绵起伏、层次分明，颇有中国水墨画的效果。镜头横摇，对准不同角度的山景，然后切换到破庙，空中回旋着三弦的乐音、雷声，音乐是舒缓的，天空是冷色调的。这段无人之境持续了较长时间，令人在自然美景与天籁之音中几欲出神入化，然后镜头一下就切换到老瞎子弹琴的场景，主体显现，人的存在与意义彰显，之后在音乐声中，镜头又从人切换到莽莽黄土高原上金字塔形的土堆，浩渺天空上，飞过一行大雁，像一些黑点缀在其中，越发衬出天之高远空旷、深不可测。最后，通过镜头切换与画面色彩变化，实现时空转换，因为镜头的切换可以在短时间内完成，但其中反映的时空则是沧海桑田，所以这种转换给观众的感受可以超越时间和空间的制约，神游物外，逍遥自由。比如电影开头是冷色调的夜空背景，将亡的师父，喊着"千弦断……"的小瞎子，断断续续的三弦声……接下去天色从深蓝变浅蓝，天光渐亮，黄土高原淡入，但是与天光一样的是浅蓝色，突然，黄土呈现真正的黄色，天大亮，镜头拉近，一个老瞎子的形象出现，但这已经是60年之后了。镜头中的时空仿佛只过了一夜，但故事中的时空其实已经是60年的日夜。这一意境中的时空转换，表达了人类社会与宇宙自然的时空差异，在有限人生与无限宇宙的比对中使人产生一种虚幻感。

　　电影中的仪式也有多处。仪式是一种集体行为，所以一般都是非常壮观的大场面。如果说电影中的意境多以静观呈现玄幽的哲思，反映自

---

　　① 宗白华：《艺境》，北京大学出版社1987年版，第164页。

然的神力及人相对自然的渺小,仪式则更多地以动态化的镜头呈现生命的活力,反映了人性对自然的超越及其神性的一面。比如电影开始有一个在壶口瀑布前的仪式。汹涌怒腾的瀑布显然与上述静态的自然景观不同,表现出一种令人敬畏的动态美。在瀑布之前,一群袒露着上身的汉子向着镜头跑来,然后将一只大船抬着前行,船上坐着一个小女孩,老瞎子在旁边唱着歌,众人喊着号子和之,场面令人震撼,在这个仪式化场景中,当人出现之后,奔腾的瀑布俨然成了衬托人的生命力的背景,人的歌声与号子声已经压过了瀑布的怒吼声,庞大的人群的身影遮挡住了后面的瀑布。这个场景的叙述功能与《黄土地》中的安塞腰鼓的场景具有异曲同工之处,都用来表现中华民族富有活力、生机勃勃的民族性的一面。另一处夜景的仪式是用来追溯民族起源,表现民族伟大神圣的一面:全黑的背景下,老瞎子和小瞎子坐在中央石头基座上,围观的人群手持火把围成一圈,老瞎子弹起三弦,唱起关于夸父和女娲的神话故事。这个场景具有原始仪式的几个要素:乐器、音乐、表演者、火、迷醉的人群等。乐声苍凉雄浑,唱词抑扬顿挫,辅之以庄严肃穆的场面,很容易调动观众的情绪投入民族创世神话的共情与迷醉中。前面讲过,仪式具有唤起参与者共同心理体验、形成集体认同的功能,而共同的起源与神话也是民族认同的重要因子,所以上述这个仪式明显具有唤起观众民族认同与民族归属感的叙述功能。

  电影《边走边唱》中的意境与仪式是折射中国传统文化的,尤其是道家思想及"天人合一"的观念。一方面,电影中的意境反映了自然的雄奇伟大,人相对于自然的无力与渺小,人随顺自然,无为无欲。比如为什么有的人会瞎,这是个无从解释的问题,小说中小瞎子问过师父,史铁生在他的小说中也曾经发问,最后仍然是归于命定的困厄,是不得不接受的结局。电影中琴弦断的那个意境,尤其体现了人的意志在神秘的自然之力面前的无奈与屈从。老瞎子踞于群山之巅弹奏,面部表情痛苦,琴声激越,长镜头中黄土高坡的色彩奇幻多变,淡紫,浅褐,黄,灰,老瞎子停止动作,但琴声依旧,是天地之间乐音流淌,然后弦自己断了。所以正如瞎是命定的安排,千弦断也是神秘的宇宙自然之力为之。另一方面，电影中的仪式又反映了人的生命活力和不甘屈从命运、屈从自然的顽强意志。这与上面的随顺自然是二元对立的关系，反映了我们民族性格中的矛盾一面，也是陈凯歌部分电影中存在的二元对立关系，比如老瞎子的认命随顺与小瞎子的质疑反抗就形成了对比，正如《黄土地》中的翠巧爹与翠巧。他们无所谓善恶，而是代表我们民族文化的不同侧面，有活力，有负重，养育了民族的一切，又摧毁过追求与梦想。电影的玄妙与晦涩或许反映了导演对民族文化难以明言、取舍的复杂态度。

　　电影《边走边唱》中的"象"及仪式中的"物"都是具有民族文化特征的。黄土高原、黄河壶口瀑布，都是指向中华民族起源与形成的标志性地域，作为仪式器物贯穿整部影片的三弦琴也是民族乐器，始于秦时，在中国西北部的汉族和部分少数民族中流行。电影中构成意境的"色"也以红黄为主，这种色彩同样反映了民族的审美心理，"红色的文化内涵特别丰富。它象征着火焰，引发人们对远古时代从茹毛饮血的野蛮过渡到熟食文明的种族记忆，使人联想到温暖、阳光和男性的力量……总之，红色在中国人心目中激发的审美意象几乎完全是它的正值"[①]。"黄色萌发于民族的生存环境，民族的摇篮与生息之地就在黄河流域的黄土高原……中华民族作为一个数千年中以黄土高原为中心繁衍生息的农业民族，又长期处于封建专制制度之下，形成了所谓'天人合一'、'一阴一阳之谓道'的天命观、人生观。因此它对黄色的敏感既取其慰藉心灵的温暖感、质朴感（如丰收、成熟、明亮），又取其辉煌庄严的崇高感和权威主义。"[②] 红、黄两色一度是陈凯歌、张艺谋电影中的主色，这与他们对民族生命力与作为民族之根的黄土崇拜有关。

　　张艺谋也善用影像艺术表现仪式，在其电影中多有仪式场景。电影《红高粱》的仪式较之原著尤为夸张奔放。其他电影如《大红灯笼高高挂》中的仪式则完全成了一种刻板程序，给人压抑的感觉。而苏童原

[①] 梁一儒、户晓辉、宫承波：《中国人审美心理研究》，山东人民出版社2002年版，第88页。
[②] 梁一儒、户晓辉、宫承波：《中国人审美心理研究》，山东人民出版社2002年版，第89页。

著小说《妻妾成群》则丝毫没有仪式的痕迹。电影中的许多仪式场景完全是张艺谋创造的，用来表现程式化的仪式对生命造成的压抑。也正是在这部电影中，张艺谋对仪式器物的看重与执着得以表现。在原始的仪式中，"器物往往在程式化的表演过程中与语言一样具有符号意义"[①]。在这部电影中，作为仪式的器物——大红灯笼，有时就替代了语言的功能，在一片静默中展示其对人不言自威的压力。当然，张艺谋电影中的仪式器物都是富有民族特色的，比如大红灯笼，轿子等。

第三节 民族传奇叙事与"抗日神剧"

所谓"抗日神剧"指的是一类带有娱乐化、神话色彩的表现抗日战争历史的电视剧，其作为一种文艺样式集中出现于2011年前后的荧屏并活跃至今，作为一个被归类的定义大约于2013年前后出现于互联网并很快引起了主流媒体的关注，学界批评继而跟进，成为一个引起轰动的文化事件。"神"这个词在网络语境中具有"奇葩""惊人"的意思，说明这一类电视剧在细节上的失实到了惊人的地步。此外，某些抗日剧中的价值观也存在世俗化甚至庸俗化的倾向而与传统抗战正剧形成鲜明对比，从而引发了主流媒体、学者和抗日战争当事人、亲历者的不满，成为一个社会关注的话题。2013年4月10日"央视新闻1+1"首先发声，继而国家新闻出版广电总局出手整治，对卫视电视剧黄金档已报排播的抗战题材剧进行重审和甄别，对存在过度娱乐化的抗战剧进行修改，停播不能修改的过度娱乐化抗战剧，同时对以严肃态度进行创作的抗战剧给予鼓励和支持[②]。

虽然"抗日神剧"的集中出现是在2011年之后，但"神剧"的因子其实更早些时候就出现在了一些由红色经典改编的电视剧中，比如2005年的电视剧《野火春风斗古城》《敌后武工队》，2010年的电视剧

[①] 闫月珍：《作为仪式器物——以中国早期文学为中心》，《中国社会科学》2017年第7期。
[②] 参见刘阳《主管部门整治"抗战雷剧"》，《人民日报》2013年5月17日。

《平原枪声》等,这些电视剧虽然基本沿袭原著的故事情节和人物形象,但也添加了许多离奇的甚至失实的战争场面,表现出与原著不同的文化取向,属于非典型"抗日神剧",到了2015年左右,一些依托红色抗战小说改编的影视剧如2013年的电视剧《武工队传奇》、2015年的电视剧《大刀记》《飞虎队》,2016年的电影《铁道飞虎》则是典型的"抗日神剧",除了借用了原著的题名和人名、地名、部分情节外,大部分内容与原著出入很大,已经失去了原著的现实主义精神,表现出神话色彩和娱乐解构历史的态度。

"抗日神剧"为人所诟病的"神化"色彩主要表现在神话式英雄的塑造,比如总是能化险为夷不死的抗日英雄,英雄所使用的代表中华传统文化的战争武器比如大刀、针等总是能完胜使用现代化武器的日寇,英雄所身怀的传统武术绝技也总能使其躲过枪林弹雨以少胜多制敌于死地。上述几方面因素与中国传统文化有着密切的互文关系,其中对传统武术的自信与痴迷使得这些神剧有时被视为武侠片,有着浓厚的江湖气息。回归文化、回归传统,既体现了同时期国家的相关政策和精神,也反映了民族主义者的一种文化抵抗策略。

根据互文性的理论,一切文本都是对已有文本的重新建构。克里斯蒂娃认为"文本是许多文本的排列和置换,具有一种互文性:一部文本的空间里,取自其他文本的若干部分互相交汇与中和"①。一部电视剧作为一种文艺文本,其生成过程也会借鉴和参考之前或同时代其他文本,带有以往和现今文艺记忆的烙印,"它摸索并表达这些记忆,通过一系列的复述、追忆和重写将它们记载在文本中,这种工作造就了互文。"②

当下具有神话色彩的抗战题材电视剧与中国古代历史演义小说有着明显的互文关系,后者英雄叙事的神话和浪漫主义风格被前者解码、承绪和戏仿。作为一种历史文学样式,明清历史演义小说在大要不违史实的基础上,采用了一些浪漫夸张的手法来塑造英雄、渲染战争场面,甚

---

① 转引自李玉平《互文性文学理论研究的新视野》,商务印书馆2014年版,第18页。
② [法]蒂费纳·萨莫瓦约:《互文性研究》,邵炜译,天津人民出版社2003年版,第35页。

至借鉴了一些神怪小说的手法，神化战争中的人物和战争兵法，这种倾向一方面是受我们传统文学叙述中神话与史实杂糅的影响，另一方面也是为了增加作品的趣味性，实现作品的商品属性。作为经典的《三国演义》自不必说，其他几部涉及民族国家主题的历史演义小说如《杨家将演义》《说岳全传》《说唐后传》等普遍存在这个倾向。所以这些历史小说也可以作为英雄神话来看，其神话色彩可以从英雄功夫、英雄武器、英雄命运等三个方面来解读，其民族意识及叙述风格对后来的红色经典小说和"抗日神剧"都有影响。比如2005年版的电视剧《野火春风斗古城》就增设了原著中没有的说书人讲说岳飞故事的内容：杨晓冬准备去接头时，城里的一个扮为说书人的地下党员为防止杨晓冬来中了汉奸的埋伏，不惜跟特务蓝毛拼命，壮烈牺牲，在临死前说的还是《说岳全传》中岳飞的对白："你们欺负我中国无人，兴兵南犯，我恨不得食你之肉喝你之血，岳爷我召集天下兵马……我乃大宋兵马副元帅，岳爷爷是也。"

英雄功夫。明代熊大木编撰的《杨家将演义》讲述的是北宋时以杨业为首的杨门将士抗击辽邦入侵的历史故事，其本身就是一个与民间流传的杨家将故事、宋元话本和元杂剧中的有关剧目互文的文本，其中反映的历史事件与历史人物、战争兵法等都与真实的历史有较大的差距。为了强化忠君爱国的主题，小说通过大小战争反映杨家父子的神勇，他们力大无穷、箭法高超，比如六郎与番将比射，敌人拼尽全力也不能拉开的弓，六郎却能"一连三矢，并透红心"；杨府的女流之辈也丝毫不让须眉，她们能将敌方大将一刀砍于马下，甚至怀孕了还能在阵上厮杀。在"说岳"演义和民间传说的基础上编次、增订的长篇英雄传奇小说《说岳全传》一开始就将岳飞的出身神化为佛祖护法大鹏，在各种对金战争中岳飞也是经常以少胜多，单枪破阵；其子岳云更是少年神勇，13岁就能舞82斤重银锤掀翻金兵元帅，锤碎金将天灵盖。与这样的细节相对话的则是当代红色经典小说和抗日剧中随处可见的神射手（包括枪、炮和箭）、女英雄、孤胆英雄、少年英雄的形象。由红色经典抗战题材小说改编的有神剧倾向的电视剧都有中华武术对阵日本侵略者的情节，比如小说《敌后武工队》中有一个小人物叫田光，在警备队里混事，后来反正，帮助武工队活捉刘胜和松田。但到了2005年电视剧《敌后武工队》中却成了一个武林高手，忠孝节义俱全。2010年的电视剧《平原枪声》中马英家成了习武世家，年迈的马英娘一个人轮棍能打倒数个精壮的作为职业军人的鬼子，而原著中的马英娘只会一头撞向鬼子，剧中马英本人自然更有武功，在狱中的时候就打算用祖传的断喉拳捶死内奸。2005年的电视剧《铁道游击队》虽然还不算神剧，但剧中英雄骑着自行车飞上火车的镜头已然被观众视为神功了，后来的以《铁道游击队》为蓝本改编的神剧如《飞虎队》《铁道飞虎》中关于中华武术轻功的展示有更多夸张和神化之处。2015年的电视剧《大刀记》对中华武术也进行了神化，甚至上升到民族尊严的地步。剧中贾辅仁的师父与日本人黑龙会总教头中田比武，号称是为了中华武林的荣誉和国人的志气，他教育主人公梁永生时也说个人事是小事，比武是大事，不仅关乎中华武林的名声，还关乎两个国家的输赢。将比武上升到国家大事的高度，是典型的以娱乐精神解构艰苦抗战的神剧思维。2005年版的电视剧《野火春风斗古城》中也有诸多靠拳脚打赢荷枪实弹鬼子的情节，比如当几个鬼子当街残杀老蒲时，燕来施展拳脚，如戏文中一样表演性十足地大喊着"众位看好了，爷爷今天替中国人杀日本鬼子了"，当鬼子欲放枪时，旁边围观者也加入，光天化日下夺枪，三个荷枪实弹的鬼子被轻松打倒。电视剧结尾处，银环穿着旗袍拿着箱子被日本军官多田追，居然好久追不上，最后到了悬崖边上时，救兵杨晓冬等人仿佛突然天降，多田挟持了银环做人质，要杨放下枪。这时银环猛一反抗，多田枪打歪了，银环随着多田摔出去，杨晓冬居然稳准地接住了她，而多田却坠下悬崖。同样，神剧《大刀记》中的玉如也可以穿着长衣裙夜爬城墙、飞檐走壁，这样的神女及神功情节已经大大背离了原著的现实主义精神。

英雄武器。功夫高强的英雄通常离不开一件护身杀敌属于冷兵器时代的神器，比如《杨家将演义》中的六郎的神箭，焦赞的万夫莫近的飞锤，穆桂英的来自神授、百发百中的三口飞刀；《说唐后传》中的冷

第十章　民族审美心理与中国当代文学的电影改编

兵器更是让我们眼花缭乱，斧、枪、戟……，英雄配上这样的武器方能发挥功夫，神勇杀敌。比如，在唐军与番兵的一次对阵中，小说这样写道："秦怀玉一马当先踹起番营，手起枪落，把那些番兵番将乱挑乱刺。后面程咬金虽只年迈，到底本事还狠，一口斧子轮空手中，不管斧口斧脑乱斩去，也有天灵劈碎，也有面门劈开，也有拦腰两段，也有砍去头颅，好杀！……东城尉迟元帅带兵出番营，这一条枪举在手中，好不了当！朝天一炷香，使下透心凉，见一个挑一个，见一对挑一双，惨惨愁云起，重重杀气生。"①这样夸张的冷兵器杀敌的场面是传统讲史小说常见的情节，在民间传播过程中也是最吸引受众的地方，对历代通俗文学影响深远，新中国成立以后随着广播和收音机的普及，说书艺术进一步发展，内容主要是古代历史演义小说，这样紧张的斗兵器场面往往也是说书人讲得兴奋听书人听得出神的地方，当时的红色经典小说如《平原枪声》《大刀记》都受此影响，有类似的情节，并被改编成评书的段子。当下为受众所诟病的"抗日神剧"的武器也多是此类传统的冷兵器，比如大刀、打狗棍、弹弓等。大刀是最常见的杀敌武器，比如2015版电视剧《大刀记》中，冷兵器大刀是核心武器，贯穿全剧，与之相关的刀谱与刀法也成了重要的情节推动线索，宁安寨的防守用的也是传统兵器及传统兵法：用铁钉扎敌人马掌，而敌人用得却是现代化武器——枪。电视剧《英雄戟》第一集的开始，几个江湖好汉人手一柄短刀，腾空而起，迅疾敏捷，把一车荷枪实弹的日寇打得落花流水，颇似上述历史演义中的战斗场面。然而事实却是，"在亲历过那场战争的钱青看来，神化抗日英雄、'弱智化'日本鬼子的抗日电视剧歪曲真相。'抗战年代是很艰苦的，黄埔军官也不例外，根本不像电视里那样高头大马、穿着呢子大衣、蹬着马靴。而且日本鬼子装备精良，训练有素，有着自杀式的疯狂。'"②

英雄命运。历史演义小说中的主要英雄在面临险境时经常能够化险

---

① （清）无名氏：《说唐后传》，华夏出版社2013年版，第242页。
② 《抗战老兵批抗日神剧歪曲历史》，http://yuqing.people.com.cn/n/2015/0915/c399075-27586524.html。

为夷、大难不死,而最后也总能获得一个大团圆的结局。比如《说唐后传》中的薛仁贵为救征辽东的天子,多次出神入化转危为安,他骑马从数十丈山上跳下,竟毫发无伤;他为救主需要过海到中原去,作好在海中会淹死的心理准备,却不料宝骑"赛风驹"可以马蹄着水奔跑起来,连日连夜在海上飞风而去,平安着陆。最后人物的结局是四海升平,满门荣贵团圆。《说岳全传》虽然无法改变岳飞枉死的史实,但仍然设置了一个宋军大胜,岳雷奏凯回朝,之后"子孙繁盛,世代簪缨不绝"的大团圆结局。《杨家将演义》最后的结局也是宗保平定西夏,十二妇得胜回朝,"自是四方宁靖"。红色经典抗战题材小说中的主要抗日英雄通常都能历经艰险坚持到最后胜利,上述改编的"抗日神剧"则设置了更紧张离奇的险境,进一步加强了人物命运的跌宕起伏和出神入化,而主人公总能从绝境中脱险或反败为胜,置敌死地,最后的胜利也总是属于代表我们民族精神的主人公。经受考验、完成任务、凯旋归来的英雄形象不仅与历史演义小说互文,还是原始神话英雄原型的现代演绎。

明清历史演义小说的英雄叙事中还掺杂了大量的道教神仙法术,点豆成兵、腾云驾雾、神仙救驾等情节经常出现在战争中。所以这是一种介于历史叙事与神话叙事间的比较奇幻的文体,作者创作动机的某些因素及社会影响也与当下"抗日神剧"有几分相似,"演义作家为了满足读者大众的审美、娱乐需求,为演义争得更多的生存权和发展权,的确采用了不少写作方法来涵容市井庶民的美学情趣,以增强作品的趣味性、娱乐性和可读性。这便在一定程度上弥补了直接演绎正史所带来的虚幻程度不足、市井生活气息淡弱等缺陷,使作品具有一些鲜活、盎然的生机和灵趣。但由此产生的负面影响,也是显而易见的,即作者有时过于媚从读者,而不注意描写的分寸,也使作品的某些地方显得鄙谬不经或肤浅庸俗,影响了作品的历史真实感和艺术品位"[①]。这段评论中所提到的负面影响也正是当下社会对"抗日神剧"的批评。

[①] 纪德君:《明清历史演义小说艺术论》,北京师范大学出版社2000年版,第120页。

作为经典的历史演义小说在中国文学传统中占有非常重要的地位，不仅影响了其他样式的文艺作品，而且因为其传播深远，对于塑造民族审美趣味、审美心理都起到了一定作用。"它是既通俗又形象的历史性读物，可以向广大民众传播、普及丰富的历史知识……它又可以充当既生动又具体的军事教科书，使人们从中学到丰富的政治军事谋略。"[1]直到今天，这些半实半虚的历史演义小说还在被作为国学经典印刷出版，并被改编成各种影视作品，很少听到批评的声音。而同样作为历史文艺作品的抗日剧因为一些神话色彩却引起了众怒，个中原因或许正如央视访谈节目中主持人董倩所说的，宫廷剧可以戏说，民族惨痛的历史不容戏说。抗战历史作为一个离现在不远的过去式，又和我们民族近现代的切肤之痛联在一起，所以如果出现演义体美学风格的话，是难以被幸存的历史当事人和严肃的批评家所接受的。

---

[1] 纪德君：《明清历史演义小说艺术论》，北京师范大学出版社2000年版，第270—271页。

结语　中国当代文学影视改编的民族性与世界性

文艺作品的民族性主要体现在两个层面，一是在思想内容上反映民族的伦理价值观念、思维方式、民族性格、风俗人情等，二是在形式上继承民族文艺传统，体现民族审美心理等。新中国成立以来，中国当代文学的民族性追求始终是没有断裂的，在不同时代，都有民族性鲜明的作品问世，尽管其民族性特征体现着时代变迁的烙印，但其本质上还是植根于中华民族文化传统，体现民族的审美旨趣，反映民族历史与现实的。民族性特色鲜明的作品，尤其受本民族受众的喜爱。从中国当代文学影视改编的历程来看，基本上被改编成影视剧的都是具有民族性特征，符合中国受众审美情趣的作品，或者是反映民族性话题，而被影视剧改编成具有强烈民族主义精神、民族文化色彩鲜明的作品。总之，由当代文学改编的影视剧较之文学原著，其民族性特征甚至要更为鲜明一些。个中原因，一方面是由于导演自身对于民族性的艺术追求，另一方面是影视剧作为大众艺术的一种，要更多地考虑到民族大众的伦理价值观念和审美情趣，还要兼顾大众传媒发扬民族文化的责任与使命。总之，中国当代文学及由其改编的影视作品，共同建构了既有历史积淀又有时代特色，相对稳定的同时又有变化的民族文化、民族气质与民族形式。

新中国成立初期的红色经典抗战题材小说的民族性主要体现在其中高扬的民族精神。而民族精神恰是民族性中的核心要素。这种民族精神就是顽强不屈、抵御外侮的爱国主义精神。在这些小说中既有对传统人伦亲情的肯定，但更重要的是表现民族危亡时个人、家庭利益为民族国家利益的让步与牺牲。以人为本，但同时将个体命运与更高的国家、天下命运紧密结合起来，强调个体对集体的责任与义务，正是儒家文化中家国天下理念的主要内容，历经数次民族危亡的关头，在近现代逐渐演化成爱国主义精神，成为支撑中华民族御侮图强的强大精神力量。爱国主义精神，正是红色经典抗战小说中感人的艺术魅力所在，也是这批小说不断被改编成影视剧，并成为经典的主要原因。在这些小说的影视改编过程中，在艺术上或其他思想内容上会发生或显或隐的改变，但爱国主义精神却是一条始终没有变化的主线。比如小说《苦菜花》《野火春风斗古城》中都有对人伦亲情的抒情性描写，但在家国不能两全的时候，主人公毅然选择的是"舍小家为大家"，牺牲个体利益甚至生命，成就民族大义，保全民族共同体的利益。在后来的改编影视剧中，无论是20世纪60年代阶级斗争色彩明显的电影还是新世纪以来带有神话色彩的电视剧，爱国主义精神始终是其中一条鲜明的主线，并且在影视剧中较之原著还得到了强化。

此外，红色经典抗战题材小说都表现出了浓厚的乡土情感，小说中经常出现对乡土风光的抒情性描写，对农业生产的热爱与赞美，这种对土地的感情与中国农业文明的传统有关，与固土性格有关，同时也与战乱时的国土疆域意识有关。改编影视剧将小说中用文字描述的山河之美用镜头语言及声乐表现出来，呈现出浓郁的地域风光及乡土风情。比如小说《吕梁英雄传》中第一段就是对吕梁山一带风光及物产的赞美，在1950年的电影《吕梁英雄》中，则不时在情节进展之中，插入蓝天白云下的吕梁山风景的空镜头，地域风貌凸显。在表现一对青年男女关于既要"打仗是英雄，也要生产是好汉"的价值追求的情节中，作为背景的自然风光是春意盎然的吕梁山，同时辅之以轻松欢快的音乐，接下来镜头切换到夏天麦收与民兵练兵的场景，同样也是轻松欢快的歌唱声："男男女女一起忙，新麦快上场，军民合作齐心打东洋。"在后面的村庄晚会中，有一段村民们表演地方曲艺的情节，进一步表达了乡土情感与抗敌意识相结合的主旨，表现出抗战时期中国北方农村的自然风貌与精神气质。这样的内容，显然体现了具有时代特色的民族性。遗憾的是，在新世纪以后的由红色经典抗战小说改编的影视剧中，原著作者对乡土及农业生产的感情多消失不见了，这与创作者身份的变化及时代变化有关。原著作者都出身农民并亲历抗战，而抗战时期的中国仍然是以农业文明为主的。

从形式上看，建国初期的革命历史小说也具有典型的民族性特征，比如多采用章回体的手法；语言通俗易懂，有的还有方言俗语，地域色彩明显；情节紧张激烈，重视悬念的设置，部分小说带有明显的传奇色彩。应该说，建国前后的抗战题材小说由于创作者亲历抗战的经历及现实主义的创作精神，小说的传奇性不明显。但是在小说《林海雪原》中却明显地表现出了中国古代历史演义小说影响的痕迹，人物塑造及部分情节的描写具有浪漫传奇色彩。当然小说的主体部分还是以革命历史事实为基础的，所以并没有出现过分夸张甚至神化的情节。但小说的通俗演义形式及英雄传奇人物的塑造手法却给后来的革命历史影视剧以启发，包括样板戏，包括触发于样板戏的徐克的奇观电影《智取威虎山》，一直到新世纪的"抗日神剧"，我们都能看到中国古典历史演义小说的传奇手法经由建国初期的革命历史小说一脉相承，一直延续到当下的革命历史电视剧中，始终热度不减。此外，除了革命历史，部分古代历史小说比如二月河的清史小说及由其改编的历史剧沿袭的依然是传统历史演义小说的体例及创作手法，不论小说还是影视剧都受到受众的追捧。从20世纪50年代受欢迎的小说《林海雪原》到当下热播的"抗日神剧"，我们可以看到，民族文艺的形式具有强大的生命力和影响力，而民族大众的审美情趣也具有较强的延续性和稳固性。所以，扎根本土、立足大众的具有鲜明民族特色的文艺作品可以具有超越时代的艺术魅力。

新时期以来，在第四代、第五代导演的文化自觉与艺术追求下，文学与电影的关系不断加强，共同展示了民族精神的时代价值与民族艺术形式的审美流变。20世纪80年代，在文化反思、文化寻根的热潮下，导演们有的倾心于反映传统价值观念、审美情趣的文学作品，比如吴贻弓导演对小说《城南旧事》的改编，在小说诗意的基础上表现出了更多的诗情画意，体现了传统文化的中和之美与意境之美，是对20世纪初中国民族电影传统的继承。电影在中国虽然是舶来品，但是来到中国后，很快就与中国文化融合，在内容与艺术上体现了民族特色。表达中国传统伦理道德观念的《孤儿救祖记》被认为是民族电影的真正开始，抗战胜利之后，《一江春水向东流》《小城之春》等作品则代表了民族电影的真正成熟。这两部作品都有中国诗画艺术的意境美，前者"家国一体"的观念，后者"以理节情"的理念，都体现了中国儒家文化的主要思想，也是中国现当代文艺作品中一以贯之的主题。"家国一体"的观念在当代革命历史文艺作品中常见，而"以理节情"的中和思想，一直贯穿于《小城之春》《城南旧事》、李安的电影《卧虎藏龙》中，成为一个永恒的主题，而且这三部电影都具有中国山水画的色彩风格与意境美，可见，电影民族性的追求是不同时代、不同地域、有中国文化底蕴的导演的共同目标，即使如李安，有了复杂的跨国的文化背景，但其早期浸润的中国传统价值观念及审美思想还是会形成潜意识的艺术追求驱动力，在其作品中体现出来。

在文化寻根思潮影响下，吴天明、陈凯歌、张艺谋等导演则将目光聚焦反映民族性格、全面反思民族文化的文学作品。在《人生》《老井》《黄土地》《红高粱》《秋菊打官司》等影片中，全方位展示了中华民族勤劳俭朴、自强不息的民族精神，以及民族性格中积极的、负面的多种因素的复杂同构性。这些作品不仅在内容上反映民族性，在艺术上也具有鲜明民族特色，比如陈凯歌、张艺谋电影对于红、黄色彩的偏爱，就反映了中华民族源于农业文明的审美心理。电影中的各种物象也是具有民族性标识的符号，比如井、黄土地、红高粱、轿子等，其中的人物语言、音乐民歌、民俗风情也都体现了浓厚的陕北地域文化色彩。黄土高原，作为中华文明的发源地，其所具有的地域性也恰是民族性的一种体现，所以我们在这些具有黄土风情的电影作品中感受到的是浓烈的中国风情。应该说，这些作品虽然都是改编自当代作家的小说，但电影明显比小说的民族性色彩强烈并且夸张，或许是因为这些来自西部的导演具有强烈的恋土意识和传统观念，并且在新的时代背景下感受到了外来文化的冲击，在传统与现代之间矛盾彷徨，在意识与理智层面认识到传统的负重，在潜意识和情感层面却仍然倾向于固守传统。这些可以在吴天明对《人生》中高加林的矛盾复杂态度中体会到，同样的矛盾在路遥小说原著中也有，因为路遥与吴天明在对黄土地的情感上是一致的。在电影《黄土地》中，可以通过导演对翠巧爹的矛盾复杂态度体会到其对传统文化的复杂情感，而原著《深谷回声》中这个人物却是一个单纯的代表封建家长的恶的形象，散文沿袭的仍然是五四时期的反封建话语，重点是对传统的批判，因而是不存在如电影中所展示的复杂的民族性建构的。

第五代导演陈凯歌、张艺谋的电影民族性话语后来发生了一些变化，而第四代的吴天明则几十年来始终初心不改，坚守电影的民族思想情感、民族审美范式，直到 2016 年其最后一部作品《百鸟朝凤》问世，延续了以往的艺术风格，通过意境、人物、情节全面展现了中国文化儒道互补、天人合一的精神，凝聚了导演对中国文化的热爱与思索，体现其始终如一的民族性追求，并且这种思索与追求在这部电影中达到了一个新的高度。原著小说发表于 2009 年，作者是贵州的 70 后作家肖江虹，尽管电影与小说在部分情节上有所差异，但是在中华文化及美学精神的认同上是一致的，这说明无论是哪个时代、哪个地域，总有艺术家们在拒绝市场诱惑、坚守民族文化"阳春白雪"的阵地。

文化的民族性既具有一定的稳定性，又是随着时代的发展而逐渐变迁的。稳定性，是民族文化得以积淀、沿袭并传承的基础，变迁，则是民族文化得以创新发展的保障。如果只强调文化民族性的稳定，不能与时俱进，则会造成文化的因循保守，不能在变化的时代背景下抛弃其不合时宜的成分，发扬民族性中的积极因素。毛泽东同志在《新民主主义论》中，就指出了对待文化民族性的辩证与发展的态度："中国的长期封建社会中，创造了灿烂的古代文化。清理古代文化的发展过程，剔除其封建性的糟粕，吸收其民主性的精华，是发展民族新文化提高民族自信心的必要条件；但是决不能无批判地兼收并蓄。必须将古代封建统治阶级的一切腐朽的东西和古代优秀的人民文化即多少带有民主性和革命性的东西区别开来。中国现时的新政治新经济是从古代的旧政治旧经济发展而来的，中国现时的新文化也是从古代的旧文化发展而来，因此，我们必须尊重自己的历史，决不能割断历史。但是这种尊重，是给历史以一定的科学的地位，是尊重历史的辩证法的发展，而不是颂古非今，不是赞扬任何封建的毒素。"[1] 他指出当时的中国社会正处于新民主主义时期，所以中华民族的文化也应该是新民主主义文化，既是吸收了民族传统精华的，同时又是科学的、反对一切封建思想和迷信思想，主张实事求是的文化。这种对待传统文化的辩证科学的态度对于我们今天看待文化民族性的"变"与"不变"也具有积极的指导意义。就民族文化来讲，同时存在着积极的与惰性的，精华与糟粕等各种复杂因素。在某一个历史时期内可能是积极的，而到了新的历史时期则可能成为消极、落后的。比如，上文中提及的传统历史演义小说，其浪漫传奇甚至带有神话色彩的叙述风格在科学技术不发达的前现代的农业社会，具有一定的合理性，反映了封建社会中国人民的思想情感、价值追求及审美方式。但是，到了当下科技发达的现代化社会，如果还在现实主义风格的历史影视剧中展示反现实的、带有神话色彩的民族战争情节，就是一种与时代脱节的民族性的表现。比如"抗日神剧"中用弹弓打飞机或者手撕鬼子、用神功做战等情节，明显违背现代科学常识，是民族性中负面因素的体现。在封建社会，文艺作品中呈现的男权及专制思想是特定时代的民族性表现，但是在人民民主专政的社会主义国家，如果影视剧中继续宣扬帝王崇拜及男尊女卑的思想，就是违背时代精神的封建糟粕。在二月河的历史小说及由其改编的历史正剧中明显存在这种民族性中的负面内容。而当下一些模糊历史背景表现后宫斗争的历史小说及影视剧，则完全将中国历史文化中的权谋主义及曾受西方人诟病的中国民族性中的"残虐""老奸巨猾"等放大夸张，甚至以之作为作品的

---

[1] 毛泽东:《新民主主义论》,《毛泽东选集（第二卷）》,人民出版社1991年版,第707—708页。

主线，作为主人公取胜的手段而进行矜夸。这样的影视剧不仅没有民族文化精华内容的展现，反而将阴暗的糟粕的内容作为人物的价值追求在暗中予以肯定。

虽然，由于民族文化有传承性，民族审美心理有稳固性，民族性中的负面内容始终存在于民族集体无意识中，而通俗演义小说也长期塑造着民族审美心理，上述负面的内容确实有着民间、大众的文化心理基础，而市场经济时代，大众的审美又影响着市场发行与票房。从"抗日神剧"及宫斗剧的热播中可以发现民族文化心理的历史积淀及创作者对市场的追逐及对大众审美的迎合。

真正负责任的艺术家应当引导受众的审美心理与时俱进，使民族大众的文化认同和审美品位趋向于民族文化中能够真正体现中华民族精神的积极因素，能赋予这积极因素以时代精神和现实意义，对封建的迷信的内容具有清醒的认识与批判精神。文艺是引导大众的，而不是屈从大众，也就是毛泽东所说的："对于人民群众和青年学生，主要地不是要引导他们向后看，而是要引导他们向前看。"[①] 应当说，在西部文学及影视对民族性格及民族文化全面客观的展示中，在凌力的具有人本主义、科学精神及民族统一思想的历史小说中，在吴贻弓的诗意电影中，在陈凯歌电影的意境与仪式中，在吴天明几十年如一日的匠心坚守中，我们可以看到艺术家对传统文化精华的继承与发扬，对民族文化的真正热爱与理解，他们的作品才是具有呈现时代性的民族性风格。但是，从《百鸟朝凤》票房的落寞与"抗日神剧"及宫斗剧的热播中，从职场精英们将宫斗剧中的斗争手段作为职场经验等社会现象中，可以发现，毛泽东同志所提出的反封建反迷信的新民主主义文化的任务还远远没有完成。

民族性应该是个动态的发展的概念，不仅体现在它随着时代的变迁会发生相应的变化，而且文化的民族性特色在与其他民族文化的碰撞与交流中也会产生相应的变迁，前者反映民族性的时代性，后者反映民族

---

① 毛泽东：《新民主主义论》，《毛泽东选集（第二卷）》，人民出版社1991年版，第708页。

性的开放性与世界性。民族性的概念中其实蕴含着世界性的内涵,一是民族文化本身就是世界文化的一部分,各民族思想与情感中存在着共性的内容,也就是具有人类普适价值的内容。二是人类文化史也是民族文化交流的历史,没有一个民族能够保持绝对的封闭状态,保持文化的纯粹民族性。一个故步自封的文化难以博采其他文化之长,从而无法推动自身的创新与变革,长此以往,会导致陈旧与僵化,甚至最终灭亡。中国历史上几次民族文化的繁荣兴盛现象都发生在多元文化、多民族文化的交融时期,比如唐代与魏晋时期,正是因为华夏民族精神具有开放性和包容性,不论是被动地遭遇夷狄入侵,还是主动地接纳他者文明,都能将异族文明因素化入自身文明,不仅没有改变自身文化的民族特性,反而因为他者文明的融入而使民族文化保持活力持续至今。毛泽东在《新民主主义论》一文中也提到了新民主主义的文化是民族的,同时也是世界的,"它是我们这个民族的,带有我们民族的特性。它同一切别的民族的社会主义文化和新民主主义文化相联合,建立互相吸收和互相发展的关系,共同形成世界的新文化"①,同时也提到了本民族文化与其他文化交流的必要性及应有的去芜存精的态度,"中国应该大量吸收外国的进步文化,作为自己文化食粮的原料,这种工作过去还做得很不够。这不但是当前的社会主义文化和新民主主义文化,还有外国的古代文化,例如各资本主义国家启蒙时代的文化,凡属我们今天用得着的东西,都应该吸收。但是一切外国的东西,如同我们对于食物一样,必须经过自己的口腔咀嚼和胃肠运动,送进唾液胃液肠液,把它分解为精华和糟粕两部分,然后排泄其糟粕,吸收其精华,才能对我们的身体有益,决不能生吞活剥地毫无批判地吸收"②。习近平同志也提到了在民族文化自信的基础上,学习借鉴其他国家优秀文化的必要性:"我们社会主义文艺要繁荣发展起来,必须认真学习借鉴世界各国人民创造的优秀文艺。只有坚持洋为中用、开拓创新,做到中西合璧、融会贯

---

① 毛泽东:《新民主主义论》,《毛泽东选集(第二卷)》,人民出版社1991年版,第706页。
② 毛泽东:《新民主主义论》,《毛泽东选集(第二卷)》,人民出版社1991年版,第706—707页。

通，我国文艺才能更好发展繁荣起来。"① 民族自信、文化自信、洋为中用、融会贯通，不仅是中华民族文化发展史上的成功经验，体现华夏文化的稳定性、开放性和包容性，而且对于我们当下文艺工作也具有指导意义。

第一，民族文化中正面的、积极的，体现民族精神的内容是我们文化自信的基础，是中华民族文化在世界文化之林中保有自身鲜明特色、不至于被其他民族同化的重要质素，因此是我们必须坚守的阵地，无论是市场的诱惑还是西方话语的霸权，都不能改变这一点。比如儒家文化中刚健有为的气质，以天下为己任的责任感，重视家庭与社会和谐的精神，道家的"天人合一"思想等，不仅是我们民族文化的精粹，而且对于人类社会和平发展都有积极的启发意义。在西部文学及其改编电影中，我们可以看到上述所有这些文化的积极因素。同时，当代的诗意电影，富有中国美学精神的意境，也是中国的，民族的。文化的民族性首先是立足本民族的，自成体系，自有传承，以民族共同体内的同胞为主要受众，所以其意义与价值并不主要取决于其他民族的评价，比如西方的话语体系，其形而上的意义也不能完全用市场与资本的价值来衡量。在近年来文学与电影的创作中，既出现过市场利益驱使下对民族性中负面因素不能割舍、不能将民族性建构与新的时代精神相结合的问题，也出现过将民族性的世界性等同于以西方价值来审视、评价本民族文化，从而建构了虚幻的脱离民族历史、背离民族精神的民族性。这种问题在张艺谋的后期电影中表现得比较突出。比如电影《金陵十三钗》，其原著小说完全是要解构西方话语霸权和二元对立的，表现为以多语杂陈解构英语的霸权地位，以女性自救解构男性霸权，以伦理道德准则的模糊解构身份、种族等一切二元对立的事物，以破碎的江南意象来暗喻离散族群的家国想象。但是到了张艺谋的电影中，以西方视角、西方的话语框架将严歌苓解构过的重新建构了起来，比如重新建构英语的优势地位，故事主线变成了西方人的冒险与救赎，以所谓的东方情调，包括身

---

① 习近平：《在文艺工作座谈会上的讲话》，《人民日报》2015年10月15日。

着旗袍的性感的女体，极尽柔媚的吴侬软语与靡靡之音，来迎合西方人的东方想象。这样的符号与声画，显然不能反映民族文化的本质与精华，更不是抗战时期真实的民族生活、民族精神的反映，而是西方长期以来二元对立话语中建构的带偏见的、虚幻的东方形象：东方女性是性感、妖娆的，东方是神秘、落后、残暴的，需要西方拯救的。虽然小说原著也没有表现出典型的民族性，但是更没有西方性，而是反西方式东方想象的，并且小说中的故国家园之悲还能多少反映出离散族群对母国及其文化的记忆与认同。小说中涉及的音乐不是电影中的那首极尽柔媚香艳的"秦淮景"，而是体现中国文化审美理想，代表民族音乐精粹的"春江花月夜""梅花三弄"等曲目。从小说与电影音乐的选择上也可以看出，前者具有民族性，后者则是迎合西方的。这种迎合，是东方人的东方主义，也是一种自我殖民。正如后殖民主义知识分子法侬所说，这些民族知识分子"迫不及待地试图创造文化作品时，他可能恰恰没有意识到自己正在使用的技法和语言是从自己国家的陌生者手里借来的。他自以为这些工具已经打上了他所希望的民族印记，殊不知唤起的是异域情调"[①]。张艺谋的电影《红高粱》中已经有这样一些东方主义的痕迹，比如一些被认为是伪民俗的细节。但其自我殖民倾向在《金陵十三钗》中达到顶峰。究其原因，应该就是全球化时代追随西方话语所导致的"影响的焦虑"。中国电影在全球化时代好莱坞文化输出的影响下，在文化走出去的时代需求的任务驱动下，不自觉地将西方的标准作为世界性的标准，将以西方国家为主设置的奖项作为最高荣誉，将西方的认同作为走向世界的目标，从而导致虚假的东方主义的民族性建构。可惜的是，这种迎合并没有取得理想的效果，《金陵十三钗》在国际上反应平淡，也没有帮助张艺谋取得心仪的奖项。究其原因，在于电影中缺少真正的民族性，缺少人类普适的情感、理想与价值追求，而且其东方想象也近似于陈词滥调，没有新意，未必符合当代的西方观众与

[①] [法] 弗朗兹·法侬：《论民族文化》，选自罗钢、刘象愚主编《后殖民主义文化理论》，中国社会科学出版社 1999 年版，第 283 页。

评论家的审美情趣与价值观念。所以，张艺谋预想的西方人的趣味，也未必是真实的西方人的趣味。

或许是发现电影中存在的问题，由《金陵十三钗》改编的电视剧《四十九日·祭》重新塑造男性民族英雄形象，体现抗战时期的民族精神，重构东西方的二元对立，在这种对立关系中，西方是孱弱无力的，东方则是意志强大、顽强不屈的，作为民族英雄的男性救援本族女性，最终是民族共同体内的同胞团结互助、抵抗异族侵略，而非西方拯救东方。此外，电视剧还体现了家国一体的观念，这也是我们传统文化的一个重要思想，是中华民族的爱国主义和集体主义精神的文化来源。所以，从民族思想、民族情感及民族认同的角度来讲，电视剧的民族性建构最接地气，最有中国特色、中国气质。而小说和电影的民族性之所以出现偏差，是由不同原因造成的，小说作者跨国跨族群的背景必然导致其创作中民族认同的迁移，而电影导演作为本土艺术家在西方影响的焦虑下，对艺术的世界性与国际化的理解不由自主落入了西方话语的套路，从而背离了其早期电影的民族性特色。由上述三个文本的差异也可以看出，作品改编过程中民族性的变迁除了有时代背景的影响外，还有创作者地域国族及文化身份的影响。

第二，民族文化的活力与创新需要外来文明的融入贯通，民族文化的繁荣发展既满足本民族成员的文化需求，也丰富着世界文化、人类文化共同体。所以，文化的民族性一定是开放、包容的，是立足民族并面向世界的。中国当代文学与当代电影中真正能够产生世界影响力，走向世界推广中国文化理念的，目前看来都能够在坚守民族性的同时，借鉴其他民族艺术之长，并通过作品中的民族性内容体现出其中蕴含的人类普适情感与价值。莫言小说《红高粱》表现了人类生命力的自由与顽强，表现了对束缚人性自由的礼教与政治话语的反抗与嘲讽，应该说其小说的创作手法及其颂扬的"酒神精神"都体现出外来文化的影响，既有尼采哲学的某些内容，又有拉美文学的艺术手法。总体来看，小说延续的还是"五四"文学反传统的民族性批判路径。电影《红高粱》在国际上成功的原因是既保留了小说张扬人类生命力的部分，这种内容具有跨族群的普适性，因而可以被所有民族国家的人群所理解，同时又具有小说所没有的民族性特色，包括民族主义思想，民族文化与民族审美的展示等。2014年上映的电视连续剧《红高粱》则完全回归传统，包括传统的伦理价值观念，传统的表现手法。小说和电影中的生命激情在电视剧中变得节制含蓄，重在强调传统文化中的忠孝、民本、仁义等思想，塑造代表儒家理想人格的人物形象，民族国家的理念比电影还要有所加强，充满了文化自信与自豪感。应该说，三个文本中，电视剧的民族性色彩最突出。作为全球化时代面临西方文化霸权的文艺作品，电视剧立足本国受众，通过民族性内容与形式构建来促进共同体成员的文化认同与民族认同，弘扬民族精神，传承民族文化精华，也是其应有的文化立场与时代使命。对于这样的作品，不能强求其所表现的特定民族性内容具有世界性，也就是具有对其他民族的普适价值，"对于广大发展中国家来说，民族主义是其在面对西方现代性冲击的一道保护和防御屏障，它可以起到强化民族共识，凝聚民族力量，抗衡敌对势力的作用。在全球化所造成的利益差异格局中，民族主义是防止外来势力渗透，保持民族独立性的重要手段。文化是民族身份的象征，因而也无疑成为民族主义的大旗……全球化激励了西方的文化霸权，使得弱势国家和民族把文化作为重要的抗争手段，这也强化了文化的民族认同功能"[1]。《红高粱》的三个跨媒介文本，各有其不同的受众群体与文化使命，有的是面向知识群体进行传统文化批判，有的是面向国际市场传播中华文化，有的是面向国内普通大众弘扬传统文化、凝聚人心、达成共识，所以不能用民族性或世界性的某种单一标准去评判它们，只能说，不同的定位与文化使命决定了作品民族性或世界性的具体表征，这也正是体现了民族性内涵的动态性与开放性一面。

当然，从文化对外传播的角度看，张艺谋的电影《红高粱》是成功的，其所获的多项国际大奖就是一个明证，尽管这部电影当年在国内不受欢迎甚至引发批评争议。由此可见，融会贯通多元文化的作品也许

---

[1] 童萍：《文化民族性问题研究》，人民出版社2011年版，第127页。

结语　中国当代文学影视改编的民族性与世界性

在短时间内难以取得本土受众的认同，但从提升中华文化国际影响力的角度看，却有其积极意义。尤其是电影《红高粱》的国际影响在之后推动了小说《红高粱》及莫言其他小说的海外译介与传播，对于推动莫言最终获得诺贝尔文学奖起到了重要作用。

除了电影《红高粱》，其他成功实现海外正面价值传播的文艺作品都是在坚守民族性的同时，能够展现出人类共同情感、普适价值观及世界性问题的作品，比如李安的电影《卧虎藏龙》，张艺谋的另一部电影《活着》及小说原著，电影《老井》等。《卧虎藏龙》既展现了道家文化神韵与诗画意境之美，同时其所表达的理智与情感的冲突也是人类共性的问题。电影中既有中国功夫的造型美及其象征的道与义，也突破了传统武侠片的表现形式，而采用了其他民族受众更易于理解的情节与镜头语言。[英]裴开瑞认为该片是跨国的华语大片，因为跨国市场自身的逻辑而表现出极为浓重的民族特色，"正是因为要在被好莱坞一手遮天的跨国市场中找到自己独占优势的位置，华语大片才通过各种代表中国文化的标志性特征来强调其民族性。例如，动作片被公认为是最适合拍成大片的影片类型，因为它既为观众提供了他们所热衷的打斗场面，又不太依赖于人物对白，而后者将不得不翻译成其他语言以满足国际观众的观片需要。于是，华语大片便将其卖点放在了中华武术之上，因为武侠片这一华语片类型既符合一般意义上的大片模式，同时又能让观众一眼就认出其独一无二的中国特色"[1]。这段话也说明以国际市场为目标的华语电影必须要有自身鲜明的民族文化标识，以区别于其他民族国家的电影，避免淹没在同质文化的汪洋中。但是，《卧虎藏龙》也遇到了电影《红高粱》所遇到的同样问题，也就是在将民族文化融会贯通其他文化以体现国际范式之后，却遭到了部分华语观众的抑制，"《卧虎藏龙》中的中国性因被许多华语观众视做一种文化虚假而备受质疑"[2]。所以这

---

[1] [英]裴开瑞：《跨国华语电影中的民族性：反抗与主体性》，尤杰译，《世界电影》2006年第1期。

[2] [英]裴开瑞：《跨国华语电影中的民族性：反抗与主体性》，尤杰译，《世界电影》2006年第1期。

里还是涉及上述不同定位与使命的文艺作品在民族性与世界性关系的处理上应有所区别的问题。《卧虎藏龙》中的中国文化精神及其所体现的中国形象还是正面积极的，正如裴开瑞所说："《卧虎藏龙》里并未在华语观众中引起多少争议的部分是该片在其叙事中所传达出来的多民族和谐共存的中国梦。"① 所以该片经验值得以海外推广为目标的中国文艺作品借鉴。

余华小说《活着》及由其改编的同名电影都是在国外被广泛接受具有影响力的作品，该小说英文版的封底介绍说："余华是当今中国最深刻的作家，《活着》不仅写出了中国和中国人的精神内核，而且触及到人性的深处"，"《活着》是一个震撼心灵的故事，融美德、反抗和希望于一体"，"虽然讲述的是中国的人和事，引起的却是世界性的共鸣"，"《活着》是人类精神的救赎，表达了人类共同的情感追求"②，意大利的《共和国报》刊文说："这里讲述的是关于死亡的故事，但它要我们学会的是如何活着。"③ 电影《活着》也分别获得过第47届戛纳国际电影节评审团大奖、第47届戛纳国际电影节最佳男演员奖、第48届英国电影学院奖最佳外语片奖等奖项。从上述评价中我们可以看出小说虽然描写的是中国的历史及中国人的命运，但却表达了人类面对苦难时共同的情感体验及人生态度，尤其是其中体现的中国人的顽强生存意志及看待生死的淡泊态度，也体现了人性的力度及人类对生死的永恒哲思，这样的主题是超越民族而具有世界性意义的。而且这部小说也是余华创作从前期的先锋到后期的现实主义的一部转型之作，是立足民族历史反映民族性格的作品，所以它海外传播的成功也恰是基于以民族性来反映世界性，正如别林斯基所说："只有那种既是民族性的同时又是一般人类的文学，才是真正民族性的；只有那种既是一般人类的同时又是

---

① ［英］裴开瑞：《跨国华语电影中的民族性：反抗与主体性》，尤杰译，《世界电影》2006年第1期。

② 参见牛运清、丛新强、姜智芹《中国性·民族性：中国当代文学专题研究》，山东大学出版社2010年版，第282页。

③ 参见牛运清、丛新强、姜智芹《中国性·民族性：中国当代文学专题研究》，山东大学出版社2010年版，第282页。

民族性的文学,才是真正人类的。一个没有了另外一个就不应该,也不可能存在。"① 与《活着》相似的表现中华民族顽强坚韧精神的电影《老井》在海外获奖并赢得好评也是基于上述的原因。

　　一个反面的典型则是小说《狼图腾》。小说全面否定汉民族及农耕文明传统,竭力颂扬西方的海洋文明及弱肉强食的战争思维,不注重讲故事及人物形象塑造,反而充斥着大段大段的枯燥议论,无论从思想内容及艺术形式上看都是对民族精神、民族审美价值的背离,这样具有激烈的民族偏见、缺乏民族自信的作品既没有民族性,也就更不可能有世界性,因为全球化时代,人类共运共同体意识已经是普遍共识,各民族平等对话、和平相处势成必然,每个民族的文化都有其价值和意义,也需要向其他民族借鉴和学习,以富有民族个性同时具有人类普遍性的艺术来丰富世界艺术、人类艺术。在这样的共识下,任何不留余地、全面否定一个民族的精神与审美的态度都是偏激的,有违时代精神和民族和谐。小说《狼图腾》的问题不在于批评和反思民族文化,《老井》和《黄土地》也有对民族文化的反思与批评,其主要问题在于缺乏辩证思维精神,没有全面看待与评价民族文化,甚至存在很多史实与逻辑的错误。所以,小说中的内容和形式也就不可能具有推而广之的世界性意义,尤其是在各民族呼求和平共处的时代背景下,战争思维与民族对立绝对没有普适性。所以在法国导演拍摄的电影《狼图腾》中完全抛弃了小说中偏激的民族性话题,强调环保与动物主题,淡化血腥残酷的情节,增加了关于"爱"的情节。改编过的内容完全是当今人类世界所面临的环境问题及人类永恒的爱的情感与能力,爱亲人,爱自然。这种爱显然与小说中的"残忍"形成了鲜明的对比。当然,客观地说,小说的思想也不是全无可取之处,值得一提的是其中对于人类破坏环境的忧思,这是世界性的话题,也正是这一点被法国导演看中。但是,作者把中国环境的破坏归结到汉民族的农耕文明上,又是偏激的缺乏科学精

---

① [俄]别林斯基:《别林斯基选集(第三卷)》,满涛译,上海译文出版社1980年版,第187页。

神的结论。实际上，中国道家文化中"天人合一"的思想就蕴含着人对自然的随顺及人与自然的和谐统一，对当下世界反观人与自然关系具有启发意义，然而作者在小说中却选择性失语了。

　　从上述正反两方面的例子，再次可证，文艺作品的世界性意义及价值蕴含于其民族性之中，文艺作品必须扎根民族之基，汲取民族文化的养分，反映民族精神、民族情感、民族审美，引导民族共同体成员形成文化认同和民族自信心、自豪感，同时，民族文艺发展与创新的动力来自与其他文明的交流与互动，文艺工作者必须面向世界，胸怀天下，以开放包容的心态汲取其他文明的优秀质素，洋为中用，从而丰富本民族文化的内容与形式，并将具有人类普遍性意义的作品推向世界，提升民族文化的国际影响力。从中国文学与电影的良性互动中，可以看出，在中国文艺走向世界的过程中，二者可以取长补短，并互相成就。未来中国电影在民族性与世界性发展的前程中，还需要更多优秀的文学作品提供改编文本，而中国文学的全球译介与推广也可以更好地借助影视这个大众传播平台，以推动中华优秀文化的全球传播。

主要参考文献

一　中文译著类

［英］埃里克·霍布斯鲍姆：《民族与民族主义》，李金梅译，上海人民出版社2000年版。

［美］艾历克斯·英格尔斯：《国民性：心理——社会的视角》，王今一译，社会科学文献出版社2012年版。

［英］安东尼·D.史密斯：《民族认同》，王娟译，译林出版社2018年版。

［美］本尼迪克特·安德森：《想象的共同体》，吴叡人译，上海人民出版社2016年版。

陈顺馨、戴锦华选编：《妇女、民族与女性主义》，中央编译出版社2004年版。

［英］戴维·米勒：《论民族性》，刘曙辉译，译林出版社2010年版。

［法］蒂费纳·萨莫瓦约：《互文性研究》，邵炜译，天津人民出版社2003年版。

［美］杜赞奇：《从民族国家拯救历史：民族主义话语与中国现代史研究》，王宪明、高继美、李海燕、李点译，江苏人民出版社2009年版。

［英］多米尼克·斯特里纳蒂：《通俗文化理论导论》，阎嘉译，商务印书馆2003年版。

［奥］弗朗茨·M.乌克提茨：《恶为什么这么吸引我们》，万怡、王莺译，社会科学文献出版社2001年版。

［美］亨廷顿：《自然淘汰与中华民族性》，潘光旦译，新月书店 1933 年版。

［西］胡安·诺格：《民族主义与领土》，徐鹤林、朱伦译，中央民族大学出版社 2009 年版。

［法］勒内·格鲁塞：《蒙古帝国史》，吕维斌译，现代出版社 2016 年版。

［法］勒尼·格鲁塞：《草原帝国》，魏英邦译，青海人民出版社 1991 年版。

［法］雷蒙·阿隆：《历史意识的维度》，董子云译，华东师范大学出版社 2017 年版。

［英］罗伯特·马歇尔：《东方风暴》，李鸣飞译，山西人民出版社 2014 年版。

罗钢、刘象愚主编：《后殖民主义文化理论》，中国社会科学出版社 1999 年版。

［美］毛里齐奥·维罗里：《关于爱国：论爱国主义与民族主义》，潘亚玲译，上海人民出版社 2016 年版。

［美］明恩溥：《中国人的气质》，刘文飞、刘晓旸译，东方出版社 2014 年版。

［日］石岛纪之：《抗日战争时期的中国民众》，李秉奎等译，中国社会科学出版社 2016 年版。

［英］斯蒂夫·芬顿：《族性》，刘泓、劳焕强译，中央民族大学出版社 2009 年版。

王政、杜芳琴主编：《社会性别研究选译》，生活·读书·新知三联书店 1998 年版。

吴持哲编：《诺思洛普·弗莱文论选集》，中国社会科学出版社 1997 年版。

［挪威］雅各布·卢特：《小说与电影中的叙事》，徐强译，北京大学出版社 2011 年版。

叶舒宪编选：《神话——原型批评》，陕西师范大学出版总社有限公司 2011 年版。

翟学伟、甘会斌、褚建芳编译：《全球化与民族认同》，南京大学出版社 2009 年版。

［英］詹姆斯·贝特兰：《不可征服的人们——一个外国人眼中的中国抗战》，李述一译，求实出版社 1988 年版。

二 中文著作类

卞敏：《中华民族精神研究》，光明日报出版社 2008 年版。

陈传海、石小生、郭晓平：《河南全民抗战》，河南人民出版社 1994 年版。

陈丛兰：《西方看中国：18 世纪西方中国国民性思想研究》，中国社会科学出版社 2014 年版。

陈林侠：《从小说到电影——影视改编的综合研究》，中国社会科学出版社 2011 年版。

费孝通：《乡土中国　生育制度　乡土重建》，商务印书馆 2011 年版。

冯肖华：《文学气象与民族精神：20 世纪陕西地缘文学审美形态》，中国社会科学出版社 2010 年版。

傅明根：《从文学到电影：第五代电影改编研究》，中国社会科学出版社 2011 年版。

姜萌：《族群意识与历史书写》，商务印书馆 2015 年版。

李鹏飞：《中国历史电视剧叙事艺术》，上海文化出版社 2012 年版。

李翔海：《民族性与时代性——现代新儒学与后现代主义比较研究》，人民出版社 2005 年版。

李亦园、杨国枢主编：《中国人的性格》，中国人民大学出版社 2012 年版。

李玉平：《互文性：文学理论研究的新视野》，商务印书馆 2014 年版。

梁一儒、户晓辉、宫承波：《中国人审美心理研究》，山东人民出版社 2002 年版。

刘广明：《宗法中国》，生活·读书·新知三联书店上海分店 1993 年版。

刘慧英：《女权、启蒙与民族国家话语》，人民文学出版社 2013 年版。

刘小枫：《儒教与民族国家》，华夏出版社 2007 年版。

吕锡琛：《道家与民族性格》，湖南大学出版社 1996 年版。

罗如春：《后殖民身份认同话语研究》，中国社会科学出版社 2016 年版。

马甫平编著：《晋城抗战史》，山西人民出版社2005年版。

牛运清、丛新强、姜智芹：《中国性·民族性：中国当代文学专题研究》，山东大学出版社2010年版。

庞朴：《文化的民族性与时代性》，中国和平出版社1988年版。

钱穆：《民族与文化》，九州出版社2012年版。

秦耕：《草根文化散论》，复旦大学出版社2011年版。

渠桂萍：《华北乡村民众视野中的社会分层及其变动（1901—1949）》，人民出版社2010年版。

沙莲香：《中国民族性（贰）》，中国人民大学出版社1990年版。

宋素凤：《多重主体策略的自我命名：女性主义文学理论研究》，山东大学出版社2004年版。

童庆炳主编：《历史题材文学系列研究》，北京师范大学出版社2014年版。

王铭铭：《超越"新战国"：吴文藻、费孝通的中华民族理论》，生活·读书·新知三联书店2012年版。

王铭铭：《村落视野中的文化与权力》，生活·读书·新知三联书店1997年版。

王先明：《变动时代的乡绅——乡绅与乡村社会结构变迁》，人民出版社2009年版。

王晓毅、渠敬东编：《斯科特与中国乡村》，民族出版社2009年版。

王宗峰：《凡圣之维：中国当代"红色经典"的跨媒介叙事》，安徽大学出版社2013年版。

熊凤水：《流变的乡土性》，社会科学文献出版社2016年版。

徐迅：《民族主义》，中国社会科学出版社2005年版。

许纪霖：《家国天下》，上海人民出版社2017年版。

许苏民：《历史的悲剧意识》，上海人民出版社1992年版。

俞祖华：《民族主义与中华民族精神的现代转型》，社会科学文献出版社2012年版。

袁洪亮：《人的现代化中国近代国民性改造思想研究》，人民出版社2005年版。

岳庆平：《中国人的家国观》，中华书局香港公司1989年版。
张俊才：《现代中国文学的民族性建构》，山西人民出版社2008年版。
张曙光主编：《民族信念与文化特征——民族精神的理论研究》，人民出版社2009年版。
赵稀方：《后殖民理论》，北京大学出版社2009年版。
周荣德：《中国社会的阶层与流动：一个社区中士绅身份的研究》，学林出版社2000年版。
朱光潜：《悲剧心理学》，安徽教育出版社2006年版。
朱立元主编：《美学》，高等教育出版社2001年版。
朱贻庭主编：《中国传统伦理思想史》，华东师范大学出版社2003年版。
宗白华：《艺境》，北京大学出版社1987年版。

三 中文论文类

阿来：《汉语：多元文化共建的公共语言》，《当代文坛》2006年第1期。
阿来、谭光辉、段从学等：《极端体验与身份困惑——阿来访谈录》（上），《中国图书评论》2013年第2期。
安宝洋：《马克思恩格斯的民族性思想及其时代价值》，《贵州民族研究》2014年第11期。
白奚：《儒家礼治思想与社会和谐》，《哲学动态》2006年第5期。
陈凯歌：《〈黄土地〉导演阐述》，《北京电影学院》1985年第1期。
陈锐：《马克思主义对德国民族性的思考》，《当代世界与社会主义》2003年第5期。
陈永国：《身份认同与文学的政治》，《清华大学学报》2016年第6期。
方立天：《民族精神的界定与中华民族精神的内涵》，《哲学研究》1991年第5期。
冯文楼：《"大团圆"结局的机制检讨与文化探源——兼论中国戏曲的文化精神》，《陕西师范大学学报》（哲学社会科学版）2008年第4期。
高旭东：《论悲剧精神在中国现代文体转型中的错位》，《北京大学学报》

（哲学社会科学版）2012年第3期。

金熙德：《缔约30年来中日关系的演变轨迹》，《日本学刊》2008年第6期。

李频：《〈今古传奇〉创刊在改革开放期刊史上的地位分析》，《中国出版史研究》2017年第4期。

李双、喜饶尼玛：《民国时期康区藏族精英国家认同的形成与实践》，《青海民族研究》2018年第2期。

李星：《西部精神与西部文学》，《唐都学刊》2004年第6期。

刘曼：《论〈金枝〉中的神话——仪式学说》，《求索》2014年第1期。

刘永文、李玉宝：《近现代藏族精英国家认同的演变与形成》，《西藏大学学报》（社会科学版）2018年第3期。

柳征：《悲剧喜剧的美学特征比较》，《外国文学研究》1995年第1期。

马莉：《历史构建中的民族历史和社会记忆》，《甘肃理论学刊》2005年第5期。

彭牧：《同异之间：礼与仪式》，《民俗研究》2014年第3期。

［英］裴开瑞：《跨国华语电影中的民族性：反抗与主体性》，尤杰译，《世界电影》2006年第1期。

丘静美：《〈黄土地〉：一些意义的产生》，《当代电影》1987年第1期。

王富仁：《悲剧意识与悲剧精神（上篇）》，《江苏社会科学》2001年第1期。

夏萌：《新移民叙事文学的民族叙事和身份认同》，《南京师范大学文学院学报》2017年第2期。

熊元义、余三定：《命定神话与中国悲剧精神的消解》，《文艺理论与批评》2004年第5期。

叶朗：《说艺境》，《文艺研究》1998年第1期。

叶朗：《再说意境》，《文艺研究》1999年第3期。

叶秀山：《尼采的道德谱系》，《云南大学学报》（社会科学版）2002年第3期。

张均：《悲剧如何被"颠倒"为喜剧——长篇小说〈林海雪原〉土匪史

实考释》,《文艺争鸣》2016 年第 2 期。
赵学勇:《"老土地"的当代境遇及审美呈现——路遥与中国传统文化》,《陕西师范大学学报》(哲学社会科学版) 2011 年第 3 期。
赵勇:《在大众阵营与"精英集团"之间——路遥"经典化"的外部考察》,《文学评论》2018 年第 3 期。
郑淑梅、廖宋倩:《2015 年历史题材电视剧述评》,《中国电视》2016 年第 4 期。
郑震:《论日常生活》,《社会学研究》2013 年第 1 期。
邹少芳:《论当代中国电影意境的建构规律与特征》,《当代电影》2014 年第 1 期。

四 英文文献

Linda Costanzo Cahir, *Literature in Film Theory and practical Approaches*, McFarlan & company, Inc., publishers, 2006.

Stuart Y. Mc Dougal, *Media into Movies From literature to Films*, CBS College publishing, 1985.

后　　记

　　本书是在我主持的国家社科基金项目结题报告的基础上修改而成的。2014年7月我从哈佛大学东亚语言与文明系访学归来后，结合自己在访学期间的阅读与思考，成功申请到了2015年度的国家社科基金一般项目，使本书的研究得到了资金支持。这里首先要感谢哈佛大学的田晓菲与王德威教授，他们不仅为我的访学提供了帮助，而且通过与他们的交流，旁听他们的课程，我的研究思路、视域大大开拓。晓菲女士给我印象最深的是她对于中国传统文化海外传播的初心与热情。彼时她正与其先生宇文所安教授一起致力于中华经典文库包括杜甫诗集的英文翻译与出版传播工作，同时她与王德威先生共同为研究生开设的一门课程则是将中国古代文学与现当代文学贯穿起来，探讨古代作家作品对现代作家创作的影响，授课方式与内容都非常新颖，课堂讨论时有思想的火花闪现。本书"民族性"主题的确立及关于跨族群写作的章节都受益于他们的一些研究思想及授课内容。

　　哈佛一年访学的经历是我学术生涯中一个里程碑式的阶段，我曾经在《解放日报》与《书屋》上撰文记述在此生活与读书的体会。这里要感谢上海市教委提供的访学经费支持，感谢我所在的大学给老师们提供可以脱产一年安心治学的机会。也正是从那以后，我重新回归中国当代文学批评与研究的领域，重新认识到了自己的所爱与所长。在这之前，有漫长的时光，我或者转换专业或者从事行政管理工作。2001年自复旦大学中文系毕业进入上海财大工作之后，我服从学院安排投入到

后 记

了经济新闻系的创建工作中，在一个全新的领域筚路蓝缕、悉心开拓。待新闻系的教学科研、学科建设工作差不多就绪以后，2006年我又服从组织安排到了学校党委宣传部，从事校园新闻宣传工作，在行政管理岗位上一晃就是7年。对一个学者来说，这正值壮年的黄金7年非常可贵，而这一阶段我的学术成果却寥寥无几，眼见昔日同仁、同学始终致力于所长之领域，厚积薄发，成果频出，徒有望洋兴叹之感。当然这段经历，也使我体会到大学管理工作无法言表的繁杂与辛苦，从而对学校管理工作者抱以深深地理解与敬意。

从哈佛访学归来后，我即以国家社科基金项目"中国当代文学影视改编的民族性问题研究"为中心展开学术研究。这项课题涉及到大量的文学与影视文本，梳理、阅读及观看这些文本颇费时间与精力。研究之初，我就确定了按照主题归类的框架结构，一段时间集中研究一种主题的文本，2015年秋天最早开始的是抗战题材作品的民族性研究，2020年春天因为疫情禁足在家，完成了课题的最后一部分，整个课题用了将近5年的时间。2021年春天，此书将要付梓出版时，我所在学院马上要搬到另一个校区了，突然想在后记中写一写我的办公室和它所临的那条马路——广灵一路。

2015年申请课题的时候刚搬到这间位于学远楼内的办公室不久，此后几乎整个课题的写作都是在其中进行的，它见证了我的辛苦与焦灼。这幢办公楼结构比较复杂，而且中间通过一条带门的走廊与另一个学院商学院相连，对于刚搬来的我有如迷宫。课题研究期间，我经常在办公室加班到晚上10点以后，那时整个学院大楼基本只剩下自己一个人，不免心中忐忑，曾经在迷宫式的楼道里找不到出口；还有一次深夜，院门锁了，我又没带手机，只得从数米高带尖刺的铁门上爬出去，心中不由打趣自己除了"写得了论文"，还得"爬得了铁门"。好在后来逐渐熟悉了大楼的结构，心安了很多。

办公室窗外广灵一路社区也给了我很多心安的元素。每晚7点，大妈们的广场舞就在楼下银行门前准时开始。相比寂寞的大楼，窗外喇叭里的音乐声不再是噪音，而是给人安全感，那些曲子常年不变，日复一

后　记

日，我都会哼唱了。当然这段广场舞的时间我一般用来观看要研究的影视剧，犹记研究抗战影视剧的那段时间，办公室内电脑音箱里的枪炮声、喊叫声与楼外活泼轻快的音乐声经常混杂在一起，让我在历史与现实之间不断转换体验。

广灵一路的热闹所代表的是一种活泼泼的日常生活，是接地气的人间烟火，每次在大楼里为码字而殚精竭虑自觉形容枯槁后，我喜欢来这条马路上逛一下，看着沿街翠绿的蔬菜和日常百货，听着喧嚣的市声，买买东西，和熟悉的店家聊会儿天，顿时觉得充满活力，生活如此真实而美好。这条马路上藏着很多能工巧匠，包括自制皮具的，还有制成衣的裁缝店、毛衣店，也有许多人间的悲欢离合，我独自在饭店吃饭时，有多次对面会主动坐过来一位老阿姨，喋喋不休地给我讲她家的悲欢离合，临走还要谢谢我，我想是谢我的倾听、附和及建议。这条马路上的人平凡普通，热情而真实，活得简单快乐，那个修伞配钥匙的残疾锁匠，只有手和头部是可以动的，做完每单活后，就开始跟邻居们聊国际形势，就连那个喜欢骂丈夫的蔬菜店的老板娘，操着方言调门高亢富有韵致，嬉笑怒骂里也是满满的生命活力。

广灵一路有生命力的市井人生，让我联想到本书论及的民族性格中的坚韧与乐天知命，尤其是路遥作品中的平凡劳动者，知命而不认命，在个体可以把握的劳动中实现自我价值，找到生活的意义，所以他们从来没有悲观厌世，而是热爱生活并面向未来的。面向未来，是积极的人生态度，相信未来会越来越好，热爱生活，则是扎根当下，踏踏实实地做好眼前的每一件事，包括工作，包括生活中衣食住行的琐事。感谢本书所研究的这些文学样本，给了我观照生活的哲思。

感谢我的父母与家人。这个课题任务不仅是我多年的责任，也成了他们的牵挂。他们知道我始终在忙着做这件事，默默地予我以支持与照顾。

感谢学校科研处的领导为此书的出版筹措资金，让我感受到了他们对学术与学者的尊重与支持，他们的敬业与专业精神是学校学科发展的重要支撑力量。

后 记

　　此书的部分内容，已经在《文学评论》《学术月刊》《东岳论丛》《解放日报》《文汇报》等报刊上发表，感谢这些报刊的编辑老师与匿名评审专家对论文提出的指导与修改意见，使此书的内容得以丰富与完善。

　　此书最终出版面世，还要感谢中国社会科学出版社各位领导的支持及责任编辑陈肖静女士的认真审校与专业的修改意见，还有许多曾经帮助过我的恩师、领导、同学与朋友，无法一一道尽，在此一并致谢。

韩　元

2021 年春于上海